Larry McMurtry gehört heute zu den bekanntesten Gegenwartsautoren der USA. Von seinen vielen Romanen, die zum großen Teil verfilmt wurden, ist in Deutschland vor allem »The Last Picture Show« bekannt. Neben seiner Tätigkeit als Schriftsteller betreibt er ein Buchantiquariat in Washington, D.C. Als nächster Roman von Larry McMurtry erscheint im Droemer Knaur Verlag »Desert Rose«.

Thomas Benda - Autor
Lumen Gasmo - Autorin
www.bendagasmo.com
bendagasmo@gmail.com
Facebook: "Alles zum Thema Buch"

Von Larry McMurtry ist außerdem als
Knaur-Taschenbuch erschienen:

Stardust Girl (Band 1216)

Deutsche Erstausgabe
© Droemersche Verlagsanstalt Th. Knaur Nachf., München 1984
Titel der Originalausgabe »Terms of Endearment«
Copyright © 1975 by Larry McMurtry
Das Werk einschließlich aller seiner Teile ist urheberrechtlich geschützt.
Jede Verwertung außerhalb der engen Grenzen des Urheberrechtsgesetzes
ist ohne Zustimmung des Verlags unzulässig und strafbar.
Das gilt insbesondere für Vervielfältigungen, Übersetzungen,
Mikroverfilmungen und die Einspeicherung und Verarbeitung
in elektronischen Systemen.
Aus dem Amerikanischen von Peter Prange und Andreas Heering
Umschlagfoto aus dem gleichnamigen Film (mit Shirley MacLane und
Debra Winger) mit freundlicher Genehmigung des UIP-Filmverleih
Satz IBV Lichtsatz KG, Berlin
Druck und Bindung Ebner Ulm
Printed in Germany   11   10   9
ISBN 3-426-01175-1

Larry McMurtry:
Zeit der Zärtlichkeit

Mit 14 Abbildungen

*Für Cecilia DeGolyer McGhee,
Marcia McGhee Carter
und Cecilia DeGolyer Carter*

Erstes Buch

Emmas Mutter

1962

»Du, deiner Mutter Spiegel, zauberst ihr
Der Jugendtage holden Lenz herbei:
So, trotz der Runzeln auch erscheinet dir
Durch deines Alters Fenster einst dein Mai.

Shakespeare, Sonett III

Erstes Kapitel

1

»Der Erfolg einer Ehe hängt stets von der Frau ab«, sagte Mrs. Greenway.
»Sicher nicht«, sagte Emma, ohne aufzuschauen. Sie saß mitten in ihrem Wohnzimmer auf dem Boden und sortierte einen großen Haufen Wäsche.
»Ganz sicher«, sagte Mrs. Greenway und machte ein strenges Gesicht. Sie preßte die Lippen zusammen und runzelte die Stirn. Emma ließ sich wieder einmal gehen – schlechtes Benehmen. Mrs. Greenway hatte sich immer bemüht, jedem schlechten Benehmen mit strengem Gesichtsausdruck zu begegnen, wenn auch nur kurz.
Strenge, das wußte sie, paßte nicht zu ihr – zumindest nicht so ganz –, und Aurora Greenway war nicht die Frau, die gern Strenge zeigte – außer wenn es unbedingt sein mußte. So seltsam es manchmal auch erschien – beiden von ihnen –, Emma war ihre Tochter, und bei ihrem Benehmen war Strenge mütterliche Pflicht.
Auroras Gesicht war eher rundlich, und trotz ihrer neunundvierzig Jahre, von denen sie meinte, sie hätten zum großen Teil aus Ärger und Enttäuschungen bestanden, gelang es ihr fast noch immer, zufrieden mit sich und dem Leben auszusehen. Die Gesichtsmuskeln, die zum Ausdruck wirklicher Strenge nötig waren, wurden so selten beansprucht, daß sie ihr nur widerwillig gehorchten, und dennoch, wenn es sein mußte, konnte sie für eine kurze Weile sehr streng aussehen. Sie hatte eine hohe Stirn, starke Wangenknochen, und ihre blauen Augen – für gewöhnlich so verträumt und, wie Emma meinen würde, auf abwesende Weise selbstgefällig – konnten plötzlich zornig blitzen. In diesem Fall, meinte sie, würde ein leichtes Stirnrunzeln angebracht sein.
»Ich glaube, es gibt nicht ein ordentliches Stück Wäsche in dem ganzen Haufen«, sagte sie mit der ihr eigenen, beiläufigen und ein wenig selbstgerechten Herablassung.
»Du hast recht, nicht eins«, sagte Emma. »Ein Haufen schäbiger Klamotten. Immerhin bedecken sie unsere Blöße.«
»Ich wäre dir dankbar, wenn du in meiner Gegenwart nicht von Blöße reden würdest, denn sie beschäftigt mich momentan nicht«, sagte Aurora. Da sie ihr Stirnrunzeln allmählich anstrengte, ent-

spannte sie sich in dem Bewußtsein, mit ihrer Zurechtweisung eine mütterliche Pflicht erfüllt zu haben. Bedauerlicherweise hatte ihre Tochter in ihrem Eigensinn nicht aufgeschaut, um Notiz davon zu nehmen, doch so war Emma eben. Sie war nie wirklich folgsam gewesen.
»Warum soll ich nicht von Blöße reden?« fragte Emma und schaute auf. Ihre Mutter tauchte zwei Finger in den Rest des Eistees, fischte einen Eiswürfel heraus und begann ihn zu lutschen, während sie ihrer Tochter bei der Arbeit zusah. Es war nie leicht gewesen, in Emma Schuldgefühle zu wecken, doch das war die eine mütterliche Aufgabe, die ihr noch blieb, und Aurora machte sich mit Wonne daran.
»Du hast einen ganz netten Wortschatz, Liebling«, sagte sie, nachdem der Eiswürfel geschmolzen war. »Ich habe mich persönlich um ihn bemüht. Doch gibt es gewiß bessere Möglichkeiten, von ihm Gebrauch zu machen, als eine Diskussion über entblößte Körper. Außerdem bin ich nun, wie du weißt, seit drei Jahren Witwe und wünsche nicht, daß man meine Aufmerksamkeit auf bestimmte Dinge lenkt.«
»Das ist doch albern«, sagte Emma. Ihre Mutter fischte wieder einen Eiswürfel aus dem Glas. Sie ›ruhte‹, wie sie sich ausgedrückt hätte, bequem auf Emmas alter blauer Couch. Sie trug ein weites, elegantes pinkfarbenes Straßenkleid, das sie kürzlich von einer Italienreise mitgebracht hatte, und sah wie gewöhnlich leicht gedankenverloren und auf selbstgefällige Weise glücklich aus – glücklicher, dachte Emma, als sie oder irgend jemand sonst.
»Emma, du solltest wirklich eine Diätkur machen«, sagte Aurora. »Du bist eine so widerborstige Person. Ich möchte, daß du weißt, daß ich *ziemlich* verärgert bin.«
»Warum?« fragte Emma und wühlte in dem Kleiderhaufen. Wie üblich fehlte bei einigen Socken das Gegenstück.
»*Ziemlich* verärgert«, wiederholte Aurora auf die Möglichkeit hin, daß mit den Ohren ihrer Tochter etwas nicht stimmte. Sie hatte das ganze Gewicht ihres Bostoner Akzents auf ihr »ziemlich« gelegt und wünschte nicht, daß es überhört wurde. Emma, die – neben anderen wenig damenhaften Eigenschaften – eine zuweilen geradezu lästige Vorliebe für Genauigkeit besaß, würde darauf bestanden haben, daß es nur das ganze Gewicht von New Haven gewesen sei, doch Spitzfindigkeiten dieser Art zogen bei Aurora nicht. Sie hatte ihren Bostoner Akzent benutzt, um mit dessen ganzem Gewicht ihren Worten Nachdruck zu verleihen. Wäre sie in Boston, oder vielleicht sogar in New

Haven gewesen – an irgendeinem Ort, wo einem das Leben nicht aus den Händen glitt –, hätte der Akzent zweifellos seine Wirkung gehabt.
Doch sie beide, Mutter und Tochter, befanden sich in Emmas stickig heißem, winzig kleinem Wohnzimmer in Houston, Texas, wo das alles überhaupt nichts zu bewirken schien. Emma fuhr zerstreut fort, Socken zu zählen.
»Du läßt dich wieder einmal gehen«, sagte Aurora. »Du kümmerst dich nicht um dein Äußeres. Warum willst du keine Diätkur machen?«
»Essen nimmt mir ein bißchen den Frust«, sagte Emma. »Warum willst *du* nicht aufhören, Kleider zu kaufen? Du bist der einzige Mensch, den ich kenne, der fünfundsiebzig Kleider hat.«
»Die Frauen unserer Familien waren immer stolz auf ihre Kleidung«, sagte Aurora. »Alle, bis auf dich. Ich bin keine Näherin. Ich verlange auch von dir nicht, selbst zu nähen.«
»Ich weiß, daß du das nicht verlangst«, sagte Emma. Sie trug Jeans und ein T-Shirt von ihrem Mann.
»Die Kleidung, die du am Leibe hast, ist so abscheulich, daß ich kaum weiß, wie ich sie nennen soll«, sagte Aurora. »Sie paßt zu einer Straßengöre, aber nicht zu meiner Tochter. Natürlich kaufe ich Kleider. Die Auswahl einer geschmackvollen Garderobe ist eine Pflicht und kein Zeitvertreib.«
Bei diesen Worten hob Aurora das Kinn. Wenn sie sich ihrer Tochter gegenüber rechtfertigte, verlieh sie sich gerne einen Hauch von majestätischer Erhabenheit, und ihr Gesichtsausdruck deutete in diesem Augenblick sehr auf Mißachtung.
»Fünfundsiebzig Kleider sind ein Zeitvertreib«, sagte Emma. »Und was den Geschmack angeht, so behalte ich mir mein Urteil vor. Aber egal... Was ist denn nun aus deiner Frauensache geworden?«
»Hör auf! Sprich nicht davon!« sagte Aurora. In ihrer Empörung setzte sie sich auf und warf wütend den Kopf zurück, so daß die alte Couch laut knarrte.
»Schon gut«, sagte Emma. »Gütiger Himmel! Du hast mir erzählt, daß du zum Arzt gehen wolltest. Ich hab' ja nur gefragt. Du brauchst deshalb ja nicht gleich die Couch zu zertrümmern.«
»Du hättest es nicht ansprechen sollen«, sagte Aurora. Jetzt war sie wirklich aus der Fassung. Ihre Oberlippe bebte. Sie war eigentlich keine prüde Frau, doch seit kurzem brachten sie Fragen, die mit Sexualität zu tun hatten, durcheinander und erzeugten bei ihr die Emp-

findung, ihr ganzes Leben sei verkehrt gelaufen. Und sie mochte es nicht, so zu empfinden.
»Du benimmst dich absolut lächerlich«, sagte Emma. »Warum bist du so empfindlich? Sollen wir uns darüber Briefe schreiben?«
»Ich bin nicht krank, wenn du es unbedingt wissen willst«, sagte Aurora. »Kein bißchen krank.« Sie hielt ihr Glas hin. »Übrigens, ich hätte gern noch einen Eistee.«
Emma holte tief Luft, nahm das Glas, stand auf und verließ den Raum. Aurora legte sich wieder hin und war leicht deprimiert. Sie hatte ihre starken Tage und ihre schwachen Tage, und sie spürte, daß ein schwacher Tag heraufzog. Emma hatte ihr nicht gerade die Wünsche von den Augen abgelesen – warum waren Kinder so wenig imstande, auf ihre Eltern einzugehen? Sie war einem Anfall von Verzweiflung nahe, doch ihre Tochter war entschlossen, ihr in allem einen Strich durch die Rechnung zu machen. Emma kam unverzüglich mit einem Glas Eistee zurück. Sie hatte ein Pfefferminzzweiglein in das Glas gesteckt und, vielleicht zum Zeichen der Reue, ein Schälchen Sassafras-Konfekt mitgebracht – eine von mehreren Süßigkeiten, die ihre Mutter besonders gern mochte.
»Das ist lieb«, sagte Aurora und nahm ein Stück.
Emma lächelte. Sie wußte, daß ihre Mutter im Begriff gewesen war, sich einem Anfall hinzugeben – einem Einsame-Witwe-und-mißachtete-Mutter-Anfall. Das Konfekt war ein glänzender Einfall gewesen. Vorige Woche hatte sie einen Dollar und achtundsiebzig Cent für eine Mischung davon vergeudet, von der sie alles versteckt und ungefähr die Hälfte bereits selber aufgegessen hatte. Flap, ihr Ehemann, wäre angesichts einer solchen Ausgabe kaum freundlich geblieben. Er vertrat strenge Ansichten über Karies, doch würde er zweifellos genausoviel Geld für seine eigenen Laster, Bier und Taschenbücher, ausgeben. Emma war höllisch auf der Hut, wenn die Rede auf Zähne kam, und hatte gern Konfekt bei der Hand, um gegen Anfälle gewappnet zu sein – gegen die ihrer Mutter und gegen ihre eigenen.
Aurora war, nachdem ihre kleine Nervenkrise überwunden war, wieder in eine zufriedene Trägheit zurückgeglitten und sah sich gründlich im Wohnzimmer um in der Hoffnung, etwas neues zum Kritisieren zu finden.
»Der Grund, weshalb ich auf den Arzt kam, war; daß ich gestern selber hingegangen bin«, sagte Emma und ließ sich wieder auf dem Boden nieder. »Kann sein, daß ich gute Nachrichten habe.«
»Hoffentlich hat er dich davon überzeugt, eine Diätkur zu machen«,

sagte Aurora. »Niemand sollte so störrisch sein, sich dem Rat eines Arztes zu widersetzen. Dr. Ratchford hat langjährige Erfahrung und, außer wenn es um mich geht, habe ich beobachtet, daß sein Rat stets richtig ist. Je früher du mit der Diät anfängst, um so besser ist es.«
»Warum machst du immer mit dir selbst eine Ausnahme?« fragte Emma.
»Weil ich mich selber am besten kenne«, sagte Aurora gelassen. »Ich würde einem Arzt gewiß nicht erlauben, mich ebenso gut zu kennen.«
»Könnte aber sein, daß du dich über dich selber geirrt hast«, wandte Emma ein. Die Wäsche war wirklich deprimierend. Flaps sämtliche Hemden waren abgetragen.
»Das habe ich nicht«, sagte Aurora. »Ich gestatte mir keine Täuschungen. Ich habe nie die Tatsache zu übertünchen versucht, daß du eine Fehlheirat gemacht hast.«
»Oh, sei ruhig«, sagte Emma. »Meine Heirat war okay. Außerdem hast du vor zwei Minuten selber gesagt, daß der Erfolg einer Ehe stets von der Frau abhängt. Ich werde einen Erfolg draus machen.«
Aurora sah verwirrt aus. »Jetzt hast du mich so weit gebracht, daß ich den Faden meiner Gedanken verloren habe«, sagte sie.
Emma kicherte. »Das waren Gedanken?« fragte sie.
Aurora nahm von dem Konfekt. Sie schien sich in eine abweisende Aura zu hüllen. Strenge konnte Probleme aufwerfen, aber die abweisende Aura war ihr Element. Das Leben hatte sie ihr oft abverlangt. Bei den Beleidigungen, die ihr Zartgefühl oft verletzten, hatte sie es als wirkungsvoll herausgefunden, ihre Augenbrauen hochzuziehen und Kälte zur Schau zu tragen. Wenn man sich überhaupt an sie erinnern würde, so schien es ihr manchmal, dann wahrscheinlich nur wegen der Kälte, die sie zur Schau getragen hatte.
»Man hat mir oft für die Klarheit meines Ausdrucks Komplimente gemacht«, sagte sie.
»Du hast mich meine gute Nachricht nicht erzählen lassen«, sagte Emma.
»O ja, du hast dich entschlossen, eine Diätkur zu machen«, sagte Aurora, »das *ist* eine gute Nachricht.«
»Verdammt noch mal, ich bin nicht zu Dr. Ratchford gegangen, um mit ihm über eine Diätkur zu sprechen«, sagte Emma. »Ich will keine Diätkur machen. Ich bin hingegangen, um rauszukriegen, ob ich schwanger bin, und es sieht so aus, als ob ich's wäre. Das ist es, was ich versucht habe, dir zu erzählen.«

»Was?« sagte Aurora und blickte Emma an. Ihre Tochter lächelte und hatte das Wort »schwanger« gesagt. Aurora hatte gerade ein Schlückchen Eistee genommen – sie mußte fast würgen. »Emma«, stieß sie heraus. Das Leben hatte wieder zugeschlagen, und gerade, als es ihr beinahe gutging. Sie sprang wie von einer Tarantel gestochen auf, doch sie fiel schwer zurück, zerbrach ihre Untertasse und kippte ihr fast leeres Teeglas um, das hinunterfiel und ziellos wie ein Kinderkreisel über den kahlen Boden rollte.
»Das bist du nicht!« schrie sie.
»Ich glaube doch«, sagte Emma. »Was ist denn los mit dir?«
»O Gott«, sagte Aurora und hielt sich den Magen mit beiden Händen.
»Ist etwas nicht in Ordnung, Mama?« fragte Emma. Ihre Mutter sah wirklich mitgenommen aus.
»Mir ist der Eistee aufgestoßen, als ich zurückfiel«, sagte Aurora. »Ich weiß auch nicht.« Blut schoß ihr in den Kopf, und sie begann zu keuchen. Sie konnte nur mühsam atmen.
»Das ist natürlich wundervoll für dich, Liebling«, sagte sie und fühlte sich fürchterlich. Das war ein Schock – etwas war aus der Ordnung geraten, und sie fühlte, wie Verwirrung sich ihrer bemächtigte. Sie haßte diese Art von Verwirrung, doch es schien, als lauere sie ihr überall auf, wohin sie auch ging.
»O Gott!« sagte sie und richtete sich mit einem Ruck zu einer halb sitzenden Haltung auf. Ihr Haar, das sie in einem Knoten gebändigt hatte, löste sich auf, und sie öffnete ihr Kleid im Nacken, um sich Luft zu verschaffen.
»Mama, ich bin doch nur schwanger«, schrie Emma, die sich darüber ärgerte, daß ihre Mutter sich einen Anfall erlaubte, nachdem sie mit dem Sassafraskonfekt so großzügig gewesen war.
»Nur schwanger«, rief Aurora, und ihre Verwirrung schlug plötzlich in Wut um. »Du... Rücksichtslose...« Doch die Worte gingen ihr aus, und zu Emmas großem Verdruß begann sie, sich mit dem Handrücken an die Stirn zu schlagen. Aurora war in einer Zeit von Amateurschauspielern erzogen worden – und sie besaß durchaus ihr Repertoire an tragischen Gebärden. Sie fuhr fort, sich kräftig gegen die Stirn zu schlagen, was sie stets tat, wenn sie sehr durcheinander war, und zuckte jedesmal bei dem Schmerz zurück, den ihre Hand ihr bereitete.
»Hör auf«, rief Emma und stand auf. »Hör auf, gegen deine gottverdammte Stirn zu schlagen, Mama! Du weißt, daß ich das hasse!«

»Und ich hasse dich«, rief Aurora und gab jegliche Vernunft auf. »Du bist eine rücksichtslose Tochter! Du bist immer eine rücksichtslose Tochter gewesen! Und du wirst immer eine rücksichtslose Tochter sein!«
»Was hab' ich denn getan?« schrie Emma und fing an zu weinen. »Warum soll ich nicht schwanger sein? Ich bin doch verheiratet.«
Aurora kämpfte sich auf die Beine und schaute ihre Tochter an. Sie zeigte Emma ihre ganze Verachtung, wie sie sie noch nie zuvor gezeigt hatte. »Du magst dies eine Ehe nennen, ich aber nicht«, schrie sie. »Ich nenne es ein Elend!«
»Das können wir nicht ändern«, sagte Emma. »Das ist alles, was wir zu bieten haben.«
Auroras Lippen fingen an zu beben. Die Verachtung ging verloren – alles war verloren. »Das ist es nicht, Emma... Du solltest ge... das ist es überhaupt nicht«, sagte sie und war plötzlich den Tränen nahe.
»Was ist es dann?« fragte Emma. »Sag es mir doch. Ich weiß es nicht.«
»*Ich!*« rief Aurora mit dem letzten Rest ihres Zorns. »Siehst du denn nicht? Mein Leben hat keinen Halt mehr!«
Emma zuckte, wie sie es stets tat, wenn ihre Mutter der Welt »Ich!« entgegenrief. Es war ein Urlaut wie ein Donnerschlag. Doch als das Kinn ihrer Mutter zu zittern anfing, sich ihr Zorn in Tränen auflöste, verstand sie und legte den Arm um sie.
»Wen werde ich jetzt... je bekommen?« rief Aurora. »Welcher Mann will schon eine Großmutter? Wenn ihr doch nur hättet... warten können... dann hätte ich vielleicht einen gefunden.«
»Ach du meine Güte«, sagte Emma. »Mama, hör auf damit.« Sie mußte selber weinen, doch nur, weil sie plötzlich Angst hatte zu lachen. Nur ihre Mutter konnte ihr das antun, und immer zu den unpassendsten Zeiten. Sie wußte, daß sie diejenige war, die sich verletzt oder beleidigt fühlen müßte – wahrscheinlich würde sie es sein, wenn sie darüber nachdächte. Doch ihre Mutter brauchte niemals nachzudenken, sie war einfach beleidigt und verletzt, mit einem Mal, und mit einer völligen Reinheit des Gefühls, wie Emma es nicht kannte. So war es immer.
Emma gab auf. Wieder einmal gab sie sich geschlagen. Sie wischte sich die Augen, gerade als ihre Mutter sich in Tränen auflöste. Der ganze Anfall war lächerlich, doch das spielte keine Rolle. Der Ausdruck auf dem Gesicht ihrer Mutter – die grenzenlose Enttäuschung – war zu echt. Er mochte keine fünf Minuten dauern – er dauerte selten

länger –, doch er war da, auf diesem Gesicht, dem hilflosesten menschlichen Gesicht, in das sie je geblickt hatte. Der Anblick ihrer Mutter, wie sie in wirrer Verzweiflung aussah, hatte bisher noch jeden, der in der Nähe war, dazu bewegt, eiligst und sofort mit aller ihm zur Verfügung stehenden Liebe aufzuwarten. Niemand war je imstande gewesen, den Anblick ihrer Mutter, wenn sie so aussah, zu ertragen, Emma am allerwenigsten, und nur Liebe vermochte daran etwas zu ändern. Unverzüglich begann sie, Liebeslaute von sich zu geben, und ihre Mutter versuchte, wie üblich, sie zu verscheuchen.
»Nein, geh fort«, sagte Aurora. »Meine Leibesfrucht. Uuh.« Sie erlangte ihre Bewegungsfähigkeit zurück, quälte sich durch den Raum, fuchtelte mit den Händen und vollführte Schläge, als würde sie kleine, fledermausähnliche Tiere in der Luft zerklatschen. Sie wußte nicht, was eigentlich das Schlimmste war, aber es war ein Anschlag auf ihr Leben. Das wußte sie genau.
»Jetzt werde ich alle meine Verehrer verlieren!« rief sie und schaltete zum letzten Mal auf Angriff um.
»Komm, Mama... komm, Mama, es ist nicht so schlimm.« Emma sprach immer weiter, während sie vorrückte.
Als Emma sie endlich im Schlafzimmer in die Ecke getrieben hatte, nahm Aurora den ihr noch einzig verbleibenden Weg: sie warf sich aufs Bett, und ihr leichtes, pinkfarbenes Kleid wogte hinter ihr her wie ein fallendes Segel. Sie schluchzte fünf Minuten lang ohne jede Beherrschung und fünf weitere mit verschiedenen Graden der Beherrschung, während ihre Tochter bei ihr auf dem Bett saß, ihr über den Rücken strich und ihr immer wieder erzählte, was für ein lieber und wunderbarer Mensch sie sei.
»Nun, schämst du dich denn nicht selber?« fragte Emma, als ihre Mutter schließlich zu weinen aufhörte und ihr Gesicht aufdeckte.
»Nicht im geringsten«, sagte Mrs. Greenway und strich ihr Haar zurück. »Reich mir einen Spiegel.«

2

Emma reichte ihr einen Spiegel, und Aurora richtete sich auf, um mit kühlem, nüchternem Blick den Schaden, den ihr Gesicht genommen hatte, zu untersuchen. Ohne ein Wort stand sie auf und verschwand im Badezimmer. Einige Zeit rauschte Wasser. Als sie mit einem Handtuch um ihren Schultern wieder auftauchte, war Emma gerade damit fertig, ihre Wäsche zusammenzulegen.
Aurora ließ sich wieder auf die Couch nieder, mit dem Spiegel in der Hand. Es hatte Augenblicke voller Zweifel gegeben, doch ihr Gesichtsausdruck war wieder der gleiche wie zuvor. Sie schaute sich noch einmal prüfend an, bevor sie ihren Blick wieder ihrer Tochter zuwandte. Tatsächlich, Aurora schämte sich ein wenig für ihren Ausbruch. Ihr ganzes Leben hatte sie zu Ausbrüchen geneigt, eine Gewohnheit, die zu der von ihr bevorzugten Einschätzung von sich selbst als einer vernünftigen Person im Gegensatz stand. Dieser Ausbruch schien allerdings, wenn man seine Ursache oder seinen Ausgangspunkt betrachtete, ihrer besonders unwürdig zu sein. Dennoch wollte sie sich nicht verteidigen, bis sie die Angelegenheit sorgfältig erwogen hätte. Nicht daß ihre Tochter eine Verteidigung erwartete. Emma saß ruhig neben ihrer Wäsche.
»Nun, mein Liebling, ich muß sagen, du hast reichlich egoistisch gehandelt«, sagte Aurora. »Doch da die Zeit nun mal so ist, kann man nichts anderes erwarten.«
»Mama, das hat doch nichts mit der Zeit zu tun«, sagte Emma. »Du bist doch auch schwanger geworden, oder nicht?«
»Nicht absichtlich«, sagte Aurora. »Und außerdem nicht mit so ungehöriger Eile. Du bist erst zweiundzwanzig.«
»Jetzt hör aber auf, hör bloß auf«, sagte Emma. »Du wirst deine Freier schon nicht verlieren.«
Auroras Ausdruck war erst verwirrt, dann abweisend. »Ich kann mir nicht vorstellen, warum ich mir deshalb Sorgen machen sollte«, sagte sie. »Sie stehen alle weit unter mir. Ich bin mir ganz und gar nicht sicher, ob ich deshalb geweint habe. Der Schock hat mich getroffen, das gebe ich zu. Ich habe übrigens immer geglaubt, daß ich nicht nur *ein* Kind hätte. Kommt Thomas bald nach Hause?«
»Ich möchte, daß du ihn Flap nennst, bitte«, sagte Emma. »Er kann es nicht leiden, wenn man ihn Thomas nennt.«
»'tschuldigung«, sagte Aurora. »Ich mag es nicht, wenn man Spitznamen gebraucht, sogar bei hübschen nicht, und der von meinem

Schwiegersohn ist wahrhaftig nicht hübsch. Er hört sich schon so flapsig an.«
»Er kann jede Minute kommen«, sagte Emma.
»Thomas wird kaum pünktlich sein«, sagte Aurora. »Er hat sich bei verschiedenen Gelegenheiten verspätet, als ihr noch verlobt wart.« Sie stand auf und nahm ihre Handtasche. »Ich gehe gleich«, sagte sie. »Und ich bezweifle, daß dir das etwas ausmacht. Wo sind meine Schuhe?«
»Du hast keine getragen«, sagte Emma. »Du warst barfuß, als du hereinkamst.«
»Merkwürdig«, sagte Aurora. »Sie müssen mir direkt von den Füßen gestohlen worden sein. Ich bin wohl kaum der Mensch, der ohne Schuhe das Haus verläßt.«
Emma schmunzelte. »Du tust es doch immer«, sagte sie. »Und zwar, weil dich alle fünfundsiebzig Paare drücken.«
Aurora ließ sich zu keiner Antwort herab. Ihre Abgänge, ebenso wie ihre Ausbrüche, kamen stets unvorbereitet und ziemlich plötzlich. Emma stand auf und folgte ihrer Mutter zur Tür hinaus, die Treppe hinunter und die Einfahrt entlang. Ein leichter Sommerschauer war niedergegangen, und Gras und Blumen waren noch feucht. Die Rasenflächen an der Straße leuchteten im glänzenden Grün.
»Sehr schön, Emma«, sagte Aurora. »Wenn du im Begriff sein solltest, mir zu widersprechen, nehme ich an, es ist besser, wenn ich gehe. Wir würden uns unweigerlich streiten. Ich bin sicher, daß du meine Schuhe finden wirst, kaum daß ich fort bin.«
»Warum hast du sie denn nicht selber gesucht, wenn du so sicher bist, daß sie da sind?« fragte Emma.
Aurora schaute abweisend. Ihren sieben Jahre alten schwarzen Cadillac hatte sie wie gewöhnlich einen Meter vom Bordstein entfernt geparkt. Sie hatte Angst davor, ihre Reifen zu zerkratzen. Der Cadillac war in ihren Augen alt genug, um als ein klassischer Oldtimer zu gelten, und sie verweilte immer einen Augenblick, bevor sie einstieg, um seine Linienführung zu bewundern. Emma ging um den Wagen herum und blieb stehen, um ihre Mutter anzuschauen, deren Linienführung auf ihre Art ebenfalls klassisch war. Die West Main Street in Houston war nie sehr belebt, und nicht ein Auto störte beide bei ihren stillen Betrachtungen.
Aurora stieg ein, verstellte ihren Sitz, der nie im selben Abstand zu den Pedalen zu bleiben schien, und dann brachte sie es fertig, ihren Schlüssel in das Zündschloß einzuführen, ein Kunststück, das nur ihr

gelang. Vor Jahren hatte sie einmal den Schlüssel dazu benützt, ein Gartentor aufzuschließen, und seitdem war er leicht verbogen. Vielleicht war auch das Zündschloß verbogen. Auf jeden Fall war Aurora fest davon überzeugt, daß allein diese Krümmung es bisher verhindert habe, daß der Wagen gestohlen worden sei.
Sie schaute aus dem Fenster, Emma stand auf der Straße, als würde sie auf jemanden warten. Aurora sah sie ohne Mitleid an. Ihr Schwiegersohn war kein sehr vielversprechender Mann, und in den zwei Jahren, die sie ihn kannte, hatten sich weder seine Manieren gebessert noch die Art, wie er ihre Tochter behandelte. Emma war so arm und so dick und sah abscheulich aus in ihren T-Shirts, die zu tragen er, wenn er auch nur etwas Achtung für seine Frau hätte, ihr nicht erlauben würde. Ihr Haar war nie eine Zierde gewesen, doch im Augenblick war es nur noch ein verfilztes Durcheinander. Aurora war wirklich geneigt, ziemlich gnadenlos zu sein. Sie hielt für einen Moment inne, bevor sie die Sonnenbrille aufsetzte.
»Sehr schön, Emma«, sagte sie noch einmal. »Du brauchst nicht dazustehen und auch noch Glückwünsche von mir erwarten. Du hast mich nicht einmal um Rat gefragt. Du hast dir die Suppe selber eingebrockt. Die Zukunft ist dir verbaut. Übrigens bist du viel zu egoistisch, um Mutter zu sein. Hättest du mich etwas früher ins Vertrauen gezogen, hätte ich dir das gleich sagen können. Aber nein, du hast mich nicht einmal um Rat gefragt. Du hast doch nicht mal eine richtige Wohnung – die vier Wände, in denen du lebst, sind bestenfalls eine Garage. Babys haben genug Atemschwierigkeiten, ohne daß sie mit Autos neben sich leben müssen. Außerdem ist die ganze Geschichte nicht dazu angetan, deine Figur zu verbessern. Kinder denken nie an solche Dinge. Ich bin immer noch deine Mutter, vergiß das nicht.«
»Ich weiß, Mama«, sagte Emma und trat nahe an das Auto heran. Zu Auroras Überraschung machte sie keine Einwände und verteidigte sich nicht. Sie stand einfach neben dem Wagen, in diesem abscheulichen T-Shirt, und sah zum erstenmal seit Jahren sanft und folgsam aus. Emma schaute artig zu ihr herunter, so wie eine brave Tochter, und Aurora bemerkte wieder etwas, das sie stets vergaß: daß ihre Tochter die reizendsten Augen hatte, grüne Augen mit hellen Flecken darin. Es waren die Augen ihrer eigenen Mutter, Amelia Starrett, die in Boston geboren war. Und Emma war so jung.
Plötzlich und erschreckend schien es Aurora, als entzöge sich das Leben gerade ihrem Griff. Etwas ließ ihr Herz heftig schlagen, und sie

fühlte sich allein. Sie fühlte sich nicht mehr gnadenlos, sie... sie wußte nicht, etwas war weg, nichts war sicher, sie war älter, man hatte ihr die Kontrolle verweigert... Was würde geschehen? Sie konnte nicht absehen, wie die Dinge enden würden. Für den Augenblick war das einzige, was sie sah, die Wange, die sie gerade küßte, das Mädchen, das sie gerade an sich drückte. Und dann, mit einem Mal, beruhigte sich ihr Herz wieder, und sie stellte zu ihrer Überraschung fest, daß sie Emma halb durchs Wagenfenster gezogen hatte.
»Oh, oh«, sagte Emma mehrmals.
»Was ist los?« fragte Aurora und gab sie frei.
»Nichts«, sagte Emma. »Ich habe mir nur den Kopf am Wagen gestoßen.«
»Oh. Ich wollte, du wärest nicht so unachtsam, Emma«, sagte Aurora. Solange sie sich erinnern konnte, hatte sie niemals so viel von ihrer Würde in so kurzer Zeit verloren, und sie wußte nicht, was sie tun sollte, um sie wiederzuerlangen. Am liebsten wäre sie geradewegs losgefahren, doch der Schock, oder was immer es war, hatte sie durcheinandergebracht. Sie fühlte sich nicht in der Lage, die Pedale zu bedienen. Auch wenn sie in besserer Verfassung war, vergaß sie manchmal, sie zu betätigen und brachte sich und andere in Gefahr. Oft schrien die Leute sie bei solchen Fahrmanövern an.
Außerdem war es nicht der geeignete Zeitpunkt, um loszufahren. Sie hatte das sichere Gefühl, daß ihre Tochter die Oberhand gewonnen hatte, und sie war nicht bereit, loszufahren, bevor sie sie wiedererlangt hatte. Sie bog ihren Rückspiegel so weit herum, daß sie sich in ihm sehen konnte, und wartete geduldig ab, bis ihre Gesichtszüge sich wieder glätteten. Es war noch längst nicht ausgemacht, ob dies nicht doch einer von ihren besseren Tagen war.
Emma schaute zu und rieb sich den Kopf, wo sie sich gestoßen hatte. Sie hatte recht bekommen, mehr oder weniger, aber sie konnte sehen, daß ihre Mutter nicht die Absicht hatte, ihr recht zu lassen.
»Du solltest deine Freunde eine Zeitlang nicht sehen«, sagte Emma. »Und mich läßt du ja sowieso nur selten mit ihnen zusammentreffen. Ich könnte das Kind wahrscheinlich schon in der Grundschule haben, bevor sie es erfahren.«
»Hm«, sagte Aurora und kämmte sich das Haar. »Erstens wird das Kind, wenn es eins geben sollte, mit ziemlicher Sicherheit ein Mädchen. Das ist so üblich in unserer Familie. Zweitens sind es nicht meine Freunde, sondern meine Verehrer. Sprich von ihnen bitte als Verehrer, wenn du überhaupt von ihnen sprechen mußt.«

»Wie du willst«, sagte Emma.
Aurora hatte wundervolles Haar – kastanienbraun und füllig, und es war stets Gegenstand des Neids ihrer Tochter gewesen. Es zu richten bewirkte stets, daß sie zufrieden aussah. Jetzt ordnete sie es und sah zufrieden aus. Trotz allem hatte sie ihr gutes Aussehen behalten, und ihr gutes Aussehen war für sie ein großer Trost. Sie klopfte mit dem Rücken ihres Kamms auf das Lenkrad.
»Siehst du, ich habe dir doch gesagt, daß Thomas zu spät kommen würde«, erinnerte sie Emma. »Ich kann nicht länger warten. Wenn ich mich nicht beeile, verpasse ich meine Show im Fernsehen.«
Sie hob den Kopf und schenkte ihrer Tochter ein leicht boshaftes Lächeln. »Das wär's dann«, sagte sie.
»Was wär's?«
»Oh, nichts«, sagte Aurora. »Du hast dies über mich gebracht. Mehr gibt es nicht zu sagen. Ich werde es schon schaffen.«
»Hör auf, mir Schuldgefühle einzuflößen«, sagte Emma. »Ich habe meine Rechte, und du bist keine Märtyrerin. Es ist doch nicht so, als würden Schafott und Scheiterhaufen gleich um die Ecke auf dich warten.«
Aurora ignorierte diese Bemerkung – es war ihre Gewohnheit, Spitzfindigkeiten dieser Art zu überhören.
»Ich werde das schon irgendwie schaffen«, sagte sie in einem Ton, der andeuten sollte, daß sie sich von jeglicher Verantwortung für ihre eigene Zukunft als enthoben betrachtete. Sie war im Moment guter Dinge, doch wollte sie klar zu verstehen geben, daß, wenn irgend etwas Schlimmes in dem ihr verbleibenden Leben geschähe, der Fehler nicht ihr, sondern jemand anderem angekreidet werden müsse.
Um Einwänden zuvorzukommen, ließ sie den Wagen an. »Nun, Liebling«, sagte sie, »wenigstens wird es dich dazu zwingen, Diät zu halten. Tu mir den Gefallen und mach etwas mit deinen Haaren. Du solltest sie färben lassen. Im Ernst, Emma. Ich glaube, du würdest gleich besser aussehen.«
»Laß nur«, sagte Emma. »Ich hab' mich mit meinen Haaren abgefunden.«
»Genau das ist das Traurige bei dir«, sagte Aurora. »Du hast dich mit viel zu vielem abgefunden. Die Kleidung, die du da trägst, ist fast mitleiderregend. Ich wollte, du würdest sie ausziehen. Ich habe mir nie erlaubt, mich mit irgend etwas abzufinden, was nicht erfreulich ist, und in deinem Leben ist nichts erfreulich, soweit ich sehe. Du mußt einiges ändern.«

»Ich schätze, dafür wird schon gesorgt«, sagte Emma.
»Sag Thomas, daß er in Zukunft pünktlicher sein soll«, sagte Aurora.
»Ich muß nun los. Die Show wartet nicht. Hoffentlich begegne ich keinen Polizisten.«
»Wieso?«
»Sie sehen mich so schief an«, sagte Aurora. »Ich weiß wirklich nicht, warum.« Sie warf einen prüfenden Blick auf ihre Frisur und bog den Spiegel halbwegs in seine Stellung zurück.
»Ich glaube, du übertreibst«, sagte Emma.
»Also, ich fahre jetzt. Du hast mich lange genug aufgehalten«, sagte Aurora. Sie verabschiedete sich von ihrer Tochter mit großer Geste und spähte die Straße hinunter, um zu sehen, ob irgendein Hindernis auf ihrem Weg aufgetaucht war. Ein kleines, grünes, ausländisches Auto war gerade aufgetaucht, doch das war ohne Bedeutung. Wahrscheinlich würde es, wenn sie kräftig hupte, in eine Einfahrt abbiegen und sie vorbeilassen. Solche Autos sollten überhaupt nur auf Nebenstraßen fahren – denn es gab sowieso wenig Platz auf den Straßen für amerikanische Wagen.
»Tschüß, Mama, komm bald wieder«, sagte Emma der Form halber. Aurora überhörte es. Sie griff gebieterisch ans Lenkrad und legte den Gang ein. »Kleine Aurora«, sagte sie zärtlich und fuhr davon.

3

Emma hörte sie und lächelte. »Kleine Aurora« war ein Ausdruck, den ihre Mutter nur benutzte, wenn sie sich der Welt gegenüber allein fühlte – allein und durchaus ebenbürtig.
Dann trat sie zur Seite. Ihre Mutter hatte sogleich begonnen, den Volkswagen anzuhupen. Der Cadillac hatte ein sehr lautes Horn. Jeden, der es hörte, Emma eingeschlossen, versetzte es in Alarmbereitschaft. Gegen ein solches Hupen hatte das kleine grüne Auto keine Chance. Der Cadillac fegte es beiseite, wie ein Ozeandampfer ein Kanu beiseite fegt. In dem Glauben, eine Katastrophe sei über jemanden hereingebrochen, bog der Fahrer in eine Einfahrt ein und hupte nicht einmal zurück.
Emma zog das T-Shirt straff und sah nach oben. Die Bäume über ihr troffen immer noch von dem Sommerregen, und Wassertropfen fielen auf ihren Busen herab. Das T-Shirt betonte manche ihrer Unvollkommenheiten. Ihre Mutter hatte nicht ganz unrecht.

Wie stets nach einem Besuch ihrer Mutter blieb sie voller widersprüchlicher Gefühle zurück, nicht nur ihrer Mutter gegenüber, sondern auch gegenüber ihrem Mann und sich selber. Flap hätte da sein sollen, um sich zu verteidigen oder sie. Ihre Mutter hatte sie nicht wirklich angegriffen, sie hatte nur das ihr eigene feinsinnige Gespür eingesetzt, um Emma und Flap ins Unrecht zu setzen. Es gab stets Unfrieden, wenn ihre Mutter da war, friedlich wurde es erst, nachdem sie wieder gegangen war. Ihre absurden Bemerkungen schwebten noch lange im Raum. Sie kamen immer ungebeten und waren oft geradezu empörend, doch Emma konnte sie nicht einfach abtun. Das Haar, die Diät, das T-Shirt, Flap und sie selber – ganz gleich, um was es ging –, stets blieb sie mit einem Gefühl zurück, als hätte sie ihre Mutter nach einem Mord ungestraft entkommen lassen. Flap war im Grunde keine große Hilfe, selbst wenn er da war. Er fürchtete so sehr, das wenige an Gemeinsamkeit, das ihn mit Mrs. Greenway verband, zu verlieren, daß er nicht streiten wollte.

Zwei Minuten später, als Emma immer noch etwas benommen und leicht über sich selbst verärgert an der Einfahrt stand, und ihr die glänzenden Erwiderungen in den Sinn kamen, die sie ihrer Mutter gegenüber hätte vorbringen können, fuhren Flap und sein Vater vor. Sein Vater hieß Cecil Horton, und als er Emma sah, steuerte er seinen blauen Plymouth direkt an sie heran, so nahe, daß er herausfassen und ihren Arm drücken konnte.

»Hey, Putzi«, sagte er und lächelte breit. »Putzi« war sein Kosename für sie. Emma haßte diesen Namen und freute sich auf den Tag, an dem Cecil ihn in Gegenwart ihrer Mutter gebrauchen würde. Auch sein Lächeln stieß sie ab, weil es automatisch kam und völlig unpersönlich war. Cecil würde auch einen Feuerwehrhydranten breit anlächeln, falls er in die Verlegenheit käme, einen zu begrüßen.

»Hallo«, sagte sie. »Hast du das Boot gekauft?«

Cecil überhörte die Frage. Er lächelte sie immer noch an. Seine angegrauten Haare waren fein säuberlich gekämmt. Er war erst sechzig, aber er war ein wenig schwerhörig geworden. Tatsächlich hatte er es aufgegeben, das meiste von dem, was man zu ihm sagte, verstehen zu wollen. Wenn er sah, daß sich jemand, den er angeblich mochte, an ihn wandte, behielt Cecil sein Lächeln ein wenig länger bei und klopfte eine Schulter oder drückte einen Arm, um dem Betreffenden seine Zuneigung zu versichern.

Emma war nicht so sicher, ob sie an seine Zuneigung glauben sollte, denn sie wurde von keiner echten Aufmerksamkeit begleitet. Sie war

davon überzeugt, daß sie in der Einfahrt hätte stehen können, triefend von Blut und beide Arme am Ellbogen amputiert, Cecil wäre genauso herangefahren, hätte »Hey, Putzi« gesagt, breit gelächelt und ihr den Stumpf gedrückt. Ihre Mutter konnte ihn nicht ausstehen, und wo immer sie auch war, brach sie bei der Erwähnung seines Namens auf.
»Fang mit mir keinen Streit an. Wenn man den Teufel nennt, kommt er gerennt«, sagte sie dann und ging zur Tür.
Wenige Minuten später, als Cecil wieder unterwegs war und sie mit Flap die Einfahrt hinaufgingen, war Emma so sehr verletzt, daß sie das Problem ansprach.
»Es sind jetzt zwei Jahre, und er hat mich noch nie richtig wahrgenommen«, sagte sie.
»Das geht nicht nur dir so«, sagte Flap. »Daddy schenkt niemand große Aufmerksamkeit.«
»Er schenkt dir Aufmerksamkeit«, sagte Emma. »Ich dringe nur in sein Bewußtsein ein, wenn er merkt, daß ich versäumt habe, dich mit etwas zu versorgen, wovon er meint, du müßtest damit versorgt werden, wie etwa mit einem sauberen Hemd. Das hast du mir selber gesagt.«
»Hör auf, herumzumeckern«, sagte Flap. »Ich bin müde.« Das sah man ihm an. Er hatte eine lange Nase, einen langen Kiefer und einen Mund, der sich leicht nach unten zog, wenn er deprimiert war, was oft vorkam. Als sie ihn kennengelernt hatte, war es seltsamerweise gerade der Umstand, daß er so häufig deprimiert war, weshalb sie sich zu ihm hingezogen fühlte – dies und sein langer Kiefer. Seine Depressionen hatten etwas Rührendes und irgendwie Poetisches an sich, und innerhalb von zwei Tagen war Emma zu der Überzeugung gelangt, daß sie der Mensch war, den er brauchte. Zwei Jahre waren vergangen, und sie war immer noch ziemlich davon überzeugt, doch es ließ sich nicht leugnen, daß Flap nicht wirklich so reagierte, wie sie es von ihm erwartet hatte. Sie war offensichtlich der Mensch, den er brauchte, aber an neun von zehn Tagen war er immer noch deprimiert. Mit der Zeit hatte sie eingesehen, daß seine Depressionen nicht etwas waren, was bald vorübergehen würde, und sie hatte gerade angefangen, sich zu fragen, warum. Sie stellte Flap dieselbe Frage. Sie war jetzt Aurora Greenways Tochter.
»Du hast keinen Grund, müde zu sein«, sagte sie. »Du hast nichts weiter getan, als deinem Vater dabei zu helfen, sich ein Boot anzuschauen. Ich habe Wäsche gewaschen und hatte eine Auseinandersetzung mit meiner Mutter und bin nicht müde.«

Flap hielt ihr die Tür auf. »Weshalb war sie hier?« fragte er.
»Blöde Frage«, sagte Emma. »Weshalb fragst du?«
»Nur so«, sagte Flap. »Du warst nicht besonders freundlich zu Daddy. Ich hätte jetzt gern ein Bier.«
Er ging ins Badezimmer, und sie holte, um des lieben Friedens willen, das Bier. Seine Empfindlichkeit, was seinen Vater anging, ärgerte sie nicht wirklich – die beiden hatten sich immer sehr nahe gestanden, und sie war nur ein Störfaktor in ihrer Beziehung, mit dem Flap noch nicht richtig umzugehen gelernt hatte, das war alles. Es kam vor, daß er mit ihr gut auskam, und es kam vor, daß er mit seinem Vater gut auskam, aber es war bisher noch nie vorgekommen, daß sie alle drei wirklich gut miteinander auskamen.
Dennoch schaffte Cecil es selbst in seinen schlimmsten Augenblicken nicht, ihr auch nur den zehnten Teil der Pein zu bereiten, den ihre Mutter Flap bereitete, und das, ohne es zu wollen.
Er lag ausgestreckt auf dem Bett und las Wordsworth, als sie das Bier brachte.
»Was muß ich anstellen, um dich dazu zu bringen, mit dem Lesen aufzuhören und mit mir zu reden?« fragte sie.
»Ich lese gerade Wordsworth«, sagte er. »Ich hasse Wordsworth. Beinahe alles kann mich dazu bringen, aufzuhören. Das solltest du doch wissen. Essensdüfte würden wahrscheinlich reichen.«
»Du bist ein schwieriger Mann«, sagte sie.
»Nein, nur egoistisch«, sagte Flap. Er klappte seinen Wordsworth zu und bedachte sie mit einem netten, freundlichen Blick. Er hatte braune Augen, die melancholisch und freundlich zugleich wirkten. Diesem Blick hatte Emma nie widerstehen können. Beinahe jedes Zeichen von Freundlichkeit genügte, um sie zu versöhnen. Sie setzte sich auf das Bett und nahm seine Hand.
»Hast du ihr gesagt, daß du schwanger bist?« fragte Flap.
»Hab' ich. Sie bekam einen Anfall.«
»Was für eine unmögliche Frau«, sagte Flap. Er setzte sich plötzlich auf und machte einen Annäherungsversuch. Seine Annäherungsversuche erfolgten immer plötzlich. Innerhalb von fünf Sekunden war Emma völlig durcheinander und außer Atem, was genau die Wirkung zu sein schien, die er hervorrufen wollte.
»Was hast du vor?« fragte sie und kämpfte darum, wenigstens halb angezogen zu bleiben. »Du scheinst mir nie Zeit lassen zu wollen, daß ich dabei noch denken kann. Ich hätte dich nicht geheiratet, wenn ich dabei nicht mehr denken wollte.«

»Einer von uns muß zurückstecken«, sagte Flap.
Es war die einzige Sache, die er schnell tat. Alles andere dauerte bei ihm Stunden. Manchmal, in ruhigen Augenblicken, fragte sich Emma, ob es nicht möglich wäre, seine Prioritäten umzudrehen, und ihn dahin zu bringen, beim Sex langsam und bei anderen Dingen schnell zu ein, aber wenn es darauf ankam, scheiterte sie jedesmal. Doch immerhin, wenn er sich nachher aufsetzte, um seine Schuhe anzuziehen, sah er richtig glücklich aus. Die Leidenschaft schien sich auf seinem Gesicht länger zu halten als anderswo, was ihr eigentlich recht war.
»Siehst du, wenn wir es auf meine Weise tun, muß keiner von uns zurückstecken«, sagte er auf dem Weg ins Bad über die Schulter hinweg.
»Von dir gebumst zu werden ist eher wie ein Überfall«, sagte Emma. »Mit zurückstecken hat das wenig zu tun.«
Wie gewöhnlich war sie nach vollbrachter Tat zuletzt ohne Kleider, lag mit dem Kopf auf den Kissen, schaute auf ihre Füße und fragte sich, wie lang es noch dauern würde, bis ihr Bauch anschwellen und ihr den Blick abschneiden würde. Für ein paar Minuten kühlte sie ihr eigener Schweiß, und ein langer, schräger Sonnenstrahl fiel auf sie, genau dorthin, wo ihr Höschen hätte sein müssen. Flap kam zurück und ließ sich auf den Bauch fallen, um seine Lektüre wieder aufzunehmen, weshalb sie sich leicht vernachlässigt fühlte. Sie legte ein Bein über seinen Körper.
»Ich wollte, deine Aufmerksamkeit würde länger anhalten«, sagte sie.
»Warum liest du denn Wordsworth, wenn du ihn nicht magst?«
»Er liest sich besser, wenn ich nicht so scharf bin«, sagte Flap.
»Mama ist nicht unmöglich«, sagte Emma. Ihr Körper war ihrem Geist irgendwie davongeeilt, aber das war vorbei. Sie wollte jetzt das Gespräch führen, das sie begonnen hatte, als sie in Eile geraten waren.
»Dann würde ich gern wissen, was sie sonst ist«, sagte Flap.
»Sie ist einfach absolut egoistisch«, sagte Emma. »Ich wollte, ich wüßte, ob das schlecht ist oder nicht. Sie ist noch egoistischer als du, und du bist auf dem Gebiet wirklich ein As. Sie ist vielleicht noch egoistischer als Patsy.«
»Kein Mensch ist egoistischer als Patsy«, sagte Flap.
»Ich frage mich, was passiert wäre, wenn ihr zwei geheiratet hättet«, sagte Emma.
»Ich und Patsy?«

»Nein, du und Mama.«
Flap war so verblüfft, daß er aufhörte zu lesen und sie anschaute. Eine von den Eigenschaften, die er immer an Emma gemocht hatte, war, daß sie alles aussprach, was ihr gerade in den Sinn kam, aber er hätte nie erwartet, daß dieser spezielle Gedanke irgend jemand überhaupt in den Sinn kommen konnte.
»Wenn sie gehört hätte, was du da sagst, würde sie dich in die Klapsmühle stecken«, sagte er. »*Ich* sollte dich in die Klapsmühle stecken. Deine Mutter und ich sind zwar nicht besonders klug, aber doch genug, daß es uns davon abhält, einander zu heiraten. Was für ein gräßlicher Gedanke.«
»Ja, aber du denkst wie ein Verstandesmensch«, sagte Emma. »Du glaubst, daß die Menschen nur nach Vernunftmaßstäben normale Dinge tun, oder nach Vernunftmaßstäben unnormale Dinge. Ich aber weiß, daß die Menschen dazu veranlagt sind, alles zu tun. Absolut alles.«
»Besonders deine Mutter«, sagte Flap. »Ich bin kein Verstandesmensch, ich bin ein Romantiker.«
Emma setzte sich auf und rutschte so dicht an ihn heran, daß sie ihm den Rücken kraulen konnte, während er las. Die Sonne war an ihren Beinen entlang und auf den Boden gewandert. Sie schwitzte nicht mehr und konnte die Schwüle des Abends spüren, die durch das offene Fenster drang. Es war erst April, doch manchmal schon so heiß, daß man die Luft beinahe als Schwaden sehen konnte. Emma meinte manchmal, daß sie Umrisse hätten, wie Geister, nur waren dies unfreundliche kleine Hitzegeister, die sich auf ihre Schultern setzten oder um ihren Nacken herumwirbelten und sie vor Hitze ganz fleckig werden ließen.
Nach einer Weile fing sie an zu überlegen, was sie als kaltes Abendessen auftischen könnte. Sie entschied sich für Gurkensandwiches. Flap würde sie nicht essen, und außerdem hatte sie gar keine Gurken. Wenn sie nicht ein großes Essen kochte, würde er wahrscheinlich stundenlang lesen, ohne ein Wort zu sagen. Nach dem Sex las er fast immer stundenlang, ohne ein Wort zu sagen.
»Es wäre schon komisch gewesen, wenn einer von uns jemanden geheiratet hätte, der nicht gerne liest, oder?« sagte sie. »Es muß Millionen von interessanten Menschen auf der Welt geben, die nicht gerne lesen.«
Flap antwortete nicht, und Emma saß da, schaute aus dem Fenster in die Abenddämmerung und ging in Gedanken die verschiedenen Mög-

lichkeiten für das Abendessen durch. »Das einzige, was ich am Sex nicht mag, ist, daß er immer das Ende eines Gesprächs bedeutet«, sagte sie.
»Trotzdem schätze ich, daß es der Sex ist, was uns zusammenhält«, fügte sie hinzu, ohne dabei eigentlich etwas zu denken.
»Was?« fragte Flap.
»Sex«, sagte Emma. »Wir unterhalten uns zu wenig. Es kommt zu keinem richtigen Gespräch.«
Doch Flap hatte ihr nicht richtig zugehört. Er hatte nur als Reaktion auf ihre Stimme gesprochen, um höflich zu sein. Emma stand vom Bett auf und sammelte ihre und seine Kleider auf. Sie wußte nicht recht, was sie eigentlich wollte. Ihre eigene, zufällige Bemerkung brachte sie durcheinander. Sie hatte keine Ahnung, warum sie das gesagt hatte. In den zwei Jahren ihrer Ehe hatte sie nichts Ähnliches gesagt, nichts, was darauf hindeutete, daß sie ihr Zusammensein lediglich als Teil eines Naturgesetzes empfand. Sie hatte vergessen, sich ein Leben ohne Flap vorzustellen, und außerdem war sie schwanger. Wenn es etwas gab, was beide betraf und worüber nachgedacht werden mußte, dann war es die Grundlage ihres Zusammenseins.
Emma sah ihn an, und die Tatsache, daß er immer noch ausgestreckt auf dem Bett lag und las, vollauf zufrieden, durch und durch zuverlässig, und so ganz ohne einen Gedanken an sie, rief sie von ihrer merkwürdigen augenblicklichen Anwandlung wieder in die Wirklichkeit zurück. Sie watschelte davon und duschte, und als sie zurückkam, durchstöberte Flap die Kommode auf der vergeblichen Suche nach einem T-Shirt.
»Sie liegen auf der Couch«, sagte sie.
Sie kam auf die Idee, ein spanisches Omelette zu machen, und sie eilte davon, um es zu versuchen, doch es war eine von den recht häufigen Gelegenheiten, wo ihre Eingebung ihr nicht zur Zubereitung eines Gerichts verhalf. Flap trug zu dem, was eine mittlere Katastrophe werden sollte, dadurch bei, daß er am Tisch saß und mit den Füßen klopfte, etwas, das er oft tat, wenn er wirklich hungrig war. Als sie ihm das Gericht vorsetzte, schaute er es kritisch an. Er bildete sich ein, ein Gourmet zu sein. Nur der Umstand, daß sie kein Geld hatten, hielt ihn davon ab, auch noch ein Weinkenner zu sein.
»Das sieht nicht wie ein spanisches Omelette aus«, sagte er. »Das sind stinknormale Rühreier.«
»Nun, meine Mutter war zu entschieden eine höhere Tochter, um mir das Kochen beizubringen«, sagte Emma. »Iß es trotzdem.«

»Was war das heute für ein großer Tag«, sagte er und schaute sie mit seinen hübschen, freundlichen Augen an. »Daddy hat ein neues Boot gekauft, ich bin zu spät heimgekommen, um deine Mutter zu sehen, und jetzt bekomme ich Rühreier. Eine perfekte Glückssträhne.«
»Jawohl, und auch noch gevögelt«, sagte Emma und bediente sich mit einem Teil des Omelettes. »Es ging so schnell, daß du dich vielleicht nicht mehr daran erinnerst, aber du hast es getan.«
»Oh, hör auf zu jammern, du kämst zu kurz«, sagte Flap. »Du kommst nicht zu kurz, und du könntest es bitter bereuen, wenn du es sonstwo ausprobieren würdest.«
»Ich weiß nicht«, sagte Emma. »Ich könnte hinzulernen.«
Wieder ging ein Regenschauer nieder, diesmal ein heftiger. Als sie ihr Omelette verspeist hatten, hörte er auf, und sie konnte es von den Bäumen tropfen hören. Draußen herrschte eine nasse, tiefe Dunkelheit.
»Immer sagst du: ›Ich weiß nicht‹«, sagte Flap.
»Ja«, sagte Emma. »Und es ist auch wahr. Ich weiß nicht. Und ich glaube nicht, daß ich jemals was wissen werde. Ich wette, das ist es, was ich tun werde, wenn ich alt bin: Irgendwo auf einem Stuhl sitzen und sagen ›ich weiß nicht, ich weiß nicht‹. Nur bin ich dann wahrscheinlich meschugge, wenn ich es sage.«
Flap sah seine Frau an und war wieder etwas überrascht. Emma hatte überraschende Visionen. Er wußte nicht, was er sagen sollte. So ungewöhnlich der Anblick auch gewesen war, eigentlich war es ein sehr gutes Omelette gewesen, und er fühlte sich ungemein zufrieden. Emma starrte in die feuchte Nacht. Ihr waches Gesicht, das fast immer ihm zugewandt war – um zu sehen, was er denken oder wünschen könnte –, hatte sich in diesem Augenblick etwas anderem zugewandt. Er war gerade im Begriff gewesen, ihr ein Kompliment zu machen, doch er tat es nicht. Emma konnte ihn manchmal zum Verstummen bringen, aus keinem bestimmten Grund, und das war gerade geschehen. Ein wenig verwirrt und völlig stumm spielte er eine Weile mit seiner Gabel, und sie saßen da und lauschten, wie es von den Bäumen tropfte.

Zweites Kapitel

1

»Du wirst dich freuen zu erfahren, daß ich mich habe erweichen lassen«, sagte Aurora ziemlich früh am Morgen. »Vielleicht ist es am Ende doch kein völliges Desaster.«
»Was ist kein...?« fragte Emma. Es war erst halb acht, und sie schlief noch halb. Außerdem hatte sie sich den Zeh gestoßen bei dem Versuch, ans Telefon zu gelangen, das in der Küche stand.
»Emma, deine Stimme klingt nicht besonders munter«, sagte Aurora. »Hast du etwa Tabletten genommen?«
»Um Himmels willen, Mama!« sagte Emma. »Es ist noch vor Morgengrauen. Ich habe geschlafen. Was willst du?«
Selbst in verwirrtem Zustand und mit ihrem schmerzenden Zeh merkte sie, daß dies eine dumme Frage war. Ihre Mutter rief jeden Morgen an und wollte nie etwas. Der Umstand, daß das Telefon in der Küche stand, hatte ihre Ehe gerettet. Hätte es am Bett gestanden und jeden Morgen um halb acht geklingelt, hätte Flap sich längst von ihr scheiden lassen.
»Nun, ich hoffe, daß ich dich nicht wieder wegen Tabletten mahnen muß«, sagte Aurora mit Nachdruck.
»Ich nehme keine Tabletten, ich nehme keine Tabletten«, sagte Emma. »Ich nehme überhaupt nichts. Ich habe bis jetzt noch nicht mal einen Kaffee getrunken. Was hast du am Anfang gesagt?«
»Daß es vielleicht doch kein völliges Desaster ist.«
»Ich weiß nicht, wovon du redest«, sagte Emma. »Was ist kein Desaster?«
»Dein Zustand«, sagte Aurora.
»Mir geht es gut«, sagte Emma und gähnte. »Ich bin nur verschlafen.«
Aurora war leicht verärgert. Man schenkte ihrer höchst bewunderungswürdigen Absicht keinen Glauben. Zum Glück hatte sie Krapfen zur Hand, auf dem Frühstückstablett. Sie aß die Krapfen, bevor sie wieder etwas sagte. Zwei Kilometer entfernt war ihre Tochter mit dem Hörer am Ohr für einen Augenblick eingenickt.
»Worauf ich mich bezog, ist die Tatsache, daß du ein Kind unter dem Herzen trägst«, sage Aurora, um einen neuen Anfang zu machen.
»Oh, ja, stimmt, ich bin schwanger«, sagte Emma.

»Ja, wenn du schon dieses häßliche Wort benutzen mußt«, sagte Aurora. »Wo wir gerade über Worte reden, ich habe die Zeitung gelesen. Dein Freund, der junge Schriftsteller, scheint gerade ein Buch zu veröffentlichen.«
»Danny Deck. Allerdings«, sagte Emma. »Ich habe dir das vor Monaten gesagt.«
»Hm. Ich dachte, er lebt in Kalifornien«, sagte Aurora.
»Ja, Mama«, sagte Emma. »Die beiden Dinge schließen einander nicht aus.«
»Werde bitte nicht philosophisch, Emma«, sagte Aurora. »Das macht überhaupt keinen Eindruck auf mich. Es heißt in der Zeitung, er wäre heute abend hier, um sein Buch zu signieren. Du hättest ihn heiraten können, wie du weißt.«
Die beiden Pfeile trafen sie aus heiterem Himmel, und halb vor Verwirrung, halb vor Zorn schoß ihr das Blut ins Gesicht. Sie schaute durch das Fenster auf ihren winzigen Hinterhof, halb in der Erwartung, Danny dort schlafen zu sehen. Er hatte die Angewohnheit, durch Hinterhöfe zu streichen, besonders durch ihren. Er hatte auch die Angewohnheit, sie in ihrem Nachthemd abzupassen, und die Nachrichten über ihn schüchterten sie sofort ein. Gleichzeitig war sie wütend auf ihre Mutter, daß sie als erste von der Signierstunde gelesen hatte. Danny gehörte ihr, und ihre Mutter hatte kein Recht, Dinge von ihm zu wissen, die sie nicht wußte.
»Schluß damit«, sagte sie voller Wut. »Ich habe geheiratet, wen ich heiraten wollte. Warum sagst du so etwas? Du hast ihn immer verabscheut, und das weißt du. Du mochtest sogar Flap besser leiden als Danny.«
»Daniels Kleidung hat mir nie gefallen«, sagte Aurora gelassen und ignorierte den Zorn ihrer Tochter. »Das ist nicht zu leugnen. Er zog sich noch schlechter an als Thomas, was kaum vorstellbar ist. Trotzdem muß Wahrheit Wahrheit bleiben. Er hat sich als ein begabter Mann erwiesen, und Thomas nicht. Es könnte sein, daß du unklug gewählt hast.«
»Komm mir ja nicht so!« schrie Emma. »Du weißt überhaupt nichts von ihm. Schließlich habe *ich* gewählt! Im Gegensatz zu dir habe ich nicht fünf oder sechs Männer dazu gebraucht. Warum kritisierst du mich? Du selber kannst dich nicht entscheiden.«
Aurora legte prompt auf. Es hatte entschieden keinen Sinn, das Gespräch fortzusetzen, bis Emma sich wieder beruhigt hatte. Außerdem hatte gerade André Previn in der *Today*-Show die Bühne betreten,

und André Previn war einer der wenigen Männer, denen sie unverzüglich ihre ungeteilte Aufmerksamkeit widmete. Vulgär ausgedrückt, sie war verrückt nach ihm. Für die *Today*-Show trug er ein gepunktetes Hemd und einen breiten Schlips und er konnte gleichzeitig mit den Augen zwinkern und seine Würde bewahren. Aurora nippte an ihrem Kaffee und nahm einen Krapfen, während sie mit den Augen an seinen Lippen hing. Die Krapfen kamen jede Woche per Luftpost in einer weißen Schachtel von Crutchley's aus Southampton, ein Geschenk ihres zweitdümmsten Verehrers, Mr. Edward Johnson, des Vizepräsidenten ihrer Bank. Edward Johnsons einzige annehmbare Eigenschaft bestand darin, daß er in Southampton aufgewachsen war und Crutchley's kannte. Für ihr wöchentliches Krapfenpäckchen zu sorgen, war, soweit Aurora wußte, die phantasievollste Tat, die er je in seinem Leben vollbracht hatte.

André Previn war da ein ganz anderer Kerl. Er war so wunderbar, daß Aurora sich manchmal dabei ertappte, wie sie seine Frau beneidete. Ein Mann, der sowohl Würde hatte wie auch mit den Augen zwinkern konnte, ließ sich selten finden – eine Kombination, nach der vergeblich zu suchen ihr eigenes Schicksal zu sein schien. Ihr Gatte Rudyard besaß, wenn auch nicht durch eigene Schuld, weder das eine noch das andere. Schon die schlichte Tatsache, daß er Rudyard hieß, war nicht seine eigene Schuld. Seine alberne Mutter hatte nie eine alte Schulmädchenschwärmerei für Rudyard Kipling überwinden können. In der Tat, wenn Aurora auf ihre vierundzwanzig Ehejahre mit Rudyard zurückschaute – etwas, das sie zugegebenermaßen nur selten tat –, konnte sie sich an nichts erinnern, woran er schuld gewesen wäre, abgesehen von Emma, und selbst das war fraglich. Rudyard ging jegliche Form von Beharrlichkeit ab, er hatte nicht einmal darauf beharrt, daß sie heirateten. Alles, was er wirklich brauchte, war eine Wanne voll Wasser, um sich nachts darin einzuweichen. Aurora hatte sich ihm gegenüber oft in diesem Sinne geäußert, und er hatte ihr beigepflichtet. Glücklicherweise war er groß, sah gut aus, hatte tadellose Manieren und besaß das Patent von einem kleinen chemischen Präparat, für das ihm die Ölindustrie ansehnliche Geldsummen zahlte. Hätte es nicht das kleine chemische Präparat gegeben, dessen war sich Aurora ganz sicher, dann hätten sie am Hungertuch genagt. Rudyard war viel zu vornehm, um eine Arbeit anzunehmen. Sein Zugang zum Dasein hatte darin bestanden, jede Stellungnahme nach Möglichkeit zu verweigern. Falls er für irgend etwas wirklich begabt war, dann für das Mittelmaß. Selbst als er noch lebte, hatte Aurora sich manchmal

dabei ertappt, vergessen zu haben, daß er am Leben war. Dann hatte er sich eines Tages, ohne irgend jemand ein Wort zu sagen, in einen Lehnstuhl gesetzt und war gestorben. Nachdem er tot war, konnte selbst sein Bild nicht mehr die Erinnerungen an ihn wachrufen. Vierundzwanzig Jahre Mittelmaß waren ihr in vager Erinnerung geblieben, und außerdem hatte sie sich in Gedanken seit langem schon anderen hingegeben – für gewöhnlich Sängern. Wenn sie je wieder gezwungen sein sollte, sich mit einem Mann einzurichten, wollte sie darauf achten, daß es nicht wieder nur Mittelmaß wurde.
André Previns große Ausstrahlung bestand darin, daß er sowohl musikalisch war als auch Grübchen hatte. Aurora selber hatte sich der Bach-Gesellschaft verschrieben. Sie betrachtete ihn von nahem, fest entschlossen, neue Fernsehzeitschriften zu besorgen und herauszufinden, wie es um seine Ehe stand. Sie konnte die Finger einfach nicht von Fernsehzeitschriften lassen. Sie schienen sich in ihrem Einkaufskorb zu vermehren. Aurora verwandte viel Zeit und Hingabe auf ihre Lektüre. In derselben Minute, als die Show vorüber war, rief sie ihre Tochter wieder an.
»Rate mal, wer in der *Today*-Show aufgetreten ist«, sagte sie.
»Es ist mir gleich, und selbst wenn Jesus in der *Today*-Show gewesen ist«, sagte Emma. »Du hast vorhin einfach aufgelegt. Erst weckst du mich, dann beleidigst du mich, dann legst du auf. Warum sollte ich überhaupt noch mit dir reden?«
»Benimm dich wie ein zivilisierter Mensch, Emma«, sagte Aurora. »Du bist noch viel zu jung, um so empfindlich zu sein. Außerdem wirst du bald Mutter.«
»Ich will nicht mal mehr Mutter werden«, sagte Emma. »Ich könnte genauso in Streik treten wie du. Wer war in der *Today*-Show?«
»André«, sagte Aurora.
»Toll«, sagte sie mürrisch und ohne großes Interesse. Sie hatte sich inzwischen zwar anziehen, aber noch nicht wieder beruhigen können. Sie hörte, daß Flap schlief, also gab es keinen vernünftigen Grund, das Frühstück zu bereiten. Wenn Danny nur vorbeikäme, dann könnte sie ihm Pfannkuchen machen und sich all die Schwierigkeiten anhören, mit denen fertig zu werden ihm gelungen war. Sie brannte darauf, ihn zu sehen, brannte, zu hören, was mit ihm geschehen war, doch gleichzeitig erfüllte sie der Gedanke, daß er plötzlich draußen vor der Tür stehen könnte, mit Besorgnis.
»Warum bist du nur so nervös?« fragte ihre Mutter, die sofort ihre Besorgnis herausgehört hatte.

»Ich bin nicht nervös«, sagte Emma. »Fang nicht an, in meinem Leben herumzustochern. Du solltest jetzt sowieso nicht mit mir reden. Es ist jetzt die Zeit, wo deine Verehrer anrufen.«
Aurora stellte fest, daß dies stimmte. Keiner von ihren Verehrern würde es wagen, vor acht Uhr fünfzehn anzurufen, noch würden sie es wagen, sie bis nach halb neun warten zu lassen. In verschiedenen Vierteln von Houston begannen genau in diesem Moment Männer zappelig zu werden, weil ihre Leitung besetzt war, und jeder wünschte, er wäre kühn genug gewesen, um acht Uhr vierzehn oder sogar um acht Uhr zwölf anzurufen. Aurora lächelte. Es war beruhigend, all dies zu wissen. Dennoch war sie nicht gewillt, sich durch den Umstand, daß ihre Verehrer anriefen, von ihren mütterlichen Nachforschungen abhalten zu lassen. Ihre Tochter benahm sich viel zu geheimnistuerisch.
»Emma, ich höre an deiner Stimme, daß etwas nicht in Ordnung ist«, sagte sie streng. »Erwägst du einen Ehebruch?«
Emma legte auf. Zwei Sekunden später klingelte das Telefon von neuem.
»Denkste, Liebling«, sagte Aurora.
»Ich erwäge einen Mord«, sagte Emma.
»Nun, es hat in unserer Familie noch keine Scheidung gegeben«, sagte Aurora, »aber wenn es eine geben muß, dann wäre Thomas der Richtige für den Anfang.«
»Auf Wiedersehen, Mama«, sagte Emma. »Ich bin sicher, daß wir uns morgen sprechen.«
»Warte!« sagte Aurora.
Emma wartete schweigend und kaute an einem Fingernagel.
»Liebling, du bist so schroff«, sagte Aurora. »Weißt du, ich esse gerade. Das bekommt meiner Verdauung bestimmt nicht gut.«
»Was?«
»Wenn du so schroff mit mir sprichst«, sagte Aurora. Sie hätte gern verzagt geklungen, doch sie war noch so sehr mit André beschäftigt, daß es ihr nicht gelingen wollte.
»Das ist eine sehr enttäuschende Art, den Tag zu beginnen«, fuhr sie fort. »Du läßt mich nur selten ausreden und sagst mir überhaupt keine netten Dinge mehr. Das Leben ist so viel angenehmer, wenn die Menschen einander nette Dinge sagen.«
»Du bist wunderbar, du bist reizend, du hast atemberaubendes Haar«, sagte sie mit tonloser Stimme und legte erneut auf. Einmal hatte sie versucht, eine Kurzgeschichte über sich und ihre Mutter zu schrei-

ben. Sie hatte die Welt als ein riesiges Euter dargestellt, und ihre Mutter verbrachte ihr Leben damit, Komplimente aus ihm herauszumelken. Das Bild traf die Situation ziemlich genau. Sie hatte Jahre gebraucht, um dahin zu gelangen, daß sie auflegen konnte, wenn es ihr nicht danach war, gemolken zu werden.
Sie ging nach draußen, setzte sich auf die Stufen ihrer kleinen Veranda in den strahlenden Sonnenschein und wartete auf Danny. Es war seine Stunde. Er kam gern zum Frühstück, und er würde in der Küche sitzen und ihr schöne Augen machen, während sie kochte.
Er behauptete immer, von seinen verschiedenen Abenteuern völlig erschöpft zu sein, doch er war nie zu erschöpft, um ihr schöne Augen zu machen. Sie wußte das und Flap wußte es auch. Sie waren alle miteinander die besten Freunde, waren es schon drei Jahre lang, und sie inspirierten sich gegenseitig zu solchen Höhen des Gesprächs, zu denen sie sich sonst selten inspiriert fühlten. Doch es hatte in ihrer Freundschaft auch romantische Untertöne gegeben, und der Umstand, daß Danny geheiratet hatte, schien diesen Untertönen keinerlei Abbruch zu tun. Niemand mit einem Funken Verstand erwartete von seiner Ehe, daß die Partner sich grundlegend änderten. Er hatte aus einem momentanen Impuls heraus geheiratet, und nach allem, was sie wußte, konnte seine Ehe durchaus in die Brüche gehen.
Die Tatsache, daß Danny es tatsächlich geschafft hatte, seinen Roman zu veröffentlichen, erschien Emma verwunderlicher als die Tatsache seiner Ehe. Das war eine unbestimmte, unsichere Sache, und ihre Gedanken beschäftigten sich damit, während die Sonne ihre Beine erwärmte. Fast jeder, den sie kannte, hatte zu irgendeiner Zeit einmal gehofft, ein Schriftsteller zu werden. Das war Flaps einziger Ehrgeiz gewesen, als sie ihm das erste Mal begegnet war. Sie selber hatte fünfzehn oder zwanzig verschwommene, mädchenhafte Kurzgeschichten geschrieben, die sie aber nie jemanden hatte lesen lassen. Die meisten ihrer Freunde vom College hatten Gedichte oder Kurzgeschichten oder Romanfragmente geschrieben. Danny kannte sogar einen Hausmeister, der Fernsehspiele schrieb. Danny *war* jetzt ein Schriftsteller, und darin unterschied er sich von den anderen. Jedermann behandelte ihn, als wäre er etwas Besonderes. Wahrscheinlich stimmte es auch, und wahrscheinlich wußte Danny, daß es stimmte, und das ärgerte Emma ein wenig. Soviel sie wußte, war sie der einzige Mensch, der ihn so behandelte, als wäre er wie jedermann, und zwar weil ihre Freundschaft so außergewöhnlich war. Aber mit Flap verheiratet zu sein und Danny zu behandeln, als wäre er wie jedermann, war nicht

leicht miteinander zu vereinbaren, das hatte sie gemerkt. Die Bereiche der Freundschaft und die Bereiche ihrer Ehe waren fast ein völliger Gegensatz geworden.
Es wurde zu heiß, um in der Sonne zu sitzen, und sie rückte in den Schatten des Dachvorsprungs, um weiterzubrüten. Während sie auf Danny wartete, erschien Flap. Es überraschte sie nicht. Sie wußte nur zu gut, daß er spüren konnte, wenn sie über etwas nachdachte. Er öffnete die Außentür und schaute sie mürrisch an.
»Was ist mit dem Frühstück?« fragte er. »Sind wir nun verheiratet oder nicht?«
Emma blieb im Schatten sitzen. Nur ihre Zehen ragten in den Sonnenschein. Ihre Zehennägel wurden allmählich heiß. »Ich finde, du solltest mich hier nicht 'rumschikanieren«, sagte sie, ohne sich zu rühren.
»Okay, aber Dad und ich müssen gleich los«, sagte er. »Und du willst mich doch nicht mit leerem Magen fortschicken, oder?«
»Ich wußte nicht, daß du gleich gehst«, sagte sie rasch. »In Wirklichkeit möchte ich dich überhaupt nicht fortschicken. Wohin gehst du?«
Flap blieb stumm. Er war noch in der Unterwäsche und konnte nicht auf die Veranda herauskommen.
»Du hast mir nicht gesagt, daß du fortgehst«, wiederholte Emma. »Warum hast du gestern abend nichts davon gesagt?«
Flap seufzte. Er hatte gehofft, sie würde sich darüber freuen, so daß er sich nicht zwei Tage lang schuldig fühlen müßte, doch war dies offensichtlich eine vergebliche Hoffnung gewesen.
»Glaubst du etwa, wir würden ein neues Boot kaufen, ohne es vorher auszuprobieren?« fragte er. »Da solltest du uns besser kennen.«
Emma zog ihre Zehen aus der Sonne. Sie war ein paar Minuten lang sehr glücklich gewesen, allein mit sich selbst auf den warmen Brettern und ein paar unbestimmten Gedanken an Danny. Es war ein solches Glück, allein auf der Veranda zu sitzen, daß sie erwartet hatte, der ganze Tag würde eine reine Freude werden. Vielleicht waren am Ende warme Bretter und kühler Schatten die besten Seiten des Lebens überhaupt. Flap brauchte nur die Tür zu öffnen, und alles kam wieder aus dem Lot. Das ganze Leben, das im Haus selber seinen Fortgang nahm, trat mit ihm auf die Veranda, und Emma fühlte sich beengt.
»Ich wußte nicht, daß ich siamesische Zwillinge geheiratet habe«, sagte sie. »Könnt ihr beide eigentlich ohne den anderen irgendwohin gehen?«

»Jetzt fang nicht wieder damit an«, sagte Flap.
»Du hast recht, warum sollte ich auch?« sagte Emma und stand auf.
»Ich habe die Zeitung noch nicht gesehen. Was hättest du gerne zum Frühstück?«
»Ach, irgendwas«, sagte Flap sichtlich erleichtert. »Ich geh' die Zeitung holen.«
Die Schuldgefühle saßen ihm beim Frühstück ziemlich im Nacken, und er redete in einem fort, in der Hoffnung, es möge ihm irgendwie gelingen, sie zu besänftigen. Emma versuchte, die Kleinanzeigen zu lesen, doch seine Versuche, sie mit seinem Gespräch zu beschwichtigen, störten sie mehr als die Tatsache, daß er sie sitzenlassen wollte, um mit seinem Vater angeln zu gehen.
»Jetzt sei doch still und iß«, sagte sie. »Ich kann nicht lesen und gleichzeitig zuhören, und du kannst dein Essen nicht genießen, wenn du dauernd redest. Ich werde mich nicht von dir scheiden lassen, weil du die Gesellschaft deines Vaters der meinen vorziehst, aber ich könnte mich scheiden lassen, wenn du nicht still bist und mich lesen läßt.«
»Ich verstehe nicht, warum du überhaupt die Kleinanzeigen liest«, sagte Flap.
»Weil sie eben immer verschieden sind«, sagte Emma.
»Das weiß ich, aber du suchst doch nichts«, sagte er. Der Anblick, wie sie geduldig die Spalten mit den Kleinanzeigen entlangging, ödete ihn immer an. Es war schwierig, sich gegenüber jemand, der den halben Morgen mit der Lektüre von Kleinanzeigen verbrachte, intellektuell nicht überlegen zu fühlen.
»Du siehst Dinge, die du haben willst, aber gehst nie los, um sie zu kaufen«, fügte er hinzu. »Und du siehst Jobs, die du willst, aber gehst nie los, um sie zu bekommen.«
»Ich weiß, aber ich könnte es einmal tun, wenn mir danach ist«, sagte Emma. Sie wollte sich bei ihrem Vergnügen nicht triezen lassen, und außerdem hatte sie einmal eine schöne, zartblaue Lampe bei einem Ausverkauf gekauft, den sie in den Kleinanzeigen entdeckt hatte. Sie hatte nur sieben Dollar gekostet und war einer ihrer wertvollsten Schätze.
Cecil kam, als Flap sich rasierte, und Emma legte die Zeitung beiseite und brachte ihm Kaffee. Es gelang ihr, ihm ein paar Scheiben Marmeladentoast aufzudrängen, die er bis auf den letzten Krümel verputzte. Es faszinierte sie immer, Cecil beim Essen zuzusehen, denn am Ende waren seine Teller so sauber, als wäre nie Essen darauf gewesen. Ihre

Mutter hatte einmal bemerkt, daß er der einzige Mensch sei, den sie kenne, der ein Gedeck mit einem Stück Brot säubern könnte, und das stimmte auch. Cecil verhielt sich beim Essen wie ein japanischer Bauer: er konzentrierte sich auf seinen Teller, als wäre er ein kleines Stück Land, von dem er jeden Millimeter nutzen müßte. Allein mit einem Stück Toast, einem Ei und einem Klacks Marmelade, würde er zuerst das Ei auf den Toast legen, sodann die Marmelade auf das Ei streichen, um schließlich mit der Unterseite des Stücks Toast sorgfältig den Teller zu putzen, bevor er sich den Happen in den Mund schöbe. »So flutscht die Sache«, würde er dann mit einem Anflug von Stolz sagen. Für gewöhnlich gelang es ihm sogar, sein Messer und seine Gabel an einer Kante seines Toasts zu reinigen, so daß alles so aussah wie vor der Mahlzeit. Als sie und Flap frisch verheiratet waren, hatte Cecils Fähigkeit, »die Sache flutschen zu lassen«, sie in arge Bedrängnis gebracht. In jenen Tagen war sie zu schüchtern gewesen, um jemandem dabei zuzuschauen, wenn er etwas von dem, was sie gekocht hatte, aß, und sie blickte dann am Ende einer Mahlzeit auf, sah Cecils strahlend weißen Teller und war unfähig, sich zu erinnern, ob sie ihm etwas gereicht hatte oder nicht.

Flap kam herein, als sein Vater gerade seine Tasse austrank. Er sah so elend aus, daß Emma für einen Augenblick gerührt war. Zwischen seiner Frau und dem Vater hin und her gerissen zu werden, fiel ihm offensichtlich schwer. Warum er sich hin und her gerissen fühlte, war sein Geheimnis. Sie fühlte sich ganz bestimmt nicht zwischen ihm und ihrer Mutter hin und her gerissen – aber er fühlte sich deutlich so, und sie sah keinen Sinn darin, ihm die Sache noch zu erschweren. Sie lockte ihn ins Schlafzimmer, um ihm einen lieben Kuß zu geben, doch es klappte nicht. Ihm war zu elend zumute, um sich von ihrer Fröhlichkeit anstecken zu lassen, und außerdem wollte er überhaupt nicht mehr geküßt werden. Emma gab es auf und versuchte, seinen Bauch zu kraulen, um ihm zu zeigen, daß sie ihm nicht böse war.

»Würdest du bitte versuchen, nicht ganz so jammervoll auszusehen?« sagte sie. »Ich habe keine Lust, hier herumzusitzen und mich schuldig zu fühlen, weil du dich wegen mir schuldig fühlst. Wenn du mich sitzenläßt, mußt du wenigstens lernen, drüber zu stehen. Dann kann ich dich hassen, anstatt mich selber hassen zu müssen.«

Flap schaute nur aus dem Fenster. Er konnte Emma nicht ausstehen, wenn sie versuchte, den Dingen auf den Grund zu gehen. Das einzige, weshalb er sich wirklich elend fühlte, war, daß er sich dazu verpflichtet glaubte, sie zu bitten mitzukommen.

»Du könntest ja mitkommen, wenn du wirklich wolltest«, sagte er ohne große Begeisterung. »Aber du willst ja lieber mit Vater über Eisenhower und Kennedy diskutieren.«
»Nein, danke«, sagte Emma. »Das ganz bestimmt nicht.«
Vermittels harter Anstrengungen hatten sie Eisenhower und Kennedy als *ihren* Gesprächsstoff herausgearbeitet. Cecil zufolge war Ike der einzige gute Präsident seit Abraham Lincoln gewesen. Er bewunderte alles an ihm, besonders die Tatsache, daß er aus bescheidenen Verhältnissen aufgestiegen war. Es gehörte sich für einen tüchtigen Mann, aus bescheidenen Verhältnissen aufzusteigen. Diese Kennedys, wie er sie nannte, waren für ihn eine einzige Provokation. Es lag auf der Hand, daß sie Geld verschwendeten, und die Tatsache, daß einiges davon ihr eigenes war, spielte in seinen Augen keine Rolle. Er bezweifelte, daß man diesen Kennedys viel zutrauen konnte.
Emma störte das nicht. Sie war vorbehaltlos vom Glanz bezaubert und betete die Kennedys an. Ihre Mutter, die keinem Präsidenten der Welt ihre Aufmerksamkeit schenkte, war es so leid geworden, die beiden über Eisenhower und Kennedy diskutieren zu hören, daß sie ihnen verboten hatte, an ihrem Tisch je den Namen eines Präsidenten zu erwähnen.
»Kann sein, daß wir ein paar schöne Fische heimbringen«, sagte Flap erleichtert.
Emma nahm ihre Hand von seinem Bauch. Sein Gesicht hatte sich ebenso rasch aufgehellt wie seine Stimme. Alles, was nötig gewesen war, um ihn wieder aufzuheitern, war die Ablehnung seiner kleinen *Pro-forma*-Einladung. Er wandte sich ab, beugte sich hinüber und begann, seine Angelausrüstung aus der Abstellkammer neben dem Schlafzimmer zu zerren. Dann fing er an, den »Wabash Cannonball« zu pfeifen. Das eine oder andere Teil seiner Kleidung wurde immer von der Angelausrüstung beschädigt, doch war dies ihre einzige Kammer, und er hatte keinen anderen Raum, um sie aufzubewahren. Als er sich hinüberbeugte, um nach der Gerätekiste zu langen, rutschte das T-Shirt, das er trug, ein Stück seinen Rücken hinauf. Emma stand da und betrachtete den knochigen unteren Teil seines Rückgrats. Es war eine Stelle, die ihre Hand in gewissen Stunden sehr mochte. Doch sie fühlte sich abgestoßen und angewidert. Sie hätte gern eine schwere Kette zur Hand gehabt, um ihn damit zu schlagen, quer über den unteren Teil seines Rückgrats. Wenn es ihm das Kreuz bräche, desto besser. Er hatte es irgendwie geschafft, daß sie sich selbst verleugnete und ihr ureigenes Recht, mit ihm zu gehen, nicht bean-

spruchte. Dann hatte er ihr die Möglichkeit in Aussicht gestellt, einen Fisch zu kochen, als Belohnung dafür, daß sie ihr gutes Recht verleugnet hatte. Sie hatte den ganzen Tag noch nichts Sinnvolles getan, und sie stand da, schaute ihn an und wußte nicht, wie man es anfangen sollte, etwas Sinnvolles zu tun. Nur eine Kette hätte es ihr möglich gemacht, etwas Sinnvolles zu tun, aber sie hatte keine.
Alles, was sie besaß, war das Geheimnis mit Danny. Flap hätte das Geheimnis entdecken können, wenn er die Morgenzeitung so aufmerksam wie ihre Mutter gelesen hätte. Doch er hatte nur die Schlagzeilen überflogen und die Sportseite gelesen. Er wußte, daß er fortgehen würde, um zu angeln, und hatte nicht einmal nachgeschaut, was für Filme liefen. Zwei- oder dreimal beim Frühstück hätte Emma fast gebeichtet, was sie wußte, nicht gerade aus Redlichkeit, sondern weil sie eine merkwürdige, unbestimmte Besorgnis überkam, die dann allerdings wieder verschwand. Wenn Flap sie nur einmal richtig angeschaut hätte, wäre sie gleich mit Danny herausgerückt, aber sie konnte aus der Art, wie er den »Wabash Cannonball« pfiff, heraushören, daß er sich in den nächsten Tagen nicht viele Gedanken um sie machen würde. Sie gab sich keinerlei Mühe, nicht feindselig dreinzuschauen, doch das machte nur einen schwachen Eindruck auf ihn.
»Du siehst irgendwie verärgert aus«, sagte er und blieb einen Moment auf der Treppe stehen. Der Ton, den er anschlug, war derselbe Ton, den er angeschlagen hätte, wenn er lediglich »schönes Wetter heute« gesagt hätte.
»Das bin ich auch«, sagte Emma.
»Weshalb?« fragte er höflich.
»Es ist nicht meine Angelegenheit, es zu sagen«, meinte Emma. »Wenn es dir wirklich etwas ausmacht, dann ist es deine Angelegenheit, es herauszufinden.«
»Du bist einfach unmöglich«, sagte er.
»Das bin ich nicht«, sagte Emma. »Ich möchte nur, daß man mich ein bißchen aufmerksam behandelt.«
Flap war bester Dinge. Er hatte keine Lust zu streiten und antwortete nicht. Ebensowenig bemerkte er, daß sie, als er ihr vom Auto aus zuwinkte, nicht zurückwinkte.
Cecil bemerkte es ebensowenig. Auch er fühlte sich prima. »Das Mädchen ist einfach super«, sagte er. »Daß du sie geheiratet hast, ist in Ordnung. Hoffentlich können wir ihr ein paar schöne Fische zum Kochen mitbringen.«

2

Das Mädchen, das einfach super war, ging ins Haus und versuchte, sich gegen die abwechselnden Gefühle von Zorn und Sinnlosigkeit, Leere und Besorgnis zu wehren, die ihr Herz bestürmten und ihr das Vergnügen an dem schönen Morgen verdarben. Alles, was sie von Flap gewollt hatte, war, ihr eine Minute ins Gesicht zu sehen – vielleicht nur wirklich freundlich zu schauen, und nicht freundlich-schuldbewußt, wie er dreingeblickt hatte. Er wußte doch, wie schwach sie war, wie leicht man ihr eine Freude machen konnte. Zwei freundliche Minuten hätten gereicht. Es erschien ihr schändlich von ihm, daß er sie geheiratet hatte und sich jetzt nicht genügend um sie kümmerte. Nicht genug, um zwei freundliche Minuten aufzubringen, wenn sie sie brauchte.
Sie räumte das schmutzige Geschirr fort und setzte sich ans Fenster, wo sie am Abend zuvor gesessen hatte, um dem Regen zu lauschen. Kaffee und Zigaretten lagen da, die Suchanzeigen und das Kreuzworträtsel, und sogar die alte, schäbige Ausgabe der *Sturmhöhe*. Das Buch war eine ihrer unfehlbaren Tröstungen im Leben, doch diesmal versagte es. Sie konnte sich nicht konzentrieren, und alles, was es bewirkte, war, sie an das zu erinnern, was sie schon allzu gut wußte: daß in ihrem Leben so gar nichts Aufregendes passierte. Kein Mensch würde je denken, daß sie so wichtig sei, daß es ums Ganze gehe, um Leben oder Tod, um Himmel oder Hölle...
Als sie auf die Suchanzeigen starrte, schrillte das Telefon.
»Du schon wieder«, sagte sie, denn sie wußte ganz genau, wer es war.
»Natürlich. Du hast mir ja nicht das letzte Wort gelassen«, sagte ihre Mutter. »Das war ziemlich egoistisch von dir, Liebling. Du weißt doch, wie sehr ich das letzte Wort genieße.«
»Ich war in Eile«, sagte Emma. »Außerdem habe ich an deine Verehrer gedacht.«
»Ach die«, sagte Aurora. »Deine Stimme klingt immer noch so bedrückt, Emma. Ehrlich. Da bekommst du bald ein niedliches Baby und bist nicht einmal glücklich. Du hast noch dein ganzes Leben vor dir, Liebling.«
»Das erzählst du mir schon seit zehn Jahren«, sagte Emma. »Ein Stück davon muß jetzt schon hinter mir liegen. Das hast du mir gesagt, als ich die Zahnklammer bekam, soweit ich mich erinnere. Das hast du mir auch gesagt, als ich mich verlobte.«

»Nur um dich zur Vernunft zu bringen«, sagte Aurora. »Unglücklicherweise bin ich gescheitert.«
»Kann sein, daß ich eben ein deprimierter Mensch bin«, sagte Emma. »Wer hätte das gedacht?«
»Ich lege gleich auf«, sagte Aurora. »Du bist heute sehr undankbar. Ich dachte, du würdest mich nicht mögen, wenn ich fröhlich bin. Ich mag mich manches Mal in meinem Leben geirrt haben, doch ich habe mir zumindest Haltung bewahrt. Du trägst jetzt Verantwortung. Kein Kind möchte eine Mutter, die deprimiert ist. Wenn du mich fragst, du tätest gut daran, eine Diätkur zu machen.«
»Du solltest lieber aufhören, auf mir herumzuhacken«, unterbrach sie Emma. »Ich habe für heute genug. Außerdem wiegst du mehr als ich.«
»Hm«, sagte Aurora und legte auf.
Emma starrte auf die Suchanzeigen und zitterte leicht. Sie hatte aufgehört, sich über Flap zu ärgern, doch sie konnte nicht aufhören, enttäuscht zu sein. Das Leben hatte viel zu wenig *Sturmhöhen*. Sorgfältig schälte sie eine Orange, doch sie blieb ungegessen auf dem Tisch liegen bis zum späten Nachmittag.

Drittes Kapitel

1

Gegen zehn am Morgen war Aurora nach einem kurzen Nickerchen zur Beruhigung der Nerven die Treppe hinunter und in ihren Innenhof gegangen. Dort fand sie Rosie, seit zweiundzwanzig Jahren ihr Hausmädchen, wie sie auf einer Liege ruhte.
»Wie kommt es, daß im ganzen Haus alle Hörer neben der Gabel liegen?« fragte Rosie.
»Nun, es ist nicht dein Haus, oder?« sagte Aurora herausfordernd.
»Nein, aber die Welt könnte untergehen«, sagte Rosie gelassen. »Niemand könnte uns anrufen und Bescheid sagen. Vielleicht möchte ich mich dann aus dem Staub machen.«
»Ich kann die Welt von da aus sehen, wo ich bin«, sagte Aurora und schaute sie an. »Es sieht nicht so aus, als würde sie untergehen. Du warst mal wieder bei deinen Predigern, nicht wahr?«
»Ich sehe trotzdem keinen Sinn darin, vier Telefone zu haben, wenn Sie die Hörer nicht auf der Gabel lassen«, sagte Rosie und überging die Frage. Rosie war einundfünfzig, überall voller Sommersprossen und wog nur neunzig Pfund. »Ich bin vielleicht nur ein Hühnchen, aber dafür bin ich zäh«, sagte sie oft. »Arbeit macht mich nicht bange, keineswegs.«
Auroa wußte das. Sie wußte es nur allzu gut. Wenn man Rosie einmal allein zu Hause ließ, war nachher nichts mehr an seinem Platz. Alte Familienstücke verschwanden für immer, und diejenigen, die nicht verschwanden, wurden an so unwahrscheinlichen Stellen deponiert, daß es manchmal Monate dauerte, bis sie wieder zum Vorschein kamen. Rosie zum Hausmädchen zu haben war ein entsetzlich hoher Preis für Sauberkeit, und Aurora war es nie richtig klar, weshalb sie ihn bezahlte. Die beiden waren nie miteinander ausgekommen, sie hatten sich zweiundzwanzig Jahre mit Zähnen und Klauen bekämpft. Keine von ihnen hatte je die Absicht, ihr Übereinkommen länger als noch ein paar Tage dauern zu lassen, und doch verstrichen die Jahre, ohne daß es einen richtigen Anlaß zur Trennung gab.
»So?« fragte Rosie. Das war ihre Art zu fragen, ob es richtig gewesen sei, die Hörer neben die Gabel zu legen.
Aurora nickte. »Ich habe Emma bestraft, wenn du es unbedingt wissen willst«, sagte sie. »Sie legte zweimal bei mir auf, ohne sich zu entschuldigen. Ich betrachte das als unverzeihlich.«

»Ach was«, sagte Rosie. »Meine Kinder legen bei mir alle Naselang auf. Kinder sind nun mal so. Kinder wissen einfach nicht, was Manieren sind.«
»Emma schon«, sagte Aurora. »Emma ist schließlich nicht auf der Straße aufgewachsen wie die Kinder von manchen anderen Leuten.« Sie hob die Augenbrauen und sah Rosie an, die unerschrocken zurückfunkelte.
»Schon gut, aber nichts gegen meine Bälger«, sagte Rosie. »Sonst fall ich über Sie her wie'n Foxterrier, kann ich Ihnen sagen. Bloß weil Sie so faul waren, nur eins zu kriegen, heißt das noch lange nicht, daß andere Leute kein Recht auf eine normal große Familie haben.«
»Ich bin nur glücklich, daß nicht alle Amerikaner deine Ansichten von Normalität teilen«, sagte Aurora. »Wenn sie so dächten wie du, müßte man uns heute stapeln.«
»Sieben sind nicht zuviel«, sagte Rosie. Sie nahm mehrere Kissen von der Liege und fing an, sie zu klopfen. Aurora tat nur selten einen Schritt ohne ihre Kissen. Kissenspuren führten oft von ihrem Schlafzimmer in jeden Teil des Hauses, wo sie hinging, um zu ruhen.
»Kannst du mir nicht die Kissen lassen?« schrie sie. »Du scherst dich kein bißchen um die Bequemlichkeit eines Menschen, muß ich sagen. Außerdem gefiel mir dein Ton eben nicht. Du bist eine fünfzigjährige Frau und ich möchte dich nicht mit einer weiteren Schwangerschaft sehen.«
Rosies Fruchtbarkeit war für sie beide eine ständige Quelle der Besorgnis, vor allem aber für Aurora. Das jüngste Kind war erst vier, und es ließ sich mit Grund bezweifeln, daß die Flut wirklich eingedämmt war. Rosie war sich selbst nicht sicher. Sie verschwendete an ihre Kinder monatelang kaum einen Gedanken, aber wenn sie einmal an sie dachte, fand sie es schwierig, die Vorstellung aufzugeben, noch eines zu bekommen. Es hatte sie zu oft auf Trab gebracht. Sie kroch um Aurora herum und packte jedes Kissen, das sie erreichen konnte. Die, die bezogen waren, zog sie sofort ab.
»Emma hat sich wahrscheinlich die Haare gewaschen und wollte gar nicht reden«, sagte sie, um Auroras Aufmerksamkeit abzulenken. »Überhaupt, sie hat ein schweres Kreuz zu tragen mit diesem Schlappschwanz von Ehemann.«
»Ich bin glücklich, daß wir in einer Sache übereinstimmen«, sagte Aurora und stieß sie träge mit dem Fuß. »Steh auf. Du bist so viel zu klein. Wer möchte schon ein Hausmädchen, das gerade einen halben Meter groß ist?«

»Schon eine Verabredung zum Mittagessen?« fragte Rosie.
»Allerdings«, sagte Aurora. »Aber wenn du nicht aufhörst, um mich herumzustreichen, verliere ich die Beherrschung.«
»Also, wenn Sie ausgehen, dann hol' ich Royce rein«, sagte Rosie.
»Ich dachte gerade, das berede ich jetzt mit Ihnen.«
»Natürlich«, sagte Aurora. »Hol ihn nur herein. Und bediene dich aus meinem Kühlschrank. Ich weiß gar nicht, warum ich dir nicht gleich das ganze Haus überschreiben lasse. Ich wäre in einer Wohnung vermutlich sowieso glücklicher, jetzt wo ich eine alternde Witwe bin. Zumindest würde sich dann niemand an meinen Kissen vergreifen.«
»Das sagen Sie ja bloß so«, sagte Rosie, die immer noch um sich grapschte und Kissen schüttelte. Überall lagen abgezogene Kissen umher. Die einzigen, die noch bezogen waren, waren die, auf denen Aurora lag.
»Im Grunde genommen habe ich es nicht nur so gesagt«, sagte sie. »Im Grunde genommen« war einer ihrer Lieblingsausdrücke. »Ich sollte umziehen. Ich weiß nicht, was mich davon abhält, es sei denn, ich würde noch einmal heiraten, und das ist alles andere als wahrscheinlich.«
Rosie kicherte. »Kann sein, daß Sie heiraten, aber Sie ziehen bestimmt nicht um«, sagte sie. »Oder Sie heiraten einen alten Bock mit Riesenvilla. Sie haben zuviel Kram. In ganz Houston gibt es keine Wohnung, in die soviel Kram paßt.«
»Ich höre mir dein Gequassel nicht mehr länger an«, sagte Aurora, stand auf und drückte die drei ihr verbliebenen Kissen an sich. »Du bist genauso schwierig wie meine Tochter. Jetzt, da du mir mein Ruhestündchen verdorben hast, bleibt mir keine andere Wahl als auszugehen.«
»Mir ist es egal, was Sie tun, solange Sie mir nicht bei der Arbeit im Wege sind«, sagte Rosie. »Von mir aus können Sie auch in den Froschteich pinkeln.«
»Es gibt keine andere Wahl«, murmelte Aurora und räumte das Feld. Dies war ein weiterer Lieblingsausdruck von ihr, und gleichzeitig einer von ihren Lieblingszuständen. Solange sie einfach keine andere Wahl hatte, konnte nichts, was schlecht ausging, ihre Schuld sein, und überhaupt hatte sie nie wirklich gern gewählt – außer wenn es um Kleider und Juwelen ging.
Sie trat mit dem Fuß mehrere unbezogene Kissen aus dem Weg und verließ mit dem Ausdruck größtmöglicher Strenge den Innenhof, um

in den sonnigen Hinterhof zu gehen und nach ihren Blumenzwiebeln zu sehen.

2

Als sie zwei Stunden später aus ihrem Schlafzimmer herunterkam und für ihre Verabredung zum Mittagessen fertig angezogen war – oder wenigstens beinahe –, saß Rosie in der Küche und aß mit ihrem Mann, Royce Dunlup, zu Mittag. In Auroras Augen war Royce noch einfältiger, als Rudyard gewesen war, und es war für sie ein Wunder, daß Rosie ihn zu sieben Kindern gebracht hatte. Er fuhr einen Lieferwagen für eine Firma, die verpackte Sandwiches, Schweinesteaks, Kartoffelchips und andere Nahrungsmittel verkaufte. Auf die eine oder andere Weise richtete er seine Lieferfahrten immer so ein, daß er zur Mittagszeit in der Nachbarschaft der Greenways war, so daß Rosie ihm Hausmannskost vorsetzen konnte.

»Da sind Sie ja, Royce, wie gewöhnlich«, sagte Aurora. Sie trug ihre Schuhe in der einen Hand und ihre Strümpfe in der anderen. Strümpfe waren einer der Flüche ihres Lebens, und sie zog sie erst in allerletzter Minute an, wenn überhaupt.

»Ja, Madam«, sagte Royce. Er hatte große Ehrfurcht vor Aurora Greenway, obwohl er seit zwanzig Jahren fast täglich in ihrer Küche zu Mittag aß. Wenn sie daheim war, trug sie gewöhnlich zur Mittagszeit noch ihren Morgenmantel – in der Tat, es war ihre Angewohnheit, mehrfach im Laufe des Vormittags ihre Morgenmäntel zu wechseln, sozusagen als ein Vorspiel zum ernsthaften Ankleiden. Häufig verfuhr sie nach dem Grundsatz, daß irgendein Mann interessanter ist als gar keiner, und ging in die Küche hinunter, um Royce zu einer Unterhaltung zu verführen. Es klappte nie, doch zumindest kam sie auf diese Weise dazu, ihren rechtmäßigen Anteil von dem zu verzehren, was Rosie gekocht hatte, meistens ein vorzügliches Ragout. Rosie stammte aus Shreveport und hatte ein Talent fürs Kochen.

»Sie sehen dünner aus, Royce. Ich hoffe, Sie arbeiten nicht zu hart«, sagte sie und lächelte ihn an.

Das war ihre traditionelle Eröffnung.

Royce schüttelte den Kopf. »Nein, Madam«, sagte er, ohne vom Essen aufzusehen.

»Oh, sieht das gut aus«, sagte Aurora. »Ich glaube, ich werde doch einen Teller nehmen, um mir eine Grundlage zu verschaffen, bevor ich mich auf den Weg mache. Wenn ich mich dann auf dem Weg zum Re-

staurant verirre, brauche ich nicht mit leerem Magen herumzulaufen.«
»Ich dachte, Sie würden sich nie verirren«, sagte Rosie. »Das behaupten Sie jedenfalls immer.«
»Verirren ist auch nicht das richtige Wort«, sagte Aurora. »Es ist nur so, daß ich manchmal nicht gleich direkt ankomme. Ich finde es nicht gerade nett von dir, daß du überhaupt die Rede darauf bringst. Ich bin sicher, daß Royce keine Lust hat, uns beim Streiten zuzuhören, während er ißt.«
»Lassen Sie mal meinen Ehemann nur meine Sorge sein«, sagte Rosie. »Royce könnte bei einem Erdbeben essen, er würde trotzdem keinen Bissen auslassen.«
Aurora verstummte, um das Ragout zu verzehren. »Ich glaube wirklich, ich bin gegen Strümpfe allergisch«, sagte sie, als sie aufgegessen hatte. »Ich fühle mich nie richtig wohl, wenn ich welche trage. Wahrscheinlich beeinträchtigen sie meinen Kreislauf, oder dergleichen. Wie steht's mit Ihrem Kreislauf zur Zeit, Royce?«
»Ganz gut«, sagte Royce. Wenn Royce gezwungen war, sich über irgendeinen Aspekt seines persönlichen Wohlbefindens zu äußern, konnte er sich allenfalls zu einem »ganz gut« aufraffen, aber das war das äußerste.
Er hätte wahrscheinlich auch nicht viel mehr gesagt, wenn er sich getraut hätte, aber die Wahrheit war, daß er sich nicht traute. Die zwanzig Jahre, die er Aurora in hundert Morgenmänteln, immer barfuß und meist nur nachlässig bedeckt durch die Küche hatte flattern sehen, hatten Royce mit einer tiefen, dumpfen Begierde erfüllt. Sie hatte stets einen großen Stapel von blauen Kissen in einer besonders sonnigen Ecke der Küche, und für gewöhnlich endete es damit, daß sie sich auf sie fallen ließ, um Ragout zu essen und Bruchstücke aus Opernarien zu singen, während sie aus dem Fenster sah und die gelben Rosen in ihrem Garten bewunderte oder in ihren Mini-Fernseher schaute, von dem sie sich nur selten lange trennte. Sie hatte das kleine Fernsehgerät in derselben Minute gekauft, da sie es gesehen hatte, und sie glaubte es zu brauchen, »um im Bilde zu sein«, etwas, wozu sie sich stets verpflichtet fühlte. Meistens stellte sie es auf ein Extrakissen, so daß sie gleichzeitig im Bilde bleiben und ihre Rosen bewundern konnte.
Sobald sie das Ragout aufgegessen hatte, stellte sie ihren Teller in den Ausguß, ging hinüber und stapelte die blauen Kissen so hoch es ging. »Ich glaube, ich werde mich zwei Minuten hinsetzen«, sagte sie, als

sie schon saß. »Ich mag nicht ausgehen, wenn ich mich nicht wohl fühle, und ich fühle mich nicht wohl.«
Rosie war einfach angewidert. »Sie sind das größte kleine Mädchen, das ich je gesehen habe«, sagte sie. »Übrigens, Sie sind schon spät dran.«
»Du sei still«, sagte Aurora. »Ich habe wohl das Recht, einen Moment in meinen eigenen Garten zu schauen, oder? Ich bereite mich innerlich auf die Strümpfe vor.«
Sie sah ihre Strümpfe an und verstummte. Dann begann sie einen anzuziehen, kam aber nur bis zur Wade, bevor sie ihr Schwung verließ. Hatte sie aber bei einem Strumpf erst der Schwung verlassen, dann gab es wenig Hoffnung, die Strümpfe je anzubekommen. Eine tiefe Melancholie überkam sie, wie es so oft, gerade vor ihren Verabredungen zum Lunch, geschah. Das Leben war bar jeder Romantik, ob Verabredung zum Lunch oder nicht. Sie stopfte die Strümpfe in ihre Handtasche und fühlte sich sehr unausgeglichen. Dann sang sie eine Arie von Puccini und hoffte, daß sich dadurch ihre Laune bessern würde. »Ich hätte mehr aus meiner Stimme machen sollen«, sagte sie und wußte, daß niemand sich darum kümmern würde.
»Aber bloß nicht in meiner Küche«, sagte Rosie. »Wenn ich heute zu etwas nicht aufgelegt bin, dann zu Opernarien.«
»Sehr schön, du hast es geschafft, ich gehe«, sagte Aurora und stand auf. Sie griff nach ihren Schuhen. Wahrhaftig, durch das Singen *hatte* sich ihre Laune gebessert. »Auf Wiedersehen, Royce«, sagte sie und blieb kurz am Tisch stehen, um ihm ein strahlendes Lächeln zu schenken. »Ich hoffe, der Streit hat Ihnen nicht den Appetit verdorben. Sie kennen ja sicher mein Auto. Wenn Sie einmal sehen, daß ich eine Reifenpanne habe, hoffe ich doch sehr, daß Sie anhalten und mir helfen. Ich glaube nicht, daß ich mich bei einer Reifenpanne besonders geschickt anstellen werde. Was meinen Sie?«
»Uh, nein, Madam, uh, jawohl, Madam«, sagte Royce, der sich nicht recht darüber im klaren war, welche Antwort auf welche Frage von ihm erwartet wurde, und in welcher Reihenfolge. Er war von Auroras Gegenwart so geblendet, daß er sich kaum noch an irgend etwas erinnern konnte. Er war verliebt, er war seit Jahren verliebt – hoffnungslos, natürlich, aber leidenschaftlich. Sie ging durch die Hintertür hinaus, wieder mit vollem Schwung, doch ihr Duft blieb noch am Tisch zurück. Sie war genau der Frauentyp, den Royce immer hatte heiraten wollen. An Rosie war nicht viel mehr dran als an einem Türpfosten – ein Türpfosten voller Sommersprossen – und viel nachgiebiger

war sie auch nicht. Royce war schon länger, als er zurückdenken konnte, mit dem gemeinen Wunschtraum umgegangen, daß Rosie eines Tages auf tragische, wenn auch möglichst schmerzlose Weise ums Leben käme, und daß Aurora Greenway, die nach zwanzig Jahren mit Ragout und unbeantworteten Fragen für ihn bestimmt sei, ihn, den groben Klotz, erhören würde.

In praktischer Hinsicht erfreute er sich, für jedermann ein Geheimnis, der Gunstbezeugungen einer Gelegenheitsnutte namens Shirley, die Auroras Format näherkam. Unglücklicherweise redete sie weder so vornehm, noch duftete sie so gut, und ihre gemeinsamen Übungen taten Auroras Stellung in seinem Phantasieleben keinerlei Abbruch. Dort war ihre Stellung sicher.

Rosie hatte keine blasse Ahnung von Shirley, aber sie wußte ganz genau, daß ihr Mann schon seit Jahren über den Suppentellerrand nach ihrer Chefin schielte. Sie verübelte Aurora jedes Pfund, das sie über neunzig Pfund wog, und es waren viele. Sie hatte nicht die Absicht zu sterben, und ganz bestimmt nicht Royce zuliebe, aber wenn sie es sollte, dann wollte sie ihn mit Schulden und Kindern überhäuft zurücklassen, so daß er keinerlei Aussicht hätte, das Leben mit Aurora zu genießen – nein, auf keinen Fall mit einer Frau, die den lieben langen Tag kaum mehr tat, als auf verschiedenen Kissen herumzulungern.

Rosie gehörte einem strengen Glaubensbekenntnis an, das sich mehr an Strafe als an Gnade orientierte. In ihrem Weltbild war selbstzufriedene Trägheit eine Sünde, und sie, Rosie, wenn vielleicht auch nicht Gott der Herr, wußte, daß Aurora Greenway sowohl selbstzufriedener als auch träger war als irgend jemand sonst auf der Welt. Nichts aber brachte Rosies Rachegelüste so sehr in Wallung, als wenn ihr Mann sich Ragout auf die Hose kleckerte, nur weil er Aurora angaffte, wie sie in der Küche faulenzte, Fernsehen guckte oder Opernarien sang.

Sie hatte Royce oftmals und genauestens gesagt, was sie ihm seelisch, finanziell und körperlich antun werde, wenn sie ihn je mit Aurora erwische. Sobald die Hintertür sich schloß, marschierte sie zum Tisch und sagte es ihm aufs neue.

»Was denn?« sagte Royce. Er war ein großer, unschlüssiger Mann, der über die Beschuldigungen seiner Frau betrübt schien. Er bot ihr an, auf die Bibel zu schwören, daß er nie in seinem Leben einen solchen Gedanken gehabt hätte, wie er ihn fast ununterbrochen zwei Jahrzehnte lang gehabt hatte.

»Ich weiß nicht, warum ein erwachsener Mann eine Lüge beschwören sollte«, sagte Rosie. »Dann hast du nicht nur mich, sondern auch Gott gegen dich, und mich gegen dich zu haben ist schon genug. Aurora ist es nicht wert, selbst wenn sie für dich kochen würde, was sie nicht täte.«

»Ich habe nicht gesagt, daß sie es täte, Rosie«, sagte Royce mit einer Schmerzensträne im Auge. Er wünschte, seine Frau würde nicht so grausam den einzigen Traum zerstören, der ihm geblieben war.

»Zum Teufel, wir haben sieben Kinder«, fügte er hinzu. Er fügte es stets hinzu, denn das war sein wichtigstes Argument in seiner Verteidigung. »Warum schaust du mich so an?«

»Weil das auf mich nicht mehr Eindruck macht als Erbsen zählen«, sagte Rosie. Sie war zurückgegangen, um sich bei der Spüle auf einen Stuhl zu setzen, und war gerade dabei, Erbsen zu lesen.

»Liebe Kinder«, sagte Royce voller Hoffnung.

»Ich weiß nicht, was dich dazu bringt, so zu denken«, sagte Rosie. »Du weißt doch, was das für Früchtchen sind. Wir können froh sein, wenn sie nicht alle im Kittchen oder in der Erziehungsanstalt landen, wo sie doch ständig im Kaufhaus lange Finger machen oder so was. Steh nicht herum und glotz mich an mit den Händen in den Hosentaschen. Wenn du nichts zu tun hast, kannst du mir helfen, die Erbsen zu lesen.«

»Sieben Kinder sollten etwas bedeuten«, beharrte Royce. Er nahm die Hände aus den Hosentaschen.

»Ja, sieben Unfälle«, sagte Rosie. »Das bedeutet nur, daß du deine Schnäpse nicht zählen kannst, und sonst gar nichts. Wir hatten auch schon sieben Autounfälle – vielleicht sogar noch mehr. Und zwar aus demselben Grund.«

»Was für'n Grund?« fragte Royce. Er schaute auf den großen sonnigen Garten und dachte schwermütig daran, wie schön es sein würde, mit Aurora in ihrem Haus statt mit Rosie zu leben. Er und Rosie und die zwei Kinder, die noch die Füße unter ihren Tisch streckten, lebten in einer engen Keksschachtel mit vier Zimmern in der Gegend des Denver Hafens im Norden von Houston, nicht weit entfernt vom Schiffskanal. Fast jeden Morgen schickte der Kanal seinen fürchterlichen Gestank herüber. Es war eine üble Gegend, voll von Bars und Schnapsbuden und gefährlichen Gassen, in denen man leicht unangenehme Bekanntschaft mit der schwarzen oder mexikanischen Nachbarschaft machen konnte – Orte, an denen angesäuselte Grünschnäbel oft um die Brieftasche, und manchmal auch ums Leben gebracht

wurden. Es erschien ihm als Wunder, daß Rosie die lange Zeit, die sie in solcher Nachbarschaft gelebt hatte, einem tragischen Ende entronnen war.
»Aus dem Grund, daß du nach acht oder neun Bier nicht mehr weißt, was Vorsicht ist«, fuhr sie fort und las emsig die Erbsen.
»Schätze, du hast keines von ihnen gewollt«, sagte Royce. »Schätze, es ist immer nur meine Schuld gewesen.«
»Das nicht«, sagte Rosie. »Ich hab' auch nichts gegen einen Unfall ab und zu, vor allem, wenn es schon dunkel ist. Natürlich wollte ich Kinder. Du weißt doch, was ich für 'ne Angst davor hatte, als alte Jungfer zu enden. Was ich nur sagen wollte, Royce, ist, daß sieben Kinder nicht bedeuten, wir wären noch dieselben Turteltauben, die wir am Anfang waren, und auch nicht, daß du Aurora nicht gleich ins Herz schließen würdest, wenn sie lieb zu dir wäre.«
Royce Dunlup wäre der letzte gewesen, der nicht zugab, daß er nicht viel wußte, aber er wußte sehr wohl, daß er beim Reden gegen seine Frau nicht ankam.
»Niemand ist in hundert Jahren lieb zu mir gewesen«, sagte er düster und schaute in Auroras Kühlschrank. Sogar ihren Kühlschrank mochte er lieber als jeden anderen Kühlschrank.
»Hör auf zu träumen, und schau lieber mich an«, sagte Rosie. »Ich hab' mir heute morgen die Haare legen lassen, und du sagst keinen Ton.«
Royce schaute sie an, aber es war so lange her, daß er Rosies Haar zum letztenmal registriert hatte, daß er sich nicht erinnern konnte, wie es ausgesehen haben mochte, bevor sie es sich hatte legen lassen. Auf jeden Fall fiel ihm nichts ein, was er dazu hätte sagen können.
»Also, ich schätze, das hält bestimmt bis zum Abendessen«, sagte er. »Ich muß los nach Spring Branch.«
»Schön, Royce«, sagte Rosie. »Aber eins will ich dir sagen, also wenn du irgendwelche Cadillacs mit 'ner Reifenpanne und dicken Weibern drin siehst, dann tu so, als hättest du was im Auge und fahr weiter mit deinem Laster, okay? Das bist du mir schuldig.«
»Weshalb?« fragte Royce.
Rosie antwortete nicht. Das einzige Geräusch in der Küche war das Geräusch des Erbsenlesens.
»Rosie, ich schwör' dir«, sagte Royce. »Jetzt weiß ich gar nicht mehr, was ich sagen soll.« Er machte den Fehler, für etwa eine Sekunde in zwei stahlgraue texanische Augen zu schauen. Sie schielten ein wenig, und sie kannten keine Gnade.

»Muß los«, sagte er schwach und wie gewöhnlich gequält.
Rosie hörte auf zu schielen, im Vertrauen darauf, daß sie ihn zumindest für den Nachmittag fest an der Leine hatte. Sie unterbrach für eine Minute das Erbsenlesen und gab ihrem verdutzten Gatten einen zärtlichen Schmatzer. »Tschüß, mein Süßer«, sagte sie. »Lieb von dir, daß du zum Mittagessen hereingeschaut hast.«

3

Mr. Edward Johnson, erster Vizepräsident der vornehmsten Privatbank von River Oaks, versuchte eine Möglichkeit zu finden, die ihn davon abhielte, so oft auf seine Uhr zu schauen. Es schickte sich nicht für einen hohen Bankangestellten, alle dreißig Sekunden auf die Uhr zu schauen, besonders dann nicht, wenn er in der Eingangshalle des exklusivsten französischen Restaurants von Houston stand, doch eben das war es, was er seit nahezu vierzig Minuten tat. Es war nur eine Frage der Zeit, und zwar einer kurzen, bis er anfangen würde, alle fünfzehn Sekunden oder sogar alle zehn Sekunden auf die Uhr zu schauen. Die eintretenden Leute würden sehen, wie sein Handgelenk herumzuckte, und würden vermutlich denken, er litte an Funktionsstörungen der Muskulatur. Das war ganz und gar nicht gut. Niemand schätzte einen Bankier, der anscheinend an Zuckungen litt. Er sagte sich immer wieder, daß er sich beherrschen müsse, aber er konnte sich nicht beherrschen.
Er hatte an diesem Morgen mit Aurora gesprochen, und sie hatte einen beinahe herzlichen Eindruck gemacht. Ihr Tonfall war manchmal so gewesen, daß er Hoffnungen wecken konnte, aber das war natürlich schon vor drei Stunden, und Aurora hatte sich immer die Freiheit genommen, ihre Pläne so abrupt zu ändern wie eine Grille, obwohl sie in jeder anderen Hinsicht nichts weniger ähnelte als einer Grille.
Dennoch wußte Edward Johnson, daß es absolut keinen Grund gab, einen plötzlichen Sinneswandel bei ihr nicht in Betracht zu ziehen. Sie konnte genau an diesem Morgen beschlossen haben, irgendeinen von seinen Rivalen zu heiraten. Sie konnte mit dem alten General durchgebrannt sein oder mit dem reichen Yachtbesitzer oder mit einem von den Ölleuten oder sogar mit dem völlig verrufenen alten Sänger, der unablässig um sie herumstrich. Es war durchaus vorstellbar, daß einige von ihren Freiern ohne sein Wissen ausgeschieden wa-

ren, aber dann war es nur ebenso wahrscheinlich, daß bereits neue hinzugekommen waren, um sie zu ersetzen.
Mit solchen Gedanken war das Warten nicht leicht in der Eingangshalle eines exklusiven Restaurants und unter den verärgerten Blicken eines Maître d'hôtel, der mit grimmigem Gesicht seit vierzig Minuten einen Tisch freihielt. Die einzige Art, wie Edward Johnson sein Handgelenk hätte davon abhalten können herumzuzucken, hätte darin bestanden, es zwischen die Beine zu klemmen, doch das erschien ihm noch ungehöriger, als es zucken zu lassen. Er war in keiner glücklichen Lage, und der Augenblick kam, wo er sie nicht länger ertragen konnte. Er wartete, bis der Maître d'hôtel mit dem Weinkellner zu tun hatte, um rasch ins Freie zu treten, und hoffte gegen den eigenen Willen, Aurora irgendwo zu erspähen.
Zu seiner ungeheuren Erleichterung gelang ihm genau das. Als erstes sah er ihren schwarzen Cadillac, der mit großem Abstand von der Bordsteinkante und mitten in einer Bushaltestelle geparkt war. Das Herz schwoll ihm an – endlich einmal hatte sein Timing gestimmt. Aurora liebte kleine Aufmerksamkeiten, wie etwa, daß man ihr den Wagenschlag öffnete.
Alle Bedenken waren vergessen, Edward Johnson eilte, um ihr behilflich zu sein. Er lief auf die Straße, riß die Tür auf und schaute auf den Gegenstand seiner zärtlichsten Hoffnungen und heißesten Wünsche herab – nur um zu sehen, leider zu spät, daß sie gerade dabei war, sich die Strümpfe anzuziehen. Den einen hatte sie an und den anderen halb das Bein hinaufgezogen. »Aurora, Sie sehen wunderbar aus«, sagte er eine Sekunde, bevor er merkte, daß er gerade auf ihren teilweise entblößten Schoß blickte – einen weitaus entblößteren Schoß, als ihm bisher zu sehen erlaubt worden war. Das Blut, das ihm bei der Aussicht, ihr zu gefallen, in den Kopf geschossen war, machte eine plötzliche Kehrtwendung und verschwand völlig aus seinem Hirn.
Um die Lage noch zu verschlimmern, steuerte ein riesiger Autobus mit wütendem Hupen auf ihn zu. Der Cadillac war natürlich in seiner Haltezone geparkt. Als der Busfahrer sah, daß er den Cadillac nicht vertreiben konnte, steuerte er ganz dicht an ihn heran und stoppte keine fünfzig Zentimeter vor ihm. Edward Johnson glaubte einen Augenblick, zerquetscht zu werden, und versuchte verzweifelt, sich an das Auto zu pressen, ohne auch noch seiner Angebeteten auf den Schoß zu fallen. Die vordere Tür des Busses klaffte auf, und zwei kräftigen Negerinnen gelang es, sich zwischen den beiden Fahrzeugen hindurch- und in den Bus hineinzuzwängen. Der Fahrer, ein schlaksi-

ger, junger Weißer, schaute mit dumpfer, leidenschaftsloser Verärgerung auf Edward Johnson herab. »Ihr habt wohl 'n Arsch auf«, sagte er. »Könnt ihr euch kein Hotelzimmer nehmen?« Dann klappte die Tür wieder zu, der Bus donnerte davon und verpestete die Luft mit schwarzen Abgaswolken.
Aurora rührte sich nicht, abgesehen davon, daß sie ihre Strümpfe hochzog und die Lippen leicht aufeinanderpreßte. Sie schaute Edward Johnson nicht an, sie schaute den Busfahrer nicht an, sie runzelte lediglich die Stirn. Sie blickte mit einem freundlichen, doch leicht abwesenden Gesichtsausdruck geradeaus und ließ eine kleine Stille entstehen. Sie verstand es, eine kleine Stille zu nutzen, und das wußte sie. Stille war in ihrem Repertoire das Gegenstück zur chinesischen Wasserfolter – sie tropfte, Sekunde für Sekunde, auf die empfindlichsten Nerven desjenigen, der so dumm gewesen war, die kleine Stille zu provozieren.
Der Mann, der sie diesmal provoziert hatte, war, wie Aurora wußte, keinesfalls ein Stoiker. Fünf Minuten genügten vollkommen, um ihn zu brechen.
»Was hat er gesagt?« fragte er einfältig.
Aurora lächelte. Man mußte aus dem Leben das Beste machen, doch es gab gewiß Situationen, in denen es schwierig war zu wissen, wie man es anfangen solle.
»Der junge Mann hat eine recht drastische Bemerkung gemacht«, sagte sie. »Ich glaube nicht, daß ich sie wiederholen muß. Ich habe eine Verabredung mit einem Gentleman *in* einem Restaurant hier in der Nähe, glaube ich. Ich habe, soweit ich mich erinnere, noch nie eine Verabredung getroffen, bei der von jemandem erwartet wurde, an einer Bordsteinkante zu warten. Da ich mich für gewöhnlich verspäte, könnte einmal einem meiner Begleiter schwindlig vor Hunger werden und er vor einen Bus fallen. Wenn ich die Wahl hätte, wäre es mir lieber, wenn meine Begleiter die Zeit nützen würden, dafür zu sorgen, daß wir einen guten Tisch bekommen.«
»Oh, ganz gewiß«, sagte Edward Johnson. »Lassen Sie sich nur Zeit. Ich laufe schnell zurück, um gleich nach unserem Tisch zu schauen.«
Zehn Minuten später betrat Aurora das Restaurant und strahlte ihn an, als hätte sie ihn seit Wochen nicht gesehen. »Da sind Sie ja, Edward, wie immer«, sagte sie. Dank seiner Nervosität landeten seine Küsse irgendwo zwischen ihren Wangen und ihren Ohren, doch sie schien es nicht zu bemerken. Sie hatte ihre Strümpfe an, aber der Rückstoß eines anderen vorbeifahrenden Busses hatte ihr fülliges

Haar in eine wilde, aufwärtsgerichtete Form geblasen, und sie unterbrach die Eröffnung für eine Weile, um es herunterzukämmen.
Aurora hatte es sich nie gestattet, vom Ruf eines Restaurants auch nur die geringste Notiz zu nehmen – auf keinen Fall in Amerika –, und in ihren Augen war es keine Frage, daß ein französisches Restaurant, das auf sich hielt, es sich nie erlaubt hätte, überhaupt in Houston zu sein. Sie rauschte gleich mit Edward Johnson im Schlepptau in den Speisesaal. Der Maître d'hôtel sah sie kommen und eilte ihnen entgegen, um sie zu begrüßen – Aurora hatte ihm immer den Nerv getötet, und das tat sie auch heute. Er sah, wie sie ein paar verrutschte Locken zurechtrückte, doch es entging ihm, daß in ihren Augen ihr Äußeres gerade so war, wie es sein sollte. Da er selber ein Liebhaber von Spiegeln war, bot er ihr einen an.
»Bonjour Madame«, sagte er. »Suchen Madame die Damentoilette?«
»Danke, nein, und es ist durchaus nicht Ihre Aufgabe, solche Themen anzusprechen«, sagte Aurora und ging gleich hinter ihm her. »Ich hoffe, daß wir einen guten Platz bekommen, Edward. Sie wissen ja, wie sehr ich es liebe, die Leute, die hereinkommen, zu beobachten. Wie Sie unschwer sehen werden, habe ich mich beeilt. Wahrscheinlich sind Sie sehr böse auf mich, weil ich mich verspätet habe.«
»Aber natürlich nicht, Aurora«, sagte Mr. Johnson. »Fühlen Sie sich wohl?«
Aurora sah sich mit zufriedener Verachtung in dem Restaurant um.
»Nun ja«, sagte sie, »ich hoffe, es wird Makrelen für uns geben und so schnell wie möglich. Sie wissen ja, ich mag sie mehr als alle anderen Fische. Wenn Sie ein wenig mehr Initiative besäßen, hätten Sie sie schon im voraus bestellt, Edward. Sie sind ziemlich passiv, mein Guter. Wenn Sie sie im voraus bestellt hätten, könnten wir jetzt schon essen. Es bestand die ausreichend geringe Wahrscheinlichkeit, daß ich nichts anderes gewünscht hätte.«
»Gewiß, Aurora«, sagte er.
»Hurtig, Makrele!« sagte er zu dem erstbesten Kellnerjungen, der ihn verdutzt ansah.
»Das ist ein Kellnerlehrling, Edward«, sagte Aurora. »Kellnerlehrlinge nehmen keine Bestellungen entgegen. Die Ober, das sind die mit den Dinner-Jacketts. Ich denke, daß ein Mann in Ihrer Position diese Unterscheidungen etwas deutlicher im Gedächtnis bewahren sollte.«
Edward Johnson hätte sich am liebsten die Zunge abgebissen. Fast im-

mer reichte Auroras schlichte Gegenwart aus, um ihn zu veranlassen, Dinge zu sagen, wegen denen er sich am liebsten die Zunge abgebissen hätte. Er kannte den Unterschied zwischen einem Ober und einem Kellnerjungen seit mindestens dreißig Jahren. Er war selber einmal ein Kellnerjunge gewesen, als Jugendlicher in Southampton. Doch in der Minute, da er neben Aurora Greenway Platz nahm, schienen dumme Bemerkungen von einer Art, wie er sie sonst niemals gemacht hätte, ohne Vorwarnung nur so aus seinem Munde herauszupurzeln. Es war eine Art Teufelskreis. Aurora war nicht die Frau, die einem dumme Bemerkungen durchgehen ließ, und je weniger sie sie ihm durchgehen ließ, um so mehr schien es ihn zu drängen, welche zu machen. Er machte ihr seit drei Jahren den Hof und konnte sich an keine einzige dumme Bemerkung erinnern, die sie ihm hätte durchgehen lassen.
»Entschuldigung«, sagte er eingeschüchtert.
»Nun, davon möchte ich nichts hören«, sagte Aurora und sah ihm in die Augen. »Ich bin immer der Meinung gewesen, daß Leute, die allzu schnell mit Verteidigungen bei der Hand sind, kein reines Gewissen haben können.«
Sie nahm ein paar von ihren Ringen ab und fing an, sie mit ihrer Serviette zu polieren. Servietten schienen auf Ringe besser zu wirken als irgend etwas anderes, und so viel sie sah, war die Tatsache, daß dieses Restaurant hübsche Servietten hatte, so ungefähr die einzige Rechtfertigung dafür, hier mit Edward Johnson zu Mittag zu essen. Ein Mann, der Makrele bei einem Kellnerlehrling bestellen wollte, war nicht sehr anregend. Alles in allem waren Männer, die Ehrfurcht vor ihr hatten, noch schlimmer als Männer, die keine hatten, und Edward Johnson schien bis zum Hals in Ehrfurcht zu versinken. Er war in Schweigen verfallen und kaute an einem Selleriestengel herum.
»Sie hätten sich besser eine Serviette auf den Schoß legen sollen, wenn Sie diesen Selleriestengel essen wollen, Edward«, sagte sie. »Ich fürchte, er tropft. Sie scheinen es heute überhaupt den Dingen gegenüber an Aufmerksamkeit mangeln zu lassen. Ich hoffe, Sie hatten keine Rückschläge in der Bank.«
»O nein«, sagte Edward Johnson. »Alles läuft glänzend, Aurora.« Er wünschte, es würde etwas Richtiges zum Essen kommen. Wenn erst das Essen auf dem Tisch stünde, worüber man reden könnte, würde sich ihm vielleicht eine Möglichkeit bieten, etwas Vernünftiges zu sagen, und die Gefahr wäre geringer, daß ihm lächerliche Bemerkungen aus dem Mund purzelten und ihn in Verlegenheit brachten.

Aurora spürte sofort, daß sie auf eine Mauer von Langeweile zutrieb, wie es gewöhnlich der Fall war, wenn sie mit Edward Johnson zu Mittag aß. Er hatte solche Angst, als Dummkopf zu erscheinen, daß er überhaupt nichts sagte. So beschäftigte er sich mit Hingabe mit dem Selleriestengel. Sie nahm, wie es ihre Gewohnheit war, Zuflucht zu einer minutiösen Musterung jedes einzelnen in dem Restaurant – eine Musterung, die wenig erbaulich war. Eine Reihe gutgekleideter und offensichtlich einflußreicher Männer aßen mit Frauen zu Mittag, die viel zu jung für sie waren. Die meisten Frauen waren jung genug, um die Töchter ihrer Begleiter zu sein, doch Aurora bezweifelte stark, daß dies der Fall war.
»Hm«, sagte sie, über den Anblick entrüstet. »Überhaupt nichts ist in diesem Land in Ordnung.«
»Wo?« fragte Edward Johnson und fuhr ein wenig in die Höhe. Er dachte, daß er sich vielleicht bekleckert hätte, aber er konnte sich nicht vorstellen, womit, da er aufgehört hatte zu essen und mit beiden Händen im Schoß dasaß. Vielleicht hatte der Kellnerjunge ihn aus Rache mit etwas bekleckert.
»Nun, ich muß sagen, der Beweis sitzt überall um uns herum, Edward, wenn Sie nur hinschauen würden«, sagte Aurora. »Ich kann es ganz entschieden nicht leiden, ausschweifende Frauen zu sehen. Sehr viele von ihnen sind vermutlich Sekretärinnen, und ich bezweifle, daß sie schon Lebenserfahrung haben. Ich nehme an, daß auch Sie, wenn ich nicht mit Ihnen zu Mittag essen kann, auf jüngere Frauen zurückgreifen, nicht wahr, Edward?«
Die Beschuldigung machte Edward Johnson einen Augenblick lang sprachlos. Er hatte nicht die leiseste Ahnung, wie Aurora das herausgefunden hatte, wieviel sie davon wußte. In den vier Jahren seit dem Tod seiner Frau hatte er mindestens dreißig der jüngsten und unerfahrensten Sekretärinnen, die er nur finden konnte, mit Speis und Trank bedient, in der Hoffnung, daß irgendeine sich von seinem Rang oder seinen Tischmanieren ausreichend beeindrucken ließe, um mit ihm zu schlafen, doch es war vergebliche Liebesmüh gewesen. Sogar die allergrünsten kleinen Achtzehnjährigen aus Conroe oder Nacogdoches kostete es keinerlei Mühe, Wege zu finden, ihm zu entkommen. Serien phantastischer Menüs und Stunden seiner charmantesten Konversation hatten nicht eine von ihnen auch nur so weit entzückt, mit ihm Händchen zu halten. In Wahrheit war er nicht weit davon entfernt, daran zu verzweifeln, und sein meistgehegter Traum war, daß Aurora Greenway sich eines Tages aus einer Anwandlung

des Herzens heraus entschließen würde, ihn zu heiraten und von solch strapaziösem Treiben zu erlösen.
»Sie wollen anscheinend nicht widersprechen, Edward«, sagte Aurora und sah ihn durchdringend an. Sie hatte eigentlich gar nichts Konkretes mit ihrer Beschuldigung gemeint – es war ihre Gewohnheit, bei Gelegenheit Netze von Beschuldigungen auszuwerfen, nur um zu sehen, was sie einholen könnte. Wer auch nur ein bißchen Verstand besaß, leugnete sofort alles. Das Leugnen mochte bei ihr auf taube Ohren stoßen, doch häufiger noch war sie einfach desinteressiert, weil ihre Gedanken in der Zeit bereits abgeschweift waren, die der Beschuldigte brauchte, um seine Unschuldsbeteuerungen zu entwerfen.
Die einzig mögliche, aber völlig dumme Taktik, einer Beschuldigung Auroras zu begegnen, war zu beichten. Dies war die Taktik, die Edward Johnson sofort anwandte. Er hatte eigentlich lügen wollen – er log Aurora gegenüber fast immer und wegen allem –, doch als er aufsah und versuchte, ihr in die Augen zu schauen, wirkte sie so überzeugt von seiner Schuld, daß er zauderte. Sie war die einzige Frau, die er kannte, die abwesend – ja sogar zerstreut – aussehen konnte und dennoch hundertprozentig von der Wahrheit dessen, was in ihrem Kopf gerade vorging, überzeugt schien. Sie fuhr fort, die Gäste des Restaurants zu inspizieren, fuhr fort, ihre Ringe zu polieren, all das mit zufriedener Selbstgefälligkeit, aber sie warf ihm einen Blick aus den Augenwinkeln zu, der deutlich genug sagte, dessen war er ganz sicher, daß sie alles über seine Sekretärinnen wußte. Eine Beichte schien seine einzige Hoffnung, und so platzte er mit einer heraus.
»Ach, nicht so oft, Aurora«, sagte er. »Einmal im Monat vielleicht. Nicht öfter.«
Aurora hörte auf, ihre Ringe zu polieren. Sie sah ihn ganz ruhig an. In einer Sekunde war ihr Blick ernst geworden. »Was haben Sie gesagt, Edward?« fragte sie.
»Sehr selten«, sagte er. »Sehr, sehr selten, Aurora.«
Durch die Art, wie ihr Gesicht sich verändert hatte, wurde ihm bewußt, daß er einen gewaltigen Fehler begangen hatte, einen weitaus schwerwiegenderen, als beim Kellnerjungen zu bestellen. Sie schaute ihn an, ohne zu lächeln. Er fühlte sich plötzlich feige. Das war in Auroras Gegenwart öfter der Fall, doch niemals zuvor war es so stark gewesen. Etwas stimmte nicht – es war niemals in Ordnung gewesen. Er war der Vizepräsident einer Bank, ein wichtiger Mann, er verfügte über Millionen, man kannte ihn und blickte zu ihm auf. Eine Aurora Greenway besaß nichts dergleichen. Sie war als flatterhaft bekannt.

Er wußte nicht einmal, warum er ihr den Hof machte, warum er jemanden heiraten wollte, dessen Blick allein ihn innerlich verzagen ließ. Aber es war nun einmal geschehen. Warum verschwendete er seine Zeit, vergeudete sein Geld und machte sich zum Hanswurst, alles für eine Frau, die ihn zu Tode erschreckte? Es ergab keinen vernünftigen Sinn, aber er war sicher, daß er sie liebte. Sie war so viel vitaler, als seine Frau jemals gewesen war – seine Frau war nie imstande gewesen, eine Makrele von einem Karpfen zu unterscheiden –, trotzdem war es im Grunde Terror, schlicht und einfach Terror. Er wußte nicht, was er tun oder sagen sollte, wenn Aurora ihre blauen Augen auf ihn richtete. Warum war er nicht der Mann, der er zu sein vorgab, wenn er in Gesellschaft anderer Männer war? Warum verteidigte er sich nicht besser oder ging zum Gegenangriff über? Warum hatte er dieses Gefühl, nicht zu wissen, was er tun sollte?
»Sie wollen sagen, Edward«, sagte Aurora ruhig, »daß Sie junge Frauen hierher führen, wohin Sie mich geführt haben?«
»Oh, Bagatellen, Aurora«, sagte er. »Ohne jede Bedeutung. In keiner Hinsicht von Belang, wirklich. Nur Sekretärinnen. Ich meine, zur Begleitung.«
Er machte eine Pause. Die Makrele war gekommen. Sie empfing den Fisch mit völligem Schweigen. Der Maître d'hôtel wollte einen Wein vorschlagen, doch sie ließ ihn mit einem Blick verstummen. Sie sah eine Weile den Fisch an, doch sie griff nicht zu ihrer Gabel.
»Was soll ein Mann machen?« sagte Edward Johnson, der vor Nervosität schon laut dachte.
Aurora saß schweigend und mit leerem Blick da. Edward Johnson erschien es wie eine Ewigkeit. Sie rührte ihre Gabel nicht an, und er wagte nicht, die seine anzurühren.
»Ich glaube, Sie haben mir die Ehe angetragen, nicht wahr, Edward?« sagte sie und schaute ihn ausdruckslos an.
»Natürlich, natürlich«, platzte er heraus. Sein Magen war kein leerer Sack mehr – er fühlte sich eher wie eine Haselnuß an.
»Haben Sie das ernst gemeint?« fragte Aurora.
»Natürlich, Aurora«, sagte er, und sein Herz machte plötzlich einen unvernünftigen Satz. »Sie wissen, ich bin nahezu... verrückt darauf... Sie zu heiraten. Ich würde Sie noch an diesem Nachmittag heiraten, gleich hier in diesem Restaurant.«
Aurora runzelte die Stirn, doch nur ein bißchen. »Ehen werden nicht in billigen Restaurants geschlossen, Edward«, sagte sie. »Obwohl es eigentlich kein Restaurant ist, nicht wahr? Es ist eher eine Art Serail,

um keine Begriffsverwirrung aufkommen zu lassen. Und ich habe mich hierher einladen lassen, nicht wahr?«
»Sie diesen Nachmittag heiraten«, wiederholte Edward Johnson leidenschaftlich und dachte, daß er so bei ihren wunderlichen Launen eine Chance haben müßte.
»Hm«, sagte Aurora völlig ausdruckslos. »Ich hoffe doch, daß mich mein Gedächtnis nicht im Stiche läßt, Edward. Ich bin noch ein wenig zu jung, daß mich mein Gedächtnis ausgerechnet jetzt im Stiche lassen würde. Ich glaube mich zu erinnern, daß Sie mir gesagt haben, ich sei die einzige Frau in Ihrem Leben.«
»Oh, das sind Sie«, sagte er eilig. »Zweifeln Sie nicht daran, Aurora. Schon bevor Marian starb, war ich verrückt nach Ihnen.«
Aurora runzelte wieder die Stirn.
»Ich denke, es genügt vollauf, wenn Sie mich beleidigen, Edward«, sagte sie. »Es ist nicht notwendig, damit fortzufahren und das Andenken Ihrer toten Frau zu beleidigen.«
»Oh, nein, Entschuldigung, Sie mißverstehen mich. Keine Beleidigung«, sagte Edward Johnson, der nicht die leiseste Ahnung hatte, was er sagen sollte. »Das wäre das letzte, was ich je täte.«
Aurora fing tatsächlich an, die Serviette zu falten. »Im Grunde genommen ist es nicht das letzte, was Sie je täten«, sagte sie und blickte ihn kalt an. »Außer wenn Sie versprechen würden, Harakiri mit einem Buttermesser zu begehen. Sie halten es übrigens in der falschen Hand. Zumindest ist es die falsche Hand, um Butter zu streichen – in der Etikette des Harakiri bin ich nicht bewandert.« Sie hielt inne und sah ihn schweigend an. Edward Johnson wechselte das Buttermesser in die andere Hand.
»Sprechen Sie nicht so mit mir, Aurora«, sagte er, ganz und gar in Panik. »Schauen Sie mich nicht so vorwurfsvoll an. Jene Frauen waren fast noch Kinder. Teenager. Völlig belanglos. Ich führe sie nur aus, weil sie jung sind.«
Aurora gluckste trocken. »Ich kann Ihnen versichern, Edward, Sie brauchen mich nicht davon zu überzeugen, daß sie jung waren«, sagte sie. »Zweifellos sitzen einige von ihnen hier vor meinen Augen. Ich kann mir vorstellen, daß Sie und Ihre Kollegen aus der Chefetage ein funktionierendes System des wechselseitigen Austauschs ausgearbeitet haben. Das ist auf jeden Fall Ihre Sache, nicht meine. Ich bin nur auf eins neugierig. Wenn Sie mir, wie Sie zugeben, gesagt haben, ich sei die einzige Frau in Ihrem Leben, was soll ich dann denken, was Sie Ihren Teenagern gesagt haben?«

»Ah, nichts«, sagte Edward Johnson. »Ich verspreche ihnen nie etwas.« Er konnte sich in diesem Augenblick an nichts erinnern, was er je zu einer Sekretärin gesagt hatte. Ein Alptraum vollzog sich – er mußte wahnsinnig gewesen sein, eine so fürchterliche Frau zum Lunch eingeladen zu haben, wo er statt dessen in seinen Club gehen oder eine Partie Golf hätte spielen können. Und trotzdem konnte er den Gedanken nicht ertragen, sie ganz zu verlieren. Er versuchte verzweifelt, wieder Herr der Lage zu werden, um Aurora zu zeigen, daß er ein Mann war, den sie respektieren konnte. Sie schaute ihn mit einer merkwürdig ausdruckslosen Abwesenheit an, als wäre er in ihren Augen von geringerer Bedeutung als die Petersilie, die unberührt auf ihrem Tellern lag.
In diesem Augenblick tauchte zu seiner großen Erleichterung der Weinkellner mit einer Flasche Weißwein auf. Er hielt sie Edward Johnson kurz hin, der erfreut nickte. Der Kellner holte seinen Korkenzieher hervor.
»Ich glaube nicht, daß wir einen Wein wählen sollten«, sagte Aurora plötzlich.
»Ich habe für Sie gewählt, Madame«, sagte der Maître d'hôtel und tippte ihr mit einem dünnen Lächeln an den Ellbogen. Allein der Anblick Auroras erfüllte ihn mit Verdruß.
Aurora wandte ihren Blick für einen Moment von Edward Johnson ab und sah den Maître d'hôtel an. »Das ist das zweite Mal, daß Sie sich danebenbenehmen, Monsieur«, sagte sie. »Es wäre mir lieber, wenn Sie nicht so dicht an meinem Ellbogen ständen.«
Das Lächeln des Maître d'hôtel wurde noch dünner. »Madame sollten den Fisch kosten«, sagte er. »Eine ganz vorzügliche Makrele. Sie wird Ihnen kalt.«
Ohne einen Augenblick zu zögern, nahm Aurora ihren Teller und drehte ihn um. »So viel zu Ihrem Fisch, Monsieur«, sagte sie. »Der Gentleman, der mir gegenüber sitzt, hat mir gerade Unzucht mit Minderjährigen gebeichtet. Demnach sind Sie nicht viel mehr als der Wirt eines Bordells. Ich bin durchaus imstande, mich nachdrücklich dagegen zu verwahren, daß Sie sich anmaßen, meine Weine auszuwählen.«
»Bitte, Aurora, bitte«, sagte Edward Johnson. »Keiner von uns möchte eine Szene.«
»Nun, ich erwarte auch nicht, daß Sie eine wünschen«, sagte Aurora, »aber Tatsache ist, daß ich bereits eine gemacht habe. Man hat mich dazu erzogen, niemals einer Szene auszuweichen, wenn die Szene

schon da ist. Es bleibt also nur übrig, das Ausmaß der Szene, die ich mache, zu bestimmen.«
Der Maître d'hôtel, der völlig richtig erkannte, daß es geraten schien, sich zurückzuziehen, ging. Aurora nahm ihre Schlüssel vom Tisch und ignorierte betont die vielen Köpfe, die sich umgedreht hatten. Edward Johnson saß bestürzt da mit dem Bewußtsein, daß seine Hoffnung, diese Frau für sich zu gewinnen, gescheitert war.
»Aurora, ich hab' nie etwas Verbotenes getan«, sagte er. »Ich habe nie etwas Derartiges getan.«
»Warum nicht, Edward?« fragte Aurora. Sie schaute einen Augenblick in ihren Spiegel, und dann schaute sie ihn wieder an.
»Keine von ihnen wollte etwas von mir«, sagte er schlicht. »Ich weiß einfach nicht, wie ich reden soll, wenn ich mit Ihnen zusammen bin«, fügte er hinzu. »Ich glaube, Ihre Gegenwart bewirkt bei mir, daß mein Gehirn aufhört zu arbeiten.«
Aurora stand auf, begegnete noch einmal dem empörten Blick des Maître d'hôtel und schaute dann auf das jämmerliche Bild herab, das dieser Vizedirektor einer Bank bot.
»Nun, ich empfinde es als äußerst glücklichen Umstand, daß ich diese Wirkung auf Sie habe, Edward«, sagte sie und schickte sich an zu gehen. »Sonst wüßte ich nicht, wie lange ich gebraucht hätte, um die Wahrheit über Sie herauszufinden. Diese Mädchen, die Sie verführt haben, sind so alt wie meine Tochter oder jünger. Ich muß Sie bitten, sofort meine Krapfen abzubestellen.«
Für einen Augenblick konnte Edward Johnson sich nicht daran erinnern, was mit den Krapfen war. Was auch geschehen war, es war alles so grausam gewesen. Er hatte mit einem außergewöhnlich netten Lunch gerechnet, und nun schien plötzlich seine Beziehung zu Aurora Greenway am Ende, ausgerechnet an einem der besten Tische des besten französischen Restaurants von ganz Houston. Er trug seinen elegantesten Anzug, und irgendwie war er sicher gewesen, daß Aurora sich schließlich beeindrucken lassen würde. Verzweifelt suchte er nach Worten, um den Vorfall zu erklären und die Dinge richtigzustellen.
»Ich bin Witwer«, sagte er. »Sie wissen nicht, wie das ist.«
»Sie sprechen mit einer Witwe, Edward«, sagte Aurora und ging davon.

4

Als sie zu Hause mit leerem Magen ankam, war die unermüdliche Rosie mit der Hausarbeit bereits fertig und gerade dabei, den Rasen zu sprengen. Es war ein heißer Tag – der Geruch des feuchten Grases war angenehm. Aurora hielt den Cadillac an und blieb mehrere Minuten darin sitzen, ohne sich zu rühren oder etwas zu denken.
Als Rosie den Rasen ausgiebig gesprengt hatte, drehte sie den Wasserhahn ab und kam herüber. »Warum sitzen Sie im Auto?« fragte sie.
»Nörgele jetzt nicht an mir herum«, sagte Aurora.
»Schätze, irgend etwas ist schiefgelaufen«, sagte Rosie. Sie ging um den Wagen herum und setzte sich auf den Beifahrersitz, um eine Minute bei ihrer Chefin zu rasten.
»Jawohl, du hast es erraten«, sagte Aurora.
»Ist er mit einer Zwölfjährigen durchgebrannt oder so was?«
»Dafür wäre ich aufrichtig dankbar«, sagte Aurora. »Er ließ sich von mir so erschrecken, daß er mir kaum in die Augen sehen konnte.«
»Was haben Sie getan, um ihn zurückzukriegen?« fragte Rosie. Sie konnte nicht gut genug lesen, um die *Wahren Bekenntnisse* zu genießen, weshalb sie aus allem, was immer Aurora passierte, eine aufregende Sensation machte.
»Sehr wenig«, sagte Aurora. »Ich habe einen wunderbaren Fisch samt dem Teller umgedreht, aber darüber hat sich nur der Maître d'hôtel geärgert. Edward ist glimpflich davongekommen.«
»Das bezweifle ich«, sagte Rosie.
Aurora seufzte. »Er war so auf seine Verteidigung aus, daß er mich aus dem Konzept brachte«, sagte sie. »Ich glaube, ich bin jetzt auf drei herunter.«
»Das is 'ne Menge«, sagte Rosie. »An solchen Kerlen mit heraushängender Zunge ist nicht viel verloren. Lieber keinen Mann...«
»Ja, aber deiner ist nicht tot«, sagte Aurora. »Wenn Gott Royce je zu sich nehmen sollte, wärest du in derselben mißlichen Lage wie ich.«
»Gott hat einige Millionen von Royces Sorte geschaffen«, sagte Rosie ohne jede Romantik.
Die beiden saßen ein paar Minuten in wohltuendem Schweigen da. Wenn Aurora darüber nachdachte, so rief die Tatsache, daß sie nun Edward Johnson los war, eher ein Gefühl von Erleichterung hervor als das Gegenteil. Die Krapfen waren außerdem schwer verdaulich gewesen.

»Sie sollten besser aus dem Wagen aussteigen, wenn Sie wollen, daß ich ihn heute noch wasche«, sagte Rosie. »Nach drei wasche ich keinen Wagen mehr.«

»Schon gut, schon gut«, sagte Aurora. »Ich habe dir zwar nicht gesagt, daß du den Wagen waschen sollst, aber tu, was du willst. Das tust du ja sowieso. Ich gehe mal nachschauen, was von meiner Habe du heute wieder weggeräumt oder versteckt hast.«

»Nichts nutzt ein Möbelstück schneller ab, als wenn es immer am gleichen Platz steht«, sagte Rosie, ein wenig in Verteidigungshaltung. »Das ist eine Binsenwahrheit, und die können Sie mir glauben.«

»Das ist eine Binsenwahrheit, mit der du das meiste von dem geplündert hast, womit ich einst angefangen habe«, sagte Aurora. »Ich hoffe, du hast wenigstens etwas Ragout übriggelassen. Er hatte nicht einmal die Kraft, mich zurückzuhalten und dafür zu sorgen, daß ich meinen Lunch nahm.«

Sie nahm die Sonnenbrille ab und schaute Rosie an. Edward Johnson war kein großer Verlust, doch trotz der schönen Frühlingsdüfte fühlte sie sich ein wenig niedergeschlagen. Während sie da saß, hatte sie sich erlaubt, darüber nachzusinnen, was die Ursache von allem sei – ein Fehler, den sie selten machte.

»Armes Ding«, sagte Rosie. Nichts stimmte ihr Herz so mitleidsvoll, wie wenn Aurora einen Kavalier verlor. Das ließ sie an all die Kavaliere denken, die sie wahrscheinlich verloren haben würde, wenn Royce nicht da wäre. Sie wurde selber traurig bei dem bloßen Gedanken an all die Ungerechtigkeiten, die man ihr hätte antun können. Aurora konnte man leichter gern haben, wenn sie geknickt war. In dem Augenblick, da ihre Laune sich besserte, wurde sie wieder abstoßend.

Die Worte des Mitleids waren kaum aus ihrem Munde heraus, als Aurora wieder abstoßend wurde.

»Nenn mich nicht armes Ding«, sagte sie und schaute Rosie von oben bis unten kritisch an. »Du bist diejenige, die nur neunzig Pfund wiegt. Ich will, daß du weißt, daß ich mich geistig wie körperlich vollkommener Gesundheit erfreue, und man braucht mich ganz und gar nicht zu bemitleiden. Du kannst von Glück sagen, wenn du noch weitere fünf Jahre hältst, so viel wie du rauchst, und ich glaube auch nicht, daß dein Mann besonders glücklich ist. Jedesmal, wenn ich Royce sehe, sieht er trübsinnig aus, und ich sehe ihn jeden Tag. Schaut er jemals glücklich aus?«

»Was hat glücklich denn damit zu tun?« sagte Rosie hitzig. »Ich weiß nicht, was Royce Dunlup hätte, worüber er glücklich sein sollte.«
»Das ist ja entsetzlich, so etwas zu sagen«, meinte Aurora. »Was bist du nur für eine Ehefrau?«
»Eine mit ein bißchen Verstand«, sagte Rosie. »Royce muß Rechnungen zahlen und für mich und für die Bälger sorgen. Der Mann muß sich verdammt ins Zeug legen – er hat nicht mal Zeit für Sport. Alles, was er möchte, ist, mit Ihnen zusammenzuziehen, und Sie wissen, wie ich *dazu* stehe.«
Aurora lächelte. »Immer noch eifersüchtig, was?« sagte sie.
»Sie kennen mich ja«, sagte Rosie. »Ich nehme nie was auf die leichte Schulter.«
»Nun, das muß ja eine fürchterliche Lebensweise sein«, sagte Aurora und klopfte gedankenverloren mit einem Fingernagel auf das Lenkrad. »Je besser man es versteht, die Dinge auf die leichte Schulter zu nehmen, um so größere Chancen hat man. Auf jeden Fall täuschst du dich wahrscheinlich in mir. Ich bezweifle, daß Royce sich Männergedanken über mich macht, bei meinem Alter.«
»Sie müssen Stroh im Kopf haben, wenn Sie glauben, daß er das nicht tut«, sagte Rosie. Sie öffnete das Handschuhfach und begann, seinen Inhalt zu sortieren. Aurora schaute mit einigem Interesse zu. Sie sah selten ins Handschuhfach, und sein Inhalt war für sie eine Offenbarung. Ein paar Sandalen kamen zum Vorschein und eine Bernsteinkette, nach der sie monatelang gesucht hatte.
»Da ist sie ja«, sagte sie. »Und an welch einem Platz.«
Rosie zerrte eine Handvoll Schmuck und eine Reihe Steuererklärungen hervor.
»Nun, ich denke, wir haben genug darüber gesprochen«, sagte Aurora. Sie warf Rosie einen trägen Blick zu, der viel Gleichgültigkeit über das zur Debatte stehende Thema enthielt.
»Es ist nicht immer leicht zu sagen, wann Männer Männergedanken hegen«, fügte sie hinzu. »Ich glaube, ich habe aufgehört, es zu registrieren. Du kannst ihn gern aus meiner Küche fernhalten, wenn du dir solche Sorgen machst.«
»Nee, dann würde er nur mit irgendeiner Schlampe anfangen«, sagte Rosie. »Die Bars, die er beliefert, sind voll mit Schlampen. Was dann passieren würde, das kann ich Ihnen sagen.«
Aurora öffnete ihre Tür. »Da gibt es sehr wenig zu sagen, was dann passieren wird«, sagte sie. »Ich glaube, das kann ich mir fast denken.«

»Das Ragout steht auf dem Herd«, sagte Rosie. »Ich nehme die Wertmarken, wenn ich welche finde. Ich sammle sie für eine Behandlung im Schönheitssalon. Kann sein, daß eine Kosmetikerin bei mir noch was ausrichten könnte.«

»Tu, was du willst, nur halte es mir vom Leib«, sagte Aurora. Sie schlüpfte aus Schuhen und Strümpfen, bevor sie ausstieg. Das leuchtend grüne Gras ihres Rasens war feucht, und sie nahm sich Zeit darüberzugehen. Wenn sie barfuß ging, fühlte sie sich immer mehr so gelöst. Es war so viel leichter, sich zu entspannen, wenn ihre Füße feuchtes Gras berührten. Von Zeit zu Zeit hatte sie die Anwandlung unterdrücken müssen, all ihre Schuhe auf den Müll zu werfen und ein Leben in Zurückgezogenheit zu beginnen – es war einer ihrer stärksten und am wenigsten damenhaften Triebe. Sie hatte sich nie dazu durchgerungen, es zu tun, aber sie zögerte nicht, fünf oder sechs Paar fortzuwerfen, wenn sie sicher wäre, daß Rosie es nicht bemerkte. Ihr ganzes Leben lang hatte sie nach Schuhen gesucht, die sie mochte, doch die Wahrheit war, daß es solche einfach nicht gab. Ihr schien, daß die einzigen Anlässe, die Schuhe wert waren, Konzerte seien. Bei Konzerten, wenn die Musik wirklich gut war, hörten Schuhe auf, eine Bedeutung zu haben. Mit gesellschaftlichen Verpflichtungen war es eine andere Sache. Gleichgültig, wie Niveau und Stimmung einer solchen Veranstaltung waren, sie fühlte sich nur selten richtig wohl, bis sie wieder zu Hause war und die Wolle ihrer Fußböden oder das Pflaster ihres Innenhofes oder das Velour ihrer Schlafzimmerläufer unter ihren nackten Füßen spürte.

Sie schlenderte über ihren Rasen und fühlte sich immer besser, und als sie gerade die Vortreppe erreichte, drehte sie sich um und sah, daß Rosie, dieses Energiebündel, schon einen Schwamm und einen Eimer geholt und den halben Cadillac eingeschäumt hatte. Sie ging hinein und nahm sich einen großen Teller Ragout und ein Stück von dem leckeren Brot, das sie von einer argentinischen Bäckerei in der Nähe bezog, ging zurück auf die Treppe und aß, während Rosie sich an die Chromverzierungen machte. »Du bekommst einen Sonnenstich, wenn du so schwer in der Sonne arbeitest«, rief sie, doch Rosie winkte verächtlich mit dem Schwamm und setzte ihre Arbeit zufrieden fort. Sie polierte gerade die Chromteile, als Royce Dunlup mit seinem himmelblauen Lieferwagen herangefahren kam, um sie mit nach Hause zu nehmen.

Viertes Kapitel

1

Emma hatte in ihrer Zeit in Houston etwas über Hitze gelernt. Hitze half, um abzuschalten, und es gab Augenblicke, wo Abschalten eine Lebenshilfe war. Wenn sie wirklich nicht wußte, was sie mit sich anfangen sollte, hatte sie gelernt, ganz abzuschalten. Das war kein Weg, den ihre Mutter akzeptiert hätte, und Flap auch nicht, aber sie waren beide nie da, wenn Anwandlungen von Sinnlosigkeit sie überkamen, also machte es nichts aus. Wenn es sehr heiß war und sie ein Gefühl der Sinnlosigkeit befiel, tat sie überhaupt nichts. Sie zog sich halb aus, setzte sich auf das Bett und starrte den Schreibtisch an. Er stand genau an der Wand gegenüber von ihrem Bett. Sie las nicht bei solchen Gelegenheiten, auch wenn sie oft ein Buch als Stütze mitnahm. Sie stellte alle klaren Gedanken oder Gefühle, klaren Wünsche und klaren Bedürfnisse ab. Es genügte, auf dem Bett zu sitzen und den Schreibtisch anzustarren. Es war nicht Langeweile oder Verzweiflung oder dergleichen. Es war einfach nur Dösen. Es war sicher kein Zustand, in dem sie verharren wollte. Jeder beliebige Mensch konnte ihn unterbrechen, wenn er wollte, aber sie selber bemühte sich auch nicht besonders, ihn zu vermeiden.
Nachdem Flap fortgegangen war und ihre Mutter angerufen und sie die halbe Orange geschält und nicht gegessen hatte, dachte sie an eine Reihe von Dingen, die sie tun könnte. Sie hatte früher Biologie studiert, und es gab jede Menge Laborarbeiten, die sie machen könnte. Sie hatte eine Teilzeitstelle im zoologischen Institut und konnte jederzeit hinübergehen, um Proben vorzubereiten, wenn sie Gesellschaft wollte. In dem Labor konnte man immer Gesellschaft finden. Was sie daheim hielt, war einfach eine Vorliebe für das Heim. Vielleicht hatte sie das von ihrer Mutter geerbt, denn auch ihre Mutter hatte hundert verschiedene Betätigungsmöglichkeiten und machte nur selten von ihnen Gebrauch. Beide waren sie gern daheim, doch ihre Mutter hatte jeden Grund, ihr Heim zu mögen, denn ihr Haus war eines der hübschesten von ganz Houston. Gleich, nachdem sie von New Haven hierher gezogen waren, hatte ihre Mutter entschieden, daß der gute spanische Kolonialstil wohl die beste architektonische Lösung im Südwesten sei, und hatte ihren Vater dazu gebracht, eine entzückende Villa im spanischen Kolonialstil in einer ziemlich al-

ten und ziemlich unmodernen, nur einen Block langen Straße in River Oaks zu kaufen. Sie war hell und freundlich, mit dicken Mauern und Bogentüren. Es gab einen kleinen Patio im ersten Stock und einen großen im Erdgeschoß, und der Garten hinterm Haus grenzte an einen waldgesäumten Bach und nicht an eine andere Straße. Die Bäume entlang des Bachs waren unglaublich groß. Ihre Mutter hatte das Haus fast alle paar Jahre streichen lassen, um es weiß zu halten. Es gab keine Klimaanlagen, außer, nach einer langen Auseinandersetzung, in dem Arbeitszimmer ihres Mannes und dem kleinen Gästehaus im Hinterhof, wo ihr Vater, Edward Starrett, seine letzten Jahre verbracht hatte und auch gestorben war. Aurora liebte ihr Haus so sehr, daß sie es nur selten verließ, und Emma konnte das nachempfinden. Ihre eigene popelige Garagenwohnung war keineswegs so liebenswert, aber ein ausreichend erträglicher Ort, um abzuschalten, und das tat sie, wenn Flap mit seinem Vater fortging.

Zuerst wusch sie ihre Haare, dann setzte sie sich mit dem Rücken zum offenen Fenster auf das Bett und ließ es von der heißen Houstoner Mittagsluft trocknen.

Es war spät in jener Nacht, und sie befand sich noch in ihrem abwesenden Zustand, als Emma ihren alten Freund Danny Deck, den Schriftsteller, verführte. Ihre erste Eingebung am nächsten Morgen – nachdem Danny gegangen war und sie Zeit hatte nachzudenken – war gewesen, Flap dafür die Schuld zu geben, obwohl sie sich gleichzeitig sagte, der einzige wirkliche Grund, ihm Schuld zuzuschreiben, bestand darin, daß er nicht dagewesen war, um sie zurückzuhalten.

Es war allerdings eine Nacht, über die sie in gewissen Abständen ihr ganzes Leben lang nachgrübeln sollte. Und Jahre später, als sie schon in Des Moines, Iowa, lebte, gelang es ihr, Flaps Schuld so zu interpretieren, daß es sie mehr befriedigte. Er hatte, bevor er mit seinem Vater fortgegangen war, nichts Aufrichtiges zu ihr gesagt. Hätte er es getan, hätte sie sich seiner Aufrichtigkeit gegenüber loyal verhalten müssen, und das, so fühlte sie, hätte sie irgendwo kurz vor der Verführung zurückgehalten. Doch zu der Zeit, als sie auf diese Interpretation kam, mußte sie sich um andere, ernsthaftere Dinge Sorgen machen als um eine Nacht der Verwirrung vor zehn Jahren. Der Gedanke, daß seine Unaufrichtigkeit vielleicht ein Teil dessen gewesen war, was in jener Nacht in ihr gearbeitet hatte, war nicht mehr als ein kleiner seelischer Auslöser, der sie manchmal veranlaßte, einen Augenblick lang an Danny zu denken, und an Flap, wie er damals gewesen war, bevor er ging.

Emma arbeitete sich gerade von hinten durch die Zeitung, als Danny endlich kam. Er hatte am Nachmittag angerufen und fürchterlich geschimpft. Seine Frau hatte ihn einige Monate zuvor verlassen, und er suchte gerade nach ihr, denn ihr Kind mußte bald geboren werden. Außerdem mußte er zu einer Signierstunde gehen und war gerade von Kalifornien non-stop durchgefahren. Er war müde und mit seiner Weisheit am Ende. Doch dem schenkte Emma keine Beachtung. Von Zeit zu Zeit, beinahe jeden Tag, überkam Danny das Gefühl, daß er vollständig und endgültig erledigt sei, doch darum hatte Emma sich nie gekümmert. Sie wußte sehr wohl, daß es nur einer schönen oder freundlichen Frau bedürfte, um ihn zu einem Sinneswandel zu veranlassen.

Da sie den größten Teil des Tages dahingedöst hatte, war sie noch nicht mit der Morgenzeitung fertig, aber es war ihr gelungen, sich von den Suchanzeigen bis zur Titelseite vorzuarbeiten. Flap haßte es zuzusehen, wenn man Zeitungen so las, also hatte sie es besser mit der Zeitung, wenn er weg war. Sie hatte sich auf Seite drei vorgearbeitet und war in eine Geschichte über einen reichen Waffensammler vertieft, dessen Frau ihn mit einer von seinen eigenen Waffen erschossen hatte, als sie Dannys altes Auto draußen bremsen hörte. Das Geräusch veranlaßte sie nur, schneller zu lesen. Der Grund, weshalb die Frau des Waffensammlers ihn erschossen hatte, war, daß er in einem Wutanfall ihre Lieblingsohrringe in den Müll geworfen hatte. Aus irgendeinem Grund vermittelte ihr die Geschichte ein Déjà-vu-Gefühl. Die Dinge schienen sich immer wieder zu wiederholen. Ihr war, als hätte sie immer nur Geschichten über irgendwelche verrückten Houstoner Morde gelesen, als Danny ankam. Während sie auf ihn wartete, als er die Einfahrt hinaufging, grüßte sie den Spiegel mehrere Male mit einem Hallo, um sicher zu sein, daß ihre Stimme auch funktionierte.

Am Abend war ein fürchterliches Gewitter niedergegangen, und die Einfahrt und die Holzstufen zu ihrer Wohnung hinauf waren noch naß. In den Jahren darauf erinnerte sie sich an den Geruch der nassen Stufen und nur an wenige andere Dinge. Das zweite Mal, als sie miteinander schliefen, war es gegen halb acht am nächsten Morgen, und sie konnte sich nicht konzentrieren, weil sie spürte, daß bald das Telefon klingeln würde. Es war gerade die Zeit, in der ihre Mutter immer anrief. Es nieselte. Emma beeilte sich, doch das Telefon klingelte nicht. Dann schliefen sie, und der Regen war wie ein Vorhang um sie herum. Sie schliefen ruhig und erholsam, etwa eine halbe Stunde.

Als sie aufwachte, saß Danny aufrecht im Bett und schaute durch das Fenster auf den tropfenden Hinterhof. »Ich sehe, ihr habt immer noch Kolibris«, sagte er. »Ich sehe das Vogelhäuschen.«
»Ja. Ich füttere sie mit Nektarkonzentrat«, sagte sie. »Du bist zu mager.«
»Weil ich am Ende bin mit meiner Weisheit«, sagte er boshaft, denn er war sich wohl bewußt, daß sie seine Verzweiflung nicht ernst nahm.
Emma seufzte. Als er angekommen war, hatte er wie ein verdreckter und hoffnungsloser Penner ausgesehen. Sein Schwiegervater hatte ihn gerade zusammengeschlagen, und sein Anzug sah aus, als sei er durch einen Sumpf gewatet. Auch blutete er aus einem Ohr. Sie wusch es gerade, als sie das Verlangen überkam, ihn zu küssen. Das meiste von dem, was dann folgte, war, daß sie sich vor Angst die ganze Nacht lang krümmte und ein dutzend Mal vom Bett aufstand, um nachzuschauen, ob Cecils Wagen nicht gerade in der Einfahrt hielt. Es war übrigens zum Teil Flaps Verdienst, denn er war derjenige, der ihr beigebracht hatte, daß der Geschlechtsverkehr dem Küssen innerhalb von zwei Minuten oder weniger zu folgen hatte.
»Jetzt sind wir beide am Ende mit unserer Weisheit«, sagte sie. »Ich muß den Verstand verloren haben. Alles, was ich wirklich wollte, war, dich zu küssen.«
»Ich nehme an, daß dich einfach nur deine mütterliche Natur überkam«, sagte er und grinste. »Alles, was du wirklich wolltest, war, mich aus dem nassen Anzug herauszubringen. Dafür schien dir wahrscheinlich eine Todsünde ein geringer Preis zu sein.«
Als sie sich aufrichtete, beugte er sich hinüber und rieb seine Wange wohlig an der ihren. Das hatte er auch in der Nacht zuvor getan. Es war ein Teil vom Anfang der Schererein. Dann schaute er durch das Fenster auf den Regenschleier hinaus und begann, ihr seine letzte Theorie zu erklären, in der es ungefähr darum ging, daß Liebe progressiv und Sex reaktionär sei. Emma schmiegte sich an ihn, ihr war zu behaglich, um zuzuhören, doch sie war wenigstens darüber glücklich, daß er sich wieder wie ein vielversprechender junger Autor und nicht wie ein gebrochener junger Mann anhörte. »Progressive Handlungen werden mit dem Herzen getan«, sagte er. »Vielleicht kann ich jetzt besser schreiben. Ich habe mehr zu vergessen.«
Emma führte ihre Finger über die glatte Haut, die seinen Armmuskel umspannte. »Woher kommt es, daß dies immer die glatteste Stelle bei einem Mann ist?« fragte sie. »Gerade diese Zone?«

Beim Frühstück saßen sie an derselben Seite des Tisches und hielten Händchen, während sie redeten. Was seine Frau und Tochter betraf, so schien Danny gegen eine undurchdringliche Mauer zu prallen. Die Verwandten seiner Frau würden ihn einsperren, falls er versuchen sollte, sie zu sehen. Emma wurde leicht melancholisch bei dem Gedanken, daß jedermann sein eigenes Leben lebte. Außerdem verspürte sie eine starke Nervosität, und jede Sekunde wartete sie darauf, daß Cecils Wagen in der Einfahrt hielt.
»Ich geh' jetzt, bevor du vor Nervosität platzt«, sagte Danny plötzlich. »Fühlst du dich sehr schuldig?«
»Nicht sehr«, sagte Emma. »Dafür habe ich einen zu schlechten Charakter.«
Sein Auto war voll mit Gepäck, doch es gelang ihm, ein Exemplar seines Romans für sie hervorzukramen. »Scheppern diese Flaschen nicht, wenn du fährst?« fragte sie und deutete auf zwanzig oder dreißig Cola-Flaschen auf dem Rücksitz. Danny versuchte sich etwas auszudenken, was er für sie in seinen Roman schreiben könnte, und gab keine Antwort. Emma wußte, daß es nicht sehr wahrscheinlich war, daß sie je einen Mann kennenlernen würde, mit dem sie sich in größerem Einklang fühlte. – Beim Frühstück hatten sie sich in sehr großem Einklang miteinander gefühlt. Er schien der einzige Mensch zu sein, dessen Wertschätzung für sie niemals geschwankt hatte.
»Das beste, was mir einfiel«, sagte er knapp und reichte ihr sein Buch. Es hieß *Ruheloses Gras*.
»Heirate bitte so bald nicht wieder«, sagte sie. Ihr schien, daß er seinem Gesichtsausdruck nach wahrscheinlich bald wieder heiraten würde, in Bigamie, wenn er nur irgendeine treffen würde, die er erobern könnte.
»Du meinst, bis ich gescheiter bin?« fragte Danny und grinste. Sein Haar war ziemlich lang.
Emma konnte es nicht ausstehen. Ihre Mutter hatte recht. Er sollte ihr gehören. Sie wandte sich ab.
»O Danny«, sagte sie mehr zu sich. »Darum kümmert sich doch keiner.«

2

Nachdem er weggefahren war, ging sie hinein und beseitigte alle Spuren. Dann fühlte sie eine so große Erleichterung darüber, mit allem fertig geworden zu sein, daß sie sich entspannte und auf ihren Stufen

lange döste. Die Morgenwolken hatten sich verzogen, und sie bekam einen Sonnenbrand. Sie entschied sich dafür zu sagen, das Buch sei mit der Post gekommen. Sie wäre Flap – wenn er sie erwischt hätte – eine Erklärung schuldig gewesen. Weil er sie nicht erwischt hatte, wußte sie nicht, ob sie ihm überhaupt etwas schuldig war. Sie und Danny hatte es erwischt, zugegeben, beide gemeinsam: Die starken Gefühle, die sie nur mit ihm empfinden konnte, sollten die gerechte Strafe für ihren Fehltritt sein.
In dem Augenblick, als Danny aufbrach, legte sich ihre Angst, Flap könnte kommen. Wenn er nicht genügend Instinkt besaß nach Hause zu fahren, um sie beim Sündigen zu erwischen, war es wenig wahrscheinlich, daß er heimkam, nur um ihr Gesellschaft zu leisten. Die Fische würden vermutlich anbeißen. Sie trug etwas Creme auf ihre verbrannten Wangen auf und arbeitete sich rasch von hinten durch die Zeitung zu dem Folgeartikel über den Mann, der die Ohrringe seiner Frau in die Mülltonne geworfen hatte. Während sie las, klingelte das Telefon.
»Nun, ich hoffe, du hast bessere Laune als gestern, Liebling«, sagte ihre Mutter.
»Das kann ich nicht sagen«, sagte Emma. »Wir werden sehen, wie die Dinge sich entwickeln. Wie geht es dir?«
»Sorgen über Sorgen«, sagte Aurora. »Quälende Sorgen. Ich erwarte dich und Thomas zum Dinner, unter allen Umständen. Ich habe heute morgen nicht angerufen, weil ich dem General erlaubt habe, mich zum Frühstück auszuführen, was wesentlich mehr Umstände machte, als die Sache wert war. Ich hoffe, du bist deswegen nicht betrübt.«
Emma erinnerte sich daran, wie sie gespürt hatte, daß das Telefon gleich klingeln würde, während sie versuchte, Danny zu spüren.
»Lange schlafen macht mich nicht trübsinnig«, sagte sie.
»Nun, aber zu sehen, wie der Mann sein Ei aß, machte *mich* trübsinnig«, sagte Aurora. »Ich nehme an, er ißt es korrekt nach der militärischen Dienstvorschrift, oder was weiß ich. Ihr beide werdet um sieben hier sein, nicht wahr?«
»Nein«, sagte Emma.
»O Gott«, sagte Aurora. »Sag mir nicht, daß du vorhast, zwei Tage hintereinander schwierig zu sein. Warum mußt du so schwierig sein, wenn mich Sorgen quälen.«
»Du ziehst voreilige Schlüsse, wie gewöhnlich«, sagte Emma. »Ich werde mich bemühen, um sieben Uhr dazusein, aber Flap ist zufällig fort.«

»Er hat dich verlassen?« fragte Aurora.
»Gib die Hoffnungen auf«, sagte Emma. »Ich glaube nicht, daß er mich verläßt, ohne zu warten, bis er sieht, was mit seinem Kind wird. Er ist mit seinem Vater fort, um zu angeln. Sie haben ein neues Boot.«
»So etwas Dummes«, sagte Aurora. »Uns allen wäre mancher Umstand erspart geblieben, wenn dieser Junge als Fisch geboren worden wäre. Ich werde übrigens gerade ganz nervös.«
»Wer ist dein Verehrer?« fragte Emma.
»Oh, Alberto«, sagte Aurora zerstreut. »Ich glaube, daß ich ihm ein Dinner schuldig bin. Er hat mich in letzter Zeit mit Konzerten überhäuft.«
»Gut. Ich bewundere Alberto«, sagte Emma.
»Nun, ich möchte nicht, daß du sein Loblied singst. Er singt es schon laut genug, wie du weißt. Nebenbei, ich habe ihm verboten, heute abend zu singen, also bitte ihn nicht darum. Ich habe ihm auch verboten, Genua zu erwähnen, also erwähne es gleichfalls nicht.«
»Du hast ihn fest an der Kandare, ja?« sagte Emma. »Warum soll er Genua nicht erwähnen?«
»Weil er bei dem Thema unendlich langweilig wird«, sagte Aurora. »Die schlichte Tatsache, daß er dort geboren wurde, läßt ihn glauben, er habe die Pflicht, jeden Pflasterstein dort zu beschreiben. Ich habe ihn einmal jeden Pflasterstein dort beschreiben hören, es war entsetzlich. Ich bin in Genua gewesen, und du könntest es nicht von Baltimore unterscheiden... Hör mal«, fügte sie hinzu. »Ich habe gerade einen glänzenden Einfall. Dein junger Freund Daniel ist in der Stadt – du mußt ihn mitbringen. Ein junger Schriftsteller würde als vierter sehr gut passen. Übrigens, ich bin gespannt zu sehen, ob er jetzt etwas besser gekleidet ist.«
»Nein, Flap wäre dagegen, daß ich ihn mitbringe«, sagte Emma. »Ich glaube, er ist neidisch auf Danny.«
»Liebling, das ist ganz und gar sein Problem«, sagte Aurora. »Mach dir keine Gedanken darüber. Ich bin deine Mutter, und es ist völlig in Ordnung, daß ein Freund dich an meinen Tisch geleitet, wenn dein Ehemann nicht da ist. Die kultivierte Etikette berücksichtigt die Tatsache, daß Ehemänner manchmal nicht da sind.«
»Ich glaube nicht, daß sich meiner von der kultivierten Etikette sonderlich beeindrucken läßt«, sagte Emma. Die unvorhergesehene Ironie der Situation machte sie verwegen.
»Glaubst du wirklich, daß dies eine gute Idee ist?« sagte sie. »Ich

meine allgemein. Verheiratete Damen in Begleitung von Männern, mit denen sie nicht verheiratet sind. Führt das nicht manchmal zu Problemen?«
Aurora schnaubte. »Natürlich«, sagte sie. »Es führt häufig zu Blamagen. Ich weiß kaum, wie ich es selber vermieden habe, mich zu blamieren, wenn man bedenkt, wie aktiv ich bin, und wie schwerfällig dein Vater war, wenn es darum ging, mich auf Partys zu führen. Du stiehlst mir die Zeit, wenn du mir solche Fragen stellst. Blamagen ziehen Blamagen nach sich, falls du mir diesen Satz erlaubst, aber gute Dinnerpartys sind selten. Ich werde dich und Daniel um sieben erwarten und ich hoffe, ihr werdet beide vor Geist sprühen.«
»Vergiß es«, sagte Emma. »Ich weiß nicht, wo er steckt, und ich glaube nicht, daß ich ihn finden kann.«
»Ach, Emma«, sagte Aurora. »Hör auf damit. Ich bin heute morgen zufällig durch eure Straße gekommen und habe ein äußerst verkommenes Auto vor eurer Tür stehen sehen. Das konnte nur das von Daniel sein. Hol ihn also aus der Kammer, in der du ihn versteckt hältst, putz ihn so gut es geht heraus und bring ihn mit zu mir. Halte mich nicht mit solchem Unsinn auf, denn ich habe in der Küche zu tun.«
Emma fühlte sich plötzlich nicht mehr entspannt. Sie war also doch noch nicht mit allem fertig. Das Blatt hatte sich gewendet. Schlimmer noch, es war alles ungewiß. Sie fühlte plötzlich feindselige Gefühle in sich aufsteigen, aber sie versuchte, sie zu ersticken. Sie mußte herausfinden, was für ein Spiel ihre Mutter spielen wollte.
»Du bist eine Schnüfflerin«, sagte sie heftig, trotz ihrer guten Vorsätze. »Ich wollte, ich würde in einer anderen Stadt leben als du. Ich habe ein Recht auf ein Privatleben. Und ich kann Danny nicht mitbringen. Soweit ich weiß, hat er die Stadt verlassen.«
»Hm«, machte Aurora. »Mir scheint, er sollte dich über seine Ortsveränderungen auf dem laufenden halten, wenn er schon dabei ist, deinen Ruf aufs Spiel zu setzen. Ich habe wenig Achtung vor Männern, die nicht da sind, wenn man sie braucht. Dein Vater war immer da, wenn ich ihn brauchte, obwohl er natürlich auch immer da war, wenn ich ihn nicht brauchte. Ich lege jetzt auf. Ich glaube, ich muß Alberto erlauben, seinen mißratenen Sohn mitzubringen.«
»Ich mag es nicht, wenn du mich überwachst«, sagte Emma, als es in der Leitung knackte.

Fünftes Kapitel

1

Als Emma ankam, hatte Aurora alles vorbereitet und mußte sich nur noch fertig anziehen. Doch da widerfuhr ihr ein kleines Mißgeschick, das sie, besonders an einem Abend, da Gäste erwartet wurden, betrübte. Sie stand in ihrem Schlafzimmer und betrachtete ihren Renoir. Es war ein unbedeutender Renoir, gewiß, noch dazu ein früher, aber trotzdem war er wundervoll: ein kleines Ölgemälde – zwei fröhliche Frauen mit Hüten, die vor einem Tulpenbeet standen. Auroras weitsichtige Mutter, Amelia Starrett, deren Augen, etwas ungewöhnlich für Boston, renoirgrün gewesen waren, hatte das Bild in Paris gekauft, als sie selber noch eine junge Frau war. Pierre Auguste Renoir war damals noch ziemlich unbekannt. Das Gemälde war von großer Bedeutung im Leben ihrer Mutter gewesen, dessen war sie ganz sicher, wie es das auch für sie gewesen war und wie es das, so hoffte sie, für Emma sein würde. Sie hatte allem Drängen widerstanden, es dort aufzuhängen, wo andere es sehen könnten. Andere, wenn sie es wert waren, mochten in ihr Schlafzimmer kommen und es anschauen, das war der einzige Ort, an dem es hängen durfte. Die Kleider der Frauen waren blau, die Farben des übrigen Gemäldes hellblau, gelb, grün und rosa. Immer noch, nach dreißig Jahren, traten ihr manchmal Tränen in die Augen, wenn sie es lange betrachtete, wie es an jenem Abend vielleicht geschehen wäre, wenn Emma nicht gerade in der Schlafzimmertür erschienen wäre, als sie in die Betrachtung des Gemäldes versunken war.

»Da bist du ja, du Spionin«, sagte Emma. Sie entschied, daß Angriff die beste Strategie sei – gewiß war sie die leichteste, denn sie steckte noch immer voller Feindseligkeit gegen Aurora. Ihre Mutter trug einen von ihren vielen nachschleppenden Morgenmänteln, diesmal einen in Altrosa, der von einem türkisfarbenen Gürtel zusammengehalten wurde, den sie irgendwo in Mexiko aufgestöbert hatte. Sie hielt eine außergewöhnliche Halskette in der Hand, Bernstein mit Silber, die aus Afrika stammte und angeblich verschwunden war.

»He, du hast ja deine Bernsteinkette wiedergefunden«, sagte sie. »Das ist aber schön. Warum gibst du sie nicht mir, bevor du sie wieder verlierst?«

Aurora schaute ihre Tochter an, die heute ein hübsches gelbes Kleid

anhatte. »Ja«, sagte sie. »Vielleicht tue ich das, wenn du dir das entsprechende Äußere zugelegt hast, um sie zu tragen... Ich habe gerade meinen Renoir betrachtet«, fügte sie hinzu.
»Der ist hübsch«, sagte Emma und schaute das Bild an.
»Ja, das ist er«, sagte Aurora. »Ich fürchte, ich mache einen schlechten Tausch, wenn ich mit Alberto rede, statt meinen Renoir zu betrachten. Ich war gezwungen, seinen Sohn einzuladen, das habe ich dir zu verdanken. Wahrschenlich werden wir eine Menge über Genua hören, aber das ist ja auch gleichgültig.«
»Warum triffst du dich denn mit ihm, wenn du ihn nicht magst?« fragte Emma und folgte ihrer Mutter, die auf den Patio des zweiten Stocks getreten war. »Das ist etwas, was ich bei dir nie verstehen werde. Warum triffst du dich mit all diesen Menschen, wenn du sie nicht magst?«
»Zu deinem Glück bist du noch nicht alt genug, um das zu verstehen«, sagte Aurora. »Ich muß etwas mit mir anfangen. Wenn ich das nicht tue, greift das Alter nach mir!«
Sie ließ ihre Hände auf dem Balkongeländer des Patio ruhen, und zusammen mit ihrer Tochter stand sie da und betrachtete den Mond, der aufging über den Ulmen, über den Zypressen, die sie am meisten von allen Bäumen auf der Welt liebte, und über dem hohen Pinienwall, der ihren Garten hinter dem Haus umsäumte.
»Übrigens mag ich sie«, sagte sie in Gedanken. »Die meisten von ihnen sind recht charmante Männer. Es scheint, daß ich von meiner Erziehung her auf nicht mehr und nicht weniger als auf Charme angewiesen bin. Du dagegen hast dich bestimmt mit weitaus weniger als mit Charme begnügt.«
»Ich hasse Charme«, sagte Emma spontan.
»Tja, du bist entschieden zu unreif für meine Halskette«, sagte Aurora und legte sie sich um. »Würdest du mir bitte helfen, sie zu schließen?«
Sie betrachtete noch einen Moment den Mond mit entspanntem Gesicht. Emma hatte diesen Gesichtsausdruck oft bemerkt, für gewöhnlich vor gesellschaftlichen Anlässen. Es war, als würde ihre Mutter für eine kleine Weile abschalten, um nachher um so tatkräftiger zu sein.
»Außerdem«, sagte Aurora, »ist es wirklich keine große Herabsetzung, wenn ich sage, daß ich meinen Renoir einem bestimmten Mann vorziehe. Es ist ein sehr schöner Renoir. Nicht viele können sich mit ihm messen.«
»Ich mag ihn auch, aber ich hätte lieber den Klee«, sagte Emma. Das

war das andere wertvolle Bild ihrer Großmutter, das sie gekauft hatte, als sie schon eine sehr alte Dame war. Ihre Mutter hatte es nie gemocht, obwohl sie erlaubte, daß es im Wohnzimmer hing. Anscheinend war es der letzte von vielen Streitgegenständen zwischen Amelia Starrett und ihrer Tochter Aurora, denn als es erworben wurde, war Klee nicht mehr billig. Ihre Mutter hatte nicht gewollt, daß ihre Großmutter eine solche Summe für ein Bild ausgab, das sie nicht genial fand, und die Tatsache, daß der Wert des Bildes inzwischen um ein Vielfaches gestiegen war, hatte ihr Ressentiment nicht im geringsten vermindert. Es war eine ins Auge springende, dürre Komposition, nur ein paar Striche im spitzen Winkel zueinander, die sich nie ganz trafen, etwas Schwarz, etwas Grau, etwas Rot. Ihre Mutter hatte ihm einen Platz an der weißen Wand nahe beim Klavier zugewiesen – und zu nahe bei dem großen Fenster, dachte Emma. Manchmal wurde das Bild von Licht überflutet und dadurch fast unsichtbar.
»Nun, du sollst es haben, sobald du dir eine richtige Wohnung angeschafft hast«, sagte Aurora. »Ich verabscheue es nicht genug, um es an eine Garage abzutreten, aber wenn du ein eigenes Haus hast, mußt du es sofort mitnehmen. Es war einer von den zwei großen Fehlern deiner Großmutter. Der andere war natürlich dein Großvater.«
»Aber er hatte doch Charme«, sagte Emma.
»Ja, Vater war charmant«, sagte Aurora. »Niemand in Charleston hat es je an Charme gemangelt. Er hob niemals seine Stimme gegen mich, bis er achtzig war, doch dann, das muß ich sagen, versuchte er offenbar, das Versäumte nachzuholen. Er hat mich die letzten zehn Jahre seines Lebens angeschrien.«
»Warum?« fragte Emma.
»Das weiß ich auch nicht«, sagte Aurora. »Vielleicht sind die Charlestoner nur bis achtzig Jahre mit Charme ausgestattet.«
»Ich glaube, es klingelt«, sagte Emma.
Aurora trat in das Schlafzimmer und schaute auf die Uhr – eine schöne alte Schiffsuhr aus Messing, die sie von einem Onkel geerbt hatte, der zur See gefahren war.
»Zum Kuckuck mit diesem Mann«, sagte sie. »Er ist schon wieder zu früh.«
»Ganze zehn Minuten«, sagte Emma.
»Geh du und laß ihn ein, wenn du ihn schon so sehr magst«, sagte Aurora. »Ich denke, daß ich noch zehn Minuten in meinem Patio stehen werde, wie ich es vorgehabt habe. Du kannst ihm ja sagen, ich sei am Telefon.«

»Ich finde dich gräßlich«, sagte Emma. »Du bist doch schon fertig.«
»Ja, aber ich möchte noch ein Stück mehr vom Mond sehen«, sagte Aurora. »Danach will ich mir mit Alberto die größte Mühe geben. Übrigens, ein Genuese durch und durch. Wenn du dich etwas mit Geschichte befaßt hättest, wüßtest du, wie berechnend sie sind. Sie haben fast ganz Amerika vereinnahmt, weißt du. Alberto ist immer zehn Minuten zu früh. Er hofft, daß ich das mit wildem Ungestüm verwechsle – etwas, das er früher tatsächlich besaß. Geh und mach ihm auf, und laß ihn den Wein öffnen.«

2

Als Emma die Haustür öffnete, kam ihr der größte Teil eines Blumenladens entgegen. Zwei kleine Italiener, der eine jung, der andere alt, hielten ihn in den Armen. Der wilde und ungestüme Alberto wankte unter der Last von roten Rosen, blauen Schwertlilien, einem kleinen, eingetopften Orangenbaum und einigen Anemonen. Sein Sohn Alfredo trug einen Armvoll weißer Lilien, einige gelbe Moosröschen und etwas, was ein Bund Heidekraut zu sein schien.
»Schwere Fracht«, sagte Alberto, der mit den Zähnen knirschte, weil ihm der Orangenbaum aus dem Griff zu rutschen drohte.
»Ich bringe ihr heute abend Blumen, Mamma mia«, sagte er. Er und Alfredo, die beide kaum größer waren als Rosie, schwankten ins Wohnzimmer und verteilten die Blumen auf dem Teppich in Haufen. Sobald er von dem Orangenbaum befreit war, drehte Alberto sich um, ging rasch auf Emma zu und streckte ihr die Arme entgegen. Seine Augen strahlten, und er lächelte seelenvoll.
»Ah, Emma, Emma, Emma«, sagte er. »Emma. Komm und gib ihr einen Kuß, Alfredo. Schau sie dir an – das himmlische gelbe Kleid, die himmlischen Haare, und solche Augen! Wann bekommst du dein Baby, Bella? Ich liebe dich.«
Er umarmte sie, drückte sie fest, küßte sie auf beide Wangen, klopfte ihr ausgiebig den Rücken, um dann seinen dramatisch-italienischen Temperamentsausbruch so abrupt, wie er damit begonnen hatte, wieder einzustellen, als wären fünf Sekunden das äußerste, wozu seine Kraft reichte.
Alfredo war pausbäckig, glubschäugig und gerade neunzehn Jahre alt. Er beeilte sich, um seinen Teil an Küssen zu bekommen, doch der harte Arm seines Vaters hielt ihn jäh zurück.

»Was unterstehst du dich?« sagte er. »Sie will dich nicht küssen. Ich habe nur Spaß gemacht. Geh und mache uns eine ›Bloody Mary‹. Wir werden sie brauchen, wenn wir kein Glück haben.«
»Du bist in letzter Zeit nicht mehr im Geschäft gewesen«, sagte Alfredo und himmelte sie mit seinen Glotzaugen an. Er fing gerade auf der untersten Sprosse des Familienbetriebs an, einer Musikinstrumenten-Handlung. Und diese hatte eine Mundharmonikaabteilung, und Alfredo nutzte jede sich bietende Gelegenheit, von Mundharmonikas zu sprechen.
»Wozu redest du davon?« sagte Alberto zu seinem Sohn. »Sie braucht keine Mundharmonika.«
»Jeder kann lernen, damit zu spielen«, sagte Alfredo. Das war eine Behauptung, die er jeden Tag zigmal wiederholte.
Emma legte ihren Arm um Alberto und führte ihn in die Küche, um Vasen zu suchen und den Wein zu öffnen. Als sie an der Treppe vorbeikamen, blickte er schmachtend nach oben. Es waren Jahre, in denen ihm der Zugang verwehrt war, mit einer Ausnahme. Einmal durfte er einen flüchtigen Blick auf den Renoir werfen, und damals hatte er zu Auroras großer Verärgerung die meiste Zeit damit verbracht, ihr Bett anzuschauen. Einst waren sie anders zueinander gestanden, und Alberto konnte dies niemals vergessen, obwohl er seitdem zweimal verheiratet gewesen war. Bei diesen zwei Frauen hatte der direkte Weg funktioniert, doch bei Aurora konnte er keinen direkten Weg zum Erfolg mehr finden. Selbst in seinen Phantasien konnte er nicht mehr in die oberen Bereiche ihres Hauses gelangen, jene Eroberungen, die er sich noch ausmalen konnte, fanden immer im Wohnzimmer statt.
»Emma, wird sie mich überhaupt empfangen?« fragte er. »Bin ich gut genug gekleidet? Ist sie heute glücklich? Ich glaube, sie wird meine Blumen mögen, wenigstens kann ich hoffen, aber ich glaube, es wäre besser, wenn ich Alfredo nicht mitgebracht hätte. Ich versuche, ihn zurückzuhalten, daß er nicht über Mundharmonikas redet, aber was kann ich machen? Er ist jung, was weiß er sonst, worüber er reden könnte?«
»Ach, machen Sie sich keine Sorgen, ich passe auf euch auf«, sagte Emma. Alberto hatte ihr Gesangsstunden gegeben, als sie vierzehn war. Er war einmal ein angesehener Tenor gewesen und hatte in allen bedeutenden Opernhäusern der Welt gesungen, doch ein früher Schlaganfall hatte seine Karriere beendet und ihn dazu gezwungen, in die Instrumentenbranche zu gehen. Was ihre Mutter betraf, so war

seine Werbung zum Scheitern verurteilt, und dennoch gab er nicht auf, weshalb Emma ihn besonders mochte. Keine seiner Galanterien rührte sie so sehr wie diese. Er hatte es schon geschafft, seinen Aufzug völlig in Unordnung zu bringen. Sein einziger grauer Anzug hing ihm schlotternd am Leibe und war zu schwer für den heißen Abend, seine Krawatte war ungeschickt gebunden, und er hatte sich eine Manschette mit Erde des eingetopften Orangenbaums beschmutzt. Das Schlimmste aber war, er trug Kiwani-Manschettenknöpfe.
»Warum sind Sie so verrückt, Alberto«, sagte sie. »Sie wissen doch, wie Mama Menschen malträtiert. Warum suchen Sie sich nicht eine nette Frau? Ich kann nicht immer hier sein, um Sie zu beschützen.«
»Ah, aber phantastische Frau«, sagte Alberto und schaute den Wein stirnrunzelnd an. »Beste Frau in meine Leben. Ich habe dich auf meiner Seite, kann sein, wir kriegen sie für mich.«
Plötzlich drang vom Wohnzimmer her das Wimmern einer Mundharmonika. Alberto machte einen Satz und schleuderte den Korkenzieher in den Ausguß.
»Idiot!« schrie er. »Das ist die K. o.! Er macht alles kaputt. Mir stellen sich die Haare zu Berge!«
»O Gott«, sagte Emma. »Warum haben Sie ihm erlaubt, das Ding mitzunehmen?«
»Hör doch! Hör!« beharrte Alberto. »Was spielt er da?«
Sie hörten einen Augenblick hin. »Mozart!« schrie Alberto. »Das ist die K. o.!«
»Ich gehe ihm eine boxen«, fügte er hinzu und steuerte auf die Tür zu. »Vielleicht ist sie jetzt taub.« Er eilte aus der Küche. Emma folgte ihm.
Die Szene, die sich ihnen bot, war noch verblüffender, als sie erwartet hatten. Aurora saß, anstatt mit entsetzten Blicken oben auf der Treppe zu stehen, auf ihrem Wohnzimmersofa, prangte da in ihrem rosa Morgenmantel mit Bernsteinkette und ihrem wundervoll glänzenden Haar, hielt die gelben Moosröschen in ihren Händen und lauschte allem Anschein nach mit Vergnügen und Interesse, wie Alfredo – der sich auf den Boden neben den Bund Heidekraut gesetzt hatte –, etwas spielte, was nur ein Experte als Mozart erkannt hätte. Alberto hatte schon seine Faust geballt, doch er war nun gezwungen, sie wieder zu öffnen und mit soviel Anmut wie möglich das Ende der Darbietung abzuwarten.
Sobald Alfredo geendet hatte, erhob Aurora sich mit einem Lächeln. »Ich danke dir, Alfredo«, sagte sie. »Ich bin ganz entzückt. Ich glaube,

du hast noch nicht ganz das Feingefühl in der Phrasierung, das du anstreben solltest, wenn du Mozart spielst, doch weißt du so gut wie ich, daß Vollkommenheit niemals von selber kommt. Du mußt weiterarbeiten, hörst du.«
Sie gab ihm im Vorübergehen einen Klaps auf die Hand und ging auf seinen verdutzten Vater zu. »*Al*-berto, immer derselbe«, sagte sie. »Das ist das wundervollste Heidekraut, mein Bester, und ich habe lange Zeit keines mehr gehabt.« Sie küßte ihn auf beide Wangen und schien ihn, zu Emmas Überraschung, wirklich anzustrahlen.
»Das ist geradezu überwältigend, Alberto«, sagte Aurora. »Du hast den wunderbarsten Floristen. Ich weiß nicht, womit ich eine solche Pracht verdiene.«
Alberto erholte sich gerade von dem Schock der Mundharmonikadarbietung. Er war noch nicht recht imstande zu glauben, daß er an diesem Abend noch eine Chance hätte, und konnte sich nicht beherrschen, Alfredo anzufunkeln, was Aurora sofort bemerkte.
»Nun hör doch auf, Alberto, den Jungen so finster anzublicken«, sagte sie. »Ich würde einen so fabelhaften Jungen wie Alfredo nicht so finster anblicken, wenn ich einen hätte. Ich jedenfalls bin stolz auf ihn. Er zeigte mir seine neue chromatische Mundharmonika, und innerhalb von zwei Minuten hatte ich ihn soweit, daß er für mich darauf spielte. Ich hoffe doch sehr, daß du dafür sorgst, daß er richtigen Musikunterricht bekommt, und ich hoffe ebenfalls sehr, daß du mit dem Öffnen des Weins fertig geworden bist. Wenn nicht, dann war es Emmas Schuld«, fügte sie hinzu. »Meine diesbezüglichen Anweisungen waren sehr präzise.« Sie schenkte ihrer Tochter ein leichtes Lächeln.
»Es war mein Fehler«, pflichtete Emma bei. Der Abend hatte erst angefangen, und Alberto hatte noch eine Menge Zeit, um Minuspunkte zu sammeln.
»Ich kann auch Rock spielen«, sagte Alfredo und bewirkte damit, daß eine Ader auf der Stirn seines Vaters anschwoll.
»Nein, du hast genug getan«, sagte Aurora. »Dein Vater scheint mir im Augenblick meine kleinen Freuden nicht länger gönnen zu wollen. Ich habe uns übrigens ein paar Happen hergerichtet, die wir essen können, während wir zusehen, wie es Abend wird, und ich bin sicher, daß wir alle gern etwas trinken würden. Du siehst aus, als hätte deine Nervosität dich wieder gepackt, Alberto. Ich weiß nicht, was man mit dir anfangen soll.«
Sie nahm Albertos Arm und schlenderte mit einem Blick auf ihre Tochter, die sie mit der Verantwortung für alles, was noch getan wer-

den mußte, zurückließ, in Richtung unteren Patio. Alfredo schritt so dicht hinter ihr, wie er es wagte.

3

Alberto war wie ein Lamm hereingekommen, und Emma hatte ganz sicher erwartet, daß sie zusehen müßte, wie er geschlachtet und gebraten würde. Statt dessen sah sie, wie er, zumindest für ein oder zwei Stunden, sich in den Salonlöwen zurückverwandelte, der er wirklich einmal gewesen sein mußte. Sie wußte, daß ihre Mutter nicht ohne Charme war, und sie nahm an, daß sie auch nett sein konnte, doch hätte sie nie erwartet zu sehen, wie sie diese Eigenschaften so großzügig an Alberto verschwendete.
Ihr Mahl war üppig. Es bestand aus einer Pilzpastete, einer Kressekaltschale, einem Kalbfleischgericht mit Kräutersauce und Ratatouille, dessen Namen Emma nicht kannte, Käse, einer Birne und Kaffee, nach dem Alfredo seinen Kopf auf den Tisch legte und einschlief. Die Bedrohung durch seine Mundharmonika war also gebannt. Man konnte zum Cognac übergehen.
Sie hatten im Innenhof gegessen, und Aurora hatte auf irgendeine Weise sogar dafür gesorgt, daß es kaum Insekten gab. Alberto war durch den netten Empfang eine Zeitlang derartig animiert, daß er seine Kräfte wiedererlangte und sich zu beachtlichen Höhen des italienischen Charmes aufschwang. Er sprang alle paar Minuten auf, um die Weingläser nachzuschenken, rückte für Aurora jedesmal, wenn sie sich setzte, den Stuhl und hörte nach jedem dritten Bissen auf zu essen, um das Mahl zu preisen. Aurora nahm sowohl die Komplimente als auch das Bedientwerden ruhig hin, aß eine ordentliche Portion des Hauptgerichts und trug nicht eine Attacke vor, obwohl sie Alfredos Tischmanieren viel Aufmerksamkeit entgegenbrachte. Es war alles so angenehm, daß Emma selber gern ein wenig brilliert hätte, wenn sie nur zu Wort gekommen wäre.
Dann, als alle friedlich dasaßen und ihren Cognac hielten, brachen plötzlich und ohne ersichtlichen Grund Albertos Lebensgeister zusammen. War er zuvor noch munter, begann er in der nächsten Minute zu weinen. Tränen rannen an seinen Wangen herab, seine Brust hob und senkte sich schwer, und er schüttelte todtraurig seinen Kopf.
»So gut«, sagte er und wies auf die Reste der Mahlzeit. »So schön...«

und er richtete seine Augen auf Aurora. »Ich verdiene das nicht. Nein, ich verdiene das nicht.«
Aurora war nicht überrascht. »Alberto, du darfst jetzt wirklich nicht weinen«, sagte sie. »Ein so wundervoller Mann wie du – das werde ich nicht zulassen.«
»Aber nein«, sagte Alberto. »Du setzt mir diese Mahlzeit vor, du bist so freundlich, Emma ist so freundlich. Ich weiß nicht... Ich bin alt und verrückt. Ich singe nicht mehr... Was tue ich? Ich verkaufe Fagotts, Elektrogitarren, Mundharmonikas. Das ist kein Leben. Was habe ich zu bieten?«
»Alberto, ich nehme dich jetzt mit hinaus in meinen Garten, und da bekommst du eine Lektion«, sagte Aurora und stand auf. »Du sollst wissen, daß ich nicht erlaube, daß du dich so herabsetzt.« Sie nahm seinen Arm, ließ ihn aufstehen und ging mit ihm in die Dunkelheit hinaus. Emma blieb einen Moment sitzen. Alberto mußte es schlechter gehen, denn sie hörte ihn schluchzen, und zwischen seinen Schluchzern hörte sie die Stimme ihrer Mutter.
Als die Schluchzer verklungen waren und die beiden immer noch nicht wieder auftauchten, stand Emma auf und fing an, den Tisch abzuräumen. Einer der strengsten Grundsätze ihrer Mutter war, daß Rosie nicht mit den Überresten ihrer Partys belastet werden sollte. Als Emma die Teller abkratzte, streckte ihre Mutter den Kopf zur Küchentür herein.
»Das ist nett von dir, Liebling, aber es kann warten«, sagte sie. »Könntest du kommen und gute Nacht sagen? Meinem Freund geht es besser, aber er ist immer noch irgendwie niedergeschlagen. Wir sollten sie besser zu ihrem Wagen begleiten.«
Emma ließ das Geschirr stehen und folgte ihrer Mutter. Alberto stand im Wohnzimmer, klein und in sich zusammengesunken, und Alfredo, kaum wieder wach, gähnte auf der vorderen Veranda. Aurora hatte das Heidekraut in eine große grüne Vase gesteckt und neben den Kamin gestellt, und die Schwertlilien und Anemonen lagen auf den Blumenbänken der hohen Bogenfenster.
»Emma, es tut mir leid, Bella, ich habe die Party ruiniert«, fing Alberto an, doch ihre Mutter ging auf ihn zu, hakte unbeirrbar seinen Arm bei sich unter und begann ihn zur Tür zu führen.
»Pst, Alberto«, sagte sie. »Wir haben heute abend wohl genug von dir gehört. Ich weiß gar nicht, wie ich jetzt einschlafen soll, deine Späße haben mich ganz aufgedreht. Warum ein Mann mit deinem Geschmack für Blumen sich unbedingt herabsetzen will, ist mir unbe-

greiflich. Ich weiß nicht, ob ich das männliche Geschlecht je verstehen werde, dumm wie ich bin.«
Sie gingen hinaus und blieben eine Weile auf dem vorderen Rasen stehen, Alfredo döste vor sich hin, und Alberto stand traurig da mit seinem Arm um Auroras Hüfte. Es wehte ein leichter Wind, und dünne Wolken zogen über ihren Köpfen dahin.
»Ich liebe die Nächte in dieser Jahreszeit«, sagte Aurora. »Die Luft hier ist gerade jetzt am allerbesten, findest du nicht auch, Alberto? Ich hatte immer angenommen, daß unsere Luft wegen der Bäume so weich sei. Sie hat eine gewisse Schwere, weißt du. Ich glaube, das bewirken die Bäume.«
Sie schaute zärtlich auf Alberto hinab. »Wie sind die Nächte in Genua, mein Liebster?« fragte sie. »Du hast den ganzen Abend lang deinen Geburtsort kaum erwähnt. Ich fürchte, du nimmst meine kritischen Bemerkungen manchmal etwas zu ernst. Du darfst mir wirklich nicht erlauben, dich zu unterdrücken, Alberto. Das kann nicht gut für dich sein, das sehe ich doch.«
»Ja, in Genua war ich ein anderer Mann«, sagte Alberto. »Wir waren da... erinnerst du dich?«
Aurora nickte und drängte ihn in seinen Wagen. Alfredo hatte sich ohne Zwischenfall die Einfahrt hinunterführen lassen. Der Wagen war ein Lincoln und noch älter als Auroras Cadillac. Er war ein Relikt aus Albertos Blütezeit als Tenor.
»Also gut, du rufst mich bei Anbruch der Dämmerung an«, sagte Aurora, nachdem Alberto hinter dem Lenkrad saß. »Sonst mache ich mir Sorgen um dich. Ich bin sicher, wir können etwas Nettes für die nächste Woche ausmachen. Ich glaube wirklich, du solltest Alfredo doch fördern, mein Liebster. Er ist dein Sohn, und er hat zu lange mit Mundharmonikas gehandelt. Wenn er unzufrieden wird, weißt du, dann wird das nächste sein, daß er so wie meine Tochter eine Familie gründet und Kinder in die Welt setzt, und das mit einer Frau, die du mißbilligst. Ich glaube nicht, daß es mir gefallen würde, Alfredo jetzt schon als Vater zu sehen.«
»Vielleicht könnte er Gitarren verkaufen«, sagte Alberto voller Zweifel und schaute die zwei Frauen vor dem Wagen an. Er versuchte, sich für eine Abschiedsgeste zu sammeln.
»Es war wunderbar«, sagte er. »Die Mutter ist wunderbar, die Tochter ist wunderbar, ihr seid beide meine Lieblinge. Ich fahre jetzt los.« Und als der Wagen vorwärtsschoß, nahm er beide Hände vom Steuer und warf ihnen Kußhände zu.

»O Gott, dieser Alfredo«, sagte Aurora. Sie sah zu, wie der Lincoln davonglitt. Sobald Alberto die Hände vom Lenkrad genommen hatte, steuerte er geradeaus in eine Kurve. Alberto riß den Wagen herum, doch dann hörten sie ein abscheuliches Schaben an den Reifen.
»Da, siehst du, was passiert?« sagte Aurora zu Emma und knirschte mit den Zähnen bei dem Geräusch. »Ich rate dir, meine Art zu parken in Zukunft nicht mehr so vorschnell zu kritisieren. Aller Wahrscheinlichkeit nach wird er in den nächsten Tagen eine Reifenpanne haben.«
Sie hatte zum Dinner Sandalen getragen, jetzt schleuderte sie sie sofort weg.
»Du warst unheimlich nett zu Alberto«, sagte Emma.
»Ich sehe keinen Grund, weshalb das eines Kommentars wert wäre. Schließlich war er mein Gast.«
»Ja, aber du redest so bissig, wenn er nicht da ist«, sagte Emma.
»Nun ja, das ist so meine Art«, sagte Aurora. »Man hat mir erlaubt, sarkastisch zu sein, nehme ich an. Dein Vater gab sich wenig Mühe, mich in dieser Hinsicht zu korrigieren. Das ist ein grundsätzliches Manko in unserer Familie – die Männer waren nie imstande, die Frauen zu korrigieren, wenn es vonnöten war. Es ist gewiß nicht wahrscheinlich, daß Thomas dich je korrigieren wird.«
»Ich bin auch nicht sarkastisch«, sagte Emma.
»Nein, aber du bist jung«, sagte Aurora und ging durch die Haustür. Sie hielt im Wohnzimmer einen Augenblick inne, um ihre Blumen zu bewundern.
»Er hat wirklich einen phantastischen Geschmack bei Blumen«, sagte sie. »Das haben Italiener oft. Was du nicht zu verstehen scheinst, ist, daß Menschen mit Geschmack und Phantasie wertvoller sind, als sie oft erscheinen, wenn man nur einfach über sie nachdenkt. Jeder zieht gern über Leute her, die nicht da sind. Das bedeutet aber nicht, daß man kein Gefühl hätte, weißt du.«
Gemeinsam nahmen sie die Küche in Angriff und erledigten rasch die Hausarbeit. Emma griff zu einem großen Schwamm und ging hinaus auf den Hof, um den Tisch abzuwischen. Aurora kam bald hinter ihr her und trug eine Haarbürste und einen letzten Teller von der Kressekaltschale. Sie hatte auch ein paar Brotkrusten dabei, um sie in das Vogelhäuschen zu geben. Emma saß am Tisch und sah ihrer Mutter dabei zu, wie sie das Brot zerbröselte und dabei summte.
»Ich glaube wirklich, daß ich Mozart besser summe, als Alfredo ihn spielen kann«, sagte sie, als sie aus dem Garten zurückkam. Sie setzte

sich ihrer Tochter gegenüber und aß die Kaltschale bis auf den letzten Löffel. Die Nacht hatte ihr eigenes Summen, und Mutter und Tochter lauschten eine Weile darauf und waren still.
»Bist du zu allen deinen Verehrern so freundlich wie zu Alberto?« fragte Emma.
»Keineswegs«, sagte Aurora.
»Warum nicht?«
»Weil sie es nicht verdienen«, sagte Aurora. Sie fing an, ihr Haar zu bürsten.
»Würdest du ihn heiraten?«
Aurora schüttelte den Kopf. »Nein, das kommt überhaupt nicht in Frage«, sagte sie. »Alberto ist heute nur noch ein Schatten seiner selbst. Ich bin nicht sicher, ob jener Schlag ihn damals nicht auch ebenso gut hätte töten können, denn er hat ihn aus seiner Kunst herausgerissen. Ich habe ihn zu seiner besten Zeit gehört, und er war gut – erstklassig. Er hält sich gut, für einen Mann, der das Wertvollste, was er je besessen hat, verloren hat – und das will einiges besagen.«
»Warum klammerst du ihn dann aus?« fragte Emma.
Aurora schaute ihre Tochter an und fuhr fort, ihr Haar zu bürsten.
»Ich bin viel zu schwierig für Alberto«, sagte sie. »Ich habe seine beiden Frauen gekannt, und sie waren beide dumm wie Bohnenstroh. Er hatte nie das Geschick, mich richtig zu behandeln, und nun fehlt ihm auch noch die Kraft. Und überhaupt hat ihn seine Tradition ausschließlich für fügsame Frauen bestimmt. Ich mag ihn gern, aber ich zweifle daran, daß ich sehr lange fügsam bleiben könnte.«
»Findest du dann nicht, daß es falsch von dir ist, ihn weiter an der Nase herumzuführen?« fragte Emma.
Aurora lächelte über ihre Tochter, die artig in ihrem hübschen gelben Kleid dasaß und ihre Gesinnung auf die Probe stellte.
»Du hast Glück gehabt, mich gerade in sanfter Stimmung zu erwischen, wenn du mir solche Dinge vorwerfen willst«, sagte sie. »Ich fürchte, unsere Standpunkte liegen fünfundzwanzig Jahre auseinander. Alberto ist kein Jugendlicher, der sein Leben noch vor sich hat. Er ist ein alternder Mann, der ernsthaft krank ist und den morgen der Tod holen kann. Ich habe ihm viele Male gesagt, daß ich ihn nicht heiraten kann. Ich führe ihn nicht an der Nase herum, sondern ich tue das Beste für ihn, was ich kann. Es mag sein, daß er unmögliche Hoffnungen hegt – ich nehme an, er tut es –, doch in seinem Alter sind unmögliche Hoffnungen besser als überhaupt keine Hoffnungen.«

»Er tut mir trotzdem sehr leid«, sagte Emma. »Ich möchte nicht jemanden lieben, den ich nicht bekommen könnte.«
»Das ist nicht das schlimmste Schicksal, was immer die Jugend auch denken mag«, sagte Aurora. »Es bedeutet zumindest einen gewissen Antrieb. Es ist gewiß wesentlich besser, als jemanden zu bekommen und zu entdecken, daß man ihn nicht lieben kann, wenn die Sache schon perfekt ist.«
Emma dachte einen Augenblick darüber nach. »Ich frage mich, wie das bei uns wird, wo doch alles schon eine perfekte Sache ist«, sagte sie.
Aurora antwortete nicht – sie lauschte gerade den Geräuschen der Nacht. Abgesehen von einem weiteren Löffel Kaltschale gab es im Moment nichts, was sie wirklich gewollt, nichts, was sie wirklich vermißt hätte. Wenige Dinge gaben ihr so völlig dasselbe Gefühl von Gelassenheit wie das Wissen, daß ihr Mahl gut vorbereitet und gut aufgenommen worden war, und daß ihr Geschirr abgewaschen und ihre Küche wieder sauber war. In solch einer Verfassung konnte sie nichts wirklich ärgern. Sie schaute zu Emma hinüber und sah, daß Emma sie anblickte.
»Nun, was ist?« fragte sie.
»Oh, nichts«, sagte Emma. Ihre Mutter benahm sich so häufig abscheulich, daß es fast verwirrend war, sie sich als jemanden vorzustellen, der möglicherweise ebenso normal war wie sie, Emma – oder unter Umständen sogar noch normaler. Sie mit Alberto zu sehen, hatte sie erkennen lassen, daß ihre Mutter ein Leben gelebt hatte, von dem sie eigentlich wenig wußte. Was hat sie mit Alberto gemacht, als er jünger war und noch singen konnte? Was hat sie in ihrer Ehe vierundzwanzig Jahre lang gemacht? Ihre Mutter und ihr Vater waren einfach *da*gewesen – Menschen, nicht Gegenstände der Neugier.
»Emma, du bist irgendwie so ausweichend«, sagte Aurora. »Da kann etwas nicht stimmen.«
»Bin ich nicht«, sagte Emma. »Ich weiß nicht mehr, was ich fragen wollte.«
»Nun, ich stehe dir zu Diensten, ganz gewiß – wenn du dich vor meiner Schlafenszeit entschließen kannst.«
»Ich glaube, ich bin einfach neugierig darauf zu wissen, was du an Daddy am meisten gemocht hast. Mir fiel gerade ein, daß ich von euch beiden eigentlich so gut wie nichts weiß.«
Aurora lächelte. »Er war groß«, sagte sie. »Das war nicht immer besonders hilfreich angesichts der Tatsache, daß er einen so übermäßig

großen Teil seines Lebens im Sitzen verbrachte, doch bei den Gelegenheiten, wo es mir gelang, ihn auf die Füße zu stellen, war das ein Aktivposten.«
»Ich glaube nicht, daß das vierundzwanzig Jahre Ehe erklärt«, sagte Emma. »Wenn doch, dann bin ich entsetzt.«
Aurora zuckte mit den Achseln und leckte ihren Suppenlöffel ab. »Ich war entsetzt, heute morgen solch ein verwahrlostes Auto in deiner Straße geparkt zu sehen«, sagte sie. »Es wäre schicklicher von Daniel, es auf einem Parkplatz abzustellen, wenn er sich das nächstemal dazu entschließt, sich in der Dämmerung bei dir einzuschleichen.«
»Darüber haben wir gerade nicht geredet«, sagte Emma schnell. »Das hat mit dem Thema überhaupt nichts zu tun.«
»Doch, so wie ich das Thema auffasse«, sagte Aurora. »Du bist viel zu romantisch, Emma, und wenn du nicht achtgibst, wirst du in Schwierigkeiten kommen.«
»Ich kann dir nicht folgen«, sagte Emma.
»Du versuchst es auch nicht«, sagte Aurora. »Du hoffst, daß man dir erlaubt, deine meistgehegten Vorstellungen zu behalten – zu meiner Zeit nannte man sie Illusionen –, aber das wird man nicht. Als erstes fürchte ich, daß du das Aussehen weit unterschätzt. Das Aussehen deines Vaters entsprach etwa meinem Geschmack, und da er niemals hart genug gearbeitet oder stark genug empfunden hatte, um es zu verschlechtern, entsprach es weiterhin meinem Geschmack, vierundzwanzig Jahre lang – zumindest immer, wenn er aufstand. Abgesehen davon war er sanft, besaß Manieren und hat mich nie geschlagen. Er war für Exzesse viel zu träge, und deshalb kamen wir im allgemeinen gut miteinander aus.«
»Wie du es sagst, hört es sich sehr oberflächlich an«, sagte Emma. »Kein bißchen tief empfunden.«
Aurora lächelte wieder. »Soweit ich mich erinnere, sprachen wir gerade von der Dauer meiner Ehe«, sagte sie, »und nicht von der Tiefe der Empfindung.«
»Nun gut«, sagte Emma. Sie spürte das sonderbare und nicht unbedingt angenehme Gefühl in sich aufsteigen, das sie häufig überkam, wenn ihre Mutter sie in der ihr eigenen, merkwürdigen Art zurechtwies. Es war fast ein Gefühl, als würde sie einschrumpfen und still und leise wieder in ihre Kindheit zurückversetzt werden. Sie mochte das Gefühl nicht, doch sie konnte sich ihm nicht entziehen. Ihre Mutter war noch da, jemand, mit dem man den Dingen ins Auge sehen konnte.

»Emma, du bist sehr nachlässig im Vollenden deiner Sätze«, sagte Aurora. »Du redest schon vage genug, wenn überhaupt, aber ich meine wirklich, du solltest dich mehr darum bemühen, deine Sätze zu Ende zu sprechen. Du sagst ›nun‹, ohne dann fortzufahren. Die Leute werden glauben, daß du an einem geistigen Vakuum leidest.«
»Manchmal leide ich auch daran«, sagte Emma. »Warum sollte ich in ganzen Sätzen sprechen?«
»Weil ganze Sätze Aufmerksamkeit verlangen«, sagte Aurora. »Vages Grunzen tut das nicht. Und auch weil du im Begriff stehst, Mutter zu werden. Menschen, denen es an der Entschiedenheit mangelt, um ihre Sätze zu vollenden, können kaum die Entschiedenheit für sich in Anspruch nehmen, die für die Erziehung von Kindern nötig ist. Glücklicherweise hast du noch mehrere Monate Zeit, dich darin zu üben.«
»Was soll ich deiner Meinung nach tun?« fragte Emma. »Vor dem Spiegel stehen und in ganzen Sätzen mit mir selber reden?«
»Es würde dir nicht schaden«, sagte Aurora.
»Ich wollte nicht über mich sprechen«, sagte Emma. »Ich versuchte gerade, dich dazu zu bringen, über dich und Daddy zu sprechen.«
Aurora neigte einige Male den Kopf, um ihren Nacken zu entspannen. »Ich war gern dazu bereit«, sagte sie. »Ich bin heute abend ungewöhnlich sanft gestimmt, vielleicht weil ich meinen eigenen Wein getrunken habe, statt Alberto zu erlauben, mir etwas Schlechteres zu servieren. Vielleicht bin ich so sanft gestimmt, daß ich den Punkt deiner Frage verpaßt habe. Oder du hast dich vielleicht wieder einmal zu vage ausgedrückt, als daß ich ihn hätte mitbekommen können.«
»Oh, Mutter«, sagte Emma.
Aurora winkte leicht mit der Hand ab, die den leeren Suppenlöffel hielt. »Liebling, zweifellos gibt es Hunderte von Gebäuden auf dieser Welt, die über flachen Fundamenten emporragen, wenn ich in einem Gleichnis sprechen darf«, sagte sie. »Wenn ich sanft gestimmt bin und die Luft so schwer ist, liebe ich es sehr, in Gleichnissen zu sprechen, wie du weißt. Viele Gebäude, von denen manche sogar größer als dein Vater sind, können leicht einstürzen, wenn jemand vorbeikommt und ihnen ein paar ordentliche Tritte verpaßt. Ich selber bin noch zu ordentlichen Tritten imstande, das versichere ich dir. Was deine Frage betrifft, die du glücklicherweise grammatikalisch richtig formuliert hast, wenn auch nicht gerade glänzend, so kann ich dir mit ziemlicher Entschiedenheit sagen, daß mir nichts fehlen würde, wenn ich die Worte ›wirklich gefühlt‹ niemals wieder zu hören bekäme.«

Sie schaute ihrer Tochter gerade in die Augen.
»Okay, okay, vergiß es«, sagte Emma.
»Nein, ich bin noch nicht am Ende«, sagte Aurora. »Vielleicht muß ich mich zu neuen Höhen aufschwingen. Soweit ich weiß, Liebling, schafft richtige Grammatik eine dauerhaftere Grundlage für einen festen Charakter als, Zitat, wirkliches Gefühl, Zitatende. Ich will mir nicht anmaßen, dies endgültig zu behaupten, doch muß ich zugeben, daß ich es vermute. Ich vermute auch, wenn du es wissen willst, daß es für deinen Vater und mich ein Glück war, daß keiner von meinen Bewunderern die Fähigkeit besaß zu treten. Der Unterschied zwischen den Erretteten und den Gefallenen, so habe ich immer gemeint, schrumpft zusammen auf die Frage der passenden Versuchung.«
»Was heißt passend?« fragte Emma.
»Passend ist etwas, was einem in dieser Gegend nur selten begegnet – zu meinem Unglück«, sagte Aurora. »Oder zu meinem Glück, je nachdem. Ich habe trotzdem nicht die Suche aufgegeben, das versichere ich dir.«
»Ich nehme an, es ist eine Art Mythos«, fügte sie nachdenklich hinzu.
»Was?«
»Das Passende.« Aurora lächelte ihre Tochter an, und in ihrem Lächeln war ein Anflug von Boshaftigkeit.
»Ich hoffe nur, daß dein junger Freund das passende Format hat, dich zu versorgen, falls sich herausstellen sollte, daß er das passende Format hat, dich zu verführen«, sagte sie.
Emma wurde rot und sprang auf. »Sei ruhig«, sagte sie. »Er ist fort. Ich weiß nicht, ob er je zurückkommen wird. Ich wollte ihn nur einmal sehen. Er ist ein alter Freund – was ist daran so schlimm?«
»Ich glaube nicht, daß ich gesagt habe, daran sei etwas schlimm«, sagte Aurora.
»Nun, da war auch nichts«, sagte Emma. »Schau mich nicht so vorwurfsvoll an! Ich hasse das, und ich finde dich abscheulich. Ich geh' jetzt nach Hause. Danke für das Abendessen.«
Aurora winkte mit dem Suppenlöffel ab und lächelte ihre wütende Tochter an. »Ja, ich danke dir für deinen Besuch, Liebes«, sagte sie. »Dein Kleid ist recht gut gewählt.«
Sie schauten sich einen Augenblick lang an. »Also gut, wenn du mir nicht helfen willst«, sagte Emma. Sofort wünschte sie, sie hätte es nicht gesagt.
Aurora schaute ihre Tochter ruhig an. »Ich bezweifle ernsthaft, daß

ich dir Hilfe verweigern würde, wenn du mich darum bittest«, sagte sie. »Es ist weitaus eher wahrscheinlich, daß du zu dickköpfig bist, um mich im richtigen Moment darum zu bitten. Ich wünschte, du würdest dich wieder hinsetzen. Eigentlich hatte ich gehofft, du würdest die Nacht über hierbleiben. Wenn du nach Hause gehst, wirst du bestimmt nur nachdenklich sein.«
»Natürlich bin ich das«, sagte Emma.
»Hör zu!« sagte Aurora im Befehlston.
Emma hörte zu. Doch alles, was sie hören konnte, war das Geflatter aus einem der verschiedenen Vogelhäuschen.
»Das sind meine Schwalben«, sagte Aurora. »Ich kann mir vorstellen, daß du sie gestört hast. Sie reagieren sehr empfindlich auf Lärm, weißt du.«
»Ich gehe jetzt«, sagte Emma. »Gute Nacht.«
Als sie fort war, brachte Aurora ihren Löffel und ihren Teller in die Küche und spülte sie ab. Dann kehrte sie in den Innenhof zurück und ging hinaus in ihren Garten hinter dem Haus. Die Schwalben flatterten noch in ihrem Käfig, und sie stand bei ihnen und sang eine kleine Weile vor sich hin, wie sie es nachts öfter tat. Als sie an Emma dachte, fiel ihr ein, daß sie nicht wirklich den Wunsch verspürte, jünger zu sein. Wenige der Annehmlichkeiten des Lebens schienen auf die Jugend zu entfallen, wenn man es recht betrachtete. Sie lehnte sich gegen den Pfosten des Schwalbenhäuschens, zum Glück wieder barfuß, und versuchte, sich an etwas zu erinnern, was sie zu dem Wunsch verleiten könnte, wieder dort anzufangen, wo ihre Tochter jetzt stand. Es kam ihr nichts in den Sinn, doch erinnerte sie sich daran, daß sie noch eine Reihe von Fernsehzeitschriften zu lesen hatte, die sie neben ihrem Bett abgelegt hatte – eine kleine Belohnung dafür, daß sie ihrem alten Liebhaber und guten Freund gegenüber ihre Pflicht erfüllt hatte. Er war einmal ein so guter Sänger gewesen. Zweifellos hatte er mehr Grund als sie, sich zu wünschen, wieder jung zu sein.
Das Gras, durch das sie ging, war vom Nachttau feucht, und der Mond, der vorher über den Ulmen, Zypressen und Pinien aufgegangen war, leuchtete verhangen und blaß in dem Dunst – dem Dunst, den der Golf fast jede Nacht über Houston wehte, als wolle er der Stadt helfen einzuschlafen.

Sechstes Kapitel

1

»Das Telefon klingelt«, sagte Rosie.
Die Nachricht konnte Aurora nicht überraschen, denn ihre Hand war keine dreißig Zentimeter von dem Gerät entfernt. Der Morgen war wieder sonnig, und sie hatte es sich in einer kleinen Fensternische ihres Schlafzimmers bequem gemacht, die beinahe ihr liebster Ort auf der Welt war. Es gab den Sonnenschein und ein offenes Fenster und eine große Menge Kissen um sie herum, zur moralischen Unterstützung, und sie brauchte sie alle, denn sie war gerade mitten in einer der von ihr am meisten verabscheuten Tätigkeiten überhaupt: Rechnungen durchsehen. Nichts erfüllte sie mehr mit dem Gefühl von Unentschlossenheit als der Anblick ihrer Rechnungen, von denen über fünfzig in der Fensternische verstreut lagen. Keine war bisher geöffnet und bezahlt worden. Aurora starrte unverwandt auf ihr Scheckheft und versuchte, ihren Kontostand im Kopf zu überschlagen, bevor sie die unheilvollen Umschläge aufriß.
»Das Telefon klingelt, hab' ich gesagt«, wiederholte Rosie.
Aurora starrte weiterhin auf ihr Scheckheft. »Wie sehr du es liebst, das Offensichtliche festzustellen«, sagte sie. »Ich weiß, daß das Telefon klingelt. Mein Verstand ist beeinträchtigt, aber nicht mein Hörvermögen.«
»Es könnten gute Nachrichten sein«, sagte Rosie und strahlte.
»Das ist eine sehr unwahrscheinliche Möglichkeit, bei der Verfassung, in der ich bin«, sagte Aurora. »Da liegt es weitaus näher, daß es jemand ist, den ich nicht zu sprechen wünsche.«
»Wer könnte das sein?« fragte Rosie.
»Das kann jedermann sein, der unvernünftig genug ist, mich anzurufen, wenn ich nicht angerufen werden will«, sagte sie. Sie schaute mit finsterem Gesicht auf das Telefon.
»Geh du ran«, sagte sie. »Es erschwert es mir, die Sinne beieinander zu halten.«
»Das ist bestimmt der General«, sagte Rosie. »Der ist der einzige, der die Frechheit besitzt, es fünfundzwanzigmal läuten zu lassen.«
»Nun, wir werden ihn auf die Probe stellen«, sagte Aurora und legte das Scheckheft beiseite. »Laß uns sehen, ob er die Frechheit besitzt, es fünfundzwanzigmal läuten zu lassen. Soviel Frechheit grenzt an Ar-

roganz, und wenn es irgend etwas gibt, was ich jetzt gerade nicht brauchen kann, dann ist es Arroganz. Glaubst du, daß er guckt?«
»Ja«, sagte Rosie und borgte sich ein wenig von der Handlotion ihrer Arbeitgeberin. »Was hat er sonst schon zu tun?«
Wie es der Zufall wollte, befand sich das Haus des Generals am Ende ihrer Straße, und sein Schlafzimmerfenster bot einen freien Blick auf ihre Garage. Er brauchte nur sein Fernglas zu nehmen, um festzustellen, ob ihr Wagen da war, und sein Fernglas hatte er nur selten außer Reichweite. Der Tod seiner Frau und der Tod Rudyard Greenways lagen nur sechs Monate auseinander, und der General war seitdem ein konstanter Faktor in Auroras Leben gewesen. Sogar die Arbeit in den Blumenbeeten vor dem Haus wurde zum Problem. Sie konnte sie kaum noch ohne den Gedanken verrichten, daß zwei gierige, stahlblaue Soldatenaugen auf sie gerichtet waren.
Das Telefon klingelte immer noch.
»Ich bin der festen Überzeugung, daß die militärische Ausbildung feinere Instinkte zerstört«, sagte Aurora. »Zählst du das Läuten noch mit?«
»Der wär mein Freund nicht«, sagte Rosie. Mit den Augen suchte sie Auroras Frisierkommode nach Dingen ab, die sie brauchen könnte.
»Geh ran«, sagte Aurora. »Ich werde es langsam leid, es läuten zu hören. Sei obstinat.«
»Ich soll was sein?« fragte Rosie. »Reden Sie englisch.«
»Laß dich von ihm nicht herumkommandieren, mit anderen Worten«, sagte Aurora.
Rosie hob ab, und sofort erklang die schnarrende Stimme von General Hector Scott. Sogar inmitten ihrer Kissen konnte Aurora sie deutlich hören.
»Hallo, General«, sagte Rosie fröhlich. »Was treiben Sie denn schon so früh am Morgen?«
Jedermann, der Hector Scott kannte, wußte, daß er um fünf Uhr in der Frühe aufstand, im Sommer wie im Winter, und vor dem Frühstück fünf Kilometer joggte. Auf seinen Läufen begleiteten ihn seine zwei Dalmatiner, Pershing und Marshal Ney, die beide, im Gegensatz zum General, in der Blüte ihres Lebens standen. Die Hunde hatten ihre Freude an den Läufen – wieder im Gegensatz zum General, der joggte, weil seine Prinzipien ihm nicht gestattet hätten, es zu unterlassen. Das einzige Mitglied seines Stabes, das es von Grund auf verabscheute, war sein Bursche, F. V., der gezwungen war, dem Läufer in der alten Packard-Limousine hinterherzufahren. Nur für den Fall,

daß der General oder einer der beiden Dalmatiner unterwegs tot umfielen.

F. V.s Nachname war d'Arch. Dies wußten nur wenige. Rosie war zufällig eine von diesen wenigen, aus dem einfachen Grund, da F. V. aus Bossier City, Louisiana, stammte, das ganz in der Nähe ihres eigenen Geburtsortes Shreveport lag. Gelegentlich, wenn sie mit ihrer Arbeit fertig war, trippelte sie die Straße hinunter und verbrachte einen netten Morgen in General Scotts Garage, um F. V. zu helfen, der an dem alten Packard herumbastelte, einem vorsintflutlichen und im allgemeinen so unzuverlässigen Auto, daß es öfter nicht mehr ansprang, wenn es nach der Eskorte-Fahrt beim Fünf-Kilometer-Lauf abgestellt wurde. Rosie war F. V. sehr willkommen, weil sie es beide liebten, der guten alten Zeit in Shreveport und Bossier City nachzuhängen, und weil sie von Packardmotoren fast ebensoviel verstand wie er selbst. F. V. war ein schmächtiger kleiner Bursche mit einem fein gezeichneten Oberlippenbart und der angeborenen Melancholie seiner Heimat. Die alten heimatlichen Bande hätten beide allmählich stärker verbinden können, wenn sie nicht davon überzeugt gewesen wären, daß Royce Dunlup mit einer Schrotflinte daherkäme, um sie beide niederzuschießen, falls, wie F. V. sich ausdrückte, »jemals etwas passieren würde«.

»Ja ja, sie haben Bonnie und Clyde auch abgeknallt«, bemerkte Rosie lachend, wenn das Gespräch in solche Bahnen geriet. Rosie wußte sehr wohl, daß General Scott seit fünf Uhr früh auf war, und ihre Bemerkung lag seiner Meinung nach in dem Bereich zwischen Frechheit und Beleidigung. Unter normalen Umständen hätte er sie bei niemandem geduldet, aber unglücklicherweise konnte man nichts, was mit Aurora Greenway und ihrem Haushalt zu tun hatte, mit normalen Verhältnissen vergleichen. Angesichts der wie üblich verwirrenden und außergewöhnlichen Umstände gab er sich Mühe, beherrscht und dennoch entschlossen zu klingen.

»Rosie«, sagte er. »Könnten Sie bitte Mrs. Greenway sofort an den Apparat holen?«

»Sieht nicht so aus«, sagte sie und schaute zu ihrer Chefin herüber. Diese machte einen vergnügten, doch ziemlich abwesenden Eindruck, wie sie da in ihrem Wust von Rechnungen saß.

»Warum nicht?« fragte der General.

»Glaube nicht, daß sie schon entschieden hat, mit wem sie heute sprechen wird. Warten Sie einen Augenblick, dann kriege ich es raus«, sagte Rosie.

»Ich will und ich werde nicht warten«, sagte der General. »Das sind Kindereien. Sagen Sie ihr, daß ich sie umgehend sprechen will. Ich habe schon fünfunddreißig Tuter gewartet. Ich selbst bin ein pünktlicher Mann, und ich war dreiundvierzig Jahre lang mit einer pünktlichen Frau verheiratet. Verzögerungen dieser Art schätze ich nicht.«
Rosie hielt den Hörer vom Ohr weg und grinste zu Aurora hinüber.
»Er sagt, er will nicht warten«, sagte sie laut. »Er sagt, das sind Kindereien, und seine Frau hätte ihn nie in seinem Leben warten lassen. Sie war dreiundvierzig Jahre lang pünktlich.«
»Welch gräßlicher Gedanke«, sagte Aurora mit einer wegwerfenden Handbewegung. »Ich fürchte, ich habe keinem Mann je nach der Pfeife getanzt, und ich bin viel zu alt, um damit noch anzufangen. Außerdem habe ich beobachtet, daß es im allgemeinen charakterschwache Menschen sind, die sich erlauben, Sklaven der Uhr zu sein. Sag das dem General.«
»Sie will nach keiner Pfeife nicht tanzen und kein Sklave von keiner Uhr nicht sein«, sagte Rosie zum General. »Und sie glaubt, Sie sind charakterschwach. Schätze, Sie können auflegen, wenn Sie wollen.«
»Ich will durchaus nicht auflegen«, sagte der General und knirschte mit den Zähnen. »Ich will Aurora sprechen, und zwar jetzt.«
Stets brachten ihn die Versuche, zu Aurora vorzudringen, an irgendeinem Punkt dazu, mit den Zähnen zu knirschen. Der einzig positive Aspekt daran war, daß es immerhin noch seine echten Zähne waren: er war bislang noch nicht gezwungen, mit einem Gebiß zu knirschen.
»Wo ist sie?« fragte er, immer noch knirschend.
»Och, nicht weit«, sagte Rosie vergnügt. »Man könnte sagen: irgendwie weit und irgendwie nah«, fügte sie nach einem weiteren Blick auf ihre Chefin hinzu.
»Wenn dem so ist«, sagte der General, »würde ich gern wissen, weshalb es nötig war, das Telefon fünfunddreißigmal läuten zu lassen. Wenn ich noch meine Panzer hätte, wäre das nicht passiert, Rosie. Ein gewisses Haus wäre dem Erdboden gleichgemacht worden, lange vor dem fünfunddreißigsten Läuten – wenn ich noch meine Panzer hätte. Dann würden wir herausfinden, wer da mit wem sein Spiel treibt.«
Rosie hielt den Hörer vom Ohr weg. »Er fängt wieder von seinen Panzern an«, sagte sie. »Sie sollten besser mit ihm sprechen.«
»Hallo!... Hallo!...« rief der General in die Sprechmuschel. In seiner Blütezeit hatte er eine Panzerdivision kommandiert, und die Versuche, zu Aurora durchzukommen, brachten ihm fast immer seine

Panzer in den Sinn. Er hatte sogar schon angefangen, von Panzern zu träumen, zum erstenmal seit dem Krieg. Erst ein paar Nächte zuvor hatte er einen sehr glücklichen Traum gehabt, in dem er, im Turm seines größten Panzers stehend, den River Oaks Boulevard hinaufgefahren war. Aus dem Club am Ende des Boulevards kamen die Leute auf die Straße, stellten sich auf und schauten ihn respektvoll an. Er war der einzige Vier-Sterne-General des Clubs, und die Leute dort schauten ihn auch ohne seinen Panzer respektvoll an. Dennoch war es ein befriedigender Traum gewesen. General Scott hatte viele Träume, in denen Panzer vorkamen, und viele endeten damit, daß er durch die unteren Wände von Auroras Haus brach, in ihr Wohnzimmer oder manchmal auch in ihre Küche. In manchen dieser Träume fuhr er nur mit dem Panzer unentschlossen vor ihrem Haus auf und ab und versuchte, einen Weg zu finden, einen Panzer die Stufen zu ihrem Schlafzimmer hinaufzubekommen, wo sie sich anscheinend immer aufhielt. Um in ihr Schlafzimmer zu gelangen, würde er einen fliegenden Panzer brauchen, und jedermann wußte, daß Hector Scott ein Realist war, wenn es um das Militärwesen ging. Es gab keine fliegenden Panzer, und selbst unter Zwang weigerte sich sein Unterbewußtsein, ihm einen zu verschaffen. Die Folge davon war, daß er sich auch weiterhin in Gespräche mit Aurora Greenway oder ihrer Haushälterin verstrickt sah, die ihn in die Verfassung brachten, daß er am liebsten den Telefonhörer über das Knie gebrochen hätte.
Er war gerade dabei, in diesen Zustand zu geraten, als Aurora ihre Hand ausstreckte und den Hörer nahm. »Ich kann ebensogut auch mit ihm sprechen«, sagte sie. »Ich habe es wirklich nicht besonders eilig, meine Rechnungen zu sortieren.«
Rosie überließ ihr mit leichtem Widerwillen den Hörer. »Nur gut, daß sie ihm die Panzer weggenommen haben, als sie ihn aus der Armee entließen«, sagte sie. »Aber was ist, wenn er eines Tages wieder einen auftreibt und uns damit auf die Pelle rückt?«
Aurora überhörte die Bemerkung. »Nun, immer dasselbe, Hector«, sagte sie mit einiger Entfernung zur Sprechmuschel. »Du hast Rosie richtig Angst gemacht mit deinem Gerede von Panzern. Mir scheint, du solltest in deinem Alter wissen, was den Leuten Angst macht und was nicht. Ich wäre nicht überrascht, wenn sie kündigt. Niemand möchte in einem Haushalt arbeiten, in den jeden Augenblick ein Panzer hereinbrechen kann. Ich glaube, du würdest das fertigbringen. Ich bin sicher, F. V. würde es auch nicht mögen, wenn er dächte, ich könnte ihn jeden Augenblick über den Haufen fahren.«

»Das ist genau das, was F. V. denkt«, sagte Rosie laut. »Er weiß, wie Sie fahren. Ein Cadillac kann einen genauso überfahren wie ein Panzer. Ich habe oft gehört, wie F. V. das gesagt hat.«
»Ach, sei still«, sagte Aurora heftig. »Du weißt doch, wie empfindlich ich bin, was meinen Fahrstil betrifft.«
»Ich habe doch gar nichts gesagt, Aurora«, behauptete der General.
»Nun, ich wollte, deine Stimme würde nicht so schnarren, Hector«, sagte Aurora.
»Es ist nur F. V.s großes Pech, daß er genau da an der Ecke wohnt«, fuhr Rosie fort und nahm ihr Staubtuch. »Die Küche ist genau da, wo Sie hineinrauschen würden, wenn Sie einmal vergessen, abzubiegen.«
»Ich werde nicht vergessen, abzubiegen!« sagte Aurora mit großem Nachdruck.
»Ich habe nicht gesagt, daß du das würdest!« sagte der General, dessen Gereiztheit wuchs.
»Hector, ich lege sofort auf, wenn du vorhast, mich anzubrüllen«, sagte Aurora. »Meine Nerven sind heute durchaus nicht so, wie sie sein sollten, und das hat sich keineswegs dadurch gebessert, daß du das Telefon fünfunddreißigmal läuten ließest. Wenn du so lange klingelst, schätze ich das gar nicht, das muß ich dir sagen.«
»Aurora, Liebste, alles, was du tun mußt, ist, den Hörer abzunehmen«, sagte der General und kämpfte darum, Mäßigung, ja Liebreiz in seine Stimme zu bringen. Er war sich bewußt, daß seine Stimme schnarrte, aber das war nur eine natürliche Folge der Tatsache, daß er als junger Mann in den Tropen stationiert war und seinem Stimmorgan an der Front Schaden zugefügt hatte, und dadurch, daß er zu laut und zu häufig Idioten bei feuchtem Klima hatte anschreien müssen. Ignoranz und Inkompetenz seitens seiner Untergebenen hatten ihn stets dazu gebracht, früher oder später zu schreien, und er war in seiner Laufbahn so oft auf sie gestoßen, daß seine Stimme kaum mehr als ein Krächzen war, als der Zweite Weltkrieg endete. Ihm schien, sie habe sich wieder ganz gut erholt, doch hatte sie Aurora Greenway noch nie gefallen, und sie schien ihr immer weniger zu gefallen, je mehr Jahre verstrichen. Im Augenblick schien sie ihr überhaupt nicht zu gefallen.
»Hector, ich denke wirklich, du solltest es besser wissen, anstatt mir Vorhaltungen zu machen«, sagte sie. »Ich bin kein Mitglied einer Armee und habe kaum Interesse daran, wie ein Gefreiter oder ein Pennäler behandelt zu werden, oder welchen Rang du mir auch sonst zuge-

dacht haben magst. Dies ist mein Telefon, hörst du, und wenn ich nicht dazu aufgelegt bin, abzuheben, so ist das *meine* Sache. Übrigens bin ich häufig fort, wenn du klingelst, ganz sicher. Wenn mein Telefon in Zukunft jedesmal, wenn es dir in den Sinn kommt, hier anzurufen, sechzig- oder siebzigmal läutet, dann wird es bestimmt kaputt werden. Ich würde mich glücklich schätzen, wenn es dieses Jahr noch hielte.«
»Soso, aber ich wußte, daß du da bist«, sagte der General rasch. »Ich habe hier mein Fernglas und damit deine Garage beobachtet. Nichts hat sich seit sieben Uhr heute morgen bewegt. Ich bilde mir ein, dich gut genug zu kennen, um zu wissen, daß du aller Wahrscheinlichkeit nach nicht vor sechs Uhr morgens irgendwohin fährst. Darauf gibt es keine Erwiderung. Du warst da, und du warst einfach nur dickköpfig.«
»Das ist eine reichlich erniedrigende Herleitung«, sagte Aurora postwendend. »Ich hoffe doch sehr, daß du deine Schlachten nicht so geführt hast wie das, was man voreilig dein Werben nennen mag. Hättest du es getan, ich bin mir sicher, würden wir jeden Krieg verloren haben, in den wir verwickelt worden wären.«
»O mein Gott«, sagte Rosie, die anstelle von General Scott zusammenzuckte.
Aurora machte nur eine Atempause. Die Vorstellung, wie Hector Scott, der mindestens fünfundsechzig Jahre alt war, seit sechs Uhr morgens in seinem Schlafzimmer saß und mit dem Fernglas ihre Garage anglotzte, war mehr als es brauchte, um sie rot sehen zu lassen.
»Wenn ich dich gerade dran habe, Hecot, laß mich dich auf bestimmte Möglichkeiten hinweisen, die du anscheinend in deinen Überlegungen übersehen hast«, sagte sie. »Erstens könnte ich Kopfschmerzen gehabt und nicht gewünscht haben, mit jemandem zu sprechen, in welchem Fall sechzigmal das Telefon klingeln zu hören meinem Befinden kaum zuträglich gewesen wäre. Zweitens hätte ich in meinem Garten hinter dem Haus sein können, außerhalb der Reichweite meines Telefons und deines Fernglases. Ich mache Gartenarbeiten sehr gern, wie du wissen solltest. Ich grabe den Garten oft um. Ich brauche wenigstens ein *bißchen* Entspannung, weißt du.«
»Aurora, das ist gut«, sagte der General in dem Gefühl, daß ein kurzer Rückzug angezeigt war. »Ich bin froh, dich draußen und beim Umgraben zu wissen – das ist eine gute Übung. Ich habe selber in meinem Leben eine Menge umgegraben.«
»Hector, du unterbrichst mich«, sagte Aurora. »Ich sprach gerade

nicht von deinem Leben, sondern ich zählte gerade die Möglichkeiten auf, die du bei deiner ungestümen Art, mit mir zu reden, übersehen hast. Eine dritte Möglichkeit wäre, daß eine Einladung mich dem Bereich des Telefons entzogen hätte.«
»Was für eine Einladung?« sagte der General, weil er sich beunruhigt fühlte. »Das mag ich aber gar nicht, wie das klingt.«
»Hector, im Augenblick bin ich so verärgert über dich, daß es mir egal ist, was du magst und was du nicht magst«, sagte Aurora. »Es ist eine nüchterne Tatsache, daß ich öfters, eigentlich regelmäßig, Einladungen von einer Reihe anderer Herren erhalte.«
»Um sechs Uhr morgens?« fragte der General.
»Das braucht dich nicht zu kümmern, wann«, sagte Aurora. »Ich bin nicht so alt wie du, weißt du, und weit weniger auf meine Gewohnheiten fixiert, als deine liebe Frau es gewesen zu sein scheint. Im Grunde genommen gibt es sehr wenig dazu zu sagen, wo es sich für mich gehört, um sechs Uhr früh zu sein, noch gibt es irgendeinen besonderen Anlaß, warum ich aufgefordert werden sollte zu reden, wenn ich mich nicht selber dazu entschlossen habe. Ich bin augenblicklich niemandes Frau, was dir wohl kaum entgangen sein dürfte.«
»Es ist mir nicht entgangen, und ich halte das für eine offenkundige Absurdität«, sagte der General. »Ich bin auch bereit, etwas in der Sache zu unternehmen, wie ich dir schon viele Male gesagt habe.«
Aurora hielt eine Hand auf den Hörer und machte ein belustigtes Gesicht zu Rosie hinüber. »Er macht wieder einen Antrag«, sagte sie. Rosie stöberte in einem Wandschrank, um vielleicht abgetragene Schuhe für ihre Tochter zu finden. Der letzte Antrag des Generals überraschte sie überhaupt nicht.
»Jaja, er will Sie wahrscheinlich in einem Panzer heiraten«, sagte sie.
Aurora wandte sich wieder dem General zu. »Hector, ich zweifle nicht an deiner Bereitschaft«, sagte sie. »Eine Reihe von Herren scheint bereit zu sein. Der Punkt, auf den es ankommt, ist, daß du dazu nicht imstande bist. Ich mag es nicht recht, wenn man den Ausdruck ›offenkundige Absurdität‹ so gebraucht, wie du es eben getan hast. Ich sehe nicht, was offenkundig absurd daran wäre, Witwe zu sein.«
»Liebste, du bist jetzt seit drei Jahren Witwe«, sagte der General. »Für eine kerngesunde Frau wie dich ist das lange genug. Zu lange, eigentlich. Es gibt gewisse biologische Notwendigkeiten, weißt du – es bekommt einem nicht, biologische Notwendigkeiten zu lange zu ignorieren.«

»Bist du dir eigentlich bewußt, Hector, wie grob du gerade bist?« sagte Aurora mit einem Blinzeln in ihren Augen. »Ist dir klar, wie oft du mein Telefon hast läuten lassen, und daß dir jetzt, nachdem ich rücksichtsvoll genug gewesen bin, abzuheben, nichts Besseres einfällt, als mir einen Vortrag über biologische Notwendigkeiten zu halten? Du hättest die Dinge kaum weniger romantisch ausdrücken können, muß ich sagen.«
»Ich bin Soldat, Aurora«, sagte der General und versuchte, streng zu sein. »Frei heraus, das ist die einzige Sprache, die ich kenne. Wir sind beide erwachsen. Wir brauchen um diese Dinge nicht herumzureden. Ich habe lediglich betont, daß es gefährlich ist, biologische Notwendigkeiten zu ignorieren.«
»Wer sagt, daß ich sie ignoriere, Hector«, sagte Aurora mit einem teuflischen Unterton in ihrer Stimme. »Zum Glück gibt es immer noch einige Nischen und Ecken in meinem Leben, in die dein Fernglas nicht reicht. Ich muß sagen, daß mich der Gedanke nicht besonders glücklich macht, daß du da Tag für Tag sitzt und über meine biologischen Notwendigkeiten, wie du sie nennst, spekulierst. Wenn es das ist, was du immer gemacht hast, dann ist es kein Wunder, daß es so unangenehm ist, mit dir zu reden.«
»Es ist nicht unangenehm, mit mir zu reden«, sagte der General. »Und imstande bin ich auch.«
Aurora öffnete eine Rechnung, die von ihrem am wenigsten geschätzten Damenschneider. Sie betrug achtundsiebzig Dollar. Sie schaute sie gedankenvoll an, bevor sie antwortete.
»Imstande?« sagte sie.
»Ja. Du sagtest, ich sei bereit, aber nicht imstande. Das verüble ich dir. Ich habe noch nie jemandem erlaubt, meine Fähigkeiten zu verunglimpfen. Tatsächlich bin ich immer imstande gewesen.«
»Nun, du mußt mich irgendwie mißverstanden haben, Hector«, sagte Aurora vage. »Das ist ziemlich unaufmerksam von dir. Ich denke, worauf du dich beziehst, ist meine Bemerkung über das Heiraten. Es wäre wirklich ein starkes Stück, wenn du leugnen wolltest, daß du nicht imstande bist, mich zu heiraten, wenn ich es nun einmal nicht will. Ich verstehe nicht, wie du dich in dieser Hinsicht für imstande halten kannst, da es doch für uns beide offensichtlich ist, daß es nichts auf der Welt gibt, wozu du mich zwingen könntest.«
»Aurora, willst du wohl still sein!« schrie der General. Seine Gereiztheit schwoll jäh an, und etwa zur gleichen Zeit, wenn auch nicht ganz so jäh, schwoll auch sein Penis an. Aurora Greenway war aufreizend,

absolut aufreizend. Abgesehen von ein oder zwei Leutnants war niemand in seinem Leben in der Lage gewesen, ihn so wütend zu machen. Auch war in seinem Leben niemand je in der Lage gewesen, Erektionen allein dadurch bei ihm hervorzurufen, daß er mit ihm am Telefon sprach, aber Aurora schaffte es. Sie war auch nahezu unfehlbar – irgendein Klang in ihrer Stimme schien es zu bewirken, gleichgültig, ob sie gerade mit einem stritt oder fröhlich und allgemein über Musik oder Blumen schwatzte.
»Nun gut, Hector, ich will still sein, obwohl ich denke, daß es ziemlich grob von dir ist, es vorzuschlagen«, sagte Aurora. »Du bist heute außergewöhnlich grob zu mir, weißt du. Ich habe gerade meine Rechnungen vor mir und versucht, mich auf die Summen zu konzentrieren, und du redest so schnarrend und militärisch mit mir und hilfst mir überhaupt nicht. Wenn du nicht aufhörst, so grob zu sein, werde ich Rosie an meiner Stelle mit dir reden lassen müssen, und sie bringt es fertig, weit weniger höflich zu sein, als ich es gewesen bin.«
»Du bist nicht höflich, du bist gottverdammt aufreizend gewesen!« sagte der General und hörte nur noch ein Knacken in der Leitung. Er legte den Hörer auf die Gabel und saß mehrere Minuten voller Anspannung da, wobei er nur mit den Zähnen knirschte. Er starrte durch das Fenster Auroras Haus an, doch fühlte er sich zu niedergeschlagen, um zu wagen, sein Fernglas zu heben. Seine Erektion schwächte sich ein wenig ab, um dann ganz abzuklingen, und kurz nachdem die Dinge wieder normal lagen, griff er zum Telefon und rief erneut an. Aurora hob beim ersten Läuten ab. »Ich hoffe wirklich, daß du jetzt in einer freundlicheren Stimmung bist, Hector«, sagte sie sofort, noch bevor er gesprochen hatte.
»Woher hast du gewußt, daß ich es bin, Aurora?« fragte er. »Gehst du da kein großes Risiko ein? Es hätte ja sehr gut einer von deinen anderen gewohnheitsmäßigen Anrufern sein können. Es hätte sogar dein geheimnisvoller Freund sein können.«
»Was für ein geheimnisvoller Freund, Hector?« fragte sie.
»Der, auf den du so nachdrücklich angespielt hast«, sagte er ohne große Schärfe. Ein Gefühl von Hoffnungslosigkeit hatte ihn überkommen. »Der, mit dem du vermutlich das Bett teilst bei den Gelegenheiten, wenn du zufällig um sechs Uhr morgens nicht zu Hause bist.«
Aurora öffnete zwei weitere Rechnungen, während der General sich abregte. Sie versuchte, sich daran zu erinnern, was sie nur mit dem Betrag von vierzig Dollar für Gartengerät angefangen hatte, das sie

offensichtlich vor drei Monaten gekauft hatte. Die Anschuldigungen des Generals prallten an ihr einfach ab, doch den Ton, in dem sie vorgebracht wurden, mußte man ein klein wenig ernster nehmen.
»Jetzt, Hector«, sagte sie, »klingst du wieder resigniert. Du weißt doch, wie sehr ich es hasse, wenn du resignierst. Ich hoffe, daß du nicht wegen mir so niedergeschlagen bist. Du mußt einfach lernen, dich ein bißchen energischer zur Wehr zu setzen, wenn du mit mir auskommen willst. Ich dächte doch, daß ein Soldat wie du mehr Geschick in der Selbstverteidigung haben sollte. Ich kann mir kaum vorstellen, wie du alle deine Kriege überlebt hast, wenn das alles ist, wozu du imstande bist.«
»Ich befand mich die meiste Zeit in einem Panzer«, sagte der General, der sich daran erinnerte, wie behaglich er sich dort gefühlt hatte. Auroras Stimme klang plötzlich sehr freundlich und warm, und er bekam wieder eine Erektion. Es hatte ihn oft erstaunt, wie schnell sie plötzlich freundlich werden konnte, wenn sie wußte, daß sie jemanden an der Kandare hatte.
»Nun, ich fürchte, all das ist vorbei, mein Bester«, sagte sie. »Du mußt von jetzt an ohne deine Panzer auskommen. Sag etwas Nettes zu mir. Gib dir einen Ruck, wenn es dir nichts ausmacht. Du kannst dir nicht vorstellen, wie deprimierend es ist, eine resignierte Stimme zu hören.«
»Gut, ich komme gleich zur Sache«, sagte der General, der wie durch ein Wunder wieder der alte war. »Wer ist der neue Liebhaber?«
»Wovon redest du da?« fragte Aurora. Sie sammelte alle ihre ungeöffneten Rechnungen ein. Sie hatte beschlossen, sie in einem Ordner abzulegen, bevor sie sie öffnete. Der Anblick von Ordnern trug manchmal viel dazu bei, sie davon zu überzeugen, daß ihr Leben wirklich in Ordnung war, gleichgültig, wie sie sich fühlte. Sie hatte entschieden, daß die Achtundsiebzig-Dollar-Rechnung wahrscheinlich ihre Berechtigung hatte, und winkte Rosie, ihren Füllfederhalter zu bringen, der auf der Frisierkommode lag. Ihre Frisierkommode war nicht geschaffen für übersichtliche Ordnung – Dutzende von Gegenständen lagen dort, und Rosie hob Parfümfläschchen hoch, alte Einladungen und Augenbrauenstifte, in der Hoffnung, auf den Füllfederhalter zu stoßen, wonach Aurora verlangt hatte.
»Den Füller, den Füller«, sagte sie, bevor der General antworten konnte. »Kannst du denn nicht sehen, daß ich einen Scheck ausstellen will?«
Rosie fand den Füller und warf ihn ihr nachlässig hinüber. Sie liebte

es, Auroras Frisierkommode zu untersuchen – es kamen immer Dinge zum Vorschein, die sie noch nie gesehen hatte. »Sagen Sie ihm, Sie würden ihn heiraten, wenn er diesen Packard verscheuert«, sagte sie und schnupperte an einem Magnolienöl. »Ich sage Ihnen, das Auto kostet einen Haufen Geld, und er fährt nicht mal damit. F. V. hat versucht, es ihm zu erklären, aber es hatte keinen Zweck.«
»Rosie, ich bin sicher, daß General Scott dazu fähig ist zu entscheiden, in welchem Automobil er fahren will«, sagte Aurora und füllte den Scheck schwungvoll aus. Sie hatte dabei stets das erhebende Gefühl, Herrin ihres Vermögens zu sein. »Was hast du gesagt, Hector?«
»Ich habe dich gefragt, mit wem du die Nacht verbracht hast«, sagte der General. »Ich habe dich mehrmals gefragt. Natürlich, wenn du nicht antworten willst, so ist das deine Sache.«
»Oh, du bist viel zu empfindlich, Hector«, sagte Aurora. »Ich habe lediglich versucht, dir klarzumachen, daß mein Aufenthaltsort um sechs Uhr morgens ganz von meiner Laune abhängt. Ich könnte beschlossen haben, bis zum Morgengrauen zu tanzen, oder ich könnte fort sein und eine Kreuzfahrt in der Karibik mit einem deiner Rivalen machen. Du scheinst wirklich nicht viel für sportlichen Wettstreit zu haben. Das ist etwas, was du wirklich versuchen solltest zu kultivieren.«
Der General fühlte sich erleichtert. »Aurora, kannst du mir einen Gefallen tun?« sagte er. »Falls du heute wegfährst, würdest du mich bitte zum Supermarkt mitnehmen? Mein Wagen hat eine Panne.«
Aurora lächelte vor sich hin. »Nun, das ist ein recht prosaischer Gefallen, Hector, wenn man bedenkt, worum du alles hättest bitten können«, sagte sie. »Aber ich denke, daß sich das einrichten läßt. Wenn du da drüben sitzt und vor Hunger stirbst, können meine Rechnungen sicher warten. Ich richte mich nur schnell her, dann können wir eine hübsche Spazierfahrt machen. Wer weiß, vielleicht wirst du schwach und lädst mich zum Lunch ein.«
»Aurora, das wäre wunderbar«, sagte der General.
»Sie haben ihn ausgetrickst, oder?« sagte Rosie, als ihre Chefin auflegte. »Dazu waren nicht sehr viele Tricks nötig, oder?«
Aurora stand auf und brachte ihre Rechnungen wieder durcheinander. Sie ging zum Fenster und schaute auf den sonnenbeschienenen Garten. Es war ein strahlender Apriltag mit tiefblauen Flecken zwischen den großen schneeweißen Wolken.
»Männer, die den ganzen Tag über frei sind, sind Männern gegenüber, die dies nicht sind, im Vorteil«, sagte sie.
»Und Sie mögen sie stürmisch, oder?« sagte Rosie.

»Bist du wohl still«, sagte Aurora. »Ich mag offensichtlich sehr viel mehr Dinge als du. Du scheinst nichts tun zu wollen, außer mich und den armen Royce zu quälen. Wenn du mich fragst, kannst du froh sein, diesen Mann zu haben, bei der Art, wie du ihn behandelst.«
»Royce würde vor die Hunde gehen, wenn er mich nicht hätte«, sagte Rosie vertraulich. »Was wollen Sie heute anziehen? Sie wissen, wie schnell der General ist. Er steht wahrscheinlich schon fix und fertig vor der Tür. Seine Frau hat ihn in dreiundvierzig Jahre nicht einmal warten lassen. Er versohlt Sie wahrscheinlich mit seinem Schirm, wenn Sie nicht gleich zu ihm rüberhetzen.«
Aurora reckte sich und machte das Fenster ein wenig weiter auf. Es war wirklich so belebend, an einem solchen Tage auszugehen, sogar mit einem so lästigen Menschen wie Hector Scott. Rosie kam herbei und schaute mit ihr aus dem Fenster. Auch sie war ganz angeregt. Was sie anregte, war das Wissen, daß Aurora mit dem General ausgehen würde. Das bedeutete, daß sie das ganze Haus für sich haben würde, um herumzustöbern. Außerdem würde Aurora fast alles tun, um zu vermeiden, ihre Rechnungen zu bezahlen. Und wenn sie zu Hause bliebe, würde sie es eben dadurch vermeiden, daß sie mit Royce flirten würde. Wenn Aurora fort war, konnte sie ein angenehmes Mittagsstündchen damit verbringen, Royce die Leviten zu lesen.
»Nun schau dir diesen Tag an«, sagte Aurora. »Ist er nicht prächtig? Wenn ich in der richtigen Gemütsverfassung wäre, könnte ich allein mit den Bäumen und dem Himmel glücklich sein. Ich wollte, Emma würde auf solche Dinge so reagieren wie ich. Wahrscheinlich sitzt sie jetzt gerade in ihrer erbärmlichen Garage und bläst Trübsal. Ich weiß nicht, was sie mit einem Baby anfangen wird, wenn sie nicht lernt, einen Tag wie diesen zu genießen.«
»Sie bringt es besser hierher und läßt es uns erziehen«, sagte Rosie. »Mir tut es um jedes Kind von Emma leid, das bei Flap aufwachsen muß. Wenn Sie und ich 'n paar von Emmas Kindern hier hätten zum spielen, würde ich keine eigenen mehr wollen.«
»Du hast genug Kinder«, sagte Aurora, obwohl ihr an so einem wundervollen Tag im Grunde genommen nicht einmal die Vorstellung einer schwangeren Rosie die Laune verderben konnte. »Ich glaube, ich werde das Kleid tragen, das ich gerade bezahlt habe«, sagte sie, ging zum Wandschrank und zog es hervor. Es war ein geblümtes Seidenkleid, hellblau. Ohne weitere Verzögerung machte sie sich ans Ankleiden, in der freudigen Überzeugung, daß es die achtundsiebzig Dollar wert war.

2

Etwas mehr als eine Stunde später ließ sie den Cadillac langsam in die Einfahrt des Generals rollen. F. V. sprengte den Rasen. Er hatte die Angewohnheit, im Unterhemd herumzulaufen, und nicht einmal der General vermochte daran etwas zu ändern. Er war ein kleiner Bursche und sah sehr melancholisch aus.

Aurora kümmerte sich nicht weiter darum. »Da sind Sie ja wieder, F. V.«, sagte sie. »Ich wollte, Sie würden nicht immer im Unterhemd herumlaufen. Niemand, den ich kenne, mag den Anblick eines Mannes im Unterhemd. Ich sehe auch nicht ein, warum Sie auf diese Weise Wasser verschwenden wollen. In einer Stadt, in der es zweimal am Tag regnet, ist es wohl kaum nötig, den Rasen zu sprengen.«

»Es hat seit zwei Wochen nicht geregnet, Mrs. Greenway«, sagte F. V. bedrückt. »Der General hat mir gesagt, daß ich es tun soll.«

»Oh, der General ist zu ungeduldig«, sagte Aurora. »Wenn Sie wollen, daß wir gute Freunde bleiben, sollten Sie den Schlauch abdrehen, und sich ein hübsches, frisches Hemd anziehen.«

F. V. sah nur noch bedrückter aus und hantierte unentschlossen mit dem Schlauch herum. Um eines betete er des öfteren: daß Mrs. Greenway standhaft bei ihrer Weigerung bleiben würde, den General zu heiraten. Der General war ein gestrenger Zuchtmeister, doch wußte bei ihm ein Mann zumindest, woran er war. Bei Mrs. Greenway hingegen wußte er das nie. Sie brauchte selten mehr als zwei Minuten, um ihn in eine Zwickmühle zu bringen, wie gerade eben, und die Vorstellung, ständig in der Zwickmühle leben zu müssen, war mehr, als F. V. ertragen konnte.

Zum Glück trat gerade in diesem Augenblick General Scott aus seinem Haus. Er hatte Auroras Nahen durch sein Fernglas beobachtet und war bereit. Er trug, wie immer, seit er seine Uniform abgelegt hatte, einen teuren, anthrazitfarbenen Anzug und ein blaugestreiftes Hemd. Selbst Aurora mußte anerkennen, daß er sich untadelig kleidete. Seine Krawatten waren immer rot und seine Augen immer blau. Das einzige Manko an ihm: Er hatte eine Glatze. Zu seinem großen Ärger waren ihm die Haare zwischen seinem dreiundsechzigsten und fünfundsechzigsten Lebensjahr ausgefallen.

»Aurora, du siehst wundervoll aus«, sagte er, ging um den Wagen herum auf ihre Seite und beugte sich hinein, um sie auf die Wange zu küssen. »Das Kleid ist wie für dich geschaffen.«

»Ja, buchstäblich«, sagte Aurora und schaute zu ihm auf. »Ich habe

gerade heute morgen die Rechnung bezahlt. Laß uns gleich aufbrechen, Hector. Von dem vielen Rechnen habe ich einen Heißhunger bekommen, und ich dachte, wir könnten aufs Land fahren und in unserem kleinen Restaurant essen, wenn dir das recht ist.«
»Vollkommen«, sagte der General. »Hör auf, mit dem Schlauch herumzuspritzen, F. V. Du hättest mich beinahe vollgespritzt. Ziele immer nur in den Garten, bis wir fort sind.«
»Mrs. Greenway hat mir sowieso gesagt, ich soll ihn abdrehen«, sagte F. V. »Sie will, daß ich ein Hemd anziehe.«
Er ließ den Schlauch fallen, als hätten so viele einander widerstreitende Verantwortlichkeiten ihn verwirrt, und zur Verblüffung des Generals rannte er durch den nassen Garten zum Haus. Er verschwand, ohne den Schlauch abzudrehen.
»Er benimmt sich, als ginge er hinein, um Selbstmord zu machen«, sagte der General. »Was hast du zu ihm gesagt?«
»Ich habe ihn gerügt, weil er diese Unterhemden trägt«, sagte Aurora. »Meine traditionelle Rüge. Vielleicht kommt er, wenn ich nach ihm hupe, wieder heraus.«
Aurora hatte die Hupe immer als das praktischste Teil des Autos betrachtet, und sie machte häufig und hemmungslos von ihm Gebrauch. Sie brauchte nur zehn Sekunden, um F. V. aus dem Haus herauszuhupen.
»Dreh den Schlauch ab, wenn du nicht sprengen willst«, sagte der General ein wenig verwirrt. Auroras Hupen hatte ihn so entnervt, daß ihm keine weiteren Instruktionen einfielen. Laute Geräusche assoziierte er mit Schlachten, und er wußte nicht recht, wie er sich verhalten sollte, wenn sie genau in einer Einfahrt stattfand.
F. V. hob den Schlauch wieder auf und kam so zerstreut auf den Wagen zu, daß Aurora und der General befürchteten, er würde ihn in das Fenster halten und ihnen beiden eine Dusche verpassen. Zum Glück stoppte er kurz vor der Einfahrt ab.
»Mrs. Greenway, kann Rosie herüberkommen?« fragte er mit wehleidiger Stimme. »Ich kriege diesen Packard nicht wieder hin, wenn sie mir nicht hilft.«
»Ja, natürlich«, sagte Aurora und setzte zurück. Der Schlauch war ihnen beiden erheblich zu nahe gekommen, um noch in Sicherheit zu sein, und F. V. schien nicht weiter darauf zu achten. Im nächsten Augenblick waren sie und der General glücklich unterwegs.
»Weißt du, F. V. hat nie gedient«, sagte der General nachdenklich. »Ich frage mich, ob das der Grund dafür ist, daß er sich so anstellt.«

3

Nach dem Lunch bemerkte Aurora, daß sie zu freundlich war, doch die Speisen waren so köstlich, daß sie einfach in gehobener Stimmung war. Vorzügliche Speisen waren ihr in ihrem Leben mehr als einmal aufgetischt worden. Was sie an Rud angezogen hatte, war, neben seiner Größe, die Tatsache, daß er jedes gute Restaurant an der ganzen Ostküste kannte, obwohl er unglücklicherweise, sobald sie verheiratet waren, nie wieder eins betrat und eine Vorliebe für Sandwiches mit Pfefferkäse entwickelte, an der er ein Leben lang hartnäckig festhalten sollte. Vorzügliche Speisen brachen bei ihr jeglichen Widerstand – sie konnte nicht gut essen und gleichzeitig kratzbürstig sein –, und als sie die Hummersuppe geschlürft hatte und sich über ihre Makrele hermachte, fühlte sie sich einfach prächtig.
Da die Meeresfrüchte so vorzüglich waren, bestellten sie beide Weißwein, und als Aurora ihren Salat gegessen hatte und damit begann, in verschwommenen Vorstellungen über das Problem der Heimfahrt nachzudenken, fühlte sich der General großartig. Er drückte ihren Arm und machte ihr für ihr Kleid und ihre ganze Erscheinung Komplimente. Nichts war besser geeignet, um ihre Augen aufleuchten zu lassen, als eine gute Mahlzeit, und als diese beendet war, strahlten ihre Augen. Der General war von ihr fasziniert.
»Evelyn stocherte immer in ihrem Essen herum«, sagte er. »Sogar in Frankreich machte sie das.«
Aurora kippte den Kirschlikör, den sie bestellt hatte, hinunter. Wenn die Mahlzeit nicht so gut gewesen wäre, hätte sie versucht, seine Glut ein wenig zu dämpfen.
Aurora setzte sich zurück und blickte angeheitert durch das Restaurant. Es war jedoch ein wenig lohnender Rundblick. Während sie gegessen hatten, war die Lunchzeit verstrichen, und nur sie und der General und zwei oder drei Nachzügler waren noch da.
Als die Mahlzeit vorüber war, merkte sie, daß General Scott drauf und dran war, ihr einen Antrag zu machen. Sein Gesicht war fast so rot wie seine Krawatte, und er hatte angefangen, von anderen Klimazonen zu reden – stets eines der schlimmsten Anzeichen bei ihm.
»Aurora, wenn du einfach mit mir nach Tahiti kommen würdest«, sagte er, als sie zum Auto gingen. »Wenn wir auf Tahiti einfach eine Weile zusammensein könnten, ich bin sicher, du würdest die Dinge in einem anderen Licht sehen.«
»Warum, Hector, schau dich um«, sagte Aurora und wies auf den

blauen Himmel. »Das Licht hier ist wundervoll. Ich weiß nicht, warum ich es gegen das Licht von Polynesien eintauschen sollte.«
»Nein, du mißverstehst mich«, sagte der General. »Ich meinte, daß du mit ein wenig mehr Zeit dahin kommen könntest, anders über mich zu denken. Klimaveränderungen wirken manchmal Wunder. Alte Gewohnheiten fallen von einem ab.«
»Aber Hector, ich bin doch ganz zufrieden mit meinen Gewohnheiten«, sagte Aurora. »Es ist nett von dir, daß du so an mich denkst, mein Liebster, aber ich sehe wirklich nicht ein, warum ich nach Tahiti reisen sollte, um Gewohnheiten loszuwerden, mit denen ich mich hier wunderbar eingerichtet habe.«
»Nun, ich habe mich nicht so wunderbar mit ihnen eingerichtet«, sagte der General. »Ich bin verdammt frustriert, wenn du die Wahrheit wissen willst.« Als er sah, daß der Parkplatz, abgesehen von ihrem Wagen, leer war, demonstrierte er ihr unverzüglich das Wesen seiner Frustrationen und unternahm einen raschen Sturmangriff. Er tarnte ihn und tat so, als hätte er ihr lediglich die Tür aufhalten wollen, doch Aurora ließ sich nicht täuschen. Der General konnte sich selten völlig beherrschen, besonders dann nicht, wenn sein Gesicht so rot angelaufen war, aber sie hatte eine Menge Erfahrung mit seinen kleinen physischen Blitzkriegen und wußte, daß sie keine ernsthafte Bedrohung weder ihrer Person noch ihrer Verfassung darstellten. Dem gerade im Gange befindlichen Angriff entwand sie sich dadurch, daß sie eine Weile in ihrer Handtasche nach den Schlüsseln suchte. Abgesehen davon, daß sie sich ihr Kleid glattstreichen und ihr Haar kämmen mußte – Dinge, die sie sowieso hätte tun müssen – ging sie unversehrt daraus hervor.
»Hector, du schlägst wirklich alles«, sagte sie und steckte den verbogenen Schlüssel ins Zündschloß. »Ich kann mir nicht vorstellen, warum du dir vorstellst, ich würde mit dir nach Tahiti fahren, wenn du auf dem nächstbesten Parkplatz der Stadt über mich herfällst. Wenn das die Art ist, wie du dich benimmst, verstehe ich nicht, weshalb du glaubst, daß dich auch nur irgendeine Frau zu heiraten wünscht.«
Der leidenschaftliche Zustand des Generals hatte sich durch den Mangel an Erfolg ein wenig abgekühlt, und er saß auf seiner Seite des Wagens mit verschränkten Armen und zusammengepreßten Lippen da. Er war nicht so sehr über Aurora verärgert wie über seine verstorbene Frau Evelyn. Der triftige Grund seiner Verärgerung über Evelyn war, daß sie eine so unzureichende Vorbereitung auf Aurora gewesen war.

Zum ersten war Evelyn klein gewesen, während Aurora groß war. Er wußte nie so recht, wo er sie packen sollte, und noch bevor er einen Griff starten konnte, gelang es ihr, sich ihm in die eine oder andere Ecke zu entwinden, wo es nicht gut möglich war, sie zu umarmen. Evelyn hatte es versäumt, ihn mit der geringsten praktischen Erfahrung auszurüsten, denn sie war ein Muster an Geduld und Fügsamkeit und hatte sich ihm in ihrem Leben niemals entwunden, soweit er sich erinnern konnte. Sie hatte alles liegen und stehen lassen, was sie auch gerade tat, in der Minute, da er sie berührte, und in manchen Fällen sogar noch bevor er sie berührte. Sie hatte übrigens nie sehr viel dazu getan und seine Umarmungen als einen willkommenen Wechsel im Tagesablauf betrachtet.
Auroras Gangart war etwas ganz anderes, und rückblickend konnte er sich nicht vorstellen, warum Evelyn so fügsam gewesen war.
Aurora ihrerseits behielt mit einem Auge ihn und mit dem anderen die Straße im Visier. Sein Anblick, wie er mit verschränkten Armen da saß, war so komisch, daß sie ein Glucksen nicht unterdrücken konnte.
»Hector, du kannst nicht wissen, wie amüsant du in solchen Augenblicken bist«, sagte sie. »Ich bin nicht sicher, ob dein Sinn für Humor so beschaffen ist, wie er sein sollte. Jetzt schmollst du, wenn ich mich nicht irre, und nur, weil ich mir nicht auf einem Parkplatz deinen Willen aufzwingen lassen will. Ich habe gehört, daß Teenager für diese Dinge dorthin fahren, aber du und ich, wir sind gewissermaßen aus diesem Alter heraus, das wirst du zugeben müssen.«
»Ach, sei still, Aurora, du hättest fast den Briefkasten gerammt«, sagte der General. »Kannst du nicht ein bißchen weiter zur Straßenmitte fahren?« Ihre Neigung, mit nur einer Reifenbreite Abstand zum Bürgersteig zu fahren, ärgerte ihn fast so sehr wie ihre Neigung, mit einem Abstand von einem Meter zur Bordsteinkante zu parken.
»Gut, nur um dir einen Gefallen zu tun, will ich es versuchen«, sagte Aurora und hielt ein wenig weiter links. »Du weißt doch, ich mag nicht gern so dicht am Mittelstreifen fahren. Angenommen, ich wakkele mit dem Lenkrad, gerade wenn mir jemand entgegenkommt. Offen gestanden, wenn du vorhast, die ganze Rückfahrt so zu schmollen, ist es mir gleichgültig, ob ich einen Briefkasten ramme. Ich bin nicht bei schmollenden Menschen aufgewachsen, das muß ich dir sagen.«
»Gottverdammich, ich schmolle nicht«, sagte der General. »Du bringst mich zur Verzweiflung, Aurora. Du hast leicht reden von Parkplätzen und Willenaufzwingen, aber tatsächlich weißt du ver-

dammt genau, daß ich sonst nirgendwo eine Chance dazu habe. Du willst mich nicht in dein Haus lassen, und du willst nicht in meins kommen. Ich habe seit Jahren niemandem meinen Willen aufgezwungen. Ich trinke aus keinem Jungbrunnen. Ich bin siebenundsechzig. Wenn ich ihn nicht sehr bald jemandem aufzwinge, gibt es nichts mehr aufzuzwingen.«

Sie schaute zu ihm herüber und seufzte. Er schwieg. »Liebster, das hast du ziemlich hübsch ausgedrückt«, sagte sie, faßte zu ihm hinüber und bewirkte, daß er die Arme nicht mehr verschränkt hielt, so daß sie ihm einen Händedruck geben konnte. »Ich wollte wirklich, daß ich in diesen Tagen nachgiebigere Empfindungen haben würde, doch Tatsache ist, daß es nicht so ist.«

»Du verstehst es nicht«, platzte der General heraus. »Ich finde, du solltest es wenigstens versuchen! Wie viele Vier-Sterne-Generäle, glaubst du, werden dir noch über den Weg laufen?«

»Nun, schau mal, du sagst immer einen Satz zuviel, Hector«, sagte sie. »Wenn du nur versuchen würdest, deine Reden um jeweils einen Satz kürzer zu machen, könnte es vielleicht sein, daß ich dieser Tage einmal nachgiebiger empfinden würde.«

Trotz ihres früheren Versprechens bewegten sich die rechten Reifen des Cadillacs hart an der Bordsteinkante und drängten die ganze Zeit immer näher auf den Straßenrand zu, doch der General preßte seine Lippen zusammen und sagte nichts. Er dachte, daß die Verantwortung so oder so größtenteils bei ihm lag – er war sich wohl bewußt, daß man ihr auf offener Straße nicht trauen konnte und er sich von ihr nicht zu einem Restaurant fünfzig Kilometer außerhalb der Stadt hätte fahren lassen sollen.

»Wie dem auch sei, ich meine trotzdem, du könntest es versuchen«, sagte er wütend.

Aurora überhörte seinen Ton und fuhr zwei oder drei Kilometer, ohne zu sprechen. Dann griff sie zu ihm hinüber und drückte wieder seine Hand.

»Versuchen ist nicht genau das, was zur Diskussion steht, Hector«, sagte sie. »Ich bin nicht unbedingt die erfahrenste Frau der Welt, aber ich verstehe doch eine Menge davon. Du hast einen so wunderbaren Geschmack, wenn es ums Essen geht, mein Liebster, daß ich dich äußerst widerwillig freigeben würde, aber ich fürchte, ich werde es vielleicht müssen. Ich scheine zur Zeit in meinen Gewohnheiten sehr verhaftet zu sein, und ich glaube, daß nicht einmal ein Trip nach Tahiti sehr viel daran ändern würde.«

»Wovon redest du da, Aurora?« fragte der General, verwirrt von dem, was er gerade hörte. »Warum solltest du mich freigeben, und was denkst du, wohin ich gehen würde, wenn du es tätest?«
»Nun, wie du betont hast, benehme ich mich in ziemlich frustrierender Weise«, sagte Aurora. »Zweifellos wärest du besser dran, wenn ich dich freigeben würde. Ich bin sicher, es gibt eine ganze Reihe hübscher Damen in der Gegend von Houston, die einfach entzückt wären, wenn ihnen ein Vier-Sterne-General über den Weg liefe.«
»Nicht so hübsche wie du«, sagte der General.
Aurora zuckte die Achseln und betrachtete sich mit einem kurzen Blick im Rückspiegel – wie gewöhnlich war er verstellt, so daß sie sich besser sehen konnte als die Straße.
»Hector, das ist sehr nett von dir«, sagte sie, »aber ich glaube, wir sind uns beide bewußt, daß, welche Reize ich auch immer haben mag, sie durch meinen schwierigen Charakter mehr als aufgewogen werden. Jedermann weiß, daß ich unmöglich bin, und du könntest es ebensogut zugeben und damit aufhören, die Zeit, die dir noch bleibt, zu vergeuden. Ich fürchte, ich muß den allgemeinen Standpunkt teilen, ich bin hochmütig, eigensinnig und sehr scharfzüngig. Du und ich, wir reizen uns gegenseitig zu sehr, und ich glaube nicht, daß wir es auch nur sechs Tage lang unter einem gemeinsamen Dach aushalten könnten, selbst wenn wir uns die größte Mühe geben würden. Niemand hat es so sehr wie ich verdient, allein leben zu müssen. Es ist reine Selbstzerstörung von dir, wenn du dein Fernglas auf meine Garage richtest und deine Träume träumst. Such dir eine hübsche Frau mit einem Sinn für gutes Essen und entführe sie gleich nach Tahiti. Du bist Soldat, und ich glaube, es wird höchste Zeit, daß du zu der Gewohnheit zu kommandieren zurückkehrst.«
Der General war so verblüfft über das, was er gerade zu hören bekam, daß er vergaß, Aurora darauf aufmerksam zu machen, daß sie sich der Abzweigung näherten, die sie zurück nach Houston bringen würde.
»Aber Aurora, ich habe doch nach wie vor die Gewohnheit zu kommandieren«, sagte er ärgerlich. »Es hat sich nur zufällig ergeben, daß du die einzige Frau bist, die ich kommandieren will.«
Dann bemerkte er, daß sie die Abzweigung nicht bemerkt hatte und kurz davor war, an ihr vorbeizurauschen. »Bieg ab!« schrie er so laut, daß eine ganze Panzerkolonne abgebogen wäre.
Aurora fuhr geradeaus. »Hector, dies ist nicht der richtige Augenblick, um es unter Beweis zu stellen«, sagte sie. »Deine Stimme ist nicht mehr das, was sie einmal war, und das ist auch nicht gerade das,

was ich meinte, als ich von der Gewohnheit zu kommandieren sprach.«
»Nein, nein, Aurora«, sagte der General. »Du hast die Straße verpaßt. So oft wir schon hier herausgefahren sind, scheint mir, Gottverdammich, daß du den Weg kennen solltest. Ich habe dir den Weg jedesmal zeigen müssen.«
»Siehst du, das ist es gerade, was ich meinte, wir sind nicht füreinander geschaffen«, sagte Aurora. »Du kennst immer den Weg und ich nie. Ich glaube, wir würden uns in ein paar Tagen gegenseitig verrückt machen. Kann ich nicht einfach bei der nächsten Straße, an die wir kommen, abbiegen?«
»Nein!« sagte der General. »Die nächste Straße, an die wir kommen, führt nach El Paso. Dreh um.«
»Nun ja, schon gut«, sagte Aurora. »Du verbringst dein halbes Leben damit, mir etwas vom Klima im Ausland zu erzählen, und jetzt willst du mich noch nicht einmal eine neue Route ausprobieren lassen. Ich finde nicht, daß das sehr logisch ist. Du weißt doch, wie sehr ich es hasse, denselben Weg zurückzufahren.«
»Aurora, du hast keinen Funken Disziplin«, sagte der General und verlor endgültig die Beherrschung. »Wenn du mich nur heiraten würdest, würde ich sie dir ruckzuck beibringen.«
Während er die Beherrschung verlor, vollführte Aurora eine ihrer meisterhaften Hufeisenwendungen und fegte von einem Straßenrand zum andern.
»Du hast nicht geblinkt«, sagte der General.
»Das mag schon sein, aber es ist schließlich mein Wagen«, sagte Aurora und hob das Kinn. Es lohnte sich nicht mehr, mit Hector zu reden, und so schwieg sie. Sie war immer noch bester Laune. Sie befanden sich auf einer großen Küstenebene südöstlich von Houston. Möwenschwärme flogen über sie hinweg, und der Geruch des nahegelegenen Ozeans vermischte sich mit dem Duft des hohen Küstengrases auf angenehme Weise. Es war eine sehr hübsche Gegend, schien ihr, und man konnte einfach die weißen Möwenzüge und die außergewöhnlichen Wolkenmassen anschauen, die sich gerade übereinandertürmten, was sicherlich weitaus angenehmer war, als Hector Scott anzuschauen, der seine Arme wieder verschränkt hatte und offensichtlich sehr verärgert über sie war.
»Hector, ich glaube nicht, daß du soviel geschmollt hast, bevor dein Kopf kahl wurde«, sagte sie. »Glaubst du nicht, daß ein Toupet deine Gemütsverfassung verbessern könnte?«

Ohne jede Vorwarnung fuhr der General sie an. »Bieg ab, Aurora!« schrie er. »Du verpaßt schon wieder die Abzweigung.«
Zu ihrer Verärgerung hatte er sich wirklich über sie gebeugt und fing an, das Lenkrad selber zu bedienen, doch mit einem Klaps auf seine Hand wies sie ihn zurück. »Ich biege ja ab. Ist das alles, woran du denken kannst, Hector«, sagte sie heftig. »Laß mich nur machen.«
»Nein, es ist zu spät«, sagte der General. »Bieg jetzt nur nicht ab, um Himmels willen.«
Aber Aurora hatte von dieser Art der Unterhaltung genug. Ohne weitere Umstände fuhr sie rechts ab, zu spät, um in die Straße, die sie anvisierte, einzubiegen, aber gerade rechtzeitig, um dem Stacheldrahtzaun auszuweichen, der die Straße entlanglief. Was sie aber nicht sah, war ein großes weißes Auto, das, ohne irgendeinen vernünftigen Grund, dicht am Straßenrand neben dem Zaun geparkt war. »Du meine Güte«, sagte sie und bremste.
»Ich habe es dir doch gesagt!« rief der General genau in dem Augenblick, als sie auf das hintere Ende des geparkten Wagens prallten.
Aurora fuhr nie sehr schnell, und sie hätte Zeit gehabt, zu bremsen. Als sie auf den weißen Wagen prallten, gab es einen ziemlich lauten Bums. Sie selber nahm bei dem Aufprall keinen Schaden. Fast unmittelbar darauf gab es einen weiteren Bums – sie hatte keine Ahnung, wovon – und dann schien der Wagen zu ihrer Überraschung in eine Staubwolke eingehüllt zu sein. Sie hatte vor dem Unfall keinen Staub bemerkt.
»Gütiger Himmel, Hector, glaubst du, wir sind in einen Sandsturm geraten?« fragte sie und sah, daß der General sich die Nase hielt.
»Was ist mit deiner Nase?« fragte sie, als der Cadillac in Richtung Stacheldrahtzaun zurücksetzte. Er hielt, bevor er in den Zaun geriet, aber die Staubwolke blieb. Nach einer Weile legte sie sich, und Aurora holte ihre Bürste hervor und begann sich ihr Haar zu bürsten.
»Sag nichts, Hector, sag jetzt nichts«, rief sie. »Ich bin sicher, du wirst jetzt sagen, das habe ich dir doch gleich gesagt, aber ich weigere mich, mir das anzuhören.«
Der General hielt sich immer noch die Nase, mit der er gegen die Windschutzscheibe gestoßen war.
»Sind das nicht hübsche Seemöwen?« sagte Aurora und stellte mit einer gewissen Befriedigung fest, daß sie immer noch über ihnen flogen.
»Nun, jetzt hast du es geschafft«, sagte der General. »Ich habe immer gewußt, du würdest es schaffen, und jetzt hast du es geschafft.«

»Nun, Hector, ich bin glücklich, daß ich dir wenigstens *diese* Befriedigung verschafft habe«, sagte Aurora. »Es wäre mir ein Greuel, wenn ich für dich in jeder Beziehung eine Enttäuschung gewesen wäre.«
»Du bist eine närrische Frau«, platzte der General heraus. »Ich hoffe, du bist dir darüber im klaren. Einfach närrisch!«
»Nun, manchmal habe ich auch den Verdacht«, sagte sie gelassen. »Trotzdem wollte ich, du wärst nicht ganz so zornig.«
Sie fuhr fort, ihr Haar zu bürsten, doch mit sich verschlechternder Laune. Der Staub hatte sich gelegt. Hector Scott, weit davon entfernt, sie zu trösten, gab sich wieder seiner Schadenfreude hin. Ihre Instinkte waren irgendwie durcheinander und gelähmt. Normalerweise, wenn etwas schiefging, half ihr der Instinkt, doch in diesem Fall hatte sie das übermächtige Gefühl, daß einfach alles, was geschehen war, ihre Schuld gewesen sei. Vielleicht war sie, wie Hector sagte, närrisch – dies und nichts anderes. Sie fühlte sich innerlich ziemlich geknickt und hätte gern Emma oder Rosie dagehabt.
»Hector, ich wollte wirklich, du würdest mir erlauben, es mit der nächsten Straße, an die wir kommen, zu probieren«, sagte sie niedergeschlagen. »Ich glaube nicht, daß ich irgend jemanden gerammt hätte, wenn ich nicht denselben Weg hätte zurückfahren müssen.«
In dem Augenblick tauchte zu ihrer Überraschung ein kleiner Mann an ihrem Fenster auf. »Hallo, Madam«, sagte er. Er war klein, hatte sandfarbenes Haar und war sehr sommersprossig.
»Ja, hallo, Sir«, sagte Aurora. »Ich bin Aurora Greenway. Sind Sie eins von meinen Opfern?«
Der kleine Mann reichte ihr eine sommersprossige Hand.
»Vernon Dalhart«, sagte er. »Ihr Städter seid doch nicht verletzt, oder?«
»Ich habe mir die Nase gestoßen«, sagte der General.
»Nein, wir sind in Ordnung«, sagte Aurora. »Haben Sie sich verletzt?«
»Ach was«, sagte Vernon. »Ich lag nur auf dem Rücksitz und telefonierte, als Sie auf mich draufgeknallt sind. Ich bin nicht verletzt, und nicht mal das Gespräch wurde unterbrochen. Wir müssen uns nur schnell eine Geschichte ausdenken, denn der Wagen, der auf Sie draufgefahren ist, war eine Verkehrsstreife.«
»Du meine Güte«, sagte Aurora. »Ich wußte doch, daß die mich nicht leiden können. Trotzdem hätte ich nie gedacht, daß mich einer rammen würde.«
»Sie sind von meinem Heck abgeprallt und dann auf den Highway ge-

schleudert, wissen Sie«, sagte Vernon. »Das habe ich gesehen. Er ist zufällig gerade in dem Augenblick dahergekommen. Dem ist nichts passiert, aber irgend etwas hat ihm den Atem verschlagen. Ich knöpf' mir den mal kurz vor, damit wir weiterkommen.«
»Du meine Güte«, sagte Aurora. »Ich nehme an, das bedeutet Gefängnis. Ich wollte, ich könnte mich an den Namen meines Anwalts erinnern.«
»Ach was, niemand wird eine hübsche Dame wie Sie ins Gefängnis stecken«, sagte Vernon und lächelte sie gewinnend an. »Alles, was Sie zu tun haben, ist, ihm zu sagen, daß alles meine Schuld war.«
»Sei vorsichtig, Aurora«, sagte der General. »Mach dich nicht strafbar.«
Aurora schenkte ihm nicht die geringste Beachtung. »Aber Mr. Dalhart«, sagte sie, »es war ganz offensichtlich alles *meine* Schuld. Ich bin für meine unberechenbare Fahrweise bekannt. Ich würde nicht im entferntesten daran denken, Ihnen den schwarzen Peter zuzuschieben.«
»Das ist doch erst die Hälfte, Madam«, sagte Vernon. »Ich spiele mit dem Boss der Highway-Bullen so jede Woche Poker, und er hat in Jahren kein einziges Mal gewonnen. Erzählen Sie dem Knaben nur, Sie wären gemütlich dahergefahren, und ich wäre rückwärts in Sie hineingestoßen. So einfach ist das.«
»Hm«, machte Aurora nachdenklich. Der kleine Mann, Mr. Dalhart, schien unfähig zu sein, still zu stehen. Er trat von einem Fuß auf den andern und spielte an seiner Gürtelschnalle herum. Doch er lächelte sie an, als hätte sie nichts falsch gemacht, und das war so erfrischend, daß sie geneigt war, ihm zu vertrauen.
»Nun, Mr. Dalhart, so wie Sie es sagen, hört es sich sehr logisch an, das muß ich zugeben«, meinte sie.
»Ich traue diesem Mann nicht, Aurora«, sagte der General plötzlich. Er mochte die Art nicht, mit der Aurora so rasch wieder obenauf war. Wenn die Katastrophe nur ein wenig schlimmer gewesen wäre, hätte sie zu ihm kommen müssen, um Trost zu suchen, dessen war er sicher.
»Mr. Dalhart, das ist General Scott«, sagte Aurora. »Er ist wesentlich mißtrauischer, als ich es bin. Glauben Sie, daß ich diese kleine Irreführung auf mich nehmen kann, wirklich und wahrhaftig?«
Vernon nickte. »Überhaupt kein Problem«, sagte er. »Die Knaben in den Streifenwagen haben ein schlichtes Gemüt. Die kann man bluffen wie meine Oma. Nur Sie dürfen nicht so aufgeregt wirken.«

»Nun, ich werde es versuchen«, sagte Aurora, »auch wenn ich nicht bluffen kann.«
»Jetzt hör aber auf«, sagte der General, straffte sich und rückte seine Krawatte zurecht. »Schließlich war ich Zeuge bei diesem Unfall. Und zufällig bin ich auch ein Mann von Prinzipien. Ich will mir nicht anhören, wie du falsche Aussagen machst. Wie du lügst, mit anderen Worten. Das ist es doch, wozu du gerade im Begriff bist, nicht wahr?«
Aurora sah einen Augenblick in ihren Schoß. Sie fühlte sich wirklich in Bedrängnis. Sie blickte verstohlen zu Vernon Dalhart hinüber, der immer noch draußen vor dem Auto herumtänzelte und sie anlächelte. Dann drehte sie sich herum und sah dem General in die Augen.
»Ja, Hector, nur weiter, ich höre«, sagte sie. »Ich bin nicht so edel, daß ich nicht gelegentlich lügen würde. Ist es das, was du gegen mich vorbringen willst?«
»Nein, aber ich bin glücklich, daß du es zugibst«, sagte er.
»Du kommst nicht zur Sache, Hector, und ich wollte, du würdest dich beeilen«, sagte Aurora, ohne ihn aus den Augen zu lassen.
»Nun, ich habe den Unfall auch gesehen, weißt du, und ich bin ein Vier-Sterne-General«, sagte er ein wenig enerviert.
»Ich glaube nicht, daß du mehr gesehen hast als ich, Hector, und alles, was ich gesehen habe, war Staub«, sagte Aurora. »Was soll denn dabei herauskommen?«
»Was dabei herauskommen soll, ist, daß ich deine kleine Lüge unterstützen werde, wenn du eine höchst ordentliche, höchst ehrbare Reise mit mir nach Tahiti machst«, sagte der General mit einem Anflug des Triumphs. »Oder wenn Tahiti dir nicht gefällt, kann es jeder andere Ort auf der Welt sein, wohin du auch möchtest.«
Aurora schaute zum Fenster hinaus. Vernon zappelte immer noch herum, aber er blickte gleichfalls zu Boden, als sei es ihm peinlich, Zeuge eines solchen Gesprächs zu werden. Sie konnte ihn kaum tadeln.
»Mr. Dalhart, könnte ich Sie ganz offen um einen großen Gefallen bitten?« sagte sie.
»Klar doch«, sagte Vernon.
»Wenn Ihr Auto noch fährt nach dem Stoß, den ich ihm versetzt habe, würde es Ihnen etwas ausmachen, mich in die Stadt zu bringen?« sagte Aurora. »Nachdem wir mit der Polizei fertig sind, meine ich. Ich glaube nicht, daß ich in der Lage bin zu fahren, in dem Zustand, in dem ich mich befinde.«

»Mit Ihrem Auto könnten Sie sowieso nicht fahren«, sagte Vernon.
»Der hintere Kotflügel ist gegen den Reifen gedrückt worden. Ich
fahre Sie gleich in die Stadt, sobald wir mit der Polizei klar sind. Ist
mir ein Vergnügen, auch den General mitzunehmen«, fügte er ein
wenig zögernd hinzu.
»Nein, nicht auch den General«, sagte Aurora. »Es interessiert mich
nicht im geringsten, wie der General nach Hause kommt. Er wird
nicht müde zu betonen, daß er ein Vier-Sterne-General ist, und ich
bezweifle, daß man in einem Land wie dem unsrigen einen Vier-Sterne-General einfach auf dem Highway verhungern läßt. Ich habe
meine Mitfahrgelegenheit gefunden, und er kann seine finden.«
»Das ist verdammt egoistisch von dir, Aurora«, sagte der General.
»Also gut, ich werde deine Geschichte nicht bestreiten. Meine kleine
Anstrengung war vergeblich, das sehe ich ein, aber ich sehe nicht ein,
warum ich deswegen auch noch verhöhnt werde. Du kannst ruhig
aufhören, dich so zu benehmen.«
Aurora öffnete ihre Tür und stieg aus. »Du hättest nicht versuchen
sollen, mich zu erpressen, Hector«, sagte sie. »Ich fürchte, das hatte
eine sehr zerstörerische Wirkung auf meine Gefühle für dich. Du
kannst in meinem Wagen sitzen bleiben, wenn du magst, und sobald
ich zu Hause bin, sage ich F. V., wo du bist. Ich bin sicher, er wird
kommen und dich abholen. Vielen Dank für den Lunch.«
»Jetzt hör aber auf, Gottverdammich!« sagte der General und wurde
ernstlich wütend. »Wir sind jetzt seit Jahren Nachbarn, und ich will
nicht, daß du so von mir fortgehst. Ich habe nichts so Schlimmes verbrochen.«
»Nein, nichts, Hector, rein gar nichts«, sagte sie. Sie beugte sich hinunter und schaute ihn einen Augenblick lang an. Schließlich waren
sie seit Jahren Nachbarn. Aber da war nichts von Nachbarschaftlichkeit in den Augen des Generals zu sehen. Sie waren stahlblau und zornig. Aurora richtete sich auf und schaute über die kilometerweite
Grasebene, die sich zum Golf hin erstreckte.
»Dann komm hierher zurück und hör auf, dich wie eine gottverdammte Königin zu benehmen«, sagte der General.
Aurora schüttelte den Kopf. »Ich hege nicht die Absicht, wieder einzusteigen«, sagte sie. »Der Grund, warum du gerade nichts getan
hast, Hector, ist der, daß du nichts tun *konntest*. Du hast im Augenblick keine Macht. Es ist die Vorstellung davon, was du tun könntest,
wenn man dir welche zugestehen würde. Ich muß jetzt gehen. Und du
kümmerst dich selbst um dich.«

»Das werde ich dir nicht vergessen, Aurora«, sagte der General mit hochrotem Gesicht. »Wir rechnen noch ab, das versichere ich dir.«
Aurora ging. Der Boden war etwas uneben, und sie langte nach Vernons Arm, um sich an ihm festzuhalten, was ihn zu überraschen schien.
»Entschuldigen Sie die kleine Auseinandersetzung«, sagte sie. »Ich habe zu dem Sachschaden auch noch Peinlichkeit hinzugefügt, fürchte ich.«
»Nun, ich habe oft gehört, daß Generale nichts als Ärger machen«, sagte Vernon.
»Generäle nichts als Ärger machen«, sagte Aurora. »Im Singular heißt es General, im Plural Generäle. Es hört sich wirklich besser an, wissen Sie.«
Vernon schaute sie unsicher an.
»Oh«, sagte Aurora rasch. »Ich sollte wirklich nicht Ihre Grammatik kritisieren, nachdem ich Ihren Wagen zertrümmert habe.«
Sie war verlegen, daß ihr die Bemerkung herausgerutscht war, und sie war auch ein wenig über die Entdeckung verwirrt, daß sie, als sie sich herumdrehte, um mit Vernon zu sprechen, genau über seinen Kopf wegschaute.
»Das Gesetz hat endlich seine Sprache wiedergefunden«, sagte Vernon. »Schätze, jetzt hält er uns eine Standpauke.«
Ein sehr schlanker und sehr junger Streifenbeamter ging hinter Vernons Auto hin und her. Der Wagen war ein großer weißer Lincoln, der anscheinend eine Fernsehantenne auf dem Dach hatte.
»Nein, ist der schmächtig«, sagte Aurora und schaute zu dem jungen Streifenbeamten hinüber. »Das ist ja noch ein Junge.« Sie hatte einen großen und zornigen Mann erwartet. Den Anblick eines solch schmalen jungen Mannes fand sie sehr beruhigend.
»Warum geht er immer hin und her?« fragte sie. »Glauben Sie, daß er angeschlagen ist?«
»Kann sein, daß er ein bißchen angeschlagen ist«, sagte Vernon. »Wahrscheinlich schaut er aber nur nach den Reifenspuren und versucht sich zu erklären, was passiert ist. Dem müssen wir erklären, weshalb sein Streifenwagen jetzt so zerbeult ist.«
»Du meine Güte«, sagte Aurora. »Vielleicht sollte ich auf schuldig plädieren. Sonst habe ich womöglich seine Karriere ruiniert.«
Bevor Vernon mehr tun konnte, als mit dem Kopf zu schütteln, kam der junge Streifenbeamte auf sie zu und schüttelte gleichfalls den Kopf. Er trug eine Tafel bei sich.

»Hallo, Sie beide«, sagte er. »Hoffentlich weiß einer von Ihnen beiden, was passiert ist. Also ich hab' keinen blassen Schimmer.«
»Meine Schuld, gleich vorneweg«, sagte Vernon. »Sie und die Dame, ihr hattet absolut keine Chance.«
»Ich bin Officer Quick«, sagte der junge Mann. Er sprach sehr langsam. Dann schüttelte er ihnen beiden die Hand.
»Ich wußte doch, ich hätte heute nie aufstehen dürfen«, sagte er mit gequältem Gesicht. »Kennen Sie das, wenn man an manchen Tagen so 'ne Art böse Vorahnung hat? Genauso hab' ich mich den ganzen Tag schon gefühlt, und jetzt haben wir den Salat. Hoffentlich hab' ich Ihr Auto nicht zu schwer beschädigt, Madam.«
Aurora mußte lächeln. Er war so harmlos. »Nicht ernstlich, Officer«, sagte sie.
»Also, ich fang erst gar nicht an, mich zu entschuldigen«, sagte Vernon. »Stellen Sie mir einfach ein Strafmandat aus, und damit hat sich's.«
Officer Quick ließ langsam und immer noch mit dem gequälten Ausdruck auf seinem schmalen Gesicht seinen Blick über das Terrain wandern. »Mister, wegen dem Strafmandat komme ich nicht ins Schwitzen«, sagte er. »Daß ich die Skizze zeichnen muß, das bringt mich ins Schwitzen.«
»Was für eine Skizze?« fragte Aurora.
»Vorschriften«, sagte der junge Mann. »Wir müssen von den Unfällen, die wir aufnehmen, Skizzen zeichnen, und wenn es irgend etwas gibt, das ich überhaupt nicht kann, dann zeichnen. Ich kann nicht mal mit 'nem Lineal 'ne gerade Linie ziehen. Sogar, wenn ich mir vorstellen kann, was passiert ist, schaffe ich nicht, es zu zeichnen, und diesmal kann ich mir nicht mal vorstellen, was passiert ist.«
»Nun, dann lassen Sie mich für Sie die Zeichnung machen«, sagte Aurora. »Als Mädchen habe ich Zeichenunterricht gehabt, und wenn es Ihnen irgendwie eine Hilfe wäre, würde ich mich freuen, unseren kleinen Unfall zu zeichnen.«
»Alles für Sie«, sagte Officer Quick und händigte ihr sofort seine Tafel aus. »Fast jede Nacht träume ich von einem Unfall und wie ich die Skizze zeichnen muß. Das ist fast immer dasselbe, was ich träume: Skizzen zeichnen.«
Aurora hatte das starke Gefühl, daß jetzt der Augenblick gekommen war, wo es zu improvisieren galt. Sie nahm den Füller, den Vernon ihr unverzüglich reichte.
»Gütiger Himmel«, sagte sie, denn es war ein Füller, der sowohl eine

Zeit- wie auch eine Datumsanzeige besaß. Nachdem sie die Tatsache verdrängt hatte, daß sie auf das Heck von Vernons Wagen geprallt war, begann sie zu zeichnen. Offenbar gab es niemanden, der ihr widersprechen würde – Hector Scott saß immer noch in ihrem Auto. Also fertigte sie die Zeichnung von dem Unfall genau so an, wie es ihr am liebsten gewesen wäre, daß er passiert wäre.
»Sehen Sie, Officer, wir schauten den Seemöwen zu«, sagte sie und skizzierte sie als erstes, zusammen mit einer Wolke.
»Oh, ich verstehe, Vogelschützer«, sagte Officer Quick. »Sie brauchen nichts weiter zu sagen. Das erklärt alles.«
»Genau das ist die ganze Geschichte in aller Kürze«, pflichtete Vernon bei.
»Ihr Vogelschützer guckt immer nach den Vögeln, und dann knallt einer auf den anderen«, sagte Officer Quick. »Ich finde, das ganze Getue von wegen ›kein Alkohol am Steuer‹ ist alles Stuß. Ich kann doch an meinem freien Abend in 'nen Tanzschuppen gehen und mich volllaufen lassen, wenn sich eine ›Sie‹ ans Steuer setzt. Ich habe noch nie einen Wagen gerammt, wenn ich einen trinken war. Aber ich kann mir vorstellen, was ich alles rammen würde, wenn ich herumfahren und dabei versuchen würde, einen Vogel zu beobachten. Ich finde, die sollten Schilder aufstellen mit der Aufschrift ›Keine Vogelgucker ans Steuer‹.«
Aurora sah, daß der junge Mann die Geschichte schon geschluckt hatte, bevor sie auch nur die Zeit gehabt hatte, sie zu entwerfen. Sie machte eine flüchtige kleine Zeichnung, in der Vernon unter ein paar Seemöwen zurücksetzte, während sie schräg auf ihn zukam. Sie stellte Officer Quick und seinen Streifenwagen als vollkommen unschuldigen Verkehrsteilnehmer dar, und zeichnete mit nicht allzu großem Erfolg, wie ihr Auto im Kreis herumschleuderte. Sie zeichnete ebenfalls eine ansehnliche Staubwolke, denn die war ihre Haupterinnerung an den Unfall.
»Es war wohl furchtbar staubig, wie?« sagte Officer Quick, der das Bild eingehend prüfte.
»Ich hätte Feuerwehrmann werden sollen«, fügte er nachdenklich hinzu, während er sich damit herumplagte, Vernon ein Strafmandat auszustellen.
»Vielleicht ist es noch nicht zu spät«, sagte Aurora. »Ich muß sagen, ich glaube nicht, daß es sehr gut für Sie sein kann, jede Nacht von Skizzen zu träumen.«
»Nee, da gibt's keine Aussichten«, sagte der junge Mann. »Es gibt

nicht mal 'n richtiges Feuerwehrhaus in unserer Stadt. Alles nur Freiwilligenarbeit, und Sie wissen ja, wie das bezahlt wird.«
Als Vernon Aurora in den weißen Lincoln half, fiel ihr noch einmal General Scott ein. Es schien ihr kaum fair, davonzufahren und einen so netten Jungen der Gnade Hector Scotts auszuliefern.
»Officer, ich fürchte, daß der Mann, der da in meinem Auto sitzt, sehr wütend ist«, sagte sie. »Vor allem ist er wütend auf mich. Er ist ein pensionierter General, und es würde mich nicht überraschen, wenn er in seiner Laune jedem, der gerade vorbeikommt, scheußliche Dinge sagt.«
»Oh«, sagte Officer Quick. »Sie fahren jetzt also los und lassen den da sitzen, wie?«
»Ja, so hatten wir es vor«, sagte Aurora.
»Gut, ich geh' nicht in seine Nähe«, sagte Officer Quick. »Wenn er aussteigt und hinter mir hergerannt kommt, rufe ich ein paar von meinen Kollegen, und wir nehmen ihn fest. Und ihr Städter versucht jetzt mal, euch die Vögel aus dem Kopf zu schlagen.«
»Ja, das werden wir, und Ihnen vielen Dank«, sagte Aurora.
Officer Quick hatte einen Zahnstocher aus seiner Hemdentasche hervorgeholt und kaute auf ihm mit dem Anflug einer gewissen Melancholie. Sie und Vernon winkten ihm zu, und er winkte zurück.
»Noch ein letzter Einfall, Städter«, sagte er. »Kommt mir gerade wie 'n Blitz. Vielleicht brauchen Sie nur nach Port Aransas rüberziehen. Wissen Sie, in das große Vogelschutzgebiet. Millionen von unseren kleinen ... gefiederten Freunden. Wenn Sie beide da rüberziehen und sich eins von diesen kleinen Häusern kaufen würden, die da an der Bucht liegen, bräuchten Sie überhaupt nicht mehr zu fahren, um an die Seemöwen und das ganze Zeug ranzukommen. Sie könnten mit den Beinen auf dem Geländer der Veranda dasitzen und Tag und Nacht die Vögel angucken. Das wäre auch für die Allgemeinheit einfacher. Adios, Amigos.« Er winkte noch einmal, trottete auf seinen Streifenwagen zu und kratzte sich beim Gehen den Kopf.
»Was für ein wunderlicher junger Mann«, sagte Aurora. »Sind alle Polizisten so wie er?«
»Und ob, die haben alle 'ne Meise«, sagte Vernon.

Siebtes Kapitel

1

Bevor Aurora es sich bequem gemacht hatte, war Vernon schon auf hundertvierzig. Sie empfand es als sehr schnell und schaute hinüber, um sich zu vergewissern. Es waren hundertvierzig. Sie waren so schnell davongeschossen, daß sie kaum Zeit gehabt hatte, einen Blick auf Hector Scott zu werfen, der dort so unbeweglich saß wie zuvor. Das Auto war anders als alle, in denen sie bisher gefahren war. Es hatte zwei Telefongeräte und ein anscheinend kompliziertes Radio, und in eine der beiden hinteren Türen war ein Fernsehapparat eingebaut. Vernon hielt das Lenkrad ziemlich lässig, fand sie, wenn man bedachte, wie schnell sie gerade fuhren. Dennoch war sie eher erstaunt als ängstlich. Vernon schien völliges Zutrauen zu seinem Fahrstil zu haben, und das Auto war so imposant und gut gefedert, daß es gegen die Anfälligkeiten, die normale Autos hatten, wahrscheinlich einigermaßen gefeit war. Die Türen schlossen sich automatisch, die Fenster öffneten sich automatisch, und es war alles so bequem, daß es ihr nicht in den Sinn kam, sich über die Welt draußen Sorgen zu machen, oder sich auch nur daran zu erinnern, daß es eine Welt draußen gab. Die Sitze waren mit einem sehr weichen Leder bezogen, und der vorherrschende Farbton war Kastanienbraun. Die einzige Geschmacklosigkeit, die sie sehen konnte, war die Verkleidung des Armaturenbretts mit Kuhhaut, an der noch die Haare waren.
»Nun, ich werde Sie Vernon nennen müssen, glaube ich«, sagte Aurora und lehnte sich zurück. »Das ist ein sehr hübscher Wagen. Das einzige, was nicht paßt, ist diese entsetzliche Kuhhaut. Wie ist sie dahin gekommen?«
Vernon sah verlegen drein, was, wie Aurora fand, bei einem kleinen sommersprossigen Menschen irgendwie rührend aussah. Er zupfte sich nervös am Ohr.
»Meine Idee«, sagte er.
»Ich muß sagen, ich finde, das war eine kleine Geschmacksverirrung«, sagte Aurora. »Oh, tun Sie das bitte nicht, Sie werden sich nur das Ohrläppchen langziehen.«
Vernon schaute noch verlegener drein und hörte auf, an seinem Ohrläppchen zu zupfen. Statt dessen fing er an, mit den Fingern zu knakken.

Aurora war dreißig Sekunden lang friedlich, doch das Geräusch von knackenden Fingern war mehr, als sie ertragen konnte.
»Lassen Sie das doch sein«, sagte sie. »Das ist genauso schlecht, wie an den Ohren zu ziehen, und es macht ein widerliches Geräusch. Ich weiß, es ist schrecklich von mir, so unverblümt zu sprechen, aber ich will versuchen, fair zu sein. Sie dürfen mich kritisieren, sobald ich etwas tue, was Sie unerträglich finden. Ich meine nur, Sie sollten nicht die ganze Zeit an verschiedenen Teilen Ihres Körpers ziehen. Daß Sie das tun, habe ich gleich nach unserem Zusammenstoß bemerkt.«
»Ja, ich bin ein Zappelphilipp«, sagte Vernon. »Das mache ich aus Nervosität. Ich kann mich einfach nicht stillhalten. Der Arzt sagt, das wäre mein Metabolismus.« Er starrte unverwandt auf die Straße und versuchte, das Bedürfnis zu unterdrücken, an irgend etwas zu zupfen.
»Das ist bestenfalls eine vage Diagnose«, sagte Aurora. »Ich meine wirklich, Sie sollten in Betracht ziehen, den Arzt zu wechseln, Vernon. Jedermann hat einen Metabolismus, wissen Sie. Ich habe auch einen, aber ich zupfe nicht an mir herum. Sie sind offensichtlich nicht verheiratet. Keine Frau würde Ihnen erlauben, so zu zappeln.«
»Nee, das legt sich nie«, sagte Vernon. »War schon immer so unruhig wie 'n Ameisenhaufen.«
Vor ihnen, im Nordwesten, war die Skyline von Houston aufgetaucht, mit dem Glanz der Nachmittagssonne auf ihren hohen Gebäuden, manche schimmerten silbern, andere weiß. Bald nahm sie der Verkehrsstrom auf, und sie trieben auf die Stadt zu. Vernon gelang es, sein Gezappel unter Kontrolle zu halten, indem er das Lenkrad mit beiden Händen festhielt, und Aurora lehnte sich in ihrem wunderbar bequemen, kastanienbraunen Sitz zurück und sah mit tiefer Befriedigung die Stadt vorübergleiten.
»Ich habe es immer vorgezogen, gefahren zu werden«, sagte sie. »Dies ist offensichtlich ein zuverlässiges Auto. Vielleicht hätte ich all die Jahre einen Lincoln fahren sollen.«
»Nun, der hier ist mein Zuhause«, sagte Vernon. »So 'ne Art mobiles Hauptquartier. Es gibt einen herausklappbaren Schreibtisch für die Rückbank, einen Kühlschrank da hinten und einen Safe unter den Fußmatten, um meine Gewinne aufzubewahren.«
»Du meine Güte, Vernon, Sie scheinen ja meine Vorliebe für Luxus zu teilen«, sagte Aurora. »Könnte ich vielleicht eines Ihrer Telefone benutzen? Ich würde gern meine Tochter anrufen und ihr sagen, daß ich einen Unfall hatte.«

»Bedienen Sie sich.«
»Wie reizend«, sagte Aurora mit einem Funkeln in den Augen, während sie wählte. Es war etwas Neues.
»Ich weiß wirklich nicht, warum ich in mein Auto nicht auch ein Telefon einbauen ließ«, sagte sie. »Wahrscheinlich habe ich angenommen, das sei etwas, was nur Millionäre haben könnten.« Sie machte eine kleine Pause und dachte über ihre Bemerkung nach.
»Ich muß noch einen Schock von meinem Unfall haben, sonst hätte ich mich nicht so dumm ausgedrückt«, sagte sie. »Natürlich will ich damit nicht sagen, daß Sie kein Millionär sind. Ich hoffe, daß Sie nichts, was ich sage, als eine Beleidigung auffassen, solange ich in diesem Zustand bin.«
»Nun ja, ich habe schon ein paar Mille, aber ich bin nicht Rockefeller«, sagte Vernon. »Schmeckt mir nicht, so hart zu arbeiten.«
Genau in diesem Augenblick ging Emma ans Telefon.
»Hallo, Liebling, rate mal, was passiert ist«, sagte Aurora.
»Du wirst heiraten«, sagte Emma. »General Scott hat dich endlich besiegt.«
»Nein, ganz im Gegenteil«, sagte Aurora. »Er ist gerade aus meinem Leben verschwunden. Ich rufe dich nur ganz kurz an, Liebes. Du würdest nie darauf kommen, aber ich befinde mich in einem fahrenden Auto.«
»Im Ernst?«
»Ja, in einem fahrenden Auto«, sagte Aurora. »Wir sind gerade auf dem Allen Parkway. Ich wollte dir nur rasch mitteilen, daß ich einen kleinen Autounfall hatte. Zum Glück war niemand schuld daran und niemand wurde verletzt, auch wenn es dem jungen Streifenbeamten für einige Minuten die Sprache verschlagen hat.«
»Ich verstehe«, sagte Emma. »In wessen fahrendem Auto bist du gerade?«
»Der Gentleman, mit dem ich den Unfall hatte, war so rücksichtsvoll und hat mir angeboten, mich nach Hause zu fahren«, sagte Aurora. »Sein Wagen ist mit Telefon ausgerüstet.«
»Da haben wir hier ja eine Menge nachzudenken«, sagte Emma. »Rosie sagte, du wärest mit General Scott fort. Was ist aus ihm geworden?«
»Ich fürchte, er wird jetzt allein und voller Ungeduld warten«, sagte Aurora. »Ich lege nun auf. Wir kommen an eine Ampel. Ich bin es nicht gewohnt, im Straßenverkehr zu reden. Wenn du mich später anrufen würdest, kann ich dir weitere Einzelheiten mitteilen.«

»Ich dachte, du würdest heute zu Hause bleiben und deine Rechnungen bezahlen«, sagte Emma.
»Tschüß. Ich lege auf, bevor du das Gespräch in andere Bahnen lenkst«, sagte Aurora und legte auf.
»Ich frage mich, warum sich meine Tochter darauf versteift, mich immer an die Dinge zu erinnern, an die ich nicht erinnert werden möchte«, sagte sie zu Vernon. »Wenn Sie nie verheiratet waren, Vernon, werden Sie solchen Ärger überhaupt nicht kennen.«
»Ich bin nie verheiratet gewesen, aber ich habe neun Nichten und vier Neffen«, sagte Vernon. »Da muß ich oft Onkel spielen.«
»Ah, das ist nett«, sagte Aurora. Er knackte geistesabwesend mit den Fingern, doch sie ließ es ihm durchgehen.
»Im ganzen gesehen, glaube ich, mochte ich ein paar meiner Onkel lieber als irgend jemand sonst«, fügte sie hinzu. »In diesen Zeiten ist ein guter Onkel ein Geschenk des Himmels. Darf ich fragen, wo Sie zu Hause sind?«
»Meistens hier«, sagte Vernon. »Wenn diese Sitze zurückgelegt sind, wissen Sie. Alles, was ich finden muß, ist ein Parkplatz, und schon bin ich zu Hause. Diese Sitze geben ganz schöne Betten ab, und ich habe meinen Fernseher und meine Telefone und meinen Kühlschrank. Ich habe ein paar Zimmer unten im Rice-Hotel, doch meistens benutze ich sie nur, um meine schmutzige Wäsche zu deponieren. Das einzige, was dieser Wagen nicht hat, ist eine Toilette und ein Wäscheschrank.«
»Gütiger Himmel«, sagte Aurora. »Was für ein außergewöhnliches Leben Sie führen. Es würde mich nicht überraschen, wenn Ihr Gezappel daher rührte, Vernon. So komfortabel Ihr Auto auch ist, als Auto meine ich, es kann doch kaum ein Heim ersetzen. Finden Sie nicht, daß es vielleicht ratsam wäre, einen Teil Ihres Geldes in einer richtigen Wohnung anzulegen?«
»Um die würde sich kein Mensch kümmern«, sagte Vernon. »Ich bin die meiste Zeit unterwegs. Morgen muß ich rauf nach Alberta. Wenn ich ein Haus hätte, würde ich mir nur Sorgen darum machen. Vielleicht würde ich dann noch zappeliger.«
»Alberta, Kanada?« fragte Aurora. »Was gibt es dort?«
»Öl«, sagte Vernon. »Fliegen bekommt mir nicht. Es macht mir Ohrenschmerzen. Normalerweise fahre ich eben, egal, wo ich hin muß.«
Zu Auroras Verblüffung fand er ihre Straße, und zwar ohne auch nur ein einziges Mal falsch abzubiegen. Die Straße war nur einen Block

lang, und sehr viele ihrer Gäste waren außerstande, sie zu finden, selbst wenn man ihnen den Weg präzise beschrieben hatte. »Nun, da sind wir«, sagte sie, als sie in ihrer Einfahrt hielten. »Ich kann noch nicht glauben, daß Sie auf Anhieb hergefunden haben.«
»Das war keine Hexerei, Madam«, sagte Vernon. »Ich spiele in diesem Stadtteil oft Poker.«
»Sie sollen mich nicht Madam nennen«, sagte Aurora. »Das ist eine Anrede, die ich noch nie gemocht habe. Mir wäre viel lieber, wenn Sie Aurora zu mir sagten.«
Doch da fiel ihr ein, daß es in Zukunft keinen Anlaß für ihn geben würde, noch etwas zu ihr zu sagen. Sie war zu Hause, und damit war die Sache erledigt. Er würde am nächsten Morgen nach Alberta fahren, und sie hatte keinen Grund, ihn zu fragen, was er dort zu tun beabsichtigte.
Ohne Vorwarnung begann ihr Hochgefühl zu schwinden. Die Zufriedenheit, die sie verspürt hatte, als sie in die Stadt fuhren, hatte sich als sehr wenig dauerhaft erwiesen – wahrscheinlich hatte sie sich überhaupt nur eingestellt, weil die Sitze des Lincoln so bequem waren, oder weil Vernon trotz seines Gezappels freundlich und umgänglich war und insgesamt angenehmer als Hector Scott. Vernon schien nicht sofort zum Angriff überzugehen, was ihrer Erfahrung nach untypisch war. Die Männer, die sie kennenlernte, versuchten das meist schon sehr bald.
Der Anblick ihres hübschen Hauses versetzte sie irgendwie in eine gedrückte Stimmung. Der schöne Teil des Tages ging zur Neige, und es blieb sozusagen nur noch der Bodensatz übrig. Rosie war bestimmt schon fort, und es würde niemand da sein, über den sie sich aufregen könnte. Die Fernsehfilme waren bereits vorbei, und selbst wenn sie Emma anrief und ihr die Geschichte von dem Unfall bis in alle Einzelheiten erzählte, würde das nicht länger als höchstens eine Stunde dauern. Sie würde nichts zu tun haben, als ihre Rechnungen zu betrachten, und es war wirklich nicht sehr angenehm, allein Rechnungen zu sichten. Rechnungen lösten bei ihr stets eine Panik aus, und es war noch viel schlimmer, wenn niemand da war, um sie zu zerstreuen. Außerdem wußte sie, daß sie, wenn sie erst einmal allein war, gleich anfangen würde, sich den Kopf über ihren Autounfall zu zerbrechen, und darüber, wie sie das Auto nach Hause bekommen sollte. Auch über Hector Scott, einfach über all solche Dinge, über die sie wahrscheinlich nicht nachgrübelte, wenn jemand da war.
Als sie Vernon ansah, fühlte sie sich einen Moment versucht, ihn zu

fragen, ob er nicht zum Abendessen bleiben und mit ihr reden wolle, während sie ihre Überweisungen machte. Ihm eine Mahlzeit zu bereiten, wäre eine angemessene Belohnung für seine Höflichkeit, sie nach Hause zu bringen, ganz zu schweigen davon, daß er sie vor dem Gesetz gerettet hatte. Aber einen Mann zu bitten, mit ihr zu reden, während sie ihre Überweisungen machte, war schon eine recht seltsame Sache und eine etwas kühne dazu. Es war offensichtlich, daß Vernon kein Frauenheld war – wie konnte er auch einer sein, wenn er in einem Auto lebte? –, und da er im Begriff war, nach Kanada aufzubrechen, hatte er wahrscheinlich noch einige Dinge in letzter Minute zu erledigen, so wie sie stets noch allerhand zu erledigen hatte, wenn sie verreiste.

Er hatte etwas an sich, das sie mochte – vielleicht war es einfach die Tatsache, daß er imstande gewesen war, auf Anhieb ihre Straße zu finden. Aber sie dachte, daß dieses Etwas, was es auch sein mochte, nicht auf so unkonventionelle Weise gezeigt werden sollte. Die Umstände ihrer Begegnung waren unkonventionell genug gewesen. Aurora seufzte. Sie fühlte sich plötzlich wieder sehr niedergeschlagen.

Vernon wartete darauf, daß sie ausstieg, aber sie tat es nicht. Dann fiel ihm ein, daß sie vielleicht erwartete, er würde aussteigen und ihr die Tür öffnen. Er schaute, ob es das war, worauf sie wartete, und sah, daß sie traurig dreinblickte. Sie hatte eben noch fröhlich ausgesehen, und der Anblick, den sie jetzt bot, erschreckte ihn. Er verstand eine ganze Menge von Öl, aber überhaupt nichts von traurigen Damen. Es verwirrte ihn sehr.

»Was ist los, Madam?« fragte er plötzlich.

Aurora schaute eine Weile auf ihre Ringe. Sie trug einen Topas und einen Opal. »Warum wollen Sie mich nicht Aurora nennen?« sagte sie. »Der Name ist doch nicht schwer auszusprechen.«

Sie schaute auf. Vernon schnitt Grimassen und blickte verlegen. Er war tatsächlich so verlegen, daß es eine Qual war, ihn anzusehen. Sein Verhalten bewies, daß er absolut kein Frauenheld war. Aurora fühlte sich irgendwie erleichtert, doch plötzlich wurde sie auch ein wenig ungeduldig.

»Ich will mir Mühe geben, Mrs. Greenway«, sagte er. »Es wird mir nicht leichtfallen.«

Aurora zuckte die Achseln. »Nun ja«, sagte sie, »es ist ja ganz einfach, aber ›Mrs. Greenway‹ ist schon so etwas wie ein Fortschritt. Bei ›Madam‹ fühle ich mich wie eine Landschullehrerin. Ich weiß gar nicht, warum ich so ein Aufheben davon mache, denn Sie fahren gleich los und lassen mich hier zurück. Ich mache Ihnen gar keinen Vorwurf. Ich bin Ihnen heute lästig genug gewesen. Ich bin sicher, Sie werden froh sein, wenn Sie auf dem Weg nach Alberta sind, denn dann müssen Sie nicht mit mir herumsitzen.«

»Nun... nein«, sagte Vernon und zögerte verwirrt.

»Nein«, sagte er wieder.

Aurora heftete ihren Blick auf ihn. Das war nicht fair, das wußte sie – er war ein so netter kleiner Mann –, aber sie tat es trotzdem. Vernon wußte nicht, wie ihm geschah. Er sah, daß seine Mitfahrerin ihn auf seltsame Weise anschaute, als ob sie etwas erwarte. Er hatte keine Ahnung, was es sein könne, worauf sie wartete, aber ihr Blick sagte ihm, daß es von ihm abhing und sehr wichtig für sie war. Sein Auto, in dem es für gewöhnlich so friedlich war, schien plötzlich eine Folterkammer zu sein. Die Folter ging von dem seltsamen Ausdruck auf Mrs. Greenways Gesicht aus. Sie sah aus, als könnte sie gleich losschreien, oder auch verrückt werden, oder einfach sehr traurig sein – er wußte nicht, was es war. Es hing alles davon ab, was er schließlich tun würde, und ihm war, als würde sie ihm viele Minuten lang unentwegt in die Augen sehen.

Vernon spürte, wie ihm der kalte Schweiß ausbrach, nur seine Handflächen waren ganz trocken. Er kannte die Dame doch nicht schon seit ewigen Zeiten, und er schuldete ihr auch nichts, und dennoch fühlte er plötzlich, daß er ihr etwas sagen mußte. Zumindest wollte er ihr etwas sagen. Er wollte nicht, daß sie so traurig war, oder so verrückt, oder was sie sonst zu sein schien. Sie hatte Fältchen im Gesicht, die er vorher nicht bemerkt hatte, aber es waren hübsche Fältchen. Die Folter wurde immer schlimmer. Er konnte nicht sagen, ob der Wagen gleich explodieren würde oder er, und das Bedürfnis zu zappeln wurde so heftig, daß er jedes einzelne Fingergelenk hätte knacken lassen wollen, wenn er nicht gewußt hätte, daß dies das Schlimmste war, was er ihr antun könnte.

Aurora ließ auch nicht eine Sekunde locker und blickte ihn weiter an. Sie drehte ihre Ringe an den Fingern, wartete und sah ihn unverwandt an. Plötzlich erschien Vernon alles anders. Sein Leben lang hatten die Leute immer behauptet, daß eines Tages eine Frau daherkäme und ihn verwandle, bevor er auch nur wisse, wie ihm geschah. Und nun war es Wirklichkeit geworden. Er hätte nicht geglaubt, daß ein menschliches Wesen die Macht besitzen könnte, ihn so sehr und so rasch zu verwandeln, doch es war so. Alles verwandelte sich, nicht allmählich, sondern mit einem Schlag. Sein bisheriges Leben hatte

aufgehört, direkt nachdem er geparkt hatte, und alles, was ihm bis dahin vertraut gewesen war, bedeutete ihm plötzlich nichts mehr. Es hatte so jäh geendet, daß es ihm den Atem verschlug. Er fühlte, daß er sich nie wieder für ein anderes Gesicht interessieren würde oder auch nur sehen wollte, als das Gesicht der Frau, die ihn gerade anblickte. Er war so überwältigt, daß er sogar aussprach, was er empfand.
»O Gott, Mrs. Greenway«, sagte er. »Ich bin verliebt in Sie, total verliebt. Was soll ich nur machen?«
Das starke Gefühl, das aus seinen Worten sprach, blieb bei Aurora nicht ohne Wirkung. Seine Worte schienen seiner Gemütsbewegung zu entspringen, und sie glaubte förmlich zu sehen, wie sie sich aus wahren Tiefen von Furcht und Überraschung emporkämpften.
Aurora entspannte sich, obwohl auch sie überrascht und für einen Augenblick ziemlich durcheinander war – durcheinander, weil solche Worte und Gefühle ihr unvertraut waren und weil sie wußte, daß sie sie von ihm gefordert hatte. Aus ihrer Einsamkeit heraus und aus ihrer momentanen Unzufriedenheit dem Leben gegenüber hatte sie sich angestrengt und Liebe von dem einzigen Menschen gefordert, der gerade da war und sie ihr geben konnte. Und jetzt spiegelte sich diese Liebe auf Vernons windgegerbtem, sommersprossigem und von panischem Schrecken ergriffenem Gesicht.
Sie lächelte ihn an, als wollte sie sagen: Warte eine Minute. Sie schaute einen Augenblick in das Sonnenlicht, das auf den Pinien hinter ihrem Haus lag. Es war spät, und die Sonne sank gerade. Das Licht wurde von den Pinien gefiltert und fiel in länglichen Schatten auf ihren Garten. Sie drehte sich zu Vernon herum und lächelte wieder. Ihre anderen Verehrer machten ihr Anträge und schmeichelten ihr, aber sie hatten Angst, solche Worte zu sagen – sogar Alberto, der sie dreißig Jahre früher unzählige Male gesagt hatte. Sie legte für einen Augenblick ihre Hand auf Vernons Hand, um ihm zu zeigen, daß sie zu einer Erwiderung fähig war, doch er zog sich erschrocken zurück, so daß sie es mit einem Lächeln bewenden ließ.
»Nun, ich bin ein wenig verwirrt, Vernon, wie Sie vielleicht schon bemerkt haben«, sagte sie. »Das ist heute das zweite Mal, daß ich mich Ihnen zuwende, ohne mir viel dabei zu denken. Das erste Mal natürlich wegen meines Autos. Nicht viele Menschen können mich ertragen. Sie scheinen sich in einer Zappelagonie zu befinden, mein Bester. Ich vermute, weil Sie so lange Zeit verkrampft in diesem Auto verbracht haben. Hätten Sie nicht Lust, auszusteigen und ein wenig mit mir in meinem Garten herumzugehen, jetzt, wo das Licht so

schön ist? Ich gehe fast immer zu dieser Tageszeit in meinem Garten spazieren. Ich glaube, ein wenig Bewegung würde uns guttun.«
Vernon blickte auf das Haus und versuchte, sich vorzustellen, mit ihr im Garten spazierenzugehen, aber er war zu keiner Bewegung fähig. Er war zu sehr erschüttert, obwohl ihm allmählich schien, daß das Leben vielleicht doch weitergehen würde. Mrs. Greenway lächelte ihn an und schien überhaupt nicht mehr niedergeschlagen zu sein. Ihm kam der Gedanke, daß sie vielleicht gar nicht gehört hatte, was er gesagt hatte. Wenn sie es gehört hätte, würde sie ihn wohl kaum anlächeln. In der Minute, als ihm der Gedanke kam, überfiel ihn eine unerklärliche Angst. So wie sich die Dinge nun darstellten, war Warten unmöglich. Die Ungewißheit war unerträglich. Er mußte es wissen, und er mußte es sofort wissen.
»Hören Sie, ich weiß nicht, was ich jetzt machen soll, Mrs. Greenway«, sagte er. »Ich weiß nicht, ob Sie mich überhaupt verstanden haben. Wenn Sie etwa glauben, ich hätte es nicht so gemeint, irren Sie sich.«
»Oh, ich habe Sie verstanden, Vernon«, sagte Aurora. »Sie drückten sich durchaus verständlich aus, und ich habe keine Zweifel an Ihrer Ernsthaftigkeit. Weshalb runzeln Sie die Stirn?«
»Weiß nicht«, sagte Vernon und packte das Lenkrad. »Ich wollte, wir wären keine Fremden.«
Aurora schaute zu ihren Pinien hinüber. Sie war gerührt von seinen Worten. Sie wollte gerade etwas Harmloses sagen, doch es blieb ihr in der Kehle stecken.
Vernon bemerkte es nicht. »Ich weiß, ich habe es zu schnell ausgesprochen«, sagte er. Seine Zappelagonie hielt unvermindert an. »Ich meine, Sie glauben vielleicht, weil ich Junggeselle bin und ein paar Mille habe und ein Traumauto, daß ich 'ne Art Playboy bin oder so was, aber das bin ich wirklich nicht. Ich bin noch nie in meinem ganzen Leben verliebt gewesen, Mrs. Greenway – nicht bis heute.«
Aurora erlangte rasch ihr Sprechvermögen zurück. »Ich halte Sie nicht für einen Playboy, Vernon«, sagte sie. »Wenn Sie ein Playboy wären, dann hätten Sie bestimmt herausgefunden, daß ich nicht schlecht von Ihnen denke. Ehrlich gesagt, ich habe gerade auch nicht den klarsten Kopf, und ich glaube, wenn wir ausstiegen und ein wenig in meinem Garten umhergingen, würde das uns beiden guttun. Sie brauchen keine Angst zu haben und gleich davonzubrausen, um mich zu verlassen. Erlauben Sie mir, nachdem wir unseren kleinen Spaziergang gemacht haben, daß ich Ihnen eine Mahlzeit bereite, zum

Ausgleich für all die Scherereien, die ich Ihnen heute gemacht habe.«

Vernon war noch nicht sicher, ob es ihm wieder gelänge, sich im wirklichen Leben zurechtzufinden, doch als er ausstieg, um Aurora die Tür zu öffnen, funktionierten zumindest seine Beine.

Aurora nahm für eine Sekunde seinen Arm, als sie über ihren Rasen gingen, und er schien zu zittern. »Ich kann mir vorstellen, daß Sie nicht ordentlich essen, Vernon«, sagte sie. »Wenn Sie die ganze Zeit in diesem Auto leben, ist es nur schwer vorstellbar, daß Sie ordentlich essen.«

»Nun, ich habe einen Kühlschrank«, sagte Vernon bescheiden.

»Ja, aber um zu kochen ist auch ein Herd nötig«, sagte Aurora und hielt einen Augenblick inne, um auf den langen weißen Lincoln zurückzuschauen, der in ihrer Einfahrt stand. Seine Linienführung konnte sich mindestens mit der ihres Cadillacs messen. Aus der Entfernung sah er einfach prächtig aus.

»Gütiger Himmel«, sagte sie. »Schauen Sie doch, wie gut er zu meinem weißen Haus paßt. Ich frage mich, ob die Leute glauben werden, daß ich mir ein neues Auto gekauft habe.«

2

Die beiden waren kaum in die Küche getreten, wo Aurora ihre Handtasche weglegte und die Schuhe abstreifte, als sie sich Rosie gegenüber sahen. Sie saß in Tränen aufgelöst am Küchentisch und hielt sich ein Geschirrtuch voller Eiswürfel gegen die Schläfe. Sie hatte eine von Auroras alten Fernsehzeitschriften gefunden und war darüber in Tränen ausgebrochen.

»Was ist los mit dir?« fragte Aurora voller Schrecken über diesen Anblick. »Sag bloß, wir sind ausgeraubt worden. Was hast du ihnen herausgegeben?«

»Ach was«, sagte Rosie. »Es war nur Royce. Ich hab's zu weit getrieben.«

Aurora legte ihre Handtasche auf den Schrank und betrachtete die Szene eine Weile. Vernon schien leicht verwirrt, doch sie hatte jetzt keine Zeit, sich um ihn zu kümmern.

»Ich verstehe«, sagte sie. »Er hatte endlich genug, wie? Womit hat er dich geschlagen?«

»Mit der geballten Faust«, sagte Rosie und schniefte. »Er kam rein

und hörte, wie ich mit F. V. am Telefon redete. Es war doch nur, um ihm zu helfen, den stinkigen alten Packard flottzukriegen, aber Royce zog gleich seine Schlüsse daraus. Das hat mich verrückt gemacht wie 'n nasses Huhn. Wenn ich anfangen würde herumzupoussieren, dann ganz bestimmt nicht mit F. V. d'Arch. Ich hab' in meinem ganzen Leben noch nie jemand aus Bossier City schöne Augen gemacht.«
»Nun, warum hast du Royce das nicht einfach erklärt, um ihn zu besänftigen?« fragte Aurora.
»Versuchen, Royce was zu erklären, ist wie mit 'ner Mauer reden«, sagte Rosie. »Ich war auch so verrückt. Ich habe ihn beschuldigt, was mit einem von diesen Flittchen zu haben, wo er die Kartoffel-Chips liefert. Mensch, hab' ich ihm den Kopf gewaschen.«
Sie machte eine Pause, um sich mit dem Handrücken die Augen zu wischen.
»Und was ist dann passiert?« fragte Aurora. Es ärgerte sie ein wenig, gerade an dem Tag ausgegangen zu sein, wo es in ihrer Küche so hochdramatisch zuging.
»Der Hurensohn hat es offen zugegeben«, sagte Rosie, die nun richtig in Fahrt kam, da sie jemanden hatte, dem sie ihr Leid klagen konnte. »Oh, Aurora...«, sagte sie. »Jetzt ist meine Ehe nur noch ein Trümmerhaufen.«
»Warte eine Minute!« sagte Aurora streng. »Hör auf zu weinen, bis du mit deiner Geschichte zu Ende bist. Was genau hat Royce offen zugegeben?«
»Seit fünf Jahren jeden Tag geht das jetzt schon«, sagte Rosie. »Sie arbeitet in irgendeinem Tingeltangel auf der Washington Avenue. Alles, was ich weiß, ist, daß sie Shirley heißt. Er kommt hierher und ißt, und dann geht er direkt dahin. O mein Gott.«
Rosie konnte sich nicht länger beherrschen, barg ihren Kopf in ihrer Armbeuge und schluchzte.
Aurora blickte Vernon an. Er schien sich angesichts von Rosies Verzweiflung ein wenig beruhigt zu haben.
»Vernon, dies scheint der Moment zu sein, um Sie in Szenen zu verwickeln«, sagte sie. »Ich kann Ihnen einen Drink anbieten, falls Sie eine Stärkung brauchen.« Sie öffnete den Likörschrank und zeigte ihm, wo alles war, damit er sich selbst bedienen konnte, wenn er Lust hatte. Dann ging sie hinüber und tätschelte Rosie beruhigend auf den Rücken.
»Was für eine Bescherung, du Ärmste«, sagte sie. »Zumindest müssen wir den Göttern danken, daß du nicht wieder schwanger bist.«

»Das stimmt«, sagte Rosie. »Ich will keine Kinder mehr von diesem gemeinen Bastard.«
»Oder irgend jemand sonst, hoffe ich«, sagte Aurora. »Du meine Güte, du hast ja einen blauen Fleck an der Schläfe. Das ist eine sehr böse Sache, Leute gegen die Schläfe zu schlagen. Das sieht Royce aber gar nicht ähnlich. Wenn er seine Schuld zugegeben hat, warum hielt er es dann für nötig, dich zu schlagen?«
»Weil ich versucht habe, ihn zu erstechen«, sagte Rosie. »Ich bin mit dem Fleischermesser hinter ihm hergerannt. Schätze, wenn er nicht als erster zugeschlagen hätte, würde er jetzt tot daliegen.«
»Gütiger Himmel«, sagte Aurora. Die Vorstellung, daß Royce Dunlup leblos auf ihrem Küchenboden liegen könnte, keine drei Schritte von dort entfernt, wo er so oft gut und reichlich gegessen hatte, war fast zuviel für sie. Rosie trocknete sich die Augen und wurde bald ein wenig ruhiger.
»Nun, mein Nachmittag ging auch nicht ganz ohne Abenteuer vorbei«, sagte Aurora. »Dieses arme Geschöpf ist Rosalyn Dunlup, Vernon. Rosie, der Herr ist Vernon Dalhart.«
»Nennen Sie mich einfach Rosie«, sagte Rosie tapfer und trocknete ihre tränennasse Hand, damit Vernon sie schütteln konnte.
»Rosie, ich glaube, du solltest einen kleinen Bourbon trinken, um deine Nerven zu beruhigen«, sagte Aurora. »Hector Scott war sehr unverschämt. Er hat mich soweit gebracht, daß ich meinen Wagen zu Schrott gefahren habe. Danach wurde er sogar noch unverschämter, und ich habe ihn sitzenlassen. Wir müssen sofort F. V. anrufen.«
»Nein, ich kann nicht«, sagte Rosie. »Royce ist hingegangen und hat ein Mordsspektakel veranstaltet, und jetzt ist er sauer und will nicht mit mir reden.«
»Nun, dann rufe ich ihn an«, sagte Aurora. »Ich hoffe nur, daß Sie sich an die Straße erinnern, Vernon. Ich habe keine sehr genaue Vorstellung davon, wo wir Hector zurückgelassen haben.«
»Auf dem Highway Nr. 6, gerade dort, wo er die Vierzehnhunderteinunddreißigste Straße kreuzt«, sagte Vernon sofort.
Die beiden Frauen waren verblüfft. »Vierzehnhunderteinunddreißig?« sagte Aurora. »Ich hatte keine Ahnung, daß es so viele kleine Straßen gibt. Kein Wunder, daß ich mich ständig verfahre.«
»Och, das ist nur eine Anschlußstraße für die Farmer«, sagte Vernon.
»Ich glaube nicht, daß Hector schon lange genug gesessen hat«, sagte Aurora. »Was schlägst du vor, was wir tun sollen, Rosie?«

»Royce ist losgezogen und besäuft sich jetzt, schätze ich«, sagte Rosie. »Ich habe meiner Schwester gesagt, sie soll die Kinder abholen, damit er sie nicht verdreschen kann. Ich geh' gleich heim, wenn meine Nerven wieder mitmachen. Ich lasse kein leeres Haus für ihn zurück, damit er mit seiner Schlampe reinkann. Das kann ich euch sagen: Gesetz heißt zu neunzig Prozent Besitz, jedenfalls da, wo ich herstamme.«
»Was glauben Sie, wo Royce jetzt ist?« fragte Vernon.
»Sich besaufen mit der Schlampe«, sagte Rosie. »Wo sollte der Hurensohn wohl sonst sein?«
»Wie viele Kinder haben Sie?«
»Sieben«, sagte Rosie.
»Soll ich gehen und mit ihm reden?« fragte Vernon. »Ich wette, daß ich das wieder glattbügeln kann.«
Aurora war überrascht. »Aber Vernon, Sie kennen ihn ja nicht einmal«, sagte sie. »Sie kennen ja nicht einmal uns. Übrigens, Royce ist ziemlich groß, das versichere ich Ihnen. Was könnten Sie tun?«
»Vernünftig mit ihm reden«, sagte Vernon. »Ich habe sechshundert Männer, die für mich arbeiten, mal mehr, mal weniger. Die hauen immer wieder mal ein bißchen auf den Putz. Normalerweise ist das nicht so ernst. Ich wette, ich könnte dem alten Royce den Unsinn austreiben, wenn ich ihn finden würde.«
Das Telefon klingelte. Aurora nahm ab. Es war Royce.
»Ach«, sagte er, als er Auroras Stimme hörte. »Rosie da?«
»Warum, ja, möchten Sie mit ihr sprechen, Royce?« fragte Aurora und dachte, daß eine Annäherung in Aussicht sei.
»Nein«, sagte Royce und legte auf.
Einen Augenblick später schellte das Telefon wieder. Es war Emma.
»Ich bin jetzt bereit, mir deinen Autounfall anzuhören«, sagte sie. »Ich brenne darauf zu hören, was du zu General Scott gesagt hast.«
»Ich habe jetzt keine Zeit für dich, Emma«, sagte Aurora. »Royce hat Rosie zusammengeschlagen, und wir sind alle völlig aus dem Häuschen. Wenn du etwas Nützliches tun willst, dann komm herüber.«
»Ich kann nicht«, sagte Emma. »Ich muß für meinen Mann das Abendessen machen.«
»Ach ja, richtig, du bist seine Sklavin, nicht wahr?« sagte Aurora. »Wie dumm von mir zu denken, du wärest vielleicht frei, um deiner Mutter beizustehen. Ich bin nur froh, daß ich nicht ernsthaft verletzt worden bin. Du hättest nichts für mich getan. Es hätte dich in deinem häuslichen Einerlei gestört.«
»Okay, vergiß es«, sagte Emma. »Tschüß.«

Aurora drückte eine Sekunde die Gabel herunter und rief dann F. V. an, der sofort abhob.
»Gütiger Himmel«, sagte sie. »Heute abend scheint jedermann um sein Telefon herumzuschleichen. Ich nehme an, Sie erkennen meine Stimme, F. V.?«
»Und ob, Mrs. Greenway«, sagte F. V. »Wie geht's Rosie?«
»Sie ist geschlagen, aber ungebrochen«, sagte Aurora. »Allerdings habe ich nicht angerufen, um darüber mit Ihnen zu reden. General Scott und ich hatten einen Autounfall und außerdem eine kleine Meinungsverschiedenheit. Ich habe ihn zurückgelassen, damit Sie ihn holen. Er sitzt in meinem Auto, auf dem Highway Nr. 6, in der Nähe von so einer Anschlußstraße für Farmer. Ich kann mir vorstellen, daß er wütend ist, und je länger Sie damit warten, ihn abzuholen, um so schlimmer werden sich die Dinge für Sie entwickeln. Vielleicht machen Sie sich am besten gleich auf den Weg.«
F. V. war entsetzt. »Wie lange sitzt er schon da?« fragte er.
»Eine ganze Weile«, sagte Aurora fröhlich. »Ich muß mich jetzt um Rosie kümmern, aber ich wünsche Ihnen viel Glück. Bitte erinnern Sie den General daran, daß ich ihn nicht mehr sprechen möchte. Er hat das vielleicht vergessen.«
»Warten Sie!« sagte F. V. »Was haben Sie gesagt, wohin ich fahren soll? Ich habe nichts zum Fahren außer einem Jeep.«
»Um so besser«, sagte Aurora. »Zum Highway Nr. 6. Ich bin sicher, Sie erkennen meinen Wagen. Also viel Glück.«
»Wenn wir schon nichts Alkoholisches trinken, sehe ich nicht ein, warum wir nicht wenigstens einen Tee nehmen sollten«, sagte sie, nachdem sie aufgelegt hatte. »Könntest du uns welchen machen, Rosie? Das wird dich von deinen Sorgen ablenken.«
Dann schoß ihr ein fürchterlicher Gedanke durch den Kopf. »Du meine Güte«, sagte sie. »Ich habe das Auto nicht abgeschlossen. Ich war zu aufgeregt. Glauben Sie, daß es heute nacht jemand stiehlt?«
»Keine Sorge«, sagte Vernon. Er fing an, an seinem Ohr zu zupfen, und wich ihrem Blick aus.
»Aber ja doch«, sagte Aurora. »Nicht abgeschlossene Autos werden jeden Tag gestohlen.«
»Oh, ich habe mich darum gekümmert«, sagte Vernon.
»Wie denn?« fragte Aurora. »Sie haben doch keinen Schlüssel von meinem Auto.«
Vernon blickte sehr verlegen. Sein Gesicht lief rot an. »Hab' 'ne Werkstatt«, sagte er. »Drüben in Harrisburg. Macht keinen Spaß,

zu Fuß in der Stadt herumzulaufen. Ich hab' eben meine Werkstatt angerufen und den Jungs gesagt, daß sie einen Abschleppwagen rüberschicken. Die arbeiten Tag und Nacht. Die können die Delle heute nacht ausbeulen und Ihnen den Wagen morgen zurückbringen.«
Wieder waren die beiden Frauen verblüfft.
»Kaum der Rede wert«, sagte Vernon, der unablässig auf und ab ging. Manchmal tat er so, als wollte er sich hinsetzen, doch er konnte sich nicht dazu durchringen.
»Schön«, sagte Aurora. »Das war sehr aufmerksam, und ich werde dem geschenkten Gaul nicht ins Maul schauen. Natürlich werde ich bezahlen, was es kostet.«
»Das einzige ist, daß ich den General nicht in meiner Rechnung berücksichtigt habe«, sagte Vernon. »Ich hatte angenommen, Sie würden nachgeben und ihn mitfahren lassen. Vielleicht haben sie ihn mit abgeschleppt. Ich überprüfe die Sache mal eben über Funk. Sie wollen doch nicht, daß der Bursche zur Wildgänsejagd davonläuft.«
Bevor Aurora antworten konnte, war er zur Hintertür hinaus. »Ich habe in meinem Wagen Funk«, sagte er, als er hinausging.
»Wer ist das, 'ne Art Millionär?« fragte Rosie, nachdem er fort war.
»Ich schätze, er ist einer«, sagte Aurora. »Er ist eine große Hilfe, nicht wahr? Stell dir nur vor, wie schnell mein Wagen repariert wird.«
»Diesmal müssen Sie wie ein Blitz eingeschlagen haben«, sagte Rosie. »Ich verbringe hier den Tag damit, mich mit Royce zu prügeln, und Sie gehen aus und bringen einen Millionär an. Wenn je ein Mensch unter einem ungünstigen Stern geboren wurde, dann bin ich es.«
»Nun, Vernon und ich sind uns gerade erst begegnet«, sagte Aurora und zuckte mit den Schultern. »Ich habe in dieser Richtung schon genug Verdruß und ich bin wirklich nicht der Ansicht, daß ich einen so außergewöhnlich netten Mann wie ihn zum Opfer meiner Launen machen sollte. Außerdem fährt er morgen nach Kanada. In Anbetracht all dessen, was er für mich getan hat, dachte ich, ich sollte ihm wenigstens eine anständige Mahlzeit bereiten. Ich bin nicht sicher, ob er Hunger hat.«
»Er sieht nicht wie Ihr Typ aus«, sagte Rosie.
Bevor Aurora antworten konnte, platzte Vernon wieder herein. »Der General ist mit 'nem Bullen in die Stadt gefahren«, sagte er. »Immerhin konnte ich F. V. noch bremsen. Hab' gesehen, wie er in den Jeep rein ist, und hab' ihn abgewunken.«
Aurora kratzte sich am Kopf. »Du meine Güte«, sagte sie. »Jetzt habe

ich wirklich etwas, worüber ich mir Sorgen machen muß. Er ist ein ungemein rachsüchtiger Mensch, dieser Hector Scott. Ich kann Ihnen gar nicht sagen, was er denen alles über mich sagen wird. Wenn er einen Weg findet, mich einsperren zu lassen, ich bin sicher, er wird es tun.«
»Genau, diesmal sind Sie an den Falschen geraten«, sagte Rosie. »Wir zwei wären besser Nonnen geworden, Sie und ich. Der Mann bringt uns beide morgen ins Kittchen, wenn er irgendeinen Weg rauskriegt, wie er's schaffen kann.«
»Nun, wenigstens bin ich keine Kommunistin«, sagte Aurora. »Was haben wir beschlossen, was wir mit Royce anfangen wollen?«
»Was soll man mit einem besoffenen Kerl anfangen?« fragte Rosie. »Von ihm weglaufen, das ist alles. Ich würde mich nicht wundern, wenn er hier hereinschneien würde.«
»Ich mich schon«, sagte Aurora. »Royce würde sich in meiner Gegenwart nie anders als ein Gentleman benehmen, gleichgültig, wie sehr du ihn auch geärgert hast. Du wirst sehen, Rosie, zum Schlafen kehren die Hühner wieder in den Stall zurück. Ich habe dir doch gesagt, du solltest netter zu ihm sein.«
»Ja, und ich habe Ihnen doch gesagt, Sie sollten nicht mit General Scott herumpoussieren«, sagte Rosie. »Ist es nicht ein Jammer, daß wir nie gegenseitig auf unseren Rat hören?«
Aurora schaute Vernon an, der wieder auf und ab ging. Es paßte gut zu ihm, und solange er in Bewegung blieb, sah er nicht so klein aus.
»Was hatten Sie mit Royce vor, Vernon?« fragte sie.
»Hat keinen Zweck. Ich kann nichts machen, wenn ich nicht weiß, wo ich ihn finden kann«, sagte Vernon.
»Wenn Sie ihn wirklich finden wollen, dann schauen Sie mal in 'ner Bar nach, die ›Sturmkeller‹ heißt«, sagte Rosie. »Die ist drüben an der Washington Avenue. Ich war ein paarmal in den guten alten Zeiten da drin, als ich und Royce noch glücklich waren.«
»Bin schon fort«, sagte Vernon und ging wieder zur Tür. »Je eher ich da bin, um so weniger Seelentröster kann er kippen.«
Er hielt inne und schaute zurück zu Aurora. »Ich möchte das Abendessen nicht verpassen«, sagte er.
»Gütiger Himmel, Sie wollen das Abendessen nicht verpassen«, sagte Aurora. »Ich habe gerade erst angefangen, den Lunch zu verdauen.«
Vernon verschwand.
»Das ist nur ein Kommen und Gehen bei ihm, nicht wahr?« sagte sie, und wählte stracks die Nummer ihrer Tochter.

»Du bist ganz schön grob zu mir gewesen«, sagte Emma.
»Ja, ich bin sehr egoistisch«, sagte Aurora. »Offen gesagt, ich habe es nie gemocht, neben Thomas die zweite Geige zu spielen. Ich nehme nicht an, daß ihr beide Lust habt, hierher zum Dinner zu kommen, oder? Es zeichnet sich eine ziemlich interessante Party ab.«
Emma dachte nach. »Ich hätte schon Lust, aber ich glaube nicht, daß er will«, sagte sie.
»Wahrscheinlich nicht. Er mag es nicht, wenn ich ihn in den Schatten stelle«, sagte Aurora.
»Pustekuchen, den stellt doch schon 'ne Zwanzig-Watt-Birne in den Schatten«, sagte Rosie. »Arme Emma, wo sie so ein süßes Baby war.«
»Mama, warum bist du so gemein?« sagte Emma. »Kannst du nicht damit aufhören?«
Aurora seufzte. »Es bricht einfach aus mir hervor, wenn ich an ihn denke«, sagte sie. »Schlechte Dinge scheinen mir immer an dem Tag zu passieren, an dem ich versuche, meine Rechnungen zu bezahlen. Vernon ist der einzige Lichtblick gewesen. Das ist der Mann, dessen Wagen ich angefahren habe... Rosie, ich wollte, du würdest nicht immer lauschen.«
»Ist ja schon gut, ich geh' raus und hacke die Blumenbeete«, sagte Rosie. »Ich brauche nicht mehr von Ihnen und Vernon zu wissen. Ich habe es an seinen Augen gesehen.«
»O ja, das glaube ich, daß du das hast«, sagte Aurora. »Bleib hier. Es macht mir nichts aus. Ich fühle mich gerade ziemlich chaotisch.«
So fühlte sie sich in der Tat. Die vielen Eindrücke des Tages erstanden wieder bildhaft vor ihren Augen. Sie fing an, sie alle nachzuempfinden. Sie waren widersprüchlich und unbestimmt. Mit Emma am Telefon und Rosie in der Küche durchlebte sie sie wenigstens in der vertrauten Umgebung. Sie fühlte sich unverstanden, aber dennoch nicht verloren.
»Was ist mit diesem Vernon?« fragte Emma.
»Er hat sich in mich verliebt«, sagte Aurora gelassen. »Es brauchte bei ihm ungefähr eine Stunde. Eigentlich habe ich ihn mehr oder weniger dazu gebracht. Er ist auf seine Weise sehr nett.«
»Mama, du bist verrückt«, sagte Emma. »Das ist doch einfach Unsinn. Du weißt doch, daß das alles ein Mythos ist.«
»Was ist, Liebes«, fragte Aurora. »Ich weiß nicht, was du meinst.«
»Liebe auf den ersten Blick«, sagte Emma. »Du hast dich ganz bestimmt nicht auf den ersten Blick in ihn verliebt, oder?«

»Nein, in der glücklichen Lage bin ich nicht«, sagte Aurora.
»Das ist dummes Zeug«, sagte Emma.
»Nun, du bist immer ein vorsichtiges Kind gewesen«, sagte Aurora und schlürfte ihren Tee.
»Bin ich nicht«, sagte Emma in der Erinnerung an Danny.
»Natürlich. Schau dir nur an, wen du geheiratet hast. Noch etwas mehr Vorsicht und du wärst lahm.«
»Gott, wie bist du abscheulich«, sagte Emma. »Du bist so abscheulich, daß ich wünschte, ich hätte jemand anders zur Mutter.«
»Wen hättest du denn gerne?« fragte Aurora.
»Rosie«, sagte Emma. »Sie hat mich wenigstens gern.«
Aurora klopfte auf den Tisch und hielt Rosie das Telefon hin. »Meine Tochter hätte lieber dich als Mutter«, sagte sie. »Außerdem streitet sie ab, daß es so etwas wie Liebe auf den ersten Blick gibt.«
»Sie hat Vernon nicht gesehen«, sagte Rosie und setzte sich auf die Tischkante. »Hallo, Kleines.«
»Sei du doch meine Mutter«, sagte Emma. »Ich will nicht, daß mein Kind so eine Großmutter bekommt wie meine Mutter.«
»Laß alles stehen und liegen, und komm rüber und schau dir Mamas neuen Kavalier an«, sagte Rosie. »Der hat Millionen.«
»Das hat sie vergessen zu erwähnen, glaube ich«, sagte Emma. »Ihr Yachtbesitzer hat ja auch Millionen.«
»Aber dieser ist nicht so spinnig«, sagte Rosie. »Der ist ein guter einfacher Junge vom Land. Ich wär' nicht traurig, wenn ich so einen kriegen würde, jetzt, wo ich wieder allein bin.«
»Hat Royce dich wirklich geschlagen?«
»Und ob, er hat mich voll vor den Kopf geboxt, bevor ich ihn erstechen konnte, diesen verlogenen Bastard«, sagte Rosie. »Ich hoffe nur, daß du nie so was erlebst, Kleines. Hier stehle ich mir all die Jahre die Zeit, um ihm ein Mittagessen zu machen, und dann muß ich erfahren, daß dieser Hurenbock von hier aus immer direkt zu der Schlampe fuhr, noch bevor er richtig verdaut hat. Glaubst du nicht, daß einen das da trifft, wo es am wehesten tut? Der verkommene Hurenbock«, fügte sie abwesend hinzu. »Der kriegt die Kinder nicht, das werd' ich ihm flüstern.«
»Hör auf zu schimpfen, und fang nicht an, dich selber zu bemitleiden«, warf Aurora ein. »Wenn einer von uns anfängt, sich selber zu bemitleiden, dann sind wir verloren. Teil meiner vorsichtigen Tochter nur deine Ansichten über Liebe auf den ersten Blick mit.«
»Was sagt Mama da?« fragte Emma.

»Irgend so was wie, du wärest vorsichtig«, sagte Rosie. »Ich weiß nicht, was sie an deinem Mann falsch findet. Na ja, wenn ich ein bißchen vorsichtiger gewesen wäre, würde ich jetzt nicht so viele Mäuler zu stopfen haben, wo er mich verlassen hat.«
»Vielleicht ist es nicht wirklich ernst«, sagte Emma. »Glaubst du nicht, daß du ihm verzeihen könntest, wenn er dir verspricht, anständig zu sein?«
»Warte eine Sekunde, Kleines«, sagte Rosie. Sie nahm den Hörer vom Ohr und schaute durch das rückwärtige Fenster in den dunkelnden Garten. Die Frage, die Emma gestellt hatte, war ihr den ganzen Nachmittag im Kopf herumgegangen, ohne zu irgendeinem Schluß zu kommen. Sie schaute zu Aurora hinunter.
»Ich sollte mit unserem Mädchen nicht über so was reden«, sagte sie. »Glauben Sie, es war falsch, daß ich ihn fortgejagt habe? Glauben Sie, ich sollte einfach alles... vergeben und vergessen?«
Aurora schüttelte den Kopf. »Du siehst nicht danach aus, als würdest du was vergessen«, sagte sie. »Ich kann dir da keinen Rat geben.«
Gerade als sie meinte, sich wieder unter Kontrolle zu haben, merkte Rosie, daß sie die Beherrschung völlig verlor. Bevor sie den Hörer wieder an ihr Ohr bekommen konnte, schienen sich ihre Lungen zu füllen, und zwar nur mit Groll und Zorn statt mit Luft. Es war die Erinnerung, wie prahlerisch er gewesen war, die den Ausbruch hervorrief. Eine andere Frau zu haben, war eine Sache, aber damit auch noch vor seiner eigenen Frau zu prahlen, das war etwas, was sie niemals von Royce erwartet hätte. Wenn etwas unverzeihbar war, dann der Ausdruck auf seinem Gesicht, als er es ihr sagte. Bei der Erinnerung daran begann ihr Mund zu zucken. Sie richtete sich auf und wollte fortfahren: »Uh... uh... uh...« machte sie, als würde sie versuchen, einem Schluckauf vorzubeugen. Sie versuchte krampfhaft, nicht zu weinen, aber sie scheiterte. Der Groll stieg in Wellen in ihr auf, sie war machtlos dagegen. Sie reichte Aurora den Hörer zurück, rutschte vom Tisch und ging vom Kummer übermannt ins Badezimmer, um sich auszuweinen.
»Na, Rosie muß weinen«, sagte Aurora. »Die Männer haben sich nicht gebessert, trotz allem, was man liest. Hector Scott hat versucht, mich zu erpressen, mit ihm nach Tahiti zu fahren. Er hat sich außerdem einen ziemlich frechen Ton erlaubt.«
»Was hast du mit Rosie vor?« fragte Emma.
Aurora schlürfte ihren Tee. Sie ließ sich mit der Antwort Zeit.
»Natürlich will ich für Rosie alles tun, was sie braucht«, sagte sie. »Ich

schlage ihr vielleicht vor, hierzubleiben, bis Royce wieder zur Vernunft gekommen ist. Meinem Eindruck nach ist Royce viel zu unbeholfen, um allzulange ohne sie auskommen zu können. Ich glaube, er wird ziemlich bald versuchen, Wiedergutmachung zu betreiben. Vernon ist übrigens fortgefahren, um ihn zu suchen. Ich hoffe nur, daß Rosie auf einer Menge Wiedergutmachung besteht«, fügte sie hinzu. »Wenn ich in ihrer Haut steckte, wären meine Forderungen ungeheuerlich, das kann ich dir sagen.«
Emma schnaubte. »Flap sagt, es gäbe zwei Dinge, mit denen wir nie fertig werden würden«, sagte sie, »deine Ansprüche und die Staatsverschuldung.«
»Ach, das ist doch eine alte Witzelei«, sagte Aurora. »Wenn es mir einfällt, von wem sie stammt, werde ich es dir sagen.«
»Warum kommt ihr nicht alle her und eßt hier?« fragte Emma. »Ich könnte mich darauf einrichten.«
»Nein, danke«, sagte Aurora. »Bei so wenig Platz müßten wir in unseren Autos essen. Vernon hat einen Kühlschrank in seinem Wagen, habe ich dir das schon gesagt? Und einen Fernseher.«
»Du bist ja ganz verrückt mit diesem Mann«, sagte Emma. »Ich finde das sehr ungehörig.«
Aurora setzte ihre Teetasse ab. Es war genau die Kritik, die ihre Mutter angebracht hätte, wenn sie Zeugin des Gesprächs gewesen wäre. Unglücklicherweise ließ sich nicht leugnen, daß es stimmte. Sie erinnerte sich an Vernons Zucken.
»Ja, ich fürchte, du hast recht mit deiner Beurteilung«, sagte sie nach einer Pause. »Darin bin ich immer etwas frivol gewesen. Ich bin unfähig, meine kleinen Frivolitäten zu unterdrücken. Ich hoffe nur, Vernon findet das nie heraus. Er hat außerdem meinen Wagen reparieren lassen.«
»Er hört sich langsam an, als wäre es Howard Hughes«, sagte Emma.
»O nein, er ist viel kleiner«, sagte Aurora. »Er reicht mir ungefähr bis zum Busen.«
»Cecil vermißt dich«, sagte Emma.
»Ja, ich glaube, ich muß mich aufraffen und meine jährliche Pflicht bei ihm erfüllen«, sagte Aurora. Ihre jährliche Pflicht war ein Dinner für Cecil und die Jungverheirateten. Jedem war es verhaßt, und das aus gutem Grund.
»Laß es uns auf nächste Woche legen«, fügte sie hinzu. »Ich spüre schon seit einiger Zeit, wie es über mir hängt. Wenn es dir nichts ausmacht, lege ich jetzt auf. Ich fühle mich aus allerlei Gründen nicht

recht wohl, und ich will keinen Streit mit dir haben, wenn ich ohne Verteidigung bin.«
Nachdem sie gute Nacht gesagt hatte, legte sie auf. Dann ging sie in der Küche umher, schaltete die Lampen an und inspizierte ihre Lebensmittelbestände. Gewöhnlich hatte sie genug Lebensmittel für ein Dinner im Haus. Für den Fall, daß sich die Notwendigkeit einmal ergab, mußte sie unbedingt gewisse Vorräte prüfen. Als sie sich über ihre Vorräte an Fleisch, Wein und Gemüse vergewissert hatte, schob sie jeden Gedanken an das Dinner beiseite und ging hinaus in den Garten, um eine Weile langsam in der Dämmerung umherzugehen, in der Hoffnung, daß sich dabei die unbestimmte Angst, die plötzlich da war, verlieren würde.
Es war das übliche Gefühl der Angst vor Geldnot, das sie überkam, wenn sie an ihre Rechnungen dachte. Rudyard hatte sie nicht in wirklich gesicherten finanziellen Verhältnissen zurückgelassen. Es gab ein gewisses Einkommen, aber nicht mehr. Sie sollte wirklich ihr Haus verkaufen und irgendwo eine Wohnung nehmen, doch sie konnte sich nie zu dem Gedanken durchringen, es einen Tag früher zu tun, als sie mußte. Das würde bedeuten, Rosie zu entlassen und die Segel zu streichen. Alles in ihr sträubte sich dagegen. Was ihre Segel betraf, so hatte sie lange genug gebraucht, um sie zu setzen. Sie war nicht geneigt, sie einzuholen, bevor es sein mußte. Vier Jahre lang war sie von Monat zu Monat gerade so hingekommen, stets in der Hoffnung, daß irgendein Wunder geschähe, bevor die Lage verzweifelt wurde.
Das Haus war zu schön, zu komfortabel, zu sehr ihr eigenes Heim. Ihre Möbel, ihre Küche, ihr Garten, ihre Blumen und ihre Vögel, ihr Patio und ihre Fensternische – ohne diese Dinge würde sie nicht mehr dieselbe sein. Sie müßte eine andere Person erfinden, die sie sein könnte, und ihr schien, daß die einzige Person, die ihr übrig blieb zu sein, eine sehr alte Dame war. Nicht Aurora Greenway, sondern schlicht Mrs. Greenway. Wenn der Tag käme, da jeder, der sie kannte, sie Mrs. Greenway nennen würde, dann wäre das Haus vielleicht nicht mehr von so großer Bedeutung. Sie würde genügend Würde besitzen, um sich irgendwo einzurichten – so wie ihre Mutter sich in ihren letzten Jahren eingerichtet hatte.
Aber sie war nicht dazu bereit. Sie wollte sich genau dort einrichten, wo sie war. Sie könnte, wenn es knüppeldick käme, den Klee verkaufen. Das wäre ein Verrat an ihrer Mutter, natürlich, aber ihre Mutter hatte auch einen Verrat an ihr begangen, als sie das Bild mit dem Geld kaufte, das ihr zustand. Es wäre außerdem ein Verrat an Emma, weil

Emma das Bild liebte. Doch Emma würde eines Tages den Renoir bekommen, und wenn sie auch nur das geringste Kunstverständnis hatte, würde sie den Renoir noch mehr schätzen – viel mehr –, dachte Aurora...
Es gab jedoch noch etwas anderes als diese vage Angst – etwas Schwerwiegenderes als bloße Geldangst, das anwuchs. Es war nicht einfach Einsamkeit, obwohl es damit zu tun hatte. Ebensowenig war es nur das Fehlen von Sex, obwohl es auch damit zu tun hatte: Ein paar Nächte zuvor hatte sie, sehr zu ihrem Vergnügen, einen Traum gehabt, in dem sie eine Thunfischkonserve öffnete, nur damit ein Penis herausschnellte. Es war eigentlich ein lustiger Traum gewesen, ziemlich obskur, dachte sie. Ihr größter Kummer war, daß es niemanden gab, dem sie davon hätte erzählen können. Jeder, dem sie den Traum geschildert hätte, ihrer Tochter beispielsweise, würde ihn nur so deuten, daß sie erheblich heißer sei, als sie zugab.
Auf jeden Fall war die Angst etwas anderes als Mangel an Sex. Es war eher das Fehlen einer Lebensmitte, ein Gefühl von Verzerrung, als ob sie bereits Jahre vor ihrer Zeit davonschlüpfe, den Halt verliere, entweder zurückfalle, oder, vielleicht noch schlimmer, sich zu schnell voranbewege. Sie hatte das Gefühl, daß jeder, der sie kannte, nur ihr Äußeres sah. Das Äußere einer Frau, die ständig klagte und um Anerkennung winselte. Ihr Inneres schien niemand zu berücksichtigen. Was sie erschreckte, war das Bewußtsein, auf wieviel sie schon zu verzichten gelernt hatte, mit wie wenig sie schon auskam. Wenn ihr innerer Drang nicht eingedämmt würde, hatte sie das Gefühl, würde sie sich schon bald völlig im Abseits wiederfinden, und dies war der Grund ihrer Angst, die einen körperlich spürbaren Ort in ihr eingenommen zu haben schien, genau hinter ihrem Brustbein. Wenn sie hart auf ihren Brustkasten drückte, konnte sie es fühlen, fast wie einen Klumpen, ein Klumpen, der sich nicht wieder aufzulösen schien.
Während sie umherging und hoffte, ihr Garten würde sie wieder in eine bessere Verfassung bringen, hörte sie Stimmen von der Küche her. Sie eilte hinein und fand Rosie und Vernon am Ausguß stehend und sich ernst unterhaltend.
»Er hat ein Wunder vollbracht«, sagte Rosie. »Royce hat beschlossen, zu mir zurückzukommen.«
»Was haben Sie gemacht?« fragte Aurora.
»Mein kleines Geheimnis«, sagte Vernon.
Rosie hatte ihre Handtasche genommen und schickte sich an, nach Hause zu gehen.

»Das werde ich Royce schon aus der Nase ziehen«, sagte sie. »Royce hat noch nie ein Geheimnis behalten... wenigstens kein schönes Geheimnis«, fügte sie hinzu, als sie sich an etwas erinnerte.
»Sind Sie sicher, daß Sie nicht nach Hause gefahren werden möchten?« fragte Vernon.
»Das ist 'n richtiger Taxiservice, wie?« sagte Rosie. »Da würden die Nachbarn vielleicht Augen machen, wenn ich daherkäme in 'nem dikken weißen Lincoln. Ich spring' mal gleich los, damit ich den Bus kriege.«
»Ich finde das alles sehr sonderbar«, sagte Aurora. »Warum hast du es so eilig, zu einem Kerl wie Royce zurückzukommen? Du könntest heute nacht hier schlafen. Wenn ich du wäre, würde ich ihn mindestens vierundzwanzig Stunden zappeln lassen.«
»Daß ich zurückgehe, heißt noch lange nicht, wir wären quitt miteinander«, sagte Rosie. »Ich vergesse nichts. Keine Bange.«
Sie standen alle schweigend da.
»Nun, viel Glück, meine Liebe«, sagte Aurora. »Ich werde Vernon jetzt ein Dinner bereiten, und du gehst heim und versöhnst dich mit Royce.«
»Vielen Dank, Mr. Dalhart«, sagte Rosie an der Tür.
»Geh kein Risiko ein«, sagte Aurora. »Wenn er irgendwelche Ansätze von Gewalttätigkeit zeigt, nimm ein Taxi und komm hierher zurück.«
»Gott hat mich nicht dazu erschaffen, einen Prellbock zu spielen«, sagte Rosie. »Und ich bin auch nicht zu stolz, um zu laufen.«
»Was haben Sie gemacht?« fragte Aurora, als Rosie zur Tür hinaus war.
Vernon zappelte. »Ihm einen besseren Job angeboten«, sagte er widerwillig. »Sie würden staunen, was eine Gehaltsaufbesserung und ein guter neuer Job bei einem Mann wie Royce ausmachen.«
Aurora war verblüfft. »Sie haben den Mann meines Hausmädchens eingestellt?« fragte sie. »Das ist wahrhaftig vermessen. Was hat Royce getan, daß er einen neuen Job verdient, wenn ich fragen darf? Geben Sie jedem eine Belohnung, der seine Frau verprügelt?«
Vernon sah verwirrt aus. »Seine Liefertour war längst fällig«, sagte er. »Wenn ein Mann Jahr für Jahr dieselbe Strecke fährt, geht ihm irgendwann die Monotonie auf die Nerven. Damit geht mancher Ärger los.«
»Das kann schon stimmen«, sagte Aurora. »Rosies Arbeit ist allerdings auch nicht besonders aufregend, und sie hat noch keinen Ärger

gemacht, soweit ich sie beobachtet habe. Und auch nicht aus Mangel an Gelegenheit. Die Gelegenheit gibt es direkt unten am Ende der Straße –.«

Sie nahm ihren Mini-Fernseher aus dem Wandschrank, in dem er verstaut war, und stellte ihn auf den Tisch. Jeden Tag wickelte Rosie das Kabel so straff um den Apparat herum, daß die Nachrichten halb vorüber waren, bis sie es endlich abgewickelt hatte. Vernon sprang herbei, um ihr zu helfen, und sie stellte mit Vergnügen fest, daß er genauso lange brauchte, um es abzuwickeln, wie sie für gewöhnlich auch.

»Wofür genau haben Sie Royce eingestellt?« fragte sie und putzte ein paar Pilze.

»Um für mich auszuliefern«, sagte Vernon. »Ich habe neun oder zehn kleine Geschäfte hier in der Gegend und niemand, der die Sachen dahin liefert. Ich brauche einen guten Fahrer als Vollzeitkraft.«

»Das hoffe ich«, sagte sie. Ihr schien, daß sie ihn an einem Tag eine ganze Menge Geld gekostet hatte, und sie kannte den Mann nicht einmal. Das schien ihr nicht sehr moralisch. Doch dann wurde ihr klar, daß sie nicht gleichzeitig kochen und moralische Probleme lösen konnte. Allmählich bekam sie Hunger. Sie ließ also die moralischen Probleme beiseite und kochte ein schmackhaftes Essen: ein kleines Steak, mit Pilzen und einigen Spargeln garniert und einer Menge Käse, von dem sie bereits reichlich aß, während sie die Mahlzeit zubereitete.

Vernon brachte sein Gezappel so weit unter Kontrolle, daß er imstande war, sich hinzusetzen und zu essen. Und bei Tisch erwies er sich als ein exzellenter Zuhörer. Das erste, was man einem Fremden erzählen sollte, war, so meinte Aurora, die eigene Lebensgeschichte. Sie begann mit ihrer Kindheit, die sie in New Haven und zeitweise in Boston verbracht hatte. Vernon hatte sein Steak bereits verzehrt, bevor sie in ihrer Geschichte dem Kindesalter entwachsen war. Sie hatte nie gesehen, daß Essen so schnell verschwinden konnte, außer wenn ihr Schwiegersohn aß, und sie betrachtete Vernon eingehend.

»Ich nehme an, daß schnelles Essen die logische Folge Ihres Gezappels ist«, sagte sie. »Ich glaube, wir müssen für Sie einen Arzt suchen, Vernon. Ich habe noch nie einen so nervösen Mann gesehen. Gerade in diesem Augenblick klopfen Sie mit Ihrem Fuß. Ich kann die Erschütterungen ganz deutlich spüren.«

»Uh, oh«, sagte Vernon. Er hörte auf, mit dem Fuß zu klopfen, statt dessen trommelte er mit den Fingern auf den Tisch. Beim Spazier-

gang nach dem Dinner im Innenhof stellte sie fest, daß er extrem spitze Stiefel trug. Sie hatte darauf bestanden, einen Cognac mit ihr zu nehmen – um sich nicht schuldig zu fühlen, wenn sie selber einen trank. Cognac machte sie häufig beschwipst, und öfter schon hatte ihre Tochter angerufen und sie im beschwipsten Zustand erwischt. Ein solcher Zustand ließ sich leichter erklären, wenn sie einen Gast hatte, dem sie die Schuld geben konnte.
»Vielleicht sind Stiefel Ihr Problem«, sagte sie. »Ich kann mir vorstellen, daß Ihre Zehen unter Qualen leiden. Warum ziehen Sie sie nicht für eine Weile aus? Ich möchte gern sehen, wie Sie sind, wenn Sie nicht zappeln.«
Vernon schien dieser Vorschlag in Bedrängnis zu bringen.
»Ach nein«, sagte er. »Kann Ihnen gar nicht sagen, wonach meine alten Quanten riechen.«
»Ich bin nicht so empfindlich«, sagte Aurora. »Sie können Ihre Strümpfe anbehalten, wissen Sie.«
Vernon blieb verlegen, und sie ließ ihn in Ruhe. »Um wieviel Uhr wollen Sie nach Kanada aufbrechen?« fragte sie.
»Ich fahre nicht«, sagte Vernon. »Hab's verschoben.«
»Das habe ich befürchtet«, sagte Aurora und schaute ihm in die Augen. »Darf ich Sie fragen, warum?«
»Weil ich Ihnen begegnet bin«, sagte Vernon.
Aurora schlürfte einen Schluck Cognac und wartete darauf, daß er mehr sagen würde, doch er schwieg. »Wissen Sie, Sie sind meinem verstorbenen Mann sehr ähnlich, wenn es um Erläuterungen geht«, sagte sie. »Er kam mit einem Minimum aus, und das gleiche gilt für Sie. Haben Sie je zuvor wegen einer Dame eine Fahrt verschoben?«
»Bei Gott, nein«, sagte Vernon. »Ich hab' vorher nie 'ne Dame gekannt.«
»Sie haben auch mit mir nicht geredet«, sagte Aurora. »Sie haben nur Leute eingestellt und Autos repariert und Fahrten verschoben, und das alles auf der Grundlage unserer recht flüchtigen Bekanntschaft. Ich weiß nicht recht, ob ich für all das verantwortlich sein will. Ich habe verheiratete Paare gekannt, die seit Jahren zusammenlebten, ohne einander so viel Verantwortung aufzubürden.«
»Ach, Sie wollen mich nicht dahaben?« fragte Vernon. Er legte seine Hand auf die Stuhllehne, als wäre er im Begriff, sofort aufzustehen und zu gehen.
»Nun aber langsam«, sagte Aurora. »Sie müssen lernen, sehr vorsichtig zu sein, wenn Sie meine Worte verdrehen wollen. Für ge-

wöhnlich versuche ich, genau das zu sagen, was ich meine. Ich habe einen sehr schlechten Charakter, wie Sie bereits wissen sollten. Ich bin nie besonders abgeneigt gewesen, Menschen um mich zu haben, die etwas für mich tun, wenn es den Anschein hat, daß sie es tun wollen, aber das bedeutet nicht, daß ich wünsche, Sie würden geschäftliche Rückschläge erleiden, nur damit wir unsere Bekanntschaft fortsetzen.«

Vernon beugte sich vor und legte die Ellbogen auf die Knie. So sah er sehr klein aus.

»Aurora, das ist alles, was ich tun kann: Aurora zu Ihnen zu sagen«, sagte er. »Ich kann nicht so reden, wie Sie reden – das ist die volle Wahrheit. Ich bin nicht direkt ungebildet, aber ich kann einfach nicht so reden. Wenn Sie mich dahaben wollen, ist das okay, wenn aber nicht, dann kann ich immer noch nach Alberta fahren und ein paar Mille mehr machen.«

»Du meine Güte«, sagte Aurora. »Ich wollte, Sie hätten das drittletzte Wort nicht gesagt. Ich kenne meine Wünsche nicht gut genug, als daß sie Millionen von Dollar aufwiegen könnten.«

Vernon fühlte sich bis aufs Blut gequält. Er blinzelte so seltsam, als habe er Angst, seine Augen ganz zu öffnen. Dabei waren seine Augen das schönste an seinem ganzen Gesicht. Sie mochte es nicht, wenn er so blinzelte und sie geschlossen hielt.

»Sie hatten doch nicht vor, den Rest Ihres Lebens in Kanada zu verbringen, oder?« sagte Aurora. »Sie hatten doch die Absicht, eines Tages nach Houston zurückzukehren, nicht wahr?«

»Und ob«, sagte Vernon.

»Nun, und ich habe die Absicht, auch weiterhin hier zu leben«, sagte Aurora. »Ich werde immer noch hier leben, wenn Sie zurückkehren. Sie könnten mich dann besuchen, wenn Sie möchten, und Sie hätten keine Millionen verloren. Ist Ihnen das noch nie passiert?«

»Nein, handeln oder untergehen, das ist meine Devise«, sagte Vernon mit einem Mal. »Wenn ich jetzt losfahre, wer weiß, wen Sie heiraten, bevor ich zurückkomme.«

»*Ich* weiß es, Gott sei Dank«, sagte Aurora. »Ich bin an einer Ehe nicht interessiert, und meine Verehrer sind sozusagen ein bunt zusammengewürfelter Haufen. Manche von ihnen sind schlimm, und die netteren scheinen aus manchen Gründen die hoffnungslosen Fälle zu sein. Dies ist eine äußerst seltsame Unterhaltung, wenn man bedenkt, daß wir uns heute erst kennengelernt haben.«

»Ja, aber ich bin wie verwandelt«, sagte Vernon.

»Schön, ich nicht«, sagte Aurora. »Ich wünsche nicht zu heiraten.«
»Ach was, und ob Sie wollen«, sagte Vernon. »Das steht Ihnen doch auf der Nasenspitze geschrieben.«
»Das ganz gewiß nicht!« sagte Aurora voller Empörung. »So etwas hat mir in meinem Leben noch nie jemand gesagt. Was wissen Sie überhaupt davon? Sie geben zu, daß Sie noch nie einer Dame begegnet sind, bis Sie mich kennengelernt haben, und Sie werden es vielleicht noch bereuen, mir begegnet zu sein.«
»Nun, wie die Sache auch ausgeht, die Bekanntschaft mit Ihnen nimmt mir den Spaß am Geldverdienen«, sagte Vernon.
Aurora wünschte, sie hätte den Rat des Generals befolgt und wäre bei der ersten Ausfahrt abgebogen, als sie an die Straße nach Houston kamen. So, wie die Dinge lagen, hatte sie es fertiggebracht, sich selber ein weiteres Problem zu schaffen – und das Problem zappelte immer noch.
»Sie haben mir immer noch nicht erklärt, warum Sie es jetzt unklug finden, nach Kanada zu fahren, Vernon«, sagte sie. »Sie brauchen eine bessere Begründung als die, die Sie mir bisher gegeben haben.«
»Schauen Sie mich an«, sagte Vernon. »Ich bin nicht gerade Ihr Typ. Ich kann nicht so reden wie Sie. Ich sehe komisch aus, und wir haben uns gerade kennengelernt. Wenn ich jetzt starte, fangen Sie an nachzudenken, wie blöd ich bin und wie komisch ich aussehe, und wenn ich zurückkomme, dann haben Sie mich vergessen.«
»Ein scharfsinniger Einwand«, sagte Aurora und blickte ihn durchdringend an.
Sie schwiegen beide mehrere Minuten lang. Es war ein milder Frühlingsabend, und trotz Vernons Gezappel fühlte Aurora sich recht wohl. Vernon fing an, mit seiner Stiefelspitze zu wippen. Für einen im Grunde sympathischen Mann hatte er mehr störende Angewohnheiten als alle, die sie kannte, und nachdem sie ihm eine Weile zugesehen hatte, fing sie an zu reden und sagte ihm das auch. Schließlich hatte er selbst betont, daß Feinheiten bei ihm verschwendet wären.
»Vernon, Sie haben sehr viele störende Angewohnheiten«, sagte sie.
»Ich hoffe, Sie werden versuchen, diese abzulegen. Es tut mir leid, aber ich fürchte, ich war immer so frei, Menschen sogleich zu kritisieren. Ich sehe nicht ein, daß der Versuch verletzend sein könnte, jemanden zu korrigieren. Ich bin nie imstande gewesen, jemanden so weit zu korrigieren, daß ich ihn akzeptieren könnte, aber ich bilde mir ein, ein paar Männer wenigstens so weit gebracht zu haben, daß sie annehmbar sind.«

Sie gähnte, und Vernon stand auf. »Sie sind müde«, sagte er. »Wir sehen uns morgen, wenn es Ihnen recht ist.«
»Oh«, sagte Aurora und erwiderte seinen Händedruck. Es schien ihr seltsam, sich in ihrem Patio die Hände zu geben. Seine Hand war klein und rauh. Sie gingen durch das dunkle Haus, und sie trat für einen Augenblick mit ihm in den Vordergarten. Sie erwog, ihn zum Frühstück einzuladen, nur um zu sehen, welche Figur er am Morgen machte, doch bevor sie ihre Einladung in Worte fassen konnte, hatte er ihr zugenickt und sich abgewandt. Sein jäher Aufbruch ließ sie mit einem Gefühl leichter Melancholie zurück. Der Tag hatte zuviel von dem Märchen der Cinderella an sich gehabt, obwohl es ihr mehr um Vernon als um sie selber leid tat. Er war nett und hatte hübsche braune Augen, doch aller Wahrscheinlichkeit nach würde er auch nach seiner Rückkehr aus Kanada derselbe sein, den er vorher beschrieben hatte, ein zappeliger und komisch aussehender Mann, der in keiner Weise ihren Vorstellungen entsprach. Es war alles ein wenig zu dramatisch gewesen, hatte zu sehr an goldene Kutschen erinnert. Sie ging die Treppe hinauf und betrachtete lange ihren Renoir, während sie sich entkleidete. Sie war sich der Tatsache bewußt: Der vergangene Tag hatte ihr Leben nicht verändert.

Achtes Kapitel

1

Vernon hatte oft sagen hören, die menschliche Natur sei ein Geheimnis, doch die Wahrheit dieser Behauptung war ihm noch nicht aufgegangen, bis zu jenem Nachmittag, an dem Aurora ihm zum ersten Mal tief in die Augen schaute. Die menschlichen Naturen, mit denen er im Ölgeschäft zusammentraf, waren alles andere als ein Geheimnis, da war er sicher. Seine Angestellten und seine Konkurrenten mochten ihn manchmal durcheinanderbringen, aber keiner hatte ihn je ernsthaft *beunruhigt*. Nicht so beunruhigt wie jetzt, als er von seinem Lincoln aus zurückblickte und sah, daß Aurora noch auf dem Rasen stand. Die Tatsache, daß sie noch dort stand, schien nahezulegen, daß sie den Abend noch nicht als beendet betrachtete. Vielleicht hatte sie seinen Aufbruch als ein Zeichen dafür gedeutet, daß er sie nicht mochte. Es war ihm unerträglich, mit dieser Vorstellung leben zu müssen. Vernon empfand sie einfach unerträglich. Nachdem er eine Strecke gefahren war, machte er kehrt und fuhr in Auroras Straße zurück, um zu sehen, ob sie immer noch dort stand. Sie war nicht mehr da, so daß ihm nichts anderes übrig blieb, als erneut umzudrehen und zu seiner Garage zu fahren.

Er hatte es Aurora nicht gesagt, doch eines seiner Unternehmen war ein Parkhaus im Zentrum von Houston, das modernste, höchste und beste Parkhaus in der ganzen Stadt. Es war vierundzwanzig Stockwerke hoch und nicht nur mit Rampen, sondern auch mit einem superschnellen, in Deutschland hergestellten Autoaufzug ausgestattet. Es konnte mehrere tausend Autos aufnehmen. Doch als Vernon dort ankam, war das Parkhaus fast leer.

Er fuhr direkt bis hinauf in den vierundzwanzigsten Stock und parkte den Lincoln in einer kleinen Nische, die er an der Westseite hatte einbauen lassen. Die Brüstung war noch hoch genug, um ihn davon abzuhalten, aus Versehen darüber hinauszufahren. Aber er konnte über sie hinwegsehen, ohne aus dem Auto zu steigen.

Bei Nacht war es niemand außer ihm erlaubt, auf dem vierundzwanzigsten Deck zu parken. Hier schlief er. Mehr als das, hier war sein Zuhause, das einzige, das ihm Geld verschafft hatte und das er wirklich liebte, ohne seiner je überdrüssig zu werden. Das Parkhaus war erst drei Jahre alt. Nur aus Zufall war er eines Nachts hinaufgefahren, um zu sehen, wie die Aussicht war. Fortan war dies sein Platz. In einigen klaren Nächten hatte er im Südosten Galveston sehen können, doch das war für gewöhnlich nicht möglich.

Nachdem er geparkt hatte, stieg er immer aus und ging eine Weile am Rand des Gebäudes entlang, nur um die Aussicht zu genießen. Im Osten sah man das seltsam orange- und rosafarbene Glühen der vielen Raffinerien entlang des Schiffskanals. Es war ein Glühen, das nie verlosch.

Von dem Gebäude aus konnte er jede Straße überblicken, die aus Houston hinausführte und die er alle schon viele Male gefahren war. Gegen Norden lagen hell erleuchtet mehrere große Autobahnkreuze. Von einem zweigte die Straße nach Dallas, Oklahoma City, Kansas und Nebraska ab. Andere Straßen führten nach Osten, in die Kiefernwälder von Osttexas, oder zu den Sümpfen von Louisiana, oder nach New Orleans, und Straßen nach Süden, in Richtung Grenze, oder nach Westen, nach San Antonio, El Paso oder nach Kalifornien. Die Aussicht vom Dach war jedesmal anders, je nachdem, wie das Wetter war. In klaren Nächten lagen Hunderttausende von Lichtern unter ihm verstreut, und jedes einzelne war deutlich zu erkennen. Doch dann gab es auch die nebligen, trüben Nächte von Houston, wenn der Nebel unter ihm schwebte, etwa auf der Höhe des zwölften Stocks, und das Lichtermeer orange und grün und verschwommen darunterlag. Dann wieder war es unten manchmal klar, die Wolken hingen direkt über seinem Kopf, und die Lichter erleuchteten von unten die Wolken. Manchmal wehte der Nordwind, von Zeit zu Zeit sandte der Golf eine steife Brise vom Süden herein, trieb graue Wolkengebirge vor sich her und schüttelte den Lincoln. Eines Nachts blies der Golfwind so stark, daß Vernon einen Schreck bekam, und er hatte feste Pfosten zu beiden Seiten des Wagens errichten lassen, so daß er ihn sicher an Ort und Stelle anketten konnte, wenn der Wind zu heftig wurde.

Häufig blieb Vernon bei seinen Gängen am Rand des Gebäudes stehen und beobachtete die dicht aufeinanderfolgenden Nachtflugzeuge, die im Landeanflug auf den Flughafen zuschwebten und mit den Lichtern an den Tragflächen blinkten. Sie waren wie große Vögel, die zur Fütterung herbeiflogen. Trotz seiner Probleme mit den Ohren war er oft genug geflogen, und er kannte die meisten Linien, die Piloten, Besatzungen und Stewardessen. Er konnte die Braniff ausmachen, die von Chicago hereinkam, oder spät am Abend die PanAm von Guatemala, Linien, die er schon viele Male geflogen war.

Wenn die Flugzeuge gelandet waren, machte er sich für gewöhnlich daran, ein paar kleinere Besorgungen zu erledigen. Wenn er schmutzig war, stieg er in den Aufzug, fuhr hinab und ging die drei Straßenblocks zum Rice-Hotel, um ein Bad zu nehmen und die Kleidung zu wechseln, doch stets kam er dann wieder auf das Dach zurück und machte es sich auf dem Rücksitz des Lincoln bequem, um mit seinen nächtlichen Telefonaten zu beginnen. Die Höhe suggerierte ihm das Gefühl, die Orte sehen zu können, mit denen er telefonierte. So lagen vor seinem inneren Auge oft die Städte Amarillo oder Midland, die Golfküste, Caracas oder Bogotá. Er hatte Niederlassungen in einem Dutzend Orte, und er kannte seine Mannschaften an jedem Ort und ließ nur selten eine Nacht verstreichen, ohne daß er sie alle anrief, um zu hören, was gerade passierte.

Wenn die Telefonate erledigt waren und es noch nicht zu spät war, machte er es sich in seinem Lincoln bequem und sah fern. Der Empfang war prächtig so hoch oben. Manchmal gab es Gewitter, dann zuckten die Blitze direkt über seinem Kopf. Sein Vater war von einem Blitz getötet worden, als er auf dem Trittbrett eines Traktors stand. Vernon fürchtete Blitze und Gewitter.

Wenn er keine Ruhe fand oder hungrig war, konnte er zum vierten Parkdeck hinunterfahren, wo es einen Erfrischungsraum mit fünfzehn verschiedenen Automaten gab, eine Art kleines Automatenrestaurant. Old Schweppes, der Nachtwächter, ließ sich im allgemeinen für die Nacht in seinem kleinen Kabuff neben dem Erfrischungsraum nieder, doch litt er so sehr an Arthrose, daß er bei feuchter Witterung kaum schlafen konnte. Wenn Vernon einen Vierteldollar in einen der Automaten warf, hörte es der alte Mann und kam herbeigehumpelt. Old Schweppes' gesamte Familie – seine Frau und vier Kinder – war bei einem Wohnwagenbrand vor dreißig Jahren umgekommen, und er hatte sich von dem Schock nie mehr erholt. Schweppes hatte dreißig Jahre weiter als Nachtwächter gelebt, und er redete nur mit wenigen. Aber irgendwie überkam dann den einst geselligen Menschen ein Redebedürfnis, wenn Vernon auftauchte, und es war nicht leicht, den alten Mann wieder loszuwerden.

Um nicht zu schroff zu sein und um die Gefühle von Old Schweppes nicht zu verletzen, ging Vernon dann mit ihm die Rampen hinauf, wobei der alte Mann immer nur ein oder zwei Stockwerke weit mithalten konnte. Die beiden brauchten eine Stunde oder auch mehr, um sich immer höher über der Golfküste hinaufzuarbeiten. Old Schweppes erzählte und erzählte: vom Baseball, von seiner letzten Liebe,

oder von seinen Tagen bei der Marine im Ersten Weltkrieg, oder von irgend etwas sonst auf der Welt, bis sie plötzlich, zu seiner Überraschung, auf dem Dach herauskamen. Ganz verlegen bei dem Gedanken, wieviel er geredet hatte, nahm der alte Mann dann rasch einen Aufzug hinunter zu seinem kleinen Kabuff...
Vernon war kein Langschläfer. Vier Stunden waren schon viel, und die Sitze des Lincoln genügten ihm als Bett vollkommen. Er wachte immer dann auf, wenn die Lichter der Stadt vor dem heraufziehenden Morgengrauen verblaßten. Die Dunstglocke über den Buchten und Meeresarmen im Osten war rosa, unten weiß und oben orange, wenn die Sonne durch sie emporstieg und auf den Golf und die Küstenebene schien. Der Verkehrslärm, der gegen zwei Uhr vollkommen verstummt war, setzte wieder ein und rauschte um sieben so gleichmäßig wie ein Fluß. Der Lincoln war mit Tau benetzt, und Vernon nahm ein Ginger-Ale aus seinem Kühlschrank, um sich den Mund zu spülen. Dann telefonierte er wieder mit den Leuten auf den Ölfeldern in Westtexas, um zu hören, wie die Nachtbohrungen verlaufen waren.

Aurora hatte seine Gewohnheiten durchbrochen. Diese Nacht war anders. Er stieg aus und ging mehrere Male am Rande des Gebäudes entlang, doch die Aussicht interessierte ihn nicht. Er meldete ein Gespräch nach Guatemala an, um es fünf Minuten später wieder abzumelden. Er stieg aus, blieb für eine Weile an der Brüstung stehen und knackte mit den Fingern. Flugzeuge zogen über ihn hinweg, aber er nahm von ihnen kaum Notiz. Er schaute auf die Stadt herab, und nach einigem Überlegen konnte er ziemlich genau ausmachen, wo ihr Haus stand. River Oaks war freilich nur ein Flecken Dunkelheit, weil die hohen, dichten Bäume die Straßenbeleuchtung verbargen. Er kannte die Umgebung und ließ seinen Blick von Westheimer im Norden bis zu der Stelle wandern, von der er glaubte, dort müsse Auroras Haus stehen. Er hörte im Lincoln das Telefon läuten, doch nahm er nicht ab.
Old Schweppes fiel ihm ein, und ohne zu zögern fuhr er mit dem Aufzug zum vierten Stock hinab und eilte zu dem Kabuff des alten Mannes. Schweppes war ein langer, magerer Bursche, an die zwei Meter groß und so schlank wie eine Tanne. Sein langes graues Haar war immer durcheinander, seine Wangen waren eingefallen. Seine Uniform schlotterte an ihm. Er blätterte gerade blinzelnd in einer ungebundenen Ausgabe der *Bilder des Sports*, als Vernon mit den Händen in den Taschen erschien.

»Wie geht's, Schweppes?« fragte Vernon.
»Schlechter«, sagte Schweppes. »Was ist mit Ihnen los? Sind die Bullen hinter Ihnen her?«
»Nichts dergleichen«, sagte Vernon. »Mir geht's prächtig.«
»Die gottverdammten Bullen packen uns noch alle, einen nach dem andern«, sagte Schweppes. »Sie müssen sich aber schon anstrengen, wenn sie mich finden wollen, das kann ich Ihnen sagen. Ich würde nach Mexiko gehen, um nicht in den Knast zu kommen.«
»Nun, keine Lust, mit mir die Rampe hinaufzugehen?« fragte Vernon. Sein Bedürfnis zu reden war zu stark, als daß er es hätte verbergen können.
Old Schweppes war so überrascht, daß er sein Magazin fallen ließ. Dies war die erste direkte Einladung, die er von Vernon bekommen hatte. Ihre Unterhaltungen kamen normalerweise auf Umwegen zustande. Für einen Augenblick wußte er nicht, was er sagen sollte.
»Die Bullen sind nicht hinter mir her«, sagte Vernon, um ihn zu beruhigen. Old Schweppes hatte sein Leben lang eine Polizei-Paranoia gepflegt, die offenbar davon herrührte, daß er einmal bei einem Hahnenkampf in Ardmore, Oklahoma, verhaftet worden war und die ganze Nacht mit einem Neger in derselben Gefängniszelle verbracht hatte.
»Ja, ein kleiner Gang könnte nicht schaden«, sagte Schweppes und hievte sich hoch. »Sie zappeln so schlimm, wie ich es noch nie gesehen habe, Vernon. Wenn es nicht die Bullen sind, dann muß es ein Gangster sein. Ich hab' Ihnen doch davon erzählt, oder? Wenn man die schweren Jungs rupft, dann rupfen die einen früher oder später selber.«
Schweppes hatte auch noch andere Wahnvorstellungen, und Vernon entschied, daß er besser selber anfangen sollte zu reden, wenn er schon reden wollte.
»Schweppes, Sie sind verheiratet gewesen«, sagte er. »Was wissen Sie über Frauen?«
Old Schweppes blieb stehen und schaute Vernon mit offenem Mund an. Keine Frage hätte ihn unerwarteter treffen können.
»Was ist passiert?« fragte Schweppes und nahm seinen alten Regenmantel vom Haken. Es war oft zugig auf den Rampen, und seine Gelenke schmerzten sogar, wenn es nicht zugig war.
»Ich habe eine richtige Dame getroffen«, sagte Vernon. »Sie ist in meinem Wagen mitgefahren, das ist passiert. Dann habe ich sie nach Hause gebracht, und damit fing alles an.«

In Old Schweppes' Augen tauchte ein belustigtes Leuchten auf. »Losgegangen, wie?« fragte er.
Er plagte sich in seinen Regenmantel hinein, und Vernon trat von einem Fuß auf den andern. Dann gingen sie die Rampe hinauf zum fünften Stock.
»Was wollen Sie wissen?« sagte der alte Mann.
»Nun«, sagte Vernon. »Hier stehe ich mit meinen fünfzig Jahren und weiß nichts über Frauen. Das ist der Kern der Sache, Schweppes.«
»Und Sie haben jetzt diese eine getroffen, die so nett ist, daß Sie mehr über sie wissen wollen. Ist das richtig?« sagte der alte Mann. »Das ist der wahre Kern der Sache. Da liegt der Hund begraben.«
»So ungefähr«, sagte Vernon. »Das ist alles neu für mich. Ich weiß, ich hätte mehr hinter den Frauen her sein sollen, als ich jünger war, aber es hat mich nie erwischt, wissen Sie. Es gibt wahrscheinlich achtzehnjährige Burschen, die in solchen Sachen mehr Erfahrung haben als ich.«
»Nun, Sie sind an den richtigen Mann geraten«, sagte Schweppes. »Ich war mein halbes Leben lang verrückt nach Frauen – natürlich die erste Hälfte. Nachdem ich meine Familie verloren habe, hat sich das geändert. Trotzdem hab' ich die Frauen nicht vergessen. Ich habe ein so gutes Gedächtnis wie jeder andere Mann auch. Blond oder braun?«
Vernon kam nicht schnell genug mit, um die Frage zu begreifen. Schweppes schaute ihn schweigend an.
»Oh, braun«, sagte er. »Ist das von Bedeutung?«
»Dick oder dünn?« sagte Schweppes. »Lassen Sie mich nur die Fragen stellen. Bei Ihrem Alter dürfen wir nicht das geringste Risiko eingehen. Einen Fehlschlag würden Sie nicht überleben, dafür hat Sie der Weibsteufel zu spät im Leben gepackt.«
»Sie ist mollig«, sagte Vernon ganz folgsam.
»Wo kommt sie her?«
»Boston«, sagte Vernon.
Old Schweppes schnappte nach Luft. »All... allmächtiger Gott!« sagte er. »Jetzt muß ich aber erst ein paar Meter laufen.«
Sie gingen weiter, Vernon mit den Händen in den Taschen. Für gewöhnlich redete Old Schweppes ohne Unterbrechung, und die Tatsache, daß er bei der Erwähnung Bostons verstummte, war ein wenig verwirrend. Sie wechselten auf der sechsten und siebenten Plattform kein Wort. Als sie auf der achten ankamen, ging Old Schweppes an den Rand des Gebäudes und schaute hinab.

»Dann ist sie also Witwe«, sagte er. »Man muß kein Sherlock Holmes sein, um das rauszukriegen. Sie wäre nicht von sich aus hierhergekommen, nicht wenn sie aus Boston, Massachusetts, stammt.« Er seufzte schwer und stieg weiter hinauf. »Keine junge Witwe, schätze ich?« fragte er.
»Noch keine fünfzig«, sagte Vernon. »Zumindest ist sie jünger als ich.«
»Na, Witwen heiraten meistens Jüngere, aus Lebenserfahrung«, sagte Schweppes. »Das ist eine Tatsache, die ich beobachtet habe. Sie wollen nicht, daß man sie braucht, wenn sie selber zu nichts mehr taugen. Zusehen zu müssen, wie der erste Mann abkratzt, ist für die meisten Frauen genug. Natürlich, Sie sind frisch wie 'n Hähnchen. Das ist ein gewisser Vorteil. Das bedeutet auch, daß man Sie leicht reinlegen kann, wenn der Krieg erst mal losgeht. Es bedeutet auch, daß sie vor keinem Vergleich Angst zu haben braucht. Kommt nicht oft vor, daß 'ne fünfzig Jahre alte Frau die Chance hat, die erste zu sein. Ich glaube, das ist Ihr größter Vorteil.«
»Sie weiß ja schon, daß ich keine Erfahrung habe«, sagte Vernon. »Da hab' ich von vornherein kein Geheimnis draus gemacht.«
Schweppes schüttelte den Kopf. »Schon mal an Abendschule gedacht?« fragte er. »Geschäfte in der Ölbranche sind eine Sache, und Damen aus Boston, Massachusetts, sind eine ganz andere. Die sind ganz besonders etepetete mit der Sprache in dieser Gegend. Es kommt vor, daß man da mit unserm Slang zuerst ganz gut über die Runden kommt, und dann lassen sie's einen spüren.«
Vernon fühlte sich allmählich niedergeschlagen. Er wünschte, er hätte Old Schweppes bei seinen *Bildern des Sports* gelassen. Das hörte sich langsam wie eine Gerichtsverhandlung an, und zwar wie eine, bei der er der Angeklagte war. Für jeden Vorzug, den er besaß, fand Old Schweppes zwei Mängel.
»Davon hat sie schon angefangen«, sagte er. »Schweppes, ich kann nicht in die Abendschule gehen. Ich käme mir völlig lächerlich vor.«
»Nun, wenn Sie schon so weit sind, daß Sie eine Frau unbedingt haben wollen, werden Sie sich sowieso die meiste Zeit lächerlich vorkommen«, sagte Schweppes. »Ich hab' noch nie was mit einer aus Boston zu tun gehabt. Ich hab' in meinem ganzen Leben zu einer gescheiten Frau nie mehr als ›wie geht's‹ gesagt, und bin trotzdem hinterhergelaufen und hab' mich blöd benommen. Sie sind eben gescheiter als wir – darauf läuft es schließlich hinaus... Nicht wirklich klüger, nur eben gescheiter«, fügte er hinzu.

Dann verstummte er, und sie gingen weiter hinauf. Ein später Nachtnebel hatte sich gebildet, und sie erhoben sich schrittweise über ihn. Old Schweppes rülpste und räusperte sich. »Vernon, Sie sind so ähnlich wie ich«, sagte er. »Sie sind nie 'n Säufer gewesen oder 'n Süchtiger. Ich weiß, daß Sie spielen, aber das ist nichts Ernstes. Spielen ist nur was Ernstes, wenn es ein armer Schlucker tut. Ich schätze, 'ne Frau ist so ungefähr die einzige Chance, die Sie haben, um ein Mensch zu bleiben, wenn wir mal klar sehen. Ich glaube, daß 'ne dicke Brünette aus Boston, Massachusetts, ein guter Anfang ist. Ich fände es gräßlich, wenn ich mit ansehen müßte, wie Sie noch verrückter werden, als Sie sowieso schon sind, falls Sie die Wahrheit hören wollen.«

»Ich?« fragte Vernon. »Ich bin nicht verrückt, Schweppes. Ich bin in den letzten fünfzehn Jahren nicht mal krank gewesen.«

»Nun, Sie sind kein gefährlicher Verrückter, aber verrückt sind Sie trotzdem«, sagte Schweppes und sah über Vernon hinweg, während er das sagte. »Normale Menschen schlafen in Betten, wissen Sie. In Betten mit anderen Menschen drin, sofern sie es schaffen. Normale Menschen machen sich nicht das Bett für die Nacht in Lincoln Continentals auf dem Dach von Parkhochhäusern. Das ist ein Zeichen für Verrücktheit, soviel ich weiß. Sie sind einfach nur ein Verrückter, der nicht die Fähigkeit verloren hat, Geld in der Ölbranche zu verdienen. Wenigstens bis jetzt nicht –«

Vernon wußte nicht, was er sagen sollte. Er fand, daß Old Schweppes Aurora ziemlich ähnlich war, wenn es darum ging, sich offen auszusprechen. Er hatte sich noch nie in seinem Leben mit irgend jemandem so offen ausgesprochen. Ihm fiel nichts ein, was er zu seiner Verteidigung sagen könnte, also sagte er überhaupt nichts. Sie waren im achtzehnten Stock, und er hatte Lust, zum Aufzug hinüberzugehen und die letzten sechs hinaufzufahren. Er hatte es mit menschlicher Gesellschaft versucht, und es hatte nicht geklappt.

Gerade als Vernon den trübsten Gedanken nachhing, klopfte Old Schweppes ihm auf die Schulter. »Kaufen Sie ihr ein Geschenk«, sagte er. »Frauen und Politiker haben nicht viel gemeinsam, aber für Bestechungen sind sie empfänglich.«

»Okay«, sagte Vernon, und sein Gesicht hellte sich ein wenig auf. »Aber was?«

»Kaufen Sie ihr irgendein Geschenk«, sagte Schweppes. »Sie sind ein reicher Mann. Meine Großmutter kam von der Westküste, und sie konnte von nichts genug kriegen. Eine Frau, die keine Geschenke mag, hat nicht alle Tassen im Schrank.«

Als sie auf dem vierundzwanzigsten Deck ankamen, ging Old Schweppes zu dem Lincoln hinüber und lugte hinein. Er schüttelte den Kopf und schnappte wieder nach Luft, wodurch seine eingefallenen Wangen noch tiefer aussahen.
»Es kaufen sich sowieso nur Verrückte einen Fernseher«, sagte er. »Sie haben sogar einen im Auto. Das macht Sie doppelt verrückt. Ich habe gehört, Fernseher geben Röntgenstrahlen ab. So kriegen Sie keine Witwe aus Boston, Massachusetts, herum, wenn Sie sich mit zu vielen von diesen Röntgenstrahlen vollsaugen.«
Er streckte den Arm aus, um Vernon die Hand zu schütteln, und humpelte dann sofort davon. »Würde Ihnen nicht schaden, wenn Sie versuchten, in Häusern zu schlafen«, sagte er und ließ seinen Boss in einer ebenso verzweifelten Stimmung zurück wie zuvor.

2

Vernon brachte seinen Sitz in Ruhestellung und legte sich darauf, doch selbst als der Morgen graute, hatte er immer noch kein Auge zugetan. Er hatte über die Dinge nachgedacht, die Aurora gesagt hatte, und über die Dinge, die Old Schweppes hervorgehoben hatte, und ihm war klar, daß Old Schweppes recht haben mußte: er war verrückt. Zwanzig Jahre früher, als er um die Dreißig war, hatte er sich eine Zeitlang selber für verrückt gehalten, doch er war immer so rastlos tätig, daß er es vergaß. Natürlich war es verrückt, in einem Auto auf dem Dach eines Parkhauses zu schlafen. Keiner Dame würde das gefallen, und Aurora schien obendrein noch wählerischer zu sein als die meisten Damen. Also war alles hoffnungslos, und er war ein Dummkopf gewesen, all diese Absurditäten auszusprechen. Es blieb ihm nichts weiter übrig, als aufzugeben. Trotzdem, er hatte ihr gesagt, daß er zurückkommen werde, um sie zu besuchen, und er dachte, daß er sich dieses Vergnügen zumindest noch einmal erlauben könnte.
Er ließ den Lincoln an, rollte langsam vierundzwanzig Stockwerke die Rampen hinunter und fuhr nach South Main hinaus in eine kleine, rund um die Uhr geöffnete Bar in der Nähe des Planetariums, die er sehr mochte. Das Planetarium bot im Morgendunst einen gespenstischen Anblick. Aus einer gewissen Entfernung sah es aus wie der Mond, der sich plötzlich auf die Erde niederlassen wollte.
Die Bar, in der Vernon als Stammgast sein Frühstück aß, hieß ›Zum

Silbernen Pantoffel‹. Sie wurde von Babe und Bobby, einem Ehepaar, betrieben. Sie hatten an der Rückwand einen kleinen Wohnwagen stehen, und immer, wenn einer von ihnen müde wurde, ging er dorthin, um zu schlafen, während der andere kochte. Es war ein alter Ein-Mann-Wohnwagen aus den dreißiger Jahren, und sie hatten ihn gegen eine Zweihundert-Dollar-Rechnung für Cheeseburger in Zahlung genommen, die ihnen ein Freund namens Reno schuldete. Er hatte eine Weile in dem muffigen kleinen Wohnwagen, ein paar Meter die Straße hinunter, gelebt. Reno empfand schließlich das Leben in dem Wohnwagen als zu beschwerlich und zog ins Zentrum zum Bahnhof der Kabelbahn, bei der er Bremser wurde. Das Bett in dem Wohnwagen hatte die Breite eines schmalen Bücherbords, und Babe und Bobby hatten nie eine Möglichkeit finden können, Seite an Seite zu schlafen, obwohl sie darin bumsen konnten, wenn sie aufpaßten. Es machte auch wirklich nichts aus, weil sie sowieso nicht beide die Bar lange genug verlassen durften, um miteinander zu schlafen. Eine Aushilfe hatten sie nur gelegentlich, und sie waren stolz darauf, alles selber tun zu können.

»Man schlägt sich so durch«, sagte derjenige von beiden, der gerade auf war, jeden Morgen, wenn Vernon zu Würstchen und Eiern hereinkam und fragte, wie es liefe. Er hatte ihnen viele Male angeboten, sie aufzukaufen, so daß sie sich eine Aushilfe leisten könnten und vielleicht auch einen besseren Wohnwagen, aber Babe und Bobby waren zu unabhängig, um sich mit solchen Ideen anzufreunden. Babe war eine rotschädelige Dicke. Vernon hielt sie für gerissen. Sie erhöhte jedesmal den Preis, wenn er ihnen anbot, sie aufzukaufen.

»Ich kenne dich, Vernon«, sagte sie. »Sobald ich auf deiner Gehaltsliste stehe, kriegst du so gewisse Einfälle. Ich habe hier jeden Tag genug Burschen mit solchen Einfällen. Ich bin langsam zu alt für euch Burschen und eure Einfälle.«

Vernon konnte nichts machen. Er wurde bei solchen Gesprächen immer verlegen. »Ach was, ich bin auch alt«, sagte er dann.

Babe und Bobby saßen beide an der Theke und rührten in ihrem Kaffee, als Vernon hereinkam. Niemand sonst war im ›Silbernen Pantoffel‹.

»Morgen«, sagte Vernon.

Bobby rührte weiter in seinem Kaffee und sagte nichts. Er neigte mehr und mehr zur Nachlässigkeit. Babe stand auf und brachte Vernon Kaffee.

»Gott sei Dank ein Gast«, sagte sie. »Wir wären bei dem ruhigen Be-

trieb fast eingeschlafen. Du siehst aus, als wärst du heute auf'm Sprung. Wieder mal wegen 'ner Million?«
»Heute nicht«, sagte Vernon. Er hatte über dem Problem eines passenden Geschenks für Aurora gebrütet, und ihm fiel ein, daß Babe vielleicht eine Idee haben könnte.
»Ich will dich mal was fragen«, sagte er und zappelte auf seinem Hokker. »Ich hab' da eine Dame getroffen, weißt du, und sie war ziemlich nett zu mir. Was meinst du, wenn ich ihr so 'ne Art Geschenk machen würde, weißt du, sozusagen als Dank?«
Bobby tauchte plötzlich aus seiner Abwesenheit auf und klopfte Vernon auf den Rücken. »Mensch, jetzt hör dir das an, Babe«, sagte er. »Denk mal nach. Willst du sagen, du hast mit einer gebumst?«
Vernon schoß das Blut in den Kopf, und Babe kam ihm zu Hilfe.
»Halt dein dreckiges Maul, Bobby«, sagte sie. »Vernon ist nicht so erzogen worden, du weißt das. All die Jahre, wo ich ihn jetzt bediene, ist er nie auf solche Gedanken gekommen. Halt den Mund und laß Vernon jetzt reden.«
Aber Vernon hatte schon ausgeredet. Er hatte nichts mehr zu sagen.
»Sie hat mir ein Abendessen vorgesetzt, das war's«, sagte er. »Ich dachte, 'n Geschenk wär' das richtige, aber ich weiß nicht, was.«
»Wie wär's mit einem Diamantring?« sagte Babe. »Ich hab' mein Leben lang einen gewollt. Natürlich, wenn du ihr einen Diamantring schenkst, wird sie glauben, daß du was von ihr willst.«
»Also, wenn du sie nicht gebumst hast, interessiert mich die Sache nicht«, sagte Bobby und rührte wieder in seinem Kaffee.
Babe briet lächelnd Vernons traditionelle Würstchen und genoß für eine kurze Weile die Vorstellung, sie selber würde ein prächtiges Geschenk von Vernon bekommen.
»Tja, da wären Diamantenringe und Pelzmäntel und Konfekt und Blumen«, sagte sie. »Grünzeug ist immer schön. Schokoladenüberzogene Kirschen. Bobby hat mir in einem schwachen Moment sogar mal welche gekauft.«
»'ne Traumfrau?« fragte Bobby, der mehr interessiert war, als er zeigen wollte. »Warum bringst du sie nicht mal mit hierher und läßt sie uns anschauen? Ich und Babe können dir in einer Minute sagen, ob sie gut genug für dich ist.«
»Ach, das ist sie«, sagte Vernon.
»Du machst wegen 'ner Traumfrau soviel Aufheben wie ich wegen 'nem Cadillac«, sagte Bobby, stand auf und ging. »Ich mach' ein Nikkerchen.«

Babe dachte noch über die Frage des Geschenks nach. »Wie wär's mit 'nem Haustier?« fragte sie. »Ich hab' immer 'n Haustier gewollt, aber Bobby hatte nur faule Ausreden und wollte mir keins lassen. Wie wär's mit 'ner Ziege? Drüben auf dem Campingplatz gibt es einen Burschen, der hat die süßeste kleine Ziege, die du je gesehen hast, und er will sie auch verkaufen. Das wäre mal was Ausgefallenes. Jede Frau hat das Problem, was sie mit den Abfällen machen soll, und eine Ziege würde schon damit fertig.«
Vernon gefiel die Idee sofort. Das beste an der Sache war, daß das Geschenk leicht erreichbar war. Er konnte es kaufen und gleich mitnehmen. Er gab Babe einen Dollar Trinkgeld mehr, weil sie ihm geholfen hatte, sein Problem zu lösen.
»Du verwöhnst mich richtig, Vernon«, sagte Babe und schaute den Dollar an. »Bobby meint, ich bin verliebt in dich, wenn es dich interessiert. Ich finde, es ist am Ende gut so, daß du 'ne Freundin aufgerissen hast. Ich bin zu alt, um von Bobby verprügelt zu werden, was er früher immer gemacht hat, wenn mir jemand einen Dollar Trinkgeld gegeben hat.«
Vernon ging zwischen den Wohnwagen entlang, bis er einen entdeckte, an dem außen eine Ziege angebunden war. Es war eine kleine, braun-weiß gefleckte Ziege, und eine verschlafene Lady im rosa Morgenmantel verkaufte sie ihm für dreißig Dollar, ohne dabei richtig aufzuwachen. Um sieben Uhr parkte der Lincoln vor Auroras Haus, mit der Ziege und Vernon auf dem Vordersitz. Vernon zappelte entsetzlich. Die Aussichtslosigkeit all dessen erschien ihm um so offenkundiger, je länger er darüber nachdachte, und er war auch schon dabei, sich die Sache mit der Ziege noch einmal zu überlegen. Die Ziege versuchte immer wieder, die kastanienfarbenen Sitzbezüge anzuknabbern.
Während er so zappelte, trat Aurora aus der Haustür. Sie war barfuß und trug einen leuchtend blauen Morgenmantel. Sie ging offenbar ihre Morgenzeitung holen und hatte den feuchten Rasen schon zur Hälfte überquert, als sie bemerkte, daß der Lincoln an der Bordsteinkante stand. Der Anblick schien sie nicht zu überraschen. Sie lächelte auf eine Weise, wie Vernon noch nie jemand lächeln sehen hatte, zumindest nicht bei seinem Anblick.
»Oh, da sind Sie ja, Vernon«, sagte sie. »Was für ein aktiver Mann Sie sind. Sollte diese kleine Ziege etwa für mich sein?«
»Sie brauchen Sie nicht anzunehmen«, sagte Vernon verlegen, weil sie es so schnell erraten hatte.

»Aber, aber«, sagte Aurora. »Sie haben keinerlei Grund, sich wegen einer so reizenden Ziege zu genieren. Ich finde, Sie sollten sie nicht im Auto eingesperrt halten. Lassen Sie uns sehen, ob sie meinen Rasen mag.«
Sie streckte die Arme aus, und Vernon reichte ihr die Ziege durchs Fenster. Aurora setzte sie auf dem Rasen ab. Die kleine Ziege blieb stocksteif in dem nassen Gras stehen, als ob sie ausgleiten könnte, wenn sie auch nur einen Schritt machte. Aurora sah ihre Zeitung liegen und ging hinüber, um sie aufzuheben, und die Ziege tippelte hinter ihr her.
Aurora schlug die vermischten Nachrichten auf und überflog sie kurz, um zu sehen, ob etwas von Bedeutung passiert sei. Da dies nicht der Fall war, hob sie die kleine Ziege vom Boden und ging auf das Haus zu.
»Kommen Sie, Vernon?« sagte sie. »Oder haben Sie die letzte Nacht damit verbracht, es sich anders zu überlegen? Ich wette, das ist es. Sie sind wahrscheinlich nur vorbeigekommen, um mich mit dieser Ziege abzuspeisen, bevor sie nach Alberta aufbrechen, oder wohin Sie sonst wollten.«
»Ich fahre nicht«, sagte Vernon und stieg aus dem Wagen. Wie sie herausgefunden hatte, daß die Ziege ein Abschiedsgeschenk war, überstieg seinen Verstand. Ihre Augen funkelten, obwohl sie zuvor noch gelächelt hatte, als kenne sie keine Sorgen auf dieser Welt.
»Entschuldigen Sie, aber Sie wirken nicht sehr überzeugend«, sagte Aurora. »Offensichtlich sind Sie dazu gekommen, Ihre Worte zu bedauern. Dagegen ist nichts einzuwenden, glaube ich. Nun lassen Sie den Kopf nicht gleich hängen. Wie ich gestern ganz offen gesagt habe, ich bin wahrhaft schrecklich. Ihr Männer der Praxis habt schnell genug von mir. Offensichtlich bewirke ich etwas in euren kleinen Gehirnen, das nicht zum Geldverdienen passen will. Trotzdem muß ich sagen, daß ich ein klein wenig enttäuscht bin. Sie wirkten eine Zeitlang wie ein Mann, der zu seinen Behauptungen steht, und ich hätte nicht erwartet, daß Sie es fertigbrächten, sich so schnell davonzumachen.«
Vernon spürte, wie ihm dasselbe widerfuhr, was ihm am Tag zuvor im Auto widerfahren war. Verwirrung und Angst überkamen ihn. »Ich geh' nicht nach Kanada. Ich hab' alles so gemeint, wie ich es gesagt habe.«
Aurora schaute ihn schweigend an. Sie glaubte zu wissen, was er gerade dachte. Es war, als würde sie seine Gedanken in ihre Sprache

übersetzen in dem Augenblick, da sie sich in seinem Gehirn bildeten, obwohl es den Anschein hatte, als würde sich in seinem Gehirn überhaupt nichts mehr bilden, sondern nur noch in einem Druckzentrum irgendwo in seiner Brust.
»Ich meine, ich bin«, sagte er, »genauso wie gestern. Das bin ich noch.«
Aurora nickte nachdenklich. »Ja, aber bei dem geringsten Rückschlag ziehen Sie sich einfach zurück, nicht wahr?« sagte sie. »Das finde ich ziemlich verdächtig, Vernon. Sie sind zu dem Ergebnis gekommen, daß es hoffnungslos sei, wenn ich mich nicht irre. Ausflüchte und Rechtfertigungen sind kaum geeignete Mittel, um einer Frau das Gefühl zu geben, begehrt zu werden. Wenn Sie nicht riskieren wollen, ein paar Tage an sich selber zu glauben, können Sie sich auch genauso gut weiter in Ihrem Auto verstecken. Da kann Ihnen niemand was tun. Es ist nicht sehr wahrscheinlich, daß ich in Ihren Wagen gekrochen komme und versuche, Ihnen eine gepflegte Ausdrucksweise beizubringen, nicht wahr? Ich kann auch nicht absehen, daß Sie jemals aufhören werden, sich beim Essen wie ein Krebs auf die Mahlzeit zu stürzen, wenn Sie sich auch weiterhin aus dem Fond eines Lincoln ernähren wollen. Ihre Manieren wirken ein wenig abstoßend, wenn Sie es genau wissen wollen, und ich war bereit, einige Energie darauf zu verwenden, Ihnen zu helfen, sie durch etwas zu ersetzen, was gutem Benehmen zumindest ähnelt, aber wenn Sie nicht mehr Begeisterung für mich hegen, als Sie heute morgen unter Beweis gestellt haben, dann glaube ich kaum, daß ich die Möglichkeit dazu haben werde.«
Sie hielt inne und schaute ihn abwartend an. Vernon hatte das Gefühl, als würde sie den ganzen Tag lang warten, bis er sprechen würde.
»Wenn wir uns besser kennen würden, würde ich die Sache hinkriegen«, sagte er. »Ich hab' keine Zeit gehabt zum Lernen. Gibt das einen Sinn?«
Zu seiner großen Erleichterung lächelte Aurora, beinahe so sorglos und geheimnisvoll, wie sie ihn angelächelt hatte, als sie ihn zuerst an der Bordsteinkante parken sah. Noch ein Unwetter hatte sich anscheinend verzogen.
»Ja, das gibt einen gewissen Sinn«, sagte sie. »Was hatten Sie heute für uns geplant?«
Vernon hatte nichts geplant. »Frühstücken«, sagte er, obwohl er gerade gefrühstückt hatte.
»Natürlich, frühstücken. Das war zu vermuten«, sagte Aurora.

»Doch das wird kaum ausreichen, um sich den ganzen Tag zu unterhalten. Ich brauche sehr viel Unterhaltung, das kann ich Ihnen versichern.«
»Nun, ich kenne eine Menge Kartenspiele«, sagte Vernon. »Schätze aber nicht, daß Sie gerne Karten spielen, oder?«
Zu seiner Verblüffung nahm Aurora ihn beim Arm und fing an, ihn heftig zu schütteln. Er wußte nicht, ob er Widerstand leisten sollte oder nicht, und er sah sehr verwirrt aus. Sie schüttelte ihn noch immer, und sie lachte. Dann nahm sie seinen Arm, hakte sich bei ihm unter und ging mit ihm über den Rasen. Der Rasen war am Tag zuvor gemäht worden, und ihre nackten Füße bedeckten sich mit feuchten Grashalmen.
»Ich sehe schon, ich muß Sie nur schütteln, damit dieser Bann des Selbstzweifels von Ihnen abfällt«, sagte sie. »Für eine Frau meines Temperaments ist er ziemlich unerträglich. Zu Ihrem Glück spiele ich leidenschaftlich gerne Karten. Wenn Sie wirklich bleiben und mit mir Karten spielen, werde ich Ihnen wahrscheinlich alles verzeihen.«
»Das ist mein Plan für diesen Tag«, sagte Vernon, obwohl er das zwei Minuten früher noch nicht gewußt hatte.
»Dann bin ich der Verzückung nahe«, sagte Aurora. Sie hatte ihn immer noch untergehakt und ließ ihn ins Haus ein.

Neuntes Kapitel

1

Um halb acht an diesem Morgen klingelte Emmas Telefon, doch als sie aus dem Bett stieg, um abzuheben, oder, mit anderen Worten, um zu hören, was ihre Mutter wollte, packte Flap sie am Fußgelenk und wollte es nicht loslassen.
»Du gehst nicht«, sagte er, obwohl seine Augen noch geschlossen waren.
»Warum nicht?« fragte sie.
»Darum nicht«, sagte er und hielt ihren Knöchel mit festem Griff. Sie hatte ein Bein aus dem Bett und wurde es leid, im Spagat dazustehen. Also ließ sie sich wieder auf das Bett fallen. Flap ließ ihren Knöchel los und legte seinen Arm fest um ihre Hüfte. Das Telefon klingelte zehn- oder zwölfmal und hörte dann auf. Nach einer Pause läutete es erneut.
»Ich wollte, du hättest ein bißchen mehr Mumm«, sagte er. »Du brauchst nicht jeden Morgen in der Dämmerung aufzuspringen, weißt du.«
»Nun, du hast ja herausgefunden, wie man mich davon abhält«, sagte Emma. »Ich liege lieber im Bett, um mich kritisieren zu lassen, als in der Küche zu stehen und an mir herumnörgeln zu lassen.«
»Wenn du ihr sagen würdest, daß sie uns in Ruhe lassen soll, dann könntest du im Bett liegen bleiben, ohne dich kritisieren lassen zu müssen«, sagte er.
»Klar«, sagte Emma. »Ich habe aber noch nicht gehört, wie du das zu Cecil gesagt hast, wenn er von dir will, daß du irgendwelche Besorgungen für ihn erledigst. Wenn du damit anfängst, fange ich auch damit an.«
Flap überhörte ihre Antwort, aber hielt sie weiter mit seinem Arm fest. »Wenn du mich nicht mit meiner Mutter reden lassen willst, solltest du wenigstens wach bleiben und mit mir reden«, sagte sie.
Anstelle eines Kommentars drehte Flap sich um und schlief ein. Es war ein warmer, ruhiger Morgen, und sie döste selber wieder ein. Sie hatte bis um halb drei wach gelegen und *Adam Bede* gelesen – ein Buch, das sie angefangen hatte, weil Flap immer sagte, sie müsse etwas von George Eliot lesen.
»Es gefällt mir, aber ich weiß nicht, warum ich es gerade jetzt lesen

soll«, sagte sie, als sie es ungefähr halb durch hatte. »Warum kann ich mir George Eliot nicht für mein Alter aufsparen?«
»Lies es, damit wir darüber reden können«, sagte Flap. »Uns geht allmählich der Gesprächsstoff aus, und das nach nur zwei Jahren. Du mußt mehr lesen, sonst geht unsere Ehe in die Brüche.«
Bevor es richtig heiß wurde, wachte sie aus ihrem Dösen auf und merkte, daß ihr Gatte auf ihr lag. Emma war das nur recht. Selten war ein Morgen heraufgezogen, an dem sie nicht lieber Sex als das Frühstück gemacht hätte.
Eine Weile danach fühlte sich Emma ein wenig seltsam. Etwas hatte sich geändert. Sex machten sie jetzt viel häufiger, und sie wußte nicht, warum. Sie sagte sich, daß sie ein Dummkopf sei, über Gottes reiche Gaben zu grübeln, nun, da sie sie hatte, aber sie mußte sich trotzdem fragen, was in Flap vorging, daß er sie so oft wollte.
Ihr schien, als hätte es angefangen, nachdem er Dannys Buch gelesen hatte. »Ich bin eingeschüchtert«, sagte er, als er es beendet hatte.
»Weil es gut ist?« fragte sie.
»Selbst wenn es das nicht wäre, wäre ich eingeschüchtert«, sagte er.
»Zumindest hat er *gemacht*.« Dann ging er zum Bücherregal und sagte kein Wort mehr über Danny. Sie hatte ihm erzählt, daß Danny vorbeigekommen war – sie mußte es tun, weil ihre Mutter es wußte –, und auch dazu hatte er kaum etwas gesagt oder viel gefragt, was merkwürdig war. Ihre Freundschaft hatte sich stets durch wechselseitige Neugier ausgezeichnet. Vielleicht hatte es nichts mit Sex zu tun – sie wußte es nicht –, doch die Tatsache war schon leicht besorgniserregend, daß öfter und länger nicht gleichzeitig auch beglückender heißen mußte, zumindest nicht für Flap. Er sah danach nicht mehr so zufrieden aus wie früher, und sie spürte, daß sie ganz leicht aus der Balance gerieten. Ihr Leben veränderte sich, und sie war nicht die Frau, die ruhig zusah, ohne zu wissen, warum.
»Wie komme ich plötzlich zu all dieser freundlichen Aufmerksamkeit?« fragte sie und krallte ihm die Fingernägel in den Rücken.
Flap tat so, als befände er sich in einem tiefen post-coitalen Schlaf, aber sie wußte es besser. Flap hatte nie nach dem Geschlechtsverkehr geschlafen.
»Komm schon«, sagte sie. »Spiel nicht den Siebenschläfer. Sag es mir.«
Flap stand abrupt auf und ging hinaus ins Badezimmer. »Du willst immer über alles reden«, sagte er und schaute zu ihr zurück. »Kannst du nicht einfach etwas geschehen lassen?«

Emma seufzte, stand auf und verteilte den Rest von dem Glas Wasser neben ihrem Bett auf zwei Blumentöpfe. Einige Mütter gaben ihren Töchtern abgelegte Kleider, doch ihre Mutter gab ihr statt dessen abgelegte Blumen, für gewöhnlich Petunien oder Begonien oder andere Blumen, die keine sehr große Aufmerksamkeit verlangten. Ihr war eine wundervolle Geranie versprochen, die ihre Mutter seit Jahren mit viel Liebe pflegte, doch das Versprechen schien wie das Versprechen mit dem Klee davon abzuhängen, daß sie irgendwo wohnten, wo sie es sich nicht leisten konnten zu wohnen. Als Flap ins Schlafzimmer zurückkehrte, war sie wütend.

»Du hättest mich nicht so anzufahren brauchen«, sagte sie. »Wir sind verheiratet. Ich habe ein Recht, auf Veränderungen in unserem Leben neugierig zu sein.«

»Hör auf, mich in die Defensive zu drängen«, sagte er. »Ich hasse es, mich mit leerem Magen in der Defensive zu fühlen.«

»Oh, um Gottes willen«, sagte sie. »Ich habe dir nur eine einfache Frage gestellt.«

»Weißt du, was ich glaube?« fragte Flap und zog sich sein Hemd an.

»Was?«

»Ich glaube, du hast das falsche Fach studiert«, sagte er. »Ich glaube, du hättest Psychologie studieren sollen. Ich finde wirklich, du müßtest ein Psychiater sein. Dann hättest du auf alles eine Antwort. Immer, wenn ich irgendeine kleine Gewohnheit ändern würde, könntest du deine Aufzeichnungen hervorholen und eine Erklärung nach Freud aufschreiben und dann eine Erklärung nach Jung und dann eine Erklärung nach der Gestalttheorie, und dann könntest du dir das Beste heraussuchen wie bei einem Multiple-Choice-Test.«

Emmas dicke Taschenbuchausgabe von *Adam Bede* lag gerade zur Hand, und sie packte sie und warf damit nach ihm. Er schaute sie nicht an, hatte sie nicht angeschaut, seit er wieder ins Zimmer gekommen war, und er sah nicht, wie sie das Buch warf. Es war ein gelungener Wurf, und er traf ihn im Nacken. Flap wandte sich mit haßerfülltem Blick um und sprang über das Bett auf sie zu. Er packte sie an den Armen und stieß sie so hart gegen das offene Fenster, daß ihr nackter Po beinahe das Fliegengitter aus dem Rahmen gedrückt hätte. Als Emma spürte, wie der Rahmen nachgab, dachte sie, sie würde direkt aus dem Fenster gestoßen. »Hör auf. Bist du verrückt geworden?« sagte sie und wand sich verzweifelt aus der Fensteröffnung heraus.

Als sie den Mund aufmachte, versetzte Flap ihr einen Faustschlag. Sie fühlte einen Schlag gegen ihre Zähne. Sie fiel rückwärts auf die

Couch, und bevor sie wieder zur Besinnung kam, packte er sie und versuchte wieder, sie zum Fenster zu zerren. Sie sah, daß er sie hinausstoßen wollte, doch sie kämpfte sich frei, fiel auf die Couch zurück und fing zu schluchzen an. Flaps Hand war rot. Er fiel über sie her, offensichtlich wollte er sie wieder schlagen, aber er tat es nicht. Er lag einfach nur auf ihr drauf. Sein Gesicht war nur wenige Zentimeter von dem ihren entfernt, und sie starrten einander voller Überraschung an, keuchten und schnappten nach Luft. Keiner von beiden sprach, denn beiden fehlte der Atem, um zu sprechen.
Während sie keuchten und sich ein wenig beruhigten, entdeckte Emma plötzlich, daß Blut auf die Couch tropfte. Sie versuchte sich freizumachen. »Steh mal 'ne Minute auf, du kannst mich später umbringen«, sagte sie, durchquerte das Zimmer und packte eine Handvoll Kleenex-Tücher. Als sie zurückkam, hielt Flap seine Hand hoch. Er versuchte offensichtlich sich zu entscheiden, ob er es auf die Couch oder auf den Boden tropfen lassen sollte. »Laß es auf den Boden tropfen, du Strohkopf«, sagte sie. »Den Boden kann man aufwischen.«
Der Haß war aus seinem Blick gewichen, und er schaute sie wieder freundlich und liebevoll an. »Ich bekomme langsam Achtung vor dir«, sagte er. »Es ist verdammt schwer, dich aus einem Fenster zu werfen.«
Emma gab ihm ein paar Kleenex-Tücher und benutzte die restlichen, um die schlimmsten Blutspuren von der Couch zu tupfen. »Junge, jetzt will ich wirklich dick und fett werden«, sagte sie. »Wenn ich den Umfang meiner Mutter hätte, wäre niemand imstande, mich aus dem Fenster zu werfen.«
»Weißt du nicht, daß du mitten in einem Kampf nicht reden solltest?« sagte Flap. »Es ist leichter, dir den Kiefer zu brechen, wenn du den Mund offen hast. Wenn du nicht geredet hättest, hätte ich mir nicht die Hand aufgeschnitten.«
Bevor Emma antworten konnte, klopfte jemand an die Tür. Sie erschraken beide. Flap war von der Hüfte an aufwärts bekleidet und sie überhaupt nicht.
»Das ist entweder Patsy oder deine Mutter«, sagte Flap. »Einer von denen kommt immer, wenn wir gerade eine Ehekrise haben.«
»Wer ist da?« fragte Emma.
»Ich bin's, Patsy«, sagte eine fröhliche Stimme. »Kommt, wir gehen einkaufen.«
»Siehst du«, sagte Flap, obwohl ihm Patsys Besuche eigentlich immer angenehm waren.

»Warte zwei Minuten«, sagte Emma und sprang auf. »Flap ist nicht angezogen.«
In der Zeit, die Flap brauchte, um Unterhose und Jeans anzuziehen, richtete sie sich wieder anständig her, machte das Bett und beseitigte mit Hilfe einer großen Menge Waschlappen und Papiertücher die meisten Blutstropfen. Flap war barfuß und sah ziemlich jämmerlich aus, wahrscheinlich weil seine Hand immer noch blutete.
»Du mußt dir die Zähne gefeilt haben«, flüsterte er. »Sie sind bis auf den Knochen durchgegangen. Was sollen wir zu ihr sagen?«
»Warum sollte ich meine Freundin anlügen?« flüsterte Emma. »Sie heiratet vielleicht auch eines Tages. Geben wir ihr doch einen Einblick, was auf sie zukommt.«
»Ich finde das keine gute Idee«, sagte Flap.
»Geh und laß dir Wasser über die Hand laufen«, sagte Emma. »Sie ist meine Freundin. Ich mache das schon.«
Er verschwand im Badezimmer, immer noch ein Bild des Jammers, und Emma öffnete die Haustür. Auf dem Treppenabsatz stand ihre Freundin Patsy Clark in einem schönen braun-weißen Kleid und blätterte im Horton-Katalog. Sie war ein schlankes Mädchen mit langem schwarzen Haar, unbestreitbar eine Schönheit, und besonders in einem solchen Kleid.
»Ich glaube nicht, daß ich dich hereinlassen sollte«, sagte Emma und hielt das Fliegengitter geschlossen. »Du siehst zu gut aus. Ich wollte, du würdest dich nicht so herausputzen, wenn du hierherkommst. Du bist schlimmer als meine Mutter. Ihr beide erzeugt in mir das Gefühl, ich wäre noch verschlampter, als ich es wirklich bin.«
»Wenn sie nur ein bißchen von ihrem Geld rausrücken würde, könntest du dir ein paar Kleider kaufen«, sagte Patsy. »Ich habe es immer abscheulich von ihr gefunden, die Art, wie du dich kleidest zu kritisieren, wenn sie dir kein Geld geben will, um Kleider zu kaufen.«
»Komm, wir rufen sie an und sagen ihr das«, sagte Emma. »Vielleicht gibt sie mir heute welches. Andernfalls kann ich nicht mit dir einkaufen gehen.«
Sie hielt die Tür auf, und Patsy schlüpfte herein. Sie duftete frisch und sah wunderbar, fröhlich und glücklich aus. Das Schlafzimmer war gleichzeitig das Wohnzimmer, und in dem Augenblick, als Patsy das Zimmer betrat, sagte sie: »Ich rieche Blut.« Im nächsten Moment hatte sie das eingedrückte Fliegengitter am Fenster bemerkt, und sogleich blickte sie Emma scharf an, wobei sich ihre schwarzen Augen verengten.

»Hat jemand versucht, dich aus einem Fenster zu werfen?« fragte sie. Sie wirkte ein wenig wie ein Kobold.

Emma öffnete ihren Mund und zeigte auf ihre Schneidezähne. »Ja, und jemand hat sich an meinen Schneidezähnen auch die Hand aufgeschnitten«, sagte sie. Patsy hatte dieselbe Gabe wie ihre Mutter, den wahren Sachverhalt offenbar augenblicklich zu erfassen. Emma meinte insgeheim, dies sei der Grund, warum Patsy und ihre Mutter einander nicht ausstehen konnten – weil sie einander so ähnlich waren. Niemand außer ihrer Mutter konnte so absolut auf sich selber fixiert sein wie Patsy, und trotzdem war es, wie bei ihrer Mutter, für gewöhnlich interessant, sie um sich zu haben. Sie hatte einen wachen Verstand, war aktiv und unablässig neugierig auf jeden Aspekt in Emmas Leben. Der einzige Unterschied zwischen den beiden Frauen, den Emma erkennen konnte, bestand darin, daß ihre Mutter weitaus mehr Gelegenheit dazu gehabt hatte. Sie war in allem besser als Patsy und versäumte es nie, ihre Überlegenheit zum Ausdruck zu bringen, wenn die beiden Frauen zusammen waren.

Patsy betrachtete Emmas Zähne mit einer gewissen Faszination. »Ich habe schon immer gewußt, daß alle Männer brutale Tiere sind«, sagte sie. »Warum hat er sie nicht zertrümmert? Von denen sollte mich lieber keiner je schlagen.« Sie ging hinüber und lugte durch das kaputte Fenstergitter. »Es ist nicht sehr tief«, sagte sie. »Ich wette, du hättest es überlebt.«

Emma fühlte sich lebendiger als an manchen anderen Tagen. Ihr Mann schien ein wenig aus seinem Trott geraten zu sein, und ihre Freundin war da, um mit ihr den Tag zu verbringen. Sie gähnte und ließ sich auf die Couch fallen, um in dem Katalog zu blättern, den Patsy mitgebracht hatte.

»Den kannst du später lesen«, sagte Patsy. Sie ging unruhig im Zimmer auf und ab und nahm alle Dinge in Augenschein. »Ruf deine Mutter an und sieh zu, ob du ein bißchen Geld bekommen kannst.«

»Nein, wir müssen warten, bis Flap geht«, sagte Emma. »Sei nicht so aufgeregt. Wir haben noch nicht mal gefrühstückt.«

In diesem Moment tauchte Flap auf. Er hatte sich einen Waschlappen über die Hand gesteckt. Er war ganz verlegen, doch so sah er auch am reizendsten aus. Emma ließ sich von der Art, wie er schaute, völlig versöhnen, und sie verzieh ihm alles. Doch Patsy dachte nicht daran, so weichherzig zu sein.

»Ich glaubte immer, du wärest nett«, sagte sie und sah ihn voller Kälte an.

Das bewirkte nur, daß Flap noch verlegener dreinschaute, denn er betete Patsy an und hätte so ziemlich alles dafür gegeben, sie zu verführen. Ihre Anziehungskraft auf ihn war so offensichtlich, daß Emma sie als eine der Gegebenheiten des Lebens hinnahm, und trotzdem war Patsy niemals eine Gefährdung ihrer Ehe gewesen, so wie Danny. Was immer auch sie und Danny füreinander empfanden, es war wechselseitig, wohingegen Patsy sich offensichtlich nicht im geringsten von Flap angezogen fühlte und mehr oder weniger mit ihrer Mutter übereinstimmte, daß es eine Dummheit gewesen sei, ihn zu heiraten. Manchmal meckerte Emma wegen Patsy an ihm herum, wenn sie sonst nichts hatte, aber Patsys Desinteresse war so deutlich, daß sie, anstatt eifersüchtig zu sein, sich heimlich amüsierte. Alles, was Flap für seine Begierde bekam, waren Qualen, und die, dachte sie, waren Strafe genug.
»Alle Dinge haben zwei Seiten«, sagte Flap.
»Meiner Ansicht nach haben sie das nicht«, sagte Patsy.
»Nun, ihr Singles versteht nichts von Provokationen«, sagte Flap.
»Ich verstehe auch nichts davon«, sagte Emma und wandte sich wieder ihrer Lektüre zu. »Ich glaube, ich sollte Mama anrufen.«
»Warum, um Himmels willen?« fragte Flap.
»Weiß nicht. Ich dachte, vielleicht könnten wir alle zum Frühstück hinübergehen«, sagte Emma. »Ich bin heute nicht besonders auf Draht. Vielleicht hat sie einen Kavalier da und hat es gerne, wenn wir kommen und ihr dabei helfen, ihn zu unterhalten.«
Ein- oder zweimal in der Woche hatte ihre Mutter einen ihrer Verehrer zum Frühstück da. Ein solches Frühstück wurde oft zum prächtigsten und gewiß barocksten Essen: Omelettes mit verschiedenen Kräutern und Käsesorten, besonders scharfe Würstchen, die sie bei einer seltsamen alten Frau kaufte, die im Hochland lebte und nichts anderes tat, als Würstchen zu machen, Ananas mit braunem Zucker und Cognac, ein Porridge, das sie aus Schottland kommen ließ und mit drei verschiedenen Honigsorten aß, und manchmal knusprige Kartoffelpfannkuchen, die niemand außer ihr zubereiten konnte. All die streng gehüteten Rezepte ihrer Mutter kamen zum Vorschein und wurden ins Spiel gebracht für ein Frühstück mit ihren Verehrern, das sich oft bis in den späten Nachmittag hinzog, wenn nicht noch länger.
»Du meinst, es könnte Frühstückstag sein?« sagte Patsy. Sie vergaß Flap, und ihre Augen leuchteten mit dem besonderen Glanz auf, der immer in sie trat, wenn sie glaubte, sie würde vielleicht irgend etwas

besonders Gutes zu essen bekommen. Sie konnte Emmas Mutter nicht ausstehen und ließ keine Möglichkeit aus, sie lächerlich zu machen, aber kein Mensch war ganz und gar schlecht, und Kochen war der eine Bereich, in dem sie bereit war, Mrs. Greenway ihre Hochachtung zu zollen. Zu ihr zum Frühstück zu gehen eröffnete ihr außerdem die Möglichkeit, ein wenig zu schnüffeln. Mrs. Greenway war dann immer zu sehr damit beschäftigt, zu kochen und mit ihrem Verehrer des Tages zu flirten, um sich um sie zu kümmern, und Patsy konnte im Haus umherwandern und all die herrlichen Gegenstände bewundern, die Mrs. Greenway angesammelt hatte. Die Gemälde, die Möbel, die Teppiche und die Nippessachen waren alle mehr oder weniger genau das, was sie auch in ihrem eigenen Haus haben wollte, falls sie je eins haben würde, und sie liebte es, sich davonzuschleichen, um alles zu untersuchen und zu träumen.
Emma bemerkte den Ausdruck im Blick ihrer Freundin und stand auf, um zum Telefon zu gehen.
»Nun, ihr beide könnt ja rübergehen, wenn ihr Lust habt«, sagte Flap.
»Ich mag nicht. Glaubst du, ich wollte deiner Mutter unter die Augen treten, nachdem ich gerade versucht habe, dich aus dem Fenster zu werfen? Was glaubst du, wird sie zu der Tatsache sagen, daß meine Finger halb abgebissen sind?«
»Ich weiß es nicht, aber ich würde es gern hören«, sagte Patsy. »Ich glaube, sie hat am Ende doch die richtige Meinung von dir.«
Emma hielt auf ihrem Weg zum Telefon inne und umarmte ihren Mann, um ihm zu zeigen, daß er zumindest in ihr noch einen Anhänger hatte.
»Schnell, schnell, ruf an«, sagte Patsy. »Nachdem du davon gesprochen hast, sterbe ich fast vor Hunger.«
Emma rief an, und Rosie hob ab. Im Hintergrund hörte Emma ihre Mutter eine Arie singen. »Was ist bei euch los?« fragte sie.
»Kochen«, sagte Rosie, doch sogleich wurde ihr der Hörer aus der Hand genommen.
»Nun«, sagte Aurora, die ihre Arie jäh abgebrochen hatte. »Du rufst an, um deine Entschuldigungen vorzutragen, hoffe ich. Und wo bist du heute morgen gewesen, als ich deinen Rat brauchte?«
»Ich war sehr müde«, sagte Emma. »Ich habe lange wach gesessen und einen sehr ernsten Roman gelesen. Ich versuche mich zu bilden.«
»Das finde ich bewunderungswürdig«, sagte Aurora. »Was willst du jetzt?«

»Ich habe mich gefragt, ob du ein Frühstück machst, und wenn ja, zu wem seiner Freude?«
»Zu *wessen* Freude«, sagte Aurora. »Warum läßt du nicht deine ernsten Romane sein und versuchst statt dessen, deine Kenntnisse in Grammatik zu verbessern? Ich mag es nicht, daß du meine Anrufe vorsätzlich ignorierst. Es hätte eine Notsituation sein können.«
»Ich entschuldige mich«, sagte Emma fröhlich.
»Entschuldige dich nicht!« sagten Flap und Patsy wie aus einem Munde.
»Hm«, machte Aurora. »Hast du einen griechischen Chor bei dir? Frag ihn mal, warum du dich nicht bei deiner Mutter entschuldigen solltest.«
»Ich weiß wirklich nicht, warum jeder Mensch auf der Welt außer mir so schwierig sein muß«, sagte Emma. »Eigentlich haben Patsy und ich uns gefragt, ob wir nicht zum Frühstück rüberkommen könnten.«
»Ach, die kleine Schnepfe«, sagte Aurora. »Miss Clark. Ja, bring sie auf jeden Fall her. Es macht mir immer Spaß zuzusehen, wie eine junge Dame mit so hehren Grundsätzen sich mit meinem Essen vollstopft. Möchte Thomas nicht auch kommen?«
»Nein, er hat sich in die Hand geschnitten«, sagte Emma und schnitt ihm eine Grimasse. »Es muß genäht werden.«
»Er hat sich bei mir längere Zeit nicht mehr gezeigt, weißt du«, sagte Aurora. »Er kann sich nicht immer verstecken. Vernon hat mir übrigens eine Ziege gebracht. Unglücklicherweise kann ich sie nicht behalten, denn sie frißt Blumen, aber es war trotzdem ein netter Einfall. Beeilt euch, ihr beiden. Ich setze gleich meine Würstchen auf.«

2

Emma putzte sich ein wenig heraus, und dann schossen sie und Patsy in Patsys blauem Mustang davon.
»Du hast mir noch nicht von eurem Kampf erzählt«, erinnerte Patsy. »Ich will alles wissen, was du mir über die Ehe erzählen kannst, damit ich die Vor- und Nachteile gegeneinander abwägen kann.«
»Es ist Zeitverschwendung, dir etwas über die Ehe zu erzählen«, sagte Emma. »Die Chancen sind verschieden. Schau, da ist der General.«
Sie waren gerade in die Straße ihrer Mutter eingebogen, da stand General Scott, bekleidet mit einem anthrazitfarbenen Pullover und einem untadeligen Sportanzug, in seiner Einfahrt. Er wirkte gereizt. Er

hatte sein Fernglas um den Hals hängen, und hinter ihm stand F. V. im Unterhemd und mit einem Spaten in der Hand. Der General wurde flankiert von seinen Dalmatinern, deren Haltung ebenso aufrecht war wie seine.
Gerade als sie vorüberfuhren, nahm der General sein Fernglas an die Augen und richtete es auf Aurora Greenways Haus. Patsy war über den Anblick so verdutzt, daß sie nicht wußte, ob sie schneller oder langsamer fahren sollte.
»Das ist ja schauderhaft«, sagte sie. »Wenn ich deine Mutter wäre, würde ich nicht mehr mit ihm ausgehen.«
»Sieh dir den Wagen an«, sagte Emma und zeigte auf den langen weißen Lincoln. »Kein Wunder, daß Mama auf den draufgefahren ist.«
Patsy parkte hinter ihm. Sie stiegen aus und blickten durch die Fenster. »Wie kann man zwei Telefone bedienen und Auto fahren?« fragte Emma. Sie schauten die Straße hinunter und sahen, daß General Scott immer noch wie angewurzelt auf dem Bürgersteig stand und das Fernglas direkt auf sie richtete.
»Der hat Nerven«, sagte Patsy. »Komm, wir machen etwas Gewagtes, solange er zuschaut.«
»Okay«, sagte Emma. »Ich finde, er hat es für seine Ausdauer verdient.«
Die beiden Mädchen lüpften die Röcke und führten einen kurzen Seitentanz in der Einfahrt auf. Sie tanzten schneller und schneller, lüpften ihre Röcke höher und höher und endeten mit einem Can-Can, bevor sie zur Tür hineinliefen. Beide kicherten noch, als sie in die Küche platzten.
Aurora, Rosie und Vernon – der viel kleiner und rotgesichtiger war, als die Mädchen es erwartet hatten – saßen am Küchentisch und schlemmten in einer wahren Orgie von Curryeiern, Würstchen und Honigmelonen. Eine kleine, braun-weiß gefleckte Ziege lief durch die Küche und meckerte kläglich.
»Oh, ich möchte die Ziege haben«, sagte Patsy. »Sie paßt so gut zu meinem Kleid.«
Vernon sprang sofort auf. Aurora zog wegen Patsy die Augenbrauen hoch und fuhr fort, Würstchen zu verteilen.
»Ganz Patsy, immer dieselbe«, sagte sie. »Du willst stets genau das, was ich gerade habe. Vernon Dalhart, ich möchte Ihnen gern meine Tochter vorstellen, Emma Horton, und ihre Freundin, Miss Patsy Clark.«
Das Telefon klingelte, gerade als Vernon ihnen die Hand schüttelte.

Rosie hob ab. »Tag, General«, sagte sie. »Man hat Sie verbannt, wissen Sie.«
»Nerven hat der Mann«, sagte Aurora. »Setzt euch hin und eßt, ihr Mädchen. Mir war heute morgen so asiatisch zumute, da habe ich dann zu Curryeiern Zuflucht genommen.«
»Mr. Dalhart, das ist die entzückendste Ziege, die ich je gesehen habe«, sagte Patsy und bediente sich.
»Setzen Sie sich wieder hin, Vernon«, sagte Aurora. »Es ist nicht nötig, daß Sie aus Höflichkeit stehen bleiben. Ihre Manieren sind ganz und gar nicht so, wie man es vielleicht in unserer Generation erwartet.«
Rosie bekam von dem General offensichtlich eine nette Kanonade zu hören. Sie hatte ihren Mund geöffnet, um zu sprechen, doch sie war nicht in der Lage, auch nur ein Wort vorzubringen. »Sie reden besser mal 'ne Minute mit ihm«, sagte sie und reichte Aurora den Hörer. »Ich glaube, er ist meschugge geworden. Er sagt, die Mädchen wären nackt die Einfahrt hinaufgelaufen.«
»Ich wußte, daß er die Vergangenheit nicht ruhen lassen würde«, sagte Aurora und legte ihre Hand auf die Sprechmuschel.
»Hector, ich glaube mich daran zu erinnern, daß ich deine Privilegien aufgehoben habe«, sagte sie, nachdem sie die Hand fortgenommen hatte. »Wenn du jetzt bei mir protestieren willst, fasse dich bitte kurz. Ich habe Gäste, und wir sind gerade beim Frühstück. Ich werde dich außerdem nicht empfangen«, fügte sie hinzu.
»Schaut euch meine Beule an«, sagte Rosie, beugte sich hinüber und strich sich das Haar zurück, damit die Mädchen sie sehen konnten. Sie hatte eine beachtliche Schwellung an ihrer Schläfe.
Am anderen Ende des Tisches begannen Auroras Augen zu funkeln, während sie schwieg, doch dann nahm sie den Hörer vom Ohr. General Scotts schnarrende Stimme war deutlich zu hören.
»Er scheint zu glauben, daß ihr zwei jungen Damen euch in der Öffentlichkeit unsittlich benommen hättet«, sagte sie und schaute sie streng an. »Ist da etwas dran?«
»Nun ja, er stand draußen mit seinem Fernglas«, sagte Patsy. »Wir haben einen kleinen Tanz aufgeführt.«
»Komm, wir zeigen ihn ihr«, sagte Emma, und sie standen auf und wiederholten ihren Tanz, so lange, bis sie bemerkten, daß Vernon rot wurde. Sie ließen den Can-Can aus. Aurora schaute ihnen ausdruckslos zu und wandte dann ihre Aufmerksamkeit wieder dem Telefon zu.

»Ihr Tanz war kaum so skandalös, wie es sich bei dir anhört, Hector«, sagte sie. »Ich habe ihn gerade gesehen. Wir haben langsam genug von dir und deinem Fernglas hier an diesem Ende der Straße.«
Sie war im Begriff aufzulegen, doch der General sagte etwas zu ihr, was offensichtlich bei ihr einen Sinneswandel hervorrief. Sie hörte einen Augenblick zu, und der fröhliche Das-schert-mich-den-Teufel-Ausdruck verschwand von ihrem Gesicht. Sie sah über die Köpfe aller hinweg und war sichtlich betroffen.
»Hector, es geht nicht«, sagte sie. »Ich bin nicht allein. Es geht wirklich nicht. Auf Wiedersehen.«
Sie blickte Vernon an und schaute dann auf die Eier hinunter. Nach einer Weile richtete sie sich auf und zeigte wieder ein fröhliches Gesicht. »Nun, kein Mensch ist ganz und gar schlecht«, sagte sie.
»Diese Eier schmecken herrlich«, sagte Patsy.
»Hast du Töne, er hat sie fast zum Weinen gebracht«, flüsterte Rosie zu Emma hinüber. »Ich hab' noch nicht erlebt, daß es ihr Spaß macht, einen Kavalier zu verlieren, du etwa?«
»In was für einer Branche arbeiten Sie, Mr. Dalhart?« fragte Emma, um das Thema zu wechseln.
»Öl«, sagte Vernon. »Wenigstens fahre ich deswegen den ganzen Tag durch die Gegend.«
»Vernon hat Ausdrücke, die direkt auf die Appalachen zurückgehen, wenn nicht sogar auf die schottische Ballade«, sagte Aurora und zwang sich dabei, forsch zu sprechen. Sie hätte nicht gedacht, daß Hector Scott sie so rühren könnte.
»Sind Sie einer von diesen Giganten in der Ölindustrie?« fragte Patsy Vernon.
»Was für eine naive Frage«, sagte Aurora. »Wenn Vernon ein Gigant wäre, würde er nicht mit mir zu dieser Tageszeit beim Frühstück sitzen. Giganten verschwenden nicht ihre Zeit.«
»Nee, ich bin kein Gigant«, ergänzte Vernon.
Emma betrachtete ihn eingehend. Sie war stets über jedes Zeichen von Wandelbarkeit bei ihrer Mutter überrascht, und Vernon war so ein Zeichen. Er würde besser zu Rosie als zu ihrer Mutter passen, obwohl es ihr schien, er würde zu niemandem passen. Die kleine Ziege stolperte hin und her und meckerte. Emma gab ihr ein Stück von ihrer Melonenrinde.
»Ihr Mädchen habt mir noch nicht gesagt, was euch so früh aus dem Haus getrieben hat«, sagte Aurora. »Wollt ihr vielleicht Sozialarbeit leisten?«

»Ha«, machte Patsy. »Wir wollen einkaufen gehen.«
Das Frühstück ging weiter, und das Gespräch plätscherte so dahin. Sobald es die Höflichkeit zuließ, stand Patsy vom Tisch auf und wanderte los, um ein wenig zu schnüffeln. Es irritierte sie sehr, daß Mrs. Greenway einen so guten Geschmack hatte.
Rosie wollte das Geschirr vom Tisch abräumen. Das war keine leichte Aufgabe, solange Aurora noch da war. Jeder reichte ihr seins, doch sie behielt ihres und fand immer noch weitere Leckerbissen auf den verschiedenen Platten, Häppchen, die ihre Gäste übersehen hatten. Vernon saß da und schaute ihr zu, als hätte er noch nie zuvor eine Frau essen sehen.
»Die ißt den ganzen Tag lang, wenn man nicht aufpaßt«, sagte Rosie.
Emma schabte die Teller ab und zog Rosie dann auf den Innenhof, weil sie von ihrem Ärger mit Royce hören wollte. Sie kamen an Patsy vorbei, die sich im Herrenzimmer im Erdgeschoß über einem Wikinger-Amulett den Kopf zerbrach, das Aurora in Stockholm einmal aufgestöbert hatte.
»Ich finde nie solche Sachen. Ich würde sie kaufen«, sagte Patsy.
»Bist du je in deinem Leben aufgewacht und hast dich gefühlt, als würdest du erwürgt?« fragte Rosie.
»Ehrlich gesagt, nein«, sagte Emma.
»Ich auch nicht, bis letzte Nacht«, sagte Rosie mit einem gequälten Ausdruck in ihrem sommersprossigen Gesicht. »Schätze, ich bin zu schnell nach Hause zurückgekehrt. Deine Mama hat versucht, mich zu bremsen, aber ich hab' mir eingebildet, wenn ich nach Hause käme, würde alles besser.«
»War Royce böse mit dir?« fragte Emma.
»Ach was, der war vergnügt wie eine Lerche, jedenfalls die paar Minuten, die er wach war«, sagte Rosie bitter. »Erst haut er mir gestern eins über 'n Schädel und erzählt mir von seinen Seitensprüngen, und dann, nur weil Vernon so freundlich gewesen ist, ihm einen neuen Job anzubieten, denkt er, es wäre alles vergeben und vergessen. Ich weiß gar nicht, warum Vernon überhaupt wollte, daß er nach Hause geht. Da komme ich heim, will mich mit ihm versöhnen, und dieser Hurenbock bleibt nicht mal lange genug wach, um mir den Rücken zu kneten.«
»Ach«, sagte Emma. »Willst du, daß ich ihn dir knete?«
»Würdest du?« fragte Rosie und drehte sich sofort herum. »Du bist immer das liebste Kind gewesen. Wenigstens das liebste, das ich kenne. Mach ruhig fest. Ich bin jetzt seit zwei Wochen angespannt

wie 'n Geigenbogen. Schätze, ich muß geahnt haben, daß da was im Kommen ist.«
»Ich verstehe das nicht«, sagte Emma. »Royce hat doch immer so zahm und folgsam ausgesehen. Ich hätte nie gedacht, daß er es wagen würde, dich richtig zu ärgern.«
»Vielleicht hat er mich endlich durchschaut«, sagte Rosie. »Kann sein, er hat endlich gemerkt, daß ich nicht meine, was ich sage.«
Sie hielten eine Weile inne, um darüber nachzudenken, während Emma ihren schmalen, harten Rücken massierte.
»Du hast mir noch nicht von diesem Würgen an deinem Hals erzählt«, sagte Emma.
»Das kam so über mich«, sagte Rosie. »Royce war nicht gerade sturzbesoffen, aber er war auch nicht nüchtern. Ich mußte über ein paar Dinge mit ihm reden, aber er knallte sich einfach hin und fing gleich an zu pennen, als wär' nichts geschehen. Ich ging ins Bett und schaltete das Licht aus, und als erstes merkte ich, daß ich zitterte wie Espenlaub. Er und diese Schlampe gingen mir einfach nicht aus dem Kopf. Ich bin auch kein Engel, aber ich bin ihm doch wenigstens eine gute Frau gewesen und habe das meiste gemacht, um die Kinder großzuziehen. Aber dann bin ich in letzter Zeit Royce gegenüber nicht allzu entgegenkommend gewesen, wenn du verstehst, was ich meine. Manchmal war ich's, aber meistens nicht. Egal, je mehr ich jedenfalls darüber nachdachte, desto mehr kriegte ich das Gefühl, daß es meine Schuld war und nicht seine. Also weinte ich eine Weile darüber, und Royce lag einfach immer nur da, schnarchte und schnarchte, und schließlich bekam ich dieses Würgegefühl. Es war, als ob sich mein Hals zuziehen würde.«
Sie legte in der Erinnerung eine Hand um ihre Kehle und langte mit der anderen nach hinten, um auf eine Stelle unterhalb des Schulterblatts zu zeigen, die besonders hart war.
»Das heißt nicht, daß Royce gar so übel ist«, sagte sie. »Aber er ist auch nicht besonders gut, und ich bin es auch nicht, weißt du, und dann mußte ich denken, jetzt haben wir uns siebenundzwanzig Jahre lang zusammen durchgewurstelt und sieben Kinder in die Welt gesetzt, aber was zählt das alles, wenn er einfach daliegt und schnarcht, während ich zittere wie Espenlaub und irgendwas mich zu Tode würgt? Die meiste Zeit weiß er nicht mehr über meine Gefühle als der Mann im Mond. Je mehr ich darüber nachdachte, um so mehr mußte ich keuchen und nach Luft schnappen und darum kämpfen, wieder zu Atem zu kommen, und es war keine Menschenseele da, die sich

darum kümmerte. Also dachte ich schließlich, Rosie, jetzt mußt du aufstehen oder du krepierst noch vor Morgengrauen. So ernst war das. Also stand ich auf und holte die Kinder aus dem Bett und nahm mir ein Taxi, genau wie deine Mama es gesagt hatte, und brachte die Kinder zu meiner Schwester, und dann bin ich hierhergekommen.«
»Warum bist du nicht einfach bei deiner Schwester geblieben?«
»Und sie denkt, daß ich meinen Mann verlassen habe?« sagte Rosie. »Sie ist so fromm, ich möchte gar nicht wissen, was dann passiert wäre. Ich habe ihr einfach gesagt, deine Mutter wäre krank. Sie war nicht mal überrascht, mich zu sehen. Sie sagte, sie hätte es gewußt, es hätte keinen Sinn gehabt, nach Hause zurückzugehen. Das erste, was sie heute morgen gemacht hat, war, auf Vernon zu schimpfen, weil er zu großzügig mit Royce gewesen war.«
»Was hat er denn so Großzügiges gemacht?«
»Vernon gibt ihm die erste Woche frei, weil er denkt, wir wollen vielleicht Urlaub machen. Ja Pustekuchen, jetzt will ich mit Royce überhaupt nirgendwohin und alleine mit ihm sein. Wir haben sowieso nie eine weitere Reise gemacht als bis nach Conroe, soviel ich mich erinnere.«
Patsy kam gerade in diesem Augenblick heraus. Sie sah leicht verärgert aus. »Deine Mutter hört sich immer so fröhlich an wie eine Lerche«, sagte sie.
»Ich weiß, das ist ärgerlich«, sagte Emma. »Sie ist wie ein Luftballon. Der kleinste Windstoß, und sie schwebt davon.«
»Ach seid doch still«, sagte Rosie. »Ihr Mädchen wißt nur nicht, wie man Spaß hat. Deine Mama hat mich zu sich genommen, jetzt, wo ich in Scheidung lebe, und heute redet mir keiner böse über sie.«
Sie stand auf und nahm einen Besen, den sie abgestellt hatte, als sie anfingen zu reden, aber sie schien keine Eile zu haben fortzugehen.
»Mein Gott, bin ich alt«, sagte sie und schaute auf Emma hinab. »Jetzt bekommst du bald ein Baby. Wer hätte gedacht, daß das so schnell gehen würde?«
»Es ging doch gar nicht schnell«, sagte Emma. »Ich bin seit zwei Jahren verheiratet.«
Rosie versuchte zu lächeln, obwohl ihr mehr nach Weinen zumute war. Der Anblick, wie Emma dasaß, so vertrauensvoll und gutherzig, solch eine zufrieden wirkende junge Frau, ließ plötzlich Erinnerungen in ihr aufsteigen, die sie überwältigten. Sie war zu den Greenways gekommen, zwei Monate bevor Emma geboren wurde, und es war alles so seltsam, wie das Leben weiterging und sich ständig alles änderte. Es

verlangsamte sein Tempo nie genug, daß man es fassen konnte, außer, wenn man zurückdachte, und es machte manche Menschen wichtiger als andere, während sich alles änderte.
Sie hatte ihre Kinder bekommen und liebte sie alle, und sie hatte bereits sechs Enkel, und weitere würden folgen, und trotzdem war Emma immer irgendwie ihr besonderes Kind gewesen, mehr ihr Kind als irgendeins von ihren eigenen. Immer strahlten ihre Augen, immer wollte sie es jedem recht machen, immer kam sie zu ihr gelaufen, um sie zu umarmen und zu küssen und ihr bei allem zu helfen, und schaute so andächtig zu, wenn man ihr ein Pflaster auflegte, und hielt den Atem an und preßte ihre Augenlider zusammen, wenn sie darauf wartete, daß das Jod anfing zu brennen, und sauste mit ihrem Dreirad so schnell sie nur konnte den Bürgersteig vor dem Haus entlang, während Rosie so tat, als versuche sie, sie mit dem Gartenschlauch naßzuspritzen.
»Zwei Jahre, das ist doch gar nicht schnell«, wiederholte Emma.
»Nee, mein Schatz, das war es auch nicht, was ich mit schnell meinte«, sagte Rosie. »So schnell, weil du ja selber ein Kind gewesen bist, das war es, was ich meinte.« Sie schüttelte den Kopf, um sich von den Erinnerungen zu befreien, nahm den Besen und ging hinein.
Patsy hatte von der Szene mehr beobachtet als Emma, denn Emma schaute in den Garten und fragte sich, ob Flap wohl guter Laune sei, wenn sie nach Hause käme.
»Ich weiß nicht, was Rosie tun würde, wenn sie dich nicht hätte, um dich zu bewundern«, sagte Patsy. »Komm, geh und rede mit deiner Mutter, solange sie gut aufgelegt ist. Vielleicht bewilligt sie dir ein neues Kleid.«
Als sie wieder hineingingen, sahen sie, daß Aurora und Vernon nicht mehr in der Küche waren. Sie saßen in Vernons Auto.
»Schau sie dir an«, sagte Patsy.
Aurora saß auf dem Rücksitz und sah fern. »Ich habe Vernon darum gebeten«, sagte sie munter. »Wegen der Neuheit.«
»Ich würde auch gern einsteigen und fernsehen«, sagte Patsy.
»Komm nur«, sagte Aurora. »Ich sollte mich besser entfernen. Wenn ich hier noch lange herumliege, schlafe ich gleich ein, und ich habe keine Ahnung, wohin Vernon dann mit mir fahren wird.«
Während Vernon Patsy die Wunder seines Autos zeigte, gingen Emma und ihre Mutter zurück ins Haus und hinauf ins Schlafzimmer, wo, zu Emmas Überraschung, ihre Mutter sich hinsetzte und ihr einen Scheck über einhundertfünfzig Dollar ausstellte.

»Womit habe ich das verdient?« fragte Emma.
»Ich weiß nicht, ob du das verdient hast«, sagte Aurora. »Zufällig habe ich gesehen, wie gut Patsy sich kleidet. Das ist gewiß ein Pluspunkt für sie – vielleicht ihr einziger Pluspunkt. Ich denke, meine Tochter sollte sich mindestens ebensogut kleiden, und darum gebe ich dir das.«
Emma fühlte sich leicht verlegen. »Wie geht es dir?« fragte sie.
Aurora ging hinüber und setzte sich in ihre Fensternische, von wo sie hinunter auf den Rasen und die Straße schauen konnte. Vernon reichte Patsy gerade eine Cola aus seinem Kühlschrank.
»Offen gesagt«, meinte Aurora und ließ sich auf ihre Kissen fallen, »sie hat mein exzellentes Frühstück vertilgt und trinkt nun eine Cola.«
»Mecker, mecker, mecker«, sagte Emma. »Warum mußt du immer meckern?«
»Ach, ich weiß nicht«, sagte Aurora. »Ich bin nie besonders passiv gewesen.«
»Also, wie geht es dir?« fragte Emma wieder.
»Wie es mir geht?« sagte Aurora und beobachtete aufmerksam die Szene unten, um zu sehen, ob sie irgendwie den Gang der Unterhaltung, die sich zwischen Patsy und Vernon abspielte, herausfinden konnte.
»Nun, es geht mir gut«, sagte sie. »Niemand ist mir in den letzten vierundzwanzig Stunden unangenehm aufgefallen, und das läßt meine Lebensgeister immer aufblühen. Wenn die Leute das nur beibehalten wollten, ginge es auch weiterhin recht gut.«
»Ich mag Vernon«, sagte Emma und ging zum Frisiertisch ihrer Mutter. Sie hielt sich die neulich wiederentdeckte Bernsteinkette an den Hals. Aurora behielt sie wachsam im Auge.
»Ich sagte, ich mag ihn«, sagte Emma.
Aurora schnaubte. »Das ist so nichtssagend wie weißer Schimmel«, sagte sie. »Offensichtlich mag jedermann Vernon. Im Grunde genommen ist es dir ebenso ein Rätsel wie mir, warum er hier ist. Er sollte heute eigentlich in Kanada sein, statt Patsys Magen zu ruinieren mit Getränken, die ihr möglicherweise nicht bekommen.«
»Warum *ist* er da?« fragte Emma.
»Wie du sehen kannst, hat er sich entschlossen, nicht zu fahren, also ist er da«, sagte Aurora. »Er soll angeblich ein ziemlich guter Kartenspieler sein, und wir hatten vor, nachher ein bißchen Karten zu spielen.«

»Du legst die Dinge nun in seine Hände«, sagte Emma und behielt die Kette um, so daß sie die leichte Angst darum auf dem Gesicht ihrer Mutter genießen konnte.
»Nun«, sagte Aurora. »Ich sehe nicht ein, daß du dir um Vernon Sorgen zu machen brauchst. Er ist ein Selfmademan, und die sind immer die unverwüstlichsten. Wenn er keine Schereien mit mir will, muß er auch keine haben, meine ich.«
Emma nahm die Kette ab, und Aurora richtete ihre Aufmerksamkeit wieder auf die Szene unten auf dem Rasen. Es war schwer zu sagen, wer von den beiden zappeliger war, Vernon oder Patsy. Beide schienen gleichzeitig zu reden.
»Dieses Mädchen ist noch geschwätziger als ich«, sagte Aurora. »Sie läßt ihn einfach nicht zu Worte kommen. Es wird höchste Zeit, daß sie heiratet, weißt du.« Sie stand plötzlich auf und ging zur Treppe.
»Wohin gehst du?« fragte Emma forschend.
»Ich sehe nicht ein, warum er den ganzen Morgen damit zubringen soll, mit deiner geschwätzigen kleinen Freundin zu reden«, sagte Aurora. »Ihr zwei solltet schon längst auf dem Weg sein.«
»Anscheinend ist das ein Fall, bei dem die Gegensätze sich anziehen«, sagte Emma.
Aurora schaute sich nicht um. »Du hast deinen Scheck bekommen, und jetzt ab mit dir«, sagte sie. »Deine Witze tun mir langsam in den Ohren weh. Meine Erfahrung ist beträchtlich umfassender als deine, und ich habe Fälle erlebt, bei denen die Gegensätze sich anzogen, die weitaus ungewöhnlicher waren, als man gemeinhin annimmt. Wenn das geschieht, ist die Anziehung normalerweise von kurzer Dauer. Im Grunde genommen langweilen Gegensätze einander. Alle meine Gegensätze langweilen mich entsetzlich.«
»Was ist dann aber mit Vernon?« fragte Emma.
»Vernon und ich haben uns zufällig kennengelernt«, sagte Aurora. »Alles, was ich möchte, ist eine Karten-Partie und ein wenig Freundschaft, beim Erbarmen des Himmels.« Sie blieb am Treppenaufgang stehen und schaute ihre Tochter ungehalten an.
»Schon gut«, sagte Emma. »Aber du bist es gewesen, die gesagt hat, er wäre in dich verliebt.«
»Nun, das war gestern nachmittag«, sagte Aurora. »Da habe ich nicht gewußt, was heute mit ihm sein wird. Ich habe ihm wegen Royce gehörig die Leviten gelesen. Urlaub ist das letzte, was ein Mann wie Royce jetzt gerade brauchen kann.«
»Armer Royce«, sagte Emma. »Ich finde, Vernon hat recht. So gern

ich Rosie auch mag, ich finde doch, daß auch jemand auf Royces Seite stehen sollte.«
»Schön, du kümmerst dich also um Royces Moral«, sagte Aurora und lugte aus dem Fenster. »Ich weiß nur nicht, wozu das für ihn gut sein soll, da du wohl etwas zu ängstlich bist, um dich in sein Stadtviertel zu wagen.«
Als sie zur Küche gingen, legte Emma für eine Sekunde ihren Arm um die Mutter. »Widersprüchlich, wie ich bin, möchte ich dir für den Scheck danken«, sagte sie. Aurora wandte sich herum und umarmte sie, wenn auch nur flüchtig. Ihre Gedanken waren woanders.
»Ich glaube, wenn ich ein Mann wäre und dich träfe, ich wäre entsetzt«, sagte Emma.
»Wegen der kleinen, süßen Aurora?« sagte sie. »Was gibt es da, worüber du entsetzt wärest?«
Sie traten in die Küche, gerade als Patsy und Vernon durch die Tür kamen. Die kleine Ziege knabberte zaghaft an einem von Auroras blauen Kissen. Aurora eilte zu ihr hinüber und hob sie vom Boden auf.
»Vernon, ich hoffe, Sie haben Karten mitgebracht«, sagte sie.
Vernon hielt ein Päckchen in der Hand. »Wir könnten zu viert spielen«, sagte er und nickte den Mädchen zu.
Aurora erhob sofort mit einem Kopfschütteln Einspruch gegen diesen Vorschlag. »Ich fürchte, Sie kennen diese zwei Mädchen nur schlecht«, sagte sie. »Sie haben beide nur hochgeistige Interessen und sind viel zu intellektuell, um mit uns herumzusitzen und Karten zu spielen. Sie weihen ihr Leben nicht dem Spiel. Sie sind zwei sehr ernsthafte junge Frauen. Ich kann mir vorstellen, daß sie jetzt gleich in irgendeine Bibliothek gehen, und den Vormittag damit zubringen, einen sehr ernsten Roman zu lesen. *Ulysses* oder dergleichen... Auf jeden Fall«, fügte sie hinzu, »gibt es keinen Grund, warum Rosie und ich Sie mit der Jugend teilen sollten. Uns bietet sich in diesen Tagen wenig genug Zerstreuung dieser Art.«
Als die Mädchen zur Tür hinausgingen, fing Vernon gerade an, die Karten zu mischen. »Du bist einfach zu weich«, sagte Patsy und gab ihrer Freundin einen Rippenstoß. »Dein Mann schlägt dich, und deine Mutter tyrannisiert dich. Ich fürchte, daß sogar ich dich tyrannisiere. Du weißt sehr wohl, daß sie absichtlich grob zu mir ist. Warum hast du ihr das noch nie zum Vorwurf gemacht? Was für eine Art Freundin bist du eigentlich?«
»Eine konfuse«, sagte Emma. »Sie gab mir hundertfünfzig Dollar,

ohne daß ich sie gefragt habe, so daß ich jetzt mit dir einkaufen gehen kann.«
Patsy kämmte sich das Haar und wendete ihr Auto. »Eines Tages wird sie zu weit gehen«, sagte sie. »Außerdem verstehe ich nicht, was sie an diesem Mann eigentlich findet. Sicher, er ist nett, aber sie könnte doch nicht mit einem Cowboy leben. Oder mit so einem Ölmenschen. Ich weiß nicht, was sie vorhat.«
Wenn Emma pleite war, fielen ihr immer Dinge ein, die sie kaufen wollte, aber wenn sie Geld in der Tasche hatte, wußte sie nicht, was sie eigentlich wollte.
»Ich bin kein guter Konsument«, sagte sie. »Mir fällt einfach nichts ein, was ich will, außer vielleicht ein neues Kleid. Kann sein, ich spare das Geld und kaufe mir etwas, wenn ich das nächste Mal deprimiert bin.«
»Schau dir diese albernen Hunde an«, sagte Patsy, als sie an dem Haus des Generals vorüberfuhren. »Glaubst du, daß er sie den ganzen Tag so da stehen läßt?«
Pershing und Marshal Ney standen exakt dort, wo sie auch vorher auf dem Rasen des Generals gestanden hatten. Sie sahen aus, als würden sie darauf warten, daß er herauskäme, um wieder zwischen sie zu treten. Sie starrten beide geradeaus wie Soldaten auf dem Exerzierplatz. Hinter ihnen schnitt F. V. mit müden Bewegungen eine Hecke.
Patsy schüttelte den Kopf. »Du bist wirklich in einer unheimlichen Straße aufgewachsen«, sagte sie. »Kein Wunder, daß du schüchtern bist.«
»Bin ich das?« fragte Emma.
»Ja«, sagte Patsy. Sie blickte hinüber und sah, wie ihre Freundin den Scheck ihrer Mutter wieder und wieder faltete. Emma sprach nicht, und Patsy tat die Bemerkung leid, die sie gerade gemacht hatte. Wenn ihre Freundin nichts sagte, dann für gewöhnlich, weil man ihre Gefühle verletzt hatte.
»Mach dir nichts draus, Emma«, sagte sie. »Ich meine nur, du bist nicht grob, wie deine Mutter und ich.«
»Ach, sei ruhig«, sagte Emma. »Ich bin nicht so empfindlich. Ich habe gerade über Flap nachgedacht.«
»Und was dachtest du über Flap?«
»Ach, nichts, ich habe nur nachgedacht«, sagte Emma.

Zehntes Kapitel

1

Kaum zwei Wochen nach Vernons Besuch kam Rosie eines Morgens ins Haus und sah, daß wieder alle Telefonhörer abgenommen waren. Sie war sowieso schon durcheinander, und der Anblick der herabbaumelnden Hörer war mehr, als sie ertragen konnte. Sie marschierte die Treppe hinauf, um Rechenschaft zu fordern, und fand Aurora, die sich in der hintersten Ecke der Fensternische verbarrikadiert und fast alle Kissen, die sie besaß, um sich herum aufgestapelt hatte. Sie sah beinahe so angespannt aus, wie Rosie sich fühlte.
»Was ist los mit dir?« fragte Aurora beim Anblick ihres Hausmädchens sogleich.
»Was ist los mit *Ihnen*, das ist wohl die Frage«, sagte Rosie.
»Nein, ich habe zuerst gefragt. Spiel kein Theater«, sagte Aurora. »Ich kenne dich. Heraus damit.«
»Royce ist auf und davon«, sagte Rosie. »Das ist mit mir los.«
»Oh, was für ein Dummkopf«, sagte Aurora. »Was hat er denn?«
»Er ist dahintergekommen, daß er mit mir nicht leben kann«, sagte Rosie. »So einfach ist das. Darf ich die Hörer wieder auflegen, ich meine, falls er anruft und seine Meinung ändert?«
»Nein, das darfst du nicht«, sagte Aurora. »Ich werde dir noch weiblichen Stolz einimpfen, und wenn es das letzte ist, was ich tue.«
»Ich weiß gar nicht, was ich mit weiblichem Stolz in meinem Alter noch anfangen soll«, sagte Rosie.
»Hat er dich wieder geschlagen?« fragte Aurora.
»Nee«, sagte Rosie. »Er hat einfach nur den Hausschlüssel über die Straße geschmissen und gesagt, er will seine Freiheit wiederhaben. Der hat vor zwei Wochen noch nicht mal gewußt, daß es dieses Wort überhaupt gibt. Das muß ihm diese Schlange beigebracht haben.«
Aurora machte ein finsteres Gesicht. »Nun, er wird bald herausfinden, daß sie allein ihn auch nicht selig macht«, sagte sie. »Du wirst sehen, wenn er sie ein Jahr lang genossen hat, wird er ein ganz anderes Lied singen.«
»Das ist ja der Ärger«, sagte Rosie, die sich besser fühlte, nachdem sie drüber geredet hatte. »Vernon hat sein Geld einfach zum Fenster hinausgeschmissen, als er versucht hat, unsere Ehe wieder zu kitten. Und was ist mit Ihnen los?«

»Nichts besonders Ernstes«, sagte Aurora. »Und auch nichts, das ich zu erörtern wünsche. Geh und putz das Haus.«
Rosie wußte, daß sie selten mehr als fünf Minuten brauchte, bis sie Aurora soweit hatte, Dinge zu erörtern, die sie nicht erörtern wollte. Also setzte sie sich hin und schaute fünf Minuten aus dem Fenster. Aurora starrte gegen die Wand und schien ihre Anwesenheit vergessen zu haben.
»Jetzt erzählen Sie mal«, sagte Rosie, als sie meinte, sie habe lange genug gewartet.
»Man hat mir ein Ultimatum gestellt. Noch dazu am Telefon. Das ist der denkbar unpassendste Weg, jemand ein Ultimatum zu stellen. Da kann man nicht zurückschlagen. Ich weiß nicht, was die Männer glauben, was ich bin, doch was es auch sein mag, es ist nicht das, was ich bin.«
»Oh, uh«, machte Rosie. »Wer war es?«
»Trevor«, sagte Aurora. »Der bestgekleidete Mann meines Lebens. Ich hätte wissen müssen, daß ich es niemals schaffe, einen gutgekleideten Mann zu halten.«
»Also haben Sie ihm gesagt, daß er ins Wasser gehen soll, wie?«
»Nein, obwohl ich das hätte tun sollen«, sagte Aurora. »Das wäre Trevor sicher leicht genug gefallen. Er hätte nur einen Schritt von seiner Yacht tun müssen. Mich kann nichts mehr groß überraschen, aber ich weiß einfach nicht, was in Trevor gefahren ist. Ich kenne ihn nun seit dreißig Jahren, und er hat sich noch nie so benommen.«
Sie stieß einen Seufzer aus. »Jedesmal, wenn ich glaube, das Leben würde nun für eine Weile glatt verlaufen, passiert etwas Derartiges. Ich glaube nicht, daß das Leben auch nur im geringsten dazu neigt, glatt zu verlaufen.«
»Nun, es rumpelt sicher mehr, als daß es ruhig verläuft«, sagte Rosie. »Was meinen Sie, ist das der Zorn Gottes, unseres Herrn, den er auf uns herabsendet?«
Aurora versuchte, ihr einen Klaps zu geben, allerdings keinen sehr starken. »Sei still und geh Staubwischen«, sagte sie. »Das ist die Dummheit der Männer und nicht der Zorn Gottes. Ich habe einen sehr schlimmen Tag vor mir und kann deine Hinterwäldler-Theologie absolut nicht brauchen. Wir nehmen keine Anrufe deines Gatten entgegen, daß du dich ja daran erinnerst.«
»Was soll jetzt nur werden?« fragte Rosie, die stärker aufgewühlt war, als sie zugeben wollte. Die gewohnten Dinge schienen sich zu verändern. Schon bald würde sich so vieles verändert haben, daß das

Leben einfach nicht mehr so war, wie sie es kannte. Diese Vorstellung war sehr beängstigend.
Aurora sagte nichts.
»Was soll jetzt nur werden?« fragte Rosie wieder. Diesmal bemerkte Aurora den Anflug von Verzweiflung in ihrer Stimme und schaute auf.
»Ich weiß nicht, ob dies eine allgemeine oder eine konkrete Frage ist«, sagte sie. »Wenn es eine allgemeine ist, weiß ich keine Antwort, wenn es eine konkrete ist, so kann ich, was mich betrifft, ein wenig präziser sein. Trevor hat mich zum Dinner eingeladen. Wenn es schon regnet, dann bitte in Strömen. Morgen gebe ich, wie du weißt, meine Dinner-Party für Emma, Flap und Cecil, und Vernon wird auch kommen. Soweit bin ich noch bereit vorauszudenken.«
»Was denkt Vernon über all das?« fragte Rosie.
»Was all das?« fragte Aurora und sah sie kritisch an.
»Das ganze Tohuwabohu«, sagte Rosie.
Aurora zuckte mit den Achseln. »Davon weiß Vernon nichts«, sagte sie. »Er ist auch so unsicher genug. Ich habe gewiß nicht vor, ihn mit Erzählungen über meine Schwierigkeiten mit anderen Männern zu belasten.«
»Ist wirklich zu schade, daß Vernon nicht mehr gebildet ist, stimmt's?« sagte Rosie und hoffte, einen Hinweis darauf zu bekommen, in welche Richtung die Gefühle ihrer Chefin gingen. »Ist 'n netter Kerl zum Kartenspielen.«
»Ja, zu schade«, sagte Aurora und blickte sie ziemlich verschwommen an.
»Jaja, ein Jammer«, sagte Rosie, die noch nicht befriedigt war.
»Oh, jetzt aber raus hier. Du hast heute noch keinen Streich gearbeitet«, fuhr sie plötzlich auf. »Deine Vermutung, daß ich vielleicht daran denken könnte, ihn zu heiraten, wenn er gebildet wäre, ist eine glatte Beleidigung. Ganz so versnobt, wie du meinst, bin ich nicht. Wenn ich ihn wollte, würde ich ihn mir selber erziehen. Vernon ist viel zu lieb für mich, um in Betracht zu ziehen, daß er mich für immer ertragen muß. Du weißt sehr wohl, daß er gegen eine wie mich keine Chance hätte. Ich habe Trevor noch nicht hinter mir, also laß Vernon aus dem Spiel.«
»Es wird ihm das Herz brechen«, sagte Rosie. »Das wissen Sie doch, oder? Ich habe noch keinen Kerl gesehen, der sich so schnell bis über beide Ohren verliebt hat. Um den werd' ich mich kümmern, solange es noch eine Chance gibt, ihn da lebend wieder rauszukriegen.«

Aurora fing an, ihre Kissen in die Mitte des Raums zu werfen. Heute war einer von diesen Tagen, an denen es ihr schwerfiel, mit irgend etwas zurechtzukommen. Das Leben konnte so vielfältig sein, aber es würde niemals und nirgendwo auch nur annähernd vollkommen sein, zumindest ihres nicht, und es war unbestreitbar ein ernstes Problem, was sie nun mit dem unschuldigen Vernon tun sollte, der sie liebte. Das Herz Vernons war für sie da, und sie hatte es sich genommen, eine Handlung, die ihr so natürlich war, wie sich ein Appetithäppchen von einem Teller zu nehmen. Sie hatte noch nie dazu geneigt, sich erreichbare Herzen entgehen zu lassen, wenn die Person, der es gehörte, einigermaßen annehmbar war.

Selbstverleugnung in nahezu jeglicher Form war ein Verhalten, das sie stets abgelehnt hatte: instinktiv in dem Augenblick, wenn sich etwas ihrem Zugriff bot und später dann bewußt, wenn sie Zeit hatte, darüber nachzudenken. In einem unvollkommenen, oft unbefriedigenden Leben schien ihr Selbstverleugnung das dümmste Verhalten überhaupt. Sie ließ ja auch keine Leckerbissen auf dem Teller liegen. Und dennoch, so abgebrüht sie darin auch war, sowohl dem Instinkt wie dem Verstand nach, sich das zu nehmen, was sie bekommen konnte, erkannte sie durchaus klar, daß Herzen nicht ganz dasselbe wie Leckerbissen waren, und der Gedanke, Vernons Herz oder das irgendeines anderen Menschen zu brechen, beunruhigte sie sehr. In manchen Augenblicken mißbilligte sie ihre Gier, doch diese Augenblicke waren selten. Zurückhaltung war etwas, das sie nicht von sich verlangte. Da Vernon sich ihr nun einmal geboten hatte, mußte ein Weg gefunden werden, wie mit ihm weiter zu verfahren sei.

Doch leider konnte sie sich im Augenblick nicht vorstellen, wie sie diesen Weg finden sollte. Der Gedanke daran ließ sie seufzen.

»Nun, ich hätte nicht gedacht, daß ein fünfzigjähriger Mann jemals so unvorsichtig sein und dir die Wahrheit sagen würde«, meinte sie zu Rosie. »Vernon fehlen alle Selbstschutzinstinkte. Ich kenne nur eine Strategie, wenn es sich um Männer handelt: Ich versuche, ihrer wert zu sein, solange ich mit ihnen zu tun habe, auf die eine oder andere Art. Wenn ich es nicht bin, dann sollen sie lieber verduften, um ein rohes Wort zu benutzen. Ich war nie dazu imstande, für den nächsten Tag etwas zu garantieren, nicht einmal bei Rudyard.«

»Soll das heißen, Sie wissen nie, was Sie als nächstes tun werden?« fragte Rosie. »Da bin ich genauso. Fast 'n Wunder, daß wir beide solange verheiratet waren, stimmt's?«

»Oh, das hat nichts damit zu tun, ob man etwas für den nächsten Tag

garantieren kann«, sagte Aurora. »Wer bricht schon gern mit einer alten Gewohnheit?«
Sie stand auf und ging zerstreut im Zimmer umher. Ihre Gedanken waren bei der Einladung zum Dinner. »Ich wollte, ich hätte Zeit, mir ein Kleid kaufen zu gehen«, sagte sie. »Wenn man mir schon ein Ultimatum stellt, sehe ich nicht ein, warum ich kein neues Kleid haben sollte.«
»Denken Sie aber ja daran, daß ich auf Vernons Seite bin«, sagte Rosie. »Wenn Sie dem was antun, kündige ich. Ich werde nicht tatenlos zusehen, wie man dem Mann weh tut.«
Aurora blieb stehen und stemmte die Hände in die Hüfte. »Kommandiere mich nicht herum«, sagte sie. »Dafür habe ich schon Hector – oder hatte ihn zumindest. Natürlich ist es wahrscheinlich, daß ich Vernon irgendwie weh tue. Doch erst wollen wir ihm ein gutes Essen vorsetzen. Glaubst du etwa, daß ein Mann, der fünfzig Jahre lang wartet, bis er etwas mit einer Frau zu tun bekommt, und sich dann mich aussucht für den Versuch, ungeschoren davonkommt? Es ist zum Teil seine eigene Schuld, weil er so lange gewartet hat. Inzwischen hoffe ich, du wirst mir erlauben, daß ich jedes meiner Probleme zu seiner Zeit behandle. Mein unmittelbares Problem heißt Mr. Trevor Waugh.«
»Okay, okay«, sagte Rosie. »Wenn Sie wollen, daß ich irgendwas für Sie bügle, legen Sie es besser gleich raus. Ich putze heute die Fenster.«
»Ich glaube, du kannst jetzt die Hörer auflegen«, sagte Aurora und legte den ihren auf.

2

»Da bist du, Trevor...«, sagte Aurora, als sie in die Dunkelheit des Restaurants eintauchte, das er für ihre Verabredung zum Dinner ausgesucht hatte. Es war so seine Art, die denkbar dunkelsten Restaurants auszusuchen, und zwar aus ganz offensichtlichen Gründen, und sie war keineswegs überrascht, höchstens über den Grad der Dunkelheit, der kaum noch zu überbieten war. Der Maître d'hôtel verschwand vor ihr in pechschwarzer Finsternis.
Ihre Verwirrung dauerte jedoch nur einen Augenblick. Dann zeichnete sich allmählich eine vertraute Gestalt in der Finsternis ab, die nach Tweed, See und gutem Rasierwasser roch. Die Gestalt empfing sie mit einer Umarmung.

»Schöner denn je – du bist immer noch die Frau, die ich liebe«, sagte eine vertraute Stimme mit einem Akzent, der seine Herkunft – Philadelphia – verriet. Der Akzent war keine drei Zentimeter von ihrem Ohr entfernt zu hören, und nachdem er ihren Hals hinabgewandert war, bevor das letzte Wort heraus war, hatte er jeden Zweifel zerstreut, den sie vielleicht noch über die Identität des Mannes, der sie gerade umarmte, gehegt hatte.
»Du bist's, Trevor. Ich glaube, ich kann es spüren«, sagte sie. »Nimm deinen Kopf aus meinem Ausschnitt. Ich dachte, ich sei der Gast und nicht das Mahl.«
»Ach, was wärst du für ein Mahl!« sagte Trevor Waugh, der seinen Vorteil nutzte. »Ein Mahl für die Götter, Aurora, wie Byron sagte.«
Bei diesen Worten begann Aurora sich ernsthaft zu winden. »Du bist es wirklich, Trevor«, sagte sie. »Du hast schon einmal einen romantischen Augenblick mit einem falschen Zitat verdorben. Führ mich bitte an meinen Platz, falls du ihn findest.«
Sie tastete sich den Gang entlang, mit Trevor an der Seite, der sich dort seinen Weg ertastete, wo er soviel wie möglich von ihr erreichen konnte. Im nächsten Augenblick prallten sie auf den Maître d'hôtel, der in diskreter Entfernung vor ihnen gewartet hatte. Er führte sie um eine Ecke herum in einen Raum mit einem Kamin und tiefen Nischen, die mit kastanienbraunem Leder abgeteilt waren. Sie waren in einem Jagdclub. Wohin Trevor auch immer segelte, und er segelte weit, es gelang ihm stets, große dämmrige Jagdclubs ausfindig zu machen mit Jagdtrophäen und ausgestopften Tieren an den Wänden, Kaminen und Nischen.
Nachdem sie Platz genommen hatten, erlaubte Aurora sich einen Blick auf ihn und sah, daß er immer noch ganz derselbe war; hübsch und von Wind und Wetter gegerbt, mit weißem Haar, einem Geruch nach Tweed und Rum und guten Friseuren, seiner Pfeife in der Jakkentasche, seinen rotbraunen Wangen, seinen immer noch breiten Schultern und den immer noch so ebenmäßigen und weißen Zähnen wie vor dreißig Jahren, als sie sich in ihrer Jugend auf den Tanzböden von Boston, Philadelphia und New York trafen. Er war, alles in allem betrachtet, der ausdauerndste von ihren Verehrern. Nach ihrer endgültigen Ablehnung hatte er dreimal geheiratet, und sein Leben damit verbracht, über die sieben Weltmeere zu segeln, dem Wild und den Fischen dieser Welt nachzustellen, hier und da Halt zu machen, um unmögliche Ballerinas und junge Schauspielerinnen zu verführen oder Damen der Gesellschaft und, wenn irgend möglich, ihre Töchter

noch dazu. Doch immer fand er ein- oder zweimal im Jahr einen Vorwand, mit seinem Boot dorthin zu segeln, wo sie sich gerade befand, um sein Werben fortzusetzen, das in seinen Augen nie unterbrochen worden war. Das war sehr schmeichelhaft, und es hatte lange Zeit gewährt.
Da er eine so diskrete Nische gewählt hatte, ließ sie ihn unter dem Tisch ihre Hand ergreifen.
»Trevor, ich habe dich vermißt«, sagte sie. »Du hast dieses Jahr ziemlich lange gewartet, bis du mich besucht hast. Wen hattest du mit draußen auf den sieben Meeren?«
»Oh, Maggie Whitneys Tochter«, sagte Trevor. »Du kennst Maggie doch, nicht wahr? Aus Connecticut?«
»Ich weiß wirklich nicht, warum ich deinen Umgang mit der Jugend dulde«, sagte Aurora. »Das ist ziemlich inkonsequent von mir, muß ich sagen. Ich habe mich kürzlich von einem Mann getrennt, weil er weitaus weniger getan hat, als du im Verlauf deiner Kreuzfahrten tust. Ich nehme an, du würdest auch mit meiner Tochter segeln gehen, wenn sie frei wäre.«
»Nun, ich hätte lieber die Mutter, doch ich glaube, es will mir nicht glücken«, sagte Trevor. »Ich scheine die Mütter nicht bekommen zu können, und irgend jemand muß ich haben. Allein kann ich nicht leben.«
»Ich meine nicht, daß wir darüber reden sollten«, sagte Aurora. Es stimmte, Trevor Waugh war der einzige Mann, mit dem sie außergewöhnlich nachsichtig verfuhr. Es schien irgendwie nichts Schlechtes an ihm zu geben, nie hatte man gehört, daß er zu irgendeiner Frau, ob jung oder alt, unfreundlich gewesen wäre. All seine Frauen verließen ihn nach einer Weile und nahmen viele hübsche Geschenke, Trevors Liebe und zärtliche Hochachtung mit. Und er blieb ihnen allen liebevoll und zärtlich verbunden. Er hatte in bescheidenem Umfang jede Frau, die er getroffen hatte, verschönt und nicht eine verletzt, und dennoch war keine zu ihm zurückgekehrt, soweit sie wußte, nicht einmal für kurze Zeit. Allein der Tatbestand seiner Liebe zu den Töchtern, der bei jedem anderen Mann ungeheuerlich erschienen wäre, erschien ihr bei Trevor nur rührend und eher süß – beinahe als ein Versuch, der Liebe Dauer zu verleihen, die er für ihre Mütter empfand. Seine Affären hatten niemals Narben hinterlassen, außer bei ihm selber. Doch natürlich, wenn man von Trevor Waugh erwartete, daß er nicht zudringlich würde, so konnte man ebensogut von der Sonne erwarten, daß sie nicht schiene. Sie hatten seit fast dreißig Jahren nichts

miteinander gehabt – sie war seine erste Romanze gewesen und er ihre zweite – und in den Jahren danach drängte es sie nicht, in sein Bett zurückzukehren, obwohl sie, wenn sie ihn sah, keinerlei Anstrengung unternahm, ihm seine Umarmungen und Annäherungsversuche zu verwehren. In der Tat, sie hätte gewußt, daß er krank wäre, wenn er auf Umarmungen und Annäherungsversuche verzichtet hätte. Trevor konnte nicht ohne sie leben, und es war ein glücklicher Umstand, daß die Welt so viele Mütter und Töchter bereithielt, damit er guter Dinge blieb.
»Trevor, ich nehme an, du hast vom Besten bestellt«, sagte sie.
»Das kommt darauf an«, sagte Trevor und nickte einem Kellner zu, der fast augenblicklich mit einem wunderbaren Krabbencocktail herbeikam. Wenn es um kulinarische Genüsse ging, so war sein Geschmack nahezu untadelig zu nennen, obwohl er, der Sportsmann, mehr als sie dazu neigte, Wildbret zu bestellen. Sie erlaubte ihm, sie ein wenig zu tätscheln, als Dank für die vorzüglichen Krabben, und entschied, daß das Leben auf See für den Geruch eines Mannes sehr von Vorteil war. Trevor hatte stets besser gerochen als alle anderen Männer, die sie kannte. Sein Geruch schien eine Mischung aus Salz, Leder und Gewürzen zu sein, und sie beugte sich zu ihm hinüber und schnupperte, um festzustellen, ob es noch derselbe war. Trevor faßte dies als ein Zeichen der Ermutigung auf und kam gleich zur Sache.
»Ich nehme an, du warst überrascht, nicht wahr?« sagte er. »Ich wette, du hast nach all den Jahren nicht von mir erwartet, daß ich anrufe und ein klares Ja oder Nein verlange.«
»Ja, das war ein harter Schock, mein Lieber«, sagte Aurora. »Nur meine langwährende Zuneigung zu dir hielt mich davon ab aufzulegen. Was hat dich auf diesen Gedanken gebracht, wenn ich fragen darf?«
»Ich war immer der Meinung, wir seien füreinander bestimmt«, sagte Trevor. »Ich habe nie verstanden, warum du Rudyard geheiratet hast. Und ich habe nie verstanden, warum du ihn nicht verlassen wolltest.«
»Nun, Trevor«, sagte sie. »Ich lebte mit Rudyard in vollkommener Harmonie. Oder in unvollkommener Harmonie, genauer gesagt. Zumindest trieb er sich nicht ständig mit Ballerinas und Schulmädchen herum.«
»Aber das doch nur, weil du mich nicht heiraten wolltest«, sagte Trevor mit einem gequälten Ausdruck in seinem hübschen Gesicht. Sein Haar war beinahe seit der Zeit, da er Princeton verlassen hatte, von

aristokratischem Weiß, und das paßte ausgezeichnet zu seinem Gesicht und zu seiner Erscheinung.

»Das habe ich nie verstanden«, sagte er und drückte ihre Hand. »Das habe ich einfach nie verstanden.«

»Liebster, so wenige Dinge können wir verstehen«, sagte Aurora. »Iß deine Krabben und trink noch etwas Wein und schau nicht so gequält. Wenn du mir sagst, was du nie verstanden hast, kann ich dir vielleicht helfen.«

»Warum hast du nicht mehr mit mir geschlafen, um offen zu sein?« sagte Trevor. »Ich dachte, alles sei in Ordnung. Dann machten wir unsere Fahrt von Maine nach Chesapeake, und ich dachte immer noch, alles sei in Ordnung, aber dann bist du von Bord gegangen und hast Rudyard geheiratet. War denn etwas nicht in Ordnung?«

»Trevor, das fragst du mich jedesmal, wenn wir zusammen dinieren«, sagte Aurora und drückte ihn zum Trost ein wenig. »Wenn ich gewußt hätte, daß du es so ernst nehmen würdest, hätte ich dich vielleicht geheiratet und dir diese Grübelei erspart. Hör auf, es so ernst zu nehmen.«

»Aber weshalb?« sagte Trevor. »Weshalb? Ich denke immer noch, daß es meine Schuld gewesen ist.«

»Ja, deine Bescheidenheit, oder was auch immer es ist«, sagte Aurora und nahm von seinen Krabben, die er im Verlauf seiner Grübelei vernachlässigt hatte.

»Ich möchte nicht, daß deine Bescheidenheit in Unsicherheit umschlägt, Trevor – nicht wegen etwas, das vor dreißig Jahren geschehen ist. Das habe ich dir bestimmt schon hundertmal gesagt. Keine junge Frau könnte einen besseren Liebhaber haben, als du einer gewesen bist, aber sieh doch, ich war damals eben nur eine junge Frau und ganz und gar frei. Wahrscheinlich habe ich befürchtet, daß du weiter umherschweifen würdest. Ich kann mich nicht allzu genau an die Umstände erinnern, aber ich bekam mit der Zeit das Gefühl, daß, wenn ich weiter mit dir auf diesem Boot umhersegeln würde, ein kleines Mißgeschick passieren könnte. Verzeih mir, Liebster, aber ich habe dich nie für einen geeigneten Familienvater gehalten. Obwohl ich auch nicht weiß, ob es das gewesen ist. Vielleicht warst du auch ein wenig nachlässig bei deinem Werben. Ich erinnere mich nicht mehr. Auf jeden Fall hat die Tatsache, daß ich gegangen bin und Rudyard geheiratet habe, nicht zu bedeuten, daß alles, was wir taten, nicht in Ordnung gewesen wäre, wie du dich ausgedrückt hast. Wenn ich das Leben betrachte, das du geführt hast, glaube ich wirklich, daß du in-

zwischen aufgehört haben solltest, dir darum Sorgen zu machen, ob alles in Ordnung gewesen ist.«
»Ich mache mir immer darum Sorgen«, sagte Trevor. »Was habe ich denn sonst, worüber ich mir Sorgen machen könnte? Ich habe eine Menge Geld. Maggies Tochter dachte nicht, daß es in Ordnung gewesen sei. Ich will, daß du mich heiratest, bevor ich noch tiefer falle. Du und ich, wir hätten keinerlei Sorgen. Was wird, wenn der Tag kommt, wo ich nicht einmal mehr eine Schauspielerin bekomme? Du kannst doch nicht wünschen, daß mir das widerfährt, oder?«
»Natürlich nicht«, sagte Aurora. »Ich habe das deutliche Gefühl, daß wir diese Unterhaltung schon einmal geführt haben, Trevor. Ich empfinde dabei vieles als ›déjà vu‹, und ich sehe nicht ein, warum wir auf den zweiten Gang warten sollten. Essen könnte dabei helfen, mein déjà-vu-Gefühl zu zerstreuen. Ich scheine nur in deiner Gesellschaft darunter zu leiden. Du hast eine unglückliche Neigung, mich an Dinge erinnern zu wollen, die ich vergessen habe. Ich kann mich nie erinnern, das weißt du doch. Alles, woran ich mich erinnern kann, ist eben diese Unterhaltung. Ich habe nicht die geringste Ahnung, warum ich Rudyard an deiner Stelle geheiratet habe. Ich bin kein Psychiater, und ich hoffe, daß einst der Tag kommen wird, da du mich damit in Ruhe läßt.«
»Schon gut, heirate mich, und ich werde nie wieder die Rede darauf bringen«, sagte Trevor. »Es tut mir leid, wenn ich mich in dieser Frage wenig gentlemanlike verhalte, doch kürzlich ist mir etwas aufgegangen. Anscheinend befriedigt mich nichts mehr. Ich glaube, es ist das Alter.«
»Nein, es liegt daran, daß dich dein Sport völlig in Anspruch nimmt«, sagte Aurora. »Du hast auch noch Geist, und du kannst nicht erwarten, daß er sich mit dem bißchen zufriedengibt, das du offenbar bereit bist, ihm zu bieten. Ich glaube, du hast zu viele Yachten gesegelt, zu viele Fische gefangen und zu viele Tiere erlegt. Ganz zu schweigen davon, was du womöglich mit zu vielen Frauen getan hast.«
»Jaja, nun kehren die Hühnchen zum Schlafen zurück in den Stall«, sagte Trevor wieder mit demselben gequälten Gesichtsausdruck. »Du bist der einzige Mensch, der mir geblieben ist, und der mich befriedigen kann, Aurora. Das bist du immer gewesen. Diesmal mußt du mich heiraten. Wenn du wieder fortgehst, bleibt mir keine Hoffnung mehr. Ich könnte ebensogut in den Sonnenuntergang segeln und nicht mehr wiederkehren.«
Aurora begutachtete den Hummer, der gerade gekommen war, und

leckte sich auf diskrete Weise die Lippen. »Trevor, du kennst mich doch«, sagte sie. »Es fällt mir äußerst schwer, mich auf eine Romanze zu konzentrieren, wenn Essen vor mir steht. Außerdem glaube ich wirklich, du solltest solche Bilder vermeiden – ebenso wie falsche Zitate. ›Ein Mahl für die Götter‹ ist von Shakespeare und nicht von Byron, und eine Drohung, in den Sonnenuntergang zu segeln, so ernsthaft sie auch gemeint sein mag, ist nicht dazu geeignet, auf mich Eindruck zu machen. Schließlich hast du, soviel ich weiß, den größten Teil deines Lebens im Sonnenuntergang verbracht. Ich denke weitaus besser von deinem Weinkeller als von deiner Symbolik.«
»Aurora, ich meine, was ich sage«, sagte Trevor und nahm ihre Hand. Aurora zog sie zurück und griff nach einer Gabel.
»Trevor, du kannst mir vorschlagen, soviel du willst, aber versuche nicht, mit mir Händchen zu halten, während ich mit Silberbesteck hantiere«, sagte sie.
»Ohne dich habe ich keine Hoffnung mehr«, sagte Trevor und legte viel Seele in seinen Blick. Aurora schaute zu ihm hinüber, registrierte die Seele und gab ihm einen Bissen von ihrem Hummer, denn er hatte seinen bisher ignoriert.
»Ich glaube, du bist ein wenig kurzsichtig, mein Lieber«, sagte Aurora. »Es ist vielmehr die Tatsache, daß ich dich nicht heiraten werde, die dir Hoffnung macht. Wenn ich dich heiraten würde, wäre ich einfach deine Frau. Daran kann ich nichts sehr Hoffnungsvolles erkennen. Doch solange ich frei bin, kannst du fortwährend deine Hoffnungen hegen, und ich werde dann und wann, wenn ich es brauche, das Vergnügen deiner Gesellschaft haben, und so können wir Jahr für Jahr unsere Romanze fortsetzen.«
»Aber ich mache mir Sorgen«, sagte Trevor. »Ich wache mit der einen oder anderen Frau auf hoher See auf, und schon fange ich an, mir Sorgen zu machen. Was ist, denke ich, wenn ich zurückkomme und Aurora ist verheiratet? Es lenkt mich sogar bei der Jagd von meinen Zielen ab. Ich habe in Schottland Moorhühner verfehlt, das letzte Mal als ich dort war, und ich verfehle Moorhühner niemals. Aus irgendeinem Grund hatte ich jedesmal, wenn eins aufflog, eine Vision von dir in einer Trauungszeremonie. Ich habe kein einziges getroffen.«
»Oh, Liebster«, sagte Aurora. »Du bist der erste Mensch, den ich von seinen Zielen abgelenkt habe. Wenn es dir irgendwie hilft, so kann ich dir versichern, daß ich keinerlei Absicht habe zu heiraten. Ich würde unsere kleine Romanze sehr vermissen.«
»Das hilft mir überhaupt nicht«, sagte Trevor. »Du hast Rudyard ge-

heiratet, und das hat uns nicht auseinandergebracht. Wir waren bereits auseinander. Nichts wird mich dazu bringen, mir keine Sorgen mehr zu machen.«
Aurora zuckte mit den Schultern. Der Hummer war vorzüglich. »Dann mach dir eben Sorgen«, sagte sie.
Trevor begann zu essen. »Eigentlich gibt es doch etwas, was mich dazu bringen könnte, mir keine Sorgen mehr zu machen«, sagte er.
»Ich war überzeugt, daß es so etwas gibt«, sagte Aurora. Er führte Gabel und Messer mit solcher Eleganz – das hatte er immer schon gekonnt – und der Anblick machte sie nachdenklich. In der Rückschau erschien es ihr seltsam, daß sie einen so wohlerzogenen, das Vergnügen liebenden Mann wie Trevor für einen Menschen wie Rud aufgegeben hatte, der jeden Abend seines Lebens Sandwiches mit Pfefferkäse hätte essen können, ohne sich zu beklagen. Rudyard hatte absolut keine Ahnung von gutem Essen. Er wußte, wo es zu haben war und wie es schmecken sollte, doch abgesehen von der kurzen Zeitspanne seines Werbens gab er sich keine sonderliche Mühe, Gebrauch von seinen Kenntnissen zu machen. Trevors Neigungen paßten entschieden besser zu den ihren, und es war schon sonderbar, daß sie weder damals noch sonst irgendwann den Drang verspürt hatte, ihn zu heiraten.
»Wir werden später darüber sprechen«, sagte Trevor und langte unter dem Tisch zu ihr herüber, um ihr Bein herzhaft zu drücken. »Ich möchte, daß du siehst, wie ich mein Boot hergerichtet habe.«
»Beschreib es mir«, sagte Aurora. »Es ist unwahrscheinlich, daß ich imstande bin, eine Bootsfahrt zu wagen, nachdem ich so viel gegessen habe. Übrigens, du hast mir noch nichts von deiner Frau des Jahres erzählt. Du bist der einzige Mann, den ich kenne, der ein interessantes Leben führt, und ich verstehe nicht, warum du meine Neugier derart auf die Folter spannst.«
Bei ihren anderen Verehrern konnte sie nicht einmal die Erwähnung anderer Frauen ertragen, doch Trevor war die große Ausnahme. Er versicherte ihr ständig, daß sie seine einzige große Liebe sei, und sie glaubte ihm und hatte ein großes Vergnügen daran, von anderen Frauen zu hören, mit denen er es trieb. Trevor stieß einen Seufzer aus, aber irgendwie fühlte er sich immer besser, nachdem er Aurora von seinen kleinen Liebschaften erzählt hatte, und so erzählte er ihr von einer polnischen Schauspielerin und einer kalifornischen Hausfrau und einer Reihe von hübschen Müttern und Töchtern aus Connecticut. Diese Erzählungen unterhielten sie beim Hummer, beim

Dessert und bis zum Cognac. Aurora war satt und zufrieden und ließ ihn ihre Hand halten, während er redete.
»Jetzt siehst du ja«, sagte sie, »wenn ich nicht so freundlich gewesen wäre, dich lustig jagen zu lassen, dann hättest du keine von diesen Jagden erlebt, und wenigstens ein paar davon müssen doch lustig gewesen sein.«
»Es war immer lustig«, sagte Trevor. »Das ist es ja, Aurora. Jede Liebschaft, die ich in den dreißig Jahren gehabt habe, war lustig. Vielleicht ist das der Grund, warum ich dich will. Du bist die einzige, die mich unglücklich macht.«
»O, Trevor, mein Lieber, sag so etwas nicht«, sagte Aurora. »Du weißt doch, ich kann das Gefühl nicht ertragen, grausam zu dir gewesen zu sein. Noch dazu jetzt, wo du mir gerade ein so üppiges Mahl vorgesetzt hast.«
»Ich mache dir ja keinen Vorwurf«, sagte Trevor. »Es ist nur so, daß ich lieber über dich unglücklich bin, als über die meisten Frauen, die ich kenne, glücklich zu sein.«
»Liebster, du bist viel zu nett zu mir«, sagte Aurora. »Ich meine, mich zu erinnern, daß ich bei ein oder zwei Gelegenheiten in der Vergangenheit recht grausam zu dir gewesen bin und du nie so empört darüber warst, wie ich es eigentlich verdient hätte. Wenn du es gewesen wärst, wer weiß, vielleicht wäre ich folgsam geworden.«
»*Ich* weiß«, sagte Trevor. »Ich mag stark und dumm aussehen, aber ich bin kein Trottel. Wenn ich mich so verhalten hätte, hättest du überhaupt nichts mehr mit mir zu tun haben wollen.«
Aurora gluckste. Ihr Verehrer hatte nach wie vor seine gewinnenden Seiten. »Es stimmt, ich kann Leute nicht ausstehen, die es wagen, mich zu tadeln«, sagte sie. »Ich habe das Recht zu tadeln stets als mein persönliches Privileg betrachtet. Was soll nun aus uns werden, Trevor?«
»Zweimal Hummer im Jahr, vermute ich«, sagte Trevor. »Vielleicht ab und zu auch ein Fasan. Es sei denn, du heiratest mich. Wenn du mich heiratest, verspreche ich dir, mich zu ändern. Wir könnten nach Philadelphia ziehen. Dort befindet sich der Geschäftssitz unserer Familie, weißt du. Ich würde sogar mein Boot verkaufen, wenn du es von mir verlangst.«
Aurora tätschelte rasch seine Hand. Sie ließ ihre Augen sinken, und irgend etwas in ihr sank gleichfalls.
»Liebling, du darfst nie dein Boot verkaufen«, sagte sie nach einer Weile. »Es schmeichelt mir, daß du mich so sehr liebst, und ich glaube

dir, doch da ich mich nun einmal geweigert habe, der Sinn deines Lebens zu sein, habe ich kein Recht, das von dir zu verlangen. Außerdem machst du eine so hinreißende Figur auf deiner Yacht. Du weißt ja nicht, wie oft ich im Laufe der Jahre daran gedacht habe, wie hinreißend du in jenen Tagen gewesen bist, damals als wir miteinander segelten. Ich weiß nicht, was ich um romantische Gedanken geben würde, wenn ich nicht wüßte, daß du immer auf deinem Boot bist... dein hinreißendes Aussehen... und daß du mich von Zeit zu Zeit besuchst.«

Trevor schwieg. Sie desgleichen.

»Du bist nicht für Philadelphia und das Geschäft deiner Familie bestimmt«, sagte Aurora. »Ebensowenig bin ich für die See bestimmt. Ich weiß, daß nichts mehr klappt, wenn ein Mensch zuviel aufgeben muß. Ich war nie imstande, mich in irgendeiner Beziehung zu ändern, fürchte ich, Trevor, und da dies nun einmal so ist, war ich immer glücklich, daß du die See so sehr liebst.«

»Ja«, sagte Trevor. »Sie ist eine gute Ersatzliebe.«

Er dachte einen Augenblick nach. »Ich glaube nicht, daß jeder eine so große Ersatzliebe besitzt«, sagte er. »Sie haben hier eine Combo, weißt du. Warum sollen wir hier herumsitzen? Wir werden nur schläfrig. Hast du Lust, hinaufzugehen und zu tanzen?«

»Aber natürlich, Trevor«, sagte Aurora und faltete ihre Serviette. »Warum sitzen wir hier herum? Du schlägst genau das vor, bei dem es mir nie in den Sinn käme, dich abzuweisen. Laß uns sofort tanzen.«

3

Sie tanzten. »Mein Gott, wie habe ich das vermißt«, sagte Aurora. »Wie habe ich dich vermißt«, sagte Trevor. Er tanzte ebensogut, wie er mit Messer und Gabel umgehen konnte. Dann, gerade als sie beide das Gefühl hatten, richtig in Schwung zu kommen, hörte die Kapelle auf zu spielen, und die Musiker packten die Instrumente ein. Unglücklicherweise hatten sie ausgerechnet einen Walzer für den Abschluß gewählt, und Walzer riefen bei Trevor solch tiefe, nostalgische Erinnerungen an ihre Zeit an der Ostküste hervor, daß die ganze fröhliche Ausgeglichenheit des Abends zerstört war.

»Der neue Tag hat uns jedesmal noch auf den Beinen gesehen, erinnerst du dich?« sagte er und umarmte Aurora, die für einen Augenblick an einem offenen Fenster frische Luft schöpfte. »Komm, wir ge-

hen in das mexikanische Restaurant. Der neue Tag könnte uns mal wieder auf den Beinen sehen. Ich bin noch nicht zu alt.«
»Sehr gern«, sagte Aurora, denn er war nett gewesen und hatte das Ultimatum in keiner Weise zur Sprache gebracht.
Im Taxi sah dann das Leben weniger nach einer romantischen Erinnerung und mehr nach einem wüsten Durcheinander aus. Trevor lag natürlich halb auf ihr, doch sie schaute aus dem Fenster, sah zu, wie Houston vorüberzog, und schenkte ihm nicht viel Beachtung.
»Der neue Tag hat uns immer auf den Beinen gesehen«, wiederholte Trevor. Er hatte sich in diesen Satz verliebt.
»Nun, Trevor, ich muß zugeben, daß du der einzige Mann bist, den ich kenne, der begriffen hat, daß Tanzen ein fester Bestandteil des Lebens sein sollte«, sagte Aurora sehr zufrieden.
»Natürlich, genau wie Sex«, sagte Trevor. »Ich muß dich einfach küssen.«
Vielleicht, weil sie gerade ein wenig schläfrig war, oder vielleicht, weil es sie rührte, daß seine Galanterie beim Werben um sie dreißig Jahre lang so kärglich belohnt worden war, oder vielleicht, weil er noch immer besser roch als jeder andere Mann, den sie kannte, ließ Aurora ihn gewähren. Sie hatte im Laufe der Jahre bei Trevor ähnliche Impulse aus ähnlichen Gründen gehabt, und die Resultate waren für beide enttäuschend und in Wahrheit nie mehr als Höflichkeiten gewesen. Doch ein bißchen konnte nie schaden und es hätte auch in diesem Fall nicht geschadet, wenn Trevor nicht in einer wilden, kurz aufflackernden Hoffnung seine Hand in ihren Büstenhalter gesteckt hätte. In diesem Augenblick brach Aurora den Kuß ab, richtete sich auf und holte tief Atem, um wieder einen klaren Kopf und ihre fünf Sinne zusammenzubekommen, obwohl sie in Wirklichkeit nur so tat, als hätte sie sie verloren. Trevor hatte sein Handgelenk in einem ziemlich spitzen Winkel herumbiegen müssen, um seine Hand in den Büstenhalter hineinzuzwängen, und als Aurora anfing, ihre Lungen zu blähen, bewirkte das einerseits, daß seine Hand in ihrem Busen eingeklemmt blieb, und andrerseits, daß ihm ein entsetzlicher Schmerz durch das Handgelenk fuhr.
»O Gott«, sagte er. »Beug dich bitte zu mir. Beug dich doch herüber!«
»Oh, Trevor, um Himmels willen, wir sind fast da«, sagte Aurora, die seine flehentliche Stimme falsch deutete und sich nur noch mehr aufrichtete.
»Ooh! Bei Gott! Bitte, du brichst mir das Gelenk«, sagte Trevor. Er

war teilweise auf den Fußboden gerutscht, um nicht laut aufzuschreien, und er war überzeugt, daß er ein leises Krachen gehört hatte, als Aurora sich das zweite Mal bewegte.
Aurora war so höflich, seinen kleinen Überfall zu übergehen. Das war die einzig angemessene Strategie bei Trevor, doch schließlich bemerkte sie an seinem Gesichtsausdruck, daß etwas nicht stimmte, und beugte sich vor. Behutsam holte er seine Hand heraus und hielt sie ihr unglücklich vor die Augen.
»Warum baumelt sie so?« fragte sie.
»Ich glaube, dies ist das erste Handgelenk, das je von einem Busen gebrochen worden ist«, sagte er und betastete es vorsichtig. Er hatte ein Gefühl, als würden die Knochenenden überstehen, und nachdem Aurora ihm eine Weile das Gelenk gerieben hatte, stellte er mit einer gewissen Erleichterung fest, daß es wahrscheinlich nur verstaucht war.
»Ich wollte, es wäre gebrochen«, sagte er. »Wäre das nicht romantisch? Dann hättest du mich eine Zeitlang bei dir wohnen lassen und dich um mich kümmern müssen.«
Aurora lächelte und rieb ihm das Handgelenk. »Das kommt nur von dem Gerede vom neuen Tag, der uns auf den Beinen sieht«, sagte sie. »Du übertreibst wie immer, mein Bester. Der neue Tag sah uns für gewöhnlich auf einer Couch im Foyer des Plaza, wenn ich mich recht erinnere.«
»Dieser Morgen wird uns auf den Beinen sehen«, sagte Trevor entschlossen.
Statt dessen sah er sie an einem roten Tisch im offenen Hof eines Lokals, das »Last Concert« hieß, und Trevor trank eine Flasche mexikanisches Bier. Das »Last Concert« war nur eine kleine mexikanische Bar mit einer Musikbox und einer kleinen Tanzfläche, aber von den wenigen Lokalen in Houston, die nach der Sperrstunde noch auf hatten, war es Aurora das liebste. Es lag an einer dunklen Straße im Norden von Houston, unweit des Rangierbahnhofs, und sie konnte in geringer Entfernung hören, wie Güterwaggons gegeneinanderstießen. Ihr Verehrer schlürfte ein Bier. Es war niemand da außer ihnen und einer uralten Mexikanerin, die drinnen hinter der Theke vor sich hindöste, und einer großen, grauen Ratte in einer Ecke des Hofraums.
»Ich wollte, ich hätte meine Pistole dabei«, sagte Trevor. »Ich würde einen Schuß auf die Ratte abgeben.«
Die Ratte nagte an den Resten einer Tortilla und ließ sich durch die Anwesenheit von zwei elegant gekleideten menschlichen Wesen nicht im geringsten stören. Als der Himmel über ihnen heller wurde,

stach der Kontrast zwischen ihrer Kleidung und der kahlen Schäbigkeit des Lokals und des Hofraums stärker ins Auge, doch Aurora fühlte sich entspannt müde und störte sich nicht daran. Trevor verbrachte sein halbes Leben in der Karibik oder in Lateinamerika und verstand sich wunderbar auf lateinamerikanische Tänze. Einmal hatten sie bis zum Umfallen Rumbas und Sambas getanzt, Chachachas und verschiedene andere, noch wildere Tänze, die Trevor improvisierte, zum großen Entzücken von fünf oder sechs Mexikanern mittleren Alters, die geblieben waren, um Bier zu trinken und ihnen fast bis sechs Uhr morgens zuzuschauen.

Das Licht wurde noch heller, und sie sah, daß ihr Verehrer mehr Fältchen auf dem Gesicht hatte, als sie gedacht hätte.

»Trevor, Liebster, du läßt mich nie dein wahres Gesicht sehen«, sagte sie. »Immer versteckst du es in den dunkelsten Restaurants. Woher willst du wissen, ob ich dich noch möchte, wenn ich es im Licht zu sehen bekäme?«

Trevor seufzte. »Komm, wir müssen mit dem Ultimatum zu Rande kommen«, sagte er.

»Müssen wir das?« fragte sie leicht belustigt.

»Wir müssen, wir müssen«, sagte Trevor. »Ich kann es mir nicht leisten, noch weitere zehn Jahre verstreichen zu lassen. Ich kann es nicht mehr ertragen, mir immer Sorgen machen zu müssen, daß du vielleicht heiratest. Bitte sag ja.«

Aurora schaute der Ratte zu, die das Stück Tortilla am Zaun entlangschleppte, bis sie zu einem Durchschlupf kam. Sie verschwand in dem Loch, aber dann blieb sie offensichtlich stehen, um weiter an der Tortilla zu nagen, denn ihr Schwanz ragte noch in den Hof.

»Du segelst in den Sonnenuntergang davon und willst mich nie mehr wiedersehen, wenn ich nein sage, ist das richtig?« fragte sie ruhig.

»Das ist absolut richtig«, sagte Trevor. Er schlug leicht mit der Handfläche auf den Tisch, um seinen Worten Nachdruck zu verleihen, und trank sein Bier aus, um zu zeigen, daß er imstande war, Dinge endgültig und absolut, absolut und endgültig zum Abschluß zu bringen. Während er trank, schaute er ihr direkt in die Augen.

Aurora stand auf, ging um den Tisch herum und setzte sich auf seinen Schoß. Sie umarmte ihn herzlich und gab ihm einen herzhaften Kuß auf die Wange und schnupperte an ihm.

»Bedauerlicherweise lautet meine Antwort nein«, sagte sie. »Trotzdem hoffe ich, daß du mir dabei hilfst, ein Taxi zu bekommen, bevor du aufbrichst. Du hast mich geradezu königlich unterhalten, und ich

hatte eigentlich vorgehabt, dich zu mir zum Frühstück einzuladen, doch nun, da alles entschieden ist, nehme ich an, daß du gleich loseilen mußt...«
Trevor schmiegte wehmütig seine Wange an den Busen, der beinahe sein Handgelenk gebrochen hätte.
»Nun ja, ich habe es nicht so gemeint«, sagte er. »Ich hatte nur gehofft, dich davon zu überzeugen, daß ich es ernst meine. Es war das einzige, was mir noch zu versuchen übrig blieb.«
Aurora hielt ihn weiter im Arm. Es war immer angenehm gewesen, ihn im Arm zu halten, und wenn alles gesagt und getan war, war er ein Unschuldslamm, ein Kind.
»Du hättest mir kein Ultimatum stellen sollen«, sagte sie. »Das ist etwas, das deinem wahren Charakter ganz und gar nicht entspricht. Ich an deiner Stelle würde das bei keiner versuchen. Wir haben all die Jahre gehabt, um miteinander grau zu werden, und ich weiß solche kleinen Gesten zu schätzen, aber ich zweifle daran, ob eine jüngere Frau dies verstehen würde.«
Trevor kicherte in ihren Busen hinein. »Nein, sie massakrieren mich«, sagte er. »Weißt du, Aurora, es ist eine seltsame Sache. Ich fühle mich nur mürbe, wenn ich mit dir zusammen bin.«
»Ich bin gerührt«, sagte Aurora. »Und wie fühlst du dich in der übrigen Zeit?«
Trevor schaute zu ihr auf, doch er antwortete nicht sogleich. Die ersten Sonnenstrahlen fielen durch eine Lücke im Zaun in den Hof, und die alte Mexikanerin kam mit einem Besen heraus und kehrte die Tortillareste, die die Ratte übersehen hatte zusammen. Sie schien sich nicht mehr als die Ratte für den Umstand zu interessieren, daß um sieben Uhr am Morgen zwei gut gekleidete Menschen mittleren Alters auf einem Stuhl saßen und einander umarmten.
»Ich bin verzweifelt«, sagte Trevor schließlich. »Anscheinend versteht keine Frau, was ich sage. Ich sage wirklich nicht viel, aber es wäre trotzdem schön, wenn mich dann und wann einmal eine Frau verstehen würde. Aber sie verstehen mich nicht, und ich versuche, es zu erklären, und dann verstehen sie die Erklärungen genausowenig. Das ist dann der Augenblick, in dem ich anfange, mir Sorgen zu machen, daß du heiraten könntest, Aurora. Verstehst du, was ich meine?«
Aurora tat einen Seufzer und nahm ihn ein wenig fester in den Arm. »Ich verstehe, was du meinst«, sagte sie. »Ich glaube, du mußt mit zu mir nach Hause kommen und richtig frühstücken.«

Shirley MacLaine als Aurora Greenway, eine reizvolle Witwe mit spitzer Zunge, und Debra Winger als ihre Tochter Emma, verträumt, romantisch und dabei doch auch sehr realistisch

Jack Nicholson als in die Jahre gekommener Frauenheld

Viele Jahre haben Aurora und ihr Nachbar Haus an Haus gelebt und sich schweigend und argwöhnisch beobachtet, bis sie jetzt zum erstenmal miteinander ins Gespräch kommen

Emma und ihre Mutter in einem Augenblick herzlichen Einverständnisses

Auf ihrer Geburtstagsfeier überrascht Aurora den langjährigen Verehrer Vernon mit einem spielerischen Kuß

Nach Jahren gegenseitiger Mißbilligung bahnt sich zwischen Aurora und ihrem Nachbarn eine überraschende Liebesbeziehung an

Emma und ihr Liebhaber Sam Burns

Mutter und Tochter in einem offenen und herzlichen Gespräch

Emma und ihr Mann Flap bei einer der zahlreichen Auseinandersetzungen wegen Aurora

So verschieden Emma und Aurora auch sind, finden beide doch immer wieder in zärtlichem Verständnis zueinander

Aurora und ihr Liebhaber auf einer wilden Autofahrt

Emmas plötzliche Krankheit führt zwischen Mutter und Tochter zu einer Innigkeit, wie sie in früheren Jahren nicht möglich schien

Emma und Flap in einer kritischen Phase ihrer Ehe

Aurora Greenway, eine Frau, die ihre Umwelt ständig zu vereinnahmen droht und durch allzu offene Kritik vielfach verletzt – dann aber wieder durch Zartgefühl und Herzlichkeit überrascht und bezaubert

Elftes Kapitel

1

Um drei Uhr an diesem Nachmittag wurden Emma und Rosie allmählich nervös. Auroras jährliche Dinner-Party für Cecil sollte in fünf Stunden anfangen, und nichts war vorbereitet. Trevor hatte ein Frühstück vorgesetzt bekommen und sich um zehn Uhr auf seine Yacht zurückgezogen. Aurora war für ein Nickerchen in ihrem Schlafzimmer verschwunden. Sie war fröhlich verschwunden, und sie hatte versprochen, um ein Uhr wieder zu erscheinen, doch es war nur Emma aufgetaucht, um zu helfen, und die beiden hatten zwei Stunden gewartet, ohne von oben ein Geräusch zu hören.
»Wenn sie die ganze Nacht lang getanzt hat, ist sie wahrscheinlich nur müde«, sagte Emma. »Wenn ich die ganze Nacht lang getanzt hätte, wäre ich auch müde.«
Rosie, die gerade an einem Fingernagel kaute, schüttelte den Kopf.
»Du kennst Mama nicht so gut wie ich, Kleines«, sagte Rosie. »Tanzen bringt sie nur in Schwung. Die Frau hat vielleicht eine Energie im Leib, kann ich dir sagen. Sie schläft nicht. Sie ist auf und bläst Trübsal. Deshalb hasse ich es auch, wenn Mr. Waugh in die Stadt kommt. Es geht ihr gut, solange er da ist, aber von dem Augenblick an, wo er aufbricht, geht alles schief. Ich habe noch keine gesehen, die so niedergeschlagen ist wie sie, wenn Mr. Waugh wieder gegangen ist. Jetzt ist sie wach und ganz niedergeschlagen.«
»Woher willst du das wissen? Ich glaube, sie schläft.« Emma versuchte, optimistisch zu sein.
Rosie nagte weiter an ihrem Nagel. »Ich weiß es«, sagte sie. »Ich bin nicht umsonst so nervös.«
Als es fast drei Uhr war, beschlossen die beiden, daß etwas geschehen mußte. Aurora würde wütender sein, wenn sie nichts unternähmen, als wenn sie ihr Nickerchen unterbrächen, argumentierte Emma. Rosie schenkte der Nickerchen-Theorie keinen Glauben, doch sie pflichtete Emma bei, daß Handeln geboten war, und sie folgte ihr widerwillig die Treppe hinauf. Die Schlafzimmertür war zu. Beide standen ratlos da, bis ihnen das Schauspiel ihrer eigenen Feigheit unerträglich wurde. Emma klopfte leise an, und als sie keine Antwort bekam, drückte sie die Tür zögernd auf.
Sie sahen, daß Aurora auf war. Sie saß in ihrem blauen Morgenman-

tel vor der Frisierkommode, mit dem Rücken zur Tür, und verriet durch keinerlei Anzeichen, daß sie hörte, wie sie geöffnet wurde. Sie starrte in den Spiegel. Ihre Haare waren völlig zerwühlt.

»Jetzt müssen wir den Stier bei den Hörnern packen«, sagte Rosie. Hauptsächlich aus dem Bedürfnis heraus, Emma zu schützen, eilte sie in das Zimmer, als ob nichts wäre, und ging direkt auf ihre Chefin zu. Es war der Ausdruck in Auroras Augen, der Rosie in Schrecken versetzte – der Ausdruck von Hoffnungslosigkeit. Ihr Gesicht war ruhig und gelassen, doch es war nicht das Gesicht der fröhlichen Frau, die es sich nur wenige Stunden zuvor beim Frühstück so gut hatte schmecken lassen.

»Hören Sie auf, Trübsal zu blasen«, sagte Rosie rasch.

»Mama, bitte«, sagte Emma. »Was ist denn los?«

»Schluß jetzt mit Trübsalblasen, hab' ich gesagt«, wiederholte Rosie. »Stehen Sie auf. Sie müssen ein Essen richten, falls Sie das vergessen haben. Sie sitzen da und bemitleiden sich selbst. Davon wird Ihr Essen auch nicht fertig.«

Aurora drehte sich brüsk um und begegnete dem Blick ihres Hausmädchens. Ihr eigener war ohne jedes Gefühl.

»Du glaubst, ich täte mir selbst leid, nicht wahr?« sagte sie. »Ich nehme an, du hättest gern eine Gehaltsaufbesserung dafür, daß du mir diese kleine Diagnose gestellt hast.«

Sie schaute Emma an, bevor sie ihren Blick wieder auf den Spiegel richtete. »Ich nehme an, das ist es auch, was du denkst, Emma«, sagte sie.

»Um Gottes willen, ich weiß nicht, was los ist«, sagte Emma. »Niemand weiß, was los ist. Was *ist* denn los?«

Aurora zuckte mit den Schultern, antwortete aber nicht.

»Mama, bitte antworte«, sagte Emma. »Es macht mich rasend, wenn du mir nicht sagst, was los ist.«

»Frag Mrs. Dunlup«, sagte Aurora. »Ich bin überzeugt, sie kennt mich besser als ich mich selber. Um die Wahrheit zu sagen, ich war nicht darauf vorbereitet, daß ihr beide in mein Schlafzimmer eindringt. Ich wünsche keinen Besuch, das sollte doch wohl klar sein. – Ich wäre euch sehr verbunden, wenn ihr beide verschwindet. Ich könnte sonst jeden Augenblick bösartig werden, und um euretwillen wäre es mir lieber, wir ließen es jetzt nicht auf eine Auseinandersetzung ankommen.«

»Nur weiter so. Von mir aus werden Sie verrückt«, sagte Rosie, die vor Spannung kaum atmen konnte.

Aurora sagte nichts. Sie nahm eine Haarbürste und schlug damit ein paarmal abwesend in ihre Handfläche. Ihre Augen blickten immer noch ins Leere.
»Wir wissen nicht, was wir mit dem Essen machen sollen«, sagte Emma. »Bitte sag doch etwas. Kannst du uns nicht ein paar Anweisungen geben?«
Aurora wandte sich zu ihr um. »Du, hör mir zu, Rosie«, sagte sie. »Worte verletzen. Schon gut, Emma«, fügte sie hinzu. »Ich falle nicht gern anderen Leuten auf die Nerven, wenn ich mich in der gegenwärtigen Verfassung befinde, doch ich sehe schon, ihr laßt mir keine andere Wahl. Offensichtlich habe ich nicht mehr das Privileg zu entscheiden, wann ich Gesellschaft haben möchte und wann nicht.«
»Stimmt genau«, sagte Rosie, deren Stimme ein wenig hohl klang bei dem Affront, den sie gerade versuchte. »Wir kommen von jetzt ab immer bei Ihnen reingeplatzt, wenn uns gerade danach ist.«
Aurora drehte sich zu ihr herum. »Hör mir zu, Rosie«, sagte sie. »Du kannst reden soviel du willst, aber du solltest dich besser nach einer neuen Arbeit umsehen, wenn du die Absicht hast, mich des Selbstmitleids zu bezichtigen. Das mag ich nicht.«
»Zum Kuckuck, ich tu' mir auch die ganze Zeit selber leid«, sagte Rosie und setzte zum Rückzug an. »Tut das nicht jeder?«
»Nein«, sagte Aurora.
»Viele Menschen tun das«, sagte Emma nervös, und versuchte, Rosie aus der Klemme zu helfen.
Aurora wirbelte herum. »Ich habe nicht mit dir gesprochen, und du verstehst herzlich wenig von dem, worüber du gerade redest«, sagte sie. »Es gibt Stunden, in denen schämt man sich, wenn einen jemand sieht, und ich hatte gerade eine solche Stunde, als ihr beide hereingeschneit kamt. Das war sehr gedankenlos von euch. Offensichtlich habt ihr gedacht, ich sei so schwach oder so zartbesaitet, daß ich deshalb meine Dinner-Party vergessen hätte. Ihr seid gekommen, um mich zu drängen. Dazu kann ich nur sagen: Ich gebe nun schon seit vielen Jahren Dinner-Partys, und ich bin durchaus imstande, ein Essen in erheblich kürzerer Zeit zu bereiten, als ich noch habe. Ich hatte keineswegs die Absicht, mich um meine Pflichten als Gastgeberin zu drücken, und ihr habt doch offensichtlich angenommen, ich sei im Begriff, das zu tun.«
»Fallen Sie doch nicht so über mich her«, sagte Rosie. Sie war den Tränen nahe. »Ich bin sowieso schon halb durchgedreht.«
»Ja, du bekommst viel weniger vom Leben, als du verdient hast«,

sagte Aurora. »Ich habe zufällig das gegenteilige Problem. Ich bekomme mehr, als ich verdient habe. Trevor Waugh glückt es jedesmal, mir das klarzumachen. Warum das so ist, weiß ich nicht, aber selbst wenn ich es mir erklären könnte, ginge dich das herzlich wenig an; und dich ebensowenig«, sagte sie heftig und wandte sich wieder an Emma. Sie hielt inne und betrachtete sich einen Augenblick lang im Spiegel. »Seltsam«, sagte sie. »Meine Unterlippe scheint voller, wenn ich unglücklich bin.«
Emma und Rosie tauschten hoffnungsvolle Blicke, doch war ihr Optimismus voreilig. Auroras Blick wurde wieder starr, und Energie und Lebensgeister schienen sie wieder zu verlassen.
»Schon gut«, sagte Emma. »Es tut mir leid, daß wir hereingekommen sind. Wir gehen jetzt und lassen dich allein.«
»Jetzt ist es nicht mehr nötig, daß ihr geht«, sagte sie. »Ihr habt mich in meiner schlimmsten Verfassung gesehen.«
Sie schaute auf Rosie, tat einen Seufzer, preßte ihre Lippen zusammen und drohte ihr in schwachem, scherzhaftem Zorn mit der Faust. »Ich bin voll Selbstmitleid«, sagte sie müde. »Würdest du mir bitte einen Tee machen?«
»Ich mach' Ihnen 'n ganzen Eimer voll«, sagte Rosie. Sie war glücklich darüber, daß die Spannung endlich gebrochen war. Sie schniefte, als sie hinausging.
»Es tut uns schrecklich leid«, sagte Emma und hockte sich neben den Stuhl ihrer Mutter.
Aurora schaute sie an und nickte. »Ja, so bist du, Emma«, sagte sie. »Jetzt entschuldigst du dich, weil du etwas ganz Normales getan hast. Dabei hättest du recht haben können. Ich hätte wahrscheinlich das Dinner vergessen. Ich fürchte, du wirst dich dein ganzes Leben lang entschuldigen, und es wird dir jedesmal leid tun.«
»Was hätte ich denn sonst tun sollen?« fragte Emma. »Dich auch noch treten, wenn du schon am Boden bist?«
Aurora fing nun ernsthaft an, ihr Haar zu bürsten. »Wenn du nur ein bißchen Instinkt besäßest, hättest du es getan«, sagte sie. »Es ist die einzige Gelegenheit, bei der du mich treten kannst.«
»Deine Unterlippe *ist* voller, wenn du unglücklich bist«, sagte Emma, um das Thema zu wechseln.
Aurora betrachtete sie. »Ja, ich fürchte, sie läßt mich leidenschaftlicher aussehen als ich bin«, sagte sie.
»Wie war der alte Trevor?« fragte Emma.
Aurora schaute mit einem Anflug von Hochmut auf sie herab. »Der

alte Trevor ist nicht älter als ich«, sagte sie. »Das solltest du dir merken. Der alte Trevor und die alte Aurora hatten einen sehr schönen Abend. Danke der Nachfrage. Und im Grunde genommen kommt der alte Trevor meinen Idealvorstellungen ziemlich nahe. Was glaubst du, weshalb ich so trübsinnig bin? Unglücklicherweise hat er in unserem Leben alles zum falschen Zeitpunkt gemacht. Ich brauchte ihn nicht, wenn ich ihn hatte, und jetzt, wo ich ihn brauche, will ich ihn nicht mehr. Er hat mir diesmal sogar angeboten, eine Wohnung in New York zu nehmen. In Anbetracht der Tatsache, daß er die Stadt verabscheut, war das mehr als lieb von ihm. Dort hätte ich Bloomingdale und Bendel und die Met. Außerdem hätte ich mit Trevor einen netten, mich innig liebenden Mann. Das ist alles, wonach meine Natur sich sehnt.«
»Dann tu es doch«, sagte Emma. »Heirate ihn.«
Aurora schaute nachdenklich über sie hinweg. »Du hast viel mehr von der Natur deiner Großmutter als von meiner«, sagte sie. »Sie machte sich auch immer zum Anwalt von halben Sachen.«
Sie stand auf und ging zum Fenster, um zu sehen, wie ihr Garten ausschaute. Das Leben kehrte in kleinen Schüben in sie zurück. Sie versuchte zu singen und fand, daß sie gut bei Stimme war. Sie fühlte sich dadurch sogar besser, und sie blickte spöttisch auf ihre Tochter herab.
»War Daddy eine halbe Sache?« fragte Emma. »Du erzählst mir nie etwas Wichtiges. Wieviel hat er dir in deinem Leben bedeutet? Ich will das wissen.«
Aurora kam an ihre Frisierkommode zurück und begann, ihr Haar energisch zu bürsten. »Dreißig bis fünfunddreißig Prozent«, sagte sie knapp. »So etwa in dem Bereich.«
»Armer Daddy«, sagte Emma. »Das ist nicht sehr viel.«
»Nein, aber das konstant«, sagte Aurora.
»Ich hatte nicht Mitleid mit dir, ich hatte Mitleid mit Daddy«, sagte Emma.
»Oh, natürlich. Ich bin sicher, du würdest am liebsten glauben, ich hätte deinen Vater unglücklich gemacht, doch in Wirklichkeit habe ich das nicht. Sein Leben war durchaus angenehm – jedenfalls angenehmer als meines.«
»Ich wollte, du würdest mir von deiner verruchten Vergangenheit erzählen«, sagte Emma. »Manchmal spüre ich, daß ich dich gar nicht richtig kenne.«
Aurora lächelte. Sie genoß es, ihr Haar zu bürsten. Es hatte gerade die

richtigen Schattierungen, und das gefiel ihr sehr. Sie stand auf und ging zu ihrem Wandschrank. Sie überlegte, was sie anziehen sollte.
»Ich habe jetzt keine Zeit für große Enthüllungen«, sagte sie. »Wenn ich Zeit hätte, würde ich loslaufen und mir ein neues Kleid kaufen. Unglücklicherweise habe ich keine Zeit. Ich werde heute abend ein ziemlich exotisches Gulasch servieren. Es wird ein Test. Wenn Cecil am Ende mit einem blitzblanken Teller dasteht, ist der Test gelungen.«
»Warum warst du so trübsinnig?« fragte Emma.
»Weil ich Trevor heiraten, ihn glücklich machen und mit ihm das Leben führen sollte, für das ich bestimmt bin«, sagte Aurora. »Unglücklicherweise glaube ich nicht, daß es mir gelingen wird, das Leben zu führen, für das ich bestimmt bin. Augenblicklich weist mein Lebensweg ins Niemandsland. Trevor scheint mit seinen Frauen Schwierigkeiten zu haben, die noch zunehmen, je älter er wird. Es ist ziemlich herzlos von mir, daß ich mich nicht ausreichend um ihn kümmere, um ihm aus der Patsche zu helfen. Es gibt Momente, da empfinde ich mich selbst als undankbare Person. Das ist ein Gefühl, das mich ängstigt, und Trevor ruft es fast immer bei mir hervor.«
Sie dachte eine Weile nach und drehte an ihren Ringen. »Es ist schön, daß mein Haar noch so hübsch aussieht«, sagte sie.
»Und es ist auch schön, daß du wieder bessere Laune hast«, sagte Emma. »Ich weiß übrigens nicht, wie wir mit dieser Dinner-Party fertig werden sollen. Ich glaube, wir sollten sie wieder abschaffen.«
»Das können wir nicht«, sagte Aurora. »Es ist eine gesellschaftliche Notwendigkeit, die du uns durch deine Heirat aufgezwungen hast.«
Rosie kam mit dem Tee herein, und das Telefon klingelte. Aurora bat Rosie abzunehmen. Rosie sagte ›hallo‹ und reichte den Hörer sogleich Aurora.
»Hallo, Vernon. Wann wolltest du zu uns herüberkommen?« fragte Aurora.
Durch das Spiel mit der kleinen Ziege waren sich beide nähergekommen, und Aurora hatte Vernon erlaubt, zum vertraulichen Du überzugehen.
Sie hörte einen Moment zu und zog die Augenbrauen in die Höhe.
»Vernon, wenn ich gedacht hätte, daß du dich so benimmst, hätte ich dich wohl kaum eingeladen«, sagte sie. »Ich habe jetzt keine Zeit, um mich mit deinen Selbstzweifeln zu befassen. Wenn du Angst hast, dich in meine Gesellschaft zu begeben, dann solltest du dich besser in dein Auto verkriechen und den Rest deines Lebens mit Telefonieren

verbringen. Das ist gewiß sicherer, obwohl es ein reichlich albernes Benehmen ist. Du kommst vorbei, sobald du dich moralisch wieder aufgerichtet hast.«
»Also, erinnern Sie sich daran, was ich Ihnen gesagt habe«, sagte Rosie, als Aurora den Hörer auflegte. »Ich bin ganz auf seiner Seite. Den mißhandeln Sie besser nicht.«
»Sei nicht so dumm. Ich habe nur versucht, ihm das Gefühl zu vermitteln, daß er begehrt ist«, sagte Aurora und ging schnell zu ihrem Wandschrank. »Ich würde meinen Tee gern allein nehmen, wenn ihr nichts dagegen habt, und dann, das versichere ich euch, werden wir uns gleich in die Vorbereitungen für die Party stürzen. Cecil Horton wird ein Gulasch aufgetischt bekommen, wie er es sich nie hätte träumen lassen.«
Noch ehe Emma und Rosie das Zimmer verlassen konnten, hatte sie ihren Morgenmantel abgeworfen und ein halbes Dutzend Kleider aus dem Wandschrank geholt, die sie auf ihrem Bett, auf dem Sofa und in ihrer Fensternische ausbreitete, wobei sie ständig ihr glänzendes Haar bürstete.

2

Für Emma fing der Abend mit einem Streit an, und zwar über den Verlauf des Abends, an dem ihre Mutter ihr jährliches Dinner für Cecil gab. Der Grund für den Streit war eine neue Krawatte, die sie an diesem Nachmittag auf dem Heimweg für Flap gekauft hatte. Sie hatte sie bei einem eleganten Herrenausstatter im River-Oaks-Einkaufszentrum für neun Dollar erstanden. Das war verschwenderisch, und das wußte sie auch, aber sie hatte noch das Geld, das ihre Mutter ihr für Kleider gegeben hatte, und so war es in Wirklichkeit verschwenderisch von ihrer Mutter, und nicht von ihr selbst. Außerdem war es eine wunderbare Krawatte, schwarz mit dunkelroten Streifen.
Flap, der ohnehin schon schlechte Laune hatte, weigerte sich, sie umzubinden.
»Ich werde sie nicht tragen«, sagte er. »Du hast sie doch nur gekauft, weil du hoffst, daß ich damit in den Augen deiner Mutter eine bessere Figur mache. Ich kenne dich. Du bist durch und durch feige. Du wirst einfach zur Verräterin, wenn es um deine Mutter geht. Immer willst du, daß ich vortäusche, was deiner Mutter gefällt. Wenn du zu mir halten würdest, wäre es dir egal, was ich anhabe.«

Er schaute die hübsche Krawatte so verächtlich an, daß Emma die Tränen kamen.
»Sie ist doch nicht nur für diesen einen Abend«, sagte sie. »Wir werden wahrscheinlich noch auf andere Dinner-Partys gehen, weißt du. Es ist abscheulich, so gemein zu jemandem zu sein, der dir gerade ein Geschenk gemacht hat.«
»Nun, ich mag deine Motive nicht«, sagte er.
»Meine Motive sind immer noch besser als deine Manieren«, sagte sie und wurde langsam wütend. »Das kannst du, einem die Freude verderben, nur um auszuprobieren, ob es dir gelingt. Das ist das Niederträchtigste an dir. Außerdem weiß man es schon im voraus. Das tust du ja immer. Jedesmal, wenn ich wirklich glücklich bin, versuchst du, mir dieses Gefühl zu zerstören.«
»Hör auf«, sagte er. »Erzähl mir bloß nicht, daß es dich wirklich glücklich macht, einen neuen Schlips zu kaufen.«
»Und ob mich das glücklich macht«, sagte Emma. »Du verstehst mich nicht. Ich habe mich wirklich glücklich gefühlt, als ich daran dachte, wie hübsch sie zu deinem blauen Anzug aussehen würde. Du bist ja zu blöd, um so eine Art von Glück zu verstehen.«
»Paß bloß auf, wen du blöd nennst«, sagte Flap.
»Ich wollte, ich wäre nicht schwanger«, sagte Emma mit bebender Stimme. »Ich will nicht schwanger sein von so einem mickrigen und gemeinen und vulgären Kerl.«
Sie ging ins Badezimmer, um ihren Tränen freien Lauf zu lassen. Sie wollte ihm nicht die Befriedigung verschaffen zu sehen, daß sie wegen ihm weinte. Als sie zurückkam, weinte Flap, und das erschütterte sie sehr.
»Es tut mir leid«, sagte er. »Ich war abscheulich. Der Gedanke an deine Mutter bringt mich um den Verstand. Ich werde die Krawatte tragen, aber bitte sag mir, daß du das nicht so gemeint hast, was du da gesagt hast: du wolltest, du wärest nicht schwanger.«
»Oh, um Gottes willen«, sagte sie und entkrampfte sich sofort. »Natürlich habe ich das nicht so gemeint. Ich habe nur versucht, mich zu wehren. Geh und wasch dir dein Gesicht.«
Als er aus dem Badezimmer auftauchte, sah er wieder freundlich aus, doch sie waren beide in einer angeknacksten Verfassung, als sie sich anzogen. »Ich weiß nicht, warum wir uns das antun«, sagte er.
»Es geht schon alles in Ordnung, wenn wir erst einmal da sind«, sagte Emma. »Nur wenn ich daran denke, werde ich nervös. Es ist so ähnlich, wie wenn man zum Zahnarzt muß.«

»Das stimmt«, sagte Flap. »Es ist so ähnlich, wie wenn man zum Zahnarzt muß. Meiner Ansicht nach sollte man sich, wenn man auf eine Dinner-Party geht, nicht so fühlen, als wenn man zum Zahnarzt muß. Und außerdem, wenn man zum Zahnarzt geht, tut es immer weh.«
»Mein Haar hat keinen Glanz«, sagte Emma und betrachtete sich unwillig. In letzter Minute hatte sie beschlossen, sich umzuziehen, und Flap, der vergessen hatte, die neue Krawatte umzubinden, nahm eine seiner alten. Cecil kam an, als Emma gerade überlegte, ob es eine weitere Szene wert war, Flap an die neue Krawatte zu erinnern.
»Hey, Putzi«, sagte Cecil, klopfte ihr auf die Schulter und drückte ihren Arm. Er trug einen altmodischen Dreiteiler, seine traditionelle Tracht für die Besuche bei Aurora. Er sah die neue Krawatte auf der Couch liegen, fand an ihr Gefallen und fragte, ob er sie umbinden dürfe. Flap wurde verlegen. Cecil meinte, das sei die hübscheste Krawatte, die er je gesehen habe.
»Ich wollte, ich hätte mich mit ihr aufgehängt«, sagte Emma zu Cecils großer Verwirrung. Sie hielt den Abend bereits für mißglückt und ging ins Badezimmer, um ihr Kleid zu schließen. Als sie zurückkam, trug Cecil die neue Krawatte und sah höchst erfreut aus, während Flap ihm gerade noch zuflüstern konnte, daß er alles irgendwie wieder bei ihr gutmachen würde.
»Schon gut«, sagte Emma.
Cecil fuhr, und beim Fahren pfiff er. Emma und Flap befanden sich in einem Zustand heftiger Anspannung, und Emma dachte, sie müsse am Ende noch losschreien, wenn Cecil nicht aufhörte zu pfeifen. Als sie etwa den halben Weg hinter sich hatten, hörte er auf und sagte: »Mannomann.«
»Was Mannomann?« fragte Emma.
»Ich freue mich immer so auf das Essen bei deiner Mutter«, sagte Cecil. »Ich weiß zwar nie, wie das Gericht heißt, aber in puncto Geschmack ist es unschlagbar.«
Aurora empfing sie an der Tür. Sie trug ein prächtiges, langes, grünes Gewand, das sie für ungarische Folklore hielt, dazu Silberschmuck.
»Es ist höchste Zeit, daß ihr kommt«, sagte sie und lächelte. »Cecil, da bist du ja. Deine Krawatte ist geradezu hinreißend. Ich habe noch nie etwas so Hübsches gesehen. Du solltest dir auch einmal so eine Krawatte kaufen, Thomas.«
»Kann ich bei den Drinks helfen?« fragte Flap und hielt den Blick auf den Boden gerichtet.

»Das ist sehr aufmerksam von dir«, sagte Aurora und schaute an ihm vorbei. »Weil ich dich jedoch so selten zu Gesicht bekomme, denke ich nicht, daß ich dich jetzt so schnell entwischen lasse. Mein Freund Vernon wird uns gleich ein paar Margaritas bringen.«
Sie hakte sich bei Cecil unter und führte ihn hinaus auf den Patio, Emma und Flap trotteten hinter ihnen her.
»Ich habe alles kaputtgemacht, stimmt's?« sagte Flap.
»Nicht, wenn du still bist und deine Abwehrhaltung aufgibst«, sagte Emma. »Wenn du die Krawatte getragen hättest, hätte sie kein Wort darüber verloren.«
Rosie kam in diesem Augenblick mit einem Tablett voller Gläser zur Tür herein. »Was ist los mit dir?« fragte sie und schaute Flap an, als hätte sie ihn dabei erwischt, etwas zu stehlen.
Bevor Flap antworten konnte, kam Vernon mit einem Cocktailmixer in der Hand aus der Küche. »Tag auch, Tag auch«, sagte er und schüttelte ihnen die Hände. Emma hätte am liebsten losgeprustet. Sie hätte nie erwartet, einmal zu erleben, daß ein so kleiner Mann aus der Küche ihrer Mutter auftauchen würde.
Sie fanden Aurora auf dem Patio, wo sie Cecil mit Komplimenten traktierte. Die meisten betrafen seine Gesundheit.
»Ja, es ist wunderbar, wie ihr Männer mit den Jahren immer kräftiger werdet«, sagte sie. »Ich glaube, daß dein Kreislauf tadellos ist, Cecil. Es ist ein Wunder, daß dich noch keine Frau geangelt hat.«
Zur Bestätigung ihrer Ansicht über seinen guten Kreislauf lief Cecil puterrot an. Der Anblick schien Vernon verlegen zu machen. Auch er lief rot an, und minutenlang standen die beiden Ton in Ton da. »Nun, jetzt ist ja die ganze Bande da. Wie schön für mich«, sagte Rosie und eilte in die Küche.
Aurora war in so ausgezeichneter Stimmung, daß Emma es kaum glauben konnte. Sie hatte keinerlei Ähnlichkeit mit der Frau, die vor fünf Stunden wie leblos in den Spiegel gestarrt hatte. Sie widmete Cecil ihre volle Aufmerksamkeit und verwirrte ihn bis an die Grenze der Sprachlosigkeit. Emma mampfte sich durch einige exzellente Vorspeisen hindurch und lehnte sich dann zurück, um zuzusehen. Flap ließ die Teller mit den Vorspeisen kreisen und wurde allmählich betrunken. Er war soviel angespannter als jedermann sonst, daß er schon halb betrunken war, bevor er merkte, daß seine Schwiegermutter auf einmal in gelöster Stimmung war. Sie sah nicht so aus, als habe sie vor, ihm den Kopf abzureißen. Nachdem er dies bemerkt hatte, war seine Erleichterung so groß, daß er zur Entspannung noch einige

Margaritas trank. Als das Dinner serviert wurde, war er so betrunken, daß er kaum zu Tisch gehen konnte. Ihm fiel ein, daß der Grund, warum Emma ihn den ganzen Abend lang mit dem Ellbogen angestoßen hatte, der gewesen war, daß er zuviel trank, doch die Erleuchtung kam einige Margaritas zu spät.
Als sie am Tisch Platz nahmen, war Cecil so verwirrt, daß er sich kaum noch erinnern konnte, wer zuerst Präsident gewesen war, Eisenhower oder Kennedy. Aurora war unerbittlich. Sie füllte seinen Teller mit einer so enormen Portion Gulasch, daß Cecil für einen Augenblick völlig verblüfft war.
»Gütiger Gott, Aurora«, sagte er. »Ich weiß nicht, ob ich so viel essen kann.«
»Unsinn, Cecil, du bist der Ehrengast«, sagte Aurora und lächelte ihn verführerisch an. »Außerdem kennst du doch die Serben.«
In seiner Trunkenheit amüsierte Flap die Bemerkung so sehr, daß er hellauf lachte, doch mitten in seinem wilden Lachanfall stellte er fest, daß Lachen ihn dazu brachte, sich zu übergeben. Es gelang ihm noch, sich zu entschuldigen, und schnell wie der Blitz sauste er zur Eingangshalle hinaus.
Rosie sah von der Küchentür aus zu wie ein Racheengel. »Ich hab' doch gleich gewußt, daß dir schlecht wird«, sagte sie.
Emma ließ das kalt. Sie gab sich ganz dem Genuß der Kochkunst ihrer Mutter hin. Sie beschloß, sich nicht um ihre Mutter zu kümmern und ihr zuzusehen, wie sie brillierte, sondern statt dessen Vernon zu beobachten. Er ließ die Augen nicht von Aurora, außer wenn er merkte, daß ihn jemand beobachtete. Dann starrte er eine Weile ernst auf sein Essen, bis er sich wieder sicher genug fühlte, um Aurora zusehen zu können. Während sie Vernon beobachtete, kam Flap zurück. Er war blaß, sah aber nicht weniger betrunken aus, und Aurora unterbrach für eine Sekunde die Geschichte, die sie Cecil gerade erzählte, und blickte ihn lange an.
»Thomas, du Ärmster, du hast dich offensichtlich wieder in deine Studien versenkt«, sagte sie. »Ich nehme an, du hast auch Sorgen. Intellektuelle Menschen machen sich über so vieles mehr Sorgen als solche wie du und ich, Cecil. Würdest du mir da nicht recht geben?« Sie stützte ihr Kinn in eine Handfläche und sah Cecil zu, wie er den Rest seines Gulaschs verdrückte.
Cecil fühlte sich so wohl, daß er Aurora einen Klaps auf die Schulter gab, bevor er weiteraß. Mit Hilfe einer beträchtlichen Menge Weins war es ihm gelungen, den größten Teil des Gulaschs herunterzuspü-

len, und was noch übrig war, stellte für ihn kein Problem dar. Er machte sich mit der Fertigkeit des geborenen Strategen an die Vollendung seines Werks. Aurora sah ihm fasziniert zu.
»Virtuosität verdient Bewunderung«, murmelte sie und zwinkerte Emma zu.
Nachdem die Sauce alle war, langte Cecil gelassen nach einem Salatblatt aus seinem Schälchen und benutzte es, um damit seinen Teller zu putzen, bis er trocken war und glänzte. Dann legte er Messer und Gabel über Kreuz auf den Teller. Das ganze Gedeck sah so sauber aus, als wäre es nicht benutzt worden.
»Nun, salud, Cecil«, sagte Aurora und trank ihr Glas leer. Auch Emma leerte ihr Glas und trank dann noch eins. Bald war sie in einem Zustand leichter Trunkenheit. Ungefähr fünf Minuten lang fühlte sie sich fröhlich und belebt und machte, wie sie meinte, den witzigen Versuch, das Gespräch auf politische Themen zu bringen. Ihre Mutter drohte ihr nur kurz mit dem Löffel und ging dazu über, einen reichhaltigen Nachtisch zu servieren. Nach dem Dessert hatte Emma die fröhliche Phase ihrer Trunkenheit hinter sich und kam in die schläfrige Phase, die erst anderthalb Stunden später endete. Sie war wieder bei sich zu Hause auf der Couch, als sie feststellte, daß ihr Gatte zu neuem Leben erwacht und entschlossen war, sie in ihren hübschen Kleidern zu beglücken. Das wäre schön, wenn der Alkohol nicht ihr Timing durcheinandergebracht hätte. Bevor es ihr gelang, sich auf das Liebesspiel einzustellen, zog Flap sich zurück.
»Idiot«, sagte sie. »Ich war noch nicht soweit.«
Flap jedoch war soweit. »Ich dachte, du...«, sagte er.
»Nein«, sagte Emma und war richtig wütend.
Flaps Gedanken waren woanders. »Ich frage mich nur, ob ich Dad gute Nacht gesagt habe«, sagte er. »Ich kann mich nicht erinnern.«
»Ruf ihn doch an und sag ihm jetzt gute Nacht«, sagte Emma. »Du scheinst nicht zu kapieren, daß alles anders ist, wenn ich betrunken bin. Warum verführst du mich immer, wenn ich mich nicht konzentrieren kann. Ich glaube, das wird allmählich ein Verhaltensmuster von dir.«
»Erzähl mir nichts von Verhaltensmustern, wenn ich glücklich bin«, sagte er. »Der schlimmste Abend des Jahres ist vorüber. Die Erleichterung ist wunderbar.«
»Klasse! Deshalb bekomme ich dann acht Sekunden Sex«, sagte Emma nicht gerade freundlich. Sie hätte mehr gewollt, und mit etwas Mühe hätte sie auch mehr bekommen können. Die Tatsache, daß Flap

es nicht bemerkt hatte, ließ den ganzen Abend unsinnig erscheinen. Alles war in der Schwebe. Sie war nicht unbefriedigt genug, um einen richtigen Streit anzufangen, aber auch nicht befriedigt genug, um schlafen zu gehen. Flap war im Bett und schlief bereits, bevor sie ihr Party-Kleid auf den Bügel gehängt hatte. Als sie im Nachthemd vor dem Bücherregal saß und nach einer geeigneten Lektüre suchte, klingelte das Telefon.
»Hast du schon geschlafen?« fragte Aurora.
»Nein«, sagte Emma überrascht.
»Ich habe an dich gedacht«, sagte Aurora. »Ich habe gedacht, du möchtest mir vielleicht eine gute Nacht wünschen. Ich glaube, du hast es mir schon einmal gesagt, doch ich hätte nichts dagegen, es noch einmal zu hören.«
»Ist Cecil dir auf die Nerven gegangen?« fragte Emma.
»Natürlich nicht«, sagte Aurora. »Wenn alles, wozu ein Mann imstande ist, darin besteht, daß er mit einem Salatblatt seinen Teller putzt, dann ist das nicht sehr viel. Vernon hilft Rosie gerade beim Abwasch. Er hat auch nicht viel an sich. Ich nehme an, ich störe dich und deinen Gatten.«
»Nein, der schläft. Er hat zuviel getrunken.«
»Ich habe es bemerkt«, sagte Aurora. »Das ist eine von Thomas' Schwächen, die ich an ihm mag. Er kann noch betrunken werden. Das ist zumindest ein menschlicher Zug.«
»Ein bißchen zu menschlich«, sagte Emma.
»Was murmelst du da?« sagte Aurora. »Thomas ist nicht ganz ohne Instinkte. Wer weiß, wenn er sich nicht dem Alkohol ergeben hätte, vielleicht hätte ich ihn angegriffen.«
»Du rufst sonst nie nachts an«, sagte Emma. »Was ist los? Hast du Angst vor Vernon?«
»Du hast ihn gesehen«, sagte Aurora. »Glaubst du wirklich, daß irgend jemand vor ihm Angst zu haben braucht?«
»Nein«, sagte Emma. »Wovor hast du dann Angst?«
Aurora stellte sich ihre Tochter vor, jung und schwanger, so durch und durch unschuldig, erst zweiundzwanzig Jahre alt, und sie lächelte ein wenig. Die Vorstellung von Emma, wahrscheinlich in ihrem Nachthemd, wahrscheinlich beim Lesen, rückte ihr inneres Gleichgewicht wieder zurecht, denn ihr war zumute gewesen, als sei sie gerade dabei, es zu verlieren. Sie richtete ihren Oberkörper auf und nahm ihre Haarbürste.
»Oh, es ist nichts, es ist nichts«, sagte sie. »Eine von meinen kleinen

Grillen – das ist alles. Du hast mich schon wieder aufgerichtet. Es ist nur so, daß mich manchmal das Gefühl überkommt, es würde sich nie etwas ändern.«
»Das Gefühl kenne ich«, sagte Emma. »Das habe ich die ganze Zeit.«
»Das schickt sich nicht für dich«, sagte Aurora. »Du bist jung. Das Leben kann sich bei dir alle fünf Minuten ändern.«
»Nein, bei mir geht es immer im selben Trott weiter. Du bist die Spontane von uns, vergiß das nicht. Ich dachte, bei *dir* würde sich alles ständig ändern.«
»Das war auch so, bis vor ein paar Wochen«, sagte Aurora. »Nun scheint sich überhaupt nichts mehr zu ändern. Du weißt, wie ungeduldig ich bin. Wenn sich nicht bald etwas ändert, werde ich hysterisch.«
»Vielleicht ändert sich mit Vernon etwas«, sagte Emma.
»Der sollte es besser mal versuchen. Sonst hätte ich meinen Wagen umsonst zum Schrott gefahren. Ich habe ihn drüben mit Rosie allein gelassen. Wäre es nicht schrecklich, wenn sie ihn mir wegnähme? Keine hat mir bisher einen Mann weggenommen.«
»Denkst du daran, ihn zu heiraten?« fragte Emma.
»Natürlich nicht«, sagte Aurora.
»Trotz des Umstands, daß ich schwanger bin und du bald Großmutter bist, scheinst du immer noch eine Menge Verehrer zu haben«, sagte Emma.
»Eine Menge würde ich das nicht nennen«, sagte Aurora. »Ich sah mich gezwungen, zwei in den vergangenen Wochen zu verbannen. Aus praktischen Gründen halte ich mich an Alberto und Vernon, und keiner von beiden würde auch nur im entferntesten passen.«
»Aber sie sind beide nett«, sagte Emma.
»Ja, wenn man nicht allzu wählerisch ist«, sagte Aurora. »In Wahrheit sind sie beide alt und klein und haben Angst vor mir. Wenn ich einen auf den anderen stellte, wären sie vielleicht groß genug, aber sie wären immer noch alt und hätten Angst vor mir.«
»Jedermann hat Angst vor dir. Warum versuchst du nicht mal zur Abwechslung, freundlich zu sein?«
»Ich versuche es ja – es ist nur so, daß ich anscheinend zur Verbitterung neige«, sagte Aurora. »Rosie ist aus freien Stücken da, falls du dich das fragen solltest. Royce hat sein Heim verlassen, und ich nehme an, sie findet es hier lustiger.«
»Arme Rosie«, sagte Emma. »Vielleicht solltest du ihr Vernon überlassen, wenn sie ihn will. Immerhin sprechen sie dieselbe Sprache.«

»Ich glaube, Vernon und ich sprechen dieselbe Sprache«, sagte Aurora. »Ich spreche sie gut, und er spricht sie schlecht, das ist alles. Im Grunde genommen spricht er nicht viel, insofern ist deine Vermutung gegenstandslos. Außerdem, die Tatsache, daß Rosie sich ebenso unbeholfen ausdrückt wie er, bedeutet noch lange nicht, daß sie glücklich miteinander würden. Für eine werdende Mutter bist du immer noch ziemlich naiv, Emma, das muß ich sagen.«
»Ich habe es nur gesagt, weil ich weiß, daß du ihn nicht selber willst«, sagte Emma. »Ich dachte nur, es wäre vielleicht schön für Rosie. Was hast du denn?«
»Ich weiß nicht«, sagte Aurora. »Normalerweise fühlte ich mich nur kurz vor meiner Periode verzweifelt, jetzt scheine ich ständig dazu zu neigen.«
»Das ist lächerlich«, sagte Emma. »Verzweifelt worüber? Dir geht es doch glänzend.«
»Ich weiß auch gar nicht, warum ich mit dir darüber rede«, sagte Aurora. »Du stehst am Tor zum Leben, so sagt man doch? Sag mir nicht, daß es mir gutgeht, wenn es nicht so ist. Während du da an deinem Tor stehst, schaue ich zur Hintertür hinaus, und es gefällt mir gar nicht, was ich dort sehe. Wer weiß, wann meine letzte Chance verstreicht?«
»Letzte Chance auf was?« fragte Emma.
»Auf einen Mann!« sagte Aurora. »Einfach auf einen Mann. Oder denkst du, ich sollte aus Achtung vor dem Andenken deines Vaters aufgeben und die nächsten dreißig Jahre allein verbringen? Das ist alles andere als einfach. Nur ein Heiliger könnte mit mir leben, aber ich kann mit keinem Heiligen leben. Ältere Männer kommen nicht mehr mit mir mit, und jüngere Männer sind nicht interessant. Ganz egal, was für ein wunderbares Kind du auch bekommst, ich bin kaum der Typ, der sich damit begnügen könnte, Großmutter zu sein. Ich weiß nicht, was noch werden soll.«
»Dann schnapp dir Vernon«, sagte Emma gähnend. Der Wein machte ihr wieder zu schaffen.
»Ich kann nicht«, sagte Aurora. »Ich glaube nicht, daß Vernon von Frauen auch nur die geringste Notiz genommen hat, bis er mich traf. Was soll man mit einem Mann anfangen, der fünfzig Jahre alt wurde, bevor er Frauen überhaupt registrierte?«
»Du meinst, du bist mit deinem Wagen auf eine fünfzigjährige männliche Jungfrau gekracht?« sagte Emma.
»Wenn es so etwas gibt, ja«, sagte Aurora.

»Ölmillionäre haben für gewöhnlich irgendwo kleine Mädchen versteckt«, sagte Emma.
»Oh, wenn Vernon nur eins hätte«, sagte Aurora. »Das wäre wundervoll. Dann könnte ich den Nervenkitzel genießen, ihn ihr auszuspannen. Ich habe gründlich herumgeschnüffelt, aber es gibt keine Spur von einem Mädchen. Ich glaube, der Lincoln ist mein einziger Rivale.«
»Das alles klingt sehr beruhigend«, sagte Emma. »Dein Leben ist genauso ein Schlamassel wie meins. Erfahrung muß nicht alles sein.«
»Kaum«, sagte Aurora. »Jetzt habe ich mein Haar gebürstet und meine Nägel gefeilt. Ich habe in letzter Zeit eine Menge überflüssiger Dinge getan. Das muß ein schlechtes Zeichen sein.«
»Vernon stinkt's wahrscheinlich langsam«, sagte Emma. »Wir reden jetzt schon fünfzehn Minuten.«
»Was für ein ungehobelter Bursche ist doch dein Mann, daß er so früh schlafen geht«, sagte Aurora. »Er machte den ganzen Abend lang nicht eine witzige Bemerkung, und seine Krawatte war langweilig. Ich kann nicht verstehen, warum du einen so lethargischen Mann geheiratet hast. Energie ist wohl das mindeste, was man von einem Mann erwarten können sollte. Es gibt keinen sichtbaren Beweis, daß die Ehe mit Thomas dir überhaupt in irgendeiner Weise bekommt. Dein Haar ist stumpf, und er erwartet offensichtlich von dir, daß du dein Kind in einer Garage aufziehst.«
»Wir haben nicht vor, hier für immer zu wohnen«, sagte Emma. »Ich hoffe, daß du mit Vernon vorsichtig umgehst. Er könnte eine zarte Pflanze sein.«
»Was kann ich schon tun, wenn du und Rosie ihn beschützt?« fragte Aurora. »In seinem Beruf kann man in seinem Alter keine zarte Pflanze mehr sein, aber du brauchst dir keine Sorgen zu machen. Ich bin vielleicht unmöglich, aber ich bin doch kein Rasenmäher.«

3

Aurora legte auf, seufzte und ging die Treppe hinunter zu Vernon und Rosie, die in ziemlich trüber Stimmung am Küchentisch saßen. Die Küche war wieder blitzsauber. Rosie hatte ihren Regenmantel an und ihre Tasche in der Hand, doch sie schien mit dem Nach-Hause-Gehen keine Eile zu haben. Vernon mischte gerade nervös ein Päckchen Karten.

»Ihr beide könnt einen kaum aufmuntern«, sagte Aurora. »Warum seid ihr so still?«
»Ich hab' mich leergequatscht«, sagte Rosie, obwohl sie den ganzen Abend lang fast nichts gesagt hatte. Ihr Gesicht sah ein wenig eingefallen aus. Als Aurora sich setzte, stand sie auf, um zu gehen.
»Ich geh' mal besser los«, sagte sie. »Ich will nicht den letzten Bus verpassen.«
Aurora stand wieder auf und ging mit ihr zur Tür. »Danke, daß du geblieben bist«, sagte sie. »Ich will es nicht zur Gewohnheit werden lassen, dich so lange hier zu behalten.«
»Sie haben mich ja nicht dabehalten«, sagte Rosie. »Ich fühlte mich doch nur allein. Emma sah ein bißchen spitz aus, fand ich.«
Aurora nickte, doch sie äußerte sich nicht dazu. Rosie stellte mit Wonne Spekulationen über Emmas Unglück an, doch war das eine Frage, über die sie jetzt gerade kein Gespräch anfangen wollte. Sie sagte gute Nacht.
Auf den Bürgersteig fiel das fahle Mondlicht, und sie stand in der Einfahrt und sah Rosie nach, wie sie die Einfahrt hinunterging, erst an dem Lincoln vorbei, dann auf die Bushaltestelle an der Ecke zu. Das Klappern ihrer Absätze auf dem Beton war in der stillen Nacht deutlich zu hören.
Sie blickte zu Vernon hinüber und sah, daß er immer noch mit dem Päckchen Karten herumspielte. Die Hoffnungslosigkeit in ihr, die sie zuvor gespürt hatte, schwand allmählich, beinahe gleichzeitig mit den verhallenden Schritten ihres Hausmädchens. Sie schloß die Tür und kehrte an den Tisch zurück.
»Ich hätte sie nach Hause fahren sollen«, sagte Vernon.
Aurora hatte die Teekanne genommen und wollte Tee machen, doch irgend etwas in seinem Ton, eine gewisse Nervosität oder Unsicherheit, machte sie gereizt. Sie stellte die Teekanne weg und ging an den Tisch zurück.
»Warum?« fragte sie. »Warum hättest du sie nach Hause bringen sollen? Ich kann durchaus nicht einsehen, daß du irgendeine derartige Verpflichtung hättest. Rosie ist aus freien Stücken hiergeblieben, und sie ist sehr wohl daran gewöhnt, mit dem Bus zu fahren. Weder regnet es noch besteht ein besonderer Notfall, trotz ihrer gegenwärtigen Umstände. Sie ist ein erwachsener Mensch, der sehr wohl daran gewöhnt ist, sich allein durchs Leben zu schlagen. Ich wäre dir sehr verbunden, wenn du mir erklärtest, warum du diese Bemerkung gemacht hast.«

Vernon schaute auf und sah, daß sie vor Zorn blaß war. Er war entsetzt – er konnte sich nicht vorstellen, was an seiner Bemerkung so schlimm sein sollte.
»Weiß nicht«, sagte er aufrichtig. »Sie sah so einsam aus, und ihre Wohnung liegt sozusagen an meinem Weg.«
»Vielen Dank«, sagte Aurora. »Und warum gehst du dann nicht? Du kannst sie wahrscheinlich noch an der Bushaltestelle abfangen, und wenn nicht, kannst du ja dem Bus nachjagen. Ich bezweifle, daß ein Bus ein solches Traumauto wie deins abhängen kann. Wenn du mir die Bemerkung gestattest, dieses Auto, das du da fährst, paßt eher zu jemandem, der mit Heroin handelt, als zu einem achtbaren Geschäftsmann.«
Ihr fiel plötzlich ein, daß sie so gut wie nichts über den Mann wußte, der da an ihrem Tisch saß. »Bist du auch im Heroinhandel?« fragte sie.
Vernon hatte Schwierigkeiten mit dem Atmen. »Ich hab' wirklich nichts falsch machen wollen«, sagte er.
Aurora sah ihn mit zusammengepreßten Zähnen an. Dann starrte sie gegen die Wand. »Ja, mach nur weiter so und entschuldige dich dauernd«, sagte sie. »Das spielt jetzt keine Rolle mehr.«
»Was ist denn?« fragte Vernon. »Was ist denn?«
»Ach, sei ruhig«, sagte Aurora. »Ich habe keine Lust zu reden. Es spielt jetzt keine Rolle mehr. Ich nehme an, ich sollte auch noch dankbar sein, daß ihr so aufmerksam wart, so lange zu bleiben. Zweifellos war es sehr dumm von mir, anzunehmen, der Abend sei noch nicht ganz zu Ende. Natürlich war es ebenso dumm von mir, nicht zu bemerken, wie sehr du dich in Rosie vergafft hast.«
Vernon starrte sie an und versuchte zu begreifen. Ihre Sprache hatte einen Klang, den er nie zuvor gehört hatte. Eine Sprache, die nicht so sehr aus Worten bestand, sondern aus Emotionen. Er verstand sie ganz und gar nicht – er wußte nur, daß alles davon abhing, ob er imstande war, die Dinge richtigzustellen.
»Ich und vergafft?« begann er verzweifelt. »Also, das wär 'n Ding. Das war doch nur... Ich wollte höflich sein.«
Seine gequälte Stimme klang so mitleiderregend, daß Aurora ihn wieder anschaute. »Ja, du bist viel zu höflich, das weiß ich«, sagte sie. »Es ist ein Jammer, daß ich es nicht bin, aber das spielt jetzt keine Rolle. Zufällig bist du heute abend mein Gast gewesen, und Rosie ist nicht die einzige Frau auf der Welt, die sich manchmal einsam fühlt. Ich habe keinerlei Anspruch auf dich und ich will jetzt gewiß keinen gel-

tend machen, aber es wäre lediglich anständig von dir gewesen, noch dazubleiben und mit mir eine Tasse Tee zu trinken, bevor du dich wieder in deinem Auto verkriechst. Doch das ist sicher zuviel, als daß man einen so beschäftigten Mann wie dich darum bitten könnte. Du hast doch bestimmt schon eine Entschuldigung parat, um dich davonzumachen, stimmt's?«
Ihr Blick hielt ihn fest, und Vernon wußte, daß Leugnen zwecklos war.
»Kann sein, aber du verstehst mich nicht«, sagte er.
»Ich verstehe nur, daß du nicht bleiben wolltest«, sagte Aurora. »Nichts ist einfacher als das. Entweder hattest du Angst zu bleiben, oder du wolltest eben nicht. Die erste Erklärung ist nicht sehr schmeichelhaft für dich, und die zweite ist ganz und gar unverständlich.«
»Angst, ja«, sagte Vernon. »Ich hab' noch nie 'ne Frau wie dich getroffen, und ich bin auch noch nie in so 'ner Situation gewesen. Und da soll ich keine Angst haben?«
Aurora wurde blaß vor Wut. Sie meinte, sie müsse aus der Haut fahren. Ein Gefühl, daß alles falsch sei, überkam sie, und sie schlug mit beiden Händen auf den Tisch. Vernons Anblick, wie er so aufrichtig, so nervös und so zum Verrücktwerden sanftmütig dasaß, war unerträglich. Als sie auf den Tisch schlug, schrak er auf.
»Ich will nicht, daß du Angst hast!« schrie sie. »Ich bin auch nur ein Mensch! Ich wollte nur, daß du dableibst und Tee trinkst... mit mir... und mir fünf Minuten Gesellschaft leistest. Ich werde dich auch nicht mit Tee begießen, sofern du mich nicht rasend machst mit deiner Schweigsamkeit oder mit deinen dummen Sprüchen. Ich bin doch keine Schreckschraube! Sag bloß nicht, daß ich eine Schreckschraube bin! Es gibt nichts Furchterregendes an mir. Ihr seid nur alle Feiglinge!«
Aurora sank auf einen Stuhl und schlug mehrere Male auf den Tisch, bevor ihr Zorn sich legte. Vernon blieb auf seinem Stuhl sitzen und versuchte, sich nicht zu bewegen. Aurora keuchte nach dem Wutausbruch.
»Ich könnte ja Tee machen?« fragte Vernon nach einer Minute. »Du bist ja ganz durcheinander.«
Er sagte es ohne den leisesten Anflug von Ironie. Aurora schüttelte den Kopf und deutete dann mit einer Kopfbewegung zum Herd.
»Gewiß. Ich freue mich zu sehen, daß du vor Schreck nicht gelähmt bist«, sagte sie. »Großer Gott. Was für ein nutzloser... dummer...«
Sie schüttelte wieder den Kopf und ließ den Satz unvollendet.

Sie sah Vernon ohne großes Interesse zu, wie er den Tee bereitete. Er wußte, wie man es macht. Das immerhin war schon etwas. Als er die zwei Tassen zum Tisch brachte, waren sowohl Zorn als auch Energie aus ihr gewichen, und sie fühlte sich, wie sie sich am Nachmittag gefühlt hatte – leblos. Sie glaubte nicht daran, daß der Versuch, alles richtig zu machen, viel Sinn hatte. Alles würde nutzlos sein.
»Danke, Vernon«, sagte sie und nahm ihre Tasse. Er setzte sich ihr gegenüber. Mit einer Teetasse in den Händen schien er sich sicherer zu fühlen.
»Wenn ich nur so sprechen könnte wie du«, sagte er.
»Oh, Vernon, kümmere dich nicht um mich«, sagte Aurora und stellte fest, daß er wirklich der nette kleine Mann war, für den sie ihn gehalten hatte; nur spielte es jetzt keine Rolle mehr.
»Ich war nicht böse, weil du so sprichst«, sagte sie. »Ich war böse, weil du ohne Grund Angst hattest und weil du entschlossen warst, davonzueilen und mich ohne einen Menschen zurückzulassen, mit dem ich Tee trinken könnte. Das ist etwas, auf das ich mich an einem Abend wie diesem freue, weißt du – jemand, mit dem man zum Abschluß Tee trinken kann. Es ist schön, jemanden zu haben, mit dem man zum Abschluß eines Abends Tee trinken kann. Sonst hat man niemanden, mit dem man über all das reden könnte, was im Verlauf des Abends geschehen ist. Bei Dinner-Partys macht es oft mehr Spaß, über sie zu reden, als ihnen beizuwohnen – zumindest sind sie noch nicht ganz zu Ende, bevor man über sie gesprochen hat.«
Sie unterbrach sich bei dem Gedanken, daß dies alles für Vernon keinen Sinn ergab.
»Auf jeden Fall möchte ich mich für meinen Ausbruch entschuldigen«, sagte sie. »Es tut mir leid, daß ich dich irgendwelcher Absichten bei Rosie bezichtigt habe. Du sahst eine Möglichkeit, hier zu entkommen und gleichzeitig höflich zu sein, das ist alles. Es spielt jetzt keine Rolle mehr.«
Die Tatsache, daß sie fortwährend sagte, es spiele keine Rolle, erzeugte bei Vernon ein sehr unbehagliches Gefühl. »Wie kann ich lernen, daß ich keine Fehler mehr mache?« fragte er.
»Du wirst es nicht lernen«, sagte Aurora. »Nicht von mir. Du würdest tot umfallen, bevor wir bei der dritten Lektion angekommen wären. Es war falsch von mir, dich zu ermutigen. Es tut mir leid, daß ich es getan habe. Uns trennen Welten, oder Lichtjahre, oder wie du es auch messen willst. Man kann mir nur Vorwürfe machen, wie gewöhnlich. Ich bin eine sehr reizbare, unangenehme Frau.«

»Ich dachte, es wär' meine Schuld«, sagte Vernon.
»Natürlich, wie der Autounfall«, sagte Aurora. »Damit kommst du hier nicht durch, Vernon. Ich bin nicht so leicht zu täuschen wie dieser junge Verkehrspolizist.«
»Es ist nur Unwissenheit«, sagte Vernon. »Das ist mein ganzes Problem.«
»Natürlich. Es fällt schwer, viel zu lernen, wenn man sein Leben in einem Auto verbringt«, sagte Aurora. »Der Lincoln ist wie ein großes Ei, weißt du. Offen gesagt, ich glaube nicht, daß du schlüpfen möchtest.«
»Hat nicht viel ausgemacht, bis ich dich getroffen habe«, sagte er.
»Laß bitte nicht immer die Pronomen weg«, sagte sie. »Du hast ja keine Ahnung, wie sehr es mich reizt, wenn ich höre, wie Leute so ihre Sätze zusammenschustern. Ich wollte dich wirklich herausholen und dir etwas von meiner Welt zeigen, doch nun hast du mich entmutigt.«
»Ich kann doch noch 'n Versuch starten, oder?« fragte Vernon.
»Nein«, sagte Aurora, die entschlossen war, ihm den letzten Funken Hoffnung zu nehmen. »Fahr nur nach Alberta, wozu du gerade im Begriff warst. Das bekommt dir besser, glaube mir.«
»Du wärst ein klasse Pokerspieler«, sagte Vernon und versuchte zu lächeln. »Schwer zu sagen, wann du gerade bluffst.«
»Falsch«, sagte Aurora. »Eine Dame blufft nie. Sie mag vielleicht ihre Meinung ändern, aber das ist etwas anderes.«
»Die Leute haben recht«, sagte Vernon. »Liebe macht Kummer.«
»Oh«, sagte Aurora. »Ich habe dafür gesorgt, daß du dich in mich verliebt hast, falls du das hast. Das war eine Laune von mir, und gewiß keine Tat von dir.«
Sie wollte nicht mehr über dieses Thema reden. Sie wünschte sich so sehr, daß Trevor wieder da wäre, denn er hätte sie umarmt, und umarmt zu werden war das, was sie jetzt am meisten wollte. Für eine liebe Umarmung hätte sie beinahe alles vergeben können. Sie blickte Vernon sehnsüchtig an, doch wußte er nicht, was der Blick zu bedeuten hatte. Was sie empfand, war zu subtil für ihn.
Dennoch waren seine Instinkte nicht völlig stumpf. Ihm war klar, daß sie etwas brauchte, und so holte er die Teekanne und goß ihr vorsichtig Tee nach.
»Bitte sehr«, sagte er hoffnungsfroh und schickte sich an, zurück auf seine Seite des Tisches zu gehen.
Aurora angelte mit einem Bein den Stuhl vom Tischende zu ihrer

Seite des Tischs herum. »Ich meine wirklich, du könntest wenigstens an derselben Tischseite mit mir sitzen.«
Vernon setzte sich, ein wenig nervös, zu ihr. Sein Profil bestand nur aus ein paar Höckern, und Aurora gewann ein wenig von ihrer guten Laune zurück, als sie es betrachtete. Sie langte hinunter, packte ein Bein seines Stuhls, und mit einem Ächzen gelang es ihr, ihn so weit herumzudrehen, daß sie ihm gegenübersaß.
»Na also, jetzt nehmen wir unseren Tee, Vernon«, sagte sie freundlich. »Du sitzt an meiner Tischseite, du schaust mich halbwegs an, ich kann deine Augen sehen und nicht nur dein Kinn und deine Nasenspitze, und du befindest dich nah genug bei mir, daß ich dich stoßen kann, wenn du mich allzu sehr reizt. Kurz, es sind beinahe zivilisierte Verhältnisse.«
Vernons Innenleben war in hellem Aufruhr. Aurora lächelte ihn an, was überhaupt nicht zu all den Sticheleien paßte, die sie eben noch gesagt hatte. Sie schien wieder übermütig zu sein und ihm all die falschen Dinge verziehen zu haben, die er begangen hatte, doch er wußte auch, daß er jeden Moment wieder etwas falsch machen konnte. Er bibberte und trommelte mit seinen Fingern wie rasend auf seinen Knien herum und hoffte so sehr, daß es ihm gelingen möge, nichts Falsches zu tun. Normalerweise, wenn er einer Frau gegenübersaß, war es eine Kellnerin, und es gab eine Theke zwischen ihnen, doch es gab ganz offensichtlich keine Theke zwischen ihm und Aurora.
»Bibber, bibber, bibber«, sagte sie. »Hör auf, mit deinen Fingern zu trommeln.«
Jetzt, als sie ihm bei seinen Zuckungen zusah, erinnerte er sie an den ersten kleinen Mann in ihrem Leben – einen Dekan von Harvard, der ihr erster Liebhaber gewesen war und dessen Erinnerung sich über eine Reihe von Jahren hinweg erstaunlich frisch gehalten hatte. Sein Name war Fifoot, Dekan Fifoot, und er war so klein und häßlich, aber so voller Energie und Draufgängertum und Lebenskraft, daß weder ihre Skrupel noch ihre Jungfernschaft die geringste Chance hatten. Sie hatte sie beide im gleichen Augenblick verloren und nie die Skrupel wirklich wiedererlangt, so wollte es ihr scheinen. Wenn bei Trevor etwas wirklich nicht gestimmt hatte, dann, daß er sanft und träge und groß und selbstsicher war, und das Unglück hatte, auf einen Mann mit ungeheurer Energie und Ehrgeiz und einem kleinen Körper zu folgen. Trevor hätte sich nie einen solchen Hunger auch nur vorstellen können, wie ihn der Dekan besaß. Sie selber sollte einen ähnlichen Hunger nur für kurze Zeit einmal wieder erleben, und zwar bei Al-

berto, als er sich im Aufschwung seines ersten großen Erfolgs als Sänger befand. Aus diesem Grund hätte Trevor nie eine Chance gehabt, mit ihr auf seinem Boot zu segeln, wenn der Dekan Fifoot nicht plötzlich eine reiche, unattraktive Frau geheiratet hätte. Aurora konnte sich nicht erinnern, daß es ihr wirklich das Herz gebrochen hätte – ihr Herz hatte nie genügend Zeit, sich klar zu entscheiden –, doch mehrere Jahre danach hatte sie das Gefühl, daß das Leben in gewisser Hinsicht einen Abstieg bedeutete. Und dann gab es wieder einen kleinen Mann, mitten in ihrer Küche, der mit seiner Teetasse gegen seine Untertasse klapperte, seinem eigenen Eingeständnis nach sechs Millionen Dollar wert war, vor Energie brannte, dem das Kompensationsbedürfnis auf der Nasenspitze stand und dem so jedes *savoir-faire* abging.
»Typisch für mein Glück«, sagte sie.
»Was?«
»Du«, sagte sie. »Da suche ich einen Mann von Welt und bekomme einen Mann von den Ölfeldern.«
Vernon sah verdutzt aus.
»In meinen Augen bist du ein sehr unergiebiger Mann«, fuhr Aurora fort. »Erst wartest du fünfzig Jahre, um dich zum erstenmal zu verlieben, und dann suchst du dir dazu mich aus. Ich bin verteufelt schwierig, wie du bereits bemerkt hast. Nur jahrelange Erfahrung könnte einen Mann darauf vorbereiten, es mit mir aufzunehmen. Du hast den Nerv, dich mir zu präsentieren ohne auch nur ein Körnchen Erfahrung, gerade wo ich eine Menge Liebe und einfühlsame Behandlung brauche. Kurz, du bist ein Reinfall.«
Sie lehnte sich zufrieden zurück, um zu überlegen, wie er *diese* Attacke parieren könnte.
»Wie konnte ich riechen, daß ich dich treffen würde?« fragte Vernon.
»Die Chancen standen eins zu 'ner Million.«
»Was für eine lächerliche Verteidigung«, sagte Aurora. »Der Kernpunkt meiner Kritik lautete, daß du fünfzig Jahre gelebt und dir keinerlei Mühe gegeben hast, eine Frau kennenzulernen. Du bist ein sehr netter, sachverständiger, tüchtiger und freundlicher Mann, und du hättest so manche Frau sehr glücklich machen können. Trotzdem hast du dir keinerlei Mühe gegeben. Du hast niemanden wirklich glücklich gemacht, nicht einmal dich selber, und jetzt bist du mit deiner lächerlichen Art so festgefahren, daß du nicht weißt, wie man es anstellt, mit einem anderen Menschen in Beziehung zu treten. Das ist wirklich beschämend. Du bist eine vergeudete Resource.«

»Schätze, sollte mich über mich selber schämen«, sagte Vernon.
»Scham hat noch nie jemanden glücklich gemacht«, sagte Aurora. »Sie ist genauso nutzlos wie etwa Reue. Inzwischen sterben überall um dich herum Menschen an Hunger.«
»Nun, ich hab' noch mein halbes Leben vor mir, wenn mir nichts auf den Kopf fällt«, sagte Vernon. »Ich kann noch was lernen.«
»Das möchte ich bezweifeln«, sagte Aurora. »An dem Tag, als wir einander begegnet sind, zeigtest du ein paar Ansätze, doch ich weiß nicht, wo sie geblieben sind. Du hast dich von mir einschüchtern lassen. Ich glaube, du warst nur eine Eintagsfliege.«
Vernon stand auf. Er wußte, daß die Dinge hoffnungslos waren, aber er konnte es nicht ertragen zu hören, wie Aurora das so fröhlich aussprach. »Nein, ich bin nur ein Dummkopf, der nichts weiß«, sagte er.
Aurora war schon im Begriff, ihm zu sagen, daß seine Bemerkung doppelt gemoppelt sei, doch gerade noch rechtzeitig merkte sie, daß sie zu weit gegangen war und seine Gefühle verletzt hatte.
»Aber, aber«, sagte sie. »Ich entschuldige mich natürlich. Hast du denn überhaupt keinen Sinn für Humor? Ich habe doch im Scherz gesprochen. Ich wollte nur sehen, wie du reagierst. Achte doch um Himmels willen dann und wann auch einmal auf den Ton meiner Stimme. Ich kann doch nicht die ganze Zeit ernst sein, nicht wahr? Willst du jetzt schon wieder aufbrechen, nur weil ich dich ein wenig getriezt habe?«
Vernon setzte sich wieder hin. »Jetzt sitz' ich im Schlamassel«, sagte er, weil er laut dachte. »Ich weiß nicht, ob ich gerade gehe oder komme«, fügte er hinzu und wurde rot.
Aurora wertete das Erröten als ein Zeichen von Gemütsbewegung. Sie verbrachte die letzten zwanzig Minuten des Abends mit dem Versuch, nichts zu tun, was ihn durcheinanderbringen könnte, doch als er fragte, ob er zum Frühstück kommen dürfe, schüttelte sie den Kopf.
»Ich glaube, du solltest dich nicht darüber ärgern, Vernon«, sagte sie. »Ich glaube nicht einmal, daß du wirklich kommen willst. Wir sind einander größere Rätsel als an dem Tag, an dem wir uns trafen. Es macht mich glücklich, daß du mich als deinen ersten Schatz haben wolltest, doch für einen ersten Schatz bin ich eine Nummer zu groß. Ich wäre vielleicht als eine letzte Romanze ganz nett, aber du hast noch nicht einmal deine erste gehabt, nicht wahr?«
»Eben diese hier«, sagte Vernon.
Als er in seinen Wagen stieg, schüttelte Aurora selbstkritisch den

Kopf, und ohne ein weiteres Wort wandte sie sich ab und ging zum Haus zurück.
Vernon fuhr davon. Er war so durcheinander, daß ihm beinahe übel war.

4

Irgendwann in der Nacht wachte Aurora auf. Sie haßte es, nachts aufzuwachen, und versuchte, sich zum Weiterschlafen zu zwingen, doch es ging nicht. Sie wachte in einem Zustand tiefer *Tristesse* auf – hilflos und wortlos. Dies geschah immer häufiger, und es war etwas, worüber sie mit niemandem sprach. Es war zu mächtig. Für gewöhnlich gab sie sich nach solchen Nächten besondere Mühe, heiter zu erscheinen. Wenn überhaupt jemand merkte, daß irgend etwas nicht stimmte, dann war es Rosie, und Rosie verriet nichts.
Wenn sie merkte, daß sie wach war und die Schwermut wieder auf ihr lastete, stand sie auf, brachte ihre Kissen und ihre Steppdecke in ihre Fensternische, kauerte sich dort hin und schaute aus dem Fenster. Da stand der Mond am Himmel, und die Bäume in ihrem Garten warfen dunkle Schatten. Es war ein gedankenloser Zustand, eine ungeformte Schwermut, und sie konnte nicht einmal sagen, ob das, was sie vermißte, jemand war, den sie brauchte, oder jemand, der sie brauchte, doch der Schmerz unter ihrem Brustbein war so konkret, daß sie sich manchmal dagegen schlug, in der Hoffnung, er würde sich lösen und aufhören. Doch das Gefühl, das den Schmerz auslöste, war zu stark. Ihre kleinen Überheblichkeiten taten ihm keinen Abbruch. Es war ihre alte Außer-Zentriertheit, oder Unzentriertheit, das Gefühl, daß etwas aufhören würde, was nicht aufhören sollte.
Sie hatte sich jede Mühe gegeben, aktiv, aufgeschlossen und lebensnah zu bleiben, und trotzdem, so schien es ihr, fing das Leben an, ihr auf unerwartete Weise Widerstand zu leisten. Männer – manche von ihnen waren anständig und gut – schienen tagtäglich nur so durch ihr Leben zu marschieren, und doch berührten sie sie innerlich so wenig, daß sie allmählich Angst bekam – nicht gerade davor, daß nichts sie je wieder berühren könnte, aber daß sie aufhören würde, dies zu wollen, daß sie sich nicht mehr darum kümmern würde, ob es geschehe oder nicht, oder daß sie sogar so weit kommen würde, wo es ihr lieber sei, es geschehe nicht.
Es war schließlich diese Furcht, die sie spät in der Nacht wach und tränenlos an ihrem Fenster sitzen ließ. Sie fiel nicht zurück, gab sich

auch keiner Witwenerstarrung hin, sie bewegte sich vielmehr vorwärts, außer Reichweite. Ihre eigene Tochter hatte es sie plötzlich spüren lassen, als sie sich dafür entschied, Kinder zu bekommen. Es war Emmas Sache, Kinder zu bekommen, aber was war dann *ihre* Sache? Es hatte der Schwangerschaft ihrer Tochter bedurft, um ihr zum Bewußtsein zu bringen, wie uneinnehmbar sie selber geworden war – uneinnehmbar in verschiedener Hinsicht. Sie brauchte nur noch ein wenig verhärteter, ein wenig älter, ein wenig festgefahrener in ihrer Art zu werden. Noch ein paar Barrikaden aus Gewohnheit und Routine um sie herum, und niemand würde sie je einreißen können. Ihre Welt würde ihr Haus und ihr Garten und Rosie und ein oder zwei alte Freunde sein, und Emma und die Kinder, die sie bekommen würde. Ihre größten Vergnügungen würden Gespräche und Konzerte, die Bäume und der Himmel, ihre Mahlzeiten und ihr Haus sein, und vielleicht dann und wann einmal eine Reise an die Stätten, die sie am meisten liebte auf der Welt.

Solche Dinge waren alle gut und schön, und dennoch, die Vorstellung, daß diese Dinge, soweit sie sehen konnte, das ganze vor ihr liegende Leben ausmachen sollten, machte sie schwermütig und ruhelos – beinahe so ruhelos wie Vernon, außer, daß *ihr* Zappeln sich zum größten Teil in ihrem Innern vollzog und selten dazu führte, daß sie andere Zwangshandlungen beging, als höchstens an ihren Ringen zu drehen. Als sie so am Fenster saß und hinausschaute, spürte sie das Gefühl bis tief ins Mark, daß alles falsch sei. Es war nicht nur falsch, so weiterzumachen, es war tödlich. Ihr schien, daß all ihre Energie ihr stets von einer Art unbestimmter Vorfreude zugeströmt sei, einer tiefen Zuversicht, die allen Schwierigkeiten zum Trotz Jahr für Jahr überdauert hatte. Es war die Zuversicht, die Erwartung, daß sie etwas Schönes erleben würde, die sie am Morgen den Tag beginnen und ihn am Abend zufrieden beschließen ließ. Fast fünfzig Jahre lang hatte eine geheime Quelle in ihr ununterbrochen ihren Blutstrom mit Zuversicht gespeist, und sie war erwartungsfroh durch die Tage gewandert, stets begierig auf Überraschungen und stets aufgeschlossen.

Jetzt schien der Strom versiegt – wahrscheinlich würde es keine wirklichen Überraschungen mehr geben. Die Männer fingen an, die Flucht vor ihr zu ergreifen, und bald würde ihre Tochter ein Kind bekommen. Sie hatte immer in engem Kontakt mit anderen Menschen gelebt. Jetzt lebte sie, verursacht durch ihre eigene Härte oder ihre Außergewöhnlichkeit oder verschiedene Wechselfälle des Schicksals, mit allen auf mittlerer Distanz. Das war falsch, sie wollte nicht, daß es

so weiterging. Sie vergaß zuviel – bald würde sie nicht mehr in der Lage sein, sich daran zu erinnern, was sie vermißte. Sogar der Sex, das wußte sie, würde schließlich nur noch ein Bedürfnis des Verstandes sein. Vielleicht war dies sogar bereits geschehen, und wenn nicht, dann geschah es sicher bald.
Nachdem die schlimmste Phase der Schwermut vorüber war, fühlte sie sich so wach, daß sie wußte, sie würde für den Rest der Nacht nicht mehr schlafen können. Sie ging hinunter, bereitete Tee und nahm sich ein paar Plätzchen. Dann kehrte sie in ihre Fensternische zurück, trank und aß und überdachte ihre Wahlmöglichkeiten. Soweit es um Männer ging, so war keiner von denen, die sie kannte, der richtige, oder ganz der richtige. Sie war jetzt nicht mehr verzweifelt, doch sie wußte, daß sie, wenn sich nicht etwas ändern würde, und zwar bald ändern würde, im Begriff stand, etwas Schwerwiegendes zu tun: sich selber auf irgendeine Weise aufzugeben. Sie seufzte nicht bei dem Gedanken und warf sich auch nicht herum. Sie betrachtete durch ihr Fenster den düsteren Garten.
Die momentanen Gegebenheiten besagten, daß sie sich, wenn sie nicht den Rest ihres Lebens allein verbringen wollte, auf eine unverbindliche und ziemlich monotone Weise ihren Weg in die beste Beziehung erkämpfen mußte, die sie bekommen konnte.
Was zur Debatte stand, verlangte eine nüchterne Entscheidung, denn heißblütig war ihr ganzes Leben gewesen. Wenn sie darauf warten wollte, daß Heißblütigkeit sie mitriß, so war es offensichtlich, daß sie wahrscheinlich vergeblich warten würde. Wunder gab es zwar, aber man konnte sich nicht darauf verlassen. Nichts würde vollkommen sein, aber sie war in ihrem fünfzigsten Lebensjahr. Sie wollte sich nicht der Mittelmäßigkeit, Behaglichkeit und Hohlheit ergeben. Dennoch war es besser, den Stolz aufzugeben, wenn Stolz es war, der Tag für Tag ihren Elan hemmte.
Sie dachte an den netten kleinen Mann in seinem weißen Auto, dessen Liebe sie aus einer Laune heraus geweckt hatte. Es würde wahrscheinlich eine sehr anständige Liebe sein, und es wäre sogar unter Umständen möglich, ihm beizubringen, sich auszudrücken. Doch die Vorstellung von seiner Anständigkeit verleitete sie nicht dazu, den Telefonhörer abzuheben. Als ihre Schiffsuhr ihr sagte, daß es fünf Uhr war, hob sie ab, um statt Vernon ihren Nachbarn General Hector Scott anzurufen.
»Ja, hier General Scott«, sagte er zackig und schnarrend und so hellwach wie mitten am Tag.

»Natürlich bist du schon auf, Hector«, sagte sie. »Du bleibst deinen Prinzipien treu. Ich muß zugeben, das ist immerhin etwas. Wie dem auch sei, ich habe beschlossen, dich zu verklagen.«
»*Mich* verklagen?« fragte General Scott ungläubig. »Du rufst mich um fünf Uhr morgens an, um mir zu sagen, daß du mich verklagen willst? Das ist die größte Frechheit, die mir je untergekommen ist.«
»Nun, es ist nicht sehr wahrscheinlich, daß ich mich erweichen lasse und meine Meinung ändere«, sagte sie.
»Aurora, was zur Hölle ist in dich gefahren?« fragte er. »Das ist doch kompletter Unsinn. Du kannst mich nicht verklagen.«
»Oh, ich kenne meine Rechte sehr wohl, Hector«, sagte sie. »Ich glaube, daß deine Position, was unseren Autounfall betrifft, absolut ungesetzlich war. Wie dem auch sei, ich möchte meinen, ich bin eine faire Frau. Ich bin bereit, dich zum Frühstück einzuladen, um dir die Möglichkeit zu geben, dich zu verteidigen. Das ist doch fair.«
»Hm, nun, ich würde dir gerne eins auf deine gottverdammte Nase hauen, wenn wir schon von Fairneß reden«, sagte der General, dem bei der Erinnerung daran, wie kalt sie davongefahren war und ihn in dem Cadillac zurückgelassen hatte, das Temperament durchging.
»Hector, du bist viel zu alt, um noch irgend jemanden zu hauen«, sagte Aurora. »Du kannst sicher sein, alles, was du bekommen hast, hast du auch verdient, wenn du die Unannehmlichkeiten meinst. Kommst du nun zum Frühstück, oder willst du da stehenbleiben und nutzlose Drohungen ausstoßen?«
»Was ist aus deinem kleinen Spieler geworden?« fragte er.
»Das ist eine Sache, die dich rein gar nichts angeht«, sagte sie. »Kommst du nun herüber, oder willst du mit deinen Kötern herumrennen?«
»Es sind keine Köter, und natürlich habe ich vor zu laufen«, sagte der General. »Ich laufe. Das ist unumstößlich. Dann komme ich hinüber und haue dir eins direkt auf die Nase.«
»Ja, Hector, über Stock und Stein«, sagte Aurora. »Wie hättest du deine Eier gern?«
»Pochiert«, sagte der General.
»Schön«, sagte Aurora. »Gib nur bitte acht, daß du dich bei deinem albernen Lauf nicht verausgabst. Wir müssen unseren Prozeß erörtern, und ich will nicht, daß du schlappmachst.«
Sie legte auf, bevor er noch ein Wort sagen konnte. Drei Minuten später und nicht gerade zu ihrer Überraschung klopfte jemand an die Haustür. Sie stellte das Telefon zurück an seinen Platz und suchte ei-

nen Gürtel für ihr Kleid. Das Klopfen hörte auf, doch die Türklingel begann zu schellen. Aurora zog sich ihr Kleid an, nahm eine Haarbürste und schlenderte langsam die Treppe hinunter, wobei sie ihr Haar bürstete. Sie machte die Haustür auf und begegnete dem Blick eines sehr zornigen, rotgesichtigen Generals. Er trug den grauen Jogging-Anzug, den er beim Laufen immer anhatte.
»Jetzt haue ich dir eins auf die Nase, und dann mache ich meinen Lauf«, sagte er.
Aurora hob ihr Kinn. »Uh, uh«, machte sie.

Der General kochte vor Wut, doch selbst in seinem Zorn konnte er in Auroras Augen einen Ausdruck kalter, ziemlich gleichgültiger Herausforderung ausmachen. Sie hatte nicht einmal aufgehört, sich das Haar zu bürsten.
»Ich will, daß du es weißt: Du bist das unerträglichste, arroganteste Weibsstück, das mir je in meinem Leben begegnet ist, und mir sind eine ganze Menge begegnet«, sagte der General. Er schlug sie nicht, aber er konnte sich nicht enthalten, sie ziemlich hart zu schubsen.
Aurora stellte fest, daß er angenehm kräftige, ziemlich feingliedrige Hände hatte, die Hände eines weit jüngeren Mannes. Männer, die sich in Form hielten, hatten auch ihre Vorzüge. Sie fing sich kurz vor der Treppe und sah, daß seine Brust schwer wogte und sein Kopf puterrot war.
»Du denkst wohl, ich bin ein Feigling, wie?« sagte er. »All die Jahre habe ich dich geliebt, und alles, was dabei rauskommt, ist, daß du denkst, ich bin ein Feigling.«
»Wie lange hast du mich geliebt, Hector?« fragte sie mit freundlicher Stimme.
»Jahre... Jahre«, sagte er schwer atmend. »Seit den vierziger Jahren. Das weißt du doch. Seit der Party, die du für uns gegeben hast, bevor ich auf die Midway-Insel geschickt wurde. Daran erinnerst du dich doch. Dein Baby war gerade geboren, und du hast es noch gestillt. Ich erinnere mich an das Kleid, das du getragen hast.«
Aurora lächelte. »Was für ein verblüffendes Gedächtnis ihr Männer habt«, sagte sie. »Ich kann mich kaum an diesen Krieg erinnern, viel weniger an diese Party oder dieses Kleid. Gib mir deine Hand.«
Der General reichte sie ihr. Zu seiner Verblüffung schien sie sie untersuchen zu wollen. »Nun, das war ungefähr zu der Zeit«, sagte er. »Ich habe viel an dich gedacht, als ich in Übersee war. Das Theater im Pazifik«, sagte er, um ihrem Gedächtnis nachzuhelfen.

Aurora hakte ihren Arm kameradschaftlich bei ihm unter und hielt seine Hand. »Ich bin sicher, es gab eine Reihe gefühlvoller Szenen, Erinnerungen, die ich sehr genießen würde, wenn ich mich nur erinnern könnte«, sagte sie. »Ihr Männer habt so viel Geduld.«
»Wie, was?« fragte er.
»Mach dir nichts draus, Liebster«, sagte Aurora. »Ich bin gerade sehr beschämt. In all diesen Jahren habe ich dir noch nie meinen Renoir gezeigt. Du könntest hereinkommen und einen Blick auf ihn werfen, wenn du es nicht allzu eilig hast mit deinem Lauf. Ich denke, das ist das mindeste, was ich für einen Mann tun kann, der mich zwanzig Jahre lang geliebt hat.«
General Scott befreite augenblicklich die Hand, die sie hielt, doch nur, um sie noch fester mit beiden Händen zu packen. Der Zorn machte einer anderen, ebenso mächtigen Erregung Platz, und diese schwoll an, als nun offensichtlich wurde, daß Aurora endlich, endlich, nach all diesen Jahren, aufhörte, sich dagegen zu sträuben, gepackt zu werden.
»Aurora, mich interessieren deine Kunstwerke nicht, mich interessierst nur du«, gelang es dem General noch zu sagen, bevor die Leidenschaft seine Stimme völlig erstickte.
Aurora hörte einen neuen Ton in der gewohnten schnarrenden Stimme mitschwingen. Sie lächelte, doch drehte sie ihren Kopf, so daß er das Lächeln nicht sehen konnte.
»Nun ja«, sagte sie, »macht nichts, Hector. Mein Renoir wird uns wohl kaum davonlaufen. Wir sparen ihn uns auf für den Fall, daß uns alles andere mißlingt.«
Sie schaute auf und begegnete seinem Blick. Der General kam sich vor wie ein Narr, ein alter erschrockener Narr. Er konnte nicht an Wunder glauben. Mit heiterer Liebenswürdigkeit und unter vielen, vielen Worten führte Aurora ihn die Treppe hinauf, an einen Ort, von dem er schon lange aufgehört hatte zu träumen.

Zwölftes Kapitel

1

Am selben Morgen erwachte Rosie und stellte fest, daß ihr Wasserboiler nicht in Ordnung war. Buster, ihr Baby, fiel hin und schnitt sich beim Versuch, seiner großen Schwester Lou Ann die Spielzeugente wegzunehmen, die Lippe auf. Lou Ann lachte und machte die Sache noch schlimmer. Die Lippe blutete so stark, daß es aussah, als habe man ihm die Halsschlagader durchtrennt. Aber die beiden dachten nur an eins: Wann kommt Daddy nach Hause? Rosie hatte nicht die blasseste Ahnung, wann das sein würde. Sie wußte nicht, wo Royce war. Seit drei Wochen hatte er nichts von sich hören lassen. Täglich ging sie in der Erwartung nach Hause, daß er wieder da wäre, einsam und reumütig, und täglich fand sie ein leeres Haus mit zwei unleidlichen Kindern. Sie war fast am Ende ihrer Kraft, und als sie Buster verarztet hatte und die beiden die Straße hinunter zu dem Nachbarn scheuchte, der tagsüber auf die Kinder aufpaßte, war sie ganz verzweifelt. Den Tränen nahe, stieg sie in den Frühbus und fuhr mit geschlossenen Augen quer durch Houston. Sie hatte die Welt so satt, daß sie einfach keine Lust mehr hatte, auch nur einen Blick darauf zu werfen.
F. V. d'Arch war eine ihrer ersten Wahrnehmungen, als sie die Augen wieder aufschlug. Er saß auf der Bordsteinkante vor der Bushaltestelle. So etwas war noch nie passiert, und Rosie war angenehm überrascht. F. V. sah aus, als wäre ihm die Petersilie verhagelt. Überrascht war sie nur darüber, daß er auf der Bordsteinkante saß. Er hatte seine Chauffeurshose und ein Unterhemd an. »Was ist los, bist du gefeuert worden?« fragte sie.
F. V. schüttelte den Kopf. »Schwere Sorgen«, sagte er.
»Ja, ich auch«, sagte Rosie dumpf. »Ich weiß nicht, ob Royce noch lebt. Vielleicht ist er schon tot. Was der sich so denkt, wie ich das den Kindern erklären soll, das möcht' ich gern wissen. Ich hätte ihn niemals geheiratet, wenn ich gewußt hätte, daß es mit einem solchen Kladderadatsch enden würde.«
»Rat mal, wo der General ist, dann weißte, warum ich so in Sorge bin«, sagte F. V.
»Wo ist er denn hin? Irgendwo 'nen Panzer kaufen?«
»Nee, oben bei Mrs. Greenway«, sagte F. V. »Ist vor zwei Stunden da

raufgegangen. Hat noch nicht mal seine Runde gedreht. Die Hunde kratzen die Tür durch.«
»Oho«, sagte Rosie und schaute die Straße hinab.
»Nicht mal in der Küche ist Licht, wenn du's genau wissen willst.«
»Oho«, sagte Rosie wieder. Sie setzte sich neben F. V. auf den Bordstein, und sie starrten gemeinsam Mrs. Greenways Haus an. Die Sonne war aufgegangen, und es war ein warmer heller Tag. Trotzdem schien ihnen das Haus irgendwie düster und unheilverkündend.
»Woran denkst du gerade?« fragte Rosie.
F. V. zuckte sein ausdrucksvolles Cajun-Achselzucken, was soviel wie allgemeine Katastrophe bedeutete. Rosie nahm ihm die Katastrophe ab, aber wollte es ein bißchen genauer wissen. »Furchtbar«, sagte sie. »Ich wünschte, Royce käme nach Hause.«
»Ich wollte dir gerade was erzählen«, sagte F. V. »Ich wollte es schon vorher, aber jetzt ist das alles hier dazwischengekommen.«
»Was, was?« fragte Rosie und glaubte, er hätte schlechte Nachrichten von Royce.
»'n Tanz«, sagte F. V. »Heut abend im J-Bar-Korral draußen. Du weißt schon, der Laden an der McCarty Street.«
»Ach, jaaa«, sagte Rosie. »Was ist damit?«
F. V. zupfte sich eine Weile seinen Schnurrbart. Eine Minute verging, aber anscheinend konnte er sich nicht zum Sprechen aufraffen.
»F. V., spann mich nicht länger auf die Folter«, sagte Rosie. »Was ist mit dem Tanz?«
»Willste mitgehn?« brachte F. V. heraus.
Rosie starrte ihn an, als ob er verrückt geworden wäre. Sie glaubte wirklich, daß die ganze Welt verrückt geworden sei. Royce war im Nichts verschwunden, und General Scott war in Auroras Haus. Und jetzt wollte F. V. d'Arch auch noch heute abend mit ihr ausgehen.
»Du solltest öfter mal rauskommen«, murmelte F. V., während er angestrengt seine Schnürsenkel betrachtete.
»Schätze, du hast recht«, sagte Rosie vage. »Ich sollte öfter mal rauskommen. Buster macht mich noch ganz verrückt.«
F. V. schwieg verstockt, solange er auf Rosies Antwort wartete.
»Ach, was soll's«, sagte Rosie. »Wenn's Royce nicht paßt, muß er sich eben damit abfinden.«
Rosie schaute die Straße hinauf. »Wenn er sie nicht umgebracht hat, heißt das, daß die beiden eine Affäre haben«, sagte sie. Das Wort ›Affäre‹ hatte sie in seichten Fernsehserien aufgeschnappt. »Dem armen Vernon wird das Herz brechen.«

Rosie hatte den Satz noch nicht beendet, als Vernons weißer Lincoln um die Ecke bog.
»Ach du lieber Gott«, sagte Rosie und sprang auf die Fahrbahn, um ihn anzuhalten. Vernon sah sie und fuhr heran. Er war die ganze Nacht lang in seiner Garage auf und ab gegangen und hatte sich schließlich dazu entschlossen, zum Frühstück wieder zurückzukommen und die Befehle zu ignorieren, die anscheinend ihm galten.
»Halten Sie sofort an!« kreischte Rosie dramatisch.
Vernon sah sie fragend an, und plötzlich spürte Rosie, daß ihr die Luft wegblieb. Sie drehte sich um und schaute, ob F. V. eine Eingebung hätte. F. V. hatte sich erhoben und balancierte auf der Bordsteinkante, als ob er hoch oben auf einem Haus stünde. Nach einigen wenigen Momenten der Euphorie geriet er langsam wieder in Katastrophenstimmung. Er wußte ganz und gar nichts zu sagen.
Glücklicherweise klingelte genau in diesem Augenblick eins der Telefone in Vernons Auto. Während er sprach, fand sie Zeit, ihre Fassung wiederzuerlangen.
»Ich nehm' ihn mit zu Emma«, sagte sie. »Vielleicht kann sie mir helfen, es ihm beizubringen.«
»Was ist mit dem Tanz?« fragte F. V.
Jetzt reichte es Rosie allmählich. Es war, als wenn jemand aus Bossier City sie zu einer Zeit festzunageln versuchte, in der sie selbst nicht vorhersagen konnte, was sie in den nächsten zwei Minuten tun wollte.
»Ach, Süßer, kann ich dich nicht später deswegen anrufen?« fragte sie. »Ich weiß nicht, wo mir der Kopf steht.« F. V. sah so traurig aus, daß sie seine Hand nahm und ein bißchen drückte. Schließlich hatten sie schon so manche Stunde gemeinsamen Glücks damit verbracht, am Packard des Generals herumzubasteln. Dann rannte sie los und sprang in den Lincoln.
»Sie wenden jetzt«, sagte sie, als Vernon den Hörer auflegte. Der Befehl kam zu spät; Vernon starrte die Straße hinunter. Auch Rosie starrte zum Haus. General Hector Scott, in einen Morgenmantel von Aurora gehüllt, marschierte stramm über Auroras Rasen. Er fand die Zeitung, marschierte ins Haus zurück und schloß die Tür.
Vernon legte den Rückwärtsgang ein und nahm den Fuß von der Bremse. Das große weiße Auto begann sanft rückwärts zu rollen.
F. V. tauchte, in grauer Hose und Unterhemd, vor ihnen auf.
Er balancierte immer noch am Rand der Bordsteinkante. Er winkte nicht.

»Ich weiß nicht, was in sie gefahren ist«, sagte Rosie. Vernon ließ den Lincoln weiter rückwärts gleiten, bis er um eine Kurve war. Auroras Haus war nicht mehr zu sehen. Sie glitten eine Weile dahin, bis es ihm dämmerte, daß Rosie immer noch im Auto war.
»Jetzt fahre ich Sie auch noch in die verkehrte Richtung«, sagte er.
»Ach, ich habe noch kein Frühstück gehabt«, sagte Rosie. »Wollen Sie mitkommen nachsehen, ob Emma schon auf ist?« Vernon war plötzlich sehr müde. Es war so viel leichter, rückwärts zu fahren als zu wenden. Er wünschte, er könnte so weitermachen wie jetzt. Einfach irgendeine ruhige Straße rückwärtsgleiten, durch ein autoloses Land, nie wieder versuchen, vorwärts zu fahren. Aber sie waren in Houston, und der Verkehr erlaubte ihm eine so behagliche Fahrweise nicht, und die drahtige kleine Frau neben ihm würde Angst bekommen.

Ein paar Minuten später klopfte es an Emmas Haustür. Sie öffnete und sah überrascht hinaus. Die zwei standen auf ihrem Treppenabsatz.
»Guten Morgen«, sagte sie. »Ihr zwei seid wohl ausgerissen.« Sie war erst kurz vorher aufgewacht, und ein anderer Grund, warum die beiden auf ihrem Treppenabsatz stehen könnten, fiel ihr nicht ein.
»Man könnte eher sagen, daß wir uns verlassen vorkommen«, sagte Rosie. »Wir wollten uns zum Frühstück einladen.« Rosie stürzte sich sofort auf die Frühstücksvorbereitungen, als ob sie eine ganze Armee zu verpflegen hätte. Statt dessen waren nur drei verwirrte Menschen da, von denen keiner hungrig war.
Bescheiden setzte sich Vernon und schaute zu. Es schien ihm, daß er aus eigener Dummheit zum Spielball höherer Gewalten geworden war, und er fühlte sich seines Willens beraubt.
»Vernon ist gerade von General Scott aus dem Sattel geschossen worden«, sagte Rosie unverblümt. »Wie viele Eier, Vernon? Wir müssen den Tatsachen ins Auge sehen.«
»Zwei«, sagte Vernon.
»General Scott?« sagte Emma. »General Scott hat der Bannstrahl getroffen. Er ist der letzte, mit dem sie sich einlassen würde.« Vernon und Rosie schwiegen. Rosie schlug die Eier kraftvoll in die Pfanne.
»Ich möcht' gern wissen, was diesen Sinneswandel bei ihr bewirkt hat«, sagte Emma nach einer Pause. In diesem Augenblick erschien Flap in der Küchentür in seinem Schlafanzug. Vernon stand auf und schüttelte ihm die Hand.

»Ich habe einen ganz ungewöhnlichen Kater«, meinte Flap. »Hatten wir gestern einen Kindergeburtstag hier?«
»Wir beratschlagen gerade miteinander«, sagte Emma. »Es geht das Gerücht, daß Mama mit General Scott angebändelt hat.«
»Klasse«, sagte Flap und setzte sich. Emma war verärgert. »Das ist überhaupt nicht Klasse. Außerdem brauchst du hier nicht taktlose Bemerkungen zu machen«, sagte Emma. Flap stand sofort auf. »Okay«, sagte er. »Ich geh' wieder ins Bett. Dann kann ich nicht mal aus Versehen eine taktlose Bemerkung machen.«
»Jetzt hab' ich ihm schon die Eier in die Pfanne gehauen«, sagte Rosie. »Laß ihn doch bleiben.«
»Sie haben doch gehört, was sie gesagt hat, ich bin verbannt«, sagte Flap. »Füllen Sie die Eier wieder in die Schalen.«
Er machte eine Grimasse, als er aus dem Zimmer ging. Emma scherte sich nicht darum.
»Vielleicht habt ihr irgendwas falsch gedeutet«, sagte Emma. »Vielleicht hat sie nur eine alte Rechnung mit dem General zu begleichen oder so. Sie liebt es, alte Rechnungen zu begleichen.«
»Sie müssen das anders sehen: Es geht keinen von uns was an«, sagte Vernon.
Die beiden Frauen schauten zu ihm herüber. Rosie zerdepperte ein Eigelb und schüttelte den Kopf über ihre Ungeschicklichkeit und die Widrigkeiten der Welt.
»Ach was, wenn es Sie wirklich so kalt lassen würde, warum haben Sie mich dann hierher gefahren?« fragte sie. »In der Zeit hätte ich schon die Küche aufwischen können.«
Vernon schwieg. Es war ihm mit der Zeit immer klarer geworden, daß er eine andere Sprache sprach als die Frauen. Mochte ja sein, daß die Wörter dieselben waren, aber die Bedeutungen waren unterschiedlich. Ihre Sprache war so verschieden von seiner, daß er allmählich Angst vor dem Versuch bekam, die einfachsten Dinge zu sagen, wie zum Beispiel um ein Glas Wasser zu bitten. Er sagte nichts und aß seine Eier unter Rosies feindseligen Blicken.
Während er aß, wanderten Rosies Gedanken wieder zu ihren eigenen Problemen. Was sollte sie denn mit F. V. machen – und dem Tanz?
»Vernon, ich hab' die perfekte Lösung«, sagte sie plötzlich und ihre Miene hellte sich auf. »Selbst wenn es Ihnen nicht das Herz bricht, werden Sie eine Weile Trübsal blasen – das kann ich ihnen garantieren. Ich hab' siebenundzwanzig Jahre mit einem Trübsalbläser gelebt, und was hab' ich jetzt davon?«

»Eine große Familie«, sagte Emma. »Wie geht's dem kleinen Buster?«
»Hat sich die Lippe aufgeschnitten«, sagte Rosie teilnahmslos. Sie war mit den Gedanken woanders.
»Tanzen ist auf jeden Fall immer noch besser als Trübsalblasen«, sagte sie, stand auf und machte ein paar Tanzschritte.
»Kann nicht tanzen«, sagte Vernon.
»Dann wird's Zeit, das Sie's lernen«, sagte Rosie. »F. V. d'Arch und ich haben uns heute abend zum Tanzen verabredet, und ich weiß, daß es F. V. freuen würde, wenn Sie mitkämen. Wir könnten mit Ihrem Auto fahren. Sie würde das so richtig aufmuntern.«
Das bezweifelte Vernon. Er glaubte, daß es ihn mehr aufmuntern würde, abends auf seinem Hochhaus zu sitzen, und den Flugzeugen beim Landeanflug zuzuschauen. Aber das sagte er nicht. Er schaute zu Emma hinüber, die ihn freundlich anlächelte, als ob sie alles verstünde.
»Tja, Vernon, Sie haben kein Eisen mehr im Feuer«, sagte sie. »Sie wissen, was das bedeutet.«
Sie verabschiedeten sich ein wenig später, und Emma ging ins Schlafzimmer. Flap saß auf dem Bett und las die Zeitung. Er sah sie böse an.
»Mit dir hab' ich noch ein Hühnchen zu rupfen«, sagte er.
»Dann wirst du dich ein Weilchen gedulden müssen«, sagte Emma. »Ich werde mich nicht mit dir streiten, bevor ich Mama angerufen habe. Ich will wissen, was los ist.«
»Heute morgen warst du schrecklich arrogant«, sagte er.
»Du warst schrecklich unsensibel Vernons Gefühlen gegenüber«, sagte Emma. »Ich glaube, wir sind quitt.«
»Ich habe nur ein einziges Wort gesagt, und das war doppeldeutig«, sagte er. »Ich hätte es ja auch sarkastisch meinen können. Jedenfalls brauchst du mich nicht vor Gästen bloßzustellen.«
»Schon gut, es tut mir leid«, sagte Emma. »Ich war kribbelig.«
Flap sagte nichts. Er sah angestrengt in seine Zeitung.
»Ach zum Teufel mit dir«, sagte Emma. »Ich hab' mich entschuldigt, und so schlimm war's ja nun auch wieder nicht.«
»Nein, aber es hat in mir eine Menge vergangener Dinge hochgebracht, die ich von dir auch nicht leiden konnte«, sagte er. Emma suchte die Stellenangebote heraus und begann sie zu lesen. In letzter Zeit fand sie Stellenangebote besonders fesselnd. Flap versuchte sie ihr wegzureißen. Er startete einen seiner erotischen Blitzkriege, aber Emma ließ die Stellenangebote nicht los. Es gab Papiergeraschel. Flap

versuchte sie niederzuringen, aber Emma war verstimmt und ließ sich nicht küssen. Die Zeitung benutzte sie, um alle entscheidenden Körperteile abzuschirmen.
»Hör auf«, sagte sie. »Ich will Mama anrufen.«
»Unser Sexualleben hat Vorrang«, sagte er.
»Nimm die Finger weg«, sagte sie. »Ich mein's ernst.«
Als er merkte, daß sie es wirklich ernst meinte, begann er, die Stellenangebote in Fetzen zu reißen. Emma gab auf und schaute ihm zu, wie er sie in Dutzenden von Streifen riß und auf den Boden warf.
»So«, sagte er. »Wenn ich dich schon nicht vögeln darf, brauch' ich dir wenigstens nicht dabei zugucken, wie du drei Stunden lang die verdammten Stellenangebote liest.«
Emma ärgerte sich über sich selbst, weil sie das Schlafzimmer überhaupt betreten hatte. »Ich lern's anscheinend nie«, sagte sie. Flap gab keine Antwort, und sie ging in die Küche und rief ihre Mutter an.
»Ja«, Aurora war sofort am Apparat.
»Was machst du denn?« fragte Emma, überrascht, daß sie so schnell abgehoben hatte.
»Warum willst du das wissen?«
»Weil du mir einen Schrecken eingejagt hast«, sagte Emma.
»Was du doch für ein eigenartiges Mädchen bist«, sagte Aurora. »Du mußt etwas zu verbergen haben, sonst hättest du mich doch nicht angerufen. Dein junger Schriftsteller ist wohl zurückgekommen?«
»Du redest wie mein Mann«, sagte Emma. »Ihr seid beide falsche Fuffziger. Ich nehme an, du weißt, daß dein Hausmädchen und dein früherer Freund zum Frühstück hier waren?« Einen Augenblick lang herrschte Stille am anderen Ende der Leitung.
»Welcher frühere Freund?« fragte Aurora.
»Vernon natürlich«, sagte Emma. »Ich hab' gehört, du hast was mit dem General angefangen.«
»Naja, du kennst mich doch«, sagte Aurora. »Ich kann einfach auf niemanden lange eine Wut haben. Zwischen Hector und mir hat eine zurückhaltende Fühlungnahme stattgefunden. Wir erwägen übrigens, uns heute morgen an den Strand zu begeben.«
»Entschuldige«, sagte Emma. »Ich wußte nicht, daß er da ist.«
»Er ist nicht da«, sagte Aurora. »Er ist gegangen, um seine verflixten Hunde zu beschwichtigen. Ich glaube, meinen Widerwillen gegen diese Hunde werde ich nie los.«
Wieder trat Stille ein. »Ist das alles, was du mir zu sagen hast?« fragte Emma.

»Naja, Vernon hat gesagt, es ginge uns nichts an«, sagte sie, als ihre Mutter keine Antwort gab.

»Vernon ist ein schlauer Kopf«, sagte Aurora. »Leider ist er auch ein dummer Tropf. Es war jedenfalls nett von dir anzurufen, auch wenn es dir nur um einen Skandal ging. Ich für mein Teil werde jetzt auf der Stelle nach meinem Badeanzug suchen. Jetzt, wo ich ihn endlich einmal brauche, ist er verschwunden. Vielleicht sprechen wir heute abend noch einmal miteinander.«

Aurora legte auf, ging hinunter und schnappte sich Rosie. Sie saugte gerade das Wohnzimmer.

»Ihn zu Emma mitzunehmen war ein genialer Schachzug«, sagte Aurora. »Vielen Dank. Ist er wohlauf?«

»Schwer zu sagen«, sagte Rosie. »Er ist sowieso nicht normal. Was ist mit dem General?«

»Ach, weißt du«, sagte Aurora, »er ist um einiges besser als nichts.«

»Ja, und ich hab' für heute abend eine Verabredung mit F. V.«, sagte Rosie. »Vernon kommt auch, glaube ich. Vernon muß ein bißchen lockerer werden«, fügte sie hinzu.

»Ein bißchen Auflockerung täte jedem gut«, sagte Aurora. »Ich wünsche Vernon nur das Beste, aber ich muß ganz ehrlich sagen, daß ich mir nur schwer vorstellen kann, daß es ihm guttun wird, bei deinen Verabredungen mit F. V. den Anstandswauwau zu spielen. Es ist ja wirklich wie in einer Schmierenkomödie mit den Beziehungen hier im Viertel. Hector kann jeden Augenblick da sein, um mich zum Strand abzuholen.«

»Warum sind Sie dann immer noch im Bademantel?«

»Ach«, sagte Aurora, »es hat keinen Sinn, sich fertig zu machen, bevor Hector kommt. Ich will nicht, daß er glaubt, er könnte meine Gewohnheiten ändern.«

Es schellte. General Scott, in weißem Leinen, stand auf der Schwelle. Sein Wagen wartete am Bordstein.

»Hector, du siehst fabelhaft aus«, sagte Aurora. »Möchtest du nicht reinkommen und eine Tasse Tee trinken.«

»Ich hab' das verdammte Gefühl, daß mir wenig anderes übrigbleibt«, sagte der General.

Er winkte F. V. ärgerlich zu, der den Motor des Packards abstellte.

»Jetzt wird er sicherlich nicht mehr anspringen«, sagte der General.

Rosie konnte ein Kichern nicht unterdrücken. Der General sah sie streng an, was aber keine Wirkung zeigte.

Aurora gähnte. »Ich fühl' mich, als hätte ich die ganze Nacht kein

Auge zugetan. Setz dich doch hin und trink einen Tee, während ich mich fertigmache.«
»Nein«, sagte der General. »Ich warte im Auto. Ob du nun kommst oder nicht, ich sitze wenigstens in meinem Wagen.« Er machte kehrt, um zu gehen, hielt aber inne und schaute zurück.
»Hector, du schlägst gar nicht mehr die Hacken zusammen, wie du's früher immer getan hast«, sagte Aurora. »Ich fand das immer ziemlich sexy, muß ich sagen.«
Aurora schaute durchs Fenster ihre Blumen an. Einen Augenblick lang hatte der General die Illusion, daß sie ihm aus der Hand fressen würde. Er salutierte und knallte mit den Hacken. Dann noch zweimal. Beim dritten Versuch glaubte er, daß er einen hervorragenden Knall hinbekommen hätte.
»Wie war das?« fragte er.
Aurora wiegte ihren Kopf, erst nach links, dann nach rechts, während sie den Knall begutachtete. »Irgendwie scheint mir dem Ganzen die alte Arroganz zu fehlen«, sagte sie, riß die Arme hoch, und feuerte eine Gesangssalve ab. Es war eine ziemlich laute Salve. Das Lied stammte aus einer Oper. Der General wußte nur nicht, aus welcher. Die bloße Tatsache, daß sie dort saß und sang, irritierte ihn ganz gewaltig. Es irritierte ihn immer, wenn Aurora sang, weil es bedeutete, daß sie – für den Moment jedenfalls – glücklich war und ihn deshalb vergessen hatte. Außerdem gab es keine wirksame Strategie, mit einer Frau umzugehen, die einem direkt gegenübersaß und sang. Der Anblick Auroras, die fröhlich auf italienisch vor sich hinträllerte, erinnerte ihn daran, wie dankbar er gewesen war, daß seine Frau vollkommen unmusikalisch war. Leider war sie auch unhörbar gewesen, so daß er immer dreimal nachfragen mußte, wenn sie etwas erzählte; in der Erinnerung erschien ihm das allmählich als eine liebenswerte Eigenschaft.
»Schade, daß du nicht musikalisch bist, Hector«, sagte Aurora, als sie geendet hatte. »Es wäre schön, wenn wir das eine oder andere Duett singen könnten. Ich kann mir nicht vorstellen, daß du es in Erwägung ziehen würdest, Stunden zu nehmen, oder?«
»Gesangstunden?« fragte der General. Er schaute mit ernster Miene auf die Uhr. Die Vorstellung von Gesangstunden brachte ihn sehr in Verlegenheit.
»Um Gottes willen, Aurora«, sagte er. »Ich dachte, wir gehen an den Strand. Ich wäre ja ein kompletter Narr, wenn ich in meinem Alter Gesangstunden nähme.«

Aurora schlenderte zur Treppe, ging aber nicht hinauf. Sie blieb auf der untersten Stufe stehen und machte ein glückliches, aber nachdenkliches Gesicht. Der General befürchtete schon, sie würde wieder anfangen zu singen. Er konnte sich der Feststellung nicht entziehen, daß sie wunderbar aussah. Das Licht spielte in ihrem Haar. Sie hatte alles, was er sich von einer Frau erträumte. Überwältigt von seiner Bewunderung, vielleicht war es sogar Liebe, stellte er sich hinter sie und legte die Arme um sie.

»Ich hätte nicht geglaubt, daß du mir meine erste Bitte abschlägst«, sagte sie. »Ich will ja nur jemanden, mit dem ich Duette singen kann.«

»Na gut, dann werd' ich es vielleicht tun«, sagte der General. Mutiger geworden, versuchte er sie zu küssen, aber sie hüpfte einige Stufen hinauf.

»An deiner Stelle würde ich mich darum kümmern, daß dieser unzuverlässige Wagen anspringt«, sagte sie. »Ich bin in fünf Minuten startbereit und würde dann gerne sofort abfahren.«

Aurora rannte die Treppe hinauf, und der General wandte sich um, um zur Tür zu gehen, und stand Rosie gegenüber, die ihm den Weg abschnitt. Sie sah ihn vorwurfsvoll an.

»Sagen Sie F. V., er soll achtgeben, daß er nicht auf eine Feuerqualle tritt«, sagte sie. »Ich will mit ihm heute abend eine kesse Sohle aufs Parkett legen.«

»Was soll das heißen?« fragte der General. »Ihr Frauen seid verrückt. Eine Sohle aufs Parkett legen? Warum sollte F. V. das tun wollen.«

»Tanzen«, sagte Rosie, »wir gehen tanzen.«

»Ach«, sagte der General, »eine Sohle aufs Parkett legen in dem Sinne. Kann F. V. wirklich tanzen?«

Er machte die Tür auf und gab F. V. mit einer Handbewegung das Kommando, den Motor anzulassen.

»Wehe, wenn er's nicht kann. Er hat mich eingeladen«, sagte Rosie. »Sie gehen besser raus und sagen ihm, er soll aufhören, auf dem Gaspedal rumzupumpen. Wenn er die alte Karre absaufen läßt, dauert es eine Woche, bis sie wieder trocken ist.«

»F. V., hör auf zu pumpen«, brüllte der General und steckte den Kopf zur Tür hinaus.

F. V. schaute starr geradeaus und tat, als ob er die Aufforderung nicht gehört hätte. Für sein Gefühl hatte er die Maschine gerade so weit vollaufen lassen, daß sie anspringen mußte, und er gab die günstige Position nur ungern auf. Rosie schaute hinaus. »Der pumpt immer

noch. Das seh' ich an der Art, wie er geradeaus guckt. F. V. ist stur wie ein Panzer.«
»F. V., hör auf zu pumpen«, schrie der General noch einmal. »Wenn er ihn draußen in Galveston absaufen läßt, wenn Aurora einen frischen Sonnenbrand hat, werden Sie sich wünschen, Sie wären wieder im Krieg«, sagte Rosie grimmig. Genau darüber hatte der General auch gerade nachgedacht. »Vielleicht wäre es besser, ich besorgte mir einen neuen Wagen.«
»Ja«, sagte Rosie, »zu schade, daß Sie sich nicht einen kaufen gehen können, während sie sich anzieht. Könnte Ihnen einigen Ärger ersparen. Gott allein weiß, wie das alles enden soll«, fügte sie düster hinzu, wandte sich ab und ging in die Küche.
»Das ist weiß Gott wahr. Verdammt schwer zu beurteilen«, sagte der General.

Dreizehntes Kapitel

1

Royce Dunlup lag im Bett und balancierte eine kalte Bierdose auf seinem Bauch. Neben dem Bett begann das Telefon zu klingeln. Er streckte eine Hand aus und nahm den Hörer ab, ohne die Bierdose ins Rutschen zu bringen. Er hatte einen dicken Bauch, und es war eigentlich kein Kunststück, eine Bierdose darauf zu balancieren, aber diesmal stand sie direkt auf seinem Nabel, und es war schon eine Kunst, sie dort zu halten, während er telefonierte. Seit er Rosie verlassen hatte und eine mehr oder minder offizielle Beziehung mit seiner Freundin Shirley Sawyer eingegangen war, hatte Royce eine Menge dazugelernt. Zum Beispiel hatte er gelernt, flach auf dem Rücken liegend Sex zu machen. Das war etwas, das er in all den Jahren mit der konservativen Rosie nie getan hatte. Niemand hatte je versucht, Royce etwas Ähnliches beizubringen, und zuerst war er ein unsicherer Schüler, aber Shirley hatte ihn bald eingeritten. In dieser Zeit erzählte sie ihm von ihrer Phantasie. Den Begriff hatte sie in ihrer einjährigen Collegezeit in Winkelburg, Arizona, aufgeschnappt. Phantasie, erklärte Shirley, bedeutete, daß man sich Dinge vorstellte, die man in Wirklichkeit nicht tun konnte, und ihre Lieblingsphantasie drehte sich um Sex mit einem Springbrunnen. Ganz speziell wollte sie es mit Houstons neuem Mecom-Springbrunnen treiben, einer prächtigen neuen Wasserfontäne direkt vor dem ebenso prächtigen Warwick-Hotel. Bei Nacht war der Mecom-Springbrunnen orangefarben angestrahlt, und Shirley betonte immer wieder, daß sie sich nichts Schöneres vorstellen könnte, als auf der Spitze eines großen orangefarbenen Springbrunnens zu sitzen, direkt vor dem Warwick-Hotel.

Das war natürlich nicht möglich, und so mußte sie sich mit dem Zweitbesten als Notbehelf abfinden, und das war, sich jeden Abend auf das zu setzen, was sie geziert als Royces »olles Ding« bezeichnete. Ungefähr alles, was von ihm bei solchen Gelegenheiten verlangt wurde, war, stillzuhalten, während sie auf ihm herumrüttelte und kleine sprudelnde Geräusche machte, um den Springbrunnen zu imitieren, auf dem sie in ihrer Phantasie ja saß. Royces einzige Sorge war, daß sie eines Tages einmal die Balance verlieren und nach hinten umkippen könnte. In diesem Fall mußte sein »olles Ding« einfach

Schaden nehmen, aber bisher war das noch nicht vorgekommen, und Royce war nie ein Mensch gewesen, der weit in die Zukunft schaute.
Seine eigene Phantasie war simpler und drehte sich darum, eine Bierdose auf seinen Nabel zu setzen. Er liebte es ganz besonders, sich vorzustellen, daß die Bierdose unten und sein Nabel oben ein Loch hätte, so daß sich ohne die geringste Anstrengung seinerseits ein schöner Strom kühlen Bieres direkt in seinen Magen ergießen würde, wenn er die Bierdose auf seinen Nabel setzte. Auf diese Weise konnte er die beiden angenehmsten Dinge des Lebens, Sex und Biertrinken, erledigen, ohne auch nur einen Finger zu rühren.
Shirley saß offenbar so gern auf seinem »ollen Ding«, daß sie bereit war ihn auszuhalten, um es immer zur Verfügung zu haben. So war Royce ein Mann mit beträchtlicher Muße geworden. Sein Gedächtnis war nie besonders gut gewesen, und es war ihm innerhalb von drei Wochen gelungen, Rosie und seine sieben Kinder zu vergessen. Hin und wieder packte ihn die Sehnsucht nach seinem Liebling, dem kleinen Buster, aber Shirley kam immer nach Hause, bevor sie ihn übermannte. Sie setzte ihm jedesmal ein kühles Bier auf den Nabel, und die Erinnerung verlor sich wieder. Shirley lebte in einem Drei-Zimmer-Haus an der Harrisburg Avenue, gleich neben einem Gebrauchtreifencenter, und Royce verbrachte einen Großteil des Tages damit, voller Glück auf ein Gebirge von etwa 20000 abgefahrenen Reifen zu starren. Wenn er sich beschäftigen wollte, konnte er zu einem 7-Eleven-Laden zwei Blocks die Harrisburg Avenue hinunter gehen und ein bißchen Bier nachkaufen, oder, wenn er ganz besonders viel Energie hatte, konnte er einen Block weiter gehen und einen glücklichen Nachmittag beim Pokern in einer Kneipe verbringen, die »Tired-Out-Lounge« hieß und die die Stammkneipe seines alten Freundes Mitch McDonald war.
Mitch war ein pensionierter Gelegenheitsarbeiter, dem vor ein paar Jahren bei einem Unfall auf den Ölfeldern eine Hand abgequetscht worden war. Er war es auch gewesen, der Royce mit Shirley bekannt gemacht hatte. Sie war jahrelang Mitchs Freundin gewesen, aber die beiden hatten sich überworfen (erzählte Shirley später Royce), weil Mitchs »olles Ding« die schlechte Angewohnheit entwickelt hatte, genau im falschen Augenblick aus ihr herauszurutschen. Trotzdem hatten Shirley und Mitch sich entschlossen, Freunde zu bleiben, und in einem Augenblick der Schwäche hatte Mitch seine Freundin Shirley einfach seinem Freund Royce weitergereicht. Er selbst glaubte, daß Royce für Shirley viel zu ungeschliffen sei, und er war ganz aus dem

Häuschen, als die beiden es dennoch miteinander konnten. Aber das hatte er sich selbst zuzuschreiben, und es gelang ihm, darüber zu schweigen, wie verkehrt das alles war. Außer Hubert Junior gegenüber, dem nervösen kleinen Geschäftsführer der »Tired-Out-Lounge«. Mitch erklärte Hubert Junior häufig, daß Royce und Shirley nicht zusammenbleiben könnten, und Hubert Junior stimmte ihm immer zu, wie er es bei allen tat, egal, was sie sagten.
Trotzdem, nach außen waren Royce und Mitch immer noch Kumpel, und es überraschte Royce nicht besonders, daß Mitch ihn anrief.
»Was machste, alter Kumpel?« fragte Mitch, als Royce sich meldete.
»Ausruhn«, sagte Royce. »Paar Bier trinken.«
»Du wirst was Härteres brauchen, wenn du hörst, was ich dir zu sagen habe«, sagte Mitch. »Ich bin im ›J-Bar-Korral‹.«
»Ach ja«, sagte Royce ohne großes Interesse.
»Hier läuft gerade dieser Ost-Texas-Schwof«, fuhr Mitch fort. »Findet jeden Freitagabend statt. Damen ohne Begleitung haben freien Eintritt. Du glaubst nicht, wie viele Schnallen hier allein rumlaufen.«
»Ach ja«, wiederholte Royce.
»Egal. Rat mal, wer gerade reingekommen ist«, sagte Mitch.
»John F. Kennedy«, sagte Royce, dem gerade nach Scherz war. »Oder ist es vielleicht der gute alte Lyndon B. Johnson?«
»Nee«, sagte Mitch, »rat noch mal.«
Royce zerbrach sich den Kopf. Ihm fiel kein gemeinsamer Bekannter ein, der womöglich auf dem Ost-Texas-Schwof aufkreuzen konnte. In seinem entspannten Zustand fiel ihm überhaupt keiner ein, den sie beide kannten.
»Bin zu müde zum Raten«, sagte Royce.
»Na gut, ich geb' dir 'n Tip«, sagte Mitch. »Ihr Name fängt mir R an.«
Mitch erwartete, daß dieser entscheidende Anfangsbuchstabe wie eine Bombe in Royces Bewußtsein platzen würde, aber er hatte sich schon wieder verschätzt.
»Kenn' keinen, dessen Name mit R anfängt«, sagte Royce. »Keinen außer mir selbst, und ich bin heute noch nich' mal richtig aus 'm Bett gekommen.«
»Rosie, du blöder Scheißer«, sagte Mitch, wütend über die Dummheit seines Freundes. »Rosie, Rosie, Rosie.«
»Rosie wer?« fragte Royce mechanisch. Noch immer lag ihm jeder Gedanke an seine Frau völlig fern.

»Rosie Dunlup!« schrie Mitch. »Deine Frau Rosie! Haste schon mal was von der gehört?«
»Ach, Rosie«, sagte Royce. »Frag sie doch bitte mal, wie's Buster geht.«
Dann endlich platzte die Bombe. Mit einem Ruck setzte sich Royce im Bett auf und stieß die Bierdose von seinem Nabel. Es fiel ihm erst auf, als er die kalte Flüssigkeit von unten spürte. Die Dose war unter seinem Bauch versteckt, und er glaubte im ersten Augenblick, daß er vor Schreck ins Bett gemacht hätte.
»Rosie«, sagte er. »Du meinst doch nicht etwa Rosie?«
»Rosie«, sagte Mitch ruhig und kostete den Augenblick aus.
»Geh hin und sag ihr, daß ich will, daß sie nach Hause geht«, sagte Royce. »Was meint die eigentlich, was sie da bei den Schlampen zu suchen hat? Sie sollte nicht allein ausgehen«, fügte er hinzu.
»Sie ist nicht allein ausgegangen«, sagte Mitch. Das war ein weiterer Augenblick, den er auskosten konnte.
Royce hielt einen Finger in die Pfütze, in der er saß, und roch dann an dem Finger. Es roch eher nach Bier als nach Pisse, so war er wenigstens eine Sorge los. Blaß stiegen ein paar Erinnerungen an sein Eheleben in ihm auf, sehr vage nur, und als Mitch seine zweite Bombe warf, erlosch das Licht der Erinnerung in Royces Hirn.
»Waas?« fragte er.
Mitch wählte einen trockenen, informativen Ton und teilte Royce mit, daß Rosie mit zwei kleinen Männern angekommen sei, von denen einer einen Schnurrbart trage. Der andere sei ein bekannter Öl-Magnat mit einem weißen Lincoln.
Kein Geräusch drang über die Leitung, während Royce die Information verarbeitete. »Fick mich ins Knie«, sagte er schließlich, und fuhr sich mit den Fingern durchs Haar.
»Jaa, schlägt das nicht alles?« sagte Mitch. »Schätze, es ist wahr, was die Leute sagen: Wenn die Katze aus dem Haus ist, tanzen die Mäuse auf dem Tisch.«
»Was denkt die sich eigentlich, einfach abzuhauen und die Kinder allein zu lassen?« sagte Royce. Ein Gefühl der Empörung stieg in ihm auf. »Sie ist eine verheiratete Frau«, setzte er entschieden hinzu.
»Heute abend benimmt sie sich aber wirklich nicht so«, sagte Mitch. »Sie und dieser Cajun tanzen, daß die Fetzen fliegen.«
»Erzähl mir nichts weiter. Du machst mir nur das Denken schwer«, sagte Royce. Er versuchte die wichtigste Tatsache im Kopf zu behalten: Rosie war seine Frau, und sie war dabei, ihn zu betrügen.

»Kommste rüber?« fragte Mitch.
In seiner Aufregung hängte Royce ein, bevor er antwortete. »Da kannst du Gift drauf nehmen. Ich komm' rüber«, sagte er. Aber er hatte einige Schwierigkeiten zu überwinden. Einer seiner Schuhe war verschwunden. Shirley besaß eine tückische kleine Promenadenmischung, die sie nach ihrer Heimatstadt »Barstow« getauft hatte, und Barstow schleppte seine Schuhe immer in irgendwelche Ecken, um an den Schnürsenkeln knabbern zu können. Einen Schuh fand Royce in der Küche, aber der andere war spurlos verschwunden. Während er ihn suchte, fand er eine Flasche Scotch, die er völlig vergessen hatte. Auf der Suche nach dem Schuh stürzte er davon einen tüchtigen Schluck hinunter. Der Schuh blieb verschwunden und Royce, gequält von dem Gedanken an das, was seine Frau ungestraft tun konnte, wurde zusehends hektischer. Er kippte das Bett um, vielleicht war der Schuh darunter. Dann kippte er die Couch um. Dann ging er hinaus, um Barstow windelweich zu prügeln, doch Barstow war ebenso spurlos verschwunden wie der Schuh.
Während die Minuten verstrichen, stieg Royces Verzweiflung und damit seine Wut. Zuletzt gab er die Suche auf. Er konnte mit einem Schuh tun, was er tun mußte. Er raste auf die Straße und sprang in seinen Lieferwagen. Unglücklicherweise hatte die Batterie ihren Geist aufgegeben. Das war die Folge seiner Untätigkeit. Royce war versucht, den Lieferwagen genau wie das Bett und die Couch umzukippen, aber die Vernunft siegte. Nachdem er vergeblich versucht hatte, ein paar vorbeifahrende Wagen anzuhalten, hoppelte er eilig zur »Tired-Out-Lounge.« Alle lachten sich krumm über seinen Anblick – ein Fuß steckte in einem Schuh, der andere nicht –, aber er hörte das Gelächter kaum.
»Shirleys verdammter Kackhund hat ihn geklaut«, sagte er, um Spekulationen vorzubeugen. »Notfall, Leute! Ich brauch' jemand, der mir Starthilfe gibt.«
In einer Bar gewinnt man sich mit nichts schneller Freunde als mit einem Notfall, und in Nullkommanichts bekam Royce Starthilfe von einem 58er Mercury. Sein Schuhproblem war vergessen. Fünf, sechs Reifenexperten vom Gebrauchtreifencenter standen herum und traten an die Reifen von Royces Lieferwagen, während die Starthilfeaktion stattfand. Einige versuchten herauszufinden, worin der Notfall eigentlich bestand. Schließlich waren sie mitgekommen, um etwas zu erleben. Das war auf der Harrisburg Avenue keine unberechtigte Hoffnung, da gehörten Pistolenschüsse, kreischende Frauen und

Blutvergießen zum Straßenbild. Ein gebrauchter Lieferwagen für Kartoffelchips mit einer kaputten Batterie war ein lahmer Ersatz, und das ließen sie Royce auch merken.
»Scheiße, Dunlup«, sagte einer. »Nich' mal das Haus von deiner Alten brennt.«
Royce war nicht bereit, die demütigende Wahrheit einzugestehen, daß seine Frau sich mit anderen Männern in Bumslokalen herumtrieb. Er brachte alle unangenehmen Frager zum Verstummen, indem er die Motorhaube zuknallte und davonrauschte. Er war noch nicht einmal einen Block weit gefahren, als die Motorhaube wieder aufsprang, weil er in der Eile vergessen hatte, das Starthilfekabel wieder abzuklemmen, und die Motorhaube einfach zugeschlagen hatte.
Die Männer, die ihm geholfen hatten, sahen ihn nicht ohne Groll davonfahren. »Dieser Hurensohn ist doch zu dumm, sich beide Schuhe anzuziehen«, bemerkte einer. Sie hofften, daß ihn vielleicht ein Autounfall stoppen würde, bevor er außer Sicht war, aber nichts dergleichen geschah, und so blieb ihnen nichts weiter übrig, als zur Bar zurückzuzockeln, ohne auch nur eine Geschichte zu erzählen zu haben.
»Blöder Hund«, sagte ein anderer Reifentreter. »Nächstes Mal helf' ich ihm nicht mehr, selbst wenn eine bissige Schildkröte seinen Schwanz im Schnabel hat.«

2

Drüben im »J-Bar-Korral« fand ein bunter Abend statt. Eine Gruppe namens »Tyler-Troubadours« drosch einen Hank Snow Hitmedley herunter, und die Gäste hatten sich in drei ungefähr gleich starke Gruppen aufgeteilt: diejenigen, die zum Trinken kamen, diejenigen, die tanzen wollten, und solche, die beides genossen. Pomade und Frisiercreme glänzten auf den Köpfen der Männer, die ihren Stetson abgenommen hatten, und die meisten Frauen hatten toupierte Haare, als habe Gott selbst über ihnen gestanden und sie mit einem Kamm in der einen und einem starken Staubsauger in der anderen allmächtigen Hand frisiert.
Glücklich waren alle, und fast alle betrunken. Vernon war weder das eine noch das andere. Er saß am Tisch und grinste unsicher. Er war nicht vorsätzlich nüchtern, aber schließlich war er auch nicht vorsätzlich unglücklich. Beides war typisch für ihn.
Rosie hatte sich sofort ins Tanzvergnügen gestürzt, weil sie glaubte,

das sei die einfachste Art, sich von der Tatsache abzulenken, daß sie mit F. V. d'Arch ausgegangen war. Sie hatte F. V. noch in letzter Minute ihre Eintrittskarte bezahlen lassen, und es war ihr völlig klar, daß das ein Rendezvous war. Bein Versuch, über diesen Punkt hinauszudenken, versagte ihre Phantasie. Sie hatte vergessen, warum sie Vernon mitgeschleift hatte. Trotzdem war sie froh darüber – für alle Fälle. Es könnte ja sein, daß es Ärger mit F. V. geben würde.
Zum Glück hatten sich F. V.'s Manieren bisher als vorbildlich erwiesen. Er hatte sich genauso ins Tanzvergnügen gestürzt wie Rosie, weil er nicht wußte, worüber er mit ihr reden sollte. Sie hatten seit Jahren zwei Standardthemen: Bossier City, Louisiana, und Packard-Motoren. Angebracht erschien ihm keines von beiden – jedenfalls nicht bei ihrem ersten Rendezvous.
Außerdem stand ihnen beiden das Gespenst von Royce Dunlup drohend vor Augen. Obwohl seit Wochen niemand mehr etwas von ihm gehört hatte, nahmen sowohl Rosie als auch F. V. insgeheim an, daß er irgendwie Wind von der Sache kriegen und plötzlich auf der Tanzfläche auftauchen würde. Und weil sie zusammen da waren, erschien es ihnen, als hätten sie sich schuldig gemacht – in den Augen Gottes wahrscheinlich, in Royces Augen aber ganz gewiß. Und zwar schuldig gemacht einer Sache, die an Ehebruch grenzte, und das, obwohl sie bis jetzt keinen Händedruck getauscht hatten. Sie schwitzten vor lauter Schuldgefühlen und Nervosität, noch ehe sie ihre ersten Schritte auf der Tanzfläche gewagt hatten. Das Tanzen erwies sich als enorme Erleichterung. Zuerst tanzte F. V. mit der Geschmeidigkeit der Cajuns, von der Hüfte abwärts. Seinen Oberkörper bewegte er kaum, was Rosie ein wenig lächerlich vorkam. Sie war es gewöhnt, beim Tanzen mit den Hüften zu wackeln, in die Knie zu gehen und den Partner zu drücken. Und obwohl sie es sich nicht gerade wünschte, daß F. V. sie drückte, erwartete sie doch zumindest, daß er hin und wieder seinen Kopf bewegte. Sie gab ihm sofort einen Knuff in die Rippen, um ihm das klarzumachen.
»Locker, F. V., locker«, sagte sie. »Wir stehen hier schließlich nicht in 'nem Paddelboot. Du bist ja 'n völliger Blindgänger, wenn die hier 'n flotten Swing spielen. Jedenfalls wenn du weiter so tanzt.«
Zum Glück wirkten fünf oder sechs Glas Bier und die Tatsache, daß von Royce nichts zu sehen war, Wunder für F. V.'s Selbstvertrauen, und Rosie hatte keinen Grund mehr zu klagen. F. V. holte sie zu jedem Tanz auf den Tanzboden, und sie wurde während der ganzen Zeit nur zweimal abgeklatscht. Beide Male von demselben Betrunkenen,

der offenbar nicht darüber hinwegkam, daß Rosie schon vergeben war.
»Ma'am, Sie sind ja 'n richtiger Winzling«, sagte er mehrmals.
»Ganz recht. Paß auf, daß du nicht auf mich drauffällst. Sonst könnt ihr mich nämlich vom Boden abkratzen«, sagte sie, nachsichtig vor Freude darüber, daß sie sich in die Welt hinauswagen, und mit den verschiedensten Männern tanzen konnte, ohne daß sie von einem Blitzstrahl getroffen wurde. Vor lauter Glück, und weil der Innenraum des »J-Bar-Korral« ungefähr die Temperatur eines Backofens hatte, begann sie in den Pausen Bier in sich hineinzuschütten. F. V. trank auch durstig, und Vernon bestellte das Bier so schnell, wie sie es tranken. Die Kondensflüssigkeit, die von ihren Flaschen heruntergetropft war, bildete auf der Tischplatte Pfützen, und Vernon vergnügte sich damit, die Wasserpfützen mit Papiertaschentüchern aufzusaugen, während sie tanzten.
»F. V., das hätten wir schon vor Jahren tun sollen«, sagte Rosie in einer Tanzpause. Ihre Gefühle für F. V. wurden immer herzlicher. Daß er an diesem Morgen seinen ganzen Mut zusammengenommen und »Willste mitgehn?« gemurmelt hatte, das war der Anfang ihrer Befreiung.
»Hätten wir, hätten wir wirklich«, sagte F. V. »Willste nächste Woche wieder mitkommen?«
»Ach, weißt du«, sagte Rosie und fächelte sich mit einem Papiertaschentuch. Das war eine Verzögerungstaktik, die sie Aurora abgeguckt hatte.
»Hier ist jede Woche so 'n Tanz«, sagte F. V. Er hielt inne.
»Das ist hübsch«, sagte Rosie vage, und um die Frage nicht beantworten zu müssen, schaute sie sich dabei im Raum um. Es war ziemlich geschmacklos von F. V., sie so zu drängen, fand sie, und der Gedanke, eine feste Verabredung eine Woche im voraus zu treffen, erschreckte sie.
F. V. blieb hartnäckig. »Es spielt immer dieselbe Band.«
»Vernon, Sie sollten mal ein Tänzchen wagen«, sagte Rosie, in der Hoffnung, daß sie sich klammheimlich davonstehlen könnte.
»Bin bei den Baptisten groß geworden«, erklärte Vernon. »Die haben nicht viel fürs Tanzen übrig.«
Rosie merkte, daß Vernon ihr kaum aus der Klemme helfen würde. Er wartete nur, bis der Abend vorbei war. Und F. V.'s Augen glänzten, während er herauszufinden versuchte, ob er in der nächsten Woche ein Rendezvous habe.

»Tja, wenn Buster nicht entführt worden ist und der Himmel nicht eingestürzt...« sagte sie und sprach den Satz nicht zu Ende. Das war genug für F. V. Er lehnte sich zurück und trank Bier, während Vernon Brezeln aß.

Vernon hatte das Gefühl, immer noch rückwärts zu gleiten. Schweppes, der alte Baseball-Fan, hätte gesagt, daß das Leben ihm einen gemein angeschnittenen Ball zugespielt habe, und der Ball war Aurora. Aber Vernon fand eigentlich eher, daß sich die Straße seines Lebens plötzlich gegabelt habe, ohne ihm Zeit zu geben, noch einmal zu wenden. Er hatte die gerade Straße seines Lebens aus einer Laune heraus verlassen, wahrscheinlich für immer, aber es überraschte ihn nicht sonderlich, daß die Gabelung ihn so schnell auf Treibsand geführt hatte. Er rechnete nicht damit, daß er je wieder auf die alte Straße zurückkehren könnte, und der Schweiß und das Gedröhn der J-Bar waren für ihn nur Teile des Treibsands. Er war vor lauter Stumpfheit sanftmütig geworden, machte seine Beobachtungen, aß von seinen Brezeln und dachte an Aurora.

Keiner von ihnen ahnte, daß draußen, im hintersten Teil des J-Bar-Parkplatzes, der Motor eines babyblauen Lieferwagens aufheulte. Royce Dunlup war eingetroffen und bereitete seine Rache vor.

Seinen Wagen hatte er jedoch nicht geparkt. Unterwegs hatte ihn das Gefühl überkommen, daß ein paar Biere bei ihm für klaren Kopf sorgen würden. Also hatte er an einem Lebensmittelgeschäft angehalten, das die ganze Nacht über geöffnet war, und hatte sich zwei Sechserpackungen Bier gekauft. Zu seinem Verdruß hatte ihn jeder in dem Geschäft ausgelacht, weil er nur einen Schuh anhatte. Allmählich bekam Royce den Eindruck, daß er der erste Mensch seit Erschaffung der Welt sein mußte, dem der Hund seiner Freundin einen Schuh stibitzt hatte. Der Kassierer in dem Geschäft, ein pickliger Halbwüchsiger, glaubte, einen Witz darüber machen zu müssen. »Was ist denn passiert, Meister?« fragte er. »Haste vergessen, den anderen anzuziehen, oder haste vergessen, den hier auszuziehen?«

Royce hatte seine Sechserpackungen genommen und war zu seinem Wagen gehumpelt, das freche Hohngelächter mehrerer Gaffer im Rücken. Der Vorfall brachte ihn ins Brüten. Die Leute schienen anzunehmen, daß er zu einer bestimmten Sorte Irrer gehörte, der es Spaß machte, nur einen Schuh zu tragen. Wenn er mit nur einem Schuh zum Ost-Texas-Schwof gehumpelt käme, dann würden ihn wahrscheinlich die Leute auslachen.

Das würde seine Autorität untergraben. Soweit er wußte, konnte Ro-

sie ihn sogar ins Irrenhaus einliefern lassen, wenn er sich nur mit einem Schuh beim Tanz blicken ließ.
Es war ein schwieriges Problem, und Royce saß in seinem Lieferwagen am äußersten Ende des J-Bar-Parkplatzes, während er Dose um Dose seines Sixpacks in sich hineinkippte. Ihm fiel ein, daß bestimmt irgendein Betrunkener heraustorkeln und irgendwo auf dem Parkplatz zusammenklappen würde. In diesem Falle wäre es gewiß nicht schwierig, einen Schuh zu stehlen. Das einzige Risiko an einem solchen Plan war, daß Rosie und ihre Begleiter gehen könnten, ehe es ihm gelungen wäre, einen bewußtlosen Betrunkenen zu finden. Angesichts des Ernstes der Lage war der Verlust des Schuhs schrecklich ärgerlich, und Royce beschloß, Barstow zu erwürgen, sobald er wieder nach Hause kam. Shirley hin, Shirley her. Er trank das zweite Sixpack noch schneller als das erste. Trinken half ihm, entschlossen zu bleiben.
Die J-Bar war nur ein billiger Fertigbau-Tanzschuppen, und Royce konnte die Musik deutlich durch die offenen Türen hören. Bei der Vorstellung, daß seine eigene Frau, mit der er seit siebenundzwanzig Jahren verheiratet war, da drinnen mit einem lausigen Cajun tanzte, brachte ihn so in Rage, daß er mit dem Fuß hätte aufstampfen können, aber leider war sein bester Stampffuß nur mit einem Socken bekleidet.
Dann, er war gerade dabei, sein zwölftes Bier auszutrinken, ergab sich durch Zufall die Lösung des ganzen Problems. Royce war beinahe schon entschlossen, im Wagen zu warten und zu versuchen, Rosie und F. V. zu überfahren, sobald sie herauskamen, um nach Hause zu gehen. Genau in dem Augenblick, als er den Motor abgewürgt hatte und sich auf die Lauer legte, erschien die Lösung in Gestalt zweier Männer und einer Frau, die alle einen sehr glücklichen Eindruck machten. Als sie aus der Tür der J-Bar heraustraten, hatten sie die Arme umeinander gelegt und sangen, aber kaum waren sie den Schuppen entlang getorkelt, als die fröhliche Stimmung umschlug. Einer der beiden Männer war groß, der andere klein, und das erste Anzeichen einer aufkeimenden Feindseligkeit, das Royce auffiel, war, daß der große Mann den kleinen am Gürtel hochhob und kurzerhand gegen die Rückwand des J-Bar-Korral warf.
»Halt dein verdammtes dreckiges Mundwerk über meine Verlobte, du kleiner Scheißer du«, sagte der große Mann etwa in dem Moment, als der Kopf des kleinen Mannes gegen die Wand des J-Bar-Korral prallte. Royce konnte nicht feststellen, ob der kleine Mann das noch

gehört hatte oder nicht. Er wand sich auf dem Betonboden und stöhnte.
Die Frau hielt kurz inne und schaute auf den kleinen, sich krümmenden Mann hinunter. »Darrell, das hättste wirklich nich' tun brauchen«, sagte sie ruhig. »Das Wort ›Titten‹ ist doch nicht so schlimm.«
Der große Mann glaubte offenbar nicht, daß ihr Kommentar eine Antwort verdiente, denn er schnappte sie beim Arm und verstaute sie ohne weitere Umstände in einem blauen Pontiac. Die beiden saßen eine Zeitlang im Wagen und schauten zu, wie der kleine Mann sich krümmte. Dann startete der große Mann den Wagen und fuhr davon, ohne sich die Mühe zu machen, den kleinen Mann zu überfahren, was Royce verwunderte. Endlich kam der kleine Mann wieder auf die Beine. Er humpelte an Royces Lieferwagen vorbei und verschwand in der Dunkelheit des Parkplatzes.
Royce würdigte ihn kaum eines Blickes. Ihm war gerade ein glänzender Einfall gekommen. Als der Mann an den Schuppen flog, schien es ihm, als habe die Wand geknirscht. Deutlich hatte er ein knirschendes Geräusch gehört. Offenbar war das Gebäude nicht besonders stabil, wahrscheinlich hatte man es nur aus Sperrholz und Dachpappe zusammengezimmert. Es gab keinen Grund für ihn, die halbe Nacht zu warten, um Rosie und F. V. auf dem Parkplatz zu überfahren. Ein Bau, der beim Aufprall eines kleinen Mannes knirschte, hätte doch keine Chance gegen einen sechs Jahre alten Lieferwagen, der in hervorragendem Zustand war. Er konnte mitten durch die Wand fahren, und Rosie und F. V. überrollen, wenn sie gerade miteinander tanzten.
Ohne länger nachzudenken, schritt Royce zur Tat. Er fuhr mit dem Wagen neben die Rückwand des Schuppens, lehnte sich hinaus und schlug mit der Faust gegen die Wand. Für ihn fühlte sich das an wie Sperrholz und Dachpappe. Mehr wollte er nicht wissen. Als Einfahrt wählte er eine Stelle, die genau in der Mitte der Rückwand lag, setzte ungefähr zwanzig Meter zurück, um Anlauf zu nehmen, gab Gas und fuhr, mit Mordlust im Herzen, geradewegs auf die Wand zu.
Der J-Bar-Korral war groß, und zunächst bemerkten nur die Gäste, die zufällig am Südende des Lokals saßen und tranken oder tanzten, daß ein Lieferwagen dabei war, sich einen Weg auf die Tanzfläche zu bahnen. Beim ersten Aufprall splitterte die Wand und gab ein Loch frei, das gerade groß genug für die Schnauze des Wagens war, aber nicht den ganzen Lieferwagen durchließ, so daß Royce gezwungen

war, zurückzustoßen und noch mal anzufahren. Ein Ehepaar aus Conroe feierte seinen zweiten Hochzeitstag an einem Tisch, der nur ein paar Schritte von der Stelle entfernt war, an der die Schnauze des Lieferwagens durchbrach. Die beiden jungen Leute und ihre Freunde waren zwar leicht überrascht, als die Wand nachgab und die Schnauze eines Lieferwagens erschien, legten aber bei der ganzen Sache eine sehr besonnene Haltung an den Tag.
»Nun schau dir das an«, sagte der Ehemann. »Da hat irgend so 'n jämmerlicher Hurensohn die Kurve nicht gekriegt und is' in die Wand geknallt.«
Alle drehten sich um und schauten neugierig, ob der Lieferwagen noch ganz durchbrechen würde. »Ich hoffe, es ist kein Nigger«, sagte die junge Frau. »Bei unserer Feier will ich wirklich keinen Nigger sehen.«
Bevor ihr Mann dazu einen festen Standpunkt beziehen konnte, brach Royce mit seinem Lieferwagen mitten in den J-Bar-Korral. Ungehalten darüber, daß er beim erstenmal aufgehalten worden war, hatte Royce beim zweitenmal über den halben Parkplatz Anlauf genommen. Das Ehepaar schaute erschreckt auf den Lieferwagen, der genau auf ihren Tisch zukam.
Sie schrie wie am Spieß, und er hatte gerade noch Zeit, sein Bier an Royces Windschutzscheibe zu schleudern, bevor die Stoßstange mit der Kante seinen Stuhl erwischte und ihn unter den Tisch katapultierte.
Einen Augenblick lang rührte sich nichts. Die Leute am Südende des Tanzschuppens starrten Royce und seinen Lieferwagen an, als trauten sie ihren Augen nicht. Royce schaltete die Scheibenwischer ein, um Tonys Bier von der Windschutzscheibe zu wischen. Im selben Augenblick begannen alle zu kreischen und ihre Stühle umzuwerfen. Royce wußte, daß er keine Zeit zu verlieren hatte, sonst könnten Rosie und F. V. ihm in dem Durcheinander entkommen. Er ließ die Kupplung kommen und donnerte schnurstracks auf den Tanzboden zu. Tische zerbrachen wie Streichhölzer.
Von denen, die er suchte, sah F. V. Royce als erster. Er tanzte mit Rosie in der Nähe des Podests für die Band. Die ersten Schreie hatten sie beide gehört, aber Schreie waren bei einem großen Tanz nichts Ungewöhnliches, und so hatten sie weitergetanzt. Sie hätten aufgehört, wenn Schüsse gefallen wären, aber Schreie deuteten normalerweise nur auf eine Schlägerei hin, und es lohnte sich nicht, wegen einer Schlägerei aufzuhören.

F. V. schaute auf, nachdem er gerade einen Tanzschritt vollendet hatte, den er für sehr gelungen hielt. Es war ein Schock für ihn, Royce Dunlups Lieferwagen geradewegs auf die Bühne zufahren zu sehen. Wenn Entsetzen einem wirklich das Blut in den Adern gefrieren lassen könnte, wäre F. V.'s Kreislauf sofort tiefgekühlt gewesen. So aber hielt er sich ganz gut unter Kontrolle, wenn man von ein paar unfreiwilligen Zuckungen absah. »Schau nicht hin«, sagte er zu Rosie. »Royce ist da. Schau jetzt nicht hin.«
Rosie fühlte sich auf der Stelle schwach. Sie war jedoch nicht überrascht. Die einzige Überraschung war, daß es ihr vorkam, als ob sie einen Lieferwagen hörte. Aber das mußte sie sich einbilden. Außerdem hatte F. V.'s Ton sie mehr oder minder davon überzeugt, daß es das beste sei, den Kopf gesenkt zu halten. Also tat sie das. Sie nahm an, daß Royce durch die tanzende Menge pirschte – wahrscheinlich mit einer Pistole in der Hand. Da sie sonst niemand kannte, legte sie ihr ganzes Vertrauen in F. V. Vielleicht könnte er sie zur Tür hinaus bugsieren, und sie könnten dann beide Reißaus nehmen.
F. V. hatte aufgehört zu tanzen und stand stockstief da. Das Motorengeräusch wurde lauter. Dann wurde das Kreischen viel zu laut, um noch von einer Schlägerei herrühren zu können, und die Musiker kamen aus dem Takt. »O Gott«, sagte der Sänger, und Rosie sah gerade noch rechtzeitig auf, um ihren Ehemann mit seinem baby-blauen Lieferwagen vorbeifahren zu sehen.
Einen Moment lang fühlte sich Rosie zutiefst glücklich. Da fuhr Royce in seinem Lieferwagen und hielt, genau wie immer, das Steuer mit beiden Händen. Wahrscheinlich hatte sie alles, was geschehen war, nur geträumt. Wahrscheinlich war sie gar nicht beim Tanz, sondern zu Hause im Bett. Der Traum würde jeden Augenblick vorbei sein, und sie würde wieder leben wie immer. Eine Woge des Glücks und der Erleichterung durchflutete sie, als sie so dastand und aufs Aufwachen wartete. Dann prallte Royces Wagen gegen die Bühne und schleuderte die Musiker nach links und rechts auseinander. Der Schlagzeuger wurde von all seinen Trommeln begraben, und der Sänger flog im hohen Bogen von der Bühne in die Menge. Damit nicht genug! Royce setzte zurück und fuhr erneut auf die Bühne los. Durch den Stoß fiel der Schlagzeuger, der gerade mit Mühe auf die Beine gekommen war, wieder zwischen seine Trommeln und streckte alle viere von sich. Der zweite Zusammenprall richtete einen Schaden an den elektrischen Leitungen an. Ein weißes Licht zischte und blitzte, und die elektrische Gitarre, die verloren in der Ecke lag, gab plötzlich

einen gräßlichen schrillen Ton von sich, der jeden im Lokal zusammenfahren ließ. Frauen kreischten. Die Musiker rappelten sich auf und flohen alle bis auf einen. Der Baßgeiger, ein langer, schlaksiger Kerl aus Port Arthur, zog den Kampf der Flucht vor. »Du verdammter Scheißkerl, du Bastard!« schrie der Baßgeiger und schwang sein Instrument über dem Kopf. Royce war erstaunt über die Attacke, die der Baßgeiger unternahm, aber deshalb noch lange nicht entmutigt. Er setzte zurück und fuhr ein drittes Mal auf die Bühne los. Der Kavalier aus Port Arthur konnte noch einen gewaltigen Schwinger landen, bevor er rückwärts auf die Trommeln und auf den Schlagzeuger geschleudert wurde. Aber damit war für ihn der Kampf noch nicht zu Ende. Er erhob sich auf die Knie, warf ein Becken gegen den Wagen und zerschmetterte Royces Windschutzscheibe.
»Polizei, Polizei, wo bleiben die verdammten Rausschmeißer?« brüllte der Sänger mitten in der Menge.
Das wußte keiner so genau, am wenigsten die beiden Besitzer, Bobby und John Dave, die aus ihrem Büro gerannt kamen, um der Zerstörung ihres Lokals beizuwohnen. Sie waren beide Geschäftsleute mittleren Alters, die seit langem daran gewöhnt waren, mit Randalierern fertig zu werden, aber mit einem solchen Spektakel, wie es sich ihnen jetzt bot, hätten sie nie gerechnet.
»Wie is'n der hier reingekommen, John Dave?« fragte Bobby erstaunt. »Kartoffelchips haben wir keine bestellt.«
Noch ehe John Dave antworten konnte, fuhr Royce wieder los. Mit der Zerstörung der Bühne war er im großen und ganzen zufrieden, und er ließ den Wagen herumschleudern, um sich der Menschenmenge zu stellen. Er startete zu einer schnellen Rundfahrt um das ganze Lokal und hupte so laut er konnte, um die Menschenknäuel auseinanderzutreiben. Das funktionierte auch. Die Leute zerstreuten sich und hüpften wie die Heuschrecken über die vielen umgefallenen Stühle. Um den Ausgang zu blockieren, setzte Royce seinen Wagen wie einen Bulldozer ein und schob zunächst Tische und Stühle in die einzige Tür, um sie dann zu einem Berg von Holzsplittern und Nägel zu zertrümmern.
Vernon, der in Notlagen immer einen kühlen Kopf behielt, war Rosie zur Seite geeilt, sobald ihm klar war, was vorging. Die beiden taten alles Menschenmögliche, um zu verhindern, daß F. V. in Panik geriet, was ihren Standort verraten könnte. Daß sie alle klein waren, war ein gewisser Vorteil, obwohl F. V. das nicht so vorkam. »Wir sind geliefert, wir sind geliefert«, sagte er immer wieder.

»Verdammtes Pech«, fügte er kummervoll hinzu.
»Das ist nicht Pech, das ist Gerechtigkeit«, sagte Rosie grimmig. Sie war nicht gerade ruhig, aber sie war auch weit davon entfernt, die Nerven zu verlieren. Schließlich hatte sie nicht siebenundzwanzig Jahre mit Royce gelebt, ohne zu lernen, wie sie sich zu verhalten hatte, wenn er wütend wurde. Vernon schaute zu, wie der kleine blaue Lieferwagen durch den Saal brummte und die restlichen Tische zertrümmerte, die noch ganz waren. Die drei hatten hinter dem riesigen Mann Schutz gesucht, der mit Rosie getanzt hatte. Glücklicherweise hatte er seine Frau dabei, die ebenso groß war wie er. Den beiden schien das Spektakel einen Heidenspaß zu machen.
»Das ist aber ein süßer, kleiner, blauer Wagen«, sagte die riesige Dame. »Warum kaufen wir uns nicht auch so einen? Da könnten wir die Kinder mitnehmen.«
Genau in diesem Augenblick machte der süße, kleine, blaue Wagen einen Schwenk in ihre Richtung. »Jetzt paßt genau auf. Ihr zwei rennt so schnell ihr könnt zur Damentoilette«, sagte Vernon. »Nun macht schon!«
Rosie und F. V. stürzten los, und im selben Augenblick entdeckte sie Royce. Er bremste, um den Punkt, auf den sie zurannten, aufs Korn zu nehmen, und während er seine Fahrt verlangsamte, sprangen sechs Betrunkene aus der Menge heraus und packten seine hintere Stoßstange. Der riesige Mann wollte plötzlich mit von der Partie sein und rannte Vernon einfach über den Haufen, der sich gerade vor ihn gestellt hatte, weil er in den Wagen hineinkommen wollte. Royce ruckte mit dem Wagen rückwärts und schüttelte die Betrunkenen bis auf zwei ab. Dann schoß er wieder vorwärts, und die beiden letzten ließen los. Als der Wagen vorbeifuhr, warf der riesige Mann einen Tisch nach ihm, aber er traf nur einen der Betrunkenen.
F. V. rannte noch schneller als Rosie zur Damentoilette, erinnerte sich aber im letzten Augenblick daran, daß er keine Dame war. Er hielt plötzlich an, und Rosie rannte ihm ins Kreuz.
»Hoppla! Wo ist die Herrentoilette?« fragte F. V. Rosie schaute sich um und sah, daß die Menge sich geteilt hatte und daß Royce auf sie zuhielt. Es war keine Zeit für viele Worte. Sie schob F. V. durch die Schwingtür und drängelte sich ungefähr zwei Sekunden, bevor der Wagen gegen die Wand prallte, hinter ihm in die Toilette.
Zu der Zeit, als die J-Bar noch ein Autokino war, war der Teil, in dem sich jetzt die Toiletten befanden, ein Vorführraum gewesen. Die Wände bestanden aus Hohlblocksteinen. Royce hatte erwartet, daß er

einfach durch die Wand ins Damenklo durchbrechen könnte. Statt dessen wurde er voll abgestoppt. Er stieß sich sogar den Kopf an der Windschutzscheibe.
Seine Verwirrung darüber, eine Wand zu finden, durch die er nicht fahren konnte, war aber gar nichts im Vergleich zu der Panik, die in der Damentoilette herrschte. Die meisten Frauen, die gerade die Toiletten benutzten, wußten nicht, was draußen gerade vor sich ging. Sie hatten Schreie gehört und angenommen, daß es sich um eine Schlägerei handle. Sie hatten sich dazu entschlossen, so lange zu bleiben, wo sie waren, bis alles vorbei war. Einige waren gerade dabei, sich das Haar zu toupieren, einige klebten ihre falschen Wimpern wieder an, und eine, eine große Rothaarige namens Gretchen, die kurz zuvor draußen auf dem Parkplatz die Beine breit gemacht hatte, stützte ein Bein auf einem Waschbecken ab und nahm eine Spülung vor.
»Das spart einem weiß Gott eine Menge Ärger«, bemerkte sie und stieß damit auf allgemeine Zustimmung. Die Unterhaltung, wenn man es so nennen will, drehte sich vornehmlich um ungewollte Schwangerschaften. Eine Frau, die in einer der Kabinen saß, gab gerade für alle eine Geschichte über ungewollte Drillinge zum besten, als ohne jede Vorwarnung ein kleiner Cajun hineinplatzte. F. V.'s Erscheinen hatte sie alle so erschreckt, daß niemand die kleine, verängstigt aussehende Rothaarige bemerkte, die ihm dicht auf den Fersen folgte. Die Erschütterung, die erfolgte, als gleich darauf der Lieferwagen gegen die Wand prallte, mußte jeder bemerken. Gretchen fiel glatt von ihrem Waschbecken, und eine Blonde namens Darlene kreischte, dabei fiel ihr eine falsche Wimper in den offenen Mund. F. V., der taumelte, hatte das Pech, genau auf Gretchen zu fallen.
»Ein Monster, schafft ihn mir vom Hals«, kreischte Gretchen. Sie nahm an, daß er sie vergewaltigen wollte. Sie rollte sich auf den Bauch und kreischte. Ein paar Frauen krabbelten unter den Türen der Toilettenkabinen hindurch, weil sie glaubten, ein Tornado verwüste das Haus, aber als sie F. V. sahen, begannen sie hysterisch nach der Polizei zu schreien. Rosie hielt ein Ohr an die Tür und hörte, wie die Reifen des Lieferwagens auf dem glatten Tanzparkett durchdrehten. Als sie sich wieder umdrehte, stellte sie fest, daß F. V. in der Klemme saß.
Fünf oder sechs Frauen hatten sich auf F. V. gestürzt, um ihn davon abzuhalten, Gretchen zu vergewaltigen, und eine besonders kräftig aussehende Brünette versuchte ihn mit einem für die Spülungen benötigten Schlauch zu erwürgen.

»Nicht, nicht«, sagte Rosie. »Der will keiner was tun. Der will sich bloß verstecken. Darum ist der hier reingerannt. Mein Mann hat versucht, ihn mit einem Transporter zu überfahren.«
»Er ist über mich hergefallen«, sagte Gretchen.
»Willst du damit sagen, daß auf dem Tanzboden ein Laster rumfährt?« sagte die Brünette. »Das ist die dümmste Ausrede, die ich je gehört habe.«
Sie lief schnell herüber und linste durch den Türspalt. »Ach«, sagte sie, »ist ja nur 'n kleiner Transporter, ich dachte, du hättest 'n Vieh-Laster gemeint. Er fährt schon wieder weg.«
Gretchen funkelte F. V. immer noch an. Die Nachricht, daß ein Transporter im Tanzschuppen herumfuhr, schien sie überhaupt nicht zu beeindrucken. »Ich glaub' immer noch, daß er 'n oller geiler Bock ist«, sagte sie und schaute F. V. an. »Ein Mann, der wartet, bis er genau zwischen meinen Beinen steht, eh' er auf mich drauffällt, legt vielleicht dich rein, Süße, aber mich nicht.«
F. V. kam zu der Überzeugung, daß Royce das kleinere Übel sei. Er lief, dicht gefolgt von Rosie, zur Tür hinaus. Auf der Tanzfläche herrschte ein Tohuwabohu. Royce tat der Kopf von den vielen Zusammenstößen mit der Windschutzscheibe weh, und er hatte beschlossen, zu seiner alten Strategie zurückzukehren, und wollte jetzt die beiden Sünder wieder auf dem Parkplatz überfahren. Wenn das klappen sollte, mußte er erst einmal wieder zum Parkplatz zurück, und das erwies sich als gar nicht so leicht. Die Besucher der J-Bar hatten Zeit gehabt, die Situation zu erfassen, und ein paar Betrunkene und Kampflustige warfen mit Gegenständen nach dem Transporter – vor allem mit Bierflaschen. Dem entrüsteten Sänger war es gelungen, die Polizisten ausfindig zu machen, die sich auf die Toilette zurückgezogen hatten, als der Ärger losging. Sie rannten mit gezückten Revolvern auf die Tanzfläche, und konnten nur feststellen, daß der Täter schon auf dem Rückzug war.
Royce ignorierte, daß es Bierflaschen hagelte, und pflügte, von Zeit zu Zeit hupend, über die Tanzfläche. Die zwei Polizisten, verstärkt durch Bobby, John Dave und den Sänger, begannen den Transporter zu jagen. Als ein kleiner Mann auf sie zusprang und »Stop«! brüllte, blieben sie stehen. »Weiter!« brüllte der Sänger wütend.
Rosie gesellte sich zu Vernon. »Alles in Ordnung, alles in Ordnung«, versicherte sie den Polizisten. »Das ist mein Mann. Er ist verrückt vor Eifersucht, das ist alles.«
»Wußt' ich's doch, Billy«, sagte einer der Polizisten. »Schon wieder

so 'n verdammter Familienkrach. Wir hätten bleiben können, wo wir waren.«
»Du lieber Gott, 'n Familienkrach«, sagte John Dave. »Guck dir doch mal das Lokal hier an! Soviel hat uns noch nicht mal der Hurrikan Carla kaputtgemacht.«
»Kein Problem, meine Herren, kein Problem«, sagte Vernon schnell und zückte die Geldbörse. Er nahm ein paar Hundert-Dollar-Scheine heraus. »Der Mann ist bei mir angestellt, und ich werde für den Schaden aufkommen«, versicherte er.
In diesem Augenblick hörten sie das charakteristische Geräusch des Zusammenstoßes zweier Autos. Trotz der Bierflaschen und des einen oder anderen Stuhls war es Royce gelungen, einigermaßen zielstrebig den ganzen Tanzboden entlang und wieder zu dem Loch hinauszufahren, das er in die Wand gerissen hatte. Der Zusammenstoß ereignete sich, nachdem er herauskam. Der große Mann in dem blauen Pontiac hatte sich alles noch einmal überlegt und beschlossen, zurückzukommen und den kleinen Mann mitzunehmen. Er fuhr gerade suchend die Wand entlang, als Royce durch sein Loch fuhr. Darrell, der große Mann, konnte nicht erwarten, daß jemand aus der Wand des Tanzlokals herausgefahren käme, und es traf ihn aus heiterem Himmel. Beim Aufprall flog Royce durch die Tür seines Transporters auf den asphaltierten Parkplatz.
Als Royce wieder zu sich kam, schaute er zu einer Schar von Leuten auf, die er nicht kannte und die alle auf ihn herabblickten. Er staunte, daß eine Person in der Menge war, die er kannte, nämlich seine Frau Rosie. Die Ereignisse des Abends, insbesondere der unerwartete Zusammenstoß, hatten Royce ziemlich verwirrt, und im Moment hatte er völlig vergessen, warum er überhaupt in die J-Bar gekommen war.
»Halt jetzt einfach nur still, Royce«, sagte Rosie. »Du hast dir den Knöchel gebrochen.«
»Ah«, sagte Royce, während er seinen Knöchel neugierig betrachtete. Es war der Knöchel des Fußes, an dem er keinen Schuh trug, und der Anblick seiner Socke, die nicht besonders sauber war, machte ihn sehr verlegen.
»Ich wollte wirklich nicht bloß mit einem Schuh hierherkommen, Rosie«, sagte er und bemühte sich, seiner Frau in die Augen zu schauen. »Es ist nur, weil Shirleys verdammter Köter den anderen irgendwohin geschleppt hat.«
»Ist schon gut, Royce«, sagte Rosie. Ihr war klar, daß Royce ihren

kleinen Fehltritt im Augenblick vergessen hatte. Jetzt sah er nur noch – wie so oft Freitag abends – müde, betrunken und umnebelt aus, und auf dem Parkplatz neben ihm zu hocken, umringt von Hunderten von aufgeregten Leuten, war wie das Erwachen aus einem Alptraum, denn der Mann, den sie vor sich hatte, ähnelte dem guten, alten Royce mehr als dem fremden, feindseligen Royce, der seit Wochen durch ihre Phantasie geisterte.

Royce hingegen war ziemlich verzweifelt. Es erschien ihm sehr wichtig, Rosie verständlich zu machen, daß er nicht mit der Absicht losgezogen war, sie in Verlegenheit zu bringen. Seine Mutter, die einen Sauberkeitstick hatte, versicherte ihm vor langer Zeit, daß er bestimmt eines Tages bei einem Autounfall ums Leben kommen und dann schmutzige Unterhosen anhaben würde, wenn er nicht mindestens zweimal die Woche die Wäsche wechselte. Tod in schmutziger Unterwäsche aber würde unabwendbar Schande über seine ganze Familie bringen. Eine schmutzige Socke und nur ein Schuh waren vielleicht nicht ganz so schlimm wie schmutzige Unterhosen, aber er hatte trotzdem das Gefühl, daß die Prophezeiung seiner Mutter nun doch in Erfüllung gegangen sei, und er mußte einfach alles tun, um Rosie davon zu überzeugen, daß er eigentlich nichts dafür konnte.

»Hab' überall danach gesucht«, sagte er weinerlich und hoffte, daß Rosie das verstehen würde.

Rosie war gerührt. »Ist schon gut, Royce, denk nicht mehr an den Schuh«, sagte sie. »Du hast dir den Knöchel gebrochen und könntest ihn jetzt sowieso nicht anziehen. Wir müssen dich ins Krankenhaus bringen.«

Und dann, zu Royces großer Überraschung, legte Rosie ihren Arm um ihn. »Buster hat nach dir gefragt, Schatz«, flüsterte sie zärtlich.

»Ooch, Buster«, sagte Royce, ehe ihn Erleichterung, Verlegenheit, Müdigkeit und Bier übermannten. Er legte seinen Kopf auf das vertraute, steinharte Brustbein seiner Frau und begann zu schluchzen. Er schluchzte nicht lange allein. Viele der Frauen und sogar einige Männer vergaßen, daß sie herausgekommen waren, um Royce in Stücke zu reißen. Beim Anblick einer so rührenden Versöhnung erstarben die Rachegelüste im Herzen der Menge. Ein paar Frauen fingen an zu schluchzen und wünschten sich, daß sie sich auch mit irgendwem versöhnen könnten. Darrell, der Besitzer des Pontiac, entschloß sich, Royce zu verzeihen, anstatt ihn in Grund und Boden zu stampfen, und verschwand mit seiner Freundin, um mit ihr den Streit darüber fortzusetzen, ob ›Titte‹ ein schmutziges Wort war oder nicht. Bobby

und John Dave schüttelten die Köpfe und akzeptierten zehn von Vernons Hundert-Dollar-Noten als Schadenersatz, ganz gleich, wie teuer sie die Sache insgesamt zu stehen kommen würde. Sie begriffen, daß der Ost-Texas-Schwof wieder einmal ein voller Erfolg gewesen war. Die beiden Polizisten beschäftigten sich mit Aufräumen, und Vernon begann eine erfolglose Suche nach F. V., während Mitch McDonald, Royces bester Kumpel, sofort zu einer Telefonzelle ging, Shirley anrief und ihr mitteilte, daß Royce wieder zu seiner Frau zurückgekehrt sei. Er ließ jedoch keinen Zweifel daran, daß er nichts als Vergebung in seinem Herzen verspürte, und gab ihr deutlich zu verstehen, daß sein eigenes, sein ureigenes »olles Ding« sich danach sehnte, von Shirley wieder in Beschlag genommen zu werden. Worauf Shirley, die gerade Bierkrüge füllte, sagte: »Setz dich selber drauf, du kleiner Schwätzer. Ich hab' was Besseres zu tun, wenn du nichts dagegen hast.«
Rosie empfand das warme Mitgefühl der Menge als sehr angenehm, während sie neben Royce kniete. So manche Frau beugte sich zu ihr herab und sagte ihr, wie glücklich sie wäre, daß bei ihr und ihrem Mann alles beim Rechten wäre. Royce hatte sich an ihrer Brust in den Schlaf geweint. Bald kam ein Krankenwagen mit heulender Sirene und blinkendem Rotlicht heran und nahm Royce und Rosie mit, und dann kamen zwei große weiße Abschleppwagen und holten den Pontiac und den Transporter für Kartoffel-Chips. Einige aus der Menge kletterten durch das Loch in der Wand wieder hinein, um über die Sache noch einmal zu reden, andere machten sich auf den Heimweg, und viele blieben einfach, wo sie waren – aber alle waren glücklich, daß sie wenigstens einmal Zeugen solchen Leidens und solch tiefen Mitleids geworden waren. Dann, als alles wieder friedlich war, zog eine dunkle Wolkenmasse vom Golf herüber, und verbarg den hoch stehenden Mond von Houston, und aus den Wolken begann weicher, einlullender, mitternächtlicher Nieselregen auf den Parkplatz, die Autos und die glückliche, gemächlich kreisende Menge zu fallen.

Vierzehntes Kapitel

1

Am nächsten Morgen war Aurora früh in der Küche und machte sich fröhlich an die Frühstücksvorbereitungen. Diese bestanden im wesentlichen darin, einige exotische Reste mit einem neuen Omelett-Rezept zu kombinieren, das sie ausprobieren wollte. Nebenher sah sie die »Today-Show« an, und dabei überlegte sie, was für eine gute Idee es gewesen war, die Anzahl ihrer Verehrer zu reduzieren, weil das bedeutete, daß sie sich nicht mehr um ein so verwirrendes Bombardement von morgendlichen Anrufen kümmern mußte. Ohne die Anrufe konnte sie ein viel besseres Frühstück machen, und sie konnte sich nicht erinnern, daß während der Telefonate irgend etwas gesagt worden wäre, das sich mit Essen vergleichen ließ.
Gerade als sie ein wenig Pflaumengelee kostete, um zu prüfen, ob es sein Aroma behielt, kam der General durch die Hintertür herein und schlug sie zu, daß es knallte.
»Hector, ich glaube nicht, daß das eine Panzerluke ist«, sagte Aurora mild, »und aus Stahlplatten ist sie auch nicht. Wie geht es dir heute morgen?«
»Das wirst du schon noch merken«, sagte der General. Er schenkte sich sofort eine Tasse Kaffee ein.
»Wo ist die Zeitung?« fragte Aurora und schaltete die »Today-Show« aus.
»Wenn sie gekommen ist, liegt sie noch in deinem Garten«, sagte der General. »Ich bin nicht dazu aufgelegt.«
»Ja, mir ist schon klar, daß du schlechte Laune hast«, sagte Aurora. »An einem wunderschönen Morgen, an dem ich zufällig blendender Laune bin und zu fast allem zu überreden wäre, hast du schlechte Laune. Es läßt sich überhaupt nicht ausdenken, wozu ich mich überreden lassen könnte, wenn ich nur fünf Minuten einen gut aufgelegten Mann hätte.«
»Hast du aber nicht«, sagte der General kurz und bündig.
»Tss, tss, was für eine Verschwendung«, sagte Aurora. »Dann geh raus und hol die Zeitung.«
»Ich hab' dir schon einmal gesagt, daß ich nicht dazu aufgelegt bin«, sagte der General und setzte sich auf seinen Platz am Frühstückstisch.

»Ich hab's sehr wohl gehört, und deine Stimmungen haben mit dem Thema absolut nichts zu tun«, sagte Aurora. »Es ist meine Zeitung, und nach den Statuten unseres neuen Arrangements ist es eine deiner Pflichten, sie mir morgens zu bringen. Da man anscheinend so wenig anderes tun kann, wenn du hier bist, bin ich immer dazu aufgelegt.«
»Deine Anspielungen auf Sex machen mich ganz krank«, sagte der General. »Was glaubst du eigentlich, was das Leben ist?«
»Das Leben könnte ein reines Vergnügen sein, wenn die Männer nicht solche Spielverderber wären«, sagte Aurora. »Ich weigere mich, deine schlechte Laune ernst zu nehmen, Hector. Jetzt geh doch bitte und hol mir die Zeitung. Ich backe ein köstliches Omelett, wir fangen den Tag noch mal ganz von vorne an, wenn wir gegessen haben.«
»Ich werde dir die Zeitung nicht holen«, sagte der General. »Wenn ich sie dir hole, wirst du zwei Stunden dasitzen, Zeitung lesen und Opern singen. Ich singe auch keine Opern, wenn ich Zeitung lese, und ich sehe nicht ein, warum du das tun solltest. Du solltest wirklich nicht gleichzeitig lesen und singen. Ich habe nicht die geringste Lust dazu, dir beim Lesen zuschauen und beim Singen zuhören zu müssen, weil ich sehr verärgert bin und ein paar klare Antworten von dir will.«
»O Gott, was bist du für eine Nervensäge«, sagte Aurora. »Langsam möchte ich ein paar von meinen anderen Verehrern wiederhaben.«
Ohne ein weiteres Wort ging sie zur Hintertür hinaus und holte die Zeitung. Die Sonne stand hoch am Himmel, und das Gras glänzte vom mitternächtlichen Regen. Ein graues Eichhörnchen machte auf ihrem Rasen Männchen, das nasse Gras schien es überhaupt nicht zu stören. Morgens saß es oft auf ihrem Rasen, und manchmal redete Aurora mit ihm, bevor sie wieder hineinging.
»Na, du bist ein erfreulicher Anblick«, sagte sie. »Wenn du ein bißchen zutraulicher wärst, könntest du hereinkommen und mit mir frühstücken. Aber leider habe ich im Augenblick nur eine dumme Nuß im Haus.«
Sie pflückte ein paar Blumen, obwohl sie naß waren, und ging in der Hoffnung wieder in die Küche zurück, daß sich die Laune des Generals während ihrer Abwesenheit gebessert hätte. »Ich habe gerade mit einem Eichhörnchen geredet, Hector«, sagte sie. »Wenn du dich mehr für Tiere interessieren würdest, könntest du ein netterer Mann sein. Die einzigen Tiere, die du überhaupt bemerkst, sind diese scheckigen Hunde, die du so liebst. Offen gesagt haben diese Hunde nicht gerade besonders gute Manieren.«
»Ihre Manieren sind tadellos, wenn sie bei mir sind«, sagte der Gene-

ral. »Es sind ganz ausgezeichnete Tiere, ich will keine anderen, und ich will kein netterer Mann werden.«

»Ach Hector, was willst du denn eigentlich«, sagte Aurora und schmiß ihre Zeitung hin. Sein kratzbürstiger Ton ging ihr auf die Nerven. »Sag mal«, fügte sie hinzu, »ich muß gestehen, daß ich mir das einfach nicht erklären kann: Ich habe meinen neuen roten Morgenmantel an, es ist ein wunderschöner Morgen, und ich hatte vor, gut zu frühstücken. Ich war sogar bereit, mich über die Maßen anzustrengen, um dich bei Laune zu halten, nur weil ich herausfinden wollte, ob wir einen ganzen Tag durchstehen können, ohne daß du grantig wirst. Aber jetzt ist mir klargeworden, daß es hoffnungslos ist. Wenn du schon grantig sein willst, könntest du mir wenigstens sagen, welchen Grund du dir für dein Grantigsein einbildest.«

»F. V. ist nicht nach Hause gekommen«, sagte der General. »Heute morgen war er nicht da. Es war keiner da, der mein Auto fahren konnte, und ich konnte nicht joggen. Ich warte schon seit zwei Stunden auf ihn. Die Hunde werden nervös. Sie werden immer ganz unruhig, wenn sie nicht ihren Auslauf haben.«

»Du meine Güte, Hector, du kannst sie doch einfach laufen lassen«, sagte Aurora. »Sie könnten doch frei herumlaufen, wie normale Hunde auch. Ich glaube kaum, daß es dir schadet, wenn du deinen Dauerlauf ab und zu ausfallen läßt. Du bist sowieso viel zu dünn. So sehr ich dich auch dafür bewundere, daß du Forderungen an dich selbst stellst, finde ich doch, daß du sie ein bißchen herabsetzen könntest, jetzt, wo du mich zu deiner Unterhaltung hast.«

»Und was F. V. angeht«, fügte sie hinzu, »verstehe ich gar nicht, warum du dir Sorgen machst. F. V. wird schon wieder auftauchen.«

»Das glaube ich nicht«, sagte der General düster. »F. V. ist sonst immer da. Er kennt seine Pflicht. Seit sechs Jahren arbeitet er für mich und ist noch nie zu spät gekommen.«

»Du hast zwei Beine, Hector«, sagte Aurora. »Wenn du unbedingt joggen wolltest, warum bist du dann nicht einfach losgelaufen? Du joggst schon seit Jahren, und es erscheint mir sehr unwahrscheinlich, daß du dir ausgerechnet diesen Morgen für eine Herzattacke aussuchen würdest.«

»Manchmal widert mich deine Art zu reden an«, sagte der General. »Du wählst deine Worte zu genau. Ich könnte dir nie vertrauen.«

»Was hat das damit zu tun?« fragte Aurora. »Du scheinst heute ein einziges unentwirrbares Knäuel von Ungereimtheiten zu sein, Hector. Offenbar hast du vor, mir die Schuld für alles in die Schuhe zu

schieben, was in deinem Leben schiefgegangen ist. Dann fahre doch jetzt bitte damit fort. Anschließend können wir dann ja frühstücken. Ich esse nicht gerne, während ich kritisiert werde.«
»Also gut, es geht um Rosie«, sagte der General. »Ich glaube, daß sie für das Verschwinden meines Chauffeurs verantwortlich ist. Sie hat F. V. gestern abend zum Tanzen mitgenommen, und jetzt ist er nicht da.«
Aurora schlug die Gesellschaftsseite auf und überflog sie hastig, um festzustellen, ob irgendeine interessante Party stattgefunden oder ob sich die Tochter irgendeines Freundes verlobt hatte.
»Jetzt verstehe ich«, sagte sie. »Du meinst also, daß Rosie F. V. verführt hat – und du hast beschlossen, daß ich daran schuld bin. Deine Unverfrorenheit ist bemerkenswert, Hector. Rosie hat noch nie auch nur das geringste Interesse an F. V. gezeigt.«
»Und wo ist sie jetzt?« fragte der General. »Es wird doch langsam Zeit, daß sie an die Arbeit geht, oder? Wo ist sie?«
Aurora blätterte im Wirtschaftsteil, um nachzuschauen, ob ein paar von ihren Aktien gestiegen oder gefallen waren. Aber weil die Aktienkurse so klein gedruckt waren, ließ sich das nur schwer ermitteln. Immerhin fand sie eine, die anscheinend gestiegen war, und das nahm sie als ein gutes Zeichen. »Dich kümmert das alles nicht«, sagte der General. »Du liest lieber die Zeitung. Du liebst mich auch gar nicht richtig, oder, Aurora?«
»Woher soll ich das wissen«, sagte Aurora. »Auf mich bist du heute morgen noch gar nicht zu sprechen gekommen. Eine Weile habe ich geglaubt, ich sei attraktiv, aber jetzt weiß ich kaum noch, wie ich das alles verstehen soll. Ihr Männer neigt leider alle dazu, mich durcheinanderzubringen, wenn du es genau wissen willst. Ich glaube nicht, daß ich unbedingt jemanden lieben möchte, dessen einziger Wunsch es ist, mich durcheinanderzubringen.«
»Du bist meiner Frage ausgewichen«, sagte der General.
Dann fiel ihm plötzlich wieder auf, wie schön sie war, und er vergaß seinen Ärger mit F. V. und rollte mit seinem Stuhl schnell auf ihre Seite des Frühstückstischs. Sie hatte eine frische Gesichtsfarbe, und der General fand, daß er mit seinem Dauerlauf nicht viel verpaßt hatte. Er sah ein, daß er keine Chancen hatte, ihr zu widerstehen, und vergrub sein Gesicht in ihrem Haar, denn es verdeckte fast ganz ihren Nacken, den er plötzlich unbedingt küssen wollte.
»Ah, mon petite«, sagte er und drückte sie. Ihm war schon immer klar gewesen, daß Französisch die Sprache der Liebe war.

»Es ist erstaunlich, wie oft die Leidenschaft nur kitzelt«, sagte Aurora, rümpfte ein wenig konsterniert die Nase und las weiter. Sie schaute dem General von oben auf die Glatze und fand das Leben absurder als je zuvor. Warum versuchte so ein Kopf ihren Nacken zu küssen?
»Außerdem tätest du besser daran, mich auf englisch anzureden, Hector«, sagte sie und hob eine Schulter, um das lästige Kitzeln loszuwerden. »Du hast bestenfalls rudimentäre Kenntnisse des Französischen, und du solltest wissen, wie sehr ich auf gute Ausdrucksweise Wert lege. Ein Mann, der die französische Sprache vollendet beherrscht, oder, was das betrifft, jede andere Sprache, könnte mich ganz ohne Zweifel im Nu verführen, aber du, fürchte ich, wirst dich auf andere Qualitäten verlassen müssen als auf deine Eloquenz. Ein Mann, dessen Stimme sich anhört wie eine Kreissäge, tut besser daran, zu schweigen. Und erzähl mir bloß nichts vom sehnsuchtsvollen Strome deines Lebens«, sagte sie, als der General zurückzuckte und den Mund zum Sprechen öffnete. »Daß du einmal ein Gedicht gelesen hast, bedeutet doch noch lange nicht, daß ich etwas damit anfangen kann, oder? Apropos, wo ist eigentlich Rosie? Sie wirkte dieser Tage so mitgenommen. Es ist gut möglich, daß eins ihrer Kinder einen Unfall hatte. Ich glaube, ich sollte mal anrufen.«
»Ruf nicht an«, sagte der General. »Ich kann dir nicht widerstehn. Denk an all die verlorenen Jahre.« Er bemühte sich wacker, sich auf ihren Stuhl zu drängen, aber es war nur ein Küchenstuhl, und schließlich saß er halb auf ihrem und halb auf seinem Stuhl.
»Welche verlorenen Jahre?« sagte Aurora. »Ich habe ganz bestimmt keine verloren. Ich habe mich jedes Jahr meines Lebens bestens amüsiert. Nur weil du siebenundsechzig Jahre deines Lebens nicht bereit warst zu lernen, wie man sich vergnügt, hast du noch lange nicht das Recht, mir vorzuwerfen, daß ich Jahre verloren hätte.«
»Du warst so freundlich, als ich hereinkam«, sagte der General. »Jetzt bin ich nicht mehr hungrig und kann nicht länger warten.«
Aurora sah ihm in die Augen und lachte herzlich. »Puh«, sagte sie. »Ich gebe zu, daß ich versucht habe, dich zu reizen, aber jetzt glaube ich, daß ich es vorziehe, dich für den Abend aufzusparen. Und außerdem habe ich es ja auch nicht gerade mit einem feurigen Jüngling zu tun, stimmt's?«
Als sie sah, daß er sich vor Verwirrung nicht mehr richtig verteidigen konnte, fühlte sie sich veranlaßt, einen sanfteren Ton anzuschlagen. Sie legte ihre Zeitung weg und drückte ihn ein paarmal liebevoll. »Das

wird dich lehren, nicht grantig mit mir zu sein, wenn mir nach einem Flirt ist«, sagte sie. »Zu dieser Stunde hat nichts Vorrang vor dem Frühstück. Warum duschst du dich nicht kalt ab, während ich koche? Daß du deinen Dauerlauf versäumt hast, hat dich anscheinend überhitzt.«

Das Telefon klingelte und schreckte den General auf. »Wir schaffen es nie, zu frühstücken, ohne daß das Telefon klingelt«, sagte er. Er war aufgeschreckt, weil schon das Läuten des Telefons genügte, um ihn daran zu erinnern, wie attraktiv Aurora war und wie viele andere Männer sie begehrten. Auch wenn sie ihm versichert hatte, daß sie jetzt, wo sie ihn hatte, alle diese Männer aufgeben würde, glaubte der General doch, daß er guten Grund hatte, das Telefon zu hassen. »Was redest du da, Hector?« sagte Aurora. »Wir haben erst zweimal miteinander gefrühstückt, und deiner schlechten Laune haben wir es zu verdanken, daß das zweite Mal noch gar nicht richtig stattgefunden hat. Am Telefon liegt es jedenfalls nicht.«

Sie hob ab und beobachtete ihn scharf. Offenbar glaubte er, daß ein Rivale anriefe, obwohl es in Wirklichkeit nur Rosie war. »Ja, das ist aber eine Überraschung, Darling«, sagte sie, als ob sie mit einem Mann spräche. Des Generals Glatze wurde rot und Rosie wurde still, was Aurora zu einem neuen Heiterkeitsausbruch veranlaßte. Wenigstens hatte sie etwas zu lachen, seitdem der General in ihr Leben getreten war. »Also gut, jetzt habe ich meinen kleinen Spaß gehabt. Wie geht es dir, Rosie?« sagte sie.

»Sie haben mich noch nie Darling genannt«, sagte Rosie.

»Warum bist du nicht bei der Arbeit?«

»Wegen Royce«, sagte Rosie. »Haben Sie die Zeitung nicht gelesen?«

»Nein, es war mir nicht vergönnt«, sagte Aurora. »Sag mir bloß nicht, daß ich etwas versäumt habe.«

»Doch«, sagte Rosie. »Royce hat das mit mir und F. V. rausgefunden, das mit dem Tanz. Er ist mit dem Transporter durch die Wand des Tanzschuppens gefahren und hat versucht, uns zu schnappen. Er hat die Bude ganz schön ramponiert und dann hatte er 'n Zusammenstoß und dann hat er sich 'n Knöchel gebrochen. Wir waren fast die halbe Nacht im Krankenhaus. Vernon hat alles bezahlt. Es steht alles auf Seite vierzehn, ziemlich weit unten.«

»O nein«, sagte Aurora. »Armer Vernon. Ich muß ihn bis jetzt schon eine Million gekostet haben, direkt oder indirekt, und ich war es bestimmt nicht wert.«

»Frag sie, was mit F. V. passiert ist«, sagte der General. Er wollte nicht, daß sich die Unterhaltung noch länger um Vernon drehte.
»Du bist still«, sagte Aurora. »Wo ist Royce jetzt?«
»Im Bett. Er spielt mit dem kleinen Buster«, sagte Rosie. »Das Kind liebt seinen Daddy wirklich sehr.«
»Also hast du ihn wieder nach Hause gebracht«, sagte Aurora.
»Ich weiß nicht recht, ob ich ihn wieder nach Hause bringen sollte oder nicht«, sagte Rosie. »Wir haben noch nicht drüber gesprochen. Royce ist gerade erst aufgewacht. Ich hab' gedacht, daß ich vielleicht mal versuche, rauszufinden, was er so vorhat, wenn Sie mich heute nicht so früh brauchen.«
»Aber sicher, laß dir Zeit«, sagte Aurora. »Deine Ehe geht vor. Hector und ich haben uns heute morgen sowieso nur angefaucht. Ob wir noch mal zum Frühstücken kommen, weiß ich nicht. Ich werde gleich vor Hunger in Ohnmacht fallen. Wo ist Vernon?«
»Wo ist F. V., wolltest du doch fragen, oder?« sagte der General. »Ich hab' dich zweimal gebeten, dich nach F. V. zu erkundigen.«
»Du bist einfach ein Plagegeist«, sagte Aurora. »General Scott besteht darauf, zu erfahren, was du mit seinem Chauffeur angestellt hast. F. V. scheint in seinem Leben eine größere Rolle zu spielen als ich, und deshalb wäre ich dir sehr verbunden, wenn du uns einige Hinweise auf seinen gegenwärtigen Aufenthaltsort geben könntest.«
»Ach, du lieber Gott, wo ist denn der geblieben?« sagte Rosie. »Den hab' ich ja ganz vergessen.« Dann fiel ihr ein, daß ihr Mann im Raum nebenan war, und sie wurde verlegen.
»Sie hat ihn einfach vergessen«, sagte Aurora zum General. »Offenbar gab es eine kleine Auseinandersetzung. Du kannst alles auf Seite vierzehn der Zeitung nachlesen, ziemlich weit unten.«
»Ich wette, daß er aus der Stadt abgehauen ist«, flüsterte Rosie. »Ich kann nicht reden, wegen Royce.«
»Korrektur: Sie glaubt, daß F. V. die Stadt verlassen hat. Auf Wiedersehen, Rosie. Komm vorbei und erzähl mir, was passiert ist, sobald du Zeit hast. Aller Wahrscheinlichkeit nach werden ich und Hector dann immer noch hier sitzen und uns angiften.«
»Ich kann es nicht leiden, wenn du den Namen dieses Mannes erwähnst«, sagte der General, als sie aufgelegt hatte.
»Ich wüßte gar nicht, warum es dich stören könnte«, sagte Aurora. »Schließlich habe ich nie mit ihm geschlafen.«
»Das weiß ich doch, aber er treibt sich immer noch hier herum«, sagte der General.

Aurora senkte die Zeitung und schaute sich in der Küche um. Ganz langsam drehte sie ihren Kopf, wie einen Suchscheinwerfer. »Wo?« sagte sie. »Ich habe ihn anscheinend übersehen.«
»Ich will doch nur sagen, daß er immer noch in Houston ist«, sagte der General.
»Ja, schließlich ist es seine Heimatstadt«, sagte Aurora. »Du verlangst doch nicht etwa von mir, daß ich den armen Kerl aus seiner Heimatstadt vertreibe, nur um dir eine Freude zu machen?«
»Du hast noch nie armer Hector zu mir gesagt«, konterte der General.
»So, jetzt reicht's mir aber«, sagte Aurora und stand auf. »Ich werde jetzt kochen, und ich werde jetzt singen, und wenn ich damit fertig bin, können wir weitermachen, wenn es unbedingt sein muß. Du setzt dich jetzt da hin und liest die Zeitung wie ein normales Mannsbild, und nach dem Frühstück werden wir ja sehen, ob du besser aufgelegt bist.«
»Während du kochst, lauf' ich mal schnell nach Hause und schau' nach, ob F. V. da ist«, sagte der General.
»Bitte, geh nur. Es ist erstaunlich, was du alles anstellst, nur um mir nicht beim Singen zuhören zu müssen.«
Der General machte sich zur Tür davon, da er erwartete, daß Aurora lautstark eine Arie anstimmen würde. Nichts geschah, und ehe er hinausging, blickte er noch einmal über die Schulter zurück. Aurora stand mit den Händen in den Hüften an der Spüle und lächelte ihn an. Etwas abrupt machte der General kehrt und marschierte auf sie zu. Er hatte sie schon mehrfach sagen hören, wie sehr sie Überraschungen liebte. Vielleicht war das genau der richtige Zeitpunkt, sie zu küssen.
»Zu deinem Haus geht es in die andere Richtung«, sagte Aurora wohlgelaunt. Sie griff hinter sich und drehte den Wasserhahn auf, an dem zum Abspülen ein kleiner Schlauch befestigt war. Gerade als der General die Hände ausstreckte, um ihre Schultern zu packen, trat sie einen Schritt zur Seite und bespritzte ihn tüchtig mit Wasser.
»Hab' ich dich erwischt«, sagte sie, und zum drittenmal lachte sie laut an diesem Morgen.
»Jetzt siehst du nicht mehr so ordentlich aus«, fügte sie hinzu.
Der General war naß bis auf die Haut. Aurora schwenkte den Schlauch hin und her und setzte ihren Küchenfußboden dabei unter Wasser. Und als ob sie sich über ihn lustig machen wollte, stimmte sie genau in diesem Augenblick ihre Arie an, auf die er die ganze Zeit gewartet hatte.

»Halt den Mund!« bellte er. »Hör sofort auf zu singen!« Er konnte sich an niemanden erinnern, der ihn so wenig ernst genommen hatte wie sie. Sie hatte anscheinend keinerlei Begriff von Ordnung. Das Blitzen in ihren Augen verriet, daß sie nicht zögern würde, ihren kleinen Schlauch abermals einzusetzen, wenn er versuchen sollte, sich ihr zu nähern. Doch sein Stolz war verletzt, und ohne zu zögern griff er an, entwand ihr nach kurzem Kampf den Schlauch und hielt ihn auf sie gerichtet, damit sie aufhörte zu singen.

Obwohl sie von oben bis unten naßgespritzt wurde, hörte sie nicht auf zu singen. Seine oder ihre Würde waren ihr gleich. Trotzdem wollte der General das Feld nicht räumen. Man mußte es ihr einmal richtig zeigen. Während er dies versuchte, griff sie nach hinten und drehte das Wasser ab, bis es nur noch tröpfelte. Sie waren beide ziemlich naß, aber Aurora hatte es trotzdem irgendwie geschafft, eine gewisse Haltung zu bewahren. Der General hatte völlig vergessen, daß er auf dem Heimweg war. Er hatte auch seinen verschwundenen Fahrer vergessen.

»Was soll das heißen? Was soll das heißen?« sagte er. »Los, komm. Ich will deinen Renoir sehen.«

»Ho, ho, das glaube ich dir«, sagte Aurora. »Wozu dieser Euphemismus?« Mit der Hand bespritzte sie ihn mit Wasser. Ihr Haar schien wie mit Tau benetzt, und sie war offensichtlich drauf und dran, ihn wieder auszulachen.

»Was?« sagte er, plötzlich durch die Entdeckung vorsichtig geworden, daß er auf einem schlüpfrigen Boden stand.

»Jawohl, du alte Zimperliese«, sagte Aurora und bespritzte ihn wieder mit Wasser. Sie schüttelte sich ein paar Tropfen aus dem Haar. Dann bewegte sie den Schlauch ziemlich anzüglich in seine Richtung. Sie ließ ihn sogar eine Weile aufrecht stehen, doch dann ließ sie ihn wieder sinken und aus ihrer Hand baumeln.

»Du lieber Himmel, ich hoffe, es ist nicht nur ein Vorwand, Hector«, sagte sie mit einem bösen Funkeln in den Augen. »Aber bei deinem großen Interesse an Kunst kann ich mir gut vorstellen, daß du besonders scharf darauf bist. Ja, wirklich, zeig mir deinen Renoir!«

»Aber das hast du doch letztesmal gesagt«, sagte der General. Sein Zorn war verraucht, seine Gefühle waren verwirrt, und er fühlte sich hilflos, vor allem hilflos.

»Ja, aber ich bin bekannt für meine Liebe zur Metapher«, sagte Aurora. »Ich weiß, wie sensibel ihr Militärs seid, und ich bemühe mich darum, nichts Rohes zu sagen. Du wirst mich nicht dabei ertappen,

wie ich dein Ding einen Schlauch nenne, darauf kann ich dir Brief und Siegel geben.«
»Hör auf!« sagte der General. »Hör auf zu reden! Ich wünschte, du wohntest in Tunesien!«
»Das ist das Originellste, was du heute von dir gegeben hast«, sagte Aurora. »Erstaunlich, was so alles aus dir hervorbricht, wenn du mit dem Rücken zur Wand kämpfst. Brüll nur weiter. Es ist dir schon fast gelungen, mein Interesse wieder zu erwecken.«
»Nein«, sagte der General. »Nichts, was du sagst, meinst du ernst, kein einziges Wort. Du machst dich nur über mich lustig.«
»Ein Vorteil von dir ist, daß dein Gesicht nicht schwammig ist«, sagte Aurora. »Zu schade, daß du deine Annäherungsversuche genau in dem Augenblick abgebrochen hast, als mein Interesse wieder zu erwachen begann.«
»Nur wegen des verdammten Wassers auf dem Fußboden«, sagte der General. »Du hast hier alles naßgemacht. Du weißt, wie ich nasse Fußböden hasse. Ich könnte hinfallen und mir die Hüfte brechen. Du weißt doch, wie leicht man sich in meinem Alter die Hüfte bricht.«
Aurora zuckte leichthin mit den Schultern und lächelte ihn mit freundlichem Spott an. »Ich habe nie gesagt, daß wir hier stehen müssen«, sagte sie. »Ich habe keinen Appetit mehr auf ein Omelett.« Sie nahm das große Tablett mit Früchten und exotischen Resten, das sie schon vorbereitet hatte, schaute ihm in die Augen und ging mitten durch den nassesten Teil der Küche und machte mit ihren nackten Füßen laute, patschende Spritzer. Sie ging schnurstracks aus der Küche, ohne sich auch nur einmal umzudrehen. Sie lud den General nicht ein, ihr zu folgen, aber sie verbot es ihm auch nicht.
Eine Minute später folgte ihr der General. Nicht gerade voller Selbstvertrauen.

Fünfzehntes Kapitel

1

Der Morgen, an dem der General seine jährliche Untersuchung hatte, war von Auroras Standpunkt aus betrachtet jedem anderen Morgen ähnlich, nur schöner. Es war sonnig und warm. Was den Morgen so angenehm machte, war, daß der Schneider von Brooks Brothers zum General nach Houston gekommen war. Das bedeutete, daß der General den Morgen damit verbringen mußte, sich für neue Anzüge und Hemden Maß nehmen zu lassen. Mit viel Mühe hatte Aurora ihn dazu überredet, von seiner Vorliebe für anthrazitgraue Anzüge abzugehen. Da der General seinen Verpflichtungen in der Innenstadt nachgehen mußte, hatte Aurora einen ganzen Vormittag zu ihrer freien Verfügung, ein Zustand, der bei ihnen immer seltener geworden war seit jener Veränderung in ihrem Leben.
Sie nahm sich vor, den Morgen voll auszukosten und den Vormittag so zu verbringen, wie sie einst jeden Vormittag verbracht hatte, nämlich damit, in ihrer Fensternische zu liegen, zu telefonieren, Rechnungen zu bezahlen und das Sammelsurium von Zeitschriften zu lesen, das sich bei ihr angehäuft hatte. Sie hetzte den General so, daß er sich beim Kaffeetrinken die Zunge verbrannte und schlecht gelaunt davonfuhr. Das kümmerte sie aber wenig. Sie wollte nur ein bißchen Ruhe und Frieden und ein paar Stunden für sich selbst.
»Es ist erstaunlich, wie omnipräsent Männer werden können«, sagte sie, als Rosie hereinkam und begann, das Schlafzimmer sauberzumachen.
»Wie omni-was?« sagte sie.
»Omnipräsent«, sagte Aurora und schaute von *Vogue* auf. »Wenn man ihnen die kleinste Gunst gewährt, weichen sie einem nicht mehr von den Fersen.«
»Das ist so sicher wie das Amen in der Kirche«, sagte Rosie. »Das macht mich ja gerade verrückt. Sie sollten erst mal einen mit gebrochenem Knöchel haben.«
»Ich glaube nicht, daß ich bereit wäre, mit jemandem zusammenzuleben, der sich etwas gebrochen hat«, sagte Aurora. »Ich hab' mich selbst ja immer gesund gehalten, und ich sehe nicht ein, warum die Männer das nicht auch tun sollten. Wie geht es Royce?«
»Immer schlechter«, sagte Rosie. »Es ist ein Kreuz mit ihm. Auf dem

Rücken liegen, Bier trinken und sich Sauereien ausdenken, um mich damit zu ärgern, das ist alles, was er tut.«
»Sauereien?«
»Da redet man nicht drüber«, sagte Rosie. »Die Schlampe hat einen Präversen aus meinem Mann gemacht.«
Rosie starrte in den Kleiderschrank, als ob sie vermutete, daß General Scott sich darin verstecken könnte. Sie schaute angewidert drein.
»Der General ist nicht da drin, falls es das sein sollte, was dir Sorgen macht«, sagte Aurora. »Ich bin ihn wenigstens für heute losgeworden.«
»Ich kenn' den General gut genug, um zu wissen, daß er sich nicht im Kleiderschrank verstecken würde«, sagte Rosie.
»Gut, aber es heißt ›Perverser‹ und nicht Präverser, und ich kann mir nicht vorstellen, daß Royce so einer sein könnte«, sagte Aurora. »Jedenfalls nicht, wenn ich recht verstehe, was du damit andeuten willst.«
»Ich kann das Wort vielleicht nicht aussprechen, aber ich weiß sofort, ob es einer is', wenn er mir unter die Augen kommt«, sagte Rosie wütend und warf ihrer Chefin einen anklagenden Blick zu.
»Funkle mich nicht so wütend an. Ich versuche nur, dir zu helfen. Es hat keinen Zweck, ein Geheimnis aus solchen Sachen zu machen, weißt du. Ich mache nie ein Geheimnis daraus, und ich bin sicher wesentlich glücklicher, als du es anscheinend bist.«
»Reden nützt da nichts«, sagte Rosie.
»Manchmal kann es aber auch recht hilfreich sein. Wenn du nicht mit mir redest, würde ich gerne wissen, mit wem du denn sonst reden willst.«
»Mit niemand«, sagte Rosie. Mit zusammengekniffenen Lippen begann sie, das Bett abzuziehen.
»Das ist aber eine unvernünftige Haltung«, sagte Aurora. »Ich weiß, daß dich etwas sehr belastet, und ich würde dir gerne helfen, aber ich sehe dazu keine Möglichkeit, solange du mir nicht wenigstens andeutungsweise deine Probleme schilderst.«
Rosie fuhr fort, das Bett abzuziehen.
Aurora seufzte. »Hör mir mal zu«, sagte sie. »Du bist nicht die erste Frau auf der Welt mit solchen Problemen. Millionen von Männern haben Geliebte, verstehst du? Daß dein Mann eine Zeitlang eine hatte bedeutet noch lange nicht, daß die Welt untergeht, das ist jedenfalls klar. Männer haben sich nie durch sexuelle Treue ausgezeichnet. Die armen Kerle können sich nie lange auf eine Sache konzentrieren.«

»Ihr Mann hat sich nie mit einer Schlampe eingelassen«, sagte Rosie. »Und Sie waren auch lange verheiratet.«
»Das ist wahr, aber meiner hatte sehr wenig Initiative«, sagte Aurora. »Wahrscheinlich hat er nie eine Frau getroffen, die es der Mühe wert gefunden hätte, seine Initiative zu wecken. Ich bilde mir jedenfalls nicht ein, daß es mein unwiderstehlicher Charme war, der ihn zu Hause gehalten hat.«
»Der war's ganz bestimmt nicht«, sagte Rosie. »Er hätte sicher auch was mit einer Schlampe angefangen, wenn er nicht so schüchtern gewesen wäre.«
»Ach, Rud war nicht schüchtern. Er war nur faul, genau wie ich. Wir hatten beide eine gesunde Neigung zum Faulenzen. Wir blieben eben lieber im Bett. Es könnte sein, daß du die Probleme, die du jetzt hast, nicht hättest, wenn du ein bißchen fauler wärest.«
»Manche Leute müssen eben arbeiten«, sagte Rosie hitzig. »Sie liegen da rum und sagen mir, ich hätte faul sein sollen! Sie wissen ganz genau, daß ich mir das nie leisten konnte.«
»Deine Arbeitswut hat zwanghafte Züge«, sagte Aurora. »Das hatte sie schon immer, und meiner Meinung nach würdest du genauso zwanghaft arbeiten, wenn du eine Millionärin wärst. Das ist eben dein ganzer Lebensinhalt. Du hast es noch nicht einmal besonders genossen, deine Kinder großzuziehen. Ich habe dich jedenfalls bisher nur an Royce herummäkeln hören, und jetzt beschuldigst du ihn auch noch der Perversion. Wahrscheinlich ist seine Geliebte nur nicht ganz so verklemmt wie du. Wahrscheinlich hat sie auch nicht dauernd an ihm herumgemäkelt. Vielleicht wollte er nur ein bißchen Sex, und das war schon alles.«
»Ja, aber Sex von der schmutzigen Art«, sagte Rosie bitter.
»Keine Art von Sex ist das, was man untadelig nennen würde«, sagte Aurora. »Wovon sprichst du eigentlich genau?«
»Sie setzt sich drauf«, murmelte Rosie. »Auf Royce, mein' ich.«
»Ich weiß, was du meinst«, sagte Aurora.
»Ich weiß gar nicht mehr, wofür ich eigentlich noch lebe, ehrlich nicht«, sagte Rosie. »Royce hat sich in den Kopf gesetzt, daß ich so sein soll wie sie, und jetzt hat auch noch der Mann meiner Tochter was mit so 'ner Schlampe angefangen. Er glaubt, wenn Royce das darf, darf er das auch. Er ist mit ihr direkt vor Elfriedes Haus vorbeigefahren, das ist noch keine drei Tage her.«
»Elfriede hätte diesen Jungen nie heiraten sollen, das ist uns beiden doch klar«, sagte Aurora. »Meiner Meinung nach sollte sie sich sofort

von ihm scheiden lassen. Royce hatte immerhin siebenundzwanzig Jahre Zeit, um aushäusig zu werden, aber der Junge hatte nur ungefähr fünf. Ehrlich gesagt, bin ich ganz überrascht, daß er noch nicht ins Gefängnis gewandert ist. Nun wirf nicht Elfriedes Probleme und deine eigenen durcheinander. Das nützt überhaupt nichts. Wasch du nur meine Bettwäsche, während ich über die Sache nachdenke. Vielleicht kann ich dir später etwas Hilfreiches sagen.«
Unglücklicherweise war Rosie aufgebrachter, als den beiden klar war. Ohne es zu ahnen, näherte sich Rosie dem Punkt, an dem sie platzte. Ein dreißig Jahre währendes Durcheinander drückte sie nieder. Sie versuchte sich zu erinnern, wann jemand einmal wirklich gut zu ihr gewesen war, aber es fiel ihr keine Gelegenheit ein. Ihr Leben, so schien es ihr, bestand aus nichts als Arbeit, Enttäuschung und beständigem Kampf. Es war wirklich eine Gemeinheit. Sie hätte sich am liebsten gehenlassen, und jeden, der Teil ihres Lebens war, verprügelt, besonders Royce, besonders Shirley, und vielleicht sogar den kleinen Buster, der seinen Daddy so bewunderte, aber sie waren alle nicht greifbar. Aurora war die einzige, die da war, lächelnd, drall und glücklich, wie sie es – so schien es jedenfalls Rosie – immer gewesen war.
Das war zuviel für sie. Der Schmerz schwoll in ihrer Brust an wie ein Ballon, bis sie nicht mehr atmen konnte, und sie schleuderte den Arm voll Bettzeug auf Auroras Kommode. Aurora schaute gerade noch rechtzeitig auf, um zu sehen, wie ein Wäscheregen auf ihre Kommode niederging und Fläschchen und Sprays in alle Richtungen geschleudert wurden.
»Laß das!« brüllte sie, doch im nächsten Augenblick kam Rosie ums Bett herum, ging wie eine Furie auf sie los und schlug mit einem Kissen auf sie ein.
»Sie sind schuld, Sie sind schuld«, kreischte Rosie. »Sie sind schuld.«
»Was?« sagte Aurora. Sie hatte keine Ahnung, was sie getan haben sollte. Bevor sie sich eilends in die Tiefen ihrer Fensternische flüchten oder auch nur eine Frage stellen konnte, schlug Rosie wieder mit dem Kissen auf sie ein. Aurora starrte sie vor Überraschung über den Angriff mit weit aufgerissenen Augen an, und ein Kissenzipfel traf sie genau ins Auge. Das Auge begann sofort zu tränen, und sie stöhnte und hielt ihre Hand davor.
»Hör auf«, sagte sie. »Hör auf, du hast mich ins Auge getroffen!«
Aber Rosie war so aus dem Häuschen, daß sie nicht mehr zu bremsen

war. Sie hörte Aurora überhaupt nicht. Sie nahm nicht einmal wahr, daß sie ihr ins Auge geschlagen hatte. Vor ihrem geistigen Auge sah sie immer nur Royce, wie er in Auroras Küche saß und so tat, als ob er äße, aber in Wirklichkeit zu Aurora schaute, wie sie um ihn herumschwebte.
»Sie sind schuld«, sagte sie und schlug wieder zu. »Sie sind schuld. Sie haben ihn überhaupt erst drauf gebracht... In all den Jahren...«
Sie hörte auf, weil sie nicht mehr wußte, was sie sagen oder tun wollte, aber sie war immer noch von Schmerz durchdrungen. Als sie über den ganzen traurigen Schlamassel nachdachte, in dem sie steckte, stockte ihr wieder der Atem.
»Na gut«, sagte Aurora. »Na gut, hör wenigstens auf. Ich sehe nicht ein...« Aber sogar mit einem Auge konnte sie die Wut in Rosies Gesicht sehen.
»Na gut, ich geb' auf«, fügte sie hinzu. »Du kannst gehen, du bist gefeuert. Mach nur, daß du wegkommst.«
»Sie können mich nicht feuern, weil *ich* kündige«, sagte Rosie und warf das Kissen auf die Kommode. »Ich kündige! Ich wünschte, ich hätte das Haus hier nie betreten. Ich wünschte, ich hätte das alles nie getan. Vielleicht wäre dann wenigstens etwas in meinem Leben richtig gelaufen.«
»Ich verstehe nicht recht, warum du das glaubst«, sagte Aurora, aber Rosie war bereits aus dem Zimmer gestakst. Sie stakste geradewegs aus dem Haus. Aurora schaute mit ihrem gesunden Auge aus dem Fenster und sah ihr nach, wie sie den Bürgersteig entlang bis zur Bushaltestelle ging. Rosie schaute nicht auf. Steif stellte sie sich an die Bushaltestelle, und sie war noch keine dreißig Sekunden da, als ein Bus kam – wie auf Bestellung. Einige Sekunden später war Rosie verschwunden.
Aurora ging zur Kommode hinüber und nahm sich einen Spiegel, um sich ihr verletztes Auge anzuschauen. Dann krabbelte sie wieder in ihre Fensternische, wartete und betastete ab und zu mit einer Fingerspitze das Augenlid. Jedesmal flossen ihr die Tränen in Strömen über die eine Backe. Trotzdem fand sie, daß sie ziemlich ruhig wäre. Wirklich, es war alles ziemlich ruhig. Das Haus war still, nirgends lärmte ein Staubsauger und nirgends brummte der General vor sich hin. Abgesehen von Vogelgezwitscher und dem gelegentlichen dumpfen Aufprall einer Fliege am Insektengitter des Fensters war auch die Natur still. Der Morgen hatte keine Geräusche, nur ein Gefühl – ein Gefühl von Hitze, die langsam die Luft erfüllte. Im Gegensatz dazu war

die Kühle des Schlafzimmers um so erquicklicher, aber das änderte nichts an der Tatsache, daß sie gerade eine furchtbare Szene gehabt und ihr Hausmädchen gefeuert hatte.
Nach einiger Zeit rief sie Emma an. »Rosie und ich hatten eine furchtbare Auseinandersetzung«, sagte sie. »Sie hat auf einmal völlig verrücktgespielt. Sie hat meine Kommode zertrümmert und mich mit einem Kissen ins Auge geschlagen. Ich bin unverletzt, aber ich habe sie in der ersten Verwirrung gefeuert.«
»Entsetzlich«, sagte Emma.
»Ich hab's natürlich nicht so gemeint«, sagte Aurora. »Ich hab' nur versucht, sie dazu zu bringen, nicht weiter auf mich einzuschlagen. Unsere alte Freundin Rosie ist im Moment nicht besonders glücklich, verstehst du.«
»Was willst du jetzt tun?«
»Nichts, jedenfalls bis heute nachmittag. Bis dahin wird sie sich wohl beruhigt haben, wenn sie sich überhaupt wieder beruhigt. Vielleicht stimmt sie dann einem Waffenstillstand zu. Sie scheint der Ansicht zu sein, daß ich an allem schuld bin.«
»Ach, weil du früher immer mit Royce geflirtet hast«, sagte Emma.
Aurora schaute zum Fenster hinaus. Ihr gemütlicher Vormittag war nicht ganz so verlaufen, wie sie sich das vorgestellt hatte. »Ja«, sagte sie. »Ehrlich gesagt, kann ich mich kaum noch an Royce erinnern. Ich flirte doch mit jedem. Das war schon immer meine Art. Was kann denn eine Frau anderes tun? Royce hat in all den Jahren, die ich ihn kenne, nicht einen einzigen zusammenhängenden Satz von sich gegeben. Ich glaube, ich sollte den Schleier nehmen oder so. Ich habe bestimmt mit Royce nie etwas im Sinn gehabt. Um ganz ehrlich zu sein, habe ich noch nicht einmal ernsthafte Absichten bei Hector. Warum gibt es nach all den Jahren immer noch Leute, die glauben, daß ich irgend etwas ernst meine?« fragte sie. »Ich habe nie etwas ernst gemeint. Ich liebe es einfach, ab und zu einen kleinen Spaß zu haben. Würdest du heute nachmittag bitte Rosie anrufen und ihr versichern, daß ich sie wiederhaben will?«
»Sicher«, sagte Emma. »Vielleicht hat sich bis heute nachmittag alles wieder beruhigt.«

2

Als sie den Bus bestieg, wußte Rosie, daß sie voreilig gehandelt hatte. Einen Job zu kündigen, um etwas klarzustellen, war schön und gut, aber es bedeutete, daß sie nach Hause gehen und sich mit Royce und dem kleinen Buster herumplagen mußte. Es tat ihr leid, daß sie Aurora geschlagen hatte, denn was konnte schließlich Aurora dafür, daß sie drall und glücklich war und nicht dünn und unglücklich. Sie wollte gerade an der nächsten Haltestelle wieder aussteigen und zurücklaufen, als sie F. V. sah, der beim General den Rasen sprengte. Der Anblick reichte aus, um sie im Bus zu halten. Wenn es irgendwelchen Ärger gab, den sie nicht gebrauchen konnte, dann war es Ärger mit F. V.

Sie fuhr quer durch Houston und fühlte sich völlig leer. Das einzige im Leben, was noch normal war, war das Wetter. Es war heiß wie immer. Alles lief schief, und als sie aus dem Bus auf den Bürgersteig der Lyons Avenue trat, schien ihr Weltbild aus den Fugen zu geraten. Eigentlich hätte sie erst am späten Nachmittag hier aussteigen sollen, wenn der Asphalt langsam wieder abkühlte und wenn man durch die offenen Türen der Bars die Musikboxen spielen hörte. Es war so früh, daß der Asphalt noch gar nicht richtig heiß war, und die Türen der meisten Bars waren noch verrammelt.

Sie spazierte lustlos die Lyons Avenue hinunter. Sie wollte zwar nicht besonders gerne spazierengehen, aber nach Hause zog es sie auch nicht. Unterwegs kam sie am Pioneer-Drive-In Number 16 vorbei und bemerkte ein Schild mit der Aufschrift: »Kellner gesucht«. Das Pioneer Number 16 war eine der übelsten Kneipen von Houston. Hier wurden jede Nacht Neger, Mexikaner und stiernackige Cowboys abgefüttert. Doch beim Anblick des Schildes fiel Rosie wieder ein, daß sie einen Mann hatte, der nicht nur behindert, sondern auch noch arbeitslos war, und daß sie Kinder hatte, die sie ernähren und kleiden mußte. Kurz, sie mußte sich ihre Brötchen verdienen.

Eine fette Frau mit einer blonden Perücke war im Küchengebäude des Drive-In und reinigte eine Softeis-Maschine. Sie hieß Kate, und Rosie kannte sie flüchtig, weil sie bei ihr schon viele Milchshakes für den kleinen Buster gekauft hatte und sehr viele Hot Dogs für Lou Ann.

»Warum siehst 'n du so abgeschlafft aus?« fragte Kate, als sie Rosie sah, die sich auf den Tresen stützte.

»Ich bin nicht abgeschlafft«, sagte Rosie.

»Was hast du denn mit meinem kleinen Jungen gemacht?« fragte

Kate. »Es vergeht kaum ein Tag, ohne daß ich Zucker von Buster bekomme.«
»Vielleicht kann ich ihn später vorbeibringen«, sagte Rosie. »Ist die Stelle für die Kellnerin noch frei?«
»Freier denn je«, sagte Kate. »Letzte Nacht ist uns wieder eine abgehauen.«
»Ah«, sagte Rosie.
»Ja«, sagte Kate. »Sieht so aus, als wüßten die Mädchen heutzutage nicht mehr, wie sie ihre Hosen anbehalten sollen.«
»Ich bewerb' mich um den Job«, sagte Rosie.
Kate war verblüfft, aber nachdem sie Rosie von oben bis unten gemustert hatte, beschloß sie, keine Fragen zu stellen.
»Bist eingestellt, Honey«, sagte sie. »Willst du lieber die Mittagsschicht oder die Nachtschicht?«
»Wenn du willst, mach' ich beide«, sagte Rosie. »Wir haben Rechnungen zu bezahlen, und ich war noch nie der Typ, der zu Hause rumsitzt.«
»Honey, ich weiß, daß du zupacken kannst, aber beide Schichten machst du nicht«, sagte Kate.
»Dann mach' ich die Nachtschicht«, sagte Rosie und versuchte zu entscheiden, wann es unangenehmer sei, zu Hause zu sein. Sie bedankte sich bei Kate für den Job und ging weiter die Straße hinauf. Sie fühlte sich schon ein bißchen munterer. Das war doch was, noch eingestellt zu werden – nicht viel vielleicht, aber immerhin etwas.

3

Während Rosie den Job bekam, machte Royce seinen Vormittagsschwatz mit Shirley. Er hatte sich angewöhnt, sie häufig anzurufen, um der Monotonie seines Tagesablaufs zu entkommen. Trotz seiner Eifersucht auf Rosie, trotz seiner überhasteten Aktion und trotz seines gebrochenen Knöchels wollte Shirley ihn anscheinend wiederhaben. Der Hauptgrund war, daß er so leicht zu handhaben war, aber das wußte Royce nicht.
Shirley hielt sich selbst für eine vielbeschäftigte Frau, und sie brauchte einen Mann, der Befehlen folgte, ohne sich zu beschweren. Genau das tat Royce, und Shirley verbrachte eine Stunde am Tag damit, mit ihm zu telefonieren und ihn auf eine Rückkehr zu den Wonnen ihrer Wohnung auf der Harrisburg Avenue vorzubereiten. Sie

erzählte ihm, was sie mit seinem »ollen Ding« vorhatte, sobald sie es wieder unter ihre Oberhoheit bekam, und Royce hörte verzückt zu. Sein »olles Ding« war fast so hart wie der Gipsverband an seinem Knöchel.
Er lag nur mit einer Unterhose bekleidet auf dem Bett, betrachtete sein aufgerichtetes »olles Ding« und versuchte sich einige von den neuen Vorhaben vorzustellen, die ihm Shirley ausgerechnet in dem Augenblick ins Ohr flüsterte, in dem seine Frau Rosie ohne jede Vorwarnung durch die Schlafzimmertür kam.
»Du arbeitest«, sagte Royce in seinem Schrecken.
»Nee, aber ich muß in etwa fünf Minuten gehen, mein Süßer«, sagte Shirley an seinem Ohr, in dem Glauben, daß die Bemerkung ihr gelte.
»Tu' ich nicht, Royce, das siehst du doch«, sagte Rosie.
»Ist wohl bald wieder Zeit«, sagte Shirley gähnend. Sie meinte Zeit, zur Arbeit zu gehen.
»Mit wem telefonierst du?« fragte Rosie. »Laß mich bitte dran, wenn's Aurora ist.« Auf dem Heimweg war die Freude darüber, daß sie jederzeit einen Job kriegen konnte, verflogen, und sie hoffte auf einen Anruf von Aurora, damit sie sich wieder versöhnen konnten.
Sie nahm an, daß es tatsächlich Aurora war, und streckte ihre Hand nach dem Telefon aus. Royce war so verdattert über ihr plötzliches Erscheinen, daß er seinen Realitätssinn verlor. Anstatt aufzulegen reichte er den Hörer einfach seiner Frau.
»Wie geht's Ihrem Auge, Sie Ärmste?« fragte Rosie und wurde ganz reumütig bei dem Gedanken, wie erschreckt ihre Chefin war, als sie auf sie losging.
»Royce? Hallo, Zentrale?« sagte Shirley und glaubte, die Verbindung sei plötzlich unterbrochen worden.
»Was?« sagte Rosie. Die arme Aurora hatte es noch nie ertragen können, gehaßt oder nicht gemocht zu werden. Und plötzlich erinnerte sich Rosie an die Freundlichkeit, die sie von Aurora in all den Jahren erfahren hatte. Sie glaubte, daß ihre eigenen Untaten eine Ungerechtigkeit in ihrer Beziehung darstellten. Sie hatte Aurora ohne Vorwarnung geschlagen, und sie sehnte sich so sehr nach Vergebung, daß sie nicht einmal Shirleys Antwort hörte.
»Ich weiß auch nicht, ich glaube, ich bin einfach aus der Haut gefahren«, sagte Rosie, bevor Shirley sie unterbrechen konnte.
»Royce? Kannst du mich hören?« sagte Shirley. »Es ist noch jemand in der Leitung.«

Das überhörte Rosie nicht mehr. Wie vom Donner gerührt schaute sie Royce an und ließ den Hörer fallen, als ob er eine Kobra wäre. Der Hörer baumelte ein paar Zentimeter über dem Boden, und Royce sah auf ihn hinunter, um Rosie nicht in die Augen schauen zu müssen.
»Royce, ich leg' jetzt auf und ruf' dich sofort wieder an«, sagte Shirley. »Versuch nicht, bei mir anzurufen, ich ruf' bei dir an. Leg einfach nur auf.«
Royce starrte wie gebannt auf den baumelnden Hörer, aber er legte ihn nicht auf.
»War *sie* das?« fragte Rosie. »Du hast mit *ihr* gesprochen.«
»Das war Shirley«, gestand Royce. »Sie hat wegen meines gebrochenen Knöchels angerufen.«
Dann bemerkte er jenes Körperteil, um dessentwillen Shirley wirklich angerufen hatte. Das Körperteil hatte nicht mitgekriegt, in welchen Schwierigkeiten Royce steckte. Es war in der Stellung geblieben, in der es gewesen war, während Shirley mit ihm geredet hatte. Das war peinlich, aber glücklicherweise stapfte Rosie aus dem Schlafzimmer, anscheinend ohne davon Notiz zu nehmen. Und dann, noch ehe Royce den Hörer wieder auflegen konnte, kam sie mit einer Gartenschere in der Hand wieder herein. Bevor Royce auch nur eine Bewegung machen konnte, bückte sie sich und schnitt das Kabel, das den Hörer hielt, sorgfältig ab. Der Hörer fiel auf den Fußboden und verstummte.
Rosie fand es nur schade, daß es so schnell und leicht gegangen war, das Kabel durchzuschneiden. Am liebsten hätte sie eine Stunde lang Telefonkabel durchgeschnitten, aber leider war nur eins da. Nachdem sie es durchgeschnitten hatte, wurde sie verwirrt. Sie setzte sich im Schlafzimmer auf den Fußboden.
»Verdammte Scheiße, du hast das Kabel abgeschnitten«, sagte Royce, dem erst langsam die Bedeutung der Tat klar wurde. »Warum hast du das getan?«
»Damit du nicht mehr mit dieser Schlampe reden kannst. Was hast du denn gedacht?« sagte Rosie. »Warum gehst du nicht wieder zurück zu ihr und lebst mit ihr zusammen, wenn du sie so sehr liebst?«
»Darf ich?« fragte Royce.
Rosie begann mit der Spitze der Gartenschere in den Fußboden zu stechen. Ihr wurde klar, daß sich den ganzen Vormittag über ihre Lage verschlechtert hatte. Jetzt, wo das Telefon außer Betrieb war, hatte Aurora nicht einmal die Möglichkeit, sie anzurufen und sie wieder einzustellen. Und Royce redete wieder davon, daß er sie verlassen

wollte. Noch dazu auf ihre Veranlassung. »Ich könnte den Bus nehmen«, sagte Royce. »Du könntest den Wagen haben, wenn du mal die Kinder spazierenfahren willst. Fahr doch mit ihnen mal in den Zoo. Du weißt doch, wie gerne Buster in den Zoo geht.«
»Royce, der Transporter tut es nicht«, sagte Rosie. »Seit deinem Unfall haben wir nicht genug Geld gehabt, um ihn zu reparieren.«
Sie stach weiter mit der Schere in den Boden, was Royce beunruhigte. Rosie war unberechenbar, und er wäre froh gewesen, wenn sie die Schere wieder hinausgebracht hätte, nachdem sie das Kabel durchgeschnitten hatte. Kein Mensch konnte vorhersehen, in was sie hineinstechen wollte.
»Na gut, geh doch. Geh doch zurück zu ihr«, sagte Rosie. »Ich geb's auf. Ich finde, daß wir nach siebenundzwanzig Jahren für Gottes Segen dankbar sein könnten. Aber ich schätze, das siehst du nicht so, oder, Royce?«
Royce fielen keine Segnungen ein, für die er dankbar war.
»Sollen wir uns scheiden lassen, oder wie stellst du dir das vor?« fragte Rosie.
Shirley hatte die Frage einer Scheidung auch schon mehrmals angesprochen, aber Royce war es nie gelungen, mit dieser Vorstellung fertig zu werden. Das Leben mit Shirley war schon Aufgabe genug. Es wurde ihm zu viel, auch noch über eine Scheidung von Rosie nachzudenken.
»Nee, du kannst meine Frau bleiben«, sagte Royce ernsthaft. »Das kann ich dir wirklich nicht zumuten, daß du da auch noch durch mußt.«
»Ich bin mir da nicht so sicher«, sagte Rosie. »Wenn du mit 'ner Schlampe lebst, sollte ich mich vielleicht scheiden lassen und 'nen anständigen Kerl heiraten. Ich hab' einen Job als Bedienung in 'nem Drive-In. Irgendwann werd' ich da vielleicht mal 'nen anständigen Kerl finden, wenn ich die Augen offenhalte.«
»Drive-In?« fragte Royce. »Was ist mit Mrs. Greenway?« fragte Royce.
»Wir haben uns gestritten«, sagte Rosie. »Sie hat mich gefeuert. Ich hab' sie mit 'nem Kissen verhauen.«
»Mrs. Greenway verhauen?« fragte Royce ungläubig.
»Ja, Mrs. Greenway, mit der du mich seit zwanzig Jahren eifersüchtig machst«, sagte Rosie. »Sie war doch dein Himmel auf Erden, bis diese Schlampe kam.«
In den letzten Monaten hatte Royce Aurora so gut wie vergessen.

Plötzlich schwebte Aurora in ihrem Morgenmantel vor seinem geistigen Auge.
»Sie ist noch nicht verheiratet, oder?« fragte er, und es fiel ihm wieder ein, daß sie immer die Frau seiner Träume gewesen war.
»Was schert dich das?« fragte Rosie. »Jetzt, wo sie mich rausgeschmissen hat und du abhaust und mit Shirley lebst, wirst du sie sowieso nie wiedersehen.«
Ein Mühlrad drehte sich in Royces Kopf. Zuviel passierte gleichzeitig. Jetzt, nachdem er etwas über Phantasie gehört hatte, hätte er es vorgezogen, im Bett liegenzubleiben und seine Phantasie ein wenig auf Mrs. Greenway zu richten, die, wie er sich noch erinnern konnte, unheimlich gut duftete. Rosie war vergleichsweise geruchlos, und Shirley roch gewöhnlich, als hätte sie in jede Achselhöhle eine Zwiebel geklemmt. Royce hielt sich nicht für wählerisch, aber die Erinnerung an die gesprächige und wohlriechende Aurora war schwer zu unterdrükken. Seine Erektion hatte nachgelassen, solange Rosie mit der Schere in den Fußboden stach, aber beim Gedanken an Aurora stellte sie sich wieder ein.
Rosie bemerkte das und stand auf. »Wenn du nur im Bett liegen und mir dein altes Ding zeigen willst, dann geh' ich«, sagte sie. »Ich geh' meine Schwester besuchen. Inzwischen kannst du deine Sachen pakken.«
Und dann, sie wußte kaum, an was sie zuerst denken sollte, ging sie zum Tisch hinüber und vergrub den Kopf in den Armen. Sie weinte nicht. Sie wollte nur für eine Weile nichts mehr sehen. Das, was es zu sehen gab, war ohnehin nicht besonders erfreulich. Auch wenn Royce undankbar war, wollte sie nicht, daß er ging, weil sie sich zu Hause nicht mehr wohl fühlte, wenn Royce nicht da war. Sie blieb allein mit zwei widerborstigen Kindern und dem wenigen, was die anderen fünf Kinder nicht zerbrochen hatten, während sie aufwuchsen. Sie hatte gerade ihren angenehmen Job verloren und eine Arbeit in Aussicht, wo sie Hamburger und gebackene Shrimps zu Autos mit Halbstarken schleppen mußte. Sie verharrte ein paar Minuten mit dem Kopf in den Armen und versuchte, so gut sie konnte, an all das nicht zu denken.
Dann wandte sie sich mit einem Seufzer um, weil sie den Prozeß der Trennung vorantreiben wollte, und mußte feststellen, daß Royce, erschöpft von den komplizierten Entwicklungen des Vormittags, mit einer Hand in der Unterhose eingeschlafen war. Sie ging auf Zehenspitzen hinüber, um ihn genauer anzuschauen. Wenn sie ruhten, sahen

Royce und sein kleiner Sohn, der süße Buster, genau gleich aus, außer daß Royce einen Tage alten Bart, einen großen Hängebauch und Säbelbeine hatte. Sogar wenn er flach auf dem Rücken lag, sahen seine Beine krumm aus. Lou Ann hatte eine Miezekatze und ein paar Blumen auf seinen Gipsverband gemalt, und der kleine Buster hatte den übrigen Teil mit Kringeln und Häkchen vollgekritzelt.
Rosie schaute minutenlang auf ihren schlafenden Ehemann hinab. Sie konnte keine vernünftige Erklärung dafür finden, warum sie ihn eigentlich dabehalten wollte. Äußerlich jedenfalls war nichts an ihm, was eine vernünftige Frau sich wünschen könnte, und sie hielt sich wirklich für eine vernünftige Frau. Ihr schien es, als wäre es wesentlich angenehmer, einen netten kleinen Mann wie Vernon um sich zu haben, einen, der klein war und ordentlich wie sie selbst. Während ihrer Ehe war sie immer von der Angst gepeinigt worden, daß Royce eines Nachts versehentlich auf sie rollen und sie ersticken könnte.
Trotzdem griff sie hinunter und nahm Royces Hand aus seiner Unterhose. Es würde anständiger aussehen, falls die Kinder unerwartet nach Hause kommen sollten. Gerade als sie das tat, klopfte jemand an die Haustür. Sie hastete hinüber und sah, daß es ihre älteste Tochter Elfriede war, die eigentlich bei der Arbeit sein sollte. Sie war Kontrolleurin bei Woolworth. »Was ist denn, um Himmels willen?« sagte Rosie. »Warum bist du nicht bei der Arbeit, mein Schatz?«
Elfriede, eine kleine dünne Blondine, brach in Tränen aus. »Och, Mama«, sagte sie. »Gene hat unser ganzes Gespartes mitgenommen. Unser ganzes Gespartes. Er ist besoffen heimgekommen und wollte alles haben, und er hat gesagt, daß er mir dafür 'nen Scheck geben würde, aber ich könnte wetten, daß er das nie im Leben tut. Er hat's bestimmt nur genommen, um irgendwas für *sie* zu kaufen. *Sie* hat ihn ganz bestimmt dazu angestiftet.«
Sie warf sich ihrer Mutter in die Arme und weinte bitterlich. Rosie führte ihre Tochter zur Couch, ließ sie weinen und streichelte ihr tröstend den Rücken. »Wieviel hattet ihr denn gespart, Elfriede?« fragte sie.
»Einhundertachtzig Dollar«, schluchzte Elfriede. »Wir wollten uns doch 'nen Teppich kaufen. Hatten wir ganz fest vor. *Sie* war es, *sie*. Ganz bestimmt!«
»Wegen einhundertachtzig Dollar geht doch die Welt nicht unter, Kind«, sagte Rosie.
»Aber wir hatten's doch *ganz fest* vor!« schluchzte Elfriede. Sie fühlte sich grausam betrogen. »Und er hat's einfach genommen.«

»Du hättest mir doch sagen sollen, daß du 'nen Teppich brauchst, Kind«, sagte Rosie. »Dein Daddy und ich hätten dir einen gekauft. Wir wollen doch nicht, daß du auf den Teppich verzichten mußt. Das ist doch nur 'ne Kleinigkeit.«
»Weiß ich... aber unser Gespartes... es war doch unsers«, schluchzte Elfriede. »Was soll ich jetzt bloß tun?«
Rosie schaute zur Tür hinaus. Der Asphalt auf der Lyons Avenue wurde heiß, und es herrschte dichter Verkehr.
»Das weiß ich auch nicht, Elfriede«, sagte sie und ließ ihre Tochter schluchzen. »Im Moment weiß ich das auch nicht.«

Sechzehntes Kapitel

1

Aurora wartete bis vier Uhr nachmittags. Dann rief sie Rosie an. Ein Streit war ein Streit, aber was sie anging, war dieser jetzt begraben. Nach reiflicher Überlegung war sie zu dem Schluß gekommen, daß sie vielleicht doch zu sehr in den Unterhaltungen mit Royce geschwelgt hatte, wenn Unterhaltungen das richtige Wort für jene Art von Kommunikation war, die mit Royce möglich war, und da sie die Sorgen kannte, die Rosie hatte, war sie bereit, sich selbst über die Maßen zu demütigen und Abbitte zu leisten.
Aber zu ihrem großen Verdruß kam das Besetztzeichen. Nachdem sie es anderthalb Stunden immer wieder versucht hatte, ließ ihre bittersüße Zerknirschung allmählich nach. Wenn man gewillt war, vor jemandem auf den Knien zu rutschen, war nichts frustrierender als die Unmöglichkeit, die Geste auch auszuführen. Außerdem war sie völlig davon überzeugt, daß Rosie kein Recht hatte, mit irgend jemand anderthalb Stunden zu telefonieren, außer mit ihr.
Nach Ablauf einer weiteren Stunde zeigten sich bei ihr erste Anzeichen von Paranoia. Vielleicht war es Emma, mit der Rosie telefonierte. Vielleicht sprachen die beiden gerade darüber, was für eine furchtbare, egoistische Person sie war.
Sofort rief sie Emma an, die jedoch leugnete, irgend etwas von Rosie gehört zu haben.
»Du hast aber nicht geleugnet, daß ich eine furchtbare, egoistische Person bin«, sagte Aurora.
»Das wäre auch unsinnig«, sagte Emma. »Vielleicht ist Rosies Telefon kaputt.«
»In ihrer Gegend sind jede Menge Telefonzellen«, sagte Aurora. »Es sollte ihr klar sein, daß ich jetzt allmählich die Nerven verliere.«
»Na, wenn du zwanzig Jahre lang mit meinem Mann geflirtet hättest, würde ich dich auch ein paar Stunden schmoren lassen.«
»Mit deinem Mann würde es mir schwerfallen, auch nur eine Sekunde lang zu flirten«, sagte Aurora. »Er taugt nicht zum Flirten. Deine Freundin Patsy kann ja mit ihm flirten, wenn sie mag. Sie sind wie füreinander geschaffen. Sie haben beide keine Manieren. Vielleicht brennen sie miteinander durch und retten dich vor einem Leben voll akademischer Langeweile.«

»Ich finde nicht, daß das akademische Leben langweilig ist«, sagte Emma. »Was für eine beleidigende Behauptung!«
»Vielleicht in Harvard nicht, aber was kann sich schon mit Harvard messen.« Sie blinzelte, um zu prüfen, ob ihr Augenlid noch funktionsfähig war.
»Snob«, sagte Emma.
»Ach, sei still«, sagte Aurora. »Du bist noch sehr jung. Was du bisher kennengelernt hast, war das studentische Leben. Wart nur ab, bis du zehn Jahre lang die Frau eines Fakultätsmitglieds warst, und dann erzähl mir noch einmal, daß das nicht langweilig ist. Frauen von Fakultätsmitgliedern sind die ödesten Frauen in ganz Amerika. Sie haben keinen Geschmack, und wenn sie einen hätten, könnten sie ihn sich nicht leisten. Die meisten von ihnen sind nur nicht intelligent genug, um herauszufinden, daß nicht alle Männer so langweilig sind wie die ihren. Und diejenigen, die es herausfinden, werden innerhalb von ein paar Jahren verrückt oder widmen ihr Leben irgendwelchen Wohltätigkeitsveranstaltungen.«
»Was ist denn so schlecht an Wohltätigkeitsveranstaltungen?« fragte Emma. »Irgendwer muß sich ja damit abgeben.«
»Klar, sind prima«, sagte Aurora. »Laß mich damit zufrieden. Ganz so interessenlos bin ich noch nicht.«
»Ich hoffe nur, daß ich niemals so arrogant werde wie du«, sagte Emma. »Du tust ganze Berufsgruppen mit einer Handbewegung ab. Akademiker machen sich wenigstens die Mühe zu differenzieren.«
»Ja, warum, was haben die denn sonst zu tun, meine Teuerste? Ich habe festgestellt, daß mittelmäßige Menschen immer auf ihre Fähigkeiten zu differenzieren stolz sind. Ich kann dir versichern, daß es sich dabei um eine enorm überschätzte Fähigkeit handelt. Ein anständiger Liebhaber ist mehr wert als die Fähigkeit zu differenzieren. Ich differenziere eben instinktiv.«
»Ich hab's ja gesagt, du bist arrogant«, sagte Emma.
»Also, weißt du«, sagte Aurora, »sei nur froh, daß du schon erwachsen bist. Das erspart dir die Qual, bei mir zu leben. Ich hänge jetzt ein und rufe Rosie an.«
Das tat sie auch. Doch sie hörte nur das Besetztzeichen. Sie rief bei der Telefongesellschaft an. Dort teilte man ihr mit, daß Rosies Telefon kaputt sei. Sie dachte einen Augenblick über die Information nach und rief Emma an.
»Sie hat das Telefon kaputtgemacht«, sagte sie. »Das kommt mir sehr ungelegen. Ich weiß, wie Rosies Hirn funktioniert. Sie wird mich

nicht anrufen, weil sie glaubt, daß ich immer noch wütend auf sie bin. Das bedeutet, daß wir aus der Sackgasse nicht herauskommen, bis ich persönlich hinfahre. So kann es einfach nicht weitergehen. Also muß ich sofort hinfahren.«

»Deine Logik ist unerbittlich«, sagte Emma trocken.

»Der Zeitpunkt ist höchst unglücklich«, sagte Aurora. »Hector kommt jeden Augenblick zurück und erwartet dann viel Lob und Bewunderung für etwas, das jeder normale Mensch als Selbstverständlichkeit empfindet. Er wird schlecht gelaunt sein, wenn ich nicht hier bin, aber das ist seine Sache. Es wäre mir lieb, wenn du mich begleiten könntest, nur für den Fall, daß Rosie es sich in den Kopf gesetzt hat, Schwierigkeiten zu machen.«

»Klar«, sagte Emma. »Ich hab' den kleinen Buster in letzter Zeit nicht mehr gesehen. Mein Mann wird darüber aber nicht begeistert sein. Er muß auch bald nach Hause kommen.«

»Na und? Er ist nicht der General«, sagte Aurora. »Er kann sich auch mal selbst ein Bier aufmachen. Sag ihm, daß deine Mutter dich braucht.«

»Erstaunlicherweise glaubt er, daß seine Bedürfnisse Vorrang vor deinen haben.«

»Bis gleich, ich werd' mich beeilen«, sagte Aurora.

2

Als sie um halb sieben vor Rosies Tür ankamen, hatte sich der abendliche Verkehr normalisiert, aber die Lyons Avenue erstickte immer noch in verbeulten Pick-ups und Wagen mit verknautschten Kotflügeln, von denen viele hupten und rücksichtslos um die bessere Position rangelten.

»Erstaunlich«, sagte Aurora und beobachtete das Durcheinander. Ein malvenfarbener Cadillac mit einer kleinen Antenne auf dem Dach schoß wie ein Blitz an ihnen vorbei. Ein dünner Neger mit einem pinkfarbenen, riesigen Hut saß am Steuer.

»Wo hat er den bloß her?« fragte Aurora und fächelte sich frische Luft zu.

»Er hat mit Weiberfleisch gehandelt«, sagte Emma. »Wenn er uns sieht, könnte er zurückkommen und versuchen, mit uns zu handeln.«

»Es ist wirklich erstaunlich, daß Rosie überlebt hat, nicht wahr?«

sagte Aurora, während sie die Straße betrachtete. Zwei Straßen von Rosies Haus entfernt stand ein mexikanischer Tanzschuppen, und ein Schnapsladen, in dem nur Schwarze einkauften, lag direkt gegenüber. Sie stiegen aus und gingen zu Rosies Haustüre, aber auf ihr Klopfen kam keine Antwort.
»Sie ist wahrscheinlich drüben bei ihrer Schwester und erzählt ihr gerade, was du für eine alte Hexe bist«, sagte Emma.
»Royce hat sich den Knöchel gebrochen«, sagte Aurora. »Du glaubst doch nicht etwa, daß der Mann in eine Bar gehumpelt ist?«
Der Hausschlüssel lag im Hinterhof unter einem alten Wäschetrog. In dem Kreis von vergilbtem Gras unter dem Trog befand sich auch eine große Kolonie von Käfern. Im Hinterhof standen außerdem zwei kaputte Dreiräder und der Motor eines Nash Ramblers, den Royce vor vielen Jahren einmal gefahren hatte. Als sie im Haus waren, stellten sie in Sekundenschnelle fest, daß die Dunlups verschwunden waren. Zwei der vier Räume trugen den Stempel von Rosies Ordnungsliebe: In der Küche war das Geschirr gespült, im Kinderzimmer war das Spielzeug fein säuberlich gestapelt. Nur im Schlafzimmer gab es Anzeichen von Leben: Das Bett war ungemacht, die Schubladen der Kommode standen offen, und, was höchst mysteriös war, der Telefonhörer lag auf dem Tisch.
»Das ist ein starkes Stück, findest du nicht auch?« fragte Aurora. »Wenn sie nicht zum Telefonieren aufgelegt war, hätte sie das Telefon unter ein Kissen stecken können. Ich hätte nicht gedacht, daß sie so wütend auf mich ist.«
»Es könnte auch an Royce liegen«, sagte Emma. »Vielleicht haben sie sich wieder getrennt.«
Sie gingen hinaus und warfen den Schlüssel wieder zwischen die Käfer.
»Das kommt mir höchst ungelegen«, sagte Aurora.
Sie stiegen ins Auto und fuhren die Lyons Avenue wieder hinunter, aber sie waren noch keine drei Blocks gefahren, als Emma, die flüchtig in einen Drive-In hineingeschaut und sich dabei einen Milchshake gewünscht hatte, genau die Person entdeckte, nach der sie suchten. Diese Person brachte gerade ein Tablett voll Essen zu einem Auto.
»Halt an, Mama!« sagte sie. »Da vorne ist sie, im Drive-In.« Anstatt zu stoppen machte Aurora eine majestätische Wende, wobei sie einen Lastwagen voll Mexikaner nur knapp verfehlte, die sie alle mit Kraftausdrücken belegten. Mitten auf einer Seitenstraße, die an dem Drive-In vorbeiführte, hielt sie schließlich an. Es war zufällig genau die

Straße, die die Mexikaner mit ihrem Lastwagen hinunterfahren wollten. Sie begannen zu drohen, aber Aurora ließ sich davon nicht zur Eile antreiben. Sie spähte zum Parkplatz, um festzustellen, ob Rosie wirklich da war.

»Ich verstehe nicht, warum diese Männer mich nicht überholt haben, als sie die Möglichkeit dazu hatten«, sagte sie. Dann hustete sie halb erstickt von einer Abgaswolke, als der Lastwagen vorbeidonnerte. Eine Anzahl brauner Fäuste reckte sich ihr entgegen.

»Ich bin froh, daß ich nicht in einem südamerikanischen Land lebe«, sagte sie. »Ich bin sicher, daß ich eine Menge Ärger hätte, wenn ich dort lebte.« Sie machte noch eine majestätische Wende und brachte den Cadillac zwischen zwei Kabrioletts zum Stehen, die beide mit wüst aussehenden weißen Jungs mit langen Koteletten vollgestopft waren.

»Du blockierst zwei Parkplätze«, sagte Emma. »Vielleicht sogar drei.«

»Das ist mir sehr recht«, sagte Aurora. »Ich kann unsere Nachbarn nicht ausstehen. Ich bin ganz sicher, daß sie gerade sehr unfeine Sachen sagen. Mir wäre es lieber, wenn deine jungen Ohren das nicht mitkriegten.«

Emma kicherte und während sie sich umsah, kam Rosie zu ihnen gelaufen. Sie hielt den Kopf gesenkt und registrierte fast nichts. Sie arbeitete erst eine Stunde, aber sie hatte bereits gelernt, daß es besser war, wenn man den Kopf gesenkt hielt und nichts registrierte. Schon nach zehn Minuten hatte ein bulliger Kranführer, der einen kleinen Bulldozer auf den Arm tätowiert hatte, ihr bedeutet, daß er sie heiraten wolle, wenn sie, wie er sich ausdrückte, »gut miteinander zu Potte kämen«. Dann schaute sie auf, um eine Bestellung aufzunehmen und blickte in das anscheinend unverletzte Auge ihrer früheren Dienstherrin.

Der Schock war fast zuviel für sie. Er machte sie sprachlos.

»Ja«, sagte Aurora. »Da stehst du jetzt, nicht? Du hast dir also schon wieder eine Stellung gesichert. Ich vermute, daß du mir gar keine Chance geben willst, dich um Verzeihung zu bitten, obwohl ich ja geglaubt hätte, daß du mir nach all den Jahren, die wir gemeinsam verbracht haben, diese Chance lassen würdest.«

»Ooch, Aurora«, sagte Rosie.

»Hallo, du da drüben«, sagte Emma.

Rosie konnte nicht antworten. Sie war den Tränen nahe. Sie konnte nur dastehen und ihre Dienstherrin und ihr liebes Mädchen anschauen. Ihr Erscheinen im Pioneer Number 16 erschien ihr als ein wahres Wunder.

»Warum hast du das Telefonkabel durchgeschnitten?« fragte Aurora.

»Ich habe nur eine angemessene Zeitspanne verstreichen lassen, bevor ich dich angerufen habe.«

Rosie schüttelte den Kopf und lehnte sich gegen die Autotür. »Es war nicht wegen Ihnen«, sagte sie. »Ich bin nach Hause gekommen und hab' Royce dabei erwischt, wie er mit seiner Freundin telefoniert hat. Ich weiß auch nicht, ich hab' einfach die Schere geholt und das Kabel durchgeschnitten, ohne mir viel dabei zu denken.«

»Verstehe«, sagte Aurora. »Das hätte ich mir denken können. Das war ja auch vernünftig, nur hättest du mich vorher anrufen können, damit ich Bescheid weiß.«

»Daran habe ich zwei Sekunden zu spät gedacht«, sagte Rosie. »Wie wär's mit was zu essen?«

»Milchshake«, sagte Emma. »Schokoladenmilchshake.«

»Bin gleich wieder da«, sagte Rosie.

Sie schauten schweigend zu, wie sie zwei große Tabletts voll Essen zu den beiden benachbarten Kabrioletts brachte.

»Schau sie dir an«, sagte Aurora. »Sie macht das, als ob sie es seit Jahren getan hätte.«

»Zieh dir die Uniform aus und steig ins Auto«, sagte Aurora, als Rosie zurückkam. »Das mit dem Rausschmiß nehm' ich zurück.«

»Da bin ich aber froh«, sagte Rosie. »Ich bin morgen früh wieder da. Ich kann den Job nicht hinschmeißen, wenn hier gerade am meisten los ist. Hat Royce euch gesagt, wo ihr mich finden könnt?«

»Nein, Royce war nicht da. Meine adleräugige Tochter hat dich entdeckt.«

Rosie stieß einen tiefen Seufzer aus und ging, ohne ein Wort zu sagen, kopfschüttelnd davon. Mehrere Autos hupten nach der Bedienung. Es dauerte mehrere Minuten, bis sie wieder Zeit hatte, bei dem Cadillac vorbeizukommen. »Das heißt, daß er wieder zu ihr zurückgegangen ist«, sagte sie. »Ich glaube, jetzt ist es aus und vorbei. Ein zweites Mal hol' ich ihn nicht zurück.«

»Darüber sprechen wir morgen«, sagte Aurora, aber Rosie hatte schon ihr Tablett genommen und war gegangen.

3

»Hörst du eigentlich noch was von Vernon?« fragte Emma auf dem Heimweg. Der Mond war früh aufgegangen und stand über den Hochhäusern der Innenstadt von Houston.
Aurora gab keine Antwort.
»Ich glaube, du hättest aus Vernon was machen können, wenn du's versucht hättest«, sagte Emma.
»Ich bin keine Erzieherin. Genieß den schönen Mond und kümmere dich um deine eigenen Angelegenheiten. Als ich noch jünger war, hat es mir Spaß gemacht, Leute zu fördern und ihnen ein wenig Schliff zu geben, wenn es nötig war, aber es ist nun mal mein Schicksal, eine ganze Menge Leute zu kennen, die Schliff haben, und ich vermute, daß ich dadurch verwöhnt bin.«
»Denkst du daran, den General zu heiraten?« fragte Emma besorgt.
»Hector denkt daran«, sagte Aurora. »Ich nicht. Ich dachte, du wolltest dich um deine eigenen Angelegenheiten kümmern.«
»Ich hätte nur gerne herausgefunden, ob du noch richtig tickst«, sagte Emma. »Es ist mir ja egal, was du tust, ich will es nur wissen.«
»Ja«, sagte Aurora. »Da zeigt sich wieder dein Hang zum Akademischen. In diesem Fall hast du aber eine schlechte Metapher gewählt, weil Uhren ticken, und ich keine Uhr bin. Wenn dich der Grund fürs Ticken interessiert, wirst du Uhren studieren müssen. Horologie nennt man das, glaube ich. Von mir wirst du nie viel verstehen, fürchte ich. Die halbe Zeit bin ich mir selbst ein Geheimnis, und den Männern, die glaubten, mich zu kennen, bin ich immer ein Geheimnis geblieben. Glücklicherweise liebe ich Überraschungen. Am glücklichsten bin ich immer, wenn ich mich selbst überrasche.«
»Ich wünschte, ich hätte das Thema nicht angeschnitten«, sagte Emma.
»Weil du meine Tochter bist, werde ich dir etwas verraten«, sagte Aurora. »Verstehen wird überbewertet und Geheimnis wird unterbewertet. Vergiß das nie, und du wirst ein abwechslungsreiches Leben haben.«
Als sie vor Emmas Wohnung anhielt, sahen sie Flap. Er saß auf der Treppe, die zur Wohnung hinaufführte. Sie blieben beide einen Augenblick sitzen und schauten ihn im letzten Dämmerlicht an.
»Der kommt nicht, um dich zu umarmen, oder?« sagte Aurora. »Kommt der General angerannt und umarmt dich, wenn du nach Hause kommst?«

»Auf alle Fälle wird er im Zimmer auf und ab laufen«, sagte Aurora.
»Vielen Dank für die Begleitung. Ich hoffe doch sehr, daß du deine alte Mutter anrufst, wenn du spürst, daß du kurz vor der Entbindung stehst.«
»Gewiß. Sag dem General einen schönen Gruß.«
»Dank dir, das werde ich tun. Ich tu' das sowieso immer, aber es war nett von dir, daß du es gesagt hast. Diesmal ist der Gruß also berechtigt.«
»Warum grüßt du ihn immer von mir?« fragte Emma und gab Flap zur Beruhigung ein Handzeichen.
»Dem General gefällt es zu glauben, daß er weithin geliebt und bewundert wird«, sagte Aurora. »Tatsächlich wird er fast nirgends geliebt und bewundert, aber da ich ihn nun mal unter meine Fittiche genommen habe, muß ich mein Bestes tun, um das vor ihm zu verbergen. Schon der leiseste Anflug von Kritik deprimiert ihn.«
»Soll das heißen, daß du zu einem aufmunternden Menschen wirst, wenn du nicht in meiner Nähe bist? Das würde ich gerne mal sehen.«
»Ein bemerkenswerter Anblick, das gebe ich zu«, sagte Aurora, winkte und fuhr davon.

4

In dem Augenblick, als Aurora in die Auffahrt zu ihrem Haus einbog, wußte sie, daß es Schwierigkeiten geben würde, weil Albertos wenig reputierlicher alter Lincoln dort geparkt war, wo ihr Cadillac eigentlich stehen sollte. Alberto saß nicht in seinem Lincoln, woraus sie schloß, daß er wahrscheinlich irgendwo im Haus war. Als sie am Haus des Generals vorbeifuhr, hatte sie kein Licht gesehen. Deshalb konnte es gut sein, daß auch er in ihrem Haus war. Es gelang ihr, ihren Cadillac neben den Lincoln zu quetschen, während sie sich darüber wunderte, wie es Alberto gelungen sein mochte, sich an Hector vorbei in ihr Haus zu schmuggeln.
Sie blieb sitzen und überdachte die ganze Sache etwa eine Minute. Dann kam sie zu dem Schluß, daß ihr Auftritt um so wirkungsvoller werden mußte, je mehr Zeit sie sich ließ. Sie würde viel Nervenkraft brauchen, dessen war sie sicher. Trotz mehrerer langer Telefongespräche zu dem Thema weigerte sich Alberto offensichtlich, die Tatsache zu akzeptieren, daß der General ein wichtiger Bestandteil ihres Lebens geworden war. Der General seinerseits hatte stets bestritten,

daß Alberto zur zivilisierten Menschheit gehöre. Der Abend versprach interessant zu werden, und so bürstete sie sich noch eine Weile das Haar, ehe sie aus dem Auto stieg.
Sie öffnete die Hintertür ihres Hauses einen Spalt und lauschte nach wütenden Männerstimmen, aber sie konnte nichts hören. Das Haus war beunruhigend still. Es war in der Tat so still, daß ihr unheimlich wurde. Sie drückte die Tür leise ins Schloß und spazierte den Bürgersteig entlang, während sie im Geiste die Position festzulegen versuchte, die sie den beiden Männern gegenüber einnehmen sollte. Sie waren seit gut fünfundzwanzig Jahren Rivalen gewesen, und die Angelegenheit würde einiges Fingerspitzengefühl erfordern. Das wußte sie. Alberto hatte seinen Erfolg früh gehabt, und der General hatte den seinen. Es war unwahrscheinlich, daß sie die Balance zwischen dem Erfolgreichen und dem Enttäuschten halten könnte. Alles, was sie wirklich zu erreichen hoffte, war, Alberto wieder unversehrt aus dem Haus zu bekommen. Er war schon immer ein Mann gewesen, der sich nicht im geringsten um seine eigene Sicherheit sorgte. Sie verharrte noch einen Augenblick auf dem Bürgersteig, weil sie hoffte, würde herauskommen, um etwas zu besorgen, oder weil er angewidert war, oder aus sonst irgendeinem Grund, so daß sie ein paar Sekunden mit ihm alleine sein konnte, ehe der Sturm losbrach.
Aber Alberto kam nicht heraus, und Aurora ging zurück und riß die Hintertür weit auf. »Huhu«, sagte sie. »Seid ihr da drin, Jungs?«
»Natürlich sind wir hier«, sagte der General. »Wo bist du denn gewesen?«
Aurora trat in die Küche und sah die beiden am Küchentisch sitzen, jeder an einem Ende. Blumen waren in verschwenderischer Fülle auf den Küchenablagen verteilt. Alberto hatte seine vertraute Trauermiene aufgesetzt und trug einen schäbigen braunen Anzug. Der General funkelte sie mit seinem gewohnten grimmigen Blick an.
»Ich war aus«, sagte sie. »Warum willst du das wissen?«
»Aurora, ich erlaube es nicht, daß du Fragen mit Gegenfragen beantwortest«, sagte der General. Er sah aus, als sei er im Begriff mehr zu sagen, aber dann hielt er abrupt inne.
»Alberto, welch eine Überraschung«, sagte sie und tätschelte ihn. Sie legte ihren Geldbeutel auf den Tisch und musterte beide Männer.
»Wie ich sehe, hast du wieder die Blumengeschäfte geplündert«, sagte sie.
»Ach, ich kaufen ein paar Blumen... auf gute, alte Zeit«, sagte Alberto. »Du kennst mich, ich ein paar Blumen kaufen muß.«

»Ich würde gern wissen, warum«, sagte der General. »Guck dir diese Dinger an. Das ist doch albern. Ich hab' in den letzten zwanzig Jahren nicht so viele Blumen gekauft. Ich rechne nicht damit, daß es bei meiner gottverdammten Beerdigung so viele Blumen gibt.«
»Ach, hör doch mit dem Gemecker auf, Hector«, sagte Aurora. »Alberto hatte immer eine Schwäche für Blumen, das ist alles. Das gehört zu seinem italienischen Erbe. Du bist sicher schon einmal in Italien gewesen. Du weißt das doch zu schätzen.«
»Ich schätze das überhaupt nicht«, sagte der General hitzig. »Ich finde das alles mysteriös. Und irritierend, möchte ich sagen. Was hat er eigentlich hier zu suchen?«
»Und was hast du hier zu suchen?« sagte Alberto und wurde plötzlich rot im Gesicht. Er zeigte mit einem Finger auf den General.
Aurora tätschelte ihm leicht die Hand. »Nun komm, nimm den Finger weg, Alberto«, sagte sie. Sie wandte sich um und stellte fest, daß der General ihm mit der Faust drohte.
»Hör auf, mit der Faust zu drohen, Hector«, sagte sie. »Darf ich euch beide daran erinnern, daß wir uns alle nicht erst seit gestern kennen. Ob ihr das nun gerne zugebt oder nicht, ich kenne euch beide seit sehr langer Zeit. Wir sind Produkte einer sehr langen Bekanntschaft, und ich glaube, daß wir den Abend um so mehr genießen werden, je weniger wir mit den Fingern aufeinander zeigen und uns mit den Fäusten drohen.«
»Den Abend genießen? Was soll das denn heißen?« sagte der General. »Ich habe ganz gewiß nicht vor, einen Abend zu genießen, an dem *er* in der Nähe ist.«
Alberto wählte diesen Moment, um aufzustehen und in Tränen auszubrechen. Er strebte auf die Tür zu. Sein Abgang war erniedrigend.
»Ich gehe, ich gehe«, sagte er. »Ich bin derjenige, der kein Recht hat hier zu sein, ich verstehe das, Aurora. Ist nicht schlimm. Ich wollte nur Blumen bringen auf gute alte Zeit, und vielleicht guten Tag sagen, aber ich hab' Fehler gemacht. Du kannst deine Frieden haben.«
Mit Tränen in den Augen warf er ihr eine Kußhand zu, aber Aurora rannte um den Tisch herum und schnappte ihn bei einem schäbigen braunen Ärmel, als er gerade zur Tür hinaus wollte. »Du kommst jetzt schön wieder herein, Alberto«, sagte sie. »Im Moment verläßt hier niemand den Raum.«
»Ha!« sagte der General. »Das ist das gottverdammte italienische Erbe, wie ich es kenne. Sie sind doch nur ein Haufen Waschlappen.«
Alberto schaltete abrupt von Tränen auf Wut um. Auf seiner Stirn

zeichneten sich mehrere große Adern ab. »Du hörst, er hat mich beleidigt!« sagte er und schüttelte seine linke Faust. Die rechte hielt Aurora fest. Es gelang ihr, ihn wieder zu seinem Stuhl zu zerren.
»Setz dich hin, Alberto«, sagte sie. »Das ist alles sehr wirkungsvoll und im großen und ganzen schmeichelhaft für eine Dame in meinen Jahren, aber meine Toleranz für wirkungsvolle Auftritte kennt Grenzen. Das solltet ihr beide wissen.«
Als sie merkte, daß Alberto sich hinsetzen wollte, ließ sie ihn los und ging ans andere Ende des Tisches. Sie legte eine Hand auf den Arm des Generals, der – trotz seiner zur Schau getragenen Gelassenheit – leicht zitterte, und sah ihm ruhig in die Augen.
»Hector, ich möchte dir mitteilen, daß ich beschlossen habe, Alberto zu bitten, mit uns zu dinieren«, sagte sie.
»Ach wirklich? Das hast du?« sagte der General ein wenig eingeschüchtert. Es hatte ihn schon immer etwas verunsichert, wenn man ihm direkt in die Augen sah, und Aurora wandte ihren Blick keinen Moment von ihm ab.
»Ich glaube nicht, daß ich mich wiederholen muß«, sagte sie. »Alberto ist ein alter Freund, und ich habe ihn in letzter Zeit ziemlich vernachlässigt. Da er so aufmerksam war, mir diese schönen Blumen mitzubringen, finde ich es nur angebracht, die Gelegenheit zu nutzen, und mein Versäumnis wiedergutzumachen. Findest du das nicht auch?«
Der General war nicht bereit, ›ja‹ zu sagen, aber wagte es auch nicht recht, ›nein‹ zu sagen. Er schwieg beharrlich.
»Außerdem«, fuhr Aurora mit einem kleinen Lächeln fort, »habe ich schon immer gedacht, daß du und Alberto einander besser kennenlernen sollten.«
»Ja, das wär 'n Heidenspaß«, sagte der General grimmig.
»Das wäre bestimmt ein Heidenspaß«, sagte Aurora und ging wohlgelaunt über die Tatsache hinweg, daß der General das anders gemeint hatte. »Das glaubst du doch auch, Alberto?« Sie schaute den Tisch hinunter und fixierte Alberto mit dem gleichen direkten Blick. Alberto nahm Zuflucht zu einem artigen, wenn auch ein wenig matten Achselzucken.
»Weißt du eigentlich, daß du im Augenblick verflucht diktatorisch bist?« sagte der General. »Niemand außer dir wird dieses Dinner genießen, und das weißt du auch.«
»Es liegt mir fern, dir etwas zu diktieren, Hector«, sagte Aurora. »Wenn du jetzt auch nur den geringsten Zwang verspürst, dann weißt

du doch, daß es dir selbstverständlich freisteht zu gehen. Alberto und ich würden es natürlich bedauern, auf deine Gesellschaft verzichten zu müssen, aber wir haben auch früher schon einmal alleine miteinander diniert.«
»O nein, das werdet ihr nicht«, sagte der General. Aurora fixierte ihn weiterhin. Es sah so aus, als würde sie lächeln, aber er hatte nicht die leiseste Ahnung, was sie gerade dachte, und so wiederholte er, was er soeben gesagt hatte: »O nein, das werdet ihr nicht.«
»Das hast du jetzt zweimal gesagt, Hector«, sagte Aurora. »Wenn das eine Art militärischer Code ist, wäre es nett von dir, wenn du ihn übersetzen würdest. Soll das heißen, daß du dich jetzt doch entschlossen hast, zum Dinner zu bleiben?«
»Natürlich bleibe ich zum Dinner«, sagte der General. »Ich darf dich vielleicht daran erinnern, daß ich einer förmlichen Einladung folge. Ich bin nicht einfach mit einer Wagenladung Blumen hier hereingeplatzt und hab' mich aufgedrängt. Wenigstens halte ich mich bei derartigen Dingen an die Vorschriften des guten Tons.«
»Das tust du wirklich«, sagte Aurora. »Es würde mich nicht überraschen, wenn das der Grund wäre, warum wir uns so oft nicht einigen können, Hector. Mein alter Alberto und ich gestehen den plötzlichen Launen ein wenig mehr Raum in unserem Leben zu, nicht wahr, Alberto?«
»Bestimmt«, sagte Alberto und mußte gegen seinen Willen gähnen. Er war von der Aufwallung seiner Gefühle bereits erschöpft. »Alles, was uns gerade einfiel, das haben wir immer gemacht«, fügte er hinzu.
Der General funkelte mit den Augen. Sobald sie sah, daß sie die Situation im Griff hatte, wußte Aurora sie auch zu nutzen. Sie drängte dem General ein großes Glas Rum auf, weil sie aus langer Erfahrung wußte, daß Rum das einzige Getränk war, das ihn milde stimmen konnte. Mit der Begründung, daß das besser für sein Herz sei, gab sie Alberto ein Glas Wein. Dann sang sie ein Medley von Albertos Lieblingsliedern, während sie eine Pasta, eine hervorragende Sauce und einen Salat herbeizauberte. Albertos Augen leuchteten kurz auf. Er machte Aurora Komplimente. Dann sank er, bevor er sein drittes Glas Wein leeren konnte, sanft in Schlaf. Er schlief aufrecht, wenn auch ein wenig vornübergeneigt. Aurora stand auf, stellte seinen Teller weg, senkte seinen Kopf behutsam, bis er da lag, wo sein Teller gewesen war, und ließ sein Weinglas, nachdem sie einen Moment nachgedacht hatte, neben ihm stehen.

»Ich habe Alberto noch nie Wein verschütten sehen«, sagte sie. »Es könnte sein, daß er das Glas austrinken will, wenn er aufwacht.«
Noch ehe der General etwas sagen konnte, nahm sie seinen leeren Teller und reichte ihm eine weitere Portion Pasta und den Rest der Sauce. Scharf setzte sie ihm den Teller wieder vor, als wäre sie eine Ordonanz, und gab ihm dann einen Klaps auf den Kopf, bevor sie sich wieder hinsetzte, um ihren Salat zu essen. Sie warf Alberto, der friedlich schlief, einen kurzen Blick zu, ehe sie sich wieder dem General zuwandte.
»Wie du siehst, ist er nicht ganz so robust wie du«, sagte sie. »Du hast dich reichlich närrisch aufgeführt, als du mir diese Szene gemacht hast. Warum stört es dich, wenn Alberto ab und zu herkommt und an meinem Tisch einschläft?«
Albertos schneller Abgang machte den General ein wenig verlegen. Aber er kam sogleich auf den Hauptpunkt zu sprechen. »Es ist mir ganz egal, ob er eingeschlafen ist oder nicht«, sagte er. »Schau dir doch all die Blumen an.«
»Wenn du mich dazu bringst, daß ich die Geduld mit dir verliere, wirst du das noch bereuen«, sagte sie mit einem kaum merklichen Blitzen in den Augen. »Deine Eifersucht ist verständlich, und ich verstehe sie. Ich habe dafür gesorgt, daß Alberto einschläft, und ich habe dir erklärt, daß er harmlos ist. Manchmal denke ich, daß man an dich gute Bolognese nur verschwendet. Ich will nur, daß er hin und wieder am Tisch seiner Freunde einschlafen kann. Seine Frau ist tot, und er ist einsam, viel einsamer als du. Zwischen uns gibt es nichts, was mich zwingen würde, meinen alten Freunden die Tür zu weisen. Ist es das, was du willst? Bist du wirklich fähig, in deinem Alter noch so kleinkariert zu denken?«
Der General aß seine Pasta. Er wußte, daß er aufhören sollte, aber er war immer noch besorgt.
Aurora deutete auf Alberto. »Kannst du dich von einem Anblick wie diesem hier bedroht fühlen, Hector? Meinst du nicht, daß du erst deine Vorzüge zählen solltest, bevor wir diesen Streit fortsetzen?«
»Na gut«, sagte der General. »Was mich so wütend gemacht hat, waren die Blumen.«
Aurora nahm ihre Gabel wieder in die Hand. »So ist es schon besser«, sagte sie. »Ich liebe es, Blumen im Haus zu haben. Alberto liebt es, sie mir zu schenken. Du liebst das nicht. Es hat keinen Zweck, so zu tun. Ich bezweifle, daß du in deinem Leben je an Blumen gerochen hast.«
»Was glaubst du wohl, was der Mann will?« sagte der General laut.

»Sex wahrscheinlich. Du bist zu prüde, das auszusprechen«, sagte Aurora. »Du hast es mal wieder geschafft, wie üblich danebenzuhauen – um eine Meile daneben, Hector. Die Tatsache, daß die meisten Männer dieselben Hintergedanken haben, bedeutet nicht, daß sie dieselben Qualitäten haben. Bei den Begierden mag es kaum einen Unterschied geben, aber bei ihrem Ausdruck. Albertos kleine Blumenpräsente beweisen echte Wertschätzung – Wertschätzung meiner Person und Wertschätzung von Blumen. Ich denke nicht im Traum daran, Alberto die Entbietung seiner Wertschätzung zu verweigern. Das würde bedeuten, ihn nicht zu schätzen, was ich aber tue. Ich wäre außerordentlich oberflächlich, wenn ich unfähig wäre, eine Zuneigung, die so lange angehalten hat wie die seine, zu schätzen.«
»Meine hat ebenso lange angehalten wie seine«, sagte der General.
»Nicht ganz«, sagte Aurora. »Es wird dich vielleicht überraschen zu hören, daß Alberto mich bereits verloren hatte, als ich dich kennenlernte. Er ist dir um vier Jahre voraus, wenn ich richtig rechne. Daß er immer noch hier ist, macht ihn sehr anziehend.«
»Aber er war verheiratet. Du warst auch verheiratet«, sagte der General.
Aurora aß weiter.
»Wenigstens gibst du zu, daß er Hintergedanken hat«, sagte der General. »Ich hab's genau gemerkt.«
Aurora schaute zu ihm hinüber. »Nun, das Bittersüße ist nicht deine Sphäre«, sagte Aurora. »Vielleicht bist du besser dran, aber das kann ich nicht beurteilen. Wenn ich nur auf die Wertschätzung und Höflichkeit derer angewiesen wäre, die ihr eigentliches Ziel erreichen konnten, dann hätte ich bestimmt oft alleine zu Abend gegessen. Und ich habe meistens alleine gegessen«, fügte sie hinzu und dachte an die letzten Jahre zurück.
Sie schwiegen. Der General war nicht ganz ohne Feingefühl. Aurora schenkte sich Wein nach und drehte das Weinglas langsam zwischen den Fingern. Er spürte, daß sie nicht so sehr bei ihm als bei ihren Erinnerungen war, und er gab auf, mit ihr über Alberto zu streiten, und verlegte sich vom Wein wieder auf den Rum. Der Rum stimmte ihn milde, so daß er, als Alberto aufwachte und zu seinem Auto ging, zu seiner eigenen Überraschung den müden kleinen Mann davon zu überzeugen versuchte, daß es sicherer wäre, die Nacht auf Auroras Couch zu verbringen. Er ertappte sich sogar bei der Bitte an Alberto, doch wieder einmal vorbeizuschauen, denn es wäre ja schließlich alles harmlos gewesen, wirklich harmlos. Alberto, gähnend und zerknit-

tert, hörte ihm nicht zu. Er setzte mit dem Lincoln zurück in ein Gebüsch, und schließlich gelang es ihm, den Wagen auf die Straße zu lenken. Aurora stand auf dem Rasen, lächelte und war offenbar überhaupt nicht beunruhigt über Albertos Fahrweise. Der General war ziemlich betrunken und dachte gar nicht an sie, bis sie ihm eine Hand auf den Nacken legte und ihn fest drückte.

»Was für ein steifer Nacken«, sagte sie. »An dir ist nichts bittersüß, und das ist gut so. Ich muß sagen, ich bin sehr erfreut.«

»Was?« sagte der General, der immer noch dem schlingernden Wagen nachschaute.

»Ja, du und Alberto, ihr werdet am Ende noch Freunde werden«, sagte sie und schaute zu den nächtlichen Wolken empor. »Wer weiß? Vielleicht gewinnst du den guten alten Vernon, den guten alten Trevor und noch ein paar meiner Verehrer lieb, bevor es mit uns wieder vorbei ist. Ihr könnt euch dann alle zusammensetzen und in eure Drinks heulen und euch daran erinnern, was für eine Nervensäge ich war.«

»Was?« sagte der General. »Und wo wirst du sein?«

»In den Fluten der Zeit versunken«, sagte Aurora. Sie hatte den Kopf nach hinten gelegt und beobachtete die schnell vorüberziehenden Wolken über Houston.

Siebzehntes Kapitel

1

Es war spät im Herbst, Emma stand kurz vor ihrer Niederkunft. Es war immer noch fast so heiß wie im Juli. Als Emma eines Tages mit einem Einkaufswagen voll Lebensmitteln nach Hause kam, ertappte sie ihren Ehemann bei einem Flirt mit ihrer besten Freundin Patsy. Flap saß in der einen Ecke der Couch, und Patsy, schlank und hübsch wie eh und je, saß in der anderen und wurde rot.
»Hallo«, sagte Flap ein wenig zu enthusiastisch.
»Hallo, hallo«, sagte Emma und schleppte die Lebensmittel herein.
»Gott sei Dank«, sagte Patsy. »Er war gerade dabei, mir unanständige Gedichte vorzulesen.«
»Von wem?« fragte Emma trocken.
»Ich helf' dir«, sagte Patsy und sprang auf. Sie war sehr erleichtert, daß ihre Freundin gekommen war.
Die Situation war ihr unangenehm, aber sie konnte nur selten widerstehen. Männliche Wesen überhäuften sie stets mit Komplimenten, und sie reagierte darauf mit geistreichen Bemerkungen und Erröten, was ihr nur noch mehr Komplimente einbrachte. Ein Flirt war bei Flap Horton die einzige Möglichkeit zu verhindern, daß er über Literatur dozierte, aber zu mehr taugte er wirklich nicht. Sie hatte ihn körperlich immer ein wenig abstoßend gefunden und konnte sich nicht vorstellen, wie ihre beste Freundin Emma es ertragen konnte, mit ihm zu schlafen. Sie ging hinüber und lächelte Emma breit an. Sie sollte nicht denken, daß wirklich etwas im Gange gewesen wäre.
»Mir liest nie jemand unanständige Gedichte vor«, sagte Emma und stellte sich, aus Verlegenheit, selbst als unromantisches Aschenbrödel dar.
Patsy half ihr, die Lebensmittel auszupacken. Sie machten Eistee und setzten sich an den Küchentisch, um ihn zu trinken. Nach einer Weile überwand Flap seine Verlegenheit und setzte sich zu ihnen.
»Ist deine Mutter diesen widerlichen alten General inzwischen losgeworden?« fragte Patsy.
»Nee«, sagte Emma. »Sie hat aber dafür gesorgt, daß er ein bißchen umgänglicher geworden ist.«
»Dummes Zeug«, sagte Flap. »Sie sind beide immer noch genauso versnobt und arrogant wie immer.«

Für einen Augenblick wurde Emma wütend. Es ärgerte sie immer, wenn Menschen kurzerhand abgeurteilt wurden. »Sie sind nicht versnobter als manche anderen Leute, die ich namentlich nennen könnte«, sagte sie. »Und auch nicht arroganter. Zumindest verbringen sie nicht ihre ganze Zeit beim Fischen wie Cecil.«

Flap haßte Auseinandersetzungen vor Gästen. Er schaute Emma an, wie sie erhitzt und feindselig dasaß, und konnte nichts an ihr entdecken, das er mochte.

»Warum sollte Cecil nicht fischen gehen?« fragte er. »Es ginge ihm auch nicht besser, wenn er pausenlos den Frauen nachjagen würde.«

»Ich hab' ja nicht gesagt, daß er ihnen pausenlos nachjagen soll«, sagte Emma. »Ich glaube nur nicht, daß er besser zurechtkommt, wenn er ihnen aus dem Weg geht.«

»Vielleicht ist er monogam und nur für eine Frau geschaffen«, sagte Flap.

»Sicher«, sagte Emma. »Genau wie du.« Sie wußte, daß sie sich vor ihrer Freundin nicht so verhalten sollte, aber sie wollte sich Luft machen. In gewisser Weise war Patsy ja auch beteiligt und mußte also damit rechnen.

Patsy mochte Auseinandersetzungen noch weniger als Flap.

»Ach, hört auf damit, ihr zwei«, sagte sie. »Ich wünschte, ich hätte mich nicht nach deiner Mutter erkundigt. Ich wollte sowieso gerade abhauen.«

Flap wurde grantig. »Ihre Mutter hat nie weniger als drei Männer auf ihrer Fährte gehabt«, sagte er. »So was passiert doch nicht zufällig. Männer laufen Frauen doch nur hinterher, wenn sie eine Duftmarke setzen.«

»Mir gefällt deine Wortwahl nicht besonders, aber was du da sagst, werde ich mir merken«, sagte Emma. Sie nahm ihr Glas mit Eistee fest in die Hand und wünschte sich, daß Patsy ginge. Wenn sie nicht da wäre, könnte sie mit dem Glas nach ihm schmeißen oder von ihm die Scheidung verlangen.

Für eine Minute herrschte eine gespannte Stille. Flap und Emma beherrschten sich, und Patsy schaute aus dem Fenster. Um etwas zu tun, stand Emma auf und machte noch etwas Eistee, den die beiden anderen schweigend annahmen. Patsy fragte sich, ob sie Duftmarken setzte. Die Vorstellung war abstoßend, aber auch ein bißchen sexy. Sie öffnete ihre Handtasche, kramte einen Kamm hervor und begann sich zu kämmen. Sie stellte sich vor, verheiratet zu sein. Das tat sie oft. In ihrer Vorstellung gehörte dazu ein schön eingerichtetes Haus,

wie das von Mrs. Greenway, in dem sie mit einem ordentlichen, höflichen jungen Mann lebte. Es war ihr nie gelungen, sich von dem jungen Mann eine klare Vorstellung zu machen, aber so wie sie ihn vor ihrem geistigen Auge sah, war er ordentlich, blond und freundlich und nicht so schlampig, mürrisch und sarkastisch wie Flap Horton.
Flap fiel auf, daß Patsys Arme nicht so muskulös waren wie die seiner Frau.
Emma war sich wohl bewußt, daß ihr Mann sie nicht mehr begehrte. Sie kaute auf ihrer Zitrone herum, die sie aus dem Tee gefischt hatte, und schaute auf den grünen Rasen. Ihre feindseligen Gefühle hatten sich gelegt. Sie hatte nur noch den Wunsch, nicht schwanger zu sein.
Als Patsy bemerkte, daß Flap sie beobachtete, hörte sie auf, sich zu kämmen. Tatsächlich fühlte sie sich von beiden Hortons ziemlich vor den Kopf gestoßen. Es war etwas in ihrem Verhältnis zueinander, das sie nicht mochte und über das sie nicht nachdenken wollte. In ihren Wunschträumen von der Ehe war Sex selten mehr als ein Flimmern auf der Leinwand ihrer Phantasie. Sie hatte noch wenig Erfahrung damit, und sie wußte nicht, was sie davon halten sollte.
»Warum sitzen wir hier rum und starren Löcher in die Luft?« fragte Flap. Langes Schweigen machte ihn befangen.
»Weil es sonst nichts zu tun gibt«, sagte Emma. »Ich habe eine Gedicht-Rezitation unterbrochen, und jetzt sind alle betreten.«
»Du brauchst dich nicht dafür zu entschuldigen«, sagte Patsy.
»Das habe ich auch nicht.«
»Nein, aber du wolltest es gerade. Du neigst dazu, die Sünden der Welt auf dich zu nehmen.«
»Sie soll sie ruhig auf sich nehmen«, sagte Flap. »Sie begeht genug.«
»Ich geh' jetzt«, sagte Patsy. »Ich verstehe nicht, warum du sie geschwängert hast, wenn du schwangere Frauen nicht magst.«
»So was kommt vor«, sagte Flap.
Patsy blieb die Luft weg, wie immer, wenn sie aus der Fassung geriet.
»Junge, Junge«, sagte sie, »bei mir kommt so was nicht vor.« Sie lächelte Emma an und ging.
»Wir haben sie zum Weinen gebracht«, sagte Flap, kaum daß sie außer Hörweite war.
»Na und«, sagte Emma. »Die heult doch dauernd. Sie ist eben eine Heulsuse.«
»Im Unterschied zu dir«, sagte Flap. »Du würdest nie jemandem die Befriedigung gönnen, dich so tief getroffen zu sehen.«

»Nein«, sagte Emma. »Ich bin aus härterem Holz geschnitzt. Daß mein Ehemann auf meine beste Freundin scharf ist, bringt mich nicht auf die Palme. Wenn du dich richtig anstrengst, kannst du sie vielleicht verführen, während ich im Krankenhaus bin und das Baby kriege.«
»Ach, halt den Mund«, sagte Flap. »Ich hab' ihr nur Lyrik vorgelesen. Ihre Bildung kann ein wenig Nachhilfe sehr gut vertragen.«
Jetzt warf Emma das Teeglas. Es verfehlte Flap und traf die Wand hinter ihm. »Willst du dich gern scheiden lassen?« sagte sie. »Dann könntest du die Zeit dazu nutzen, ihr Nachhilfe zu erteilen.«
Flap starrte sie an. Er war von Fluchtphantasien mit Patsy in jenen merkwürdigen Zustand der Zufriedenheit hinübergeglitten, der manchmal mit der Einsicht einherging, daß er das nicht wirklich zu tun brauchte, was er sich in seiner Phantasie vorstellte. Noch ehe er sich Klarheit über seine Wünsche verschaffen konnte, segelte ein Teeglas an seinem Kopf vorbei, und seine Frau sah ihn aus tiefen, unergründlichen grünen Augen an.
»Bist ein Arschloch. Warum hast du das getan?« sagte er. Er sank in sich zusammen. Er wußte nie, was als nächstes passieren würde.
»Willst du dich gern scheiden lassen?« wiederholte Emma.
»Natürlich nicht. Würdest du bitte versuchen, für einen Moment vernünftig zu sein?«
Emma war zufrieden. Am liebsten hätte sie den Tisch umgeworfen. »Erzähl mir bloß nichts mehr über Nachhilfe«, sagte sie. »Daran hast du doch gar nicht gedacht.«
»Es macht Spaß, mit jemandem über Literatur zu reden, der zuhört«, sagte Flap. »Du hörst ja nie zu.«
»Ich mag nicht mal mehr Literatur«, sagte Emma. »Alles, was mich wirklich interessiert, sind Kleider und Sex, genau wie meine Mutter. Leider kann ich mir Kleider nicht leisten.«
»Willst du mich verspotten«, sagte Flap. Er stellte den Versuch ein, sich mit ihr zu streiten. Er saß da, schaute an ihr vorbei und trug eine völlig passive Miene zur Schau. In solchen Augenblicken war Passivität seine einzige Waffe. Wenn er nicht selber wütend war, konnte er seiner Frau nicht Paroli bieten. Emma war klar, was er tat. Sie stand auf und ging duschen. Als sie wieder zurückkam, saß Flap auf der Couch und las in dem Buch, aus dem er Patsy vorgelesen hatte. Ihre Anspannung war verflogen, und sie hegte keine feindseligen Gefühle mehr. Flap zeigte jene sanfte Miene, die er so oft aufsetzte, wenn er sich schuldig fühlte oder in einem Streit unterlegen war.

»Schau nicht so furchtsam«, sagte sie. »Ich bin nicht mehr wütend auf dich.«
»Ich weiß, aber du stehst drohend über mir«, sagte er. »Du wirkst so erdrückend.«
Emma lachte. Draußen war der Abend angebrochen, und der Boden zwischen den Bäumen lag schon im Dunkel. Emma ging und schloß die Fensterläden. Für sie zählte nur noch die Tatsache, daß sie bald ein Kind bekommen würde. Sein Gewicht zog an ihr, als sie dastand und die Schatten im Garten betrachtete.

2

Am anderen Ende von Houston, in der stinkenden, öligen Abendluft der Lyons Avenue, stand Emmas Heldin, Rosie Dunlup, in ihrer Haustür und nahm Abschied von ihrem bisherigen Leben. Alles, was sie aus diesem Leben mit sich nehmen wollte, war in den zwei kleinen Koffern, die auf der Terrasse standen. Die Kinder waren nicht da. Lou Ann und der kleine Buster waren wieder einmal zu ihrer Tante gebracht worden, wo so viele Kinder herumkrabbelten, daß zwei Kinder mehr nichts ausmachten, jedenfalls nicht für ein paar Tage, und in ein paar Tagen wollte Rosie wieder in Shreveport, Louisiana, ihrem Geburtsort, sein.
Sie kramte in ihrer Handtasche und fand schließlich den Hausschlüssel. Sie wollte das Haus gar nicht abschließen, ja am liebsten wäre sie davongelaufen und hätte die Tür offenstehen lassen. Die Waschmaschine, für die sie so lange gespart hatte, war so ziemlich der einzige Gegenstand im Haus, an dem sie noch hing, den sie aber nicht in ihre zwei Koffer packen konnte. Das Haus war schlampig gebaut, und die meisten Möbel waren alt oder kaputt. Sie hatten sowieso nie viel getaugt. ›Das soll sich nehmen, wer immer es will‹, dachte Rosie. Mochten doch die Neger und Mexikaner und die diebischen Straßenkinder hereinkommen und sich nehmen, was sie wollten. Zwanzig Jahre hatte sie versucht, sie draußen zu halten. Mochten sie alles doch in Einzelteile zerlegen, sie würde das nicht kümmern. Sie würde nicht zurückkehren, um mit diesem billigen Plunder zu leben, jetzt nicht mehr. Ja, es würde sie nicht einmal stören, wenn jemand mit einem Kran und einer Winde zum Abtransport des ganzen Hauses käme, alles stehlen und nichts zurücklassen würde als einen leeren Platz mit Schrott und Abfall im Hinterhof, als Erinnerung, wo sie ihr Leben ge-

lebt hatte. ›Es war sowieso ein verkorkstes Leben‹, dachte Rosie, ›und es würde Royce ganz recht geschehen, wenn irgend jemand angefahren käme und das ganze Haus stehlen würde.‹
Aber die Macht der Gewohnheit war stärker. Obwohl sie nichts mehr von dem haben wollte, was im Haus zurückblieb, und sie nicht vorhatte, jemals wieder hierher zurückzukehren, suchte sie, bis sie den Schlüssel gefunden hatte, und schloß die Tür ab. Dann nahm sie ihre Koffer und ging zur Bushaltestelle beim Pioneer Number 16. Kate war draußen, um den Abfall des Tages zusammenzukehren.
»Nimmst du deinen Urlaub?« fragte sie, als sie die Koffer bemerkte.
»Ja, für immer«, sagte Rosie.
»Ach«, sagte Kate. »Hast's lang genug ausgehalten, was?«
»Das stimmt«, sagte Rosie.
Die Mitteilung machte Kate verlegen, und es fiel ihr nichts mehr ein. Offensichtlich war dies ein Augenblick von großer Bedeutung, aber sie war mit ihren Gedanken ganz woanders – ihr Geliebter wollte, daß sie sich tätowieren ließ. Ihr Geliebter hieß Dub. Sie wollte keine Tätowierung, aber er drängte sie und hatte sich sogar damit einverstanden erklärt, daß sie sich auf den Oberarm tätowieren ließ statt auf den Hintern, wo er sich die Tätowierung ursprünglich gewünscht hatte. Es sollte nur ein Herz sein, in dem »Hot Mamma« stand. Dub wollte sich auch ein Herz tätowieren lassen, in dem »Big Daddy« stand. Und sie hatte ihm versprochen, sich an diesem Abend zu entscheiden. Damit und mit der Arbeit in dem Drive-In am Hals, fiel es ihr schwer, sich etwas auszudenken, was sie Rosie sagen könnte, wenn sie wirklich für *immer* wegging.
»Wenn's eines Tages zu spät ist, Honey, wird der sich noch wünschen, daß er nicht so doof gewesen wäre«, sagte sie schließlich, als Rosie gerade in den Bus stieg.
Kate winkte, aber das sah Rosie nicht mehr. Im Bus saßen nur sechs Halbstarke. Sie starrten Rosie unverschämt an. Sie verbarrikadierte sich hinter den zwei billigen Koffern und dachte darüber nach, wie komisch es wäre, wenn sie in der Lyons Avenue genau in dem Moment vergewaltigt und ermordet würde, als sie nach siebenundzwanzig Jahren wegziehen wollte. Sie wußte, daß so etwas oft vorkam. Daß es ihr gelungen war, so lange in einem so gefährlichen Viertel zu leben, ohne vergewaltigt zu werden, war ohnehin nur der Beweis dafür, wie unattraktiv sie war. Es waren schon viele Frauen in ihrem Viertel vergewaltigt worden, darunter eine Frau, die zehn Jahre älter war als sie. Die Jugendlichen starrten sie an. Rosie schaute weg.

An der Continental Trailways Station stieg sie aus, kaufte sich eine Fahrkarte nach Shreveport und setzte sich dann schweigend neben ihre Koffer. Eine Menge Leute in dem Busbahnhof saßen genauso schweigend da wie sie. Diejenigen, die mit dem Bus reisten, so schien es ihr, waren alle wie sie. Sie waren zu kaputt, um noch viel zu sagen.
Was Rosie bedrückt hatte, war ein weiterer Monat ohne Royce, in dem überhaupt nichts passiert war, außer daß der kleine Buster einmal in ein Wespennest trat. Er war über und über zerstochen gewesen und hatte sich so schlimm zerkratzt, daß sich sein ganzer Körper entzündet hatte. Royce hatte während des Monats, den er weggewesen war, nur einmal angerufen, und das nur, um ihr zu sagen, daß sie vorsichtig mit dem Transporter umgehen und ihn nicht zu Schrott fahren sollte, da er, wie er es ausdrückte, ihn vielleicht noch brauchen würde. Was das bedeuten sollte, wußte Rosie nicht, und als sie ihn fragte, hatte er gesagt: »Du würdest einen Tobsuchtsanfall kriegen«, und hatte aufgelegt. Schlaflosigkeit plagte sie, und das einzig Tröstliche in ihren Nächten waren die Geräusche des kleinen Buster, der gegen sein Gitterbett stieß und ein wenig greinte, oder von Lou Ann, die sich darüber beklagte, daß er ins Bett gemacht hatte. Rosie versuchte es mit Fernsehen, aber alles, was sie an ein geregeltes Familienleben erinnerte, ließ sie in Tränen ausbrechen.
Sie blieb von Tag zu Tag länger bei Aurora, nicht weil sie dort so viel zu tun gehabt hätte, sondern weil sie nicht nach Hause gehen wollte. Aurora und der General waren glücklich miteinander, und es war angenehm, dort zu sein, aber jeden Tag, während der Busfahrt quer durch Houston nach Hause, von den ruhigen Palästen in River Oaks zu dem Hexenkessel im Fifth Ward, verließ sie der Lebensmut mehr und mehr. In den Nächten war sie so verzagt, daß sie sich kaum wiedererkannte. Nachdem sie neunundvierzig Jahre ihren Kampf gekämpft hatte, gab sie ihn schließlich auf. Glücklicherweise kannten Buster und Lou Ann nur drei Gutenachtgeschichten, und wenn sie ihnen eine davon erzählt hatte, waren sie zufrieden. Sie ging dann in ihr Schlafzimmer, blieb aber die halbe Nacht auf ihrem Bett sitzen und trank Kaffee. Das war doch kein Leben, dachte sie Nacht für Nacht, aber trotzdem blieb ihr nichts anderes übrig, als so weiterzuleben oder wegzugehen.
Rosie schaute sich in dem schmuddeligen Bahnhof um und überlegte sich, daß das Neue an ihrem Leben die Ähnlichkeit mit diesem Busbahnhof war. Es war still. Sie hatte immer zu allem und jedem viel zu

sagen gehabt. Aber plötzlich stellte sie fest, daß sie zwar immer noch viel zu sagen hatte, aber niemand mehr da war, der ihr zuhörte. Ihre Schwester Maybelline war verheiratet und sehr religiös. Sie zitierte nur die Bibel und schlug Rosie vor, sich eine Methode auszudenken, mit der sie Royce dazu bringen könnte, öfter in die Kirche zu gehen. »Na schön, Maybelline. Alles, was er in der Kirche je getan hat, war schlafen und schnarchen«, sagte Rosie. Maybelline war seit vierunddreißig Jahren mit Oliver Newton Dobbs verheiratet, dem Geschäftsführer einer Fabrik für Schuhcreme auf der Little York Road, der nicht einen Arbeitstag gefehlt hatte, seit er 1932 von den Ölfeldern gekommen war. Mit Maybelline, die einen so zuverlässigen Mann hatte, war es zwecklos, über Eheprobleme zu reden.

Mit Aurora konnte sie guten Gewissens auch nicht mehr sprechen, weil sie sich ihre Probleme mit Royce schon fünfzigmal angehört und ihr bereits geraten hatte, sich von ihm scheiden zu lassen. Rosie fand auch, daß sie das tun sollte, aber sie brachte es nicht fertig, einen Rechtsanwalt anzurufen. Sie hatte Aurora nicht gesagt, daß sie ging, und auch nicht, warum. Außerdem verstand Aurora nicht, wie es war, jeden Nachmittag quer durch Houston zu fahren und in ein Haus zurückzukehren, das sie noch nie geliebt hatte, und zu zwei Kindern, die nicht in geordneten Verhältnissen aufwuchsen. Lou Ann und der kleine Buster waren ihr ein ständiger Kummer. Sie wurden einfach nicht so gut erzogen wie die anderen fünf Kinder. Eigentlich brauchten Kinder Eltern mit Zeit und Enthusiasmus, aber sie hatte weder das eine noch das andere. Deshalb ging sie auch wieder nach Hause, nach Shreveport. Vielleicht könnte sie dort, weit weg von allen Gedanken an Royce und seine Schlampe, ihre Melancholie abschütteln und wieder zu der enthusiastischen Mutter werden, die sie immer gewesen war. In Shreveport war sie schließlich zu Hause.

Sie starrte eine Telefonzelle auf der anderen Seite des Busbahnhofs an und überlegte, ob sie Aurora anrufen sollte, nur um ihr Bescheid zu sagen. Wenn sie ihr nichts sagte, würde Aurora vor Sorgen verrückt werden, aber wenn sie ihr zu früh Bescheid sagte, würde sie einfach versuchen, sie aufzuhalten. Dann fiel ihr Emma ein. Sie fühlte sich nicht stark genug, um mit Aurora zu sprechen, aber bei Emma war das kein Problem.

»Ich bin's«, sagte sie, als Emma sich meldete.

»Ich glaube, die Stimme kenne ich«, sagte Emma. »Was ist denn los?«

»Ach, Kind«, sagte Rosie. »Ich weiß nicht mal, warum ich dich eigent-

lich angerufen habe. Ich hab' einfach Angst, deine Mama anzurufen. Ich muß hier raus, sonst werd' ich glatt verrückt. Heute abend fahr' ich nach Hause – nach Shreveport –, und ich komm' nicht wieder.«
»Ach, du Ärmste«, sagte Emma.
»Ja, hier geh' ich kaputt«, sagte Rosie. »Was können die Kinder dafür. Royce kommt nicht mehr zurück, sonst gibt's auch nichts, weshalb ich hierbleiben soll.«
»Wir brauchen dich«, sagte Emma.
»Weiß ich, aber du und deine Mama, ihr habt euer eigenes Leben.«
»Ja, aber du bist doch ein Teil davon«, sagte Emma. »Wie kannst du weggehen, wenn ich mein Baby kriege?«
»Weil ich mich dazu aufgerafft habe und hier am Bahnhof stehe«, sagte Rosie. »Das gelingt mir vielleicht nie wieder.« Emmas Stimme brachte sie fast dazu zu bleiben. Ihr Verstand sagte ihr, daß es verrückt sei, die wenigen Menschen zu verlassen, denen sie wirklich etwas bedeutete, aber andererseits spürte sie, daß sie es nicht fertigbrächte, eine weitere Nacht in der Lyons Avenue zu verbringen.
»Ich geh' jetzt am besten mal los«, sagte sie. »Sag deiner Mama, es tut mir leid, daß ich ihr nicht Bescheid gesagt habe, aber sie hätte es mir bestimmt wieder ausgeredet. Nicht daß sie's nicht gut mit mir meinte. Es ist nur, daß... also... sie weiß nicht, wie ich lebe.«
»Na gut«, sagte Emma, als ihr klar wurde, daß alles nichts nützte.
»Sei nicht bös, Kind. Ich muß gehen«, sagte Rosie und mußte plötzlich schlucken. Sie legte schnell auf. Sie weinte eine Zeitlang und ging dann über den Busbahnhof zu ihren Koffern.
Sie war die einzige Reisende, die die Fassung verloren hatte. Als sie schließlich zum Bus kam, bildete sich eine lange Schlange von verloren wirkenden Menschen vor der Bustür. Zwei verliebte Teenager mußten sich trennen und klammerten sich todunglücklich aneinander. Rosie hatte sich wieder einigermaßen gefaßt. Vor ihr stand eine Farmersfamilie, die ihren Sohn zum Bus nach Fort Dix brachte. Eine Mutter, eine Großmutter und zwei Schwestern weinten und versuchten alle gleichzeitig, den Jungen zu drücken, während der Vater daneben stand und betreten wirkte. Eine Mexikanerfamilie wartete mit stoischer Gelassenheit, und eine wasserstoffblonde Mutter mit zwei Kindern mußte eins davon immer wieder vor Rosies Füßen wegzerren, während die Schlange sich langsam vorwärtsschob.
Aber schließlich waren alle eingestiegen. Rosie saß am Fenster und spielte mit einem kleinen Jungen auf dem Sitz vor ihr. Der Bus fuhr auf einem Highway, überquerte das Bayou, den Verschiebebahnhof,

und erreichte nach wenigen Minuten die dunklen Waldinseln von Ost-Texas. Rosie gähnte, vom Abschied erschöpft. Die Geschwindigkeit und das Singen der Reifen lullten sie ein, so daß sie alle Schwierigkeiten vergaß. Bald war sie eingeschlafen und ließ ihren jungen Freund, der noch voller Energie war, alleine spielen, während sie weiterfuhren, an Conroe und Lufkin vorbei, immer weiter in die Nacht hinein.

3

Aurora nahm die Nachricht von Rosies Abreise schweigend auf.
»Du bist so still«, sagte Emma. »Habe ich dich zu einem unpassenden Zeitpunkt angerufen?«
»Offen gesagt, du hast zu einem sehr unpassenden Zeitpunkt angerufen«, sagte Aurora und sah den General wütend an. Er saß am Fußende ihres Bettes und funkelte zurück.
»Tut mir leid. Ich dachte, daß du das sofort wissen wolltest.«
»Ich hätte es am liebsten schon vor zwei Stunden gewußt«, sagte Aurora. »Dann hätte ich sie nämlich aufgehalten.«
»Sie wollte nicht aufgehalten werden. Deshalb hat sie dich auch nicht angerufen. Es war ihr klar, daß du es ihr ausreden würdest.«
Aurora schwieg.
»Tut mir leid, daß ich zu einem unpassenden Zeitpunkt angerufen habe«, sagte Emma.
»Ach, hör auf, dich zu entschuldigen«, sagte Aurora. »Schlechte Nachrichten kommen immer zu unpassenden Zeiten. Und genau das ist es doch, finde ich: unpassend. Es könnte General Scott dazu zwingen, seinen Zeitplan um ein paar Sekunden zu verändern, aber vielleicht bringt er das über sich.«
»Ach, er ist da«, sagte Emma. »Dann lege ich sofort auf, du kannst mich ja später anrufen, wenn du willst.«
»Hector ist kein Gott«, sagte Aurora. »Er glaubt nur, er wäre einer. Daß er in meinem Hause ist, bedeutet nicht, daß wir diese Katastrophe nicht besprechen können. Hector ist in letzter Zeit fast immer in meinem Haus, so daß wir immer in seiner Gegenwart miteinander sprechen müssen, wenn wir telefonieren.«
»Ich kann ja gehen, wenn du willst«, sagte der General.
Aurora nahm den Hörer vom Ohr und hielt eine Hand darüber. »Beschimpfe mich nicht, während ich mit meiner Tochter spreche. Ich dulde das nicht. Setz dich hin und sei still, während ich dieses Ge-

spräch zu Ende führe. Dann können wir weitermachen, wo wir aufgehört haben.«
»Wir haben nicht aufgehört«, sagte der General, »weil wir noch gar nicht richtig angefangen haben.«
Aurora sah ihn streng an und legte den Hörer wieder an ihr Ohr.
»Wenn sie gegangen ist, ist sie eben gegangen«, sagte sie. »Heute abend können wir nichts mehr daran ändern. Aber morgen werden wir sie wieder zurückholen. Ich werde hinfahren. Das habe ich davon, daß ich sie nicht hierhergeholt habe, als Royce sie das zweitemal verlassen hat.«
»Vielleicht kannst du sie am Telefon überreden, wieder zurückzukommen.«
»Nein, sie ist zu stur. Bei so einem sturen Menschen kann ich am Telefon nichts ausrichten. Du bist schwanger und kannst nicht mitkommen. Also wird jemand anderer mitkommen müssen. Ich hab's mir überlegt: Ich werde sofort losfahren. Es wäre unklug, Rosie Zeit zu lassen, sich einzuigeln.«
»Tut mir leid, daß ich dich abends noch gestört habe«, sagte Emma wieder.
»Mein Abend fängt gerade erst an«, sagte Aurora und legte auf.
»Wohin willst du fahren?« fragte der General. »Ich möchte gerne wissen, wo du jetzt schon wieder hinfahren willst?«
»Jetzt schon wieder?« fragte Aurora. »Mir ist nicht bewußt, daß ich in der letzten Zeit irgendwo hingefahren bin.«
»Gestern hast du den ganzen Tag damit verbracht, einzukaufen«, sagte er. »Du fährst dauernd irgendwo hin.«
»Ich bin keine Pflanze, Hector«, sagte Aurora. »Ich weiß, daß du es begrüßen würdest, wenn ich mein Schlafzimmer nie verließe oder gar mein Bett. Ich war nie gerne ans Haus gefesselt.«
»Wohin willst du jetzt fahren?«
»Nach Shreveport. Rosie ist verschwunden. Sie hatte in der letzten Zeit ziemlich viel Kummer. Ich muß losfahren und sie wieder zurückholen.«
»Das ist ein gottverdammter Unsinn«, sagte der General. »Ruf sie an. Außerdem wird sie schon von alleine zurückkommen. F. V. ist davongelaufen und auch wiedergekommen, oder?«
»Hector, ich kenne Rosie besser als du, und ich glaube nicht, daß sie zurückkommen wird«, sagte Aurora. »Findest du nicht, daß wir für diesen Abend genug gestritten haben? Es wird dir nicht schaden, mit nach Shreveport zu fahren.«

»Wer hat gesagt, daß ich mitfahre?« fragte der General. »Schließlich ist sie deine Hausangestellte.«
»Ich weiß, daß sie meine Hausangestellte ist«, sagte Aurora trocken. »Aber du bist mein Liebhaber – Gott steh' mir bei. Du wirst doch nicht etwa so rücksichtslos sein und mich ganz alleine dreihundert Meilen fahren lassen, wo du doch keine zwanzig Minuten zuvor, wenn mich nicht alles täuscht, versucht hast, mich ins Bett zu zerren?«
»Das gehört doch alles nicht zum Thema«, sagte er.
»Es tut mir leid, aber dein Benehmen *ist* im Augenblick das Thema, Hector«, brauste Aurora auf. »Ich lerne anscheinend gerade ein paar sehr unschöne Seiten der Person kennen, mit der ich regelmäßig schlafe, nämlich, daß ich ihr nicht genug bedeute, um mit mir nach Shreveport zu fahren und mir zu helfen, meine unglückliche Hausangestellte zurückzuholen.«
»Naja, wenn es nicht gerade an einem meiner Golf-Tage ist, fahre ich vielleicht doch mit«, sagte der General.
»Vielen Dank«, sagte Aurora und wurde rot vor Wut. »Ich werde ganz gewiß keine Anstrengung scheuen, um zu verhindern, daß du deine Golfpartie verpaßt.«
Der General registrierte ihre Wut nicht und nahm ihre Bemerkung wörtlich. So etwas passierte ihm leicht, wenn er in Gedanken woanders war. Er langte übers Bett, um ihre Hand zu nehmen, aber zu seiner Verblüffung entzog sie ihm ihre Hand und schlug ihn mitten ins Gesicht.
»Was soll das?« sagte er, sehr erschrocken. »Ich hab' doch gesagt, daß ich vielleicht mitkomme.«
»Sag deine letzten fünf Sätze noch mal im Geiste vor dich hin, General Scott«, sagte Aurora. »Ich glaube, du wirst feststellen, daß du soeben Golfspielen an die erste und mich an die zweite Stelle gesetzt hast.«
»Aber so habe ich das doch nicht gemeint«, sagte er, als er ihre Wut bemerkte.
»Natürlich nicht. Männer meinen nie, was ihre Bemerkungen ganz offensichtlich bedeuten.«
»Aber ich liebe dich, Aurora«, sagte der General, entsetzt von der Wendung, die die Sache genommen hatte. »Ich liebe dich. Erinnerst du dich nicht mehr?«
»Ja, wirklich, Hector, ich erinnere mich«, sagte sie. »Ich erinnere mich, daß du etwa um acht Uhr dreißig einen deiner ziemlich plumpen Annäherungsversuche gemacht hast. Du hast diesmal dabei aus

Versehen das Armband meiner Armbanduhr zerrissen, und außerdem ist einer meiner Ohrringe hinters Bett gefallen. Ich erinnere mich an alle diese Details ganz genau.«
»Aber du hast deinen Arm weggezogen«, sagte der General. »Ich wollte doch deine Armbanduhr nicht kaputtmachen.«
»Nein, und ich will nicht um acht Uhr dreißig geliebt werden, damit du um acht Uhr fünfundvierzig einschlafen kannst, oder, um genau zu sein, um acht Uhr sechsunddreißig, um morgen früh um fünf wieder für deinen gottverdammten Dauerlauf fit zu sein«, schrie Aurora. »Das ist nicht meine Vorstellung von *amore*, wie ich dir schon unzählige Male gesagt habe. Ich bin eine normale Frau, und ich bin durchaus in der Lage, bis Mitternacht aufzubleiben oder sogar länger. Ich hatte gehofft, daß ich mit der Zeit wichtiger für dich würde als deine Golfpartie oder dein Morgenlauf, aber jetzt ist mir klar, daß das eine vergebliche Hoffnung war.«
»Verdammt noch mal, warum machst du einem nur immer Ärger?« sagte der General. »Nichts als Ärger. Ich tue doch, was ich kann.«
Sie schwiegen und starrten einander einen Moment lang an. Aurora schüttelte den Kopf. »Mir wär's lieber, du würdest jetzt verschwinden«, sagte sie. »Für dich ist das alles ja sowieso nur wie Golfspielen, Hector. Du bist nur am kürzesten Weg zum Loch interessiert.«
»Es gibt keine Abkürzung zu deinem, das ist mal sicher!« brüllte der General. »Du hast ein nervliches Wrack aus mir gemacht. Ich kann sowieso kaum noch schlafen.«
»Ja, ich habe den Verdacht, daß ich die schwierigste Golfpartie bin, die du je gespielt hast, General«, sagte sie und sah ihn kühl an.
»Zu schwierig«, sagte der General. »Gottverdammt schwierig.«
»Tja«, sagte Aurora, »meine Türen stehen offen. Wir können auch wieder dazu übergehen, einfach nur Nachbarn zu sein, weißt du. Du bist hier reingestolpert, und jetzt ist kein Panzer da, der dich beschützt.«
»Halt's Maul!« brüllte er vor Wut darüber, daß sie sich wieder in der Gewalt hatte, während er noch vor Wut zitterte.
»Du redest nur, um dir selbst beim Reden zuhören zu können«, sagte er. »Ich habe seit zwanzig Jahren keinen Panzer mehr.«
»Na gut«, sagte Aurora. »Ich wollte nur, daß du ernsthaft darüber nachdenkst, was wir hier eigentlich machen. Ich habe mir außerordentliche Mühe gegeben, um dir entgegenzukommen, und trotzdem streiten wir immer noch unentwegt. Was wird das bloß für ein Leben, wenn ich mich plötzlich entschließe, nicht mehr einzulenken?«

»Du kannst nicht viel schlimmer werden, als du schon bist«, sagte der General.
»Haha, du hast ja keine Ahnung«, sagte sie. »Ich habe kaum Ansprüche an dich gestellt. Stell dir vor, ich würde mich entschließen, ein paar zu stellen?«
»Zum Beispiel?«
»Vernünftige Ansprüche. Ich könnte zum Beispiel verlangen, daß du dich von deinem heruntergekommenen Auto trennst, oder von diesen beiden überzüchteten Hunden.«
»Über... was?«
»Überzüchtet«, sagte Aurora, amüsiert vom verblüfften Gesicht des Generals. »Ich könnte sogar verlangen, daß du aufhörst, Golf zu spielen, als einen besonderen Test deiner Ernsthaftigkeit«, sagte sie.
»Und ich könnte verlangen, daß du mich heiratest«, sagte der General. »Bei dem Spiel können zwei mitspielen.«
»Aber nur einer kann gewinnen«, sagte Aurora. »Ich habe dich erstaunlich liebgewonnen, und ich würde dich gerne bei mir behalten, aber komm mir nie wieder mit Heiratsplänen.«
»Warum nicht?«
»Weil ich das nicht will. Solange sich einer von uns nicht grundlegend ändert, kommt das nicht in Frage.«
»Dann sieh zu, wie du deine gottverdammte Hausangestellte wiederkriegst«, sagte der General. Ihm platzte der Kragen. »Nicht eine Meile fahre ich mit einer Frau, die so mit mir redet. Ich kann deine gottverdammte Hausangestellte sowieso nicht leiden.«
»Kein Zweifel, sie erinnert dich an mich«, sagte Aurora. »Jeder, der sich nicht wie ein Sklave kommandieren läßt, erinnert dich an mich.«
Der General stand plötzlich auf. »Ihr habt beide kein bißchen Disziplin«, sagte er. Er fühlte sich mehr und mehr in Bedrängnis.
Aurora hatte sich nicht gerührt. »Wie bitte?« sagte sie. »Ich gebe zu, daß ich hoffnungslos faul bin, aber dasselbe gilt doch wohl kaum für Rosie. Die hat Disziplin genug für uns beide zusammen.«
»Was macht sie dann in Shreveport?« fragte er. »Warum ist sie nicht hier, wo sie hingehört?«
Aurora zuckte mit den Schultern. »Aus der Tatsache, daß sie in Schwierigkeiten ist, kannst du doch nicht schließen, daß sie keine Disziplin hat«, sagte sie. »Wenn du etwas Nützliches tun willst, kannst du meinen Ohrring unter dem Bett vorholen. Deine Meinung von Rosie interessiert mich nicht.«

»Ich hab' nur gesagt, daß sie sein sollte, wo sie hingehört«, sagte er.
»Ich bin sicher, das wäre sie auch, wenn ihr Mann geblieben wäre, wo er hingehört. Lassen wir dieses Thema. Hol mir jetzt bitte meinen Ohrring, und dann können wir fernsehen.«
»So kannst du nicht mit mir reden«, sagte der General. »Zum Teufel mit dem Fernsehen. Hol dir deinen gottverdammten Ohrring doch selber.«
Er wartete darauf, daß sie sich entschuldigen würde, aber sie blieb einfach sitzen und schaute ihn an. Was sie gesagt hatte, war schon schlimm genug, aber ihr Schweigen machte ihn so wütend, daß er nicht mehr an sich halten konnte. Wortlos marschierte er aus dem Schlafzimmer und schlug die Tür hinter sich zu.
Aurora stand auf und ging zum Fenster. Eine Minute später hörte sie, wie die Haustür ins Schloß knallte, und sah den General über den Rasen und den Bürgersteig entlang nach Hause marschieren. Seine Haltung, stellte sie fest, war ausgezeichnet. Sie wartete ein paar Minuten und glaubte, daß vielleicht das Telefon klingeln würde. Aber als sich nichts rührte, ging sie zum Kleiderschrank, holte einen Kleiderbügel heraus und ließ sich auf Hände und Knie nieder, um den verlorenen Ohrring wieder unter dem Bett hervorzuangeln. Es war ein Opal, und sie nahm den anderen ab, schaute die beiden Opale einen Moment lang an und legte sie dann in ihre Schmuckkassette. Ihr Haus war still und kühl und friedlich. Während sie hinunterging, dachte sie an General Scott, schenkte sich ein Glas Wein ein und setzte sich befriedigt vor ihren Fernseher. Morgen würde sie sich um Rosie kümmern.

Achtzehntes Kapitel

1

Royce Dunlup hatte seine Frau angerufen und zu ihr gesagt, daß sie mit dem Lieferwagen vorsichtig sein solle, weil er und Shirley Sawyer vorhatten, eine Reise damit zu machen. Shirley war so erfreut, Royce wieder bei sich zu haben, daß sie sofort begann, Maßnahmen zu ergreifen, die ihn für immer an sie binden würden.
»Du gehst nie wieder von mir weg, mein Pudding«, sagte sie zu ihm, als er zurückkam. Und um das zu bekräftigen, fing sie an, mit ihm zu bumsen, bis ihm schwarz vor den Augen wurde.
Und drei intensive Wochen lang ließ Shirley es nicht zu, daß der Rhythmus langsamer wurde. Jedesmal, wenn Royce die geringsten Anzeichen von Unternehmungslust zeigte, machte sich Shirley sofort daran, ihn wieder mürbe zu reiten. Nach drei Wochen war Royce so geschwächt, daß kaum noch die Gefahr bestand, daß er jemals wieder entwischen könnte, und genau zu diesem Zeitpunkt begann Shirley Urlaubspläne zu schmieden. »Wir könnten Barstow besuchen«, sagte sie eines Tages nach einer langen Nummer.
»Wo ist Barstow denn?« sagte Royce, weil er glaubte, sie meine den Hund. Er erinnerte sich vage, daß er eine Wut auf den Hund hatte, aber in seiner Lethargie fiel ihm nicht mehr ein, warum. Er trank noch ein Bier.
»Du weißt doch, wo Barstow ist, Schätzchen«, sagte Shirley. Manchmal ging ihr Royces schlechtes Gedächtnis auf die Nerven.
»Auf der Terrasse?« fragte Royce und öffnete ein Auge.
»Ach, nicht der Hund«, sagte Shirley. »Meine Heimatstadt, Barstow, California. Ich würd' dich gerne dahin mitnehmen und mit dir angeben.« Aus alter Gewohnheit spielte sie ein wenig mit seinem Schwanz.
»Irgendwann, wenn du mal nichts zu tun hast, könntest du doch deinen Lieferwagen holen«, sagte sie. »Ich sehe gar nicht ein, daß *sie* ihn behalten soll. Ist ja schließlich dein Lieferwagen. Wenn wir nach Hause fahren, könnten wir in einem Motel übernachten«, fügte sie hinzu und spielte ein bißchen heftiger mit seinem Schwanz. »Wär das nicht romantisch? Ich habe in keinem Motel mehr übernachtet, seit ich 1954 nach Hause gefahren bin.«
Royce versuchte darüber nachzudenken. Im Augenblick hatte sein

Schwanz genausoviel Gefühl wie einer der tausend gebrauchten Reifen, die draußen vor dem Fenster aufgestapelt waren. Aber das war egal, weil er ja nicht über Sex nachdachte. Er versuchte sich vorzustellen, wie er mit seinem Lieferwagen durch Kalifornien fuhr.
»Wo liegt Hollywood?« fragte er, weil ihn der Gedanke stimulierte.
»Ein ganzes Stück von Barstow«, sagte Shirley. »Schlag dir das nur gleich aus dem Kopf.«
»Wir könnten nach Hollywood fahren«, sagte Royce. »Wo ist Disneyland?«
»Ich hätte nichts dagegen, nach Disneyland zu fahren, aber ich müßte komplett verrückt sein, wenn ich mit dir nach Hollywood fahren würde«, sagte sie. »Eine von meinen Schwestern arbeitet da, und die sagt immer, daß es da vor Hurerei und Promiskuität stinkt.«
»Pro... was?« fragte Royce nervös. Shirleys Gewohnheit, mit seinem Schwanz zu spielen, machte ihn nervös. Sie war dabei so sorglos, daß sie immer die Spitze seines Schwanzes gegen die Eier stieß, und Royce wußte nicht, wie er sie auf nette Art und Weise bitten könnte, vorsichtig zu sein. Also trank er Bier, um sich abzulenken.
»Ach weißt du, Frauen, die es mit jedem machen«, sagte Shirley. »In so einen Sumpf werd' ich dich nicht bringen. Vergiß nur nicht, den Lieferwagen diese Woche abzuholen. In zehn Tagen fangen meine Ferien an.«
Die nächsten Tage vergnügte sich Shirley, wenn sie nicht gerade bumsten, mit Phantasien, wie sie beide in Royces Lieferwagen nach Kalifornien fuhren. Royce war niemals weiter westlich als Navasota gewesen, aber er fand, daß sich das alles gut anhörte. Er dachte jeden Tag daran, daß er aufstehen, zur Lyons Avenue fahren und den Lieferwagen holen würde. Da fiel ihm ein, daß er den Wagen eigentlich erst an dem Tag holen müßte, an dem Shirleys Ferien begannen, und so blieb er eben, wo er war, und trank Bier.

Rosie betrachtete Royces Affäre mit Shirley voller Ingrimm, aber es gab jemanden in Houston, der noch viel grimmiger war als sie. Dieser Mensch war Mitch McDonald. Als Rosie Royce nach dem Unfall am J-Bar-Korral nach Hause gekarrt hatte, war neue Hoffnung in seiner Brust aufgekeimt. Er kannte Rosie, und er hätte nicht gedacht, daß sie so unvorsichtig sein und ihn wieder entwischen lassen könnte. Er kannte Shirley und war sich ziemlich sicher, daß sie nicht lange ohne ein »olles Ding« auskommen würde, auf das sie sich setzen könnte. Er ließ ihr einige Tage Zeit und baute sich dann in der Bar auf, in der sie arbeitete, als gehöre er zum Inventar. Zum Beweis für seine honetten Absichten trank er für zwei Dollar Bier, noch ehe er überhaupt auf Royce zu sprechen kam.

»Na, was gibt's Neues von deinem guten, alten Freund Royce?« fragte er schließlich.

»Das geht dich 'n Dreck an, du kleiner Schwanzlutscher«, sagte Shirley brutal. In fünfzehn Jahren als Bardame hatte sie eine recht vulgäre Sprache angenommen.

»Ach, hör auf«, sagte Mitch. »Ich und Royce, wir sind doch die besten Kumpel.«

»Warum bist du dann hier und versuchst seine Freundin aufzureißen?« fragte Shirley.

»Du bist ja nicht immer seine Freundin gewesen«, sagte Mitch.

»Du bist auch nicht immer ein räudiges Wiesel gewesen«, sagte Shirley.

»Wenn du mich noch länger anstinkst, hau' ich dir eine in die Fresse«, sagte Mitch.

»Rühr mich nicht an, oder ich sorg' dafür, daß Royce dir den anderen Arm auch noch abschraubt, du Mistkerl«, sagte Shirley.

Mitch war gezwungen, den ersten Tag seiner Brautwerbung mit diesem Mißklang zu beenden, aber er ließ sich nicht beirren. Er beschloß, daß Galanterie die beste Methode sei und verehrte Shirley am nächsten Tag eine Schachtel Kirschpralinen.

»Nur um dir zu zeigen, daß ich das Herz auf dem rechten Fleck habe«, sagte Mitch. »Ich hab' 'n paar neue Tricks gelernt, seit wir zwei nicht mehr miteinander gehen.«

»Was soll das 'n heißen, *neue* Tricks?« fragte Shirley. »Du hast doch noch nie 'nen Trick gekannt.«

Und herzlos verteilte sie die Kirschpralinen an einen Tisch mit Lastwagenfahrern.

Nach dieser Erniedrigung beschloß Mitch, es mit der Schweigemethode zu versuchen. Er ging täglich in die Bar und investierte ein paar Dollar in Bier. Er ließ Shirley merken, daß er litt, aber daß er sein Leiden in Demut ertrug, und er erwartete täglich, daß sie ihm nach Hause folgen und sich auf seinen Schwanz setzen würde. Statt dessen stürzte sie eines Tages herein und verkündete, daß Royce wieder da sei.

»Royce?« sagte Mitch. Das kam wie ein Blitz aus heiterem Himmel.

»Ja, er läßt sich scheiden, und wir zwei, wir heiraten, sobald wir Zeit haben«, sagte Shirley fröhlich.

»Dann hat dieser elende Hurensohn also wieder Frau und Kinder verlassen«, sagte Mitch. »Du hinterfotzige Schlampe. Du ehebrecherische Hure. Das werdet ihr zwei noch bereuen. Ich werd's euch zeigen.«
Danach investierte Mitch wieder in der »Tired-Out-Lounge«. Er wußte, daß Royce früher oder später hereingehumpelt kommen würde. Und so war es auch. In der Zwischenzeit verbrachte Mitch seine Nächte mit Vorliebe bei einer Flasche Bourbon, und seine Tage damit, wieder für sein nächtliches Besäufnis in Form zu kommen. Sobald Royce in die Bar gehumpelt kam, verkündete er seine Pläne.
»Ich hätte nie gedacht, daß du 'n Feigling bist, Dunlup«, sagte er und blies seinem Freund eine Whiskeyfahne ins Gesicht.
»Du bist ja besoffen«, sagte Royce. Es war ihm wirklich ein bißchen langweilig geworden, immer nur bei Shirley herumzuliegen, wo er außer Barstow niemanden um sich hatte. Er war froh, Mitch wiederzusehen und ignorierte seine Bemerkung.
»Jetzt erklär mir bloß mal eins«, sagte Mitch. »Jetzt erklär mir bloß mal eins. Warum hast du mir mein Mädchen weggenommen?«
Royce konnte sich nicht mehr dran erinnern und ließ die Frage unbeantwortet. Er starrte in den Barraum, damit Mitch endlich das Thema wechselte.
»Na gut, du dummer Scheißer«, sagte Mitch. »Für das Mädchen bist du nicht gut genug. Du bist für keine gut genug. Du wärst noch nicht mal für 'n Niggerweib gut genug.«
Royce schwieg. Auf Beleidigungen hatte er nie besonders heftig reagiert, und außerdem hatte er Shirley. Solange er Shirley hatte, brauchte er nicht viel zu reden.
»Willste 'n Bier?« fragte er und gab Hubert Junior ein Zeichen.
»Hast du nicht gehört, was ich gesagt hab'?« fragte Mitch wütend. »Ich hab' dich grad beleidigt, und zwar mordsmäßig. Mehr Schimpfwörter gibt's gar nich'. Und ich hab' nich' vor, einen mit dir zu trinken.«
Dankbar nahm Royce sein Bier. Mitch erwies sich nicht gerade als angenehme Gesellschaft. »Du bist doch besoffen, du alter Hurensohn«, sagte er.
»Dunlup, du hast 'n Hirn wie 'n Ziegelstein«, sagte Mitch. Seine Wut begann sich bei dem Gedanken daran zu steigern, daß ein so dummer Mensch eine so kluge Frau wie Shirley vögeln durfte.
»Wahrscheinlich glaubst du, daß ich nicht kämpfen werde, weil ich 'n Krüppel bin«, fügte er hinzu. »Ich geb' dir zwei Tage, um aus Shirleys

Haus zu verschwinden. Und wenn du nicht verschwindest, reiß' ich dir den Arsch auf. Hubert Junior ist mein Zeuge.«
»Ich will kein Zeuge bei einer Morddrohung sein«, sagte Hubert Junior nervös. Seit er die »Tired-Out-Lounge« aufgemacht hatte, war kaum ein Tag vergangen, ohne daß er eine blutige Drohung mitgehört hätte, von denen auch zahlreiche in die Tat umgesetzt worden waren. Es war ihm zwar nicht ganz klar, wie Mitch jemanden umbringen wollte, der so groß war wie Royce, aber Mitch beantwortete die Frage, bevor er Zeit hatte, sie zu stellen.
»Man braucht nur eine Hand, um eine Kanone zu halten, Dunlup«, sagte Mitch und blies Royce wieder eine Whiskeyfahne ins Gesicht.
»Ich reiß' dir den Arsch auf, wenn du Shirley nicht in Ruhe läßt«, gab Royce zur Antwort.
Nachdem Mitch noch ein paar Drohungen ausgestoßen hatte, auf die Royce nicht antwortete, verlief die Unterhaltung im Sande. Mitch ging hinüber in sein Ein-Zimmer-Quartier auf der Canal Street, um sich weiter vollaufen zu lassen. Unterwegs fiel ihm ein, daß Royce wohl versuchen könnte, ihn umzubringen, wenn es Shirley einfallen sollte, ihm von den Kirschpralinen zu erzählen. Das waren düstere Aussichten, und je mehr Mitch darüber nachdachte, desto wahrscheinlicher schien es ihm. In der Nacht stellte er fest, daß er kaum schnell genug Bourbon trinken konnte, um den Gedanken loszuwerden. Am nächsten Morgen torkelte er, sobald die Läden öffneten, die Canal Street hinunter zu Sons »Surplus Store« und kaufte sich eine schöne Machete, komplett mit Scheide, für vier Dollar achtundneunzig. Eigentlich wollte er eine Pistole kaufen, aber Pistolen kosteten zwanzig Dollar, und außerdem fiel ihm ein, daß die Pistole bei seinem Pech vielleicht Ladehemmung haben würde. Bei einer Machete war das unmöglich, wie Son ihm erklärte. Er lieh ihm sogar einen Schleifstein, um die Machete zu wetzen.
In den nächsten drei Tagen verschlimmerte sich sein Geisteszustand stetig. Sein Haß auf Royce und Shirley steigerte sich von Minute zu Minute. Eifersucht glühte in ihm. Nachdem er drei Tage lang einsam gesoffen hatte, schien es Mitch, daß er seine eigene Ermordung nur verhindern könnte, wenn er hinüberging und Royce mit der Machete die Eier abhackte. Ohne Eier hätte Royce wahrscheinlich keine Lust mehr, jemanden umzubringen. Bald war in seinem Kopf nur noch ein einziges Knäuel aus Eifersuchtsphantasien, und ein großes Verlangen nach Rache stieg in ihm auf. Schließlich hatten Royce und Shirley seine Männlichkeit in Frage gestellt. Wenn er längere Zeit gesoffen

hatte, war Mitch immer verbittert – verbittert über seinen amputierten Arm und seine Einsamkeit –, und eines Nachts nahm er die Machete unter den Arm und stolperte ohne einen Gedanken im Kopf die Harrisburg Avenue hinunter. Die Stunde war gekommen. Sie sollten zur Hölle fahren. Wenn sie aufschauten und ihn mit seiner Machete durch die Tür kommen sahen, würde es ihnen leid tun, daß sie ihn beleidigt hatten.

Als er vor Shirleys Haus stand, zog er die Machete aus der Scheide. Barstow war auf der Terrasse, und Mitch tätschelte ihn kurz. Dann öffnete er die Tür mit einem Schlüssel, den er behalten hatte, als sie ihn aus dem Haus jagte. Als er die Tür öffnete, schlüpfte Bastow ins Haus. Mitch hielt seine Machete fest umklammert. Er wollte Royce auf der Stelle niederstechen. Barstow gab keinen Laut von sich. Das ganze Haus war still. Mitch hörte nur das Geräusch eines elektrischen Ventilators, und das kam aus dem Schlafzimmer.

Da sich im Haus nichts regte und er nicht sofort handeln mußte, setzte sich Mitch in einen großen Sessel im Wohnzimmer, um die Sache noch einmal zu überdenken. Er zog seine Bourbonflasche aus der Tasche und nahm ein paar Schlucke. Der Anblick der altvertrauten Umgebung versetzte ihn in helle Wut. Seit er seinen Arm verloren hatte, war er nirgends außer in Shirleys Haus glücklich gewesen, und Shirley war der einzige Mensch, der nett zu ihm gewesen war. Daß er all das wieder verloren hatte und in einem schmuddeligen kleinen Zimmer an der Canal Street wohnen mußte, verbitterte ihn. Royce war schuld daran – Royce, der eine fleißige Frau hatte und einen Job.

In Mitchs Schläfe begann das Blut zu pochen. Er stand auf und stolperte ins Schlafzimmer hinüber. Er packte die Machete fester. Den Anblick, der sich ihm bot, hatte er erwartet. Royce und Shirley lagen splitternackt im Bett und schliefen fest. Der Anblick von Royce, wie er mit offenem Mund auf dem Rücken lag, machte ihn wütend. Es war schlimmer, als Mitch es sich vorgestellt hatte, und das Schlimmste daran war, daß Royce fast das ganze Bett einnahm. Shirley lag zusammengekauert an den Rand gedrängt und konnte jeden Moment auf den Boden fallen.

Mitch hatte sich immer vorgestellt, Royce müsse einen enormen Schwanz haben. Anscheinend war das nicht der Fall. Im Moment war er völlig unter einer großen Speckfalte verschwunden. Royce hatte immer einen Bierbauch gehabt, aber ein paar Monate Nichtstun und Biertrinken hatten ihn zu enormer Größe anschwellen lassen. Es war der unappetitlichste Bauch, den Mitch je gesehen hatte. Der Gedanke war ihm unerträglich, daß seine kleine Shirley mit so einem Fettsack bumste. Seine Eifersucht flackerte wieder auf, und ohne jede Vorwarnung setzte Mitch zu einem Hieb mit der Machete auf Royces dicken Bauch an. Unglücklicherweise hatte er eine unsichere Hand, und statt den Bauch zu treffen, stach er ins Brustbein. ›Das wird dich schon wecken, du fetter Bastard‹, dachte er, während er versuchte, die Machete mit einem Ruck wieder herauszuziehen und sich auf den nächsten Hieb vorzubereiten. Aber komischerweise hatte sich Mitch geirrt. Royce wachte nicht auf. Und die Machete konnte er auch nicht wieder herausziehen. Sie saß fest, und Mitchs Handfläche war schweißnaß. Als er mit einem Ruck an ihr zog, rutschte seine Hand ab, und er stolperte zwei Schritte rückwärts und trat auf Barstow, der laut aufjaulte. Das Jaulen weckte Shirley, die instinktiv hinüberlangte, um festzustellen, was mit Royces »ollem Ding« los war. »Ach, sei still, Barstow«, sagte sie schläfrig, ehe ihr auffiel, daß eine Machete aus der Brust ihres Liebhabers ragte. Kaum hatte sie das gesehen, da begann sie zu schreien, rutschte ohnmächtig vom Bett und stieß im Fallen den elektrischen Ventilator um. Als er auf Barstow trat, war auch Mitch umgefallen, und er machte sich nicht die Mühe, wieder aufzustehen. Er kroch so schnell er konnte auf allen vieren aus dem Haus und torkelte dann die Straße in Richtung »Tired-Out-Lounge« hinab.

Shirleys Schrei weckte Royce. Mechanisch langte er nach seiner Bierdose, die er auf den Nachttisch gestellt hatte, ehe er eingeschlafen war. Er nahm einen Schluck und stellte fest, daß das Bier warm war, genau wie er befürchtet hatte. Immerhin war es gleich zur Hand, und so machte er die Augen erst nach dem zweiten Schluck weit genug auf, um die Machete zu bemerken, die aus seiner Brust ragte.

»Oh«, sagte er. Dann geriet er schlagartig in Panik und schrie gellend auf. Mitch, der zu dieser Zeit schon einen Block weit die Straße hinuntergelaufen war, hörte den Schrei und nahm an, es sei Royces Todesschrei. Trotzdem brachte er es fertig, weiterzustolpern.

Royce grapschte nach dem Telefon, ließ aber den Hörer fallen und mußte ihn langsam aufs Bett hochziehen.

»Hilfe, die haben mich ermordet, die haben mir den Bauch aufgeschlitzt!« brüllte Royce in die Muschel, aber weil er vergessen hatte zu wählen, meldete sich niemand.

In diesem Augenblick erwachte Shirley langsam wieder aus ihrer Ohnmacht. Sie drehte sich um, versuchte sich aufs Bett zu ziehen und dachte, daß vielleicht alles nur ein Alptraum wäre, doch es war keiner,

die Machete ragte immer noch aus Royces Brust. Nur daß Royce noch lebte und zu telefonieren versuchte, paßte nicht zu diesem Alptraum.
›Wahrscheinlich ruft er seine Frau an‹, dachte Shirley.
»Wen rufst du an, Royce?« fragte sie. Sie hatte ihn seit einigen Wochen im Verdacht, daß er heimlich mit seiner Frau telefonierte.
Dann wurde sie von dem Anblick wieder schwach, und sie hielt sich an der Bettkante fest wie an einer Klippe.
»Hilfe, Hilfe, Hilfe!« schrie Royce ins Telefon. Dann gelang es ihm, die Vermittlung anzurufen, und jemand antwortete. »Hilfe, ein Unglück«, brüllte Royce.
Die Frau in der Zentrale hörte die Verzweiflung in seiner Stimme sofort. »Bitte bleiben Sie ruhig«, sagte sie. »Wo sind Sie?«
Royce war ratlos. Er wußte, daß er an der Harrisburg Avenue war, aber er konnte sich an die Hausnummer nicht erinnern. Es war ihm klar, daß er keine Zeit zu verlieren hatte. Er reichte Shirley den Hörer. Sie nahm eine Hand von der Klippe und murmelte die Adresse.
»O Gott, Fräulein, schicken Sie schnell einen Krankenwagen«, sagte sie. Während sie sprach, verlor Royce das Bewußtsein.
Mitch war es inzwischen gelungen, die »Tired-Out-Lounge« zu erreichen, und Hubert Junior wußte sofort, als er ihn sah, daß er seine Drohung wahrgemacht hatte.
Mitch hatte zuerst gewollt, daß Royce leiden sollte. Jetzt aber hatte er Angst, Royce könnte sterben.
»Ich hab' Royce umgebracht«, keuchte er. Mit dieser Bemerkung zog er sofort die Aufmerksamkeit aller Anwesenden auf sich. Hubert Junior, der an Ärger gewöhnt war, griff zum Telefon und gab dem Krankenwagenfahrer, mit dem er bekannt war, präzise Anweisungen, wohin er fahren sollte. Dann nahm er das Geld aus der Registrierkasse und raste mit allen anderen aus der Bar die Straße hinunter zu Shirleys Haus. Mitch, der sich überlegte, wie er seine Geschichte beginnen sollte, wenn die Polizei kam, blieb bleich und schwach an seinem Tisch zurück.
Hubert Junior hatte es fertiggebracht, daß Polizei, Krankenwagen und alle Gäste der »Tired-Out-Lounge« fast gleichzeitig vor Shirleys Haus ankamen.
»Ist da drin jemand bewaffnet?« fragte ein junger Polizist.
»Nee, ist nur 'n Mordversuch«, sagte Hubert Junior. Zwei Polizisten faßten Mut und öffneten die Tür. Sie glaubten nicht recht, daß die Sache ungefährlich sei, aber mit der Menschenmenge im Rücken hatten sie keine andere Wahl. Beim Anblick so vieler Menschen jaulte Bar-

stow auf, flitzte dann ins Schlafzimmer und versteckte sich unter dem Bett. Er war nie ein guter Wachhund gewesen.
Als die Menschen ins Schlafzimmer drängten, bot sich ihnen ein sonderbares Bild: ein großer Mann, der bewußtlos auf dem Bett lag, und eine junge Frau, die nackt auf dem Fußboden saß.
»Madam, wir sind von der Polizei«, sagte der junge Polizist und nahm die Mütze ab.
»Ist ja furchtbar, wir haben doch nix gemacht«, sagte Shirley. Dann erinnerte sie sich, daß sie nackt war. Sie stand auf und drängte sich durch die Männer zum Badezimmer. Dabei hielt sie sich einen Büstenhalter vor den Leib. Alle schauten schweigend zu. Sie wußten, daß sie hier Zeugen einer *echten* Tragödie waren: ein Verbrechen aus Leidenschaft, nackte Frau, sterbender Mann. Doch fast augenblicklich wirkte Royces Anblick auf ihre Mägen: Einige rannten auf die Terrasse hinaus und kotzten. Nur die Krankenwagenfahrer blieben ungerührt. Sie gingen daran, Royce auf eine Bahre zu bugsieren, und gleich darauf raste der Krankenwagen davon. Einige blieben da, um Shirley zu trösten, die sich von ihrem Schrecken erholt hatte und immer wieder sagte, daß sie wünschte, sie wäre tot. Hubert Junior setzte sich ins Polizeiauto und zeigte den Polizisten den Weg zu seiner Bar, um Mitch zu holen.
»Was ist?« fragte er. »Ist Royce tot?«
»Sie wissen noch nicht, ob es lebensgefährlich ist«, sagte Hubert Junior freundlich. In der Bar trat feierliche Stille ein, als der Polizist Mitch abführte.
»Armes Schwein«, sagte einer der Männer. »Er hat sein Leben wegen 'ner Frau ruiniert.«
Es war ihr Thema – ihr einziges Thema –, und als die Gäste wieder hereingestolpert kamen, begannen sie Royce Dunlups Tragödie zu diskutieren...

2

Der Anruf erreichte Aurora um drei Uhr morgens. Als das Telefon klingelte, nahm sie an, es sei Emma. Vielleicht wollte sie ihr sagen, daß sie ins Krankenhaus fuhr, um ihr Kind zur Welt zu bringen. Aber es war nicht Emmas Stimme.
»Tut mir leid, Sie zu wecken, Madam«, sagte der Polizist. »Hier ist die Polizei. Wissen Sie zufällig, wo sich Mrs. Rosalyn Dunlup aufhält? Nach unseren Informationen arbeitet sie bei Ihnen.«

»Ja, natürlich. Was hat sie angestellt?« fragte Aurora. Der General lag neben ihr, und sie stieß ihn mit den Ellbogen, um ihn zu wecken.
»Es geht nicht um sie, es geht um ihren Ehemann«, sagte der Polizist. »Nichts Schlimmes, Madam, nichts Schlimmes.«
»Schlimm ist, daß Sie mich um drei Uhr morgens auf die Folter spannen«, sagte Aurora. »Jetzt sagen Sie's mir schon.«
»Tja, Madam, jemand hat ihn mit einem Messer in die Brust gestochen«, sagte der Polizist. »Immer, wenn ich dran denke, muß ich fast kotzen. War 'n Fall von Eifersucht.«
»Ich verstehe«, sagte Aurora. »Ich werde mich sofort mit Mrs. Dunlup in Verbindung setzen. Sie ist nicht in Houston, aber ich werde sie so schnell ich kann hierherbringen.«
»Er ist im Ben-Taub-Hospital«, sagte der Polizist. »Der Täter hat gestanden, also brauchen wir keinen mehr zu fangen. Die Ärzte meinen nur, daß es für Mr. Dunlup besser wäre, wenn er seine Frau bei sich hätte.«
»Da stimme ich Ihnen zu«, sagte Aurora und stieß den General wieder mit dem Ellenbogen in die Seite.
Der General öffnete die Augen, schloß sie aber gleich wieder. Es dauerte mehrere Minuten, ihn zu wecken, und dann wurde er wütend.
»Mit deiner Hausangestellten hat man nichts als Ärger«, sagte er. »F. V. hat mich noch keine einzige Stunde Schlaf gekostet.«
Aurora ging im Schlafzimmer auf und ab und versuchte sich darüber klar zu werden, wie sie am besten weiter verfahren sollte. »Hector, mußt du mir wirklich um diese Zeit F. V. vorhalten?« sagte sie.
Sie zog sich schweigend an. So lästig es auch war, dies war eine Angelegenheit, bei der sie gepflegt aussehen mußte, also zog sie sich entsprechend an. Der General lag im Bett und gähnte. Als sie fertig angezogen war, setzte Aurora sich aufs Bett und wartete, in der Hoffnung, er werde einen Vorschlag machen. Jeder beliebige Vorschlag wäre eine Hilfe gewesen.
»Also, das ist ja verdammt lästig«, sagte er. »Ich bin sicher, daß Rosie schläft. Was hat dieser verdammte Idiot denn gemacht?«
Aurora schaute ihn unglücklich an. »Hector, du bist doch General gewesen«, sagte sie. »Warum kannst du dich nie wie ein General benehmen, wenn es nötig ist? Ich brauche jemand, der mir hilft, einen Weg zu finden, wie ich Rosie schnell wieder hierherholen kann.«
»Sie ist unzuverlässig«, sagte der General. »Wenn sie gebraucht wird, ist sie nicht da. Wo ist sie jetzt? Ich verstehe nicht, warum du sie nicht rauswirfst.« Er stand auf und marschierte ins Badezimmer.

Als sie ihn pinkeln hörte, stand sie auf und ging ihm nach. »Wir sind nicht verheiratet, Hector«, sagte sie. »Du bist nicht von den Regeln des guten Tons befreit.«

»Was?« sagte er, aber Aurora knallte die Tür zu und ging mit dem Telefon in ihre Fensternische. Sie kannte die Telefonnummer von Rosies Schwester und wählte. Nach langem Klingeln meldete sich Rosie.

»Ich habe schlechte Nachrichten, Rosie«, sagte Aurora. »Royce hat sich verletzt. Ich weiß keine Einzelheiten, aber es scheint etwas Ernstes zu sein. Du mußt sofort kommen.«

»O Gott«, sagte Rosie. »Wahrscheinlich hat ihn jemand wegen dieser Schlampe erschossen.«

»Nein, sie haben ein Messer benutzt, keine Pistole«, sagte Aurora. »Ist jemand da, der dich hierher fahren kann?«

»Nee«, sagte Rosie. »Junes Junge ist mit dem Auto abgehauen. Ich könnte mit dem Bus fahren, aber erst morgen. Vielleicht sogar fliegen.«

»Augenblick«, sagte Aurora, der gerade jemand einfiel, an den sie sich zu erinnern versucht hatte, seit der Polizist angerufen hatte. »Ich habe gerade an Vernon gedacht. Der hat doch Flugzeuge und Piloten. Ich hab' gehört, wie er es gesagt hat. Ich rufe ihn sofort an.«

Sie legte auf. Der General kam aus dem Badezimmer. Im Schlafanzug wirkte er sehr dürr, besonders seine Waden. »Wen rufst du an?« fragte er.

Vernons Telefon war besetzt, was sie mit Erleichterung erfüllte. Wenigstens war er da. Sie gab dem General keine Antwort.

»Morgen könnte ich vielleicht eine Militärmaschine besorgen«, sagte der General.

Aurora wählte wieder, und es war immer noch besetzt. Sie rief Rosie noch einmal an. »Ich werde hinfahren müssen«, sagte sie. »Er kann noch stundenlang telefonieren. Du packst jetzt, und ich rufe dich an, sobald ich etwas arrangiert habe.«

»Es ist der Kerl mit dem Öl«, sagte der General. »In Wirklichkeit liebst du *ihn*. Ich hab's ja immer gewußt.«

Aurora schüttelte den Kopf. »Aber nein. Tut mir leid, daß ich dich enttäuschen muß«, sagte sie. »Ich vertraue nur seinem Urteilsvermögen in Notfällen. Ich wäre froh, wenn ich mich auf deine Urteilsfähigkeit verlassen könnte, aber du scheinst überhaupt keine zu haben.«

Der General wandte sich betont schroff um. »Ich zieh' mich an und fahre mit«, sagte er.

»Nein«, sagte Aurora. »Du gehst jetzt zurück ins Bett und schläfst! In zwei Stunden ist es Zeit für deinen Dauerlauf. Diese Sache hier fällt nicht in deinen Zuständigkeitsbereich, und es gibt keinen Grund, warum du deine Tagesplanung über den Haufen werfen solltest. Ich bin bald wieder zurück, sobald ich für Rosie alles geregelt habe.«
Der General sah sie an. Sie bürstete sich hastig ihr Haar. »Ich kann wieder ins Bett gehen und schlafen?« fragte er, um sicherzugehen.
»Warum nicht?« fragte sie. »Wo willst du denn sonst schlafen?«
»Ich weiß nicht«, sagte er. »Aber mir ist nicht klar, wozu du diesen gottverdammten kleinen Ölmann brauchst. Irgendwie mag ich den alten Italiener lieber.«
»Er ist jünger als du«, sagte Aurora. »Vernon besitzt zufällig Flugzeuge, Hector. Ich versuche, Rosie hierher zu holen und nicht mein Leben anders zu arrangieren. Wenn du zu dickköpfig bist, das einzusehen, sollte ich es vielleicht wirklich tun.«
Mit diesen Worten stopfte sie ihre Haarbürste in die Handtasche, ging und ließ den General in ein leeres Bett zurückklettern.

3

Aurora fuhr mit ihrem Cadillac durch die fast leeren Straßen, bis sie zu Vernons Parkhaus kam. Sie fuhr hinein, drückte auf einen Knopf und erhielt einen grünen Parkschein. Langsam fuhr sie die kurvige Rampe empor und schaute ab und zu auf das Lichtermeer von Houston hinunter, das orangefarben leuchtete.
Als sie auf das vierte Deck kam, erschreckte sie ein großer, hagerer alter Mann, der aus einer Tür trat und eine Hand hob, um ihr ein Zeichen zu geben. Sie wurde ganz zittrig vor Angst und überlegte, ob sie versuchen sollte, rückwärts wieder hinunterzufahren, aber sie wußte genau, daß sie nicht vier Stockwerke rückwärts fahren konnte, ohne mehrere Unfälle zu bauen. Das beste war, ihren Platz zu behaupten. Der Mann lief auf sie zu und schaute sie prüfend an. Er sah aus wie ein Penner, war aber sicher der Nachtwächter. Er machte Kurbelbewegungen mit der Hand. Sie kurbelte das Fenster herunter.
»'n Abend«, sagte der alte Mann. »Ich bin Schweppes. Schätze, Sie sind die Witwe aus Boston, Massachusetts.«
»Ach«, sagte Aurora. »Er redet über mich, wie?«
Der Alte legte seine Hände auf die Wagentür. »Das hat er, bis Sie ihm das Wasser abgegraben haben«, sagte er.

»Ja, ich bin Aurora Greenway«, sagte sie. »Ist er da?«
»Ja, oben auf dem Dach. Ist wieder am Telefonieren«, sagte Schweppes. »Wollen Sie ihn jetzt heiraten?«
Aurora schüttelte den Kopf. »Warum glaubt eigentlich jeder, daß ich heiraten will?« fragte sie.
Old Schweppes schaute verlegen drein und nahm seine Hände von der Tür. »Hat mich gefreut, Sie kennenzulernen«, sagte er. »Fahren Sie einfach bis ganz nach oben.«
Sie fuhr weiter, höher und höher, bis sich Höhenangst bemerkbar machte. Sie konzentrierte sich auf die Kurven der Rampe vor ihrer Windschutzscheibe. Als sie schließlich von der Rampe aufs Dach des Parkhauses fuhr, war so viel freier Raum um sie herum, daß sie sich am Lenkrad festklammerte. Und natürlich war Vernons weißer Lincoln auf dem Hochhaus-Oberdeck geparkt. Aurora fuhr langsam über das Deck. Sie konnte Vernon ganz deutlich sehen. Eine Wagentür war offen, und er hielt einen Telefonhörer ans Ohr. Als er sie näher kommen hörte, drehte er sich erstaunt um. Aurora hielt an, zog die Handbremse an und stieg aus. Die Luft war schwer und feucht, und kein Lüftchen regte sich.
Vernon stieg aus seinem Wagen und stellte sich sichtbar verblüfft daneben, als Aurora auf ihn zuging. Sein Hemd und sein Gabardineanzug waren neu, stellte sie fest.
»Da bist du ja, Vernon«, sagte Aurora und steckte ihm die Hand entgegen. »Rat mal, warum ich komme?«
Vernon gab ihr unsicher die Hand. »Ja, mein Gott, warum?« fragte er.
»Ich brauche deine Hilfe, alter Freund«, sagte Aurora amüsiert.
Zwei Minuten später telefonierte Vernon mit seinem Mann in Shreveport, und Aurora hatte es sich auf dem Vordersitz des Lincolns bequem gemacht, um abzuwarten, bis sie Rosie anrufen und ihr Bescheid sagen könnte.

Neunzehntes Kapitel

1

Vernon war, wie immer, vorbildlich hilfsbereit und umsichtig. Innerhalb von zehn Minuten hatte er alles arrangiert. Ein Angestellter seiner Firma würde Rosie abholen und zum Flugplatz fahren, wo ein Firmenflugzeug auf sie wartete, das sie nach Houston flog. In zwei Stunden würde sie ankommen. Vernon überlegte sich, was er zwei Stunden lang mit Aurora anfangen sollte. Nachdem er die Sache mit dem Flugzeug geregelt hatte, schien sie sich überhaupt nicht mehr in Krisenstimmung zu befinden.
»Zu schade, daß du mich so schnell wieder hast fallenlassen, Vernon«, sagte sie und nahm die zahlreichen technischen Spielereien, die sie im Lincoln fand, in Augenschein. »Ich hatte ja kaum Zeit, mit deinem Spielzeug zu spielen, und ich bin sicher, daß du noch einiges mehr hast, von dem ich nichts weiß.«
Vernon überlegte, was sie glauben machen könnte, er habe sie fallenlassen, aber ihm fiel keine Erklärung dafür ein.
Aurora war in gehobener Stimmung. »Wir könnten einen Spaziergang auf dem Dach machen«, sagte sie. Und das machten sie dann auch. »Weißt du, es ist ein wunderbares Gefühl, hier zu sein«, sagte sie. Der Morgen begann gerade zu grauen, und die nächtlichen Wolken rissen auf.
Es hat mich schon immer begeistert, etwas Neues zu erleben«, fügte sie hinzu. »Ich glaube, ich bin eine geborene Herumtreiberin. Ich brauche Abwechslung. Bist du auch so, Vernon?«
»Ich glaub' nicht«, sagte Vernon. »Ich mache eigentlich immer so ziemlich dasselbe.«
Das amüsierte sie so sehr, daß sie ihn kurz schüttelte, was ihn sehr beunruhigte. »Ich hatte einfach den unwiderstehlichen Drang, dich zu schütteln, Vernon«, sagte sie. »Ganz besonders jetzt – vor Übermut. Du bist so gesetzt. Wenn du ein bißchen beweglicher wärst, würdest du mir besser gefallen, und ich würde mir mit dir mehr Mühe geben. Es gibt viele Menschen, mit denen ich mir Mühe mache, und einige von ihnen sind sehr geschickt darin, mir Mühe zu machen.«
»Wir könnten frühstücken gehen«, sagte Vernon.
»Akzeptiert«, sagte Aurora und stieg sofort in den Lincoln.
»Komisch, es ist, als würde man durch die Schweiz fahren«, sagte sie,

als Vernon gekonnt die vierundzwanzig Stockwerke zur Straße hinunterkurvte.
»Das Lokal, zu dem ich jetzt mit dir fahre, ist nicht gerade elegant«, sagte er.
»Gut«, sagte Aurora. »Wir gehen zusammen in die Slums. Vielleicht sollten wir regelmäßig miteinander frühstücken, alle vierzehn Tage vielleicht. Zum Frühstück ausgeführt zu werden, gehört zu meiner Vorstellung von einer Romanze, weißt du. Es gibt nur wenige Menschen, die bereit sind, mit mir zu frühstücken.«
»Es heißt ›Silver Slipper‹«, sagte Vernon, als er vor dem Café parkte. Von den pinkfarbenen Wänden blätterte die Farbe ab, was er vorher noch nie bemerkt hatte. Ihm war auch nie aufgefallen, wie häßlich und schäbig die Gegend überhaupt war. Abfälle von einem nahe gelegenen Drive-In lagen überall auf dem Parkplatz herum. Haufen von zerbeulten Bierdosen und Pappbechern.
Babe und Bobby brieten gerade Eier für ein halbes Dutzend Schweißer, als Vernon und Aurora hereinkamen. Beim Anblick Vernons in Begleitung einer Frau ließen sie beinahe alles anbrennen. Sie starrten die beiden an.
Vernon fiel es schwer, ihnen Aurora vorzustellen.
Aurora lächelte, als sie ihnen vorgestellt wurde. Bobby flüchtete sich in Geschäftigkeit, aber Babe versuchte galant, sich der Situation gewachsen zu zeigen.
»Wir freuen uns über jedes Mädchen von Vernon, das wir kennenlernen, Honey«, sagte sie. Allerdings war sie sich nicht ganz sicher, ob sie den richtigen Ton getroffen hatte. Sie fuhr sich ein paarmal durchs Haar und sagte: »Ihr entschuldigt mich bitte, bis ich die Bestellung hier rausgegeben habe.«
Aurora nahm ein Omelett, und Bobby warf ihr verstohlene Blicke zu, während er das Omelett machte.
»Ich mag deinen Nachtwächter«, sagte Aurora, als die Konversation ins Stocken geriet.
»Wat? Schweppes?« sagte Vernon.
»Sag doch nicht *wat*«, sagte Aurora. »Es ist schade, daß du nicht so lange durchgehalten hast, bis ich Zeit hatte, dein Englisch zu verbessern.«
»Ich tat mein Bestes«, sagte Vernon.
»Das kann ich mir schwer vorstellen. Du hast die Niederlage ziemlich gelassen hingenommen, fast mit Erleichterung, würde ich sagen. Du hast ganz offensichtlich mit diesen Leuten über mich gesprochen, und

auch mit deinem Nachtwächter. Warum hast du nicht mit mir gesprochen, statt mit deinen verschiedenen Freunden und Angestellten?«
»Babe hat gesagt, daß ich ein geborener Einzelgänger bin«, sagte Vernon. »Das hat sie immer gesagt.«
Aurora warf Babe einen Blick über die Schulter zu. »Gut, wenn du ihr mehr vertraust als mir«, sagte sie. »Aber das macht jetzt nichts mehr aus. Ich würde mich jedenfalls freuen, wenn du mich hin und wieder zum Frühstück ausführen würdest. Es wird General Scott sehr ärgern, aber so ist er eben.«

»Nun, was hältste denn davon?« sagte Bobby zu Babe, kaum daß sie aus der Tür waren.
»Ich wünschte, ich hätte ihm nicht geraten, ihr eine Ziege zu schenken«, sagte Babe. »Ich hätt' nie gedacht, daß sie so alt ist. Mit 'nem Diamant würd' sie hübsch aussehen, und er kann es sich weiß Gott leisten, ihr einen zu schenken.«

2

Die Türen des Flugzeuges auf dem kleinen Flugplatz am Ende der Westheimerstraße hatten sich kaum geöffnet, als Rosie heraussprang. Aurora und Vernon warteten schon auf sie.
»Wir wurden wie ein Watteball hin und her geworfen«, sagte Rosie und umarmte Aurora.
»Schäm' dich! Einfach so wegzulaufen«, sagte Aurora. »Du hättest bei mir wohnen können.«
»Ich dränge mich nicht gerne auf«, sagte Rosie.
»Ich bin scheinbar die einzige, die das tut. Schade, daß es nicht mehr Leute gibt, die bereit sind, sich etwas aufdrängen zu lassen.« Sie nahm den Hörer des Autotelefons ab und rief Emma an, aber es meldete sich niemand.
»Sie ist bestimmt ins Krankenhaus gegangen«, sagte sie und rief gleich darauf den General an.
»General Scott«, meldete er sich.
»Hallo, Hector«, sagte Aurora. »Hat Emma angerufen?«
»Ja. Es wird langsam Zeit, daß du dich meldest«, sagte der General. »Ich weiß nicht, was du tun würdest, wenn ich nicht da wäre und dir alles ausrichten könnte.«

»Komm zur Sache«, sagte Aurora. »Wir reden nicht davon, was ich ohne dich tun würde. Zweifellos werde ich das früh genug herausfinden. Wie geht's meiner Tochter?«
»Sie bekommt ihr Baby«, sagte der General.
»Danke, Hector. Mach dir einen schönen Tag«, sagte Aurora.
»Wo bist du?« fragte der General. »Ich habe mir Sorgen gemacht.«
»Auf dem Weg ins Krankenhaus. Rosie ist ganz guter Dinge.«
»Na, ich bin es nicht«, sagte der General. »Ich verstehe nicht, warum ich nicht hätte mitkommen können. Hier gibt es nichts für mich zu tun.«
»Wahrscheinlich ist es nicht richtig, dich von all diesen aufregenden Ereignissen auszuschließen«, sagte Aurora. »Das Kind wird im Hermann-Krankenhaus zur Welt kommen. F. V. soll dich dort hinbringen. Wir müssen zuerst ins Ben-Taub-Krankenhaus und dort bei Royce vorbeischauen. Bring deine Autorität ins Spiel, wenn du kommst. Du weißt, wie schwierig das Krankenhauspersonal sein kann.«
»Wenn es eine Party gibt, muß ich Alberto einladen«, sagte sie, als sie den Hörer auflegte. »Ihr wißt, wie glücklich ihn Babys machen. Vielleicht lade ich alle zum Dinner ein.«
»Es ist Emmas Baby«, sagte Rosie. »Ich werde nicht einfach dasitzen und zuschauen, wie Sie über das Kind bestimmen, so wie Sie über jedermann bestimmen.«
»Emma macht das nichts aus«, sagte Aurora. »Sie gehört zu den Sanftmütigen, genau wie Vernon.«
»Ich gehöre nicht zu den Sanftmütigen«, sagte Rosie.
Sie gelangten zu der Station, auf der Royce lag. Auch Shirley Sawyer war da. Als Aurora, Rosie und Vernon durch die Reihen der Betten gingen, sahen sie, wie eine dicke Frau, die völlig durcheinander war, aufstand. Sie war an Royces Bett gesessen.
»Was, ist die so alt?« flüsterte Rosie erstaunt. Sie war auf die Begegnung nicht vorbereitet.
»Ich denke, sie wird gehen«, sagte Aurora.
Shirley warf einen Blick auf Royce, der bewußtlos im Bett lag, und ging auf Zehenspitzen hinaus. Sie mußte direkt an ihnen vorbei. ›Ein jämmerlicher Anblick‹, dachte Aurora.
»Mrs. Dunlup, ich mußte ihn einfach sehen«, sagte Shirley kläglich. »Ich weiß, daß Sie mich hassen. Ich bin an allem schuld.«
Sie fing an zu weinen und ging den Gang hinunter. Rosie sagte nichts, nickte aber zustimmend. Dann wandten sich alle Royce zu, der

schlief. Er war blaß und unrasiert. In seinem Körper steckten mehrere Schläuche. »Er atmet, aber er schnarcht nicht«, sagte Rosie traurig.
Aurora legte ihre Hand auf Vernons Arm. Das Leben war ein Mysterium, oft aber auch eine Tragödie. Sie hatte gerade zwei erwachsene Frauen gesehen, die der Anblick der blassen, bandagierten, unförmigen Masse Royce Dunlup zu Tränen gerührt hatte. Es schien ihr, als könne kein Körper weniger Menschenwürde besitzen als der Royces. Über seinen Geisteszustand konnte sie überhaupt nichts sagen, da er in ihrer Anwesenheit keinerlei Geist gezeigt hatte. Sie hatte noch nie einen Menschen gesehen, der einem gutmütigen Tier so nahe war wie Royce. Und dennoch verbrauchte ihre Rosie, eine Frau mit moralischen Grundsätzen und gesundem Menschenverstand, seinetwegen einige Kleenextücher, während sie und Vernon zusahen.
»Ich sollte ihr vielleicht lieber sagen, daß er seinen Job wiederhaben kann«, sagte Vernon.
»Ach, sei still«, sagte Aurora. »Du kannst nicht alles Elend der Menschheit durch deine Jobs beseitigen, Vernon.«
Vernon war still, und während Rosie das Gesicht ihres Mannes betrachtete, ließ Aurora ihren Blick über den Krankensaal schweifen. Es lagen hauptsächlich Neger hier. Einige hatten groteske Verbände, und keiner sah den anderen an. Dreißig Menschen waren in dem Saal. Sie schienen einander fremd, und als Aurora Vernon anschaute, fühlte auch sie sich fremd und identitätslos. Um wen konnte sie bangen? Um Hector nicht, im Moment wenigstens nicht. Vielleicht um Trevor. Es würde zu Trevor passen, mit Glanz zu sterben, um zuletzt noch die sonnigen Herzen zu brechen, die im Laufe der Jahre so unerbittlich sein eigenes Herz zum Schmelzen gebracht hatten. Aber das lag in weiter Ferne. Mit einem Seufzer wandte sie sich Rosie zu.
»Ist das nichts«, sagte Rosie. »Ein alter Mann wie Royce, der so viel Energie hat, daß er sich so hält.«
»Ja, das ist schon was«, sagte Aurora.
»Wissen Sie, wenn ich gewußt hätte, daß sie so alt ist, wäre ich nicht davongelaufen«, sagte Rosie. »Royce sagte mir, sie sei neunzehn, der Lügner.«
»Das hast du mir nie erzählt.«
»Ich wollte nicht, daß es schlimmer aussieht, als es war«, sagte Rosie.
»Rosie, wir sollten jetzt zu Emma gehen«, sagte Aurora. »Ich schaue später nach dir.«
Beim Hinausgehen grübelte sie darüber nach, was Royce Rosie er-

zählt hatte – daß seine Geliebte erst neunzehn war. Es schien ihr eine sehr geistreiche Erfindung für einen so stumpfsinnigen Mann wie Royce. Das war Finte, eine die am besten geeignet war, Rosie rasend eifersüchtig zu machen, denn was immer sie als Ehefrau auch tun konnte, es würde ihr nicht gelingen, noch einmal neunzehn zu sein.

»Die Menschen sind wirklich sehr talentierte Lügner«, sagte sie, als sie im Auto saßen. »Ich hatte kein Glück. Ich war eine viel talentiertere Lügnerin als alle Männer, die ich je gekannt habe. In meinen besten Zeiten habe ich jeden, den ich kannte, belogen und wurde nie dabei ertappt. Ich will gar nicht daran denken, zu was ich fähig gewesen wäre, wenn ich einen Mann gefunden hätte, der schlau genug gewesen wäre, mich zu belügen und dann dafür zu sorgen, daß ich es herausfinde. Ich bezweifle, daß meine Bewunderung Grenzen gekannt hätte. Unglücklicherweise war ich immer raffinierter als die Männer und bin es noch.«
Als sie zum Krankenhaus hinaufgingen, sahen sie den alten blauen Packard des Generals vor der Tür stehen. F. V. mit seiner Chauffeursmütze saß hinter dem Steuer. Der General stieg aus und nahm Haltung an, als sie näher kamen. Beim Warten hatte er beschlossen, Vernon unbefangen gegenüberzutreten, und er schüttelte ihm leutselig die Hand. »Wie ist die Lage?« fragte er.
»Nun, ich bin in einer sehr nachdenklichen Stimmung, reg' mich also nicht auf«, sagte Aurora. »Unterhalte dich mit Vernon, bis ich mich wieder gefangen habe. Mir ist gerade wieder eingefallen, daß Emma ein Kind bekommt.«
»Das muß ein Oldtimer sein«, sagte Vernon und betrachtete den Pakkard.
»Er ist auch nicht besser als meiner«, sagte Aurora, während sie in ihren Spiegel schaute. Sie war nervös. Alles erschien ihr so ungewiß. Emma war ihr letztendlich entglitten. Und als sie Vernon und den General betrachtete, die unbeholfen versuchten, ein Gespräch zu führen, überlegte sie, wie merkwürdig es doch war, daß sie zu beiden, auf welche Art auch immer, eine Beziehung hatte.
Kaum aber war sie sich ihrer selbst wieder bewußt geworden und spürte ihre Autorität, glitt alles von ihr ab. Plötzlich hatte sie nichts mehr zu sagen und betrat das Krankenhaus. Sie ließ die beiden Männer stehen.
Vernon und der General folgten ihr voll Unbehagen.
»Ist sie in Ordnung?« fragte der General unbeholfen.

»Sie hatte ein gutes Frühstück«, sagte Vernon. »Das ist bei ihr ausschlaggebend.«
»Nein, das glaube ich nicht«, sagte der General. »Sie ißt immer. Als sie das Haus verließ, war sie anscheinend etwas verstimmt.«
Aurora hörte die Stimmen hinter sich und drehte sich abrupt um.
»Ich bin mir ziemlich sicher, daß ihr über mich redet«, sagte sie. »Warum haltet ihr nicht mit mir Schritt? Es wäre viel netter, wenn wir alle zusammen gehen würden.«
»Wir dachten, du wolltest alleine sein, um deine Gedanken zu sammeln«, sagte der General hastig.
»Hector, meine Gedanken sind gesammelt«, sagte Aurora. »Du weißt, daß ich gereizt werde, wenn man über mich redet. Ihr könntet darauf Rücksicht nehmen. Ich möchte gerade jetzt keinen Streit.«
Sie wartete, bis die beiden Männer sie erreicht hatten und gehorsam und schweigend mit ihr Schritt hielten. Die Schwester an der Rezeption hatte Schwierigkeiten, Emmas Zimmernummer zu finden. Aurora wollte gerade eine bissige Bemerkung machen, als sie sie endlich fand. Aurora ging mit großen Schritten voran. Vernon und der General versuchten zu erraten, welche Richtung sie einschlagen würde, damit sie nicht mit ihr zusammenstießen. Es war beiden klar, daß sie nicht in der Stimmung war, auch nur die kleinste Ungeschicklichkeit zu tolerieren.
Die Fahrt im Aufzug war für beide schrecklich. Aurora hatte einen kalten Glanz in den Augen. Sie schien in jeder Hinsicht das genaue Gegenteil dessen zu sein, was man sich unter einer Großmutter vorstellt. Es war offensichtlich, daß sie ihnen plötzlich fast unerträglich feindselig gegenübertrat, aber keiner von beiden wußte, warum. Sie spürten, daß es die beste Taktik war, still zu sein. Und so schwiegen sie.
»Als Unterhalter seid ihr beide totale Versager«, sagte Aurora wütend. Ihr Busen wogte. Sie war aufgebracht.
»Ihr könnt offenbar nur über mich reden«, sagte sie. »Es interessiert euch überhaupt nicht, *mit* mir zu reden. Wenn ich euch anschaue, möchte ich lieber neunzig anstatt neunundvierzig sein.«
Glücklicherweise öffnete sich in diesem Moment die Tür des Aufzugs. Aurora stolzierte hinaus und warf ihnen einen hochmütigen, fast verächtlichen Blick zu.
»Ich wußte, daß etwas mit ihr nicht in Ordnung ist«, flüsterte der General. »Ich kann das inzwischen einschätzen.« Aurora ging schnell den langen, weißgestrichenen Gang hinunter. Die beiden Männer

hatte sie vergessen. Sie hatte das Gefühl, jeden Augenblick in Tränen ausbrechen oder einen Wutanfall bekommen zu müssen. Sie wollte die zwei Männer loswerden. Aber noch bevor sie Zeit hatte, sich zu beruhigen oder darüber nachzudenken, warum sie sich so bedrängt fühlte, stand sie vor Emmas Zimmer: 611. Die Tür war halb offen, und sie konnte ihren blassen, unrasierten Schwiegersohn am Bett sitzen sehen. Ohne ihre beiden Nachzügler eines Blickes zu würdigen, öffnete sie die Tür ganz. Emma lag gegen ein paar Kissen gestützt. Ihre Augen waren ungewöhnlich groß.
»Es ist ein Junge«, sagte Emma. »Damit wäre der Fortbestand der Familie gesichert.«
»Ich möchte ihn sehen«, sagte Aurora. »Wo ist er?«
»Er ist goldig«, sagte Emma. »Du wirst ihm nicht widerstehen können.«
»Ja, ja. Aber warum trägst du nicht das blaue Nachthemd, das ich dir für diesen Anlaß gekauft habe?«
»Hab' vergessen, es einzupacken«, sagte Emma. Ihre Stimme klang müde und brüchig.
Aurora erinnerte sich an die zwei Männer und sah sich nach ihnen um. Sie standen schweigend draußen vor der Tür.
»Ich habe Vernon und den General mitgebracht«, sagte sie. »Ich fürchte, sie trauen sich nicht herein.«
»Hallo«, sagte der General, nachdem sie hereingebeten worden waren. Vernon gelang eine Begrüßung, und Flap gab ihnen Zigarren.
»Gott sei Dank, endlich jemand, dem ich sie geben kann«, sagte er.
»Ich sehe mir inzwischen das Baby an«, sagte Aurora. Sie verließ die anderen, die sich erstaunt ansahen, und ging zu der Säuglingsschwester zwei Stockwerke tiefer. Nach einigem Hin und Her zeigte eine Schwester ihr ein winziges Etwas, das sich weigerte, die Augen zu öffnen. Aurora hätte gerne gesehen, wessen Augen das Baby hatte, aber sie sah ein, daß sie warten mußte. Sie schlenderte kopfschüttelnd und mit zusammengepreßten Lippen den Gang hinunter. Alles war falsch, alles, aber sie konnte nicht sagen, was konkret. Als sie wieder in Emmas Zimmer war, verlief das Gespräch ebenso schleppend wie zuvor.
»Thomas, du siehst sehr müde aus«, sagte sie. »Väter dürfen sich ausruhen, solange das Kind im Krankenhaus ist, aber danach nur noch selten. Wenn ich dir einen guten Rat geben darf, geh nach Hause und leg dich ins Bett.«
»Diesen Rat werde ich befolgen«, sagte Flap. Er beugte sich über Emma und küßte sie. »Ich komme bald wieder«, sagte er.

»Also, meine Herren. Ich würde gerne unter vier Augen mit meiner Tochter reden«, sagte Aurora und schaute ihre beklommenen Begleiter an. »Ihr könnt im Besucherzimmer auf mich warten.«
»Warum bist du so spitz?« fragte Emma, als die Männer gegangen waren.
Aurora seufzte. Sie schritt im Zimmer auf und ab. »Bin ich das?« fragte sie.
»Ja«, sagte Emma. »Weißt du noch, was für einen Wutanfall du hattest, als ich dir erzählte, daß ich schwanger bin?«
»Hm«, sagte Aurora und setzte sich. »Ja, vermutlich sollte ich in Tränen ausbrechen...«
Sie bemerkte, daß die Augen ihrer Tochter leuchteten. »Ich würde gerne wissen, was deine Großmutter zu dem Kind gesagt hätte«, sagte sie. »Wenn dein erstes Kind kein Mädchen war, ist dein letztes bestimmt eines. Ich glaube, das hätte sie gesagt, wenn sie hier wäre.«
Sie erkannte, daß Emma ziemlich erschöpft war. In ihrer Müdigkeit lagen Freude und Triumph, aber sie war erschöpft. Das ungewöhnliche Strahlen ihrer Augen hob ihre Erschöpfung nur noch stärker hervor. Sie bat Aurora, mit dem Gemecker aufzuhören und sich mütterlich, oder besser großmütterlich zu verhalten.
»Ich bin sehr schlecht zu dir, Emma«, sagte sie. »Du hast alles richtig gemacht, wie ich sehe, außer daß du mein Nachthemd vergessen hast, und ich habe keine Entschuldigung für mein Geschwätz.«
»Ich möchte nur wissen, warum du so nörgelig bist«, sagte Emma.
Aurora schaute ihr lange in die Augen. »Ich werde dir den Klee schenken«, sagte sie. »Komm zu mir und hol ihn ab, sobald du wieder auf den Beinen bist.«
»Gut«, sagte Emma. »Ich hoffe, du hast nichts dagegen, wenn wir ihn Thomas nennen. Wenn es ein Mädchen geworden wäre, hätten wir es Amelia genannt.«
»Das ist deine Entscheidung«, sagte Aurora und griff nach der Hand ihrer Tochter.
»Du mußt wieder zu Kräften kommen«, sagte sie. »Du wirst viele Windeln waschen müssen.«
»Ich habe genug Zeit«, sagte Emma.
»Ja. Den Renoir werde ich noch behalten«, sagte Aurora.
Emma sah ihre Mutter an. Ein Ausdruck von Niedergeschlagenheit lag auf ihrem Gesicht. »Du bist nicht gerne Großmutter, nicht wahr?« sagte sie. »Du akzeptierst es nicht als natürlichen Lebensabschnitt, stimmt's?«

»Nein!« sagte Aurora so heftig, daß Emma erschrak.
»Schon gut. Ich hoffte, du würdest es vielleicht«, sagte Emma schwach, in dem resignierenden Tonfall, den die Stimme von Auroras Mutter, Amelia Starrett, so oft und so wirkungsvoll angenommen hatte, wenn sie mit den plötzlichen Zornausbrüchen ihrer Tochter konfrontiert war.
»Ich bin abgetakelt... kannst du das nicht verstehen?« begann Aurora leidenschaftlich. Aber dann ging ihr das Herz über. Sie wurde schamrot und schloß Emma in die Arme.
»Es tut mir leid. Bitte verzeih mir«, sagte sie. »Du warst eine sehr gute und folgsame Tochter, und ich bin einfach verrückt... einfach verrückt.«
Dann schien sie für eine Weile wie versteinert. Sie hielt ihre schwache, blasse Tochter in den Armen. Als sie aufsah, hatte sie sich wieder gefangen. Sie bemerkte, daß Emmas Haare so ungepflegt waren wie immer. Aber sie enthielt sich eines Kommentars, erhob sich und ging um das Bett.
Emmas Augen hatten etwas von ihrem Glanz wiedergewonnen.
»Warum hast du beschlossen, mir den Klee zu schenken?« fragte sie.
Aurora zuckte die Achseln. »Mein Leben ist auch ohne das Bild verrückt genug«, sagte sie. »Es hat die ganzen Jahre bestimmt einen Einfluß auf mich gehabt. Deshalb war ich wahrscheinlich immer so unausgeglichen.«
Sie zog ihren Spiegel heraus und betrachtete sich eine Weile gedankenverloren. Sie war immer noch nervös.
»Warum hast du zwei Männer mitgebracht?« fragte Emma.
»Ich will sie dazu bringen, sich zu arrangieren«, sagte Aurora. »Diese zwei und Alberto und alle anderen. Ich werde von jetzt an viele Begleiter brauchen, das kann ich dir versichern. Du mußt bedenken, daß ich gerade so lange Großmutter bin, wie du Mutter bist«, sagte sie. »Es ist notwendig, daß ich eine andere Einstellung zu meiner Rolle entwickle, und wenn nicht zu meiner Rolle, dann wenigstens zu dem Kind.« Sie bemerkte, daß ihre Tochter scheu lächelte. Obwohl sie so fett war und kaum Haare auf dem Kopf hatte, gelang es ihr doch, ein gewinnendes, fast reizendes Mädchen mit gutem Benehmen zu sein, und das trotz ihrer Fehlheirat.
»Schätze dich glücklich, meine Liebe, daß du meinen Bostoner Stil hast«, sagte sie. »Erzähl mir nicht, daß es nur New Haven war. Wenn du nur die Charlestoner Art deines Vaters hättest, würde ich nicht besonders auf dich zählen.«

Sie erwiderte das scheue Lächeln ihrer Tochter, drehte sich um und ging.

3

Im Besucherzimmer des Krankenhauses drehten Vernon und der General ihre Runden. Jeder fühlte sich in Anwesenheit des anderen sehr unbehaglich, aber immer noch besser, als bei dem Gedanken an Auroras Rückkehr.
»Ich hatte den ganzen Tag das Gefühl, daß sie verstimmt ist«, sagte der General mehrere Male. »Man kann ihre Stimmungen nie vorhersagen.«
Vernon wollte gerade zustimmen, da trat sie aus dem Fahrstuhl und überraschte sie. »Wie findet ihr das Kind?« fragte sie sofort.
»Wir haben es nicht gesehen«, sagte der General. »Du hast nicht gesagt, daß wir es anschauen sollen.«
Aurora sah ihn hochmütig an. »Du warst dreißig Minuten unter einem Dach mit meinem Enkelkind und hast es nicht einmal gesehen«, sagte sie. »Das offenbart einen beträchtlichen Mangel an Einfühlungsvermögen. Und das gilt auch für dich, Vernon. Ich hoffe, ihr habt wenigstens Freundschaft geschlossen, während ich beschäftigt war.«
»Natürlich«, sagte Vernon.
»Ich wette darauf«, sagte Aurora. »Könntest du mich bitte zum Wagen bringen? Ich bin müde. Wir treffen uns gleich zu Hause, Hector, wenn du nichts dagegen hast.«
Der General stand bei seinem Packard und sah zu, wie sie im Lincoln wegfuhren. F. V. hielt den Wagenschlag für ihn geöffnet.
»F. V., langsam finde ich diesen Wagen wirklich ein wenig unbequem«, sagte der General. »Ein Lincoln wäre bestimmt bequemer, das muß ich zugeben.«
»Ein Lincoln?« sagte F. V. ungläubig.
»Nun, oder etwas Vergleichbares«, sagte der General.

4

Aurora schwieg auf der Fahrt in die Stadt. Vernon konnte nicht entscheiden, ob sie glücklich oder unglücklich war, und er fragte sie auch nicht. Sie verharrte in ihrem Schweigen, bis sie im achten Stockwerk des Parkhauses waren.
»Auf, auf, auf«, sagte sie und gähnte.
»Ja, du bist schon eine ganze Weile auf«, sagte Vernon freundlich.
»Nicht gerade glänzend, aber wenigstens eine Unterhaltung«, sagte Aurora und gähnte noch einmal. Dann schwieg sie wieder, bis Vernon neben ihrem Cadillac einparkte.
»Er sieht nicht mehr so elegant aus wie früher«, sagte sie. »Ich habe das Gefühl, daß mein Schlüssel eines Tages einfach nicht mehr ins Zündschloß passen wird.«
»Laß es bei mir klingeln, wenn du mich brauchst«, sagte Vernon.
»Klingeln lassen«, sagte Aurora, »das mache ich.« Sie suchte ihre Schuhe, die sie ausgezogen hatte. »Ich werde mich darauf einrichten, daß du heute abend um sieben Uhr vor meiner Tür stehst. Und bring Karten mit.«
»Um sieben heute abend?« fragte er und sah, daß sie wieder gähnte.
»Um sieben heute abend«, sagte Aurora. »Wir werden unsere reiferen Jahre unbekümmert miteinander verbringen, wir alle zusammen. Vielleicht gewinne ich genügend Geld, um mir einen Lincoln und einen Surfer für den Strand zu kaufen, dann brauche ich keinen mehr von euch.« Sie zeigte mit ihrem verbogenen Schlüssel auf ihn, stieg in ihren Wagen und fuhr davon.

5

Als sie nach Hause kam, saß der General gerade wie ein Ladestock an ihrem Küchentisch und aß aus einer Schüssel Corn-flakes. Aurora ging zu ihm und kniff ihn fest in seinen hageren Nacken. Der General drehte sich nicht um. »Du siehst aus wie Don Quijote!« sagte sie. »Es gibt nichts Lächerlicheres als einen General mit einer kummervollen Miene. Was hast du?«
Der General aß weiter, und das reizte sie.
»Bitte, Hector«, sagte sie. »Ich wollte freundlich sein, aber wenn du nur dasitzt und deine dämlichen Corn-flakes mampfst, sehe ich nicht ein, warum ich mich anstrengen soll.«

»Ich mampfe nicht«, sagte der General. »Zum Teufel, du hast kein Recht, meine Corn-flakes zu kritisieren. Ich esse schon seit Jahren Corn-flakes.«
»Das glaube ich gerne. Aller Wahrscheinlichkeit nach sind deshalb deine Waden so dünn«, sagte Aurora.
»Das kommt vom Joggen«, sagte der General. »Ich halte mich fit.«
»Was hat es für einen Sinn, fit zu bleiben, wenn du immer grantig bist?« fragte Aurora. »Mir wäre es lieber, du wärst freundlich und hättest etwas mehr Fleisch auf den Waden. Die Beine sind ein heikler Punkt. Es gibt nicht viel bei dir, was zählt.«
Der General schwieg und goß noch etwas Milch auf seine Corn-flakes. In den kurzen Pausen, in denen er nicht kaute, biß er die Zähne zusammen. Er fühlte sich einem Wutausbruch nahe, aber er versuchte sich zu beherrschen.
Aurora sah ihm mit einem hochmütigen Blick zu, so als wolle sie sagen, daß sie in ihrem Leben nichts Lächerlicheres gesehen habe als ihn, wie er seine Corn-flakes aß. Das reizte ihn, so daß er sich nicht mehr beherrschen konnte. Er nahm die Packung und schüttelte sie gegen sie. Dann schleuderte er sie in großem Bogen hin und zurück und verstreute die Corn-flakes über die ganze Küche. Einige fielen sogar auf Auroras Haar. Und genau das hatte er auch beabsichtigt. Er wollte die ganze Packung über ihrem Kopf ausschütten, aber unglücklicherweise war nicht mehr genug in der Packung, um einen befriedigenden Erfolg verzeichnen zu können. Als er die Packung so lange geschüttelt hatte, bis sie leer war, warf er sie nach ihr. Aber das hatte keine große Wirkung. Aurora fing die Packung mühelos mit einer Hand auf, schlenderte gelangweilt durch die Küche und warf sie in den Abfalleimer.
»Hat es Spaß gemacht, Hector?« fragte sie.
»Du bringst unser ganzes Leben durcheinander mit diesem kleinen Ölfritzen«, brüllte der General. »Ich kenne dich. Erst hast du mich mit diesem Italiener gedemütigt. Was glaubst du wohl, wieviel ich mir noch gefallen lasse?«
»Oh, ziemlich viel«, sagte Aurora. »Ich skizziere es dir, wenn ich meinen Mittagsschlaf gehalten habe. Ich glaube, du kommst besser mit und legst dich auch ein wenig hin. Nach all diesen Aufregungen mußt du einfach erschöpft sein, und ich habe für heute abend eine kleine Party geplant. Du kannst deine Schüssel mitbringen«, fügte sie hinzu, als sie sah, daß diese noch halb voll war. Unter ihren Füßen knirschten Flakes, als sie in ihr Schlafzimmer hinaufging.

6

Ein paar Stunden später – der Abend dämmerte bereits – saß sie mit einem Scotch in der Hand in ihrer Fensternische im Schlafzimmer und lauschte dem Gebrummel des Generals, der seine Krawatte band. Es war eine rote Krawatte, die sie ihm vor wenigen Tagen gekauft hatte. Sie paßte ausgezeichnet zu seinem dunkelgrauen Anzug.
»Wenn wir pokern, warum willst du da, daß ich in Anzug und Krawatte erscheine?« fragte er. »Alberto und Vernon werden bestimmt nicht im Abendanzug sein.«
»Ich freue mich, daß du es fertigbringst, sie bei ihren Vornamen zu nennen«, sagte Aurora und schaute in den dunklen Garten hinunter. »Das ist ein vielversprechender Anfang.«
»Das ist keine Antwort auf meine Frage«, sagte der General. »Warum bin ich der einzige, der sich feinmachen muß?«
»Du bist nicht der einzige«, sagte Aurora. »Ich werde mich auch schick anziehen. Du bist der Gastgeber, Hector, eine Rolle, von der ich glaubte, du wüßtest sie zu schätzen. Außerdem siehst du in deinem Anzug sehr attraktiv aus, während du in legerer Kleidung eher lächerlich wirkst. In Zukunft wirst du derjenige sein, der sich elegant kleidet, wenn du nichts dagegen hast.«
»Bis jetzt gefällt mir mein Aufzug«, sagte der General. »Aber scheinbar findest du es sehr vergnüglich, drei Männer um dich zu haben.«
»Vier, wenn Trevor in Houston ist«, sagte Aurora. »Von einem weiteren unterhaltsamen Menschen, den ich kennenlernen könnte, gar nicht zu reden.«
»Ich weiß, daß meine Tage gezählt sind«, sagte der General grimmig, während er sich den Mantel anzog. Er war niedergeschlagen. »Ich weiß, daß du mich loswerden willst«, sagte er. »Ich merke, daß ich ausgebootet werde. Du brauchst mir nichts vorzumachen. Alte Soldaten klagen nicht, weißt du... sie verschwinden einfach. Vermutlich ist es jetzt meine Pflicht, zu verschwinden.«
»Mein Gott«, sagte Aurora. »Ich hätte nie gedacht, daß ich in meinem eigenen Schlafzimmer solche Reden hören würde.«
»Tja, es ist nun mal so«, sagte der General stoisch.
»Im Gegenteil, es ist ein Hirngespinst, wenn ich mir den Ausdruck erlauben darf«, sagte Aurora. »Du weißt ganz genau, wie es mir widerstrebt, feste Arrangements zu ändern.«
»Oh«, sagte der General.
»Es wird dich nicht verletzen, ein paar Freunde zu Besuch zu haben,

Hector, auch wenn es meine Verehrer sind«, sagte Aurora. »Du hast schon viel zu lange keine vernünftigen Menschen mehr gesehen.«
»Also gut, ich werde es versuchen«, sagte der General. Er hatte Haltung angenommen und schaute in den Spiegel. »Ich weiß nicht, was du vorhast, Aurora. Ich weiß nie, was du vorhast. Ich weiß nie, was du willst. Du bist ein Geheimnis für mich.«
»Ein bißchen ausgelassen sein«, sagte Aurora und lächelte ihn an. »Das vor allem... Und später vielleicht noch einen Scotch.«
Der General sah sie schweigend an. Er stand immer noch in Habachtstellung.
»Eine bewundernswerte Haltung«, sagte Aurora. »Warum gehst du nicht hinunter und holst die Eiswürfel aus dem Kühlschrank? Unsere Gäste werden bald da sein, und ich brauche noch ein Weilchen.«
Sie schaute aus dem Fenster und sah, wie zwei Wagen vorfuhren, der alte Lincoln und ein neuer. Sie schob das Fenster hoch, damit sie die Ankunft beobachten und alles hören konnte, was gesprochen wurde. Alberto hatte, das konnte sie sehen, den Arm voller Blumen. Als er Vernon neben sich und den General an der Tür bemerkte, machte er ein verwirrtes Gesicht. Im ersten Moment wollte er instinktiv wieder umkehren. Doch dann überwand er sich und ging zum Haus. Vernon hatte zu diesem Anlaß einen Stetson aufgesetzt.
Aurora wartete lächelnd ab. Als sie hinausspähte, sah sie, wie der General mit ausgestreckten Händen auf die Veranda hinaustrat.
»Kommen Sie herein, meine Herren«, sagte er mit seiner schnarrenden Stimme. Vernon nahm seinen Stetson ab, und die Herren gingen hinein.
Aurora starrte noch eine Weile in die Abenddämmerung hinaus, erhob sich dann und warf ihren Morgenmantel auf das Bett. Sie ging zu ihrem Schrank und wählte ein Kleid für den Abend aus. Als sie ihre Wahl getroffen hatte, kleidete sie sich an und fand auch das passende Collier. Gleichzeitig nahm sie ihre Haarbürste und stellte sich eine Weile vor ihren Renoir. Während sie ihre Haare bürstete, betrachtete sie die fröhlichen jungen Frauen mit ihren gelben Hüten. Es fiel ihr auf, wie schon oft zuvor, daß sie viel weniger ausgelassen zu sein schienen als sie selbst. Dann verschwammen die jungen Frauen, und aus dem Bild wurde ein offenes Fenster, das Fenster der Erinnerung. Und Aurora sah hindurch und erblickte ihr eigenes Glück – mit ihrer Mutter in Paris, mit Trevor auf seinem Boot, mit Rudyard auf dem Moos von Charleston. Es schien ihr, als sei sie damals glücklich gewesen.

Nach einer Weile wurden ihre Augen wieder trocken, und die zwei jungen Frauen lächelten ihr aus dem Bild zu. Aurora überkam ein Gefühl tiefen Friedens. Sie trocknete ihre Wangen, kleidete sich vollständig an und ging heiter zu ihren Verehrern hinunter, die sie alle den ganzen Abend lang als ein großes, unschätzbares Geschenk empfanden.

Zweites Buch

Mrs. Greenways Tochter

―――――――――

1971–1976

Emmas erster Liebhaber war Bankier, ein großer, schwermütiger Mann aus Iowa namens Sam Burns. Er hatte etwas von der Melancholie eines Bassets an sich und war schon sechsundzwanzig Jahre verheiratet, als ihre Affäre begann.
»Das heißt, daß du mindestens doppelt so viele Entschuldigungsgründe hast wie ich«, sagte Emma. »Ich bin erst seit elf Jahren verheiratet.«
Sie sprach immer mit Sam, wenn sie sich auszogen, aus Angst, er würde es sich anders überlegen und aus dem Zimmer poltern, wenn sie schwieg. Die Erwähnung seiner Ehe war jedoch ein Fehler. Jegliche Anspielung darauf verstärkte nur noch Sams Melancholie. Die Vorstellung, daß eine Ehe unweigerlich zu Affären führte, war für ihn zutiefst deprimierend. Er war Vizepräsident einer kleinen, aber florierenden Bank in einer Vorstadt von Des Moines, und er liebte seine Frau, seine Kinder und seine Enkel sehr. Er wußte eigentlich nicht genau, warum er seine Mittagspausen im Bett der Frau eines Kunden verbrachte. »Ich glaube, der Herr schuf uns alle als Sünder«, sagte er eines Tages. Aber dann fiel ihm ein, daß seine Frau Dottie gewiß niemals sündigen würde, zumindest nicht in der Weise, in der er gerade gesündigt hatte, und seine hohe Stirn legte sich in Falten.
»Hör auf, darüber nachzudenken, Sam«, sagte Emma. »Es ist nicht so schlimm, wie man es dir immer eingeredet hat.«
»Ich war mein Leben lang Bankier«, sagte Sam nachdenklich.
»Du bist immer noch ein Bankier«, sagte Emma, »was redest du da?«
Sam umarmte sie schweigend. Er hielt sich nach seiner eigenen Einschätzung nicht mehr für den seriösen Bankier, sondern für einen Ehebrecher. Er hatte sein ganzes pflichtbewußtes Leben lang versucht, Respektabilität zu bewahren – bis zu seinem zweiundfünfzigsten Lebensjahr. Jetzt hatte er mit der Frau eines Kunden ein Verhältnis. Seine Eltern waren schon tot; so würden sie wenigstens nie etwas davon erfahren müssen, falls man ihn erwischte. Seine Frau und seine Kinder würden jedoch davon erfahren. Wenn Jessie und Jimmy, seine beiden kleinen Enkeltöchter, manchmal auf seinem Schoß herumkrabbelten, mußte er daran denken, wie unwürdig sein Schoß in Wirklichkeit war, und dieser Gedanke erschreckte ihn. Manchmal war er den Tränen nahe. In dieser Verfassung lachte er dann zu laut und ärgerte jeden im Haus.
»Pst, Grandpa, nicht so laut!« sagte Jessie und hielt sich mit den Fingern die Ohren zu.
Sam dachte an Emma als die Frau eines Kunden. Flap Horton hatte

sich schon lange in die Rolle des unpraktischen Akademikers geflüchtet. Er überließ alle Rechnungen und finanziellen Absprachen Emma, wie zum Beispiel die Hypothek, die sie aufnehmen mußten, als sie ein Haus kaufen wollten. Das hielt ihn jedoch nicht davon ab, ständig über ihre Unfähigkeit zu klagen, mit dem Haushaltsgeld auszukommen.

Ihre Streitereien über Geld waren heftig und erbittert. Es waren schreckliche Kämpfe, bei denen ihre ganze gegenseitige Enttäuschung hervorbrach. Wenn sie anfingen, schnappten sich Tommy und Teddy den nächsten Basketball oder das nächste Skateboard und flohen aus dem Haus. Noch Jahre später, als Flap und sie längst nicht mehr stritten, nicht einmal über Geld, war die stärkste Erinnerung, die Emma mit Des Moines verband, ein Schuldgefühl. Sie saß am Küchentisch und versuchte sich zu beruhigen, während sie sich den Jungen gegenüber schuldig fühlte, die sie durch das Fenster nach hinten hinaus sehen konnte. Tommy lag oft auf dem Rasen bei der Einfahrt und weigerte sich zu spielen. Er wartete angespannt darauf, bis alles vorbei war und er zu seinen Science-Fiction-Zeitschriften und seinem Mineralogiebaukasten zurückkehren konnte. Teddy war noch viel einsamer. Er war ein kleiner Junge, der viel Liebe und Zuwendung brauchte. Er dribbelte traurig mit dem Ball und warf erfolglos seine Pushbälle, die gewöhnlich fast einen halben Meter am Rand des Korbes vorbeiflogen, oder er zog einsam endlose Kreise mit seinem Skateboard – alles unter dem kalten Himmel von Iowa.

Tommy, der selbst voller Spannungen steckte, konnte mit Spannungen leben. Er kletterte in seine Koje und las, ohne Fragen zu beantworten und ohne auf irgendwelche Anweisungen zu reagieren. Teddy konnte das nicht. Teddy brauchte Menschen um sich, die ihm zuhörten. Er genoß es, wenn alle im Haus freundlich waren und sich vertrugen. Emma wußte das. Ihr jüngster Sohn, der sich nach einem harmonischen Zuhause sehnte, verfolgte sie, seit die Liebe in ihrer Ehe gestorben war. Tommy machte sich keine Illusionen. Doch Teddy wollte geliebt werden, und seine Mutter war das Ziel seiner Werbung. Es war ein Glück für sie alle, daß sie und Flap noch fünf oder sechs Jahre lang glücklich miteinander waren, als die Jungen noch ganz klein waren. Das konnte sie sich wenigstens zu ihren Gunsten anrechnen. Für eine Weile hatte ihre Ehe Dynamik, und die brachte sie von Houston nach Des Moines und für sechs Jahre in den Lehrberuf. Im letzten Jahr erhielt Flap eine feste Anstellung, obwohl er sein Buch über Shelley noch nicht ganz fertig geschrieben hatte. Sie kauften ein

Haus und bewohnten es bereits zwei Jahre, als Emma darauf verfiel, Sam Burns zu verführen, von dem sie die Hypothek bekommen hatte. In den zwei Jahren war ihre Ehe verflacht. Flap hatte sich mehr und mehr zu einem Versager entwickelt. Er rutschte von einem Mißerfolg in den andern. In seinem akademischen Leben war das so wie in seinem Privatleben. Aber er haßte Emma dafür, daß sie es hatte geschehen lassen. Es war ihre Aufgabe, Erfolge von ihm zu verlangen. Sie sollte ihn antreiben, motivieren und, wenn nötig, auch zwingen. Statt dessen überließ sie es ihm selbst, obwohl sie wußte, daß er lieber dasaß und las oder Kaffee trank und über Literatur redete, oder, wie sich später herausstellte, mit Studentinnen fremdging.
Auch Emma wußte, daß es eigentlich ihre Aufgabe wäre, Flap zum Erfolg zu treiben, aber das hätte mehr Energie von ihr verlangt, als sie neben der Erziehung zweier Söhne aufbringen konnte. Außerdem lag ihr das sowieso nicht. Flap hatte sie von Anfang an falsch eingeschätzt. Auch sie saß gerne da und las. Das Leben machte ihr auch Spaß: mit ihren Jungen Lieder zu singen und mit ihnen über das Leben zu reden, Wein zu trinken, Schokolade zu essen, Blumen zu ziehen, zu kochen, ins Kino zu gehen, fernzusehen und hin und wieder flachgelegt zu werden, aber all das in keiner bestimmten Ordnung. Außerdem fand sie ehrgeizige Akademiker widerwärtig. Erfolglose Akademiker waren wenigstens manchmal ein bißchen nett. Sie wußte, wie widerwärtig Flap werden würde, wenn er Erfolg hätte. Sie setzte ihre Hoffnung darauf, daß er eine mittlere Position fände, die ihm Zeit ließe, oft zu Hause zu bleiben, sich um die Jungen zu kümmern – und auch um sie.
Das Buch über Shelley wäre genug gewesen, dachte sie später. Ein Buch hätte gereicht. Damit hätte er sich seiner Ansicht nach etablieren können. Aber er war zu anspruchsvoll, las immer mehr, feilte an dem, was er schon geschrieben hatte, und brachte die beiden letzten Kapitel nicht fertig. Er veröffentlichte drei Aufsätze, dann nichts mehr. Emma war es leid zu nörgeln, sie hatte dazu einfach keine Lust mehr. Flap haßte ihren Stolz und zahlte es ihr heim, indem er ihre Haushaltsführung kritisierte. Bald konzentrierte sich alle Energie, die zwischen ihnen noch vorhanden war, auf Geld. Die Diskussion über Geld war die einzig wirkliche Kommunikation zwischen ihnen. Alles andere, einschließlich Sex, verlief mechanisch, unpersönlich und stumm. Flap ging in die Bibliothek, in den Klub der Fakultät, in sein Büro und besuchte Studenten und Kollegen. Er verlagerte sein Gefühlsleben außer Haus. Emma ignorierte das sechs Monate lang.

»Du hast mich verlassen!« schrie sie eines Tages mitten in einem Streit wegen der Klimaanlage. »Es sind Sommerferien. Warum hockst du den ganzen Tag in der Schule?«
»Ich arbeite«, sagte Flap.
»Arbeiten? Was arbeitest du?« fragte Emma. »Es sind Sommerferien. Du könntest auch hier arbeiten.«
»Hast du schon gemerkt, wie anti-intellektuell du bist?« sagte Flap. »Du hast wirklich etwas gegen Colleges.«
»Ja, das weiß ich«, sagte Emma. »Zumindest hab' ich was gegen die Profs. Ich hasse sie, weil sie alle so depressiv sind.«
»Sei nicht so arrogant«, sagte Flap betroffen. »Wer ist depressiv?«
»Jeder Lehrer in diesem verdammten College«, sagte Emma. »Sie geben es nur nicht zu. Ich kann es nicht leiden, wenn jemand nicht zugibt, daß er deprimiert ist. Ich zeige es wenigstens.«
»Und das bist du immer«, sagte er.
»Nicht immer.«
»Du könntest viel attraktiver sein, wenn du ein bißchen Heiterkeit zeigen würdest«, sagte er.
»Für wen soll ich denn heiter sein?« sagte sie.
»Für die Jungs.«
»Oh, sei du nur still«, sagte sie. »Du siehst die Jungs keine zehn Minuten pro Woche. Ich bin nicht ihretwegen deprimiert. Sie heitern mich auf. Und das könntest du auch, wenn du nur wolltest.«
»Meine Kollegen und ich sind mit unseren Depressionen kultivierter als du mit deiner Heiterkeit«, sagte Flap.
»Dann behalt sie, Scheißkerl«, sagte Emma. »In meinem eigenen Schlafzimmer brauche ich nicht kultiviert zu sein.«
Flap ging. Er zog sich ganz in seinen Beruf zurück und stritt weniger mit seiner Frau. Tommy, der die Frühreife eines belesenen Elfjährigen hatte, bemerkte das und machte seine Mutter für den Rückzug seines Vaters verantwortlich.
»Du bist sehr feindselig«, sagte er eines Morgens zu ihr. »Ich glaube, du hast Daddy vertrieben.«
Emma hielt inne und sah ihn an. »Soll ich dir den Pfannkuchen um die Ohren hauen?« sagte sie.
Tommy behauptete, wenigstens für einen Moment, seine Stellung.
»Mein Bruder und ich wohnen auch hier«, sagte er. »Wir haben ein Recht auf unsere Meinung.«
»Es freut mich, daß du wenigstens eingestehst, daß er dein Bruder ist«, sagte Emma. »Das tust du normalerweise nicht. Die Art und

Weise, wie du ihn behandelst, erlaubt dir eigentlich nicht, so großspurig über Feindschaft zu reden, meinst du nicht auch?«
»Das ist etwas anderes«, sagte Tommy. Argumentationen faszinierten ihn.
»Was?«
»Teddy ist zu jung, um abzuhauen«, sagte er. »Er muß damit fertig werden. Daddy nicht.«
Emma lächelte. »Du redest wie deine Großmutter«, sagte sie. »Das ist ein gutes Argument. Vielleicht könnten wir uns einigen. Du versuchst, freundlicher zu Teddy zu sein, und ich versuche, freundlicher zu deinem Vater zu sein.«
Tommy schüttelte den Kopf. »Das funktioniert nicht«, sagte er. »Dieses Kind geht mir viel zu sehr auf die Nerven.«
»Dann iß dein Frühstück und hack nicht auf mir rum«, sagte Emma.

Sams Größe und seine Melancholie hatten sie von Anfang an fasziniert. Sein Gesicht hellte sich jedesmal auf, wenn sie in die Bank kam. Es war schon so lange her, seit sie jemand wirklich begehrt hatte, daß es eine geraume Weile dauerte, bis sie ihre Gefühle wirklich erkannte, und es dauerte noch einmal sechs Monate, bis sie sich entschloß, etwas zu unternehmen. Sie hatte seine Frau kennengelernt, eine plumpe, geschwätzige, äußerst selbstzufriedene kleine Frau namens Dottie, die fast alle wohltätigen Organisationen in Des Moines leitete. Sie schien wenig Zeit für Sam zu haben, und sie war im allgemeinen so mit sich selbst beschäftigt, daß Emma sich keinerlei Gewissensbisse machte, wenn sie Sam verführte. Dottie würde nichts vermissen.
Während der sechs Monate flirtete Emma mit ihm. Sie konnte zwar nicht so gut flirten wie ihre Mutter, aber sie fand es sehr romantisch und aufregend. Sie erfand immer neue Gründe, zur Bank gehen zu müssen. Sam Burns merkte anfangs nicht, daß sie mit ihm flirtete, aber es munterte ihn jedesmal auf, wenn die junge Mrs. Horton bei ihm vorbeischaute, um guten Tag zu sagen. Seine Sekretärin Angela ahnte da schon etwas mehr. Aber sie hätte Emma niemals dunkler Absichten verdächtigt. »Sie sind die einzige, die Mr. Burns zum Erröten bringt«, erzählte sie Emma. »Ich freue mich immer, wenn Sie kommen. Ich habe noch nie einen Mann erlebt, der so trübsinnig ist wie er. Ich habe schon erlebt, daß er kaum diktieren konnte.«
Emma freundete sich mit Angela an. Sie war äußerst diskret. Eine Weile glaubte sie nicht einmal mehr daran, daß sie mit ihrem Flirt Erfolg haben könnte. Es schien unmöglich, einen so großen, schwermü-

tigen, seriösen Mann aus seinem Büro in der Bank in ein verbotenes Bett zu locken. Selbst wenn es ihr aber gelang, wohin sollten sie gehen? Emma redete sich ein, daß sie es gar nicht ernst meine, daß sie nur ein wenig Aufmerksamkeit bräuchte, jemanden, den sie aufmunterte, wenn sie das Zimmer betrat. In Wirklichkeit stimmte das nicht. Ihr häusliches Sexualleben hatte einen Tiefpunkt erreicht, den sie früher nicht für möglich gehalten hätte. Flap hatte eine glückliche Entdeckung gemacht: die Studentengeneration, die er unterrichtete, maß dem Sex nicht mehr moralische Bedeutung zu als einem warmen Bad. Und er hatte noch etwas entdeckt, was seiner Veranlagung zur Faulheit sehr gelegen kam. Es war nicht einmal nötig, die Studentinnen zu erobern. Heiratswillige Zwanzigjährige bedrängten ihn und waren gerne dazu bereit, mit ihm zu schlafen. Oft reichte es schon, mit in ihre Wohnungen zu gehen, Schallplatten zu hören und ein bißchen Gras zu rauchen, um sie ins Bett zu kriegen. Er nahm schnell studentische Gewohnheiten an und wollte immer seltener etwas von seiner Frau, höchstens wenn er betrunken war oder von Schuldgefühlen dazu getrieben wurde.

Emma wußte, daß in Flap mehr sexuelle Energie steckte, als er zu Hause zeigte, aber sie stellte keine Fragen. Sie fühlte sich in ihrem eigenen Bett als zweite Wahl, und das war sehr demütigend. Sie hatte nicht vor, alles noch schlimmer zu machen, indem sie eifersüchtig reagierte.

Was Flap betraf, fühlte sie mehr Verachtung als Eifersucht, und dadurch schien sie ihm eher überlegen.

Ein Jahr verstrich. Sie war oft verzweifelt, aber sie verbarg ihre Verzweiflung hinter einer gesteigerten Aktivität und hoffte, daß dadurch niemand ihre Unzufriedenheit bemerken würde. Sie sagte sich, sie müsse den Tatsachen ins Auge blicken. Sie brauchte einen Liebhaber. Aber sie lebte in einer Kleinstadt, mußte zwei Söhne aufziehen und das Haus in Ordnung halten. Wo war da Zeit für einen Liebhaber, und wie konnte er in einer solchen Umgebung gefunden werden? Sam Burns war ein absurdes Gebilde ihrer Phantasie. Völlig unmöglich, ihn aus seiner Bank zu locken, und selbst dann wäre er wahrscheinlich zu ängstlich, etwas zu riskieren. Kein Mann schien weniger zum Ehebruch bereit als er. Sie gab alle Illusionen auf. Resignation beschlich sie. Sie sagte sich, sie könne die ganze Sache genausogut vergessen.

Als sie eines Tages im November in der Bank mit Sam und Angela plauderte, fuhr Sam Burns in seinen Mantel und sagte, er müsse schnell noch ein Haus besichtigen, das der Bank gehöre und verkauft

werden solle. Emma handelte. Sie erfand geistesgegenwärtig eine Freundin, die nach Des Moines ziehen wollte und vielleicht gerade an diesem Haus interessiert sein könnte. Sam Burns nahm sie hocherfreut mit.
Es war sehr kalt, und sie waren beide sehr aufgeregt. Das Haus war unmöbliert. Emma sah in seinen Augen, daß er sie wollte. Sie wußte auch, daß sie die Initiative ergreifen mußte. Sie wanderten schweigend in dem leeren Haus herum, ihr Atem kondensierte, und hin und wieder stießen sie ungeschickt zusammen. Sie wußte nicht, was sie tun sollte. Sam war so groß, daß sie ihn nicht küssen konnte. Da ging er in die Hocke, um eine kaputte Scheuerleiste zu inspizieren, und Emma ging zu ihm und legte ihre kalten Hände auf sein Gesicht. Sein breiter Nacken war warm wie ein Ofen. Sie hockten eine Weile unbequem auf dem Boden und küßten sich. Emma ließ ihn nicht aufstehen, aus Angst, er würde die Flucht ergreifen. Sie liebten sich in einer kalten Ecke auf ihren Mänteln. Es war, als würde sie von einem großen, unentschlossenen Bären umarmt. Es war sehr befriedigend.
Als sie zur Bank zurückfuhren, hatte Sam Angst. Er war überzeugt, daß alle Leute es wüßten. Emma war ganz ruhig und entspannt. Und als sie angekommen waren, sprach sie mit Angela sehr überzeugend über das Haus und ihre Phantasiefreundin, bis sie sah, daß Sam seine Angst überwunden und sich auf einen Nachmittag mit Hypotheken-Geschäften eingerichtet hatte.
»Sie sind eine Wohltat für diesen Mann«, sagte Angela, die bemerkt hatte, wieviel glücklicher ihr Chef jetzt aussah als am Morgen. Sie konnte mit der geschwätzigen kleinen Dottie nichts anfangen und fand es süß, daß eine nette junge Frau wie Mrs. Horton sich für ihren vernachlässigten Pantoffelhelden von Chef interessierte.

»Hm, wie ein Bär. Ja, ich weiß, das ist reizvoll«, sagte Aurora ein paar Wochen später. Es hatte nur zweier Telefongespräche bedurft, um zu spüren, daß ihre Tochter nicht mehr so deprimiert war, und ein drittes, um Emma ein Geständnis zu entlocken.
»Geld mag auch etwas damit zu tun haben«, fügte sie hinzu. »Der Umgang mit Geld verleiht selbst langweiligen Männern eine gewisse Faszination. Meine Güte, Hector ist krank, und jetzt muß ich mich auch noch an deine Sündhaftigkeit gewöhnen. Das ist ziemlich viel verlangt von mir, nicht wahr?«
In Wirklichkeit irritierte sie Emmas Verhalten nicht im geringsten. Sie hatte schon einige Jahre darauf gewartet, daß das passieren würde.

Sie hatte die Hoffnung genährt, daß es, wenn es passieren würde, ein relevanter und wenn möglich ungebundener Mann wäre, der Emma mitnehmen und ihr eine Ehe bieten könnte, die ihrer würdig wäre. Aber das war offensichtlich nicht der Fall.
»Du hast eine Neigung zu Mißgriffen, Liebling«, sagte sie. »Wenn das nicht so wäre, hättest du dir nicht einen Großvater ausgesucht. Die Möglichkeiten dieser Liaison sind nicht sehr zukunftsträchtig.«
»Was fehlt dem General?« fragte Emma, um das Thema zu wechseln.
»Nichts, was ich nicht heilen könnte«, sagte Aurora. »Er atmete bei seinen dummen Dauerläufen zu viele Abgase ein. Er kriecht sowieso mehr, als daß er rennt. Vernon ist inzwischen für einen Monat nach Schottland gefahren. Ich bin darüber ziemlich verärgert. Wenn er länger dort bleibt, werde ich verlangen, daß er mich zu sich holt. Alberto ist auch ziemlich erledigt. Alfredo übernimmt den Laden. Ich sage dir, hier unten fällt alles auseinander, und was trägst du dazu bei, um zu helfen? Du verführst einen Großvater. Ich werde es vor Rosie verheimlichen. Seit Royces Tod gerät sie wegen der kleinsten Kleinigkeit außer sich. Der kleine Buster ist wieder bei einem Diebstahl erwischt worden«, fügte sie hinzu. »Ich glaube nicht, daß es noch lange dauert, bis der Junge in ein Erziehungsheim kommt. Das erinnert mich daran, daß ich dir raten wollte, vorsichtig zu sein. Ich kann mir vorstellen, daß in einer Stadt wie Des Moines Ehebrecherinnen immer noch gesteinigt werden.«

Sam Burns sah ihre Zukunft fast ebenso pessimistisch. Er war sicher, daß sie erwischt würden. Und dann müßte er sich von seiner Frau scheiden lassen und Emma heiraten und, um der Schande zu entgehen, die Stadt verlassen. Er war sogar schon soweit, daß er beschlossen hatte, nach Omaha zu ziehen, wo ein alter Kumpel aus der Armee Präsident einer soliden, kleinen Bank war.
»Liebling, ich bin in meinem Leben nie ungestraft davongekommen«, sagte er zu Emma und zog an einem Ohr. »Das stimmt wirklich. Ich kann einfach nichts auf Dauer verheimlichen.«
Immerhin war er geschickt genug, immer neue Gründe dafür zu finden, warum er die verschiedenen Häuser besichtigen mußte, die die Bank verkaufen wollte. Als Flap und die Jungs eines Abends bei einem Basketball-Spiel waren, lud Emma eine alte Matratze auf den Kombi und fuhr sie zu einem der Häuser. Flap erzählte sie, sie habe sie einem Wohltätigkeits-Basar zur Verfügung gestellt. Während der nächsten

anderthalb Jahre, in denen die Bank die Häuser verkaufte, wurde die Matratze von einem kahlen Neubau zum anderen transportiert. All die Häuser waren leer und noch unbeheizt. Und als der Reiz des Neuen bei Sam Burns abnahm, fragte sich Emma, wie es wohl wäre, wenn sie sich für ihre Liebesaffäre einen warmen Ort aussuchten, vielleicht ein großes, prächtig möbliertes Hotelzimmer oder wenigstens einen Raum mit Stühlen und einer Toilette, die funktionierte.

Einmal glaubten sie, sie hätten es wirklich geschafft, eine kurze Reise nach Chicago zu machen, was eine nette Abwechslung gewesen wäre, aber Dottie brachte es fertig, in letzter Minute alles zunichte zu machen. Sie fiel von einer Tribüne und brach sich die Hüfte. Die Tatsache, daß er fremdging, während seine treue Frau im Krankenhaus in Gips lag, verstärkte Sams Schuldgefühle in fast unerträglichem Maße, und Emma war einige Male nahe daran, ihn in die Sicherheit Dotties, Angelas und seiner Arbeit zurückkehren zu lassen.

Sie hätte ihn auch aus Zuneigung und Freundlichkeit gehen lassen, wenn er wirklich hätte gehen wollen, denn sie wußte, daß die Affäre fast die ganze Zeit eine moralische Tortur für ihn war. Aber trotz all der Leiden wollte Sam nicht gehen. Er war auf seine Art noch viel verzweifelter gewesen als Emma. Dottie hatte sich nie für Sex interessiert, und als sie fünfundvierzig war, wurde ihr Desinteresse immer größer und verwandelte sich in totale Ablehnung. Sie gehörte nicht zu den Frauen, die etwas taten, was ihnen nicht gefiel, und Sams sexuelle Zukunft bestand in gelegentlichen Besuchen bei Callgirls.

Emma war deshalb ein Glück für ihn. Er wußte, daß er eine letzte Chance bekommen hatte, und auch wenn es erschreckend und schwierig war, mußte er sie ergreifen. Er hatte noch nie eine Frau kennengelernt, die so freundlich und so zärtlich war wie Emma, und er betete sie an. Die leeren Häuser und die ausgefallene Tageszeit, die Kälte und die ungemütliche Umgebung stimmten ihn traurig. Er wollte ihr all die konventionellen Bequemlichkeiten bieten. Manchmal stellte er sich sogar vor, daß Dottie auf ehrenhafte Weise aus dem Leben schied, vielleicht an einem Hitzeanfall bei Jaycees Picknick, wenn sie den ganzen Tag lang in der brennenden Julisonne stand und die Zubereitung des Essens überwachte. Wenn das passieren würde, könnte er, wie er sich ausdrückte, Emma Gerechtigkeit widerfahren lassen, sie von ihrem nachlässigen Ehemann wegholen und ihr ein schönes Haus, schöne Kleider, eine große Küche und vielleicht sogar ein Kind schenken. Es kam ihm niemals in den Sinn, daß Emma diese Dinge vielleicht gar nicht haben wollte. Es stellte sich heraus, daß diese Überlegungen sinnlos waren, denn Dottie überlebte Sam Burns um viele Jahre.

Als Emma von Sams Tod erfuhr, war sie gerade von Flap schwanger und lebte schon seit neun Monaten mit ihrer Familie in Kearney, Nebraska. Flap war der Vorsitz der Englischen Fakultät eines kleinen staatlichen Colleges angeboten worden, und er hatte ihn nach langem Hin und Her angenommen. Emma und die Jungs wollten in Des Moines bleiben, aber Flap hatte sie überredet.
Als sie ihm erzählte, daß sie gehen würde, war Sam Burns wie vor den Kopf geschlagen. Er saß lange auf der Matratze und betrachtete voller Verzweiflung seine riesigen Füße. Er würde nicht mehr dazukommen, Emma diese Bequemlichkeiten zu verschaffen. Stotternd stieß er alles hervor, seinen sündigsten Traum. Dottie könnte sterben. Sie könnten heiraten. Er sah sie traurig an und fragte sich, ob eine so wunderbare Frau bei dem bloßen Gedanken daran, ihn zu heiraten, in Gelächter ausbrechen würde.
Obwohl sie ihn niemals geheiratet hätte, lachte Emma nicht. Sie sah, daß er nicht verstand, wieviel Trost er ihr bereits gespendet hatte. Sein ganzes Leben lang war er zu groß gewesen, war wie ein Tolpatsch behandelt worden. Und er war wirklich ein Tolpatsch.
Er war nie geschickt mit ihr umgegangen, und doch hatte es ihr sehr gut gefallen.
»Aber natürlich, Liebling«, sagte sie. »Ich würde dich sofort heiraten«, und sie hoffte, Dottie Burns würde sich eines langen Lebens erfreuen, damit sie ihr Wort niemals zurücknehmen müßte.
Sam betrachtete seine Füße etwas weniger verzweifelt. Sein ganzer Körper zitterte vor Schmerz an dem Tag, als sie sich trennten. »Weiß nicht, was ich tun werde«, sagte er.
»Naja, vielleicht kannst du dein Golfspiel verbessern«, sagte Emma und umarmte ihn. Sie gab ihm einen Kuß und versuchte, einen Scherz daraus zu machen, denn er konnte Golfspielen nicht ausstehen. Das hatte er eines Tages scheu zugegeben. Auf dem Golfkurs hatte er den schlimmsten Spott über sein täppisches Wesen ertragen müssen. Er spielte Golf nur, weil es von ihm erwartet wurde.
Emma wußte auch nicht, was sie tun würde.
Es war Angela, die sich an die Freundlichkeit der jungen Mrs. Horton erinnerte, in Kearney anrief und Emma von Sams Tod unterrichtete.
»Oh, nicht Mr. Burns«, sagte Emma. Sie hatte selbst in ihrem Schreck noch daran gedacht, formell zu sein.

»Ja, er ist verschieden«, sagte Angela. »Hatte auf dem Golfplatz einen Herzanfall. Er ist wie immer rausgefahren und wollte spielen. Es war furchtbar heiß...«
Emma saß tagelang in ihrer Küche, kaute auf Servietten herum oder riß sie in schmale Streifen. Servietten waren ihre neue Neurose. Es war nicht nur der Tod Sams. Sie hatte ihn unglücklich sterben lassen. Die Wahrheit war, daß ihr Elan bei der Affäre nachgelassen hatte. Langsam hatte sie der Mut verlassen bei all diesem Versteckspiel, den Lügen, in den leeren Häusern. Und eine andere Befürchtung war aufgetaucht: Die Möglichkeit, daß Sam sich allzu sehr in sie verliebte. Wenn sie ihm mehr Zuneigung geschenkt hätte, hätte er Dottie verlassen wollen. Es würde nicht einfach bleiben, das wußte sie, und so kämpfte sie nicht sehr überzeugend um Des Moines, als es soweit war. Sie dachte, sie hätten eine schöne Zeit miteinander gehabt, sie und Sam, und Kearney war ein natürliches Ende der Angelegenheit.
Wenn er im Bett gestorben wäre oder bei einem Unfall, hätte sie vielleicht nicht so tief um ihn getrauert, denn er verstand das Leben nicht. Er hatte sich mehr als fünfzig Jahre lang für den großen Narren gehalten.
Es war die Tatsache, daß er auf einem Golfplatz gestorben war, die sie verfolgte. Vielleicht hatte er ihre letzte Bemerkung falsch verstanden. Er war ein Mann, der kein Gespür für Ironie hatte. Vielleicht hatte er gedacht, daß sie wirklich wünsche, er würde sein Golfspiel verbessern, oder vielleicht sogar, daß sie sich am Ende gar nichts aus ihm mache.
Der Gedanke an diese Möglichkeit brach ihr das Herz. Sie kaute an Servietten und hatte Alpträume, in denen sie sah, wie ein großer Körper von einem Golfplatz getragen wurde. Flap und die Jungs gingen ihr aus dem Weg. Er hatte keine Ahnung, was in ihr vorging und erzählte den Jungs, es sei die Schwangerschaft. Zum Glück hatte er im College viel zu tun, und er ging auch selten nach Hause. Tommy verkroch sich in seine Koje, und Teddy versuchte verzweifelt, seine Mutter aufzuheitern. Er umarmte sie, er zeigte ihr alle seine Tricks, er erzählte Witze, er spielte Karten mit ihr, er räumte überall auf, er hängte seine Kleider auf den Bügel, er bot sogar an, das Frühstück zu machen. Emma konnte ihm nicht widerstehen. Sie stand auf, schüttelte alles von sich ab und half ihm, das Frühstück zu machen.
Eines Tages erzählte sie ihrer Mutter am Telefon ihren Kummer. Aurora lauschte ernsthaft. »Emma, ich habe nur ein Wort des Trostes«, sagte sie, »und das ist, dich daran zu erinnern, daß Männer den

Frauen selten zuhören. Selbst in dem Moment, in dem du glaubst, sie müßten einfach zuhören, tun sie es nicht. Ich bin mir sicher, daß der arme Mr. Burns sich an Schöneres als deine letzte Bemerkung erinnert hat.«
»Ich wünschte, ich wäre mir da so sicher«, sagte Emma.
»Ich bin mir sicher«, sagte Aurora. »Man kann von Glück sagen, wenn man einem Mann begegnet, der wirklich aufmerksam ist.«
»Bist du mal einem begegnet?«
»Nein, und wenn ich ihn jetzt kennenlernen würde, wäre er wahrscheinlich so alt, daß er taub wäre. – Ich wünschte, du würdest dein Kind hier zur Welt bringen«, fügte sie hinzu. »Rosie und ich könnten eine Weile für euch beide sorgen. Nebraska ist kein Ort, wo man Kinder zur Welt bringt. Außerdem dachte ich, du wolltest keine mehr. Was hat deine Ansicht geändert?«
»Ich weiß nicht«, sagte Emma, »und ich möchte auch keine Spekulationen darüber anstellen.«

Es gab Zeiten, da erschien ihr alles, was sie getan hatte, fast verrückt. Die Lage zu Hause wurde nicht besser, und während sie immer dicker wurde, dachte sie ständig an Scheidung. Es schien absurd, von einem Mann schwanger zu sein, dem man sich durch nichts mehr verbunden fühlte. Eines Tages würde sie eine geschiedene Frau mit drei Kindern sein...
Dann gebar sie ein Mädchen, Melanie, ein kleines Wesen, das so zufrieden mit sich selbst war, daß es Emma schien, es sei ein Glückskind, das alle Menschen glücklich machte.
Emma erlaubte keinem, sie Mellie zu rufen. Von Anfang an wurde sie Melanie genannt, und sie wurde mit der Fähigkeit geboren, jeden zu bezaubern, der sich ihr näherte.
Wenn sie darüber nachdachte, erschien ihr das in vielerlei Hinsicht als eine erschreckende Erkenntnis, ein Streich mehr, den ihr das Leben gespielt hatte, denn das hieß, daß sie immer in den Hintergrund gedrängt würde, wenn nicht von ihrer Mutter, dann von ihrem eigenen Kind. Melanie hatte herrliche blonde Locken, die golden schimmerten, wenn das Sonnenlicht auf ihren Kopf fiel. Andererseits war es einfach amüsant, wenn Großmutter und Enkelkind versuchten, sich gegenseitig an Heiterkeit und Starrsinn zu übertreffen.
Melanie machte Teddy glücklich, wenigstens in den ersten Jahren. Vielleicht war das eine Erklärung für ihr Dasein, dachte Emma. Es war eine Möglichkeit, wieder Liebe ins Haus zu bringen. Eine Weile

schien es prächtig zu funktionieren. Selbst Flap konnte sich Melanies Charme nicht entziehen. Ein oder zwei Jahre lang kam er öfter nach Hause, um sich von seiner Tochter bezaubern zu lassen. Tommy sagte nie viel zu Melanie, aber er zeigte ihr seine scheue, beschützende Zuneigung und war jedem gegenüber, der sie beunruhigte, äußerst feindselig – für gewöhnlich war das Teddy, der häufiger als alle anderen mit ihr zusammen war.
Wenn sie Melanie und Teddy zusah, fühlte Emma sich belohnt. Es war schön, zwei Kinder zu haben, die sich so ganz und gar liebten. Und Melanie und Teddy waren wirklich wie ein Liebespaar, das sich dauernd nahe sein will. Melanie schien auf Teddys Schoß aufzuleben. Seit sie laufen konnte, ging sie morgens als erstes schnurstracks zu seinem Bett, und Teddy verhielt sich launisch wie ein Liebhaber, denn manchmal machte ihn gerade ihre Zuneigung zu ihm widerspenstig. Er behandelte sie wie eine Freundin, und wenn sie ihn mit Umarmungen und Liebe überhäufte, neckte und triezte er sie, indem er ihre Spielsachen versteckte und damit wilde Zornausbrüche provozierte. Aber nach Tränenausbrüchen Melanies vertrugen sie sich immer wieder, sie versöhnten sich und beendeten den Tag gemeinsam in einer Koje, wo sie sich Geschichten erzählten.
Oft tat Melanie so, als lese sie ihm was vor, denn ihre erste Eitelkeit war der Glaube, sie könne lesen. Als sie ihre ersten Worte plapperte, begann sie allen Leuten Bücher zu entreißen. »Ich lesen können«, betonte sie nachdrücklich, während sie eifrig nickte und auf Zustimmung hoffte. Teddy beließ sie in dem Glauben, während alle anderen ihre Behauptung bestritten. Er konnte stundenlang zuhören, wie sie die Bilder in ihren Bilderbüchern erklärte, während der Rest der Familie versuchte, sie dazu zu bringen, vorzulesen. Melanie ärgerte sich darüber, wenn sie Leute sah, die zufrieden mit Büchern ohne Bilder dasaßen, mit Büchern, die sie ausschlossen oder sie dazu zwangen, übermäßig lange zu heucheln. Wenn sie konnte, riß sie solche Bücher an sich und warf sie in den nächsten Papierkorb. Und wenn niemand auf sie aufpaßte, streifte sie durchs Haus und versteckte die Bücher, die ihre Eltern oder ihre Brüder lasen. Sie schob sie unter Betten oder stopfte sie listig in die hintersten Winkel der Schränke, wo sie monatelang nicht gefunden wurden. Sie war ein sehr rachsüchtiges Kind und hatte einen ausgeprägten Sinn für ausgleichende Gerechtigkeit. Wenn sie ihren Kopf nicht durchsetzen konnte, bot sie ihre gesamte Energie auf, damit kein anderer seinen Kopf durchsetzte. Sie nutzte ihren Charme, sie von allem abzulenken, was sie vorgehabt hatten,

und nahm augenblicklich Zuflucht zu einem Zornausbruch, wenn sie sah, daß alles andere zwecklos war.

Bei Besuchen in Houston zeigte sie eine Vorliebe für Rosie und Vernon, die sie beide über die Maßen verwöhnten. General Scott behandelte sie ziemlich unfreundlich, obwohl sie gern auf seinen Adamsapfel drückte und herauszufinden versuchte, warum seine Stimme so brüchig war. Er erzählte ihr, daß er einen Frosch im Hals habe, sie glaubte es und bat ihn ständig, den Frosch herausspringen zu lassen.

Ihrer Großmutter gegenüber war sie gewöhnlich sehr kühl, obwohl die beiden hin und wieder eine liebevolle Balgerei anfingen. Aurora behauptete, Melanie sei maßlos verwöhnt, wenn Melanie ihre Anstrengungen, sie noch mehr zu verwöhnen, zurückwies. Sie ritt stundenlang auf Vernons Knien, aber sobald Aurora sie auf den Arm nahm, wurde sie sofort zum Zappelphilipp. Was sie an ihrer Großmutter liebte, war der Schmuck, den diese trug, und sie riß dauernd an Auroras Ohrringen oder versuchte, sie dazu zu überreden, ihr die Halsketten zu geben. Wenn die beiden sich manchmal freundlich gesinnt waren, saßen sie auf Auroras Bett, und Melanie durfte all den Schmuck aus dem Schmuckkästchen anprobieren. Aurora sah amüsiert zu, wie sich ihr goldblondes Enkelkind mit all dem Schmuck behängte, den sie angehäuft hatte, die Relikte der Leidenschaften ihres Lebens oder ihrer Launen.

»Ich anziehen«, sagte Melanie und streckte ihre Hand nach allem aus, was Aurora gerade trug. Sie liebte die silberne Bernsteinkette mehr als alles andere, und sooft es ihr erlaubt wurde, tapste sie mit der Kette herum, die ihr fast bis zu den Knien ging. Meistens war sie auf der Suche nach Rosie, die sie geradezu anbetete.

»Mein Gott, mir bricht das Herz, wenn ich dran denke, daß dieses Kind in Nebraska aufwächst«, sagte Rosie und sah zu, wie sie sich Haferflocken in den Mund stopfte.

»Mir bricht das Herz, wenn ich daran denke, was für Männer sie umgeben, wenn sie älter wird«, sagte Aurora.

»Sie kann nicht schlimmer mit ihnen umspringen als Sie«, sagte Rosie.

»Wahrscheinlich nicht, aber die Männer zu meiner Zeit vertrugen mehr. Sie wurden dazu erzogen, auf Schwierigkeiten gefaßt zu sein.«

»Nicht reden«, sagte Melanie und zeigte mit ihrem Löffel auf Rosie. Sie hatte schnell erkannt, daß alle Leute immer mit ihrer Großmutter redeten, und das gefiel ihr nicht.

»Mit mir reden«, sagte sie einen Augenblick später und hielt ihren Teller um mehr Haferflocken hin.
»Mit einem Kind, das einen solchen Appetit hat, ist alles in Ordnung, oder?« sagte Rosie freudig und eilte zum Herd.
Aurora bestrich ein Hörnchen mit Butter, und Melanie streckte sofort die Hand danach aus.
»Nein«, sagte Aurora und aß das Hörnchen.

Nach Melanies Geburt fühlte sich Emma eine Zeitlang frei. Sie hatte alles richtig gemacht; das glaubte sie zumindest, und sie lehnte sich zufrieden zurück und sah zu, wie Melanie die Familie zusammenhielt. Es gab sogar Augenblicke, da spürte sie wieder ein wenig Zuneigung für Flap, aber das waren nur Augenblicke, und die Zeit des Glücks dauerte nicht an. Denn Melanie schien auch so etwas wie ein Schlußpunkt zu sein. Emma hatte geleistet, was von ihr erwartet wurde. Schon wenige Monate später fühlte sie sich wieder deprimiert. Sie sagte sich zwar, daß es verrückt sei, aber sie hatte mit ihren fünfunddreißig Jahren ständig das Gefühl, daß es für sie nichts mehr gab. Alles, was blieb, war eine Wiederholung, aber sie haßte Wiederholungen.
Dann gab es Zeiten, da meinte sie, sie müsse, selbst wenn sie glücklich war, verrückt werden in Kearney. Sie hatte sich zwar an den Mittleren Westen gewöhnt. Die Menschen dort waren höflich, und sie war dazu übergegangen, ihre Bodenständigkeit, ihre Schwerfälligkeit und ihren Mangel an Phantasie zu ignorieren. Das gehörte alles irgendwie zur Landschaft, und doch schaffte sie es nicht, über die Grenzen der Höflichkeit zu einer wirklichen Freundschaft zu kommen. Die Landschaft war zur Einsamkeit wie geschaffen, so schien es ihr. Sie machte lange Spaziergänge am Rand des Plateaus im schneidenden, kalten Wind. Der Wind schien ihr das Beherrschende, das Ewige zu sein, dort, wo sie lebte. Wind von der Prärie statt Stränden, Wellen und Gezeiten. Solange sie in Nebraska lebte, war der Wind ihr Meer, und wenn sich die Einheimischen auch über ihn beklagten, sie liebte ihn. Sie konnte sich fast an ihn anlehnen. Sie hörte gerne sein Seufzen und Brüllen in der Nacht, wenn nur sie wach war. Er störte sie nicht. Die sommerliche Flaute und die gelegentliche winterliche Flaute jedoch, die störten sie. In der Stille spürte sie, daß sie aus dem Gleichgewicht geraten war. Wenn der Wind abflaute, meinte sie zu fallen, und das geschah nicht etwa, wenn sie träumte. Es geschah, wenn sie hellwach war.

Außerdem verliebte sich Flap in Kearney. Es war ein relativ wohlhabendes Land und dem zwanzigsten Jahrhundert ferner als Des Moines. Die Studentinnen verliebten sich zwar auch dort bis über die Ohren in ihn, aber es gelang ihm nicht so leicht, sie ins Bett zu kriegen. Die Stadt war zu klein dafür, und die Studentinnen zu unerfahren. Wenn eine von ihnen schwanger geworden wäre, wäre Flap als Fakultätsvorsitzender erledigt gewesen.
Um dieser Gefahr zu entgehen, begann er ein Verhältnis mit einer Frau, die nur zehn Jahre jünger war als er. Sie war eine junge Zeichenlehrerin und sehr emanzipiert. Sie hatte in San Francisco studiert, war verheiratet gewesen und geschieden. Sie war ein einheimisches Mädchen aus guter Familie, der besten Familie in der Stadt, und die Gesellschaft hatte ihr schon lange das Recht zugebilligt, ein wenig à la Boheme zu leben. Sie malte und unterrichtete im Aktzeichnen. Sie und Flap waren Mitglieder bei drei Fakultätsausschüssen; das gab ihnen Vorwände genug, sich zu treffen. Sie war kühl, redete nicht viel und hielt sich sechs Monate lang zurück. Sie hatte modernen Tanz studiert und eine örtliche Yoga-Gruppe geleitet. Ihre Figur war bewundernswert, und sie bewegte sich anmutig. Sie hieß Janice. Flap hätte Emma verlassen, um mit ihr zu schlafen, wenn es nötig gewesen wäre. Das verlangte Janice jedoch nicht von ihm. Drei Wochen nachdem sie ein Verhältnis angefangen hatten, war er so verliebt in sie, daß er Emma alles gestand. Melanie saß gerade auf seinem Schoß und malte mit einem seiner Filzstifte blaue Kreise auf eine Serviette.
»Warum erzählst du mir das?« fragte Emma ruhig.
»Du weißt es doch sowieso«, sagte Flap. »Merkst du es nicht an meinem Verhalten?«
»Laß sie bitte nicht auf der Tischdecke herummalen«, sagte Emma. »Du läßt sie immer Flecken auf meine Tischdecken machen.«
»Ich frage im Ernst«, sagte Flap. »Merkst du es nicht an meinem Verhalten?«
»Nein, wenn du es genau wissen willst«, sagte Emma. »Ich merke an deinem Verhalten, daß du mich nicht liebst. Und das kann ich dir nicht unbedingt verübeln. Vielleicht hast du mich früher einmal geliebt. Ich weiß es nicht. Aber es ist etwas anderes zu wissen, daß du mich nicht liebst, als zu wissen, daß du an meiner Stelle eine andere liebst. Das schmerzt«, fügte sie hinzu und entriß Melanie den Stift gerade noch rechtzeitig, bevor sie die Tischdecke bemalen konnte. Melanie sah ihre Mutter finster an. Es war erstaunlich, wie dunkel ihre Augen wurden, wenn sie zornig war. Sie brüllte nicht, denn sie

hatte gelernt, daß es nicht artig war, ihre Mutter anzubrüllen. Sie hatte das Talent ihrer Großmutter geerbt zu schweigen, und so kletterte sie vom Schoß ihres Vaters und stolzierte schweigend aus dem Zimmer. Flap war zu beschäftigt, um das zu bemerken.
»Ja, aber trotzdem«, sagte er. Er ließ sich Janice zuliebe einen Schnurrbart wachsen, und Emma verachtete ihren Geschmack deshalb nur noch mehr. Mit einem Schnurrbart und seiner schlampigen Kleidung sah er ausgesprochen vergammelt aus.
»Sag mir, was du willst«, sagte Emma. »Du kannst dich scheiden lassen, wenn du willst. Ich werde deiner Leidenschaft nicht im Weg stehen. Geh und leb mit ihr, wenn du willst. Sag mir nur, was du willst.«
»Ich weiß nicht«, sagte Flap.
Emma stand auf und fing an, Hamburger vorzubereiten. Die Jungs mußten bald nach Hause kommen.
»Wirst du mir wenigstens Bescheid sagen, wenn du dich entschieden hast?« fragte sie.
»Wenn ich mich entscheiden kann«, sagte er.
»Du entscheidest dich besser«, sagte Emma. »Ich möchte dich nicht hassen, aber das könnte passieren. Ich glaube, ich werde eine Entscheidung brauchen.«
Flap traf nie eine Entscheidung. In Wirklichkeit hatte er vor Janice mehr Angst als vor Emma. Sie hatte ein Talent für hysterische Anfälle, das Emma abging. Er verwechselte Hysterie mit Aufrichtigkeit. Wenn sie kreischte, sie würde sich umbringen, wenn er sie nicht mehr besuchte, so glaubte er ihr. Außerdem hatte er nie vorgehabt, sie nicht mehr zu besuchen. Janice wußte das sehr wohl, aber sie machte gerne Szenen. Sie liebte Flap nicht, und sie wollte auch nicht, daß er seine Frau verließ. Aber sie wollte all die Zeremonien der Leidenschaft, und Szenen gehörten dazu. Nach einer Weile hing ihre Leidenschaft ganz von ihren Attacken ab.
Im Gegensatz zu ihr zog sich Emma zurück. Sie wartete darauf, verlassen zu werden, und nach ein paar Monaten hoffte sie es sogar. Sei es auch nur, um mehr Platz in den Schränken zu haben. Aber dann bemerkte sie, daß Flap nicht gehen würde, wenn nicht sie oder Janice ihn dazu zwängen. Er war sehr höflich und versuchte, nicht anzuecken. Da gab Emma ihn auf. Sie gestand ihm das Haus und die Kinder zu. Doch er wollte sie nicht. Das war also kein Problem. Sie schaute gewöhnlich das Nachtprogramm an und schlief dann sowieso auf dem Sofa. Sie machte keine Szenen. Szenen bringen die Kinder

durcheinander, und es gab auch nichts mehr, worüber man hätte streiten können. Was eine Zeitlang eine Ehe gewesen war, war gestorben. Die Tatsache, daß zwei Menschen, die sich lange kannten, weiter in einem Haus zusammenlebten, bedeutete wenig.
Sie wußte, daß sie ihn wahrscheinlich hätte hinauswerfen sollen, aber er war so träge, so verbunden mit den Kindern, so besitzergreifend in seinen Gewohnheiten, daß es ihr ein hohes Maß an Energie abverlangt hätte. Und die hatte Emma nicht. Die Kinder raubten ihr alle Kraft, und sie selbst schien zu keinem Zorn mehr fähig zu sein. Sie hatte ihre Fähigkeit zu Gefühlsausbrüchen in Des Moines verloren. Was Flap machte, erschien feige, aber es paßte zu seinem Charakter. Sie wollte sich nicht mehr die Mühe machen, ihn zu ändern. Es berührte sie einfach nicht mehr.
Sie zog sich von allen gesellschaftlichen Verpflichtungen zurück. Sie lehnte alle Einladungen ab, ignorierte alle Aufgaben und verachtete alle Professorengattinnen. Da sie die Frau eines Fakultätsvorsitzenden war, bereitete das Flap Unannehmlichkeiten, aber das war Emma egal. Wenn Gastvorträge gehalten wurden, ging sie nicht hin, wenn Teegesellschaften gegeben wurden, nahm sie nicht teil.
»Geh mit deiner Geliebten zu diesen Festen«, sagte sie. »Das wird die Leute ein bißchen kitzeln, und das können die hier weiß Gott brauchen. Ich hoffe, daß ich nie wieder eine Platte mit diesem verdammten Nudelsalat mit Huhn zu Gesicht bekomme.«
»Was hat das denn damit zu tun?« wollte Flap wissen.
»Na ja, das war der wesentlichste Bestandteil unseres sozialen Lebens, Liebling. Weißt du das nicht mehr?« sagte sie. »Billiger Wein, billige Drucke, billige Möbel, langweilige Gespräche, deprimierte Menschen, schäbige Kleidung und Nudelsalat mit Huhn.«
»Was soll das heißen?« fragte er.
»Daß zwölf Jahre Ehefrau eines Fakultätsmitglieds reichen«, sagte sie. »Du wirst dich alleine durchbeißen müssen.«
In dieser Stimmung machte sie einen großen Fehler. Flap hatte einen Kollegen, der Akademiker ebenso zu hassen schien wie sie. Er hieß Hugh und war ein jugendlicher Vierzigjähriger. Er war zynisch und James-Joyce-Fan. Er hatte sich erst vor kurzem scheiden lassen, und Flap brachte ihn hin und wieder mit nach Hause. Er trank gerne und sprach gerne über Filme. Emma gefiel er. Er hatte eine trockene, witzige Art und konnte seine Akademikerkollegen und das gesamte Leben an der Universität herrlich lächerlich machen. Wenn Hugh da war, konnte Emma richtig lachen. Sie lachte viel von dem, was sie in

sich hineingefressen hatte, einfach hinaus. Das war eine ungeheuere Erleichterung. Hugh hatte kalt funkelnde blaue Augen und eine aufgeworfene Unterlippe. Eines Tages kam er, während Melanie ihren Mittagsschlaf hielt, denn er war selbst Vater und hatte ein feines Gefühl für den häuslichen Zeitplan, und verführte Emma in Teddys Koje. Emma hatte erwartet, daß das geschehen würde, aber sie war nicht gefaßt auf das Nachspiel. Hugh teilte ihr kühl mit, daß sie ihn nicht befriedigt habe.
Emma war sehr überrascht. »Überhaupt nicht?« fragte sie.
»Nein«, sagte Hugh. »Ich glaube, du hast vergessen, wie man fickt.«
Er sagte das in einem freundlichen Ton, während er seine Turnschuhe zuband. »Komm, wir trinken eine Tasse Tee«, fügte er hinzu.
Statt ihn hinauszuwerfen, ließ sich Emma darauf ein. Sie nahm sich seine Kritik zu Herzen. Und überhaupt, wie lange war es schon her, daß sie dem Sex wirkliche Aufmerksamkeit geschenkt hatte? Flap war schon seit Jahren meistens gleichgültig, und Sam Burns war viel zu verliebt gewesen, um irgendwelche Verfeinerungen zu verlangen. Außerdem hatte sie sich schon lange daran gewöhnt, sowohl ihre Hoffnungen als auch ihre körperlichen Gefühle zu unterdrücken. Die Aufrechterhaltung des häuslichen Friedens verlangte es.
Trotzdem kam die Kritik sehr überraschend. Sie war sehr verwirrt.
»Mach dir deshalb keine Sorgen«, sagte Hugh immer noch freundlich. »Es ist alles da. Es wird sich finden.«
Es fand sich alles in seinem Haus, das nur drei Straßen weiter war, und der Weg dorthin eignete sich vorzüglich für Spaziergänge. Seine Frau war in den Osten geflohen. Bald, sehr bald sogar, wußte Emma, warum. Das kalte Funkeln in Hughs Augen erlosch nie. Emma wollte aus der Sache heraus, noch bevor sie richtig angefangen hatte, aber für eine Weile war sie gefangen. Es war nichts Besonderes, aber es war besser als nichts. Sie merkte bald, daß Hughs Verachtung der Akademiker nur eine Finte war. Er paßte genau dazu. Sex war sein eigentliches Studium, und die Universität verschaffte ihm eine günstige Basis. Sein Schlafzimmer war eine Art Seminarraum. Er trainierte Emma kritisch, als wäre sie eine Tänzerin. Eine Zeitlang schien es sich zu lohnen. Sie sah ihre Unwissenheit ein und war eine eifrige Schülerin. Dann kam die Enttäuschung. Sie fühlte sich überrumpelt. Ihre Orgasmen waren so heftig wie Explosionen. Hugh wurde oft von Leuten angerufen, zu denen er sehr kurz angebunden war. Er wollte nicht, daß Emma zuhörte, und er konnte es nicht leiden, wenn sie länger als eine bestimmte Zeit bei ihm herumlungerte. Sie begann sich

zu schämen. Sie wußte, daß es sinnlos war, sich mit einem Mann zu treffen, der ihr keine Liebe entgegenbrachte, und doch tat sie es. Nach einer Weile hatte sie das Gefühl, sie würde eine Form von Haß praktizieren statt einer Form von Liebe. Hugh hatte Vergnügen in Demütigung verwandelt. Sie wußte weder, wie er das gemacht hatte, noch, wie sie von ihm loskommen sollte. Vorsichtig versuchte sie, mit ihrer Mutter darüber zu reden.
»Oh, Emma«, sagte Aurora. »Ich wünschte, du hättest Thomas nicht geheiratet. Er war einfach nicht standesgemäß. Meine Liebhaber waren zwar keine Genies, ganz und gar nicht, aber sie meinten es wenigstens alle gut mit mir. Wer ist dieser Mann?«
»Nur ein Mann. Ein Lehrer.«
»Du hast deine Kinder, die du aufziehen mußt, vergiß das nicht«, sagte Aurora. »Du mußt da einfach raus. Verhältnisse, die schlecht sind, werden niemals besser. Sie werden unvermeidlich schlechter. Die einzige Möglichkeit, ein Verhältnis zu beenden, ist, es sofort zu beenden. Wenn du beschlossen hast, nächsten Monat Schluß zu machen, heißt das, daß du noch gar nichts beschlossen hast. Warum nimmst du nicht die Kinder und kommst hierher?«
»Mama, die Jungs gehen in die Schule. Ich kann nicht kommen.«
Aurora beherrschte sich, aber es fiel ihr nicht leicht. »Du bist kein ausgeglichener Mensch, Emma«, sagte sie. »Du hattest schon immer diese selbstzerstörerischen Neigungen. Ich glaube nicht, daß du da rauskommst. Vielleicht sollte ich kommen.«
»Und dem Mann sagen, daß er mich nicht mehr treffen darf?«
»Genau das könnte ich ihm sagen«, sagte Aurora.
Emma konnte sich lebhaft vorstellen, daß sie das wirklich machen würde. »Nein, bleib zu Hause«, sagte sie. »Ich werde das tun.«
Emma schaffte es, aber es dauerte weitere drei Monate. Sie zerstörte die Beziehung, indem sie Hughs sexuelles Niveau erreichte. Sie besiegte ihn mit seiner eigenen Karte. Eine Gleichgestellte war nicht das, was er wollte, und als ihr Kopf klarer wurde und ihr Selbstvertrauen zurückkehrte, spürte sie immer weniger Verlangen, ihm zu gefallen. Sein Verhalten ihr gegenüber wurde immer höhnischer und verächtlicher. Er hielt sich in glänzender Form. Seine Schränke waren voll von Gesundheitsnahrung und Vitaminpillen, und er verspottete Emma, weil das bei ihr nicht so war. Zunächst wählte er als Ziel für seine Kritik ihre Figur. Er machte sie darauf aufmerksam, daß ihr Hintern zu groß, ihre Brüste zu klein und ihre Schenkel zu wabblig waren. Emma zuckte nur mit den Schultern. »Ich bin nicht so ein

Narziß wie du«, sagte sie. »Selbst wenn ich zehn Stunden am Tag Gymnastik machen würde, wäre meine Figur mittelmäßig.«
Sie wußte, daß er darauf hinarbeitete, sie fallenzulassen, und sie war erleichtert und zufrieden, daß er die Initiative übernahm. Er wartete auf den Moment, in dem er sie verletzen konnte, und das wußte sie und war auf der Hut. Man konnte es seinen Augen ansehen, daß er unbedingt eine Narbe hinterlassen wollte. Als sie sich eines Tages anzogen, sagte sie irgend etwas über ihre Kinder. »Mein Gott, was hast du nur für häßliche Gören«, sagte Hugh. Emma hatte sich gerade vornübergebeugt, und sein großer Turnschuh lag direkt vor ihrer Hand. Sie fuhr herum und schlug ihn damit, so fest sie konnte, ins Gesicht. Seine Nase war eingeschlagen, und augenblicklich floß Blut in seinen Bart und tropfte auf seine Brust. Sie warf den Turnschuh auf den Boden. Hugh konnte es nicht fassen. »Du hast mir das Nasenbein gebrochen, du verrückte Hexe«, sagte er. »Was soll das?«
Emma schwieg.
»Du hast mir das Nasenbein gebrochen«, wiederholte Hugh, während das Blut immer weiter floß. »Ich muß heute abend unterrichten. Was meinst du, soll ich den Leuten erzählen?«
»Sag ihnen, daß deine Freundin dir mit einem Turnschuh die Nase eingeschlagen hat, du eingebildeter, fieser Schuft«, sagte Emma. »Wehe, du nörgelst noch einmal an meinen Kindern herum.«
Hugh schlug sie, und sie war beinahe so blutverschmiert wie er, als sie entkam, aber es war fast alles sein Blut. Sie mußte ihre Schuhe zurücklassen, aber glücklicherweise gelangte sie in ihr Badezimmer, ohne daß eines ihrer Kinder sie sah. Sie legte sich in die Badewanne und wusch die ganze Affäre ab. Das Gefühl, das sie hatte, als der Turnschuh traf, war sehr befriedigend gewesen.
Ein paar Wochen nach dem Kampf konnte sie dem Leben mit klarem Blick entgegensehen. Es war, als wäre alles, wenigstens vorübergehend, ausgestanden. Mit Flap, das wußte sie, konnte sie in Zukunft nichts mehr anfangen. Er war viel zu lethargisch, um sich zu ändern, und Janice war von ihm abhängig geworden. Er würde niemals die Kraft aufbringen, um die Affäre zu beenden, und Emma wollte das eigentlich gar nicht. Er hatte sie dazu gezwungen, sich von ihm zurückzuziehen, und das hatte sie getan. Es machte ihr nichts aus, ihm das Frühstück zu bereiten und seine Wäsche zu waschen. Das war viel einfacher, als ihn emotional zu halten. Sie überließ diese Aufgabe liebend gern Janice. Sie würde keine Probleme mit Flap haben, solange Janice *ihn* nicht fallenließ.

Hugh benahm sich eine Weile sehr unfreundlich. Er haßte Emma, weil sie ihm das Nasenbein gebrochen hatte, aber er haßte sie noch viel mehr dafür, daß sie die Affäre abgebrochen hatte. Das war für ihn unerträglich. Es war wie eine Zurückweisung, und er konnte es nicht ausstehen, zurückgewiesen zu werden. Er wollte sie wiederhaben, damit *er* sie dann fallenlassen konnte. Er rief sie an und stand zu ungewöhnlichen Zeiten bei ihr vor der Tür. Emma ließ ihn nicht herein, aber es gelang ihm, ihr auf die Nerven zu fallen. Seine Anrufe waren gemein. Er trachtete danach, sie zu verletzen, wann immer sich ihm die Möglichkeit bot. Es war mitten im Winter, und Hughs bedrohliche Hartnäckigkeit löste bei ihr eine Klaustrophobie aus. Kurzentschlossen überzeugte sie Flap davon, daß sie wegfahren müsse, diesmal nicht, um ihre Mutter zu besuchen, sondern ihre Freundin Patsy, die inzwischen in Los Angeles lebte und offenbar in ihrer zweiten Ehe sehr glücklich war. Ihr Mann war ein erfolgreicher Architekt.

Flap war einverstanden, und Emma fuhr weg. Aus Patsy war Mrs. Fairchild geworden. Ihr Ehemann war ein sehr gut aussehender und anscheinend netter Mann, groß, schlank und, wenn er einmal etwas sagte, sehr geistreich. Patsys Sohn aus erster Ehe war elf, und sie hatte zwei lebhafte Töchter aus der zweiten Ehe. Sie selbst sah blendend aus und lebte in einem wundervollen, modernen Haus in Beverly Hills.

»Ich wußte, daß es so kommen würde«, sagte Emma. »Und, wie Mama als erste darauf hinweisen würde, ist dein Leben in allem das genaue Gegenteil von meinem.«

Patsy sah ihre unförmige, nachlässig gekleidete Freundin an und machte sich nicht die Mühe zu widersprechen. »Ja, mir gefällt's hier«, sagte sie. »Ich verdanke alles Joe Percy, du erinnerst dich, mein Freund, der Drehbuchautor? Er lud mich mal ein, als es mir schlechtging, weißt du noch, als ich meine Haare schneiden ließ? Und da habe ich Tony kennengelernt.«

Sie redeten fast die ganze Nacht in einem herrlichen Zimmer mit Dachschräge. Die Lichter von Los Angeles funkelten unter ihnen.

Sie redeten eigentlich drei Tage lang, während Patsy Emma die Stadt zeigte. Sie fuhr mit ihr zu den Stränden, nahm sie mit an die Küste nach San Simon und gab am Abend vor Emmas Abreise nach Nebraska pflichtschuldig eine Party für sie, zu der auch Filmstars eingeladen waren. Anthony Fairchild hatte für einige von ihnen Häuser gebaut. In Gesellschaft waren die Fairchilds ein strahlendes Paar, strahlender als mancher Filmstar. Ryan O'Neal und Ali McGraw waren da,

und Ali McGraws Mann. Ein paar Männer hatten Jeans an und waren offensichtlich Angestellte. Dann war da noch ein kleiner französischer Schauspieler und ein Mann, anscheinend aus der Nachbarschaft. Er redete mit Anthony Fairchild über Politik, während die anderen über die Witze lachten, die sie sich gegenseitig erzählten. Emma war sich ihrer nachlässigen Kleidung nie deutlicher bewußt gewesen und versuchte den ganzen Abend, nicht aufzufallen. Das war leicht, denn niemand beachtete sie. Wenn es das Gebot einfachster Höflichkeit nicht erforderte, hielt man sie für eine Unperson und ignorierte sie. Peter Bogdanovich und Cybill Shepherd kamen spät, und Joe Percy, Patsys alter Drehbuchautor, war früh betrunken und schlief in der Ecke auf einem riesigen Sofa ein.
Als die Gäste sich verabschiedet hatten, brachte Patsy eine Decke und deckte ihn zu. Er brummte irgend etwas, und sie setzte sich hin, um ihn eine Weile in den Arm zu nehmen.
»Ich kann mich nicht daran erinnern, daß er solche Säcke unter den Augen hatte«, sagte Emma.
»Nein. Er hat kein Urteilsvermögen«, sagte Patsy. »Die Frauen haben ihn fertiggemacht. Er hat hier ein Zimmer, weißt du. Eigentlich das ganze Gästehaus. Nur sein Stolz treibt ihn hin und wieder hinaus. Wir leisten uns gegenseitig Gesellschaft. Du hast ja gesehen, wie lange Tony arbeitet.«
Auf dem Rückflug verlor sich Emma in Träumereien und versuchte sich vorzustellen, wie sie in einem großen Haus lebte, das immer sauber war, und Kinder hätte, die aussahen, als wären sie mit Zahnpasta und Seife aufgezogen worden. Sie machte sich wegen Hugh Sorgen, aber er hörte auf, ein Problem zu sein. Er hatte sich eine neue Freundin zugelegt. Das war einfacher als sich mit Emma abzugeben, die, nach allem, was passiert war, vielleicht so pervers sein könnte, ihn noch einmal zurückzuweisen.
»Wie sieht Patsy aus?« fragte Flap. Er war schon immer ein Verehrer von Patsy gewesen.
»Besser als wir alle fünf zusammen«, sagte Emma, die ihre erbärmliche Kleinstadtbrut vor Augen hatte. Nur Melanie würde, was das Aussehen betraf, den Aufstieg in Patsys Klasse schaffen. So viel war klar.

Hugh war kein Problem mehr, und Emma war verständiger als je zuvor. Zum großen Glück, fast dem größten ihres Lebens, trat ein netter Mensch vor ihre Tür in der Gestalt von Flaps jungem Assistenten, ein schlaksiger, freundlicher Junge namens Richard. Er war aus Wyoming, zwar nicht übermäßig intelligent, aber nett. Außerdem war er sehr schüchtern und gehemmt. Emma brauchte einige Monate, um ihn verliebt zu machen. Es fiel Richard sehr schwer zu glauben, daß eine erwachsene Frau mit ihm schlafen wollte, und außerdem machte es ihm Schwierigkeiten, sich einzugestehen, daß er selbst mit der Frau eines anderen schlafen wollte. Das war ein Verstoß gegen Gottes Gebote, und da Emma Dr. Hortons Frau war, war er sich ziemlich sicher, alles würde damit enden, daß er sein M. A. nicht schaffte, was seine Eltern sehr enttäuschen würde.

Emma drängte ihn nicht. Sie war äußerst vorsichtig und wartete geduldig alle Rückzüge und Verzögerungen ab. Wenn es einen Menschen gab, den sie nicht verletzen wollte, dann war es Richard. Er schien nicht viel älter oder erwachsener als ihre eigenen Söhne, ja, Tommy war sogar belesener als er, und es wurde ihr schmerzlich bewußt, daß es ihr nicht gefallen würde, wenn eine ältere Frau plötzlich ihre Hände nach einem ihrer Jungs ausstreckte.

Und so vertraute sie das erstemal seit Sam Burns sofort auf ihre Fähigkeit, für einen anderen Menschen etwas Gutes tun zu können. Richard hatte vor, in Wyoming an einer High School zu unterrichten. Er schien in seinem Leben nicht viel Zuwendung bekommen zu haben und hatte gelernt, keine zu erwarten. Folglich bestand er nur aus Erwiderung. Sie brachte ihn dazu, keine Angst mehr vor ihr zu haben und lehrte ihn, seinem eigenen Enthusiasmus eine Chance zu geben. Bald hätte er sein Studium und alles andere aufgegeben, nur um ihr zu gefallen. Sie stritten nie, es gab nichts, worüber sie hätten streiten können. Er behielt ihr gegenüber eine gewisse Nachgiebigkeit bei, auch als sie schon über ein Jahr ein Liebespaar waren. Es war ein Beweis seiner Achtung vor ihr und ließ Emma ihr Alter spüren. Wenn sie Richard beobachtete, konnte sie den Reiz der Jugend verstehen. Er hatte ein scheues Lächeln, keine zynischen Augen, und lange, feste Beine. Er war eifrig und strahlte eine gewisse Frische aus. Er war nie wirklich enttäuscht worden, war noch unkritisch und hatte keinen Grund, sich selbst nicht zu mögen. Für Emma war er frisch wie Tau, er sah in ihr nie die schlaffe, verbrauchte Frau, als die sie sich selbst fühlte.

Sie hatte eine so schöne Zeit mit Richard, daß ihr sogar ihr Mann leid tat, der von Monat zu Monat elender und schäbiger aussah. Er hätte sich ein nettes, unkompliziertes Mädchen suchen sollen, das ihm das Gefühl hätte geben können, etwas Besonderes zu sein, aber statt dessen hatte er sich selbst mit einer Frau gestraft, die neurotischer war als seine eigene.

Flap spürte, daß Emma einen Geliebten haben mußte, aber er war nicht in der Lage, Nachforschungen anzustellen. Er wurde mit Janice nicht fertig. Er redete wieder mit Emma und interessierte sich sogar für seine Kinder, doch es war nur ein Fluchtversuch vor seiner Geliebten. Er hatte sogar den vagen Verdacht, daß Janice einen Liebhaber hatte, und er fühlte sich nicht fähig, auch nur mit einer Untreue konfrontiert zu werden, geschweige denn mit zwei.

Richard hatte vor Literatur ebenso große Ehrfurcht wie vor Sex. Er entdeckte fast jede Woche einen neuen großen Schriftsteller. Emma konnte nicht widerstehen und gab ihm Nachhilfeunterricht. Mit ihrer Hilfe wurden seine Noten besser. Wie immer war es ihre Mutter, die sie auf den Fehler in ihrem Arrangement aufmerksam machte.

»Ich bin sicher, daß er ein feiner Kerl ist«, sagte Aurora. »Mein Liebling, du bist so unpraktisch. Das ist seine erste Liebe, vergiß das nicht. Was wirst du tun, wenn er dich in irgendeine schrecklich kalte Stadt in Wyoming mitnehmen will? Du bist mit einem Universitätsprofessor als Mann nicht glücklich, glaubst du etwa, mit einem High-School-Lehrer würde sich das ändern? Solche Dinge müssen klar entschieden werden, verstehst du.«

»Ich glaube, wer im Glashaus sitzt, soll nicht mit Steinen schmeißen«, sagte Emma. »Wann hast du dich jemals entschieden?«

»Sei nicht aufsässig, Emma«, sagte Aurora. »Eheliche Arrangements interessieren mich einfach nicht, das ist alles.«

»Mich interessieren sie immer weniger«, sagte Emma.

»Der Punkt ist, daß Männer sich dafür interessieren«, sagte Aurora. »Meine Männer sind zu alt, um noch viel Aufhebens zu machen, ganz gleich, was ich tue. Junge Männer lassen sich nicht so leicht abwimmeln.«

»Ich möchte nicht mehr darüber sprechen«, sagte Emma. Das war eine Bemerkung, die sie immer häufiger machte. Die Illusion, daß ein Gespräch ein Mittel dazu war, etwas zu verändern, hatte sie verloren, und es trübte ihre Stimmung, wenn sie sich dabei ertappte, zu viel oder zu hoffnungsvoll davon zu reden, was in der Zukunft passieren würde.

Glücklicherweise fand sie in Kearney eine Freundin. Sie hatte sich, teils durch Flaps Affäre, teils durch ihre eigenen Abneigungen, von der Universitätsgemeinschaft ausgeschlossen gefühlt und nicht erwartet, irgendwelche Freunde zu finden. Sie hatte Richard und die

Kinder und wollte viel lesen. Aber dann lernte sie auf einem P.T.A.-Treffen ein dickes, linkisches Mädchen aus Nebraska namens Melba kennen, die Frau des Basketball-Trainers an der High School. Melba bestand nur aus Rundungen, aber sie war unwiderstehlich freundlich. Die beiden freundeten sich schnell an. Melba schien riesige ungenützte Energiereserven zu haben, trotz ihrer fünf Jungs, die alle unter zwölf waren. Sie hatte viele nervöse Angewohnheiten, eine davon war, dauernd im Kaffee zu rühren, wenn sie an Emmas Küchentisch saß. Sie unterbrach das nur so lange, wie sie für ihre Schlucke brauchte. Sie hatte etwas Langsames, Nordisches an sich. Auf ihre Art hatte sie Ehrfurcht vor Emmas gewöhnlichem zweistöckigem Haus, so wie Emma vor Patsys Palast in Beverly Hills. Sie dachte, Emma führe ein glückliches Leben, weil ihr Mann an der Universität unterrichtete. Es faszinierte sie, daß Emmas Kinder Bücher lasen, statt ständig mit Bällen zu werfen, wie ihre Jungs das taten.
Emma war ihrerseits verblüfft, als sie entdeckte, daß da jemand war, dessen häusliche Situation noch schlimmer war als ihre. Melbas Mann Dick interessierte sich für nichts anderes als Trinken, Jagen und Sport. Verglichen mit Dicks allgemeiner Mißachtung Melbas war Flap fast schon wieder aufmerksam. Emma meinte oft, sie müsse Melba sagen, daß alles relativ sei, aber Melba hätte nicht gewußt, wovon sie sprach. Emma merkte bald, daß sie nicht widerstehen konnte, ihre Freundin ein wenig zu schockieren, und sie gestand ihre Affäre, so gefährlich das auch war.
»Du meinst einen jungen Kerl?« sagte Melba und runzelte ihre breite Stirn, als sie versuchte, sich das vorzustellen. Sie versuchte, sich in Emmas Lage zu versetzen, versuchte sich vorzustellen, mit jemand anderem als Dick zu schlafen, aber es gelang ihr nicht. Alles, was sie sich vorstellen konnte, war, daß Dick sie umbringen würde, wenn er es herausfände. Es machte ihr Sorgen, daß Emma einen jungen Kerl aufgelesen hatte. Es überstieg ihre Vorstellungskraft. Sie wußte nur, daß es, wenn Emma es tat, sehr romantisch sein mußte. Von da an nannte sie Richard nur noch »deinen Dick«.
»Richard«, sagte Emma immer und immer wieder. »Er heißt Richard.« Melba begriff nicht. In ihrer Welt waren alle Richards Dicks.
Aber das war nur ein unbedeutender Mangel, denn es gab niemanden, der liebenswerter war als Melba. Sie bot ohne zu zögern an, die Jungs zu sich zu nehmen, wenn Emma einmal krank werden würde. Das einzige Problem war, ob sich die Jungs vertragen würden, denn ihre Jungs hielten Melbas Jungs für ungezogene Flegel, und dem konnte

Emma nur zustimmen. Bei Melanie war sich Melba nicht sicher. Sie schien Melanie als ein äußerst zartes Wesen zu betrachten.
»Das Kind ist so zart wie eine Dampfwalze«, sagte Emma. Melanie hielt Melba kaum für wert, von ihr bezaubert zu werden. Melbas größte Sorge war, so schien es Emma, daß die Preise für die Waren im Supermarkt steigen könnten, denn dann meckerte ihr Mann, daß sie zuviel Geld brauchte. Sie war eine große wandelnde Lebensmittelpreisliste: Wenn sie Emmas Küche betrat, waren ihre ersten Worte: »Schweinefleisch ist zwölf Cents teurer geworden. Zwölf Cents!« Und doch schien sie eine glückliche Frau zu sein, denn Emma hörte nie Klagen außer über Preise, und sie verfügte über ungewöhnlich viel Energie. Emma sah ihr eines Tages zu, wie sie Schnee räumte. Sie schaufelte die Garageneinfahrt fast so schnell frei wie ein Schneeräumer. »Emma, du bewegst dich zu wenig«, schimpfte sie. »Ich glaube nicht, daß du eine Einfahrt freischaufeln könntest, wenn du müßtest.«
»Da müssen Profis ran«, sagte Emma. »Zum Glück sind meine Jungs Profis.«

Am Morgen von Melanies drittem Geburtstag buk Emma eine Torte und bereitete alles für die kleine Geburtstagsparty vor, die stattfinden sollte. Es war Melanies erste Party. Unglücklicherweise hatte Emma das vergessen und sie an diesem Morgen für eine Grippeimpfung und eine allgemeine Untersuchung angemeldet. Das paßte Melanie überhaupt nicht. »Keine Spritzen, ist *mein* Geburtstag!« betonte sie nachdrücklich, aber sie bekam ihre Spritze trotzdem.
»Ich will nicht, daß du krank wirst«, sagte Emma zu ihr.
Melanie trocknete ihre Tränen. Sie saß mit einem Lutscher in der Hand auf einem kleinen Hocker und stieß zum großen Verdruß Emmas und des Arztes mit dem Fuß gegen eine Hängeregistratur. Emma bekam ebenfalls eine Spritze.
»Sie ist groß, zwei Spritzen!« sagte Melanie rachsüchtig. Dabei nahm sie ihren Lutscher aus dem Mund und zeigte damit auf ihre Mutter. Ihre Augen waren immer noch dunkel vor Zorn.
»Sie hat einen sehr gut entwickelten Gerechtigkeitssinn«, sagte Emma.
»Der Arzt hieß Budge und war ein fetter, häßlicher Mann, der eine unglaubliche Geduld hatte und mit Frauen und Kindern umgehen konnte. Er begann Emmas Arm auf und ab zu bewegen, während er ihre Achselhöhle betastete.
»Was ist das?« sagte der Arzt.

»Was?« fragte Emma.
»Sie haben einen Knoten in der Achselhöhle«, sagte Dr. Budge. »Wie lange ist der schon da?«
»Ich weiß nicht«, sagte Emma. »Hör auf, Melanie. Hör auf, gegen den Kasten zu stoßen.«
Melanie tat so, als würde sie nur mit den Beinen baumeln. Als ihre Zehen wieder gegen den Kasten stießen, sah sie ihre Mutter an und warf ungeduldig ihre Locken zurück. Dr. Budge drehte sich um und sah sie ernst an.
»Ich bin drei«, sagte Melanie.
Dr. Budge seufzte. »Tja, Sie haben zwei Knoten«, sagte er. »Keine großen, aber Knoten. Ich weiß nicht, was ich davon halten soll.«
»Ich wußte gar nicht, daß sie da sind«, sagte Emma.
»Sie sind nicht sehr groß«, wiederholte er. »Aber sie müssen raus. Die Frage ist, wann. Ich muß für eine Woche weg und möchte sie nur ungern so lange drinlassen.«
»Mein Gott«, sagte Emma und betastete ihre Achselhöhle vorsichtig. »Muß ich mir Sorgen machen?«
Dr. Budge runzelte die Stirn. »Es könnte sich herausstellen, daß es nichts Ernsthaftes ist.«
»Und wenn es doch etwas Ernsthaftes ist?«
Dr. Budge betastete die andere Achselhöhle. Er schüttelte den Kopf und untersuchte sie gründlich. Melanie sah mit geringem Interesse zu und saugte gierig und hörbar an ihrem Lutscher. So war sie auch beim Stillen gewesen, erinnerte sich Emma; man hatte sie im Zimmer nebenan hören können.
Als der Arzt die Untersuchung beendete, war er wieder etwas fröhlicher gestimmt. »Sie haben Glück«, sagte er. »Sie sind nur in ihren Achselhöhlen. Manche Leute haben Knoten im Hirn.«
»Ich kann lesen«, sagte Melanie. Sie sprang auf und zerrte Dr. Budge am Hosenbein. »Willst du, daß ich lese?«

Die Geburtstagsparty verlief sehr lustig für die Kinder, aber nicht für Emma. Sie war zerstreut und tastete dauernd nach ihren Achselhöhlen. Ihre Mutter rief an, und Melanie plapperte drauflos. Sie mußte allen von ihrem Geburtstag erzählen: Aurora, Rosie und sogar dem General. Vernon war zum großen Verdruß Melanies in Schottland.
»Wo ist Vernon?« wollte sie wissen. »Was macht er? Laßt mich mit ihm sprechen, bitte.« Als Emma endlich den Hörer bekam, fühlte sie sich sehr müde.

»Ich habe den Nach-Geburtstagsparty-Kollaps«, sagte sie. »Hast du jemals Knoten in den Achselhöhlen gehabt?«
»Nein, warum sollte ich?«
»Ich weiß nicht«, sagte Emma. »Ich hab' welche.«
»Nun, in diesem Bereich gibt es viele Drüsen. Vielleicht sind deine einfach verstopft. Kein Wunder, so wie du futterst.«
»Ich esse zu viel«, sagte Emma.
»Ich weiß, Liebling«, sagte Aurora, »und du hattest schon immer Unterfunktion.«
»Mutter, red doch nicht solchen Unsinn«, sagte Emma. »Ich habe einfach meine Höhen und Tiefen.«
»Emma, was meinst du wohl, worüber wir uns unser ganzes Leben gestritten haben?« sagte Aurora.
»Wenn ich das wüßte!« sagte Emma. Sie war wütend.
»Darüber, daß du dich gehen läßt natürlich«, sagte Aurora. »Triffst du dich immer noch mit diesem jungen Mann?«
»Mir wäre es lieber, wenn du das nicht so beiläufig erwähnen würdest«, sagte Emma.
»Oh, ich habe es vergessen«, sagte Aurora. In Wirklichkeit hatte Emmas Neuigkeit sie beunruhigt, und sie suchte nach einer Erklärung.
»Was für Krankenhäuser gibt es in Nebraska?« fragte sie.
»Ausgezeichnete«, sagte Emma. Sie war patriotisch geworden und verteidigte Nebraska gegen die ständigen Angriffe ihrer Mutter.
Als sie Flap von den Knoten erzählte, verzog er das Gesicht. »Bin ich froh, daß wir versichert sind«, sagte er. »Erinnerst du dich noch an die Mandeloperation?« Emma erinnerte sich. Wegen Teddys Mandeln waren sie in Des Moines einen ganzen Winter lang knapp bei Kasse gewesen.

Die Entfernung der Knoten ging sehr schnell. Dr. Budge schien es peinlich zu sein, sie über Nacht im Krankenhaus zu behalten. »Ich hätte das praktisch in meiner Praxis machen können«, sagte er, als sie genäht war.
»Und was war es nun?« fragte Emma.
»Kleine Tumoren. Pflaumengroß. Wir machen eine Biopsie, und dann werden Sie es bald genau wissen.«
Flap war auf einer Ausschußsitzung und kam zu spät ins Krankenhaus. Er hatte mit Janice gestritten, die glaubte, Emma wolle nur Mitleid erregen. Janice schlug aus allen ehelichen Konventionen, die Flap noch in Ehren hielt, emotionales Kapital. Nach dem Streit und der

Sitzung sah Flap aus, als hätte er einen Krankenhausaufenthalt nötiger als Emma.
»Sie machen eine Biopsie«, erzählte ihm Emma. »Das ist die moderne Art, das Los zu werfen.«
Flap hatte ihr Rosen mitgebracht, und sie war sehr gerührt. Sie schickte ihn nach Hause, um die Kinder zu versorgen, und blätterte in den Büchern, die sie mitgebracht hatte. Ihre Achselhöhle schmerzte. Sie nahm die Tabletten, die man ihr gegeben hatte, und döste ein. Es war vier Uhr morgens, als sie erwachte. Sie lag wach im Bett und stellte sich ihre kleinen Knoten in einem Proberöhrchen vor und wünschte, es wäre jemand da, mit dem sie reden könnte.

In dem Augenblick, in dem sie Dr. Budge am späten Vormittag sah, wußte sie, was los war. Bis jetzt hatte sie alle Gedanken an Krebs verdrängt. »Du meinst, du könntest Krebs haben?« hatte Flap einmal gesagt, und sie hatte genickt, aber nicht weiter darüber nachgedacht.
»Mein Mädchen, es ist bösartig«, sagte Dr. Budge sehr freundlich. Er hatte sie nie zuvor ›mein Mädchen‹ genannt. Emma glaubte zu fallen, so wie in einem schlimmen Traum.
Von diesem Tag an, fast von diesem Augenblick an, schien ihr das Leben aus den Händen zu gleiten. Ihr Leben wurde nicht mehr von denen bestimmt, die sie liebte, sondern von Fremden, und noch nicht einmal so sehr von Ärzten, als vielmehr von Technikern, Schwestern, Wärtern, Laboranten, Chemikern usw.
Sie entkam ihnen nur kurz: eine Woche bevor sie zu Untersuchungen nach Omaha fuhr. Es entging ihr in den sechs Tagen in Omaha nicht, daß ihr Schicksal in der Stadt besiegelt wurde, in der der arme Sam Burns sie heiraten wollte.
Dr. Budge war offen gewesen. Er befürchtete, sie habe ein Melanom, und das war auch der Fall.
»Ich stehe vor einem Rätsel«, sagte sie zu ihrem Mann. Ein paar Tage lang verfolgte sie die Angst vor endlosen Operationen, denn das Untersuchungsergebnis war eindeutig.
»Es muß wie Masern sein, nur innen«, sagte sie zu Patsy. Sie versuchte, es bildhaft auszudrücken, denn die Ärzte hatten es ihr so erklärt.
»Sag doch so etwas nicht«, sagte Patsy bestürzt. Sie ging gleich am folgenden Tag zu ihrem Arzt.
Aurora Greenway hatte den ersten Nachrichten ernst gelauscht. Sie hatte die Knoten nie ganz vergessen können, seit Emma sie erwähnt

hatte. »Unser Mädchen ist in Schwierigkeiten«, sagte sie, als sie den Hörer auflegte.
»Ich kann nicht hierbleiben«, sagte Rosie. »Jemand muß nach den Kindern schauen.«
Das war genau das, was Emma von ihren Lieben in Houston wollte. Sie hatte nie gerne Krankenhäuser besucht. Die peinlichen Besuche schienen oft schlimmer als die Krankheit. Ihre Mutter und Rosie sollten in Kearney bleiben und nach dem Haushalt sehen. Alle waren damit einverstanden, daß Flap eine Weile im Fakultätsklub wohnte. Das war eine rein konventionelle Abmachung, denn es gab gar keinen. Er wohnte bei Janice, die auf Emmas Krankheit eifersüchtig war, obwohl sie so ernst war.
Während der paar Tage, die sie nach der ersten Operation zu Hause war, verheimlichte Emma ihre Verzweiflung, um die Verwirrung ihrer Kinder, ihres Liebhabers und ihres Mannes zu beschwichtigen. Flap entschied sich dazu, ihre Erkrankung zu verharmlosen. Ärzte könnten sich irren. Er wußte das, wiederholte er immer wieder. Emma ließ das geschehen, denn es war genau das, was die Jungs glauben sollten. Für Melanie war es einfach ein Fest. Grandma und Rosie kamen. »Und Vernon«, beharrte sie.
»Vernon kommt auch irgendwann.«
Mit Richard war es am schlimmsten, am allerschlimmsten. Emma wußte zu diesem Zeitpunkt noch nicht, ob sie wieder genesen würde oder nicht, aber ein Instinkt riet ihr, daß sie Richard nicht erlauben durfte, sich noch enger an sie zu binden. Sie wollte nicht, daß sie Richard sein ganzes Leben lang verfolgte, gleichgültig, ob er sie an den Tod *oder* an das Leben verlor. Sie wollte es nicht, und dennoch hatte sie nicht die Kraft, ihm das zu sagen. Richard war verzweifelt. Er wollte sie mit Liebe heilen und stellte sich damit selbst auf die Probe. Emma war gerührt. Sie spielte Theater und war froh, daß sie nur wenig Gelegenheit hatten, sich zu treffen. Sie hatte viel zu tun und viel nachzudenken. Manchmal ließ Richards Hingabe alles anders erscheinen – als einen Irrtum der Medizin. Sie hatte auch noch keine starken Schmerzen gehabt.
Die kamen in Omaha, wo sie ins Krankenhaus eingeliefert wurde. Dr. Budge besaß keine entsprechenden Geräte, er konnte kein Radium verabreichen, das, wie man ihr sagte, nötig war.
»Gut, aber wird es den Krebs aufhalten?« fragte sie.
»Aber sicher, es wird ihn hemmen«, sagte ihr ein junger Arzt. »Sonst würden wir es nicht machen.«

Ihre Mutter war mit ihr nach Omaha gekommen. Flap hatte seine Pflichten, und Rosie kümmerte sich um die Kinder. Vernon würde kommen, wenn er konnte. Weder Emma noch Aurora mochten den jungen Arzt, der Fleming hieß. Er war klein, gepflegt und rhetorisch gewandt. Er erzählte beiden sehr viel über verschiedene Krebserkrankungen. Er vermittelte den Patienten mehr Informationen, als sie verarbeiten konnten. Ein großer Teil dieser Informationen war natürlich völlig irrelevant für Emmas Krankheit.
»Diese kleine Person ist sehr selbstgefällig«, sagte Aurora. »Müssen wir hierbleiben und uns mit ihm herumschlagen, Liebling? Warum kommst du nicht nach Houston?«
»Ich weiß nicht«, sagte Emma. Nachts dachte sie oft darüber nach, denn es könnte sehr schön sein, in das milde und feuchte Klima von Houston zurückzukehren. Aber sie wollte nicht. Die Behandlung konnte Monate dauern. Wenn sie nach Houston ging, hieße das, ihr Leben zu ändern, und das wollte sie nicht. Obwohl sie vor einem Rätsel stand, hoffte sie. Man experimentierte mit neuen Chemikalien, aber selbst Dr. Fleming konnte das Ergebnis nicht vorhersagen. Es war alles sehr verwirrend, aber sie verstand, daß die neuen Chemikalien ihre letzte Hoffnung waren. Es war bekannt, daß sie gewisse Metabolismen heilten und nicht nur hemmten.
Wenn sie nicht anschlugen, wollte Emma nach Hause. Schon ein Tag reichte aus, um sie von zu Hause träumen zu lassen. Sie wollte bei sich zu Hause sein und nicht bei ihrer Mutter. Sie wollte ihr eigenes Schlafzimmer und die Gerüche ihrer Küche.
Das war ihr Traum, bevor sie Schmerzen bekam. Nach der Behandlung mit Radium und dem Versagen der Wunderchemikalien wurde ihr Wille, nach Hause zu gehen, schwächer. Sie hatte noch nie zuvor Schmerzen gehabt und keine Vorstellung davon, wie vollständig sie sie beherrschen würden. Eines Nachts, nicht lange nachdem die Radiumbehandlung begonnen hatte, verlor sie ihre Tabletten. Sie stieß sie in der Dunkelheit von ihrem Nachttisch und stellte fest, daß ihre Klingel kaputt war. Sie konnte die Schwester nicht verständigen. Es blieb ihr nichts übrig, als stillzuliegen. Zusammen mit dem schrecklichen Schmerz überkam sie plötzlich das Gefühl der Hilflosigkeit. Niemand würde kommen und ihr helfen. Das erste Mal in ihrem Leben fühlte sie sich verlassen. Keiner, der sie liebte, konnte ihr helfen, nur die kleinen Tabletten, die irgendwo in der Dunkelheit unter ihrem Bett lagen.
Emma lag flach auf dem Rücken und fing an zu weinen. Als die

Nachtschwester eine Stunde später nach ihr schaute, waren zu beiden Seiten ihres Kopfes feuchte Flecke auf dem Kissen.
Am nächsten Morgen, als die Erinnerung noch ganz frisch war, bat sie Dr. Fleming, ihr ein paar zusätzliche Tabletten zu geben, falls sie wieder welche runterwarf.
»Ich kann diese Schmerzen nicht aushalten«, sagte sie.
Dr. Fleming studierte ihr Diagramm. Er blickte auf und packte energisch ihr Handgelenk. »Mrs. Horton, Schmerz ist nur ein Indikator.«
Emma konnte nicht glauben, daß sie ihn richtig verstanden hatte. »Was haben Sie gesagt?« fragte sie.
Dr. Fleming wiederholte es. Emma wandte sich ab. Sie erzählte ihrer Mutter davon, die Dr. Fleming das Leben schwermachte, wo sie nur konnte. Aber Emma wußte, daß selbst ihre Mutter nicht wirklich verstand, wovon sie sprach. Sie hatte in ihrem ganzen Leben noch nie eine schmerzhafte Krankheit gehabt.
Als sie einen Monat mit dem Schmerz gerungen hatte, hatte sie allen Mut verloren. Die Nacht der Hilflosigkeit hatte sie entmutigt. Von da an legte sie ihre ganze Energie in den Versuch, sich irgendwie zwischen Medikamenten, Schmerzen und Schwäche im Gleichgewicht zu halten. Der Gedanke, nach Hause zu gehen, reizte sie nicht mehr. Zu Hause würde sie Angst haben, und sie wußte, daß sie nichts tun konnte. Sie könnte nicht mit Kindern, Mann und Liebhaber fertig werden. Eine einstündige Unterhaltung am Tag mit ihrer Mutter und die Wochenendbesuche der Kinder kosteten ihre ganze Kraft. Eines Tages begannen ihre Haare auszufallen, eine Folgeerscheinung des Radiums. Und während sie einen Spiegel hielt und sich geschwächt bürstete, fing sie an zu lachen.
»Ich habe endlich die Lösung für mein Haarproblem gefunden«, sagte sie. »Radium ist die Lösung.«
Aurora verschlug es die Sprache.
»Ich hab' nur Spaß gemacht«, sagte Emma hastig.
»Ach, Emma«, sagte Aurora.

Aber da gab es noch ein anderes Problem. Wenn sie alleine war, erheiterte sie manchmal der Gedanke, daß alle Dinge im Leben nicht so waren, wie man sie sich vorstellte. In ihrem Fall war die kindliche Vorstellung zu sterben und alle für die Ungerechtigkeiten büßen zu lassen, Wirklichkeit geworden. Eine Weile war Melanie die einzige, die von ihrem Verfall nicht entsetzt war. Plötzlich tat sie allen leid, nur

Melanie nicht. Tommy würde es nicht über sich bringen, das zu zeigen, aber sie tat ihm leid. Melanie betrachtete den Umzug ihrer Mutter ins Krankenhaus als eine Laune, und Emma war froh darüber. Sie war es überdrüssig, daß ihr Mitleid entgegengebracht wurde. Ihr wäre es lieber gewesen, sie hätten an ihr herumgenörgelt, wie sie es immer getan hatten.
Sie wurde plötzlich sehr schwach. Ihr Zustand ermöglichte es ihr, sich von allen abzuwenden. Aurora begann nach ihrem ersten Entsetzen gegen die wachsende Passivität ihrer Tochter anzukämpfen. Sie versuchte, Emma Mut zuzusprechen, aber es gelang ihr nicht.
»Dieses Zimmer ist zu kahl«, sagte Aurora grimmig. Es war wirklich sehr kahl. Am Abend rief sie den General an, der sich unwohl fühlte.
»Hector, ich möchte, daß du den Renoir bringst«, sagte sie. »Keinen Widerspruch, und paß auf, daß ihm nichts passiert. Vernon wird ein Flugzeug schicken.«
Vernon kam gelegentlich ins Krankenhaus, obwohl er sonst in Kearney blieb und Rosie half. Immer mehr graue Strähnen durchzogen seine sandfarbenen verstrubbelten Haare, aber er war immer noch so energiegeladen wie früher und Aurora gegenüber sehr ehrerbietig.
Emma fühlte sich mit ihm wohler als mit ihrer Mutter, denn Vernon schien ihren Verdruß und ihre Schwäche zu akzeptieren. Er verlangte nicht, daß sie kämpfte.
Dann kamen eines Tages alle drei: Aurora, Vernon und der General, der zwar älter aussah, aber nicht weniger stramm. Wenn er sprach, war es, als würde jemand Walnüsse knacken. Vernon trug das Bild, das in Packpapier eingewickelt war. Nach Auroras Anweisungen packte er es aus und hängte es an die Wand direkt vor Emmas Augen. Als Aurora das Bild wiedersah, ausgerechnet in Nebraska, fing sie zu weinen an. Die beiden jungen Frauen lächelten in das traurige Zimmer.
»Ich schenke ihn dir«, sagte Aurora tief bewegt. »Es ist dein Renoir.«
Sie spürte, das war das letzte und beste, was sie Emma geben konnte.

Zu viele Menschen kamen, schien es Emma. So eines Tages auch Melba, nachdem sie den ganzen Weg von Kearney durch einen Schneesturm gefahren war. Sie hatte zwei Tage gebraucht. Sie brachte Emma eine Taschenbuchausgabe der *Ilias* mit. Sie wußte, daß Emma solche Bücher las. Und außerdem war es Lyrik. Sie runzelte die Stirn beim Anblick ihrer abgezehrten Freundin.

Richard kam auch. Emma hatte gehofft, daß er nicht kommen würde. Sie wußte nicht, was sie zu ihm sagen sollte. Glücklicherweise wollte er nur eine Weile ihre Hand halten. Er machte ihr Mut, daß es ihr bald wieder besser gehen würde. Emma streichelte seinen Hals und fragte nach seinen Noten. Als er weg war, träumte sie unruhig von ihm. Es war nicht recht von ihr gewesen, sich mit ihm einzulassen, aber das war nur einer von vielen, vielen Fehlern.

Eines Tages erwachte sie, und Patsy war da und stritt mit ihrer Mutter. Sie stritten um Melanie. Patsy hatte angeboten, sie zu sich zu nehmen, sie zusammen mit ihren beiden Mädchen aufzuziehen, aber Aurora war strikt dagegen. Flap war auch da. Emma hörte ihn sagen: »Aber es sind doch meine Kinder.«

Patsy und Aurora ignorierten ihn völlig. Er zählte nicht. Während sie sie beobachtete, wurde Emmas Kopf für eine Weile ganz klar. »Hört auf!« sagte sie. Sie hörten auf zu streiten, diese zwei äußerst zornigen Frauen. Zu ihrer Verwirrung lächelte Emma.

»Sie sind mein Blut«, sagte Aurora. »Sie werden ganz gewiß nicht in Kalifornien aufwachsen.«

»Das ist sehr voreingenommen«, sagte Patsy. »Ich bin im richtigen Alter, und ich ziehe gerne Kinder auf.«

»Es sind *unsere* Kinder«, sagte Flap und wurde wieder ignoriert.

Emma erkannte, daß es das war, was sie in ihrer Schwäche vergessen hatte: die Kinder. »Ich möchte mit Flap reden«, sagte sie. »Ihr beide geht spazieren.«

Als sie gegangen waren, sah sie ihren Mann an. Seit ihrer Krankheit war er beinahe wieder ein Freund geworden, aber es gab immer noch ein grundlegendes Mißtrauen zwischen ihnen.

»Hör zu«, sagte Emma. »Ich ermüde schnell. Sag mir nur eines: Willst du sie wirklich aufziehen?«

Flap seufzte. »Ich habe mich niemals für einen Mann gehalten, der seine Kinder im Stich läßt.«

»Wir reden über sie«, sagte sie. »Wir reden nicht darüber, wie wir sind. Sei nicht albern. Ich glaube nicht, daß du so viel Arbeit auf dich nehmen willst. Patsy und Mama können es sich leisten zu helfen, du kannst es nicht. Das ist ein Unterschied.«

»Ich bin nicht albern«, sagte Flap.

»Gut, ich möchte nicht, daß sie bei Janice leben«, sagte Emma.

»Sie ist nicht so schlimm, Emma«, sagte Flap.

»Das weiß ich«, sagte Emma. »Aber ich will trotzdem nicht, daß sie ihre Neurosen an unseren Kindern auslebt.«

»Ich glaube sowieso nicht, daß sie mich heiratet«, sagte Flap.
Sie sahen sich an, um herauszufinden, was sie tun könnten. Flaps Wangen waren eingefallen, aber er hatte immer noch etwas von seiner alten Arroganz und Selbstüberschätzung an sich, aber die Arroganz war nach sechzehn Jahren schwächer geworden. Irgendwie hatte dieser Ausdruck sie fasziniert, auch wenn sie sich nicht mehr an die Zeit der Zärtlichkeit erinnern konnte. Er war ein bedächtiger und kein tatkräftiger Mann mehr. Das war er nie gewesen.
»Ich glaube, sie bleiben besser nicht bei dir«, sagte Emma und beobachtete ihn. Sie war durchaus bereit, sich umstimmen zu lassen. »Ich glaube einfach nicht, daß du die Energie dazu hast, Liebling.«
»Ich werde Melanie sehr vermissen«, sagte er.
»Ja, das wirst du«, sagte Emma.
Sie streckte die Hand aus und deutete auf einen Fleck an seinem Mantel. »Ich könnte sie besser leiden, wenn sie deine Sachen sauberer halten würde«, sagte sie. »Ich bin einfach so bürgerlich. Ich habe wenigstens deine Kleider saubergehalten.«
Flap entgegnete nichts. Er dachte an seine Kinder, an das Leben, das er ohne sie führen würde.
»Vielleicht sollten wir sie Patsy geben«, sagte er. »Ich könnte meine Sommerferien am Huntingdon verbringen.«
Emma sah ihn lange an. Es war das letzte Mal, daß Flap ihr wirklich in die Augen sah. Zehn Jahre später, als er in Pasadena aus dem Bett einer langweiligen Frau stieg, erinnerte er sich an die grünen Augen seiner Frau, und als er am Nachmittag im Huntingdon arbeitete, spürte er, daß er etwas falsch gemacht hatte, falsch, falsch, weit in der Vergangenheit.
»Nein«, sagte Emma. »Ich will, daß Mutter sie hat. Sie ist von genügend Männern umgeben, die auf sie aufpassen können. Und außerdem ist Patsy nur eine treue Freundin. Sie will vielleicht Melanie, aber bestimmt nicht die beiden Jungs.«
Am nächsten Tag, als Patsy mit Emma alleine war, seufzte sie und war einverstanden. »Ich kann es einfach nicht mit ansehen, daß dieses kleine Mädchen deine Mutter nimmt«, sagte sie. »Ich würde das Kind liebend gerne aufziehen.«
»Das hättest du auch dürfen, aber Teddy kommt ohne sie einfach nicht aus«, sagte Emma.
Das war ihr großer Schmerz, der einzige seelische Schmerz, der sich mit dem Schmerz in ihrem Körper vergleichen ließ: der Gedanke an Teddy. Tommy kämpfte. Er hatte sich inzwischen eine spannungsge-

ladene, halb verzweifelte Selbständigkeit angeeignet. Aber das war in Ordnung. Er war sowieso davon überzeugt, daß er seine Mutter haßte, und vielleicht war das auch in Ordnung, selbst wenn es schmerzte. Sie hatten sich einander lange Zeit verschlossen, sie und Tommy. Vielleicht war es gut, daß er ihr gegenüber so verschlossen war. Vielleicht war das sogar eine Art Zuvorkommenheit.
Über Melanie, ihre blondgelockte Tochter, machte Emma sich keine Sorgen. Melanie war die geborene Siegerin. Sie würde ihren Weg machen, mit oder ohne Mutter.
Aber was würde aus Teddy werden? Wen konnte er finden, der ihn so liebte wie sie? Seine Augen verfolgten sie. Wenn sie für jemanden hätte leben wollen, dann für Teddy. Der Gedanke, wie er ihren Tod überstehen würde, erfüllte sie mit Furcht. Er war immer sofort dazu bereit, alle Schuld auf sich zu nehmen. Wahrscheinlich würde er denken, daß seine Mutter noch leben würde, wenn er nur ein besserer Sohn gewesen wäre. Sie erzählte Patsy davon, die nicht widersprach.
»Ja, er ist wie du«, sagte sie. »Unschuldig und doch von Schuldgefühlen geplagt.«
»Ich war nicht unschuldig.«
»Ich wollte, du würdest nicht in der Vergangenheit sprechen«, sagte Patsy. »Auf alle Fälle sollen mich die Kinder oft besuchen. Dagegen kann sie nichts haben.«
»Ich werde dafür sorgen, daß sie einverstanden ist«, sagte Emma. Ihre Freundin sah wunderschön aus, aber sie schien traurig zu sein. Es war kaum zu glauben, aber auch Patsy war siebenunddreißig.
»Was ist los?« fragte Emma.
Patsy schüttelte nur den Kopf. Emma bedrängte sie.
»Ich glaube nicht, daß du weißt, wie sehr ich von dir abhängig war«, sagte Patsy endlich. »Du und Joe. Ich glaube, ich liebe Joe und nicht Tony. Er säuft sich zu Tode, trotz mir, und du hast jetzt Krebs, trotz mir. Ich weiß nicht, zu was ich gut bin.«
Auf eine solche Bemerkung gab es keine Antwort, und die beiden saßen schweigend da, wie so oft, als sie noch jünger waren.
Dann fuhr Patsy nach Kearney, um Rosie und die Kinder zu einem Besuch abzuholen. »Bring *Sturmhöhe* mit«, sagte Emma. »Ich bitte schon die ganze Zeit darum, aber sie vergessen es immer. Und Dannys Buch, wenn du es finden kannst.«

»Du überläßt ihr hin und wieder die Kinder«, sagte Emma. »Sie ist meine beste Freundin.«

»Ich habe mir überlegt, daß ich mit ihnen im Sommer nach Europa fahre«, sagte Aurora.
»Fahr mit deinen Freunden nach Europa«, sagte Emma. »Die Kinder werden in Kalifornien mehr Spaß haben. Schick sie nach Europa, wenn sie mal im College sind.«
Es war rücksichtslos, dachte sie, wie offen die Menschen in Krankenzimmern über die Zukunft redeten. Ausdrücke wie »nächsten Sommer« rutschten immer wieder heraus. Die Menschen sprachen so anmaßend über ihre eigene Kontinuität. Sie erklärte das ihrer Mutter.
»Ja, es tut mir leid«, sagte Aurora. »Ich habe dich verletzt.«

Wenn sie allein war, dachte Emma nicht viel nach. Sie wollte keine Schmerzen haben und bat um Medikamente, die ihr dann gegeben wurden. Die meiste Zeit ließ sie sich treiben. Die Untersuchungen ließ sie über sich ergehen. Manchmal beobachtete sie die Ereignisse um sich herum fast ohne Gefühlsregung. Einmal warf ihre Mutter einen Religionsfanatiker hinaus, der aus der Bibel lesen wollte. Emma sah völlig abwesend zu. Selbst wenn ihr Kopf klar war, dachte sie nicht nach. Nach zwei Monaten stellte sie fest, daß sie fast vergessen hatte, wie ein gewöhnliches Leben außerhalb des Krankenhauses aussah. Vielleicht hatten die Medikamente ihr Gedächtnis angegriffen, denn sie konnte sich nicht genau erinnern. Manchmal kam ihr zu Bewußtsein, daß sie mit fast allen Dingen fertig war, mit Sex zum Beispiel, aber dieser Gedanke schmerzte gar nicht so sehr. Es störte sie vielmehr, daß sie keine Weihnachtseinkäufe machen konnte, denn sie liebte Weihnachten, und manchmal träumte sie von Kaufhäusern und Nikoläusen an Straßenecken.
Als sie einmal die *Ilias* zur Hand nahm, die Melba ihr geschenkt hatte, stieß sie auf den Ausdruck »unter den Toten« und fand ihn sehr tröstlich. Wenn sie an Menschen dachte, die sie liebte, mußte sie feststellen, daß viele schon tot waren: ihr Vater, ein Schulkamerad, der bei einem Autounfall ums Leben gekommen war, Sam Burns und Danny Deck, der Freund ihrer Jugend. Sie hielt ihn für tot, auch wenn sie es nicht wirklich wußte.
Meistens jedoch dachte sie nicht nach. Sie ließ sich treiben. Sie raffte sich nur auf, wenn Ärzte oder Besucher kamen. Alle im Krankenhaus waren höflich und ließen sie im großen und ganzen in Ruhe. Es waren ihre Verwandten, nicht die Ärzte, die sie bedrängten, so weit wieder auf die Beine zu kommen, daß sie für eine Weile nach Hause könnte. Alle schienen zu denken, daß sie genau das wollte, aber Emma wei-

gerte sich. Wenn sie eine Chance gehabt hätte, wäre sie vielleicht nach Hause gegangen und hätte sich verschanzt, aber sie wußte, daß sie keine Chance hatte, wußte es, weil sie es fühlte, nicht weil man es ihr gesagt hatte. Als sie das akzeptiert hatte, akzeptierte sie auch das Krankenhaus. Für diejenigen, die geheilt werden konnten, war es eine Durchgangsstation, aber für sie war es die Endstation. Sie war da, um aus dem Leben transportiert zu werden, und weil es hier so häßlich und kahl war, fiel der Abschied nicht schwer. Sie wollte nicht nach Hause, weil sie da von den Erinnerungen ihres Lebens überwältigt würde. Ihre Kinder würden mit ihrer Liebe, ihrem Scharfsinn und ihren Bedürfnissen an ihr zerren. Sie würde empfindlich werden für ihre kleinen Freuden: ihre Soap-Operas, Melanies herrliche Haare zu waschen, Tommys neuestes Buch und Teddys Umarmung, einen netten Plausch mit Richard, ein bißchen Klatsch aus Hollywood von Patsy. Zu Hause würde das Sterben schwer sein, und es würde diejenigen schmerzen, die sie verloren. Sie wollte sich von ihren Kindern wegstehlen, während diese im Haus fröhlich spielten, so wie damals, als sie noch kleine Knirpse waren. Bevor sie sie wirklich vermißten, würden sie dann vielleicht halbwegs gelernt haben, ohne sie auszukommen.

Aber wie so oft in ihrem Leben war sie nicht so stark wie ihre Prinzipien oder fähig, ihre besten Ideen in die Tat umzusetzen. Als sie nach ein paar Wochen Besuch bekam, von dem sie wußte, daß es der letzte war, hielt sie nur durch, weil sie diesen Gedanken verdrängte.

Herzzerreißend war der Abschied von Rosie. Sie war nicht oft ins Krankenhaus gekommen. Sie haßte Krankenhäuser. »Sie ängstigen mich«, sagte sie nervös, als sie kam. »Ich war mein ganzes Leben noch nie im Krankenhaus, nur als ich meine Kinder bekommen habe.«

»Mama hätte dich in Houston lassen sollen«, sagte Emma. Rosie hatte ihr eine Schachtel Kirschen mit Schokoladenüberzug mitgebracht. Der Anblick Emmas, des Sonnenscheins ihres Lebens, erschütterte sie. Sie hatte Royces Tod und den Tod des Kindes ihrer ältesten Tochter stoisch ertragen, aber Emmas blutloses Gesicht war zuviel. Sie wollte nicht weinen. Alles, was ihr gelang, waren ein paar Bemerkungen über die Kinder und eine Umarmung. Den Rest ihres Lebens sollte sie sich darüber beklagen, daß es ihr an diesem Tag nicht gelungen war, ihre Gefühle in Worte zu fassen.

Die Jungs kamen, als Rosie gegangen war. Melanie war in der Eingangshalle und spielte mit Vernon. Der General hatte eine Erkältung, und Aurora mußte ihn pflegen.

Teddy wollte zurückhaltend sein, aber es gelang ihm nicht. Seine Gefühle überwältigten ihn, wurden Worte. »Oh, ich will nicht, daß du stirbst«, sagte er. Er hatte eine belegte Stimme. »Ich will, daß du heimkommst.«
Tommy sagte nichts.
»Zuerst, meine Bande, müßt ihr euch beide die Haare schneiden lassen«, sagte Emma. »Laßt eure Ponies nicht so lang wachsen. Ihr habt wunderschöne Augen und hübsche Gesichter, und ich möchte, daß die Leute sie sehen. Es ist mir egal, wie lang sie hinten sind, aber laßt sie euch bitte nicht in die Augen wachsen.«
»Das ist nicht wichtig, das ist Ansichtssache«, sagte Tommy. »Geht es dir besser?«
»Nein«, sagte Emma. »Ich habe Krebs. Es kann mir nicht besser gehen.«
»Oh, ich weiß nicht, was ich tun soll«, sagte Teddy.
»Nun, ihr sucht euch am besten alle beide ein paar Freunde«, sagte Emma. »Mir tut das alles leid, aber ich kann nichts machen. Ich kann auch nicht mehr länger mit euch reden, sonst rege ich mich zu sehr auf. Zum Glück hatten wir zehn oder zwölf Jahre, und wir haben viel miteinander geredet. Das ist mehr, als viele andere Leute haben. Sucht euch ein paar Freunde und seid gut zu ihnen. Und habt keine Angst vor Mädchen.«
»Wir haben keine Angst vor Mädchen«, sagte Tommy. »Warum meinst du das?«
»Vielleicht später«, sagte Emma.
»Das bezweifle ich«, sagte Tommy sehr verkrampft.
Als sie sich dann umarmten, brach Teddy zusammen, und Tommy blieb steif.
»Tommy, sei lieb«, sagte Emma. »Bitte sei lieb. Tu nicht so, als würdest du mich nicht mögen. Das ist dumm.«
»Ich *mag* dich«, sagte Tommy und zog angespannt die Schultern hoch.
»Das weiß ich, aber in den letzten ein, zwei Jahren hast du immer so getan, als würdest du mich hassen«, sagte Emma. »Ich liebe dich, an meinen Gefühlen für dich hat sich nichts geändert. Du wirst noch lange leben, und in ein, zwei Jahren, wenn ich nicht mehr da bin, wirst du deine Meinung ändern und dich daran erinnern, daß ich dir viele Geschichten vorgelesen habe, daß ich dir viele Milchmixgetränke gemacht habe und daß ich dir oft erlaubt habe, zu spielen statt den Rasen zu mähen.«

Die beiden Jungen waren entsetzt, daß die Stimme ihrer Mutter so schwach war.
»Anders ausgedrückt, du wirst dich daran erinnern, daß du mich geliebt hast«, sagte Emma. »Ich kann mir vorstellen, daß du dir wünschen wirst, du könntest mir erzählen, daß sich deine Gefühle geändert haben, aber dann ist es zu spät. Deshalb sage ich dir jetzt schon, daß ich weiß, daß du mich liebst, damit du dir später keine Vorwürfe machen mußt. Okay?«
»Okay«, sagte Tommy schnell, und er war ihr dankbar. Teddy weinte, Tommy nicht. Später, als sie alle den Krankenhausweg hinuntergingen, alle außer dem General, der mit einem Taxi ins Motel gefahren war, um seine Erkältung zu kurieren, verspürte Tommy den Wunsch, zu seiner Mutter hinaufzurennen, aber Teddy machte eine Bemerkung über Jungpfadfinder, und er sagte plötzlich verbittert, seine Mutter sei zu engstirnig gewesen, um ihn Pfadfinder werden zu lassen. Es war ihm einfach so herausgerutscht, und zum Entsetzen aller drehte sich seine Großmutter um und schlug ihn so fest ins Gesicht, daß er hinfiel. Das verwunderte alle, Melanie, Teddy, Rosie, Vernon. Tommy brach in Tränen aus. Aurora war sehr erleichtert, als sie sah, wie seine Maske von ihm abfiel. Ehe er weglaufen konnte, packte sie ihn und nahm ihn in den Arm, wo er hilflos weiterweinte.
»So ist's gut, mein Junge«, sagte sie. »So ist's gut. Es geht nicht, daß du in meiner Anwesenheit an deiner Mutter herumkritisierst.«
Sie blickte sich nach dem häßlichen Backsteinbau um.
»Sie war immer eine gute Tochter«, sagte sie.
Melanie sah Vernon und Rosie lächeln und glaubte, alles sei nur ein Scherz. Sie rannte zu Teddy und boxte ihn mit aller Kraft.
»Ja, Grandma haut Tommy!« sagte sie. »Ich hau' dich, Teddy.«
Sie boxte ihn wieder, und er balgte sich mit ihr und drückte sie in das kalte Gras, bis sie kreischte.
Zuvor bei ihrer Mutter war sie genauso fröhlich gewesen. Das Krankenhaus faszinierte sie. Sie war Gänge hinuntergetapst, und eine Schwester hatte ihr erlaubt, verschiedene Waagen auszuprobieren. Ein Arzt hatte ihr sogar ein Stethoskop gegeben, und so saß sie am Bett ihrer Mutter und lauschte immer wieder nach ihrem eigenen Herzen. Emma betrachtete sie zufrieden. Sogar ihre kleinen, weißen Zähne waren entzückend.
»Wie geht's deinen Puppen?« fragte sie.
»Ungezogene Puppen, ich muß sie oft versohlen«, sagte Melanie. Sie war immer eine strenge Erzieherin gewesen, was ihre Puppen betraf.

»Ich war in dir drin«, sagte sie plötzlich und piekte ihre Mutter mit dem Finger auf den Bauch.
»Wer hat dir das denn gesagt?« fragte Emma.
»Teddy«, sagte Melanie.
»Das hätte ich mir denken können. Teddy ist ein Plappermaul.«
»Uh-uh, du bist ein Plappermaul«, sagte Melanie. »Sag mir die Wahrheit.«
Emma lachte. »Welche Wahrheit?«
»Ob ich in dir drin war«, sagte Melanie. Sie war sehr neugierig.
»Ja, das warst du, wenn du mich schon fragst«, sagte Emma. »Na und?«
Melanie triumphierte. Sie hatte ein Geheimnis erraten.
»Na und, na und, na und«, sagte sie und warf sich auf ihre Mutter. »Komm, wir singen ein paar Lieder.«
Sie sangen. Rosie, die auf dem Gang auf und ab ging, hörte sie und fing an zu weinen.

Emma war froh, wenn die Besuchszeit vorbei war. Die Gesunden schienen nicht zu ahnen, wie anstrengend alles für sie war. Sie wußten nicht, wie schwach sie war, und welche Mühe es sie kostete, ihnen ihre Aufmerksamkeit zu schenken. Das Sterben verlangte ihre ganze Aufmerksamkeit.
Die Jungs gingen mit Patsy zum Skifahren. Die Erkältung des Generals wurde schlimmer, und er fuhr nach Houston zurück. Rosie richtete sich in Kearney ein, um für Flap und Melanie zu sorgen. Nur ihre Mutter und Vernon blieben in Omaha.
»Ich wünschte, du würdest nach Hause fahren«, sagte Emma. »Du hast abgenommen.«
»Das ist der einzige Vorteil von Nebraska«, sagte Aurora. »Ich kann einfach nichts essen. Zu guter Letzt werde ich noch schlank.«
»Du warst nicht bestimmt dazu, schlank zu sein«, sagte Emma. »Ich habe ein schlechtes Gewissen, wenn ich an dich und Vernon denke, wie ihr im Motel sitzt und jeden Abend Karten spielt.«
»O nein. Wir gehen oft ins Kino«, sagte Aurora. »Einmal sind wir sogar ins Konzert gegangen. Es war das erste Mal für Vernon.«
Ihre Mutter kam weiterhin jeden Tag. Emma flehte sie an, nach Hause zu fahren, aber in ihrer Schwäche konnte sie es mit Aurora nicht aufnehmen. Sie trug immer fröhliche Farben. Manchmal, wenn Emma döste, verlor sich ihre Mutter in die Betrachtung ihres geliebten Renoir. Emma konnte oft nicht sagen, ob zwei buntgekleidete

Frauen im Zimmer waren oder drei. Manchmal spürte sie, daß ihre Mutter ihre Hand hielt, dann wieder merkte sie, daß sie sprach, und wenn sich ihr Blick klärte, stellte sie fest, daß ihre Mutter gegangen und nur noch das Bild da war. An Wochenenden raffte sie sich manchmal wegen Flap auf, aber nur kurz. Sie wollte nicht mehr lesen, aber dann schmökerte sie doch in *Sturmhöhe*. Manchmal träumte sie, sie würde in dem Bild leben und mit einem hübschen Hut in Paris herumspazieren. Dann glaubte sie wieder, in dem Bild aufzuwachen statt in einem Bett, das mit Haaren übersät war, die ihr nachts ausgefallen waren. Ihr Fleisch verschwand vor ihrem Geist. Ihr Gewicht war auf neunzig Pfund gesunken.

Emma war bereit. Sie hatte ihre Bande durchtrennt, sie war bereit zu gehen. Da besserte sich ihr Zustand für einige Wochen. Dann jedoch erlitt sie einen Rückfall. Sie war verzweifelt und begann alles zu hassen, das Krankenhaus und die Ärzte, und sie haßte die ganze Plackerei des Lebens. Ihr Herz jedoch wollte ihren Überdruß nicht anerkennen. Es wollte nicht stehenbleiben.

Sie träumte von Danny Deck. Manchmal schlug sie sein Buch auf, nicht um zu lesen, sondern einfach nur, um die Seiten oder seine Unterschrift auf dem Vorsatzblatt zu betrachten und so zu versuchen, ihn sich vorzustellen. Ihre Mutter bemerkte das.

»Ich habe geglaubt, der Junge würde deine große Liebe werden«, sagte sie. »Er hatte nicht viel Stehvermögen.«

Emma lehnte es ab zu streiten. Danny gehörte ihr, wie Teddy; nur diese beiden hatten sie von ganzem Herzen gemocht. Und während sie langsam begann, ihr eigenes Leben zu vergessen, kam die Erinnerung an ihn zurück. In ihren Träumen unterhielten sie sich, aber sie konnte sich nie daran erinnern, wo sie geredet oder was sie gesagt hatten.

Der Krebs schritt zu langsam voran, viel zu langsam. Wenn die Wirkung der Medikamente nachließ, glaubte sie einen schmerzenden Zahn in sich zu haben, nur daß der Zahn die Größe einer Faust hatte. Im Februar wurde sie ungeduldig. Sie gab sich einer Phantasie hin: Draußen wehte der Wind stetig von Norden. Es schneite oft, aber der Wind war immer da. Für Emma wurde er wie der Gesang der Sirenen. Sie konnte ihre Mutter kaum noch von den Frauen auf dem Bild unterscheiden. Sie spürte, daß der Wind zu ihr gekommen war, über das Eis, über ödes Land, über die Dakotas, direkt zu ihr. Sie hatte gehofft, genügend Tabletten beiseite schaffen zu können, um sich damit umzubringen, aber das war schwer. Tabletten sparen hieß Schmerzen

haben, und außerdem waren die Schwestern zu gewieft. Sie lauerten auf solche Tricks. Außerdem war der Wind viel reizvoller. Als sie Schmerzen hatte, erzählte sie ihrer Mutter von ihrem Traum. Eines Nachts würde sie aufstehen, all die Nadeln und Schläuche herausreißen, auf einen Stuhl am Fenster steigen und sich fallen lassen. Sie war sicher, daß das das beste war.
»Ich bin kein Mensch mehr. Ich bin nur noch eine Last, Mama«, sagte sie.
Aurora widersprach nicht. Sie war bereit, ihre Tochter in der ewigen Ruhe zu sehen. »Liebling, du könntest nicht einmal auf einen Stuhl steigen«, sagte sie. »Das ist der realistische Aspekt der Sache.«
»Ich könnte, und wenn es das letzte wäre, was ich tun müßte«, sagte Emma.
Sie dachte darüber nach und überzeugte sich davon, daß sie es konnte. Es wäre ein Ende mit einem gewissen Stil. Am besten gefiel ihr der Teil ihrer Phantasie, in dem sie die Nadeln und Schläuche herausriß. Die haßte sie am meisten, denn sie leiteten alles in ihren Körper, außer Leben.
Sie war eine Kerze, eine schwache Flamme. Wenn sie nur das Fenster zertrümmern könnte, würde der Wind sie ausblasen.
Sie dachte darüber nach. Sie betrachtete oft die Stühle und betrachtete das Fenster.
Der Gedanke an Teddy hielt sie davon ab. Die Frage war, wer ein Ende setzte, wer die letzte Forderung stellte: ihre Kinder oder der Krebs. Teddy könnte eines Tages selbst aus dem Fenster springen, wenn sie ihm eine Rechtfertigung dafür gab. Er war so treu, daß er es vielleicht tun würde, nur um ihr zu folgen oder – aus Schuldgefühlen.
Emma gab auf. Sie nahm ihre Tabletten. Dem Schmerz war leichter zu entrinnen als der Mutterschaft. Auch wenn sie starb, ihre Kinder lebten weiter. An sie mußte sie denken. In klaren Momenten kritzelte sie ein paar Zeilen an die Jungs und malte für Melanie ein lustiges Bild. Einige Wochen später starb sie.

Emma wurde an einem warmen, regnerischen Märztag in Houston begraben. Mrs. Greenway und Patsy, die elegant und fast gleich gekleidet waren, standen zusammen am Grab. Melba war gekommen. In ihrer Verzweiflung hatte sie Geld aus den Ersparnissen der Familie genommen und so eine Scheidung riskiert, um zur Beerdigung kommen zu können. Joe Percy hatte Patsy begleitet. Er stand bei Vernon, dem General, Alberto und den Jungs. Flap saß in einer Limousine und

wischte sich die Augen. Mit ihrem Tod hatte er alle seine ersten Gefühle für seine Frau wiedergewonnen. Er schien ein gebrochener Mann. Melanie plauderte mit der weinenden Rosie und versuchte sie dazu zu bringen, mit ihr zu spielen. Sowohl Patsy als auch Aurora warfen ein wachsames Auge in ihre Richtung, denn Melanie war imstande, jeden Augenblick davonzustürzen, und Rosie war zu traurig, um aufzupassen. Melba stand abseits.
»Ich weiß nicht, was wir mit dieser armen Frau machen sollen«, sagte Aurora.
»Ich bitte Joe, mit ihr zu reden«, sagte Patsy. »Joe kann mit jeder Frau reden.«
»Ich weiß wirklich nicht, warum du dich mit ihm abgibst«, sagte Aurora.
»Nun, er sorgt für mich«, sagte Patsy.
Keiner von ihnen konnte sich dazu entschließen, zu gehen.
»Sie gab mir oft das Gefühl, lächerlich zu wirken«, sagte Aurora. »Irgendwie lächerlich. Vielleicht war ich deshalb so erbarmungslos kritisch ihr gegenüber. Eigentlich glaube ich, daß ich es wirklich bin.«
»Was?«
»Irgendwie lächerlich«, sagte Aurora und dachte an ihre Tochter. »Vielleicht wäre sie glücklicher gewesen, wenn sie sich mehr an mir orientiert hätte...«
»Das kann man sich nur schwer vorstellen«, sagte Patsy und dachte an ihre Freundin.
Es hatte aufgehört zu regnen, aber überall tropfte es von den großen Bäumen.
»Es hat keinen Sinn, hier herumzustehen wie bestellt und nicht abgeholt, meine Liebe«, sagte Aurora. Sie drehten sich um und kümmerten sich um die Kinder und die Männer.

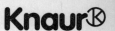

Große Unterhaltungsromane

Buck, Pearl S.:
Die Frauen des Hauses K
128 S. Band 676

Buck, Pearl S.:
Fremd im fernen Land
224 S. Band 1065

Buck, Pearl S.:
Geschöpfe Gottes
216 S. Band 1033

Buck, Pearl S.:
Das Mädchen von Kwangtung
160 S. Band 812

Buck, Pearl S.:
Die verborgene Blume
224 S. Band 1048

Michener, James A.:
Die Bucht
928 S. Band 1027

DuMaurier, Daphne:
Rebecca
397 S. Band 1006

DuMaurier, Daphne:
Die Parasiten
320 S. Band 1035

DuMaurier, Daphne:
Träum erst, wenn es dunkel wird
144 S. Band 1070

Palmer, Lilli:
Umarmen hat seine Zeit
304 S. Band 789

Paretti, Sandra:
Der Wunschbaum
288 S. Band 519

Paretti, Sandra:
Maria Canossa
256 S. Band 1047